La Fille de personne

JUDI HENDRICKS

La Fille de personne

ÉDITIONS FRANCE LOISIRS

Titre original : *Isabel's Daughter*,
publié par William Morrow, une édition de of HarperCollins Publishers, Inc., New York.

Traduit de l'américain par Jacqueline Susini.

Édition du Club France Loisirs,
avec l'autorisation des Éditions Belfond

Éditions France Loisirs,
123, boulevard de Grenelle, Paris.
www.franceloisirs.com

ISBN : 2-7441-6831-9

À mes parents,
Ruth Adrian Huggins
et
Jerald Douglas Huggins

Ton absence m'a traversée comme
le fil traverse le chas d'une aiguille.
Elle donne sa couleur au tissu de ma vie.

W. S. MERWIN

PREMIÈRE PARTIE

Santa Fe

Avril 2000

1

J'AI VU *ma mère pour la première fois le soir de sa mort. La seconde fois, c'était à une réception à Santa Fe.*

Un jour, en cours d'histoire, j'ai tracé une ligne qui symbolisait le temps. Une ligne droite, large, noire, entrecoupée de croix représentant des dates et des événements. Selon le professeur, elle permettait d'établir un lien entre les faits marquants de l'histoire. Entre les causes et les effets.

Malheureusement, le temps n'est pas une ligne droite. Je le vois plutôt comme un arc immense dont la courbe se dessine peu à peu dans l'espace, masquant non seulement l'avenir mais aussi le passé. En fait, on ne connaît jamais les causes exactes d'un événement. Quant à ses retombées, elles se propagent comme des ondes concentriques de plus en plus larges.

C'est pour cela que j'ai perdu mes lentilles de contact. Alors que je devais être de congé tout le week-end — pour la dernière fois avant que la saison batte son plein —, Juana m'a appelée, pour me dire qu'il fallait que je remplace Patricia, à une réception, vendredi soir, parce qu'elle venait de se fracturer la cheville en dérapant sur le bord d'un trottoir.

– La Pinnacle Gallery, sur Canyon Road. La foule. De gros pourboires.

Vendredi matin, Juana me rappelle.

– Salut, *chica* ! Oublie la galerie. Tu vas chez DeGraf.

– Chez qui ?

– DeGraf. M. DeGraf. Tu connais San Tomás ?

Il se trouve que oui. C'est l'une de ces rues étroites, tortueuses, non pavées qui partent de Canyon Road en direction du sud. Je passe souvent devant, le dimanche matin, après avoir acheté mon café et, le paquet serré contre moi, je scrute l'intérieur de la galerie qui se trouve au coin. Une fois, je me suis engagée dans cette rue, précisément, et j'ai fait quelques mètres, espérant avoir un petit aperçu de ses imposantes villas qui s'abritent derrière leurs murs de pisé. Ma curiosité m'a valu d'être pourchassée par un doberman. Son propriétaire braillait : « Ne bougez pas ! Il ne vous mordra pas. »

Je n'ai eu confiance ni en lui, ni en son chien et j'ai détalé comme un lièvre, tout en me disant que j'allais sentir, d'une minute à l'autre, l'haleine brûlante du fauve et ses crocs dans mon mollet. Quand j'ai osé me retourner, le chien avait disparu.

Parfois, il suffit de courir à toutes jambes pour se débarrasser de ce qui nous poursuit.

Nous sommes fin avril à Santa Fe mais, à deux mille cents mètres d'altitude, le printemps tarde à s'imposer. Pendant la journée, des vents cinglants soufflent de l'ouest et dessèchent les narines. Le soir, l'air est froid, vif et encore parcouru par les fumées des feux de pins parasols qui brûlent par centaines dans les kiva.

Je suis tellement en retard, ce soir, que je cours à moitié sur le trottoir étroit. Mon haleine se transforme en petites bouffées de vapeur. Je transpire, mon chemisier est déjà humide sous les aisselles, ma cravate est de travers, je le sais, et mes cheveux commencent à se dénouer.

Mais le pire c'est mon retard. Une fois de plus. Pendant qu'on se préparait, Rita a fait tomber un flacon de parfum d'une étagère et, en essayant de le rattraper, elle a heurté ma main. J'en ai perdu mes lentilles que je tenais entre les doigts. Nous avons eu une engueulade, et voilà le résultat : je cours ! Ce n'est pas ma faute, mais Dale ne voudra sans doute rien savoir.

Arrivée à un tournant, je vois des lumières alignées au sommet d'un mur. Ce sont des *farolitos* — ces petits sacs de papier brun qui contiennent des bougies et qu'on apprécie tellement dans cette ville — ou plutôt leur version moderne : des *electrolitos.* Plus une myriade de guirlandes lumineuses qui scintillent dans les branches des arbres. Je suis arrivée.

L'adresse — 505 San Tomás — est inscrite sur de la céramique mexicaine, au-dessus de la massive porte bleue d'un mur couleur de crème glacée au chocolat. Deux types, avec des talkies-walkies et des listes, nonchalamment appuyés au mur, fument pour tromper leur ennui. Je leur donne mon nom, mais Kirk a oublié de me faire inscrire à la place de Patricia, si bien qu'ils appellent Dale sur son portable, histoire de s'assurer qu'ils ne laisseront pas entrer une voleuse de bijoux internationale.

– La porte de la cuisine est à gauche, de l'autre côté de la piscine, m'explique le plus âgé. Suivez l'allée surtout. M. DeGraf a horreur qu'on traverse sa pelouse.

Et il se débarrasse de son mégot d'une pichenette.

– M. DeGraf n'apprécie sûrement pas plus les mégots dans son jardin, lui fais-je remarquer.

Puis je lui souris et je franchis la porte.

Comme presque tout à Santa Fe, l'architecture de la villa s'inspire du style indien pueblo : les murs sont aussi couleur chocolat, mais légèrement plus clairs que l'enceinte extérieure, les portes et les fenêtres ont ce bleu qui est censé repousser les *brujas* — ou sorcières. Je suis l'allée pavée, passe devant un énorme lilas dont les branches ploient sous les grappes mauves et parfumées, prêtes à s'épanouir, puis je traverse le patio. Du fond de la piscine, des spots lumineux font danser des reflets bleu-vert dans l'eau.

Comme toujours, le chaos règne dans la cuisine pendant les instants qui précèdent le lancement de la soirée. Une cuisine petite, mais raffinée, avec son comptoir au dessus de granit et ce genre d'appareils ménagers qu'on choisit immanquablement lorsqu'on peut s'offrir les services d'un décorateur. Quand la porte-moustiquaire se referme derrière moi, Dale regarde ostensiblement sa Rolex.

– Avery. Ravi de te voir, dit-il.

Ses yeux noirs détaillent ma tenue, et il ajoute :

– Toujours parfaite, je vois.

Il se tourne vers le type qui, à côté de lui, agite une facture jaune et froissée.

– Merci, Tom. Dépose le vin ici. Sous cette table.

J'essaie de mettre de l'ordre dans ma coiffure.

– Il n'y avait pas mon nom sur…

– Seigneur ! Tu empestes. Qu'est-ce que tu as fabriqué ? Tu as pris un bain d'Opium ?

– D'Éternité. Désolée. Rita a cassé le flacon. Il y en avait partout et je n'ai pas eu le temps de…

Le regard de Dale en dit long.

– Bon. D'accord. Redresse ta cravate et occupe-toi de… Merde ! Où sont passés tes yeux ?

– Mes yeux sont dans ma tête, Dale. J'ai perdu mes lentilles.

Je remarque que sa mâchoire se contracte.

– Alors, essaie de ne pas regarder les gens en face.

– D'accord. Mais je peux aussi me balader les yeux fermés, si tu veux.

– Tu n'as pas de lunettes noires ?

– Mais si ! Tu pourras leur dire que je suis aveugle.

Je plonge le bras dans mon grand sac à dos et j'en sors mes lunettes à la *Men in Black*.

– Le pavillon des invités, commence Dale qui ferme un instant les yeux, comme pour rassembler son courage, est juste de l'autre côté de la piscine. Va prendre six plateaux de mini *chiles rellenos* dans le frigo, OK ? Et évite de t'arrêter en chemin.

Juana dispose des légumes de toutes couleurs autour d'un saladier de mayonnaise au piment rouge. Elle me regarde en roulant les yeux au moment où je me glisse dehors, le dos contre le mur afin de laisser entrer deux types chargés de compositions florales, énormes et superexotiques. Rita a raison : il faut que je change d'employeur. Le problème c'est que Dale et Kirk comptent parmi les meilleurs traiteurs de Santa Fe, et que je pourrais difficilement gagner autant ailleurs. Si d'aventure je réussissais à trouver autre chose.

Je prends une bonne goulée d'air frais. J'y arriverai. Il me suffit de rester concentrée toute la soirée. Et comme je ne vois strictement rien avec ces fichues lunettes, je les enlève, les plie et les accroche à une boutonnière de mon chemisier.

Voyant de la vapeur s'élever du miroir d'eau de la piscine, je me surprends à m'interroger sur sa température. Quel effet ça me procurerait de faire un petit crawl rapide, puis d'émerger dans l'air froid, de m'enrouler dans un immense drap de bain moelleux, et de m'asseoir dans le jardin pour boire un verre de bon vin rouge, en écoutant le chant des grillons ? Un rêve plutôt stupide quand on ne sait même pas nager. Mes pas crissent sur le gravier.

Le pavillon des invités se cache derrière une clôture, faite pour éloigner les coyotes, et un bouquet de trembles. Quand j'ouvre la porte voûtée, j'entends des voix dans une autre pièce mais, les ignorant, je passe la tête dans une petite salle de bains, puis dans un vestiaire, avant de tomber sur une minuscule cuisine. Je prends dans le frigo six plateaux de mini *chiles rellenos* et je ressors. Maintenant les voix — une masculine, une féminine — sont plus proches.

– … débarrasse-toi d'une partie de ces trucs, suggère la femme. On se croirait dans un sanctuaire. Ou alors tu regroupes tout ça, tu fais brûler des bougies devant et…

L'homme rit.

– Allez ! Reconnais que c'est l'un de ses meilleurs tableaux.

– Il faut que ça plaise, rétorque la femme avec dédain. Moi, je trouve que c'est d'un sentimentalisme à faire pleurer.

– Si j'étais naïf, je dirais que tu es toujours jalouse.

– Tu parles !

Ils sont là, dans l'entrée, côte à côte, et tellement absorbés dans l'étude d'un immense tableau qu'ils ne me voient même pas. Je n'avais pas remarqué cette peinture en entrant, et je serais sans doute repassée devant sans lui prêter plus d'attention, si je n'avais pas été intriguée par l'intense concentration du couple.

Je découvre un portrait de femme. Vêtue d'une sorte de costume ethnique. Mon regard se pose sur ses pieds bruns chaussés de sandales, puis remonte vers la longue robe blanche, bordée d'une large broderie noir et turquoise. Les manches, larges, flottantes, sont coupées aux coudes, tandis qu'un gilet noir souligne le tour de hanches.

Puis mes yeux rencontrent son visage.

J'ai déjà entendu parler du « choc de la reconnaissance », mais c'est seulement maintenant que je comprends. On ne reconnaît pas simplement une personne qu'on a peut-être un jour rencontrée, ou un endroit qui semble familier, mais une vérité. Une vérité qui brille d'une lumière si vive que tout le reste est noyé dans le brouillard. Devant ce genre de reconnaissance, vos genoux tremblent, votre bouche se dessèche. Vous vous sentez vidé de vous-même.

Je recule de deux pas et examine ce portrait de femme, le cœur tambourinant comme un prisonnier sur les barreaux de sa cellule.

Sa longue chevelure noire, tirée en arrière de façon austère, cascade dans son dos. La bouche a la lèvre inférieure pleine, l'autre mince. Le nez est long et droit. Les yeux vairons : marron et ambre. Son visage est le reflet du mien.

Brusquement, l'air semble épais et moiré, comme si des vagues de chaleur montaient du sol. Mes yeux me brûlent. Je les sens trop grands pour ma tête, et ma tête est soudain trop grosse pour mon corps, trop lourde à porter.

À côté de moi, la conversation s'est tue peu à peu. Ont-ils cessé de parler ou suis-je devenue sourde ? Ce sont les *chiles rellenos* qui rompent mollement le silence, en tombant sur les céramiques de Saltillo, avec de petits flocs.

– Mademoiselle ? Ça va ? me demande l'homme.

À demi étouffées par le brouillard qui m'enveloppe, ces paroles ont tout de même suffisamment de résonance pour me ramener à la réalité. Je me tourne vers leur source, tandis qu'on me prend les plateaux des mains, et je sens le souci virer à la surprise, puis au choc, quand l'homme se penche sur moi.

– Vous devriez vous asseoir, dit-il.

– Diable ! s'écrie la femme.

Une chaise m'offre son support tout à coup.

– Lindsey, apporte-lui un cognac. La bouteille est sur le bureau.

Une minute plus tard, l'homme me met un verre dans la main et m'aide à le porter à mes lèvres. J'avale une telle lampée que l'alcool explose dans ma tête, me fait tousser et pleurer.

À travers les larmes, je vois deux plateaux de *chiles rellenos*, intacts, sur la table installée sous le portrait. Le reste est en tas, par terre. Seigneur ! Dale va me virer *illico presto*. Je me mets en tête de sauver ce qui peut l'être, mais ma tête, justement, tournoie quand je tente de me pencher vers le sol.

– Il vaut mieux éviter les mouvements brusques pour l'instant, me conseille la femme en sortant de la salle de bains, un gant humide à la main. Tenez. Mettez ceci sur votre nuque.

Plutôt jolie, elle a des cheveux blond cendré et une voix de fumeuse.

J'applique le gant imbibé d'eau fraîche sur ma nuque, me sens reprendre pied, un tant soit peu, et réussis à déclarer :

– Je suis navrée.

L'homme, qui n'a cessé de m'observer, s'anime tout à coup.

– C'est incroyable. Incroyable…

Se raclant bruyamment la gorge, la femme annonce :

– Eh bien… Il ne me reste plus qu'à me rendre irrésistible et épouser mon troisième milliardaire.

Le silence amplifie le bruit de la porte qui se referme derrière elle. Moi, je reste immobile, le regard rivé sur le portrait de ma mère.

– Mais d'où sortez-vous donc ?

La voix de l'homme est soudain si douce que, l'espace d'une minute, je la prends pour le fruit de mon imagination, et comme je dois donner l'impression d'avoir perdu la mémoire, mon interlocuteur se présente :

– Je suis Paul DeGraf.

Je m'arrache au portrait pour rencontrer son regard. À la fois sombres et clairs, ses yeux évoquent un lac dans la nuit et je m'attends presque à voir la lune s'y refléter. Ce monsieur me paraît grand, peut-être parce qu'il est debout pendant que je suis allongée par terre. Entièrement vêtu de noir, il ressemble à une ombre dans l'un de mes rêves. Tout naturellement, je remarque le beau clip, d'argent et d'os, de la cordelette qui lui sert de cravate et qui brille sur le col de sa chemise.

– Je m'appelle Av… ery James.

Le cognac m'a décapé la gorge et continue à me faire pleurer.

– Vous avez besoin d'un verre d'eau.

Il disparaît dans la cuisine d'où proviennent des bruits de placards qui s'ouvrent et se referment, comme s'il ne parvenait pas à trouver les verres.

Je reviens au portrait dont les détails commencent à prendre du relief. Je veux graver dans ma mémoire la grâce des mains posées sur une sorte de table en pierre — si ce n'est une colonne —, le sourire hésitant sur les lèvres pâles. Les fleurs du gilet, brodées ou perlées, en tout cas d'un dessin aussi soigné, précis, que sur une tapisserie sud-américaine. Elles font vibrer quelque chose au plus profond de ma mémoire.

Je connais ce gilet. Je l'ai vu une fois, il y a huit ans.

Soudain, la porte d'entrée s'ouvre toute grande, heurtant le mur méchamment.

– Avery ! Qu'est-ce que tu fabriques ici ? C'est un peu tôt pour faire une pause... Nom de Dieu ! Mes *chiles rellenos* !

Dale donne l'impression d'être au bord des larmes. Ses cheveux se dressent, derrière l'oreille gauche, là où il a l'habitude de se gratter lorsqu'il est contrarié.

– Dale, je suis désolée...

– Tu peux ! J'ai rarement vu quelqu'un d'aussi lamentable. Je te vire. Va traîner ta paresse ailleurs.

– Si vous joignez l'acte à la parole, moi aussi je me passerai de vos services.

Je tourne la tête comme une girouette sous une rafale de vent. Sortant de la cuisine, Paul DeGraf se dresse dans l'encadrement de la porte. Dale fait machine arrière, avec son sourire le plus obséquieux.

– Paul... J'ignorais... J'espère qu'il n'y a aucun problème.

DeGraf ne sourit pas.

– Avery est assise parce qu'elle vient de s'évanouir.

– Je ne me suis pas évanouie, grâce à Dieu !

Mais je rectifie en vain : ils ne m'écoutent pas.

– Oh, Avery..., fait Dale, faussement préoccupé. Tu ne peux pas travailler si tu te sens mal.

La perspective du chômage m'éclaircit les idées comme des vapeurs d'ammoniaque.

– Non, ça va. Donne-moi juste une minute, d'accord ?

– Prends le temps qu'il faut, ronronne Dale. Quand tu seras remise, retourne à la cuisine. Sinon Horacio te raccompagnera. On essaiera de se débrouiller sans toi.

Dale montre de nouveau les dents.

– Bien. Pas de repos pour les chefs, déclare-t-il en attrapant les deux plateaux intacts de *chiles rellenos*.

Puis il s'éclipse, laissant la porte ouverte derrière lui.

DeGraf me tend le verre d'eau.

– Charmant, ce type.

– Ses chèques sont approvisionnés, dis-je.

Puis je bois le verre d'eau, le redonne à DeGraf et ajoute :

– J'ai intérêt à reprendre mon travail avant de le perdre.

Quand je me veux me lever, DeGraf me pose la main sur l'épaule.

– Ça va ? Vous en êtes sûre ? Vous n'êtes pas obligée de le rejoindre. Je vais lui parler. Comment s'appelle-t-il déjà ?

– Dale Wallace.

Si DeGraf feint d'avoir oublié le nom de Dale, je ne m'en réjouis pas, bien que Dale, en matière de connerie, soit un vrai joyau.

– C'est inutile de lui parler. Ça va. Je suis simplement sous le coup d'une… légère surprise.

Je glisse de ma chaise pour m'agenouiller et ramasser les *chiles rellenos*. La plupart ont survécu au crash, même s'ils sont un peu défigurés. Pendant quelques secondes, je m'interroge : serait-ce vraiment calamiteux de demander un sac pour les emporter chez moi ? Je déteste gaspiller la nourriture.

– Je comprends, avoue Paul DeGraf. Ce n'est pas tous les jours qu'on tombe sur un portrait de sa mère, signé Tom Hemmings.

Je lève les yeux.

– Comment savez-vous qu'il s'agit de ma mère ?

– Laissez ça, me dit DeGraf.

Je m'incline, le cœur fendu. Il me prend par le bras et me remet sur mes pieds, avec une douceur irrésistible. Sa bouche se tord légèrement comme s'il se retenait de rire.

– C'est l'évidence même, m'explique-t-il finalement. Vous vous ressemblez comme deux gouttes d'eau.

Je me retourne pour jeter un dernier regard au portrait. Sur une petite plaque de cuivre, au bas du cadre, un nom est inscrit : « Lara Collins ».

– Lara Collins ? C'est son nom ?

DeGraf plonge la main dans sa poche. Quelque chose tinte.

– C'était son nom de guerre. En réalité, elle s'appelait Isabel Colinas.

Tout en essayant de paraître impassible, je remarque :

– Vous parlez au passé.

– Mon Dieu ! Quel idiot je fais ! Pardon. J'aurais dû… Isabel est… morte. Il y a quelques années.

– Oh ! dis-je, en relevant la tête brusquement, comme l'une de ces poupées articulées qu'on voit sur les tableaux de bord des voitures. La retrouver, c'était déjà beaucoup demander. Alors, la retrouver vivante, ç'aurait peut-être été trop.

– Pardon, répète DeGraf. Écoutez, tout ça doit être difficile pour vous. Je peux demander à quelqu'un de vous reconduire à votre domicile.

Pendant que je me tamponne le front avec le gant qui s'est sérieusement réchauffé, j'explique :

– Je ne l'ai pas connue. Je me fais difficilement à l'idée qu'elle était ma mère.

Je vois DeGraf sortir une carte de visite de la poche de sa chemise. Ses doigts effilés semblent appartenir à quelqu'un de plus grand que lui.

– Je serais heureux de vous parler d'elle. Appelez-moi quand vous serez prête.

– Merci.

Je fourre la carte dans ma poche sans la lire et sors. Quand je referme la porte derrière moi, Paul DeGraf, agenouillé par terre, est en train de ramasser les *chiles rellenos*.

Pieds nus, Rita apparaît, vêtue du peignoir bleu qui lui donne un air de petite fille. Les cheveux d'un blond filasse, elle a les paupières barbouillées de mascara. Le café fume au-dessus de la tasse en verre qu'elle a chapardée à la Ore House.

– Seigneur Jésus, qu'est-ce que tu fabriques ? demande-t-elle en consultant sa montre, les yeux plissés. Le jour n'est même pas levé.

Je me moque d'elle.

– Personne ne t'a demandé de te lever.

– J'ai dû aller faire pipi et je n'ai pas pu me rendormir.

Rita se laisse tomber sur le gros canapé, copieusement rembourré et d'un vert jaunâtre qui me donne facilement la nausée. Mais il avait l'avantage d'être bon marché et puis Rita l'a passablement arrangé en le recouvrant d'une couverture indienne, dénichée dans une brocante. En fait, à l'aide de quelques pots de peinture, de restes de tissu et d'un tas de mobiles inspirés de ceux de Martha Stewart, elle a réussi un beau travail de camouflage avec cet appartement, qui n'était au départ qu'une vilaine boîte blanche. Si on pense à ce qui nous attendait, en raison des loyers qui se pratiquent à Santa Fe, ce n'est pas si mal.

Notre quartier, situé dans la partie ouest de la ville, loin des villas chic de San Tomás, peut être qualifié de populaire. Les rues suivent les courbes des murs de pisé des maisons, serrées les unes contre les autres comme des sardines dans une boîte de conserve. Certaines ont des angles qui s'effritent, le crépi qui part en lambeaux, un matelas appuyé contre le mur du *portal*, un pick-up sur des cales, dans la cour. D'autres, restaurées tant bien que mal, sont agrémentées de plantes du désert par de jeunes cadres écolos qui n'ont pas encore les moyens d'acheter ailleurs. Il y a aussi celles — ni dégradées, ni restaurées — dont les murs et les jardins sont entretenus autant que faire se peut par des gens qui s'évertuent à joindre les deux bouts.

Le quartier est doté de quelques commerces : une épicerie, *una carniceria*, un vidéo-club, avec une vitrine remplie d'affiches de films d'action, en espagnol — qui promettent des horreurs —, un petit tailleur, une laverie automatique. Notre appartement se trouve au-dessus d'un salon de beauté exigu : Alma's Casa Blanca. Derrière, il y a une étroite bande de gravier, où peuvent se garer cinq voitures, et un vieil *álamo*, ou platane régional, dont les hautes branches ombragent notre balcon, au fer forgé rouillé.

Si vous devez vivre au-dessus d'un commerce, croyez-moi, il vaut mieux que ce soit un salon de beauté qu'un bar. De plus, en raison de leurs obligations familiales, Linda et Alma, les deux esthéticiennes, ouvrent tard et ferment relativement tôt. Et puis elles nous octroient un tarif préférentiel sur nos coupes de cheveux parce que nous payons le loyer régulièrement.

Entre deux gorgées de café, je demande à Rita :

– Contente de ta soirée ?

– Oh, oui ! J'ai regretté que tu ne sois pas là. J'ai rencontré un gars très mignon. Rick… quelque chose. Il va venir tout à l'heure. Il est reporter au *New Mexican.*

– Oublie-le. Les reporters boivent trop sans en avoir les moyens.

Quand Rita fronce le nez, elle ressemble à l'un de ces petits toutous neigeux que les femmes riches promènent sous leur bras. Elle souffle sur son café pour le refroidir.

– Il s'appelle Soler. C'est ça : Rick Soler. Et toi, ta soirée ? Elle s'est bien passée ? enchaîne Rita sans attendre ma réaction.

– Elle n'a pas manqué d'intérêt.

– Ce qui signifie ? me demande-t-elle, la tasse de café aux lèvres.

– Je suis tombée sur un portrait de ma mère.

Un jet de café jaillit de la bouche de Rita.

– Merde ! À cause de toi, je me suis brûlé les amygdales.

Elle pose sa tasse sur la table, essuie le canapé avec un Kleenex, puis se penche en avant, totalement réveillée cette fois-ci.

– Raconte-moi. *Pronto !*

Je dois être prudente. Rita se fixe si facilement sur des détails qu'elle est capable de me rendre folle. J'essaie donc de lui expliquer ce qui s'est passé, *grosso modo*.

– Oh, mon Dieu, Avery ! C'est incroyable. Comment est-ce que tu peux être si calme ? Comment as-tu été capable de dormir ? Pourquoi ne m'as-tu pas réveillée ? Qui est ce type ? Tu vas le revoir ?

– Il m'a donné sa carte…

Rita me l'arrache des mains et l'étudie.

– Paul DeGraf ? Doux Jésus, Avery ! Tu sais qui il est ? C'est le propriétaire de Pinnacle et de la Buena Vista Gallery. Il est plein aux as.

– Je m'en serais doutée en voyant sa villa.

– Alors qu'est-ce qu'il t'a dit au sujet de ta mère ?

– Rien. Sauf qu'elle s'appelait Isabel Colinas, et qu'elle avait un pseudonyme : Lara Collins.

– Un pseudonyme ? Qu'est-ce qu'elle faisait ?

– Nous n'avons pas vraiment eu le temps de parler. J'ai d'autant plus travaillé que Dale n'avait pas envie de plaisanter.

– Eh bien, tu l'appelles aujourd'hui, non ? Ce matin ?

– Il faut que je réfléchisse…

– Tu as eu vingt-cinq ans pour le faire. Maintenant tu peux enfin savoir.

– Ce n'est pas si simple.

Debout, les mains sur les hanches, Rita me défie.

– Ce n'est pas difficile non plus. Tu as les questions. Il a les réponses. Où est le problème ?

– Je n'en sais rien. Je veux simplement prendre le temps de réfléchir.

*

« Appelez-moi quand vous serez prête », m'a-t-il dit.

Jamais je n'aurais cru que je pourrais ne pas l'être. Et puis, voilà que je tergiverse. Peut-être, tout simplement, parce que c'est la fin de la quête. Sachant maintenant qui elle était, la Vérité s'annonce comme une simple information supplémentaire.

Ou alors je redoute ce que je vais découvrir. Mais que pourrais-je apprendre de pire que ce que je sais déjà ? Ma mère ne voulait pas de moi. Elle m'a abandonnée comme un vieux chiffon dans le sous-sol d'une institution. Elle n'a jamais tenté de me retrouver, n'a jamais su — sans doute s'en moquait-elle —, si j'étais morte ou vivante.

Moi, en revanche, pendant vingt-cinq ans, j'ai passé le plus clair de mon temps à me demander qui elle était.

Ceux qui vivent entourés de leur famille ne se posent pas les questions qui m'ont hantée. Ils tiennent leurs yeux bleus de leur mère, marchent les pieds en dedans comme leur tante Sue, ont hérité du don musical de leur père, de cette manie qu'ils ont de braquer des stations-service, les soirs de pleine lune, de leur grand-oncle Carl — grand dévaliseur de trains.

Il est évident que j'ai eu une mère et un père, mais sans connaître leur identité, ni savoir où ils vivaient. S'aimaient-ils, se détestaient-ils ? Je ne pourrais même pas dire s'ils se seraient reconnus en se croisant dans la rue.

Lundi matin, je retourne chez Eyes Right et commande de nouvelles lentilles.

Passent les jours, puis les semaines et on arrive en mai. Je continue à me trouver des prétextes pour ne pas appeler DeGraf. Je n'ai pas encore mis de l'ordre dans mes idées. Alors, je me persuade que, n'ayant pas le temps de le rencontrer, je ne veux pas me contenter d'une conversation téléphonique. Ou bien, je me dis que l'heure est trop matinale pour l'appeler — il ne sera pas là ; ou que c'est trop tard — il sera parti. En fin de matinée, il doit être occupé. Etc., etc.

À l'approche de l'été, il y a chaque jour un peu plus de frénésie dans l'air. Début septembre, elle éclatera à l'occasion de la *fiesta* de Santa Fe. La succession de cocktails, de dîners, de vernissages et de barbecues a commencé. L'opéra entamera sa saison en juillet, et ce sera alors le règne, avant les représentations, des parades musicales et, après, des buffets de pâtisseries.

Pendant la journée, je prends des réservations, je me rends sur place et joue les ambassadrices auprès des clients. Juana et moi, qui avons la chance de travailler à plein temps, nous donnons un coup main pour l'envoi des invitations et la préparation des plats. Généralement, je fais la serveuse pendant la soirée, et mon emploi du temps coïncide si peu avec celui de Rita qu'il m'évite d'expliquer pourquoi je vis dans une sorte de brouillard.

Lorsque ma journée s'achève, la fatigue me laisse juste le temps d'avaler quelque chose avant de m'écrouler sur mon lit. Cette trépidation tient à distance l'ombre de ma mère. Mais, une nuit, tandis que je me tourne et me retourne dans mon lit, les yeux grands ouverts sur l'obscurité, le passé vient à ma rencontre.

2

Un célèbre médecin a dit que les bébés sont comme de petites ardoises vierges qui attendraient l'écriture de la vie pour que se forge leur destin.

Mais ce sont des conneries et tous les bébés le savent. On naît en portant les graines de son devenir. Plantez une graine de tournesol et vous verrez pousser un tournesol. S'il est trop arrosé, ou s'il manque de lumière, ou si le sol est trop lourd, il sera peut-être chétif, ou se flétrira avant l'heure. Il mourra peut-être. En tout cas, une graine de tournesol ne donnera jamais une ancolie.

Les bébés voient, entendent, sentent et ressentent. Ils sont au courant d'un tas de choses qu'ils ne sont pas censés savoir. Seulement, ils ne peuvent le dire à personne. Et, quand ils ont finalement appris à parler, ils ont oublié ce qu'ils savaient.

Je n'ai pas été étonnée outre mesure lorsque j'ai entendu raconter pour la première fois comment on m'avait découverte. Après tout, j'étais sur place. Beaucoup plus tard — l'oubli ayant fait son œuvre depuis longtemps —, j'ai souvent rêvé que je tombais, du haut d'un grand escalier, dans un trou noir.

Alamitos — ou « Petits-Platanes » — est une petite ville de fermiers du Colorado, située dans la haute vallée de San Luis, à proximité de la frontière du Nouveau-Mexique. Tout y est sec, plat, battu par les vents, entre les montagnes de la Sangre de Cristo, à l'est et au sud, et celles de San Juan, de LaGarita et de Conejos-Brazos, au nord et à l'ouest. Recouvert de gelées blanches en hiver, le sol reprend sa couleur brune au printemps, puis se pare de vert en été. À l'automne, on ne voit plus que l'or des platanes, dans un air saturé de l'odeur des pommes de terre, entassées à la lisière des champs, puis mises dans des cageots, avant d'être transportées sur des camions.

Célèbre pour la culture de ces tubercules, la vallée l'est également pour ses grandes dunes de sable — trente-deux mille acres de sable apporté par les vents d'ouest qui se heurtent à la Sangre de Cristo. J'ai passé à Alamitos les treize premières années de ma vie, mais je n'ai vu les dunes qu'une seule fois. Je savais, sans qu'on me l'ait expliqué, qu'elles représentaient une aberration de la nature : un drôle d'océan, pâle, mouvant, perdu dans les Rocheuses.

San Juan Avenue coupe la ville en deux. On trouvait, à Alamitos, le bâtiment carré, en brique, de la poste, le cinéma El Azteca, avec son néon rose et vert, deux banques, Corie's Café, d'un côté de l'avenue, et Tina's Cantina, de l'autre. Il y avait aussi à Alamitos une quincaillerie et le Raymond's Corner Market, où nous avions l'habitude d'aller, l'après-midi, boire une limonade et regarder les grands du collège fumer et jouer les adultes. Quand j'ai quitté Alamitos, le Raymond's avait fermé, et tout le monde se retrouvait au nouveau supermarché, dans le nord de l'agglomération, en bordure de l'autoroute del Norte.

Dix rues coupent l'avenue principale, à angle droit : San Luis, Cerrillos, Hatcher, Selden, Laguna, puis la Sixième, Septième, Huitième, Neuvième, Dixième Rue, comme si la municipalité avait été à court d'idées. La Septième, Huitième et Neuvième étaient les plus pauvres. Les gens y vivaient derrière des murs de pisé à moitié en ruine, ou bien dans des maisons faites de planches à la peinture écaillée et dont les toits n'étaient que du gros papier goudronné. Des voitures rouillaient parmi les herbes folles, et des chiens faméliques somnolaient sur les vérandas.

À l'autre bout de la ville, les rues étaient larges, bordées de trottoirs, à l'ombre de grands platanes, et de belles maisons anciennes. Sur Selden Street, il y avait la plus grande d'entre elles, toute de brique rouge : l'orphelinat Randall Carson.

C'est là que j'ai fait mon entrée en scène. Très exactement, au sous-sol, une nuit glaciale de janvier. J'avais sur moi une couche souillée, une brassière brodée de fleurs, et j'étais enveloppée dans un drap de bain qui venait d'un motel : le Stardust Motor Inn.

Il paraît que le gardien de l'orphelinat, Charlie Elvin — un Arapaho myope — pressé de terminer sa journée et de retourner à la douceur de son foyer, où sa femme et son dîner l'attendaient, prit le paquet contre lequel il venait de buter pour un chien errant, attiré par la relative chaleur de la chaudière, installée au sous-sol.

Charlie était peut-être myope, mais pas sourd. Il entendit une sorte de hoquet. Le paquet respirait. S'accroupissant, il se retrouva face à une paire de petits yeux sombres. Des yeux qui avaient quelque chose de bizarre, dira-t-il plus tard à sa femme, sans pouvoir être plus précis.

À peine eut-il soulevé le bébé qu'il le reposa par terre, tant il lui rappelait l'odeur de son poulailler, un après-midi d'été. Il courut vers la porte. Puis retourna vers le nourrisson.

– Je reviens tout de suite, dit-il précipitamment.

Et il alla alerter l'infirmière de garde.

Annette Colby avait des cheveux bruns, coupés court, des yeux bleu pâle et autant de formes que d'intelligence. Quand Charlie fit irruption dans son petit bureau, en parlant d'un enfant dans le sous-sol, elle crut que ce dernier avait fait une chute dans l'escalier.

– J'ai déjà dit, des milliers de fois, qu'il fallait une barrière en haut de ces marches tellement raides, fit-elle en attrapant sa trousse médicale.

– Non, m'dame. Je parle d'un bébé. Une pauvre petite chose à moitié gelée.

Annette plissa les yeux. Charlie avait eu l'habitude de boire, mais depuis cinq ans déjà, il se rendait régulièrement aux réunions des Alcooliques anonymes.

– C'est impossible, remarqua-t-elle calmement. Comment un bébé serait-il descendu au sous-sol ?

– Sacrebleu… Pardon. J'en sais rien, m'dame. Mais il y est en tout cas. Comme je vous le dis. Venez avec moi.

Annette s'entendit haleter tandis qu'elle s'efforçait de suivre Charlie à travers le hall qui embaumait la cire. À travers les hautes fenêtres, elle voyait d'énormes flocons de neige tomber entre des branches nues. Pour l'instant, le vent ne soufflait plus.

– Je n'entends rien, dit-elle au moment où Charlie poussa la porte du sous-sol. Est-il… ?

– Il l'était quand je l'ai laissé.

– Vous avez pris la peine de…

Un vagissement impatient interrompit Annette.

– Dieu du ciel !

Elle se pencha, saisit le paquet frissonnant, le mit sous sa veste, tel qu'il était dans ses linges souillés, non sans faire la grimace.

– Charlie. Courez appeler le Dr Tatum. Allez. Faites vite, ordonna Annette.

Elle montait l'escalier, perdue dans une conversation avec le ciel, lorsque, sentant un petit tiraillement sur son chemisier, elle baissa les yeux.

Une main minuscule et très sale s'était refermée sur le médaillon d'or, en forme de papillon, qu'Annette avait reçu de sa mère. Le papillon était l'œuvre d'un bijoutier, nommé James Avery. Annette vit dans ce geste un signe divin, et décida aussitôt de me baptiser : James Avery. Quand l'examen du médecin eut révélé que j'étais une fille, Annette se contenta d'ajouter une virgule entre le prénom et le patronyme.

Nom du bébé : James, Avery.

Aujourd'hui, mes treize ans à l'orphelinat ne me laissent que des souvenirs flous. Comme des photos prises à la hâte. Ce sont plutôt les odeurs qui me reviennent en m'apportant leur lot d'images. Le désinfectant au parfum de pin est associé à la salle d'eau, éternellement glaciale, à son carrelage, à sa rangée de lavabos blancs. La poussière de craie évoque la salle lambrissée, où on étudiait la Bible, dans une atmosphère confinée. L'odeur de la naphtaline me rappelle l'armoire — son lourd bouton de porte, en faïence, et son énorme clé — qui servait de refuge estival à de vieilles couvertures de laine.

Et puis il y avait la cuisine. La vapeur qui montait d'une marmite pleine d'épis de maïs séchés, mijotant dans de l'eau additionnée de bicarbonate de soude. L'odeur de poussière des piments secs qu'apportait Esperanza Verdugo — une femme ronde, avec une longue natte grise dans le dos, des yeux noirs, un regard vif, des bras basanés et doux, et une dent de devant en or : la cuisinière de l'institution. Elle n'était pas une mère, ni un professeur, ni une infirmière. Elle ne possédait aucun diplôme de psychologie, d'assistante sociale ou d'enseignante. Pour tout dire, elle ne savait ni lire, ni écrire et parlait une sorte de pidgin qui, parfois, me faisait hurler de rire.

Mais elle n'avait pas son pareil pour drainer une marée d'enfants autour d'elle. Nous nous accrochions à ses bras, à ses jupes, à ses jambes. C'était elle qui laçait nos souliers, nous mouchait, nous apportait en cachette des *bizcochitos* à la bibliothèque. Nous l'appelions *tia* ou *nana*, *abuelita* ou *gramma*. Et c'était encore elle que nous appelions, comme on crie au secours, quand nous venions de faire un cauchemar.

Je me souviens de cette chaise, bancale, sur laquelle j'avais l'habitude de m'asseoir et de me balancer d'avant en arrière, tout en regardant Esperanza faire du *posole* sur la grande cuisinière en fonte. Normalement, je n'aurais pas dû être dans la cuisine, mais si quelqu'un m'y surprenait et commençait à adresser des reproches à Esperanza, cette dernière prenait un air étonné, regardait à droite, à gauche, secouait la tête, faisant mine de ne pas comprendre.

Quand j'eus huit ans, elle me laissa écosser les haricots et les petits pois. Deux ans plus tard, elle m'enseigna l'art de réussir les *tortillas*. Elle disait que c'était l'une de ces choses qu'il fallait apprendre très jeune pour vous forger une seconde nature. Elle avait apporté son propre *comal* — une grande poêle en terre, bien différente des nouvelles, en aluminium ou en fonte — qui avait appartenu, disait-elle, à sa mère et même à sa grand-mère. Elle la graissait avec un petit chiffon imbibé de Crisco. Dans un bol d'eau froide, elle trempait ses mains, puis pressait les tortillas entre ses paumes mouillées pour éviter qu'elles ne s'attachent. Quand un côté était doré, elle les retournait, en les attrapant de sa main humide.

C'est elle qui m'apprit qu'une cuisinière qui se respecte ne fait jamais de *frijoles* sans *epazote* et de *chile colorado* sans *canela*.

Bien que l'orphelinat fût un établissement public, reconnu par l'État du Colorado, il était administré par l'Église de Dieu en Jésus-Christ. Tous les responsables, à commencer par la directrice, Alice Ridley, en faisaient partie. Ridley était une grande femme qui semblait taillée dans de gros blocs de bois. Une masse de cheveux gris acier, des yeux de même couleur, elle oubliait de compter ses dents jaunies. Elle terminait toutes ses phrases — y compris les plus terre à terre — par un : « Si Dieu le veut. » Ou un « Que la volonté de Dieu soit faite ! »

Je prenais Dieu pour un parent hypervigilant qui prêtait une attention extrême aux plus infimes détails de la vie quotidienne de l'orphelinat. Est-ce que j'avais brossé mes dents ? Les quatre coins des couvertures étaient-ils soigneusement repliés sous les matelas ? Avait-on bien poussé le loquet de la porte de la cuisine ?

Le reste du personnel était composé d'enseignants et de conseillers pédagogiques que, pour la plupart, on confondait les uns avec les autres. Ils nous préparaient de leur mieux à l'adoption, aux études, à la recherche d'un travail. À des vies productives dans le monde réel. Ceux qui, avant nous, n'avaient touché ni à la drogue, ni à l'alcool, n'étaient devenus ni papas, ni mamans avant d'obtenir un diplôme universitaire servaient d'exemples. Leurs photos étaient accrochées dans la salle à manger.

Sans être programmée pour le pire, je n'étais pas vraiment partie pour rejoindre cette galerie de portraits, via l'université. Non seulement j'avais de drôles d'yeux, mais aussi j'étais petite pour mon âge. En classe, j'avais du mal à rester tranquille sur mon banc. J'avais du mal à apprendre à lire et, quand on me demandait de lire à haute voix, j'ânonnais.

Un jour, alors que je m'astreignais à copier des versets bibliques — pour prix de ma dernière transgression — dans la pièce attenante au bureau de Ridley, j'allai jeter un coup d'œil à mon dossier qu'elle avait oublié de ranger. Sur la toute première page, une note claironnait que je m'intégrais mal au groupe de mon âge. Plus tard, lorsque je fus plus instruite, je pus me dire que Ridley maniait l'art de la litote, comme personne.

En clair, les autres ne m'aimaient pas. Je m'en moquais, parce que c'était réciproque. À ceci près : je laissais faire, tandis que certains résistaient mal à la tentation que je représentais pour eux.

Ma « mauvaise intégration » me valait de trouver des crottes de chien dans mes chaussures. Mes livres atterrissaient régulièrement dans le linge sale, si bien que je devais descendre au sous-sol et fouiller dans le tas pour les récupérer. Ou encore, après avoir passé des heures à rédiger le compte rendu d'un livre, les pages disparaissaient de mon cahier et je les retrouvais, déchirées en mille morceaux, dans la cuvette des toilettes.

J'appris à me battre. Mais, avant tout, je m'aperçus assez vite que riposter n'est qu'un réflexe, dicté par la crainte de souffrir. La meilleure façon d'oublier les risques, c'est de se concentrer sur ses propres capacités.

Petite et rapide, j'avais pour spécialité les coups de boule, ce qui me permettait de couper le souffle à l'adversaire, et de laisser ainsi à un surveillant le temps d'intervenir avant la riposte. Mais, pour être efficace, il me fallait prendre les devants, prendre l'initiative dès que je sentais venir les ennuis. Conclusion : on me reprochait systématiquement d'« avoir commencé ».

Cette réputation m'empêchait d'être envoyée fréquemment dans des familles d'accueil et, quand cela arrivait, je n'y restais jamais longtemps. On me reconduisait à l'orphelinat, comme on rapporte du lait aigre à l'épicerie.

Je n'avais qu'une seule amie en dehors d'Esperanza.

Sans conteste, Lee-Ann Davisen était l'enfant la plus intelligente de l'orphelinat. Maintenant que j'y repense, je dirais même qu'elle était la plus intelligente de tout l'établissement. Pour cette raison, certains l'aimaient, d'autres pas. Plus grande que moi, moins maigre, elle avait une épaisse chevelure brune et bouclée qui sentait la cannelle. Mais j'enviais surtout ses beaux yeux verts.

D'après ce qu'elle racontait, ses parents — Lee et Ann Davisen — étaient morts dans un accident de voiture. Un oncle et une tante l'avaient recueillie pendant un certain temps, mais ils avaient leurs propres enfants à élever et peu de ressources. Une fois, elle me confia que ses parents se droguaient. Peu importait. De toute façon, chacun inventait les raisons de sa présence à l'orphelinat. J'avais appris à croire à moitié à ce que je voyais et à ne jamais me fier à ce que j'entendais.

L'un des conseillers pédagogiques estima bientôt que Lee-Ann devait me prendre sous son aile. À partir de là, chaque lundi et chaque vendredi après-midi, de seize à dix-sept heures, nous nous enfermâmes dans la petite pièce — attenante au bureau de Ridley — où, à d'autres moments, je passais beaucoup de temps à copier des versets bibliques.

Au début, je voulus simplement m'asseoir près d'elle, respirer le parfum de ses cheveux, regarder le semis de taches de rousseur sur ses joues pâles, et les cils noirs qui, brusquement, se relevaient, dévoilant ses extraordinaires yeux verts. Et j'adorais l'écouter lire. Sachant ménager ses effets, elle adoptait le rythme de l'action, ralentissait quand s'installait le suspense, changeait de voix selon les personnages. Elle devenait Jim Hawkins et Long John Silver, Joe et Beth March, Jody Baxter parlant à son faon. Elle me lisait même des romans policiers qu'elle cachait pour éviter de se les faire confisquer et qu'ils ne servent à allumer un feu de camp.

Très vite, Lee-Ann me fit participer aux dialogues des personnages, attendant patiemment pendant que j'achoppais sur les mots les plus longs, m'aidant à les prononcer. Je devins peu à peu capable de lire des paragraphes entiers, puis des pages et des chapitres, tandis que l'or du soleil déclinant filtrait à travers les rideaux sales et que Lee-Ann, la tête appuyée au dossier du canapé, grignotait pensivement l'un des *bizcochitos* que j'avais apportés de la cuisine, en secret.

Elle avait dix ans et moi huit, lorsqu'un après-midi de printemps, alors que soufflait un vent violent, elle m'annonça que son premier but dans la vie était de se faire adopter. Nous étions sur des balançoires, dans la cour de récréation. J'étais si occupée à me balancer le plus haut possible que je ne réagis pas immédiatement.

– Qu'est-ce que tu en penses ? me demanda-t-elle.

Cessant de relancer ma balançoire, j'attendis qu'elle ait suffisamment ralenti pour sauter à terre. C'était quelque chose que j'adorais faire. D'abord parce que j'avais l'impression de voler. Ensuite, je donnais des émotions à Lee-Ann. L'audace physique était à peu près le seul domaine dans lequel je me sentais supérieure à elle. L'impact de mon atterrissage sur le sol dur résonna dans mes pieds et mes jambes, me fit basculer en avant et tomber à quatre pattes, en riant aux éclats.

– Tu as entendu ce que je t'ai dit ? hurla Lee-Ann.

– Non. Quoi ? hurlai-je à mon tour.

– Amène tes fesses volantes ici, si tu veux savoir. Je n'ai pas l'intention de crier sur les toits.

Je revins nonchalamment vers les balançoires, tout en essuyant les genoux poussiéreux de mon jean.

– Alors ?

– Je veux être adoptée.

– Pourquoi ? Quelle idée !

J'eus droit à un sourire condescendant.

– Tu ne comprends pas. Sans doute parce que tu n'as jamais eu de famille.

– Mais ça veut dire que tu vas partir, non ?

– Bien sûr. Tout l'intérêt d'être adoptée, c'est de foutre le camp d'ici.

Du bout du pied, Lee-Ann dessinait un cercle sur le sol, tandis qu'elle tournait sur la balançoire, torsadant le haut des chaînes.

J'essayai de me montrer philosophe.

– On me prendra peut-être avec toi.

– Non. Ça ne marcherait pas, remarqua-t-elle, non pas cruelle mais pratique. Je veux un père, une mère et être fille unique. C'est mieux. On s'occupe mieux de toi.

– Tu seras peut-être adoptée par ici, suggérai-je avec le même sens pratique. On pourrait continuer…

– Non, Avery, fit Lee-Ann, en secouant tristement la tête, j'ai besoin de vivre dans une grande ville. Comme Denver. Les écoles sont meilleures dans les grandes villes.

Brusquement, elle souleva ses jambes, et la torsade des chaînes commença à se défaire. Je la vis tourbillonner de plus en plus vite, la tête rejetée en arrière, ses cheveux flottant derrière elle, telle une patineuse artistique. Puis, quand la balançoire s'immobilisa, elle resta assise, bouche ouverte, les yeux levés vers le ciel.

– Oooh ! les nuages tournent, fit-elle en riant.

D'habitude, son rire provoquait le mien mais, à cet instant, je n'avais pas l'âme joyeuse. Tendant le bras, Lee-Ann posa sa main sur mon épaule.

– Il faut que je trouve une famille avec de l'argent, m'expliqua-t-elle. En tout cas avec assez d'argent pour que j'aille au lycée. Et même à l'université.

Les yeux baissés, je donnais des coups de talon dans la terre compacte.

– Tu veux savoir comment je vais m'y prendre ? me demanda-t-elle, le ton faussement enjoué, sans attendre une réponse. Je vais écrire une lettre au *Denver Post*. Tout le monde le lit là-bas.

Je plissai le front, repoussai ma frange qui me tombait sur les yeux.

– Tu veux dire que tu vas écrire aux journalistes pour qu'ils te trouvent une famille ?

Cette fois, Lee-Ann partit d'un tel éclat de rire qu'elle faillit tomber de la balançoire.

– Mais non, idiote ! Ils se contentent de publier les lettres. On peut écrire ce qu'on veut. Si je raconte que je souhaite vivre à Denver pour faire des études, je donnerai peut-être à quelqu'un l'envie de m'adopter.

Incapable de suivre son raisonnement, j'étais néanmoins captivée. Jusque-là, jamais il ne m'était venu à l'esprit qu'on pouvait se fixer un but, et tout faire pour l'atteindre.

Lee-Ann avait raison : je l'aurais facilement compris si j'avais connu les splendeurs et les horreurs de la vie familiale. Elle entreprit d'ailleurs de m'éduquer, entre deux lettres au *Denver Post* et deux séances de lecture.

Elle me parla de ses parents. Son père était ébéniste. La famille de sa mère possédait une ferme.

– Maman travaillait au Pepper's Steakhouse de Pueblo quand ils se sont rencontrés. Elle lui a servi une bière. Ç'a été le coup de foudre.

Lee-Ann me raconta les soirées d'été qu'ils passaient tous les trois au cinéma en plein air de Cheyenne, buvant des Coca et croquant un gigantesque paquet de pop-corn beurré et salé.

– Ils se disputaient ?

– Oh, oui ! Un jour il lui a fait un cocard, et ensuite il a pleuré pendant une heure. Une autre fois, pendant qu'ils rangeaient les provisions, ils se sont bagarrés et elle lui a envoyé trois œufs à la tête. Il s'est mis à la poursuivre dans toute la maison. Elle avait le plateau d'œufs avec elle et toutes les minutes elle se retournait et lui en lançait un. Pouah ! C'était dégoûtant. Et c'est moi qui ai tout nettoyé finalement.

– Pourquoi ? demandai-je, indignée.

Lee-Ann soupira, le regard passant au-dessus de ma tête.

– Elle avait à peine cassé le dernier œuf qu'ils étaient déjà en train de s'embrasser, et puis ils sont allés s'enfermer dans leur chambre.

– Pour faire quoi ?

– Tu ne peux pas comprendre.

Je me suis dit qu'elle n'avait pas compris plus que moi, sinon elle se serait empressée de tout m'expliquer.

Quelques jours plus tard, Lee-Ann prit le gros dictionnaire bleu qu'on nous incitait à consulter, dès que le sens d'un mot nous échappait, et tourna les pages, fines comme des pelures d'oignons, jusqu'à ce qu'elle arrive à la définition de :

Enfant trouvé : Enfant abandonné, de parents inconnus.

Cependant, je savais que pour la plupart des enfants de l'orphelinat il n'y avait pas de mystère. Ils connaissaient leurs pères et leurs mères, et savaient très bien où ils se trouvaient — en prison, dans une arène de rodéo, un bar, ou sur un trottoir. Eux n'étaient pas à proprement parler des enfants abandonnés. Leurs parents s'étaient débarrassés d'eux, ou bien ils avaient été enlevés à leur famille par l'assistance sociale.

– Avery, me dit Lee-Ann. Est-ce que tu te rends compte que tu es la seule vraie enfant abandonnée ici ?

J'en conçus une certaine satisfaction.

Lorsque avec fierté je montrai à mon amie ma brassière brodée, autrement dit mon plus précieux trésor, elle resta un long moment muette. C'était bien la première fois que je la voyais à court de mots. Le vendredi suivant, elle apporta pour mon heure d'étude un livre consacré aux fleurs qu'elle avait trouvé à la bibliothèque. Nous passâmes l'heure entière, penchées sur ses pages et sur la brassière. Lee-Ann me montra les roses, les marguerites jaune et blanc, les asters rouges et, en particulier, une fleur bleue, plus grande que les autres, qui me fit penser à un oiseau avec une longue queue gracieuse. Finalement, nous tombâmes sur celle qui avait servi de modèle pour la broderie de ma brassière.

– C'est une *Aquilegia cæ-ru-lea*, m'expliqua Lee-Ann. Une ancolie des Rocheuses. L'emblème du Colorado. Tu comprends ?

– Ça voudrait dire que ma mère venait du Colorado ?

– Peut-être. Ou alors, que tu es née là-bas.

– J'suis pas plus avancée, fis-je, en essayant de cacher ma déception.

– Qu'est-ce que tu croyais ? Que ce livre allait te dire où est ta mère ? Au moins, tu sais que c'est une artiste.

– Ah ?

Levant les yeux, je remarquai tout à coup combien Lee-Ann avait grandi. Et elle avait de la poitrine, en plus. Jésus ! Elle allait sur ses treize ans.

Elle attrapa la brassière et me la mit sous le nez.

– Regarde, stupide ! Ce ne sont pas seulement des petites taches de couleur. Ce sont de vraies fleurs. On peut les reconnaître. Il n'y a qu'une artiste pour faire ça.

À partir de ce jour-là, je gardai ma brassière sous mon oreiller et, chaque soir, en attendant de m'endormir, je caressais les broderies, imaginais ma mère tenant le petit vêtement entre ses mains, piquant l'aiguille, avec son fil de coton, dans le tissu. Je me voyais la rencontrer un jour et lui montrer la brassière, comme preuve de notre lien, comme la plaque d'identité d'un chien. Était-elle célèbre ? Peut-être vivait-elle à New York ou à LA ? Et si la broderie portait d'autres indices ? Y avait-il un puzzle à déchiffrer ? Fallait-il que je fasse preuve d'intelligence pour retrouver ma mère ?

Notre scolarité, à l'orphelinat, s'arrêtant à la septième, nous devions la poursuivre au lycée de San Luis. Il fallait, pour s'y rendre, prendre le bus orange qui s'arrêtait, chaque matin, au croisement de Selden et de San Juan. Le matin où Lee-Ann le prit pour la première fois, elle se montra nerveuse, mais beaucoup moins que moi. J'en avais la nausée. Je l'accompagnai jusqu'à la grille et m'attardai, frissonnante dans l'air froid matinal, pendant qu'elle et Camille Rodriguez s'éloignaient en silence. Deux fois, elle se retourna et me fit signe. Quand elles arrivèrent à la hauteur du bus, les portes jaune et noir s'ouvrirent comme par magie et, dès qu'elles furent à l'intérieur, le bus démarra, les feux arrière allumés, en crachant des gaz noirs.

Une main chaude se posa sur mon épaule.

– *Niña*. Qu'est-ce que tu fais là, pieds nus ?

Esperanza me prit par la main, essaya de me faire rentrer, mais, voyant que je résistais, elle s'accroupit à côté de moi, et me dit :

– Niña, niña. *Pobrecita*, ne t'en fais pas. Elle reviendra. Viens, insista-t-elle, en repoussant des mèches sur mes joues. Viens. J'ai besoin de toi à la cuisine.

Je suis poursuivie par une certaine image de Lee-Ann. Son visage m'apparaît à travers une vitre. À partir du moment où elle alla au lycée, un invisible obstacle se dressa effectivement entre nous. Invisible, mais tellement réel, que j'avais parfois l'impression de voir mon haleine se transformer en buée sur cette vitre. Nous continuions à poster ses lettres au *Denver Post*, profitant de l'occasion pour nous acheter une crème glacée et voir un film. Nous partagions toujours nos lectures et nos repas. Mais, le soir, quand nous nous glissions sous la même couverture, elle ne parlait plus que de quitter Alamitos. Ses courriers ne lui avaient pas encore permis de trouver la famille d'adoption dont elle rêvait. Elle se décourageait. Puis un nom commença à s'insinuer dans nos conversations. Pat Neeley. Il me fallut un certain temps pour comprendre qu'il s'agissait d'un garçon, et en rire.

– Pourquoi ses parents lui ont donné un nom de fille ?

– Il s'appelle Patrick, pas Patricia, rétorqua Lee-Ann, rougissante. Il se trouve qu'il est irlandais. Tu n'y connais rien. Alors ne te comporte pas comme une crétine, ou bien je ne te dirai plus rien.

– C'est ton petit ami ? demandai-je, blessée par sa réaction.

Son regard passa au-dessus de ma tête, ce qui arrivait de plus en plus fréquemment ces derniers temps.

– Pas vraiment. Mais on s'aime bien.

Je ressentis un certain agacement à l'idée qu'un garçon vienne s'immiscer dans notre duo. Cependant, je décidai, magnanime, de le rencontrer. Lee-Ann ne me l'avait pas encore proposé, mais j'étais certaine qu'elle le ferait. Je lui donnerais une chance à ce Patrick. C'était peut-être quelqu'un de bien.

Je commençai à me douter qu'elle n'envisageait pas de former un trio, le soir où, me coulant dans son lit, je me retrouvai pelotonnée contre une pile de vêtements, enveloppés dans sa robe de chambre.

Une main sur ma bouche, j'étouffai une exclamation de stupeur.

Nous étions toutes habituées à grimper dans d'autres lits que le nôtre, mais je ne pouvais redéménager aussitôt sans attirer l'attention. Dans l'obscurité, j'entendais des froissements de draps, des gémissements sortis d'un rêve, quelqu'un qui respirait difficilement, le nez bouché. Je tremblais de froid, de peur et de colère.

Lee-Ann était allée retrouver Patrick Neeley. Ils étaient ensemble, quelque part, à l'abri d'une ombre froide et bleue. Ils murmuraient, riaient, s'embrassaient. Lui mettait-il sa langue dans la bouche ? L'estomac retourné, j'enfouis mon visage dans son oreiller, et respirai le parfum de cannelle laissé par ses cheveux.

Je me dis que je resterais dans son lit jusqu'à son retour et lui demanderais des explications. Mais, en même temps, je me refusais à trahir ma détresse. Si bien que j'ai attendu que les soupirs, les grincements de dents, les toussotements des autres s'apaisent pour regagner mon lit, sans bruit.

Le lendemain, je pus facilement éviter Lee-Ann jusqu'au dîner et je fis en sorte de me rendre le plus tard possible à la salle à manger, quand les places voisines de la sienne seraient prises. À dix-huit heures, au son de la cloche, je m'enfermai dans les toilettes, en nage, nauséeuse, tandis que j'entendais les filles dévaler l'escalier. Dès que le calme revint, je ressortis et me lavai les mains. Sur le palier, je tendis l'oreille et, dès la fin des grâces et du chœur sourd des « Amen », je respirai à fond, puis dévalai l'escalier, comme si j'avais été retenue malgré moi. Tout le monde était déjà en train de manger bruyamment sa soupe.

Seules deux personnes se tournèrent vers la porte quand j'entrai : Edward Blakey, l'un des surveillants, l'air légèrement contrarié, et Lee-Ann. Les cheveux noués avec l'un de ces foulards de mousseline dont elle ne se séparait plus depuis quelque temps, les yeux écarquillés, elle chercha mon regard et le trouva, aussi sûrement qu'un missile qui se dirige automatiquement vers une source de chaleur. Elle tapota sur la chaise libre à côté d'elle.

– Je t'ai gardé ta place, m'annonça-t-elle, avec un doux sourire.

Je m'approchai, comme un chien qui répond à son nom.

3

JAMAIS je ne fis allusion à son escapade, mais elle avait compris que j'étais au courant. Elle savait aussi que je ne la trahirais pas. Pour se faire pardonner, elle me donnait des livres dont elle avait décidé de se débarrasser et m'offrait de petits cadeaux quand elle revenait du lycée. Barres de céréales, chocolat aux raisins secs, réglisse, pochettes-surprises : tout ce que nous avions l'habitude d'acheter chez Raymond's. Ainsi, elle faisait désormais partie de ces adolescents que nous avions eu l'habitude de regarder s'enlacer sur le parking. Je détestais son Patrick. Il suffisait que je me répète son nom pour éprouver une fureur qui troublait ma vue, comme si j'avais fixé le soleil. Parfois, j'avais envie de frapper Lee-Ann en hurlant que je ne voulais plus lui parler. Mais c'était faux. Je craignais plutôt que ce fût elle qui ait envie de se débarrasser de moi si je devenais trop embêtante.

La veille de son quinzième anniversaire, je ne la vis nulle part. Dans le dortoir, je constatai que ses draps et ses couvertures avaient disparu, ses livres, ses pinces à cheveux, ses foulards, sa montre en plastique noir, aussi : son étagère était complètement vide. Je fis la même constatation devant la porte ouverte de son vestiaire, dans la salle d'eau.

Comment avait-elle pu s'en aller sans rien me dire ? J'étais en colère, oui, mais elle savait que je m'en remettrais, comme toujours. En attendant, je me disais qu'elle avait voulu me vexer, m'obliger à demander à Ridley, par exemple, où elle était passée.

Eh bien, je m'en foutais ! Je ne demanderais rien, à personne.

J'allai me cacher dans la buanderie pendant que les autres se dirigeaient vers les salles de classe, ou sortaient prendre le bus. L'année prochaine, je le prendrais à mon tour ce bus. Mais je m'en moquais aussi. Le calme revenu, je me dis que Ridley et ses collègues tenaient maintenant leur réunion du matin et je montai à la cuisine.

Assise sur la chaise bancale, Esperanza nettoyait des épis de maïs.

– Niña, pourquoi tu es pas encore prête ? Tu vas pas à la *escuela* ?

Je m'assis par terre, à ses pieds, ramassai des barbes de maïs qu'elle avait laissées tomber et me mis à les nouer entre elles.

– *El señor* Ridley sera pas contente de te voir ici.

Appeler Ridley señor était une vieille plaisanterie entre Esperanza et moi, mais, cette fois-ci, j'oubliai de rire.

Esperanza soupira, s'essuya les mains et me caressa les cheveux.

– Pobrecita. Ton amie, partie. Très triste.

– Non, je m'en moque, lui rétorquai-je.

Mais je posai ma tête sur ses genoux.

– Allez. Tu aides Esperanza à faire le *posole*.

Nous nous levions quand la porte s'ouvrit d'un coup.

– Mademoiselle James, voulez-vous venir avec moi, s'il vous plaît ?

Je suivis Ridley jusqu'à son bureau, bizarrement détendue. Quoi qu'elle fasse, quoi qu'elle dise, ça ne changerait rien. Elle ferma la porte derrière nous, et même celle de la pièce où Lee-Ann et moi avions eu l'habitude de lire ensemble. Puis, enfoncée dans son grand fauteuil en cuir brun, à roulettes, les doigts joints, elle me regarda.

Je m'attendais à ce qu'elle m'incendie. Elle m'avait trouvée dans la cuisine alors que j'aurais dû être en classe, je compromettais mon avenir, je me moquais de ceux qui ne cherchaient qu'à m'aider. Des versets bibliques, j'allais encore en copier quelques-uns, je serais privée de sorties pendant des semaines, peut-être même me ferait-elle nettoyer les toilettes.

Soudain, penchée en avant, Ridley me surprit en remarquant simplement :

– C'est bien naturel d'éprouver de la tristesse quand une amie s'en va.

Tandis que j'observais la façon dont le soleil faisait ressortir le duvet au-dessus de sa lèvre, elle enchaîna :

– Toujours est-il que Mlle Davisen est partie et ne reviendra pas. Ce serait inutile de se morfondre et de rater ses cours. En fait, étudier est plus que jamais de rigueur. Si vous avez l'esprit occupé, vous n'aurez pas le loisir de pleurer sur votre sort. Je pense aussi que c'est le moment ou jamais de vous rapprocher de Jésus. On ne peut sous-estimer le pouvoir de la prière…

– S'il vous plaît, je peux partir ? demandai-je poliment, mais en décollant déjà de ma chaise.

Ridley leva un sourcil noir, qui comptait un poil blanc, lequel rebiquait comme une corne.

– Non. Je ne vous y autorise pas. Rasseyez-vous.

J'obéis. Elle parla. Longtemps. Je pensai à la préparation des tortillas, à l'odeur de la *masa* lorsqu'elle tombe dans le poêlon chauffé, à la façon dont les tortillas se collent à la main humide avant qu'on les renvoie se dorer sur l'autre face.

Percevant soudain un changement de ton, je sortis de mes rêveries.

– … voilà ce qu'elle a laissé pour vous.

Ridley me tendit une enveloppe bleue, sur laquelle je lus mon prénom et mon nom, en reconnaissant l'écriture posée de Lee-Ann. Je la pris entre les doigts. Fin, facile à froisser, le papier avait l'odeur de la cannelle.

Ridley m'observait, attendant que je sourie ou pleure, ou que je me livre à une idiotie quelconque. Elle aussi pouvait aller au diable. Ils pouvaient tous aller au diable. La lettre me fit l'effet d'une feuille morte quand je la froissai pour en faire une boule que je laissai tomber sur le bureau.

– Je peux sortir maintenant ?

Ridley resta de marbre.

– Habillez-vous et allez en classe, se contenta-t-elle de me dire.

Au printemps, quand il devint évident que mon attitude ne s'arrangerait pas, Ridley décida que j'avais besoin d'un soutien plus actif, ou d'un supplément d'attention, ou de quelque chose de ce genre. Je fus donc expédiée dans un foyer d'accueil.

Vieille, d'un vert sombre peu engageant, la maison s'élevait au milieu d'un champ, près d'un cours d'eau asséché, et un grand platane ombrageait sa véranda. Comme elle était loin de la ville, on ne pouvait aller à pied au cinéma ou dans les magasins. À l'exception de quelques « sorties en famille », mes promenades se limitèrent au parcours entre la maison et l'arrêt du bus scolaire. Certes, l'allée de gravier était longue, mais j'avais tout de même l'impression d'être en prison.

Nous étions quatre enfants. Je partageais une chambre avec Marla, qui avait cinq ans, et un nez qui coulait tout le temps. Lourdaud, mielleux, de petits yeux ronds et noirs comme ceux d'un cochon, l'esprit tordu et le vocabulaire assorti, Boyd Stiles dormait dans la même chambre que Jeff, un garçon de huit ans d'une telle timidité que, pendant les premiers jours, je crus qu'il était muet.

Le père, Jim Humber, avait un cabinet d'assurances, à Alamitos. Sharon Humber, la mère, était une femme de haute taille, sans attrait, avec de grandes dents qui mordaient sur sa lèvre inférieure, lui donnant abusivement l'air d'une demeurée. Elle détestait faire la cuisine, si bien que je m'en chargeais la plupart du temps. Quand je coupais des légumes ou que je faisais du pain, elle s'asseyait à la petite table jaune, dans le coin repas, buvait du thé glacé et me racontait des épisodes de la

Bible. Mais elle parlait si doucement que je l'entendais à peine et ne m'en plaignais pas.

Au moins, pendant que je cuisinais, j'avais la paix. Autrement, Marla me demandait sans cesse de la porter et elle était bien lourde pour ses cinq ans. Jeff me regardait fixement. Boyd m'agaçait. Il cherchait toujours une occasion de se frotter à moi, tout en prétendant qu'il ne le faisait pas exprès. Je me demandais bien pourquoi. J'avais des yeux bizarres et rien de spécialement attirant. Même pas des seins dignes de ce nom. Mais, chaque fois que j'allais préparer le dîner, il me prenait Marla des bras et en profitait pour me toucher, à la dérobée.

La première fois, je lui fis une remarque. Il me répondit que c'était un accident. La deuxième fois, je prévins Sharon. Grosse erreur. Elle nous fit asseoir tous les quatre, et nous déclara que nous étions des enfants de Dieu, sans exception, et que nous devions par conséquent nous considérer comme des frères et des sœurs, et nous respecter les uns, les autres. D'autant plus que nous vivions sous le même toit.

Il y eut une troisième fois. Je me penchais pour reposer Marla par terre, devant la télévision, quand Boyd s'approcha de moi et me mit la main entre les jambes. Je me redressai comme un ressort. Mon crâne heurta son menton et ce crétin se mordit si fort la langue qu'il faillit se la sectionner. Je lui fis observer que c'était un accident.

*

En mai, s'il était encore trop tôt pour les orages, le matin où Sharon dut conduire Jeff chez le médecin, à Alamitos, le temps fut néanmoins chaud, brumeux et menaçant. Sharon courait dans tous les sens, essayant de se préparer et de préparer Jeff, sans oublier les en-cas. Elle faisait partie de ces gens qui sont incapables d'aller faire des courses s'ils n'ont pas leurs petits biscuits, « parce qu'on ne sait jamais ».

– Très bien, les enfants, brailla-t-elle

Un bras dans son pull, le sac en bandoulière, les clés entre les dents, un bouteille d'eau sous le menton, elle tenait Jeff par la main, comme si elle craignait qu'il ne se sauve.

– Vous êtes gentils avec Avery. C'est elle qui vous garde, ajouta Sharon, voulant me donner de l'importance. Boyd, tu ne vas pas sortir avec cet horrible tee-shirt.

Le tee-shirt en question était un souvenir de la tournée mondiale d'un groupe de hard-rock que Boyd prétendait avoir vu.

– Oui, m'dame, fit-il en souriant.

Je savais qu'il désobéirait dès que la voiture de Sharon aurait disparu dans le premier tournant.

– Marla, tu n'ennuies pas Avery.

Jouant avec des poupées de papier, Marla leva à peine les yeux.

Je préparais mon cours d'anglais quand Boyd traversa le séjour au galop et sortit, vêtu du vieux tee-shirt que Sharon lui avait interdit de porter, d'un jean trop grand et de bottines à moitié lacées. J'avais essayé de lui lisser les cheveux, mais ils rebiquaient sur les côtés, comme de petites nageoires. Imaginant qu'il allait rejoindre ces idiots de copains et fumer avec eux, du côté de la rivière, je me sentis soulagée.

Tandis que le soleil poursuivait son ascension, le séjour devint étouffant. J'ouvris toutes les fenêtres. Je fis des crêpes au fromage pour Marla et moi, et à peine eut-elle fini de manger qu'elle s'endormit devant la télévision.

Je levais souvent les yeux de mon cahier pour regarder dormir Marla, des boucles blondes collées sur son front humide, de petites gouttes de sueur, comme de la rosée, sur son nez et sa lèvre. Elle avait l'air d'un ange mais, le nez bouché, elle ronflait. C'était drôle. Mais merde ! comment peut-on avoir envie de faire des enfants ? C'est tellement de tracas ! Je décidai ce jour-là de ne jamais en avoir. Le monde tournait assez mal comme ça.

Je sortis et, assise sur une chaise en plastique de la véranda, j'observais les gros nuages noirs qui s'amoncelaient au-dessus de la chaîne de San Juan. Sec et calme, l'air donnait l'impression d'être du verre, prêt à se briser.

M'étant assoupie, je vis, à mon réveil, un ciel nocturne. Le vent s'était levé et balayait feuilles et papiers. Je m'étirai, les jambes tendues, le dos cambré, puis je commençais à me lever quand j'eus soudain la chair de poule. Une drôle d'odeur flottait dans l'air.

Un éclair et un bruit me firent penser à un coup de fusil. Des morceaux de bois volèrent autour de moi, parmi des flammèches bleues. Je me retrouvai à quatre pattes, les oreilles bourdonnantes, le souffle à demi coupé. Levant les yeux, je découvris le peuplier noirci, fumant, foudroyé. Une âcre odeur de brûlé m'emplit les narines. Je m'efforçai de me relever et entrai en titubant dans la maison. Assise par terre, Marla me regarda, bouche ouverte et pourtant muette.

– Tu n'as rien ? lui criai-je.

Puis je compris qu'elle pleurait, mais je ne l'entendais pas. Dehors, il régnait un vrai tintamarre. Le ciel était zébré d'éclairs. Une pluie battante frappait la maison. La chaise vola devant la fenêtre comme un oiseau bizarre.

Marla pleurait, parlait, mais me donnait l'impression de grimacer comme un mime, puisque je ne percevais plus aucun son.

La porte s'ouvrit et, dans un courant d'air glacial, Boyd et ses copains, pâles, hagards, trempés jusqu'aux os, firent irruption dans le séjour. Je les avais complètement oubliés. Ils restèrent là, dégoulinants, et parlant tous à la fois. Quand l'un d'eux me montra du doigt et fit un commentaire, je songeai enfin à me regarder. J'étais couverte de piquants, comme un hérisson. En fait, il s'agissait de grosses échardes qui s'étaient plantées dans mes bras et mes jambes, faisant perler de petites gouttes de sang.

Les garçons passèrent à côté de moi pour aller s'enfermer dans la chambre de Boyd. Je baissais les fenêtres lorsque je me souvins qu'en cas de tornade il ne fallait jamais les fermer hermétiquement, sinon la maison risquait d'exploser.

Puis j'emmenai Marla dans la cuisine, l'installai à la table et lui donnai à boire du jus de pamplemousse pendant que j'allais chercher la pince à épiler de Sharon et le flacon d'alcool dans la pharmacie. Quand je revins, la petite, le verre aux lèvres, regardait fixement le rideau gris de pluie, derrière la fenêtre, au-dessus de l'évier. J'enlevai les échardes, mais lorsque je désinfectai leurs piqûres, j'eus l'impression d'être en feu.

Quand j'achevai cette corvée, l'orage était déjà passé, le calme régnait et, si Marla n'avait pas éternué, je ne me serais pas rendu compte que j'entendais de nouveau. Puis je levai les yeux et vis, à l'entrée de la cuisine, Boyd et ses copains qui m'observaient.

– Qu'est-ce que vous voulez ?

Apparemment, Boyd se souvint tout à coup que c'était lui qui n'avait rien à faire dans la cuisine, pas moi.

– On vient chercher quelque chose à boire.

– Eh bien, dépêche-toi ! Et allez boire dans ta chambre. Sans faire de saletés.

Tandis que je prenais mon cahier, il se tourna vers les deux autres.

– Faites pas attention. C'est une garce qui veut tout diriger.

– Boyd, sors d'ici. Sharon ne veut pas que tu dises des grossièretés devant Marla.

– Si Sharon n'est pas contente, elle peut aller se faire voir.

À l'évidence, Boyd tenait à impressionner ses copains. L'un des deux, dégingandé, osseux, les cheveux bruns descendant jusqu'à ses épaules, avait une bouche aux lèvres trop minces. L'autre, beaucoup plus jeune, trouvait absolument hilarant le moindre propos des deux aînés. Il se mit à rire comme un âne braie. Boyd avait son public.

– Très bien, fis-je. Tu le lui diras toi-même.

Je pris Marla par la main et l'entraînai dans le séjour, avec l'intention de l'asseoir devant la télévision. Mais, bien sûr, il n'y avait plus de courant. Quelques minutes plus tard, les trois garçons venaient s'affaler sur le canapé, éclaboussant les coussins de soda. L'après-midi s'annonçait mal.

– Avery, lis quelque chose, me demanda Marla en me tendant son livre d'histoires bibliques.

Je m'assis dans le fauteuil, et la pris sur mes genoux.

– Lis « Noé et l'arche ».

J'ouvris le livre sur l'histoire de l'arche de Noé. L'illustration représentait un groupe de gens, pour la plupart en pyjama et robe de chambre. Une femme, en blouse mexicaine, tenait un verre de vin à la main. On remarquait aussi deux hommes, aux sourcils noirs et broussailleux, aux sourires mauvais. On voyait d'autres personnages, chargés de sacs remplis de pièces d'or, ou bien se prosternant, au bord d'une rivière, devant une statue à six bras, nantie de deux cornes, comme un taureau.

« Peu à peu, le peuple s'était détourné de Dieu, et maintenant le mal régnait. Dieu posa son regard sur la terre, vit ce qui se passait et fut très en colère. Mais Dieu vit aussi Noé, qui L'aimait et essayait de vivre sans commettre de péchés… »

– Où est-il, Noé ?

– Il n'est pas sur cette page. Là, il n'y a que des gens mauvais.

– Qu'est-ce qu'ils font ?

– Ils se droguent, ils baisent, ils dansent le rock, s'écria Boyd.

Ses deux copains se tordirent de rire.

« Noé ne trichait jamais, ne mentait jamais, et ne volait jamais. Il apprenait à ses enfants à prier Dieu. Noé était triste de voir comment les autres gens se comportaient… »

– Ils se faisaient livrer de la bonne colombienne, fit Lèvres-Minces.

Les trois gamins rirent comme des fous. Je les fixai jusqu'à ce qu'ils s'arrêtent.

– Ce ne serait pas l'heure de rentrer, les garçons ?

– Oh ! Fiche-nous la paix, Avery. Je vis ici, moi aussi. Et mes amis restent si je leur dis de rester.

Je refermai le livre. Marla commença à geindre.

– Lis, Avery.

– Allons dans notre chambre.

Aucune pièce n'ayant de clé, je bloquai la poignée avec une chaise.

– Pourquoi tu fais ça ? me demanda Marla.

– C'est un jeu.

– Quel jeu ?

– Je t'expliquerai plus tard. Tu veux que je te lise l'histoire ou pas ?

Nous nous installâmes sur le lit mais, quand je me tournai vers la fenêtre afin de mieux voir, je me rendis compte que la nuit allait tomber, et nous n'avions toujours pas de courant.

Je lus l'histoire de Noé, de la tour de Babel, de Jonas et de la baleine. Puis il fit trop sombre pour que je continue. Il y avait sûrement des bougies dans le garde-manger, mais je n'avais pas envie de m'y aventurer. Un jour, j'avais entendu l'une des surveillantes de l'orphelinat déclarer : « Vous avez un garçon, vous avez une cervelle. Mettez deux garçons ensemble, vous n'avez que deux moitiés de cervelle. S'ils sont trois, vous avez un problème. » Qu'était-il donc arrivé à Sharon ? Et Jim, qu'attendait-il pour rentrer ?

– Avery, allume.

– Je ne peux pas. L'orage a coupé le courant.

– J'ai peur dans le noir.

– C'est bête. Le noir n'a jamais fait de mal à personne.

Il y eut un bref silence, puis Marla recommença à geindre.

– Avery, j'ai faim.

– Moi aussi. Mais sans électricité la cuisinière ne marche pas. Tu devrais faire un petit somme, et quand tu te réveilleras Sharon et Jim seront revenus. Et on ira tous manger un hamburger.

– Je n'ai pas sommeil. J'ai faim.

– Marla, je ne peux rien faire. Il faut attendre.

– Tu me donnes un cookie ?

– Non ! criai-je en jetant le livre par terre. Non ! Tais-toi, tu veux ?

Marla se mit à pleurer. Je me levai et regardai par la fenêtre. Le ciel, dégagé, était constellé d'étoiles. Étant donné que le calme régnait dans la maison depuis un moment, je me dis que les copains de Boyd étaient peut-être partis. Marla devenait de plus en plus nerveuse. Se balançant d'avant en arrière, son oreiller dans les bras, elle ne pleurait plus : elle hurlait comme une sirène.

J'en eus assez.

– Allez, Marla. Arrête. Je vais te chercher un cookie, d'accord ? Tu veux venir avec moi ?

Elle refusa, remontant le couvre-lit jusqu'à son menton.

Dans le couloir, je m'immobilisai une minute, essayant de percer l'obscurité, les pieds nus sur la moquette élimée. Quand je parvins à distinguer vaguement l'angle du couloir qui précédait le séjour, j'avançai d'un pas. Aussitôt, j'entendis parler à voix basse, entre deux rires étouffés. Ça devait venir de la cuisine. Je m'approchai en faisant du bruit pour que les trois crétins m'entendent arriver.

Ils avaient trouvé une torche électrique qu'ils avaient posée au milieu de la table et, à tour de rôle, ils s'amusaient à la faire tourner, à créer des jeux de lumière et d'ombre sur les murs et sur leurs visages.

– Ah, ah ! Elle vient s'amuser avec nous, fit Lèvres-Minces.

– Marla veut un cookie. Prêtez-moi la lampe une seconde.

Au moment où je tendais le bras, Lèvres-Minces enleva la lampe.

– Dis : « S'il te plaît. »

Je croisai les bras, agacée.

– Donne-moi cette torche. Je veux simplement prendre un cookie et des bougies.

– Tu as entendu. Sois polie, intervint Boyd, avec un sourire carnassier.

– S'il te plaît, dis-je, grinçante.

Je tendis la main, mais les deux idiots échangèrent un regard, puis secouèrent la tête.

– Il faut le dire gentiment. Comme si tu ne te faisais pas prier, insista Boyd.

– Tu sais quoi ? Je suis fatiguée. Marla pleure parce qu'elle a faim…

– Oooh ! la pauvre petite, fit Rire-d'Âne, moqueur.

– La ferme ! Ce n'est pas à toi que je parle. Allez, continuai-je, en revenant à Lèvres-Minces. Lâche-moi un peu. Laisse-moi me servir de cette torche. Je prends un cookie, et après vous pourrez retourner à vos petits jeux.

– J'ai un nom, fit Lèvres-Minces. Je m'appelle Shawn.

– Qu'est-ce que tu veux que ça me fasse ? Donne-moi ça.

– Tu oublies le mot magique, fit Boyd.

– Va te faire voir, Boyd !

Je me penchai vers la torche, mais Shawn la donna à Rire-d'Âne. Lui, je pouvais m'en charger et je m'en approchais quand un coup de pied m'envoya par terre. Deux mains apparurent sur mon visage.

– Écartez-vous, crétins.

J'étais encore à genoux lorsque j'entendis les chaises racler le lino. Puis, à peine debout, je fus plaquée contre le réfrigérateur et reçus l'haleine aigre de Shawn en plein visage.

– Tu la veux toujours cette torche ? me demanda-t-il.

Ma bouche était si sèche que je faillis vomir en avalant ma salive.

– Lâche-moi !

Le contact, brusque et froid, de la lampe sur ma cuisse, me fit sursauter. Je crus que j'allais être étouffée par les battements de mon cœur.

– Tu peux l'avoir si tu veux, fit Boyd, penché sur moi, la torche à la main.

Plus haut que la source lumineuse, son visage devenait aussi grotesque que celui d'un monstre de bande dessinée.

Le geste brusque, je fis tomber la torche. Le faisceau de lumière disparut comme une allumette au fond d'un puits. Une main m'agrippa le bras. Pensant qu'il s'agissait de Rire-d'Âne, je me rejetai contre le réfrigérateur, sûre de lui écraser les doigts.

– Aïe ! Salope !

Je parvins à le situer et je le bousculai, puis je me précipitai, titubante, vers le séjour, quand l'électricité revint. Surprise, je m'immobilisai un instant. Un instant dont Shawn profita pour me bloquer le passage.

– Enlève-toi de là.

Je tentais de paraître maîtresse de la situation ou, du moins, de moi-même. Boyd marqua une hésitation. Mais, tandis qu'il se demandait encore jusqu'où il irait, Shawn, en revanche, sourit.

– On ne te fera pas de mal. On veut seulement voir tes nichons.

– Tu rêves, abruti !

– Avery ! Où est mon cookie ?

Pendant que, de la chambre, Marla m'interrogeait de sa voix fluette, Shawn se rapprocha de moi à petits pas.

– N'avance pas ! Tu as oublié que Sharon et Jim vont rentrer d'une minute à l'autre ? Tu as du souci à te faire si tu poses la main sur moi.

Des années plus tard, je devais découvrir qu'il est inutile d'essayer de raisonner un homme excité, mais, ce jour-là, avec des gosses de cet âge, je pensais encore que j'avais une chance.

– Avery, où est mon cookie ? répéta Marla.

Je la voyais s'essuyer le nez du revers de la main. J'aurais pu l'embrasser.

– Laisse tomber, Rainey, fit soudain Boyd. Elle n'aime même pas les garçons.

– Ah ?

– C'est pour ça qu'ils l'ont envoyée ici, expliqua ce cher Boyd, l'air franchement dégoûté. Elle a perdu les pédales quand sa lesbienne de copine est partie.

Ce qui suivit est devenu un souvenir à la fois confus et parfaitement clair. L'enchaînement fut… inévitable. Fonçant sur Boyd Stiles, tête baissée, je le fis tomber, puis je sautai sur lui, comme un lynx, lui griffai le visage, lui tapai la tête contre le sol, sans cesser une seule seconde de me demander où il avait entendu ce qu'il venait de dire. D'abord, comment connaissait-il l'existence de Lee-Ann ? Il avait dû surprendre une conversation entre Sharon et son mari, me dis-je.

Brusquement, quelqu'un attrapa mon chemisier et me tira en arrière, au risque de m'étouffer avec mon col. Des phares balayaient la façade de la maison, on me hurlait d'arrêter. Finalement, Jim parvint à me séparer de Boyd qui sanglotait, jurait, battait des bras et prétendait que j'avais eu l'intention de le tuer.

Sharon n'en crut pas ses yeux.

– Pour l'amour du ciel ! Qu'est-ce qui se passe ici ?

Le lendemain matin, elle m'apporta le petit déjeuner et me dit que je pouvais aller à la salle de bains, mais qu'ensuite je devais attendre dans ma chambre la visite d'une assistante sociale.

Jeune femme aux cheveux bruns, raides et si longs qu'ils touchaient presque ses fesses, l'assistante sociale arriva en chemisier blanc, pantalon noir plein de petits accrocs et poncho vert, ajouré.

Pendant qu'assise sur le bord de mon lit défait j'examinais les ecchymoses et les marques rouges sur mes bras, elle s'installa sur une chaise en face de moi.

– Bonjour, Avery. Je m'appelle Elena.

Sans doute avertie que j'avais de drôles d'yeux, elle ne parut pas intriguée un seul instant.

– Veux-tu m'expliquer ce qui est arrivé hier soir ?

– Pour quoi faire ? Je suis sûre qu'on vous a déjà tout raconté.

– C'est vrai. Mais j'aimerais entendre ta version des faits.

J'arrachai quelques fils au couvre-lit et les roulai en boule entre mes doigts.

– On n'a même pas laissé Marla dormir dans cette chambre. Comme si je risquais de la mordre, ou je ne sais quoi.

– Je crois qu'on a voulu te permettre de mieux te reposer.

Je haussai les épaules en riant.

– Si ça peut te consoler, Jeff n'a pas dormi non plus dans la chambre de Boyd, m'apprit Elena.

– Et alors ? Je m'en moque.

– Comment t'es-tu fait ces marques, Avery ?

– Je ne me suis rien fait. J'étais assise sur la véranda quand l'arbre a été foudroyé. J'ai reçu des petits morceaux de bois.

– Et ces bleus ?

– Ils ont dû apparaître quand Boyd et moi…

Que dire exactement ? Que nous nous étions battus ?

– Pourquoi hésites-tu à me raconter ce qui s'est passé ?

– Il a dit quelque chose qui m'a mise en colère, expliquai-je, les bras croisés dans le dos.

– Et comment as-tu réagi ?

– Je l'ai frappé.

En fait, je n'expliquai rien. Je passai sous silence la scène dans la cuisine, la frousse que je n'avais pu m'empêcher d'éprouver à cause de ces trois imbéciles. Je ne dis pas que Boyd avait parlé de choses qui ne le regardaient pas, qu'il n'était pas censé savoir et qu'il ne comprendrait jamais, de toute façon.

– C'est ta réaction habituelle quand quelqu'un te dit quelque chose qui te déplaît ? me demanda Elena.

– Oui ! fis-je en la regardant droit dans les yeux.

Elle s'appuya au dossier de la chaise, croisa ses mains sur ses genoux.

– Pourquoi toute cette colère, Avery ?

« Vous avez vraiment le temps d'écouter mon histoire, Elena ? » Je tournai mon regard vers la fenêtre. Dehors, des branches d'arbres et des ordures, dispersées par la tempête, jonchaient la petite pelouse. Dans le jardin de Sharon, les plants de tomates étaient cassés, et leurs feuilles ratatinées.

Elena eut un soupir de résignation.

– Avery, veux-tu retourner à l'orphelinat ?

– Oui.

Sharon me donna l'impression que je partais en vacances. Elle ne cessa de bavarder, de me demander si j'avais besoin d'elle pour faire mes bagages. Avec mes affaires qui ne remplissaient même pas une valise, je trouvai sa proposition idiote. De toute façon, elle m'inspirait de la haine. Jamais je ne lui pardonnerais d'avoir parlé de Lee-Ann devant ce crétin de Boyd. Quand Elena vint me chercher, dans l'après-midi, Sharon m'accompagna sur le perron et me sourit.

– Au revoir, Avery. Que Dieu te bénisse. Tout va s'arranger. Tu as bon cœur.

Je passai devant elle en lui lançant :

– Et vous, vous êtes une hypocrite et une menteuse.

– Avery ! me cria Elena, en colère.

– C'est sans importance, la rassura Sharon.

En bonne chrétienne, elle tendait l'autre joue. Elle oubliait que c'est le meilleur moyen de recevoir une deuxième gifle.

À l'orphelinat, il y avait une nouvelle conseillère. Melissa — je ne sais plus comment — avait été chargée de me parler d'Esperanza. Elle m'expliqua qu'elle avait eu une mort paisible, sans souffrance. Charlie Elvin m'apprit qu'elle avait l'air surpris mais heureux de voir les anges, lorsque son fils l'avait découverte, au matin, dans son lit.

J'eus l'impression de tomber malade. Le sang tapait dans ma tête, j'avais du mal à déglutir, les yeux me brûlaient. Toute la journée, je déambulai comme une somnambule, en cherchant à retrouver l'odeur poussiéreuse des piments séchés : le parfum d'Esperanza.

Pendant que le reste de l'orphelinat était à la salle à manger, Melissa vint me voir. Allongée sur mon lit, je fixais le plafond. Esperanza me manquait, Lee-Ann aussi. Je regrettais de ne pas avoir lu sa lettre. Peut-être avait-elle indiqué une adresse où lui écrire. Une adresse que je ne connaîtrais jamais, maintenant.

– C'est normal d'être triste, Avery, me dit Melissa, assise à mes côtés. Et puis tu es en colère parce qu'elle est partie, et c'est normal aussi.

Devant mon mutisme, elle ajouta :

– Mais tu n'es pas obligée de vivre ça toute seule.

« Tiens. Et qu'est-ce que ça change ? »

– Mercredi, un médecin vient de Denver uniquement pour toi. Le Dr Luchkov est un spécialiste.

Je détournai la tête.

– En attendant, si tu éprouves le besoin de parler à quelqu'un, tu m'appelles. Je te laisse ma carte sur ton étagère. Regarde. Je la pose là. Tu peux me téléphoner à n'importe quelle heure. De nuit comme de jour.

Melissa se leva. Son visage, auréolé de fines mèches de cheveux courts et pâles, plana au-dessus de moi comme un fantôme.

– Je reviendrai demain. Mais n'oublie pas que tu peux m'appeler quand tu veux.

Je m'éveillai brusquement au milieu de la nuit, me demandant si j'avais crié, ou si j'avais rêvé. Je tendis l'oreille. Pour une fois, on n'entendait aucun des bruits habituels : une respiration, des voix, le changement de vitesse d'un camion sur l'autoroute. Le silence m'enveloppait.

Je me levai avec l'intention d'appeler Melissa mais, au lieu de le faire, j'enfilai mon jean, mon tee-shirt et mon pull. Dans la taie d'oreiller, je fourrai mes vêtements, ma brosse à cheveux, un livre — au hasard et sans regarder son titre — et ma vieille brassière, puis je rassemblai ma fortune de huit dollars et douze cents, et l'enfonçai au fond de ma poche.

Si ce n'avait pas été pour moi le moment de partir, quelqu'un se serait redressé sur son lit et m'aurait appelée. Des anges m'aidaient — masquant de leurs mains les yeux des filles, emplissant leurs oreilles de souffles nocturnes —, si bien que personne ne me vit, ni ne m'entendit descendre l'escalier sur la pointe des pieds.

Toutes les portes avaient une alarme en état de marche, sauf celle de la cuisine, et j'espérais qu'elle n'avait pas été réparée pendant mon absence. Je m'assis sur la chaise bancale, le temps de lacer mes tennis et de dire au revoir au souvenir d'Esperanza. Puis je me glissai dehors et suivis San Juan Street jusqu'à l'autoroute. Devais-je aller vers le nord, à Denver ? Non. On me chercherait automatiquement de ce côté-là.

Albuquerque. Ce nom me vint à l'esprit comme une fleur qui s'ouvre la nuit. J'ignorais tout d'Albuquerque, sinon que c'était une grande ville, où je trouverais sans doute du travail — comme cuisinière, par exemple. En tout cas, je pourrais facilement disparaître, me fondre dans la multitude.

Je respirai à pleins poumons l'air froid de la nuit, mes affaires sur l'épaule, dans la taie d'oreiller. Impatientes, mes jambes trépignaient. Alors, je me mis à courir le long des rues plongées dans l'obscurité, glissant de temps en temps sur la terre meuble, jusqu'à ce qu'Alamitos soit derrière moi. Je m'efforçai de me souvenir de ce que j'avais entendu dire à propos du stop. Il fallait mettre son sac entre soi et le conducteur. Bien repérer la poignée de la portière et les verrous. Ne pas s'endormir. Arrêter de préférence un camion.

Quelques automobilistes passèrent, ralentirent, me regardèrent, puis repartirent. Je n'avais pas levé le pouce, non par peur, mais pour me laisser le temps de m'échauffer un peu. Quand je me sentis prête, je me retournai et commençai à marcher à reculons, de manière à ne pas me laisser surprendre.

Je vis les phares, haut perchés, s'approcher dans un bruit de gros diesel. C'était un semi-remorque. Il était encore assez loin quand je me mis à agiter ma taie blanche. Lorsque je le vis ralentir, un tel poids me tomba du cœur que je crus m'envoler vers le ciel comme une montgolfière.

4

SELON RITA, nous étions destinées à partager un appartement parce que nous faisons toutes les deux un petit trente-huit. Pour le reste, nous n'avons vraiment rien en commun. Elle a trois ans de plus que moi et, même s'il lui arrive de manifester une incroyable naïveté, c'est elle qui m'a appris à survivre dans une ville.

Nous nous sommes rencontrées, à Albuquerque, au Pete's Diner, où elle était serveuse et où j'allais aussi travailler pour payer mes études. Avant de la connaître, je n'avais jamais eu de compte en banque. Je vivais dans une maison avec quatre autres personnes — un arrangement que je détestais, mais le loyer était modique et puis j'étais proche de l'université, ce qui tombait bien puisque je n'avais pas de voiture. Je ne savais pas conduire de toute façon. Ce fut l'une des premières choses que Rita m'enseigna.

– Chérie, pour survivre ici, il faut être motorisé, me dit-elle, dès le premier jour.

Cette manie qu'a Rita d'appeler tout le monde « chéri » me faisait grincer des dents au début, mais j'ai finalement appris à ne plus faire attention à ce petit travers.

Elle commença par m'embarquer dans sa vieille Plymouth Duster bleue, tous les mercredis et jeudis après-midi, après le travail. Sur le grand parking du Lobo Stadium, elle me mettait au volant et me faisait faire des cercles, dans le sens des aiguilles d'une montre, puis en sens inverse. J'apprenais la marche arrière, en me contorsionnant sur mon siège pour regarder derrière. J'arrivais plus ou moins à me garer proprement. Je pratiquais les freinages brusques, en urgence, ou les ralentissements en douceur, j'effectuais des demi-tours et des tours complets. Je découvris les angles morts d'un rétroviseur. En sortant de l'auto-école Rita Harmon, j'obtins mon permis de conduire haut la main.

Elle me fit acheter, dans un magasin spécialisé, de ces pantalons ultralégers que portent les chirurgiens en salle d'opération, et je peux vous assurer qu'à Albuquerque il n'y a rien de tel pour l'été. Elle m'apprit à me maquiller sans que j'aie l'air d'une pute et me persuada de couper mes cheveux. Épais et raides, ils descendaient jusqu'à ma taille à l'époque. Quand je les vis sur mes épaules, je trouvai qu'ils avaient plus de volume et un joli mouvement.

Rita vient de Sundown, au Texas. Lorsque je lui demandai où se trouvait, exactement, Sundown, elle me répondit que Levelland était la grande ville la plus proche. Son envie de perdre son accent l'avait poussée à suivre des cours de diction. Il faut dire qu'au Nouveau-Mexique on n'est pas fou du Texas. Et puis Rita était persuadée qu'un accent de ce genre n'est pas un élément de séduction. Finalement, il ne refait surface que lorsqu'elle est en colère, ou qu'elle téléphone à sa famille.

Depuis le temps qu'elle m'en parle de sa famille, j'ai l'impression de la connaître. Son père — Cade Harmon

— possède un ranch. Sa mère, qu'elle appelle maman Jen, est femme au foyer. Tous les deux vivent toujours dans la maison où Rita et ses sœurs ont grandi. Rita est l'aînée, et la seule qui ait quitté le Texas. Rhonda, la deuxième, est allée à l'université d'Austin, a rencontré un fermier et l'a épousé. La cadette, Ricki, diplômée de l'université de Houston, en communication, travaille pour une chaîne de télévision.

Ils se téléphonent rarement et Rita n'est retournée là-bas qu'une seule fois, me semble-t-il, quand Rhonda a eu son premier enfant. J'ai l'impression qu'elle craint toujours d'être retenue par sa famille.

La carte postale est le grand moyen de communication de la famille Harmon qui pourrait probablement assurer à elle seule le bon fonctionnement du système postal des États-Unis. Ils s'envoient des cartes à chaque fête du calendrier, c'est-à-dire pour Noël, Pâques, Halloween, Colombus Day, Thanksgiving, la Saint-Patrick — et aussi pour les anniversaires, sans oublier les anniversaires de mariage. Une occasion pour Rita de se souvenir que sa famille déplore qu'elle n'ait pas encore trouvé l'homme de sa vie.

S'ils se disputent, ils s'envoient des cartes d'excuses. Si Rhonda a un problème avec son mari, elle en reçoit une qui lui souhaite de se « raccommoder » avec lui. Le jour où les parents ont perdu leur vieux teckel, ils ont eu droit à une carte de condoléances appropriées. En l'absence de circonstances particulières, il y a toujours un : « Je pense à vous. » Si la poste fait faillite ce ne sera pas à cause des Harmon.

Deux semaines après notre rencontre, Rita m'a envoyé une carte sur laquelle j'ai pu lire : « Merci d'être mon amie. »

Depuis le premier jour, je contribue au fonctionnement de notre association en faisant la cuisine. Pour Rita, un repas est composé d'un mélange de conserves qu'on sert sur des pâtes. Je me demande si, au Texas, les menus comportent autre chose que des légumes transformés en beignets frits, quand ils n'ont pas bouilli pendant des heures en compagnie d'un copieux morceau de lard.

Au début, Rita et moi, nous cuisinions à tour de rôle, une semaine sur deux, mais ce qu'elle servait me coupait l'appétit. Je dois dire qu'à plusieurs reprises elle n'a pas été plus alléchée que moi. Nous décidâmes donc un beau jour que je me chargerais de la cuisine et elle du ménage.

J'ai pour autre fonction de soigner ses petits bobos — refroidissements, grippes, maux d'estomac, migraines, gueules de bois — avec des remèdes à base de plantes médicinales. Toutes les recettes sont consignées dans un vieux cahier qui me suit depuis des années. Le dos est fendu, les feuilles — un papier que plus personne n'utilise — se sont ramollies comme du vieux chiffon au lieu de se gondoler. Certains coins menacent de tomber en poussière. Au fil des années, j'ai apporté quelques variations à ces recettes que je peux donc, d'une certaine manière, m'approprier.

Le remède préféré de Rita, celui qui ne demande aucune préparation, c'est l'infusion des femmes. Si on y ajoute deux doigts de whisky, vos crampes disparaissent aussitôt. Pure, elle est recommandée contre le syndrome prémenstruel, convient, d'une manière générale, aux problèmes féminins et, en plus, a un goût agréable, contrairement à la majorité des breuvages que proposent les magasins de diététique. Rita en prend une tasse chaque soir, pendant la semaine qui précède ses règles, affirmant qu'elle l'empêche de gonfler et de se sentir comme « une chienne qui s'est coincé la queue dans une porte à tambour ». Elle l'appelle le remède contre les sautes d'humeur et elle lui fait tellement de publicité qu'il m'est déjà arrivé d'être incapable de satisfaire toutes les demandes.

À Santa Fe, quand on cherche du travail, il vaut mieux compter sur le bouche à oreille que sur les agences patentées. C'est par la famille, les amis, au cours d'une conversation devant une bière ou une tasse de thé, en achetant un cageot de pommes au marché, ou en promenant son chien du côté de l'*acequia* qu'on entend parler des offres d'emploi les plus intéressantes. Étant donné que je ne me lie pas facilement, j'ai eu de la chance que Rita décide de me suivre quand j'ai quitté Albuquerque.

Après le Pete's Diner, elle ne voulait plus qu'on lui parle de restauration. Fatiguée, disait-elle, de sentir la friture et les piments, elle voulait travailler dans une galerie ou une boutique de luxe, être en contact avec ceux qu'elle appelait « des gens d'une autre classe ». Autrement dit, des hommes suffisamment aisés pour l'inviter ailleurs que dans un bar, ou dans un dancing. Des hommes qui ne lui barreraient pas l'horizon. Après tout, la trentaine approchait pour elle à grands pas.

Finalement, son air de poupée de porcelaine, associé à une facilité de contacts à toute épreuve, lui permit de décrocher le job de ses rêves. Elle devint vendeuse chez SunDogs, une belle bijouterie, sur Don Gaspar. En matière de joaillerie, ses connaissances se résumaient à une courte expression : « J'adore. » Mais elle plut assez au propriétaire pour qu'il décide de se charger de sa formation professionnelle.

Quant à moi, je cherchais uniquement un moyen de subsister. Je craignais tellement de me retrouver à la rue que j'aurais nettoyé les toilettes, à défaut de mieux. Comme d'habitude, Rita vint à la rescousse. Quelqu'un, chez SunDogs, lui ayant parlé d'une offre d'emploi au Dos Hombres — les traiteurs — elle eut assez de culot pour demander à son patron de me recommander. Ce fut ainsi que je me retrouvai face à un homme aux yeux noirs, grand et sec, assis à un bureau fort bien lustré.

Il prit une feuille de papier blanc sur laquelle étaient griffonnées quelques notes et fronça le sourcil.

– Je n'emploie pas d'étudiants.

Ce furent les premiers mots que Dale m'adressa.

Son bureau, exigu et très encombré, me rendait déjà claustrophobe mais, au passage, j'avais repéré la cuisine, bien ventilée, baignée d'une lumière qui se réfléchissait sur de l'acier inoxydable en grande quantité et j'en avais conclu qu'on savait investir dans cette maison. Ils avaient d'ailleurs une excellente renommée. Il fallait que je sois engagée à tout prix. Peu importait finalement ce qu'ils me donneraient à faire.

– J'ai vingt-quatre ans, dis-je, en trichant de deux petits mois.

Dale retira ses lunettes, à grosse monture d'écaille, et m'observa un peu plus soigneusement.

– Vous êtes trop frêle. Servir demande de la force. Vous devez être capable de soulever des choses lourdes, de porter des plateaux qui pèsent…

– J'ai sept ans d'expérience dans la restauration.

Enfin, six et demi.

Dale se rejeta en arrière, les mains croisées sur la nuque.

– Je crains qu'il n'y ait pas de commune mesure entre travailler pour Dos Hombres et travailler pour… Pete's

Diner, à Albuquerque, précisa-t-il, sarcastique, après avoir jeté un coup d'œil à ses notes. Si vous laissez tomber quelque chose ou…

Je me sentis rougir de colère.

– Je n'ai jamais rien fait tomber.

– Mais *si* ça arrivait, si quelqu'un de maladroit vous heurtait… Vous comprenez, je ne pense pas à une quelconque moquette synthétique, mais à des tapis navajo.

– Ça peut toujours arriver, évidemment.

Le regardant droit dans les yeux, je le vis brusquement intrigué. Il remarquait enfin que je n'avais pas les yeux de la même couleur. Certains mettent beaucoup de temps à s'en apercevoir.

– Certes… euh… eh bien…, fit-il, avant de reprendre au plus vite. Je dois dire que notre personnel sait éviter ce genre de chose. D'abord parce que nous le sélectionnons soigneusement. Nous sommes les meilleurs dans notre spécialité, vous comprenez. Franchement, je vous trouve trop frêle pour ce travail.

– C'est votre seule objection ?

Mon regard se posa sur une sculpture représentant un Indien, en grande tenue de guerrier, qui paradait sur une table, derrière Dale, dans la lumière d'un spot.

– Eh bien…, commença-t-il, en se redressant, les yeux toujours rivés sur les miens.

Sans prendre le temps de me demander combien pouvait peser cette statue, je me levai, allai la soulever et l'apportai devant lui, en la retenant d'une main en équilibre sur mon épaule.

Blême, il s'efforça néanmoins de garder son sangfroid.

– C'est un bronze de Hanford, ma chère. Si vous le laissez tomber, vous pourrez travailler pour moi gratuitement jusqu'à la fin de vos jours.

– Je ne laisse jamais rien tomber, m'obstinai-je.

Je posai la statue un instant avant de changer d'épaule. Je vis la pomme d'Adam de Dale faire un aller et retour.

– D'accord. D'accord. Votre démonstration est terminée. Veuillez remettre cette sculpture à sa place.

Je m'exécutai et le guerrier indien retrouva son piédestal sans le moindre heurt.

– Entre parenthèses, votre statue a besoin d'être dépoussiérée.

Dale prit un stylo noir entre ses doigts pâles.

– Vous avez des références ?

– Non, mais…

– Nous en exigeons toujours, remarqua-t-il, visiblement certain d'avoir marqué un point. Nous avons l'occasion de travailler dans les plus belles maisons de Santa Fe. Et d'ailleurs.

Je me mis à penser à mon pull noir, que je débarrassais régulièrement de ses peluches, à coups de rasoir, et à mon unique pantalon de même couleur, encore potable mais qui, néanmoins, brillait aux genoux.

– Vous pourriez commencer mercredi soir ?

Je retins ma respiration un instant.

– Oui, dis-je finalement.

Le sourire de Dale me parut excessivement chaleureux.

– J'ai encore deux personnes à voir cet après-midi, mais je vous appellerai, m'annonça-t-il, tout en ouvrant son carnet de rendez-vous.

Bien qu'il me fît comprendre que l'entretien était terminé, je ne bougeai pas.

– Il y a autre chose ? me demanda-t-il.

– Je crois que vous n'avez pas mon numéro de téléphone.

Il l'inscrivit sur la feuille de papier, destinée, j'en étais sûre, à la poubelle.

Si cela n'avait tenu qu'à lui, Dale ne m'aurait jamais engagée. Quelque chose en moi l'avait hérissé, mais il n'est pas du genre à vous dire ce qu'il pense ouvertement. Plus tard, lorsque Kirk m'a appelée, j'ai appris qu'ils avaient voulu prendre quelqu'un d'autre, mais que cette personne avait finalement préféré travailler à Bishop's Lodge.

J'étais tellement soulagée d'avoir un emploi qu'en définitive je me moquais du reste.

D'après Rita, Santa Fe vient en troisième position, dans le pays, sur le marché de l'art. Si je n'ai pas l'habitude de penser à l'art en terme de « marché », en revanche, il y a longtemps que je l'associe à Santa Fe. Il me semble même que j'ai toujours eu dans l'idée que Santa Fe pourrait me servir de point de départ si un jour j'entreprenais sérieusement de rechercher ma mère, bien que rechercher quelqu'un dont on ignore le nom semble une curieuse entreprise.

Je vis depuis deux ans à Santa Fe et je me demande encore ce qui en fait la renommée artistique. On y trouve, j'imagine, des œuvres réussies, mais, à mes yeux, il y a beaucoup de rebut, et ce n'est pas tout. Les artistes doivent se battre, je pense, pour se faire connaître, or, ici, il y en a beaucoup qui ont l'air de passer leur temps à engraisser et à parader. Quant à tous ces agents, ces propriétaires de galerie, ces critiques d'art, ils me font l'effet de grands nombrilistes qui n'ont certainement jamais dû se contenter, pendant trois jours, de chips et de ketchup, et qui ignoreraient où dénicher un pneu rechapé pour huit dollars.

C'est plutôt intéressant de se promener sur Canyon Road, ou autour de la Plaza, en regardant les devantures des galeries, mais je pousse rarement leurs portes. J'entends assez de commentaires, autour des buffets, sur les « espaces habités » et les « interactions avec l'environnement ».

Il va de soi qu'ici, sur le troisième marché de l'art du pays, je fais partie de la minorité qui n'est pas dans le coup.

On est vendredi aujourd'hui et j'ai une chance inimaginable. D'abord, je ne travaille pas. Après huit jours, sans la moindre pause, il me semble que je l'ai bien mérité. Ensuite, Rita n'est pas à la maison quand je rentre. J'ignore toujours ce qui m'attend quand j'ouvre la porte. Vais-je la trouver sur le canapé, papotant d'une manière un peu particulière avec un nouveau copain, son rire nerveux coupant l'air comme une tronçonneuse ? Ou vais-je être assaillie par les rythmes de Patsy Cline, si ce n'est par cette musique new age, pour thérapie de groupe, qu'elle confond avec du jazz ?

Pour une fois, c'est le calme, la détente. Je me déchausse, j'ouvre les fenêtres et je me love sur le canapé, avec la pile de livres d'occasion que je viens de me procurer à Book Mountain. Je n'en suis qu'à la cinquième page d'un exemplaire très fatigué de *Le Monde selon Garp*, quand Rita entre comme une tornade.

– Avery, j'ai une invitation pour un vernissage à la Dream Weavers Gallery ! claironne-t-elle.

Je la regarde par-dessus le livre.

– J'espère que tu t'amuseras bien. N'oublie pas de laisser ta MasterCard à la maison.

– Oh, allez, Avery ! Tu as travaillé comme une folle. Viens avec moi. Ce sera au moins une occasion de boire du vin…

– Celui qu'on boit ici est meilleur.

– Eh bien, on se rabattra sur le buffet ! suggère Rita, en agitant l'invitation sous mon nez.

– J'adorerais ne plus jamais voir de ma vie le moindre buffet.

– L'exposition est superbe.

– Mais tout est au-dessus de mes moyens.

– Alors, on s'intéressera aux hommes…

– Les types bien sont moches. Les mignons ne sont pas des types bien. Quand ils sont à la fois bien et mignons, ils risquent d'être homos. Mignons, gentils et hétéros, ils sont mariés, ou divorcés et leurs ex les plument.

Rita éclate de rire.

– Tu as d'autres projets ? Tu comptes récurer les w-c ? Oxygéner ta moustache ? Seigneur Jésus, je ne connais pas de fille de vingt-cinq ans plus vieille que toi.

– Rita, je suis fatiguée.

– Allez ! Tu m'accompagnes. C'est vendredi soir, non ? Paul DeGraf va sûrement venir se montrer.

– Je ne pense pas qu'il en ait besoin.

– Mais si ! Ils sont tous pareils, poursuit Rita, en faisant bouffer ses cheveux. Ils ont besoin de parader et en même temps de savoir où en sont les uns et les autres.

– Il ne m'a pas donné l'impression d'être comme ça.

– Tu ne lui as pas parlé assez longtemps pour te faire une idée.

Le livre renversé sur mes genoux, je regarde le plafond. C'est vrai qu'à défaut de l'appeler, j'ai beaucoup pensé à DeGraf.

Une infime hésitation et Rita, percevant un signe de faiblesse, passe à l'attaque.

– Je te prête l'une de mes jupes tuyau.

– Et j'aurai l'air d'un tuyau. Ne nous excitons pas. Un jean fera l'affaire.

– Alors tu viens ?

– Oui, je viens, dis-je, en me dépliant à contrecœur.

Rita flirte sans retenue avec deux types, qui m'ont tout l'air d'être des habitués des vernissages du vendredi soir — une façon de boire sans rien débourser.

Incapable de la regarder plus longtemps faire son numéro, j'attrape un verre de vin sur le premier plateau qui passe, puis un catalogue de la galerie et j'entreprends de faire le tour de l'exposition. Dream Weavers s'est installée dans une vieille maison de pisé, aux pièces multiples, construite sans plan défini. L'intérieur a été réaménagé afin de dégager de l'espace pour des salles d'exposition, mais cela a été fait avec goût. La structure elle-même est intacte. Les planchers ont la chaude patine des très vieux bois. On retrouve dans les murs, d'un blanc pur, l'emplacement des *bancos*, des *nichos*, des portes massives. Le plafond repose toujours sur de solides *vigas* brunies par le temps.

Quant à l'exposition, elle est éblouissante. Il y a des foulards, des châles, des ponchos, des vestes en soie sauvage aux couleurs du désert, de l'océan, d'un crépuscule flamboyant. Des kimonos et des capes, peints à la main, au pochoir, ou imprimés, avec des motifs empruntés à la nature, aux fossiles, aux gravures sur pierre. Des étoles de soie aux plissés soleil, recelant des jeux de couleurs incroyables. Des pulls dont les motifs architecturaux et géographiques s'imbriquent les uns dans les autres et des dessus-de-lit en soie, organza, perles et rubans.

La plus grande partie des objets exposés vaut beaucoup mieux que ne le laissait imaginer la couverture du catalogue. Je n'ai jamais été très intéressée par tout ce qui est vêtement — heureuse disposition, si je pense à mes revenus — mais je me verrais bien porter ce que je vois là.

À ma montre, je constate soudain qu'il est déjà dix-neuf heures. Incroyable ! Il y a une heure que j'admire cette exposition. Je reviens sur mes pas, je cherche Rita, mais sans succès. Je serais bien rentrée à pied à la maison si les semelles de mes bottes me le permettaient. Elles sont devenues si fines que j'ai rapidement mal aux pieds. Alors, je passe sous une tenture de velours, et me réfugie dans une pièce où la lumière est tamisée, l'air frais et les bruits étouffés.

Pour me distraire, je fouille dans les châles, les blouses, les pulls, entassés sur des étagères — de jolies choses, plus utiles que spectaculaires. Soudain, je ressens la fatigue, la faim et l'agacement d'avoir perdu Rita. J'achève rapidement de faire le tour de la pièce et je m'apprête à ressortir, en passant devant des *nichos* transformés en vitrines et éclairés par de petits spots à faible intensité lumineuse, tels des tableaux de maître.

Dans l'avant-dernière vitrine, un bouquet de couleurs attire mon intention. C'est le gilet ! Celui de ma mère sur le portrait.

– Hé ! m'interpelle une voix féminine. J'ai passé tout l'après-midi à nettoyer ces vitres. Ça vous gênerait de ne pas les embuer ?

Je pivote sur mes talons, heurtant dans mon mouvement une petite grenouille de porcelaine qui présente un plateau de cartes professionnelles. Je réussis à la redresser avant qu'elle ne bascule par-dessus le guéridon sur lequel elle est posée.

– Excusez-moi. Je cherchais quelqu'un.

– Apparemment cette personne n'est pas ici. En attendant, bravo pour la grenouille !

Mon interlocutrice a un petit visage, délicat, presque enfantin. Son sourire découvre une dent ébréchée et creuse des fossettes.

– Je plaisantais à propos de la buée sur la vitrine. Ne vous en faites pas. Détendez-vous. Moi non plus je ne suis pas folle de ces cocktails.

Une lourde mèche de cheveux blond clair frôle d'immenses yeux noirs. Mon interlocutrice me tend une petite main, aux doigts boudinés et aux ongles rongés jusqu'au sang.

– Elaine Cumming.

Je change mon sac de main pour serrer la sienne.

– Vous travaillez ici ?

– Je suis la propriétaire. Ou, plus exactement, la copropriétaire. Vous avez repéré quelque chose dont vous auriez absolument besoin ?

– Étant donné mes revenus, il n'y a que la nourriture qui entre dans cette catégorie.

Elle rit, et je me dis qu'elle a un rire bien sonore pour quelqu'un qui a des airs de faon.

– Je comprends. Mais on peut toujours laisser des arrhes.

Tout cela est aimable, mais ce qui m'intéresse c'est le gilet de ma mère.

– Vous connaissez l'artiste qui a brodé ce gilet ?

– Oui. C'est Lara Collins. Malheureusement, elle a disparu il y a plusieurs années. Elle était fabuleusement douée. Et charmante.

– Elle était originaire d'ici ? De la région ?

– Non. Elle venait, il me semble, du Colorado, mais je ne pourrais pas le jurer. Suzanne, mon associée, et moi avons acheté cet établissement il y a dix ans. Lara n'a donc travaillé pour nous que pendant un an environ, avant de… Il est ravissant, n'est-ce pas ? ajoute Elaine en se tournant vers le gilet.

– Les motifs sont perlés, non ?

– Pas du tout. Lara utilisait des fils métalliques et faisait ces nœuds qui ressemblent à des perles. C'est un travail d'une remarquable finesse. Et regardez bien les motifs. Ils portent la marque d'une grande liberté d'inspiration. Si vous voulez voir de plus près, je vais chercher la clé…

– Ne vous dérangez pas. Ce n'est pas dans mes prix. J'étais simplement curieuse. Vous avez autre chose de cette artiste ?

– Non. Nous avons déjà eu du mal à acquérir ce gilet. La disparition d'un artiste fait toujours grimper le prix de ses œuvres. Dommage qu'on ne sache pas assez apprécier les créateurs de leur vivant.

– Eh bien… Merci. Je crois qu'il faut que je rentre maintenant.

Elaine m'accompagne, nous passons sous la tenture de velours.

– Ne vous précipitez pas dans la chaleur de la nuit. Vous avez bu un verre de vin ?

– Oui. Merci.

– Prenez-en un autre. À propos, comment vous appelez-vous ? me demande Elaine, en jetant sur son épaule, comme un vulgaire torchon de cuisine, un pan d'une somptueuse écharpe, cerise, or et vert.

– Avery James.

Un couple, vêtu de cuir, passe à côté d'elle, Elaine le salue :

– Bonsoir, Mary. Bonsoir, Sid.

L'homme et la femme inclinent gracieusement la tête, comme des châtelains répondant aux salutations de leur métayer.

– Que faites-vous ? me demande-t-elle.

– Je travaille pour Dos Hombres, les traiteurs.

– Vraiment ? Vous êtes à la cuisine ?

– Non, mais je préférerais. J'enregistre les commandes, j'assure la préparation sur place. Puis je fais le larbin.

– Ça vous plaît ?

– Je vous l'ai dit : je préférerais cuisiner. Mais je dois payer mes factures.

– Eh oui…, soupire Elaine. La vie n'est pas facile à Santa Fe. Il faut beaucoup de temps et d'énergie rien que pour survivre. Vous avez mangé quelque chose ?

– Euh… en fait, non. Je…

Elaine me prend par le bras et m'entraîne vers le buffet.

– Profitez-en, c'est gratuit.

– J'ai l'air sous-alimenté ?

– Légèrement, admet Elaine, avec son rire sonore.

– Elaine, excuse-moi de t'interrompre, mais Petra Crispin, du *Fiber Arts Magazine*, est ici. Elle voudrait te poser quelques questions à propos de l'expo.

Grande, brune, l'interlocutrice d'Elaine me sourit.

– Je m'appelle Suzanne Rose. Je vous emprunte Elaine une minute.

– Je reviens tout de suite, m'affirme Elaine en me faisant un clin d'œil.

Le buffet dénote une évidente maladresse. Utiliser, en guise de décoration, des châles, des écharpes et des courtepointes, était bien entendu une façon de rester dans l'ambiance de la galerie, mais ce méli-mélo de couleurs écrase les victuailles. Quant à la vaisselle — plats blafards, pichets de verre, multitude de petits bols qui se veulent mignons — elle est franchement quelconque.

Dale est peut-être un type odieux, mais il n'y en a pas deux comme lui pour assurer sa propre publicité.

J'engloutis une part de polenta aux champignons. Bon, c'est vrai, la polenta n'est pas ce qu'il y a de plus léger…

– Vous êtes affamée ou vous testez la concurrence ?

Paul DeGraf vient de surgir à côté de moi.

Ce soir, il a choisi de se distinguer en se mettant en noir de la tête aux pieds, du long pull à grosses mailles aux bottes de cow-boy, en passant par un jean qui semble sortir de la penderie. Au poignet, il porte un étroit jonc d'argent incrusté de turquoise, de corail et de nacre. Ses cheveux, lisses, rejetés en arrière, ont cet aspect mouillé qui fait fureur en ce moment.

Je me sers de mon verre de vin blanc — tiède — pour faire glisser la polenta avant d'ouvrir la bouche.

– Les deux. Et je dois dire que la concurrence n'est pas à la hauteur.

– Je suis de votre avis.

– J'avais l'intention de vous appeler.

– Qu'est-ce qui vous a retenue ? me demande DeGraf, les yeux dans les miens.

– Je n'ai pas eu le temps. C'est ma première soirée libre depuis des semaines.

Il se contente de hocher la tête, en me dévisageant. J'ai l'impression qu'il enregistre certaines choses, avec la précision d'un fax qui transmet un texte, ligne par ligne.

– Pour être franche, je me sentais toute drôle à l'idée de vous appeler.

Une petite assiette à la main, j'examine le buffet et, faute de mieux, j'attrape deux *taquitos*, quelques crudités, puis je me restaure sous l'œil scrutateur de Paul DeGraf.

– Si nous nous étions rencontrés, la première fois, en d'autres circonstances, seriez-vous plus à l'aise pour me parler de vous ? me demande-t-il.

– Vous avez besoin d'un somnifère ?

– Je doute fort que je risque de m'endormir en vous écoutant…

– Je vous parie le contraire. De toute façon, vous savez déjà beaucoup de choses à mon sujet.

– Ah ? Par exemple ?

– Vous connaissez mon nom. Vous savez ce que je fais. Pour qui je travaille. Qui est ma mère. Qui était…

– Où habitez-vous ? me demande-t-il, en prenant machinalement une assiette.

– Du mauvais côté de la ville.

– Lequel ?

– Le côté ouest, bien sûr.

Par-dessus l'épaule de DeGraf, je vois Elaine se détacher d'un groupe, admirant une courtepointe aux motifs complexes, pour venir vers nous. Mais, brusquement, elle se fige, une ombre sur le visage — si ce n'est un frémissement — puis finit par nous rejoindre.

– Bonsoir, Paul.

– Elaine.

Quand il se penche pour l'embrasser sur la joue, elle reste droite comme un *i*.

– Ça fait un moment qu'on ne s'est vu, dit-elle. Comment vas-tu ?

– Je suis submergé de travail.

– Tu descends toujours t'approvisionner au Mexique ?

Un silence tombe, un peu crispant, comme la vue d'un tableau accroché de guingois sur un mur. Avant que Paul DeGraf puisse répondre, une femme, forte et rousse, enveloppée dans une cape multicolore, fait de grands signes, à l'autre bout de la salle.

– Elaine, où est le catalogue ?

– Navrée, me dit Elaine. Mais il semble que je doive travailler ce soir. Je suis ravie de vous avoir rencontrée, Avery. J'espère que nous nous reverrons un jour prochain. Au revoir, Paul.

Rejetant son écharpe sur l'épaule, Elaine s'éloigne.

Paul DeGraf repousse sa manche pour consulter sa montre.

– J'aimerais beaucoup bavarder avec vous tranquillement. Vous avez dîné ?

Il a mis le doigt sur mon point le plus sensible.

– Eh bien…

– Laissez-moi vous inviter. Nous pouvons aller au Café des Amis, à Burro Alley. C'est un endroit calme, parfait pour discuter.

– C'est que… Je suis venue avec ma colocataire. Il faut que je la prévienne.

– Allez-y. Je vous retrouve dehors, me propose DeGraf.

Il me prend par le coude tandis que nous descendons du trottoir, sur West San Francisco.

– Comment s'appelle votre amie ?

La Plaza serait calme, sans un petit groupe parlant et riant devant Ore House.

– Rita Harmon.

Dans la douceur de l'air nocturne, je sens que la main de Paul s'attarde sur mon bras.

– Que fait-elle ?

– Elle travaille chez SunDogs.

– Elle est créatrice de bijoux ?

Je réponds en glissant vers Paul un regard en biais.

– Non. Elle est vendeuse. Pardon. Vendeuse associée.

– Vous la connaissez depuis longtemps ?

Je me demande où il veut en venir, quand je me rends compte qu'il fait simplement la conversation. Il ne remarque même pas que j'omets de lui répondre.

– Nous sommes arrivés, dit-il, en me conduisant vers l'entrée du restaurant.

Au Café des Amis, paysages, portraits, natures mortes décorent la vaisselle comme le fond blanc des murs. Le plafond est bas, le plancher en bois sombre. Il y a des rideaux de dentelle aux fenêtres et des nappes en papier blanc sur des nappes de tissu blanc. Au centre de la salle, une petite fontaine, au fond lumineux, gargouille sur des pierres artificielles. Une fillette d'environ dix ans dispose des couverts sur les tables vides, en les alignant soigneusement au bord de la nappe en papier.

Au moment où nous franchissons le seuil, une femme, petite, brune, se plante devant nous, s'adresse à Paul en français, puis l'embrasse sur les deux joues. Pendant que Paul lui répond dans la même langue, un homme, imposant comme un ours, en tenue de chef, sort de la cuisine, puis vient embrasser Paul à son tour et lui taper sur l'épaule. Paul me présente en disant que je suis la fille de Lara. Le couple me regarde avec un sourire radieux qui finit par me donner l'impression d'être nue sous les projecteurs d'une scène de théâtre.

La femme — Claudette — me serre la main en se félicitant de faire ma connaissance. L'ours charmant — Étienne — me fait un baisemain, en murmurant :

– Enchanté, mademoiselle.

J'observe Paul pendant qu'il étudie le menu — ou fait semblant, étant donné qu'il doit venir ici régulièrement et le connaître par cœur. L'air concentré, il a le front légèrement plissé. Le visage est long, la peau lisse et sombre, les mâchoires étroites. Paul me sourit quand il lève les yeux et s'aperçoit que je le dévisage. Je cherche à me plonger aussitôt dans la lecture de mon menu, mais il est entièrement rédigé en français.

– Que voulez-vous prendre ?

N'ayant aucune idée de ce qui est proposé, je demande à Paul de choisir pour moi.

Il avait raison lorsqu'il me parlait d'un endroit calme. La majorité des clients sont des couples. Les gens les plus âgés semblent mariés et restent silencieux, sans doute pour éviter de se répéter. Les jeunes paraissent si épris qu'ils se regardent, dans la lumière des bougies, jusqu'à ce qu'ils en aient mal aux yeux, économisant sans doute leur énergie pour la suite.

Le premier événement, c'est l'arrivée d'une bouteille de champagne dans un seau à glace, apportée par la patronne. L'expression de Paul me laisse imaginer qu'il s'agit d'une surprise. Mais il a l'air de l'apprécier, et je me dis que je ferais bien de me mettre au diapason.

– Un cadeau de la maison, déclare Claudette.

Et elle sourit à l'instant où le bouchon saute.

Dès que nous avons trinqué, je demande à Paul :

– Vous êtes français ?

– Par mon père. J'ai fait mes études à Paris. Ma mère était américaine.

– Amérindienne ?

Devant l'étonnement de Paul, je m'explique :

– Vous semblez métissé.

– Non, me répond Paul en riant. Je suis juif. Mais, après tout, vous n'étiez pas loin du compte. Une tribu ou une autre...

Je bois une gorgée du vin jaune paille dont je savoure le pétillement plus que le goût. Du champagne, je n'en ai bu qu'une fois ou deux, mais cette courte expérience m'avait déjà convaincue que les petites bulles grésillent agréablement dans la bouche et diffusent une douce chaleur dans la tête.

Je demande à Paul :

– Comment avez-vous atterri à Santa Fe ?

– Ma mère s'était installée ici, après son second divorce. Quand elle est morte, je suis venu liquider la succession. Ce qui m'a laissé le temps de tomber amoureux de cette ville et de ses environs. Je ne suis retourné à Paris que pour vider mon appartement. C'était il y a douze ans.

Le pain est jaune pâle et caoutchouteux. On peut le tremper dans une huile d'olive fruitée. Il y a aussi des olives dans une sauce au piment. Je commence à oublier que faire un bon repas n'était pas exactement le but de la soirée lorsque Paul s'étonne :

– Pourquoi portez-vous des lentilles ?

Le champagne me ressort presque par les narines.

– Parce qu'on est généralement… intrigué par mes yeux.

– Et alors ?

– Je suis plutôt du genre à préférer me fondre dans la foule.

– Il y a tellement de choses que je voudrais savoir, que je pourrais vous bombarder de questions, me déclare Paul, augmentant le malaise que suscite son regard pénétrant.

– Eh bien…, fais-je, en grimaçant un sourire. Allez-y. Pourquoi pas ?

– Où viviez-vous avant de venir ici ?

– À Albuquerque.

– Que faisiez-vous ?

– J'étais serveuse.

– Où ?

Tortillant un coin de ma serviette, j'essaie d'imaginer Paul DeGraf, juché sur un tabouret, au comptoir du Pete's Diner.

– Vous ne pouvez pas connaître. Je travaillais pour payer mes études.

– Vous alliez à l'université du Nouveau-Mexique ?

– Oui.

– Qu'avez-vous étudié ?

– Ce qui me plaisait.

– C'est-à-dire ?

– Je n'ai pas choisi un domaine particulier. Je n'ai pas cherché à obtenir un diplôme. Je suivais des cours, c'est tout. Des cours de littérature, parce que j'aimais lire. D'anthropologie, parce que le prof m'attirait. J'ai fait un peu de psychologie. De botanique. De physique, en espérant comprendre comment le monde tourne…

Claudette surgit avec des bols de potage d'un vert pâle.

– Du *potage de courgettes* [1], annonce-t-elle, en posant les bols sur la table, sans s'attarder.

– Et ces cours de physique ont répondu à votre attente ? me demande Paul.

– Oui, si on explique le monde en termes de vélocité, de densité, de gravité spécifique…

Je porte à ma bouche une cuillerée de potage qui provoque une sensation soyeuse, fraîche, poivrée. J'en prends une deuxième.

– J'aime penser que c'est effectivement ce qui régit le monde.

– C'est fou ce que vous lui ressemblez, déclare soudain Paul, le regard plongé dans le mien. Où avez-vous grandi ?

---

1. En français dans le texte (N.d.T.).

– Dans une petite ville du Colorado : Alamitos.

– Je connais. C'est à proximité des pistes de ski de Wolf Creek. Vous alliez skier ?

– Non. Le ski ne faisait pas partie du programme de l'orphelinat Randall Carson.

– Excusez…

– À treize ans, je suis allée à Florales.

– Qui se trouve où ?

– Au nord-ouest d'Abiquiu.

– Donc, vous avez été adoptée ?

– Si on veut. Je vivais là-bas chez une dame âgée.

Paul plaque ses mains sur la table et les regarde comme s'il s'attendait à les voir prendre une initiative.

– Je suis un peu surpris, je dois l'avouer. J'imaginais que vous n'aviez qu'une envie : tout savoir de votre mère, depuis que nous nous sommes rencontrés devant son portrait.

– Je suis encore sous le choc.

– Vous la haïssez ?

– Elle reste une étrangère pour moi.

– Dans ce cas, m'explique Paul en pianotant sur la table, vous devriez vous dire que c'était une femme très intéressante dont l'histoire pourrait vous captiver.

Faisant tourner ma flûte de champagne entre mes doigts, j'observe les bulles qui apparaissent au fond du verre, montent vers la surface et s'évanouissent.

– Écoutez. Vous ne cherchez qu'à m'être agréable, j'en suis convaincue. Mais que j'apprenne aujourd'hui qui était ma mère ne peut plus rien m'apporter. C'est trop tard, d'autant que je sais maintenant qu'elle est… Pendant toute mon enfance et mon adolescence, je me suis posé des questions à en perdre la tête. Mais depuis cette soirée, chez vous, je me rends compte qu'au fond j'avais déjà fait mon deuil de toute cette histoire.

Paul se tait et moi, je rêve d'être dans mon lit plutôt que d'essayer d'expliquer l'inexplicable, même si je passe une soirée agréable.

Je fais une nouvelle tentative.

– Ma vie n'a rien de très exaltant, mais au moins je ne m'embarrasse pas d'espoirs irréalistes. J'ai mis pas mal de temps pour en arriver à cette sorte de sagesse. Alors, les perturbations, je ne cours pas après.

– J'ignore ce que vous avez vécu. Néanmoins je vois mal pour quelle raison vous n'auriez pas envie d'entendre parler de votre mère. Surtout si je ne vous demande rien en échange.

– Pourquoi tenez-vous tant à me parler d'elle ?

Paul jette un coup d'œil distrait à la bougie dont la flamme grésille dans la cire fondue, puis me regarde, droit dans les yeux.

– Je l'aimais.

Mes genoux tremblent un instant, suffisamment pour faire tomber mon sac par terre.

– Et cet amour a duré combien de… ?

– Nous sommes restés ensemble pendant quatre ans.

– Elle vous parlait de moi ?

– Elle m'a dit que, très jeune, elle avait eu un enfant. Le père était marié. Il lui a demandé d'avorter, mais elle a refusé. Et elle m'a raconté qu'elle vous avait fait adopter.

– Ah ? fais-je, envahie par la colère. Pour elle, il n'y avait donc pas de différence entre faire adopter un enfant et s'en débarrasser, comme un tas de vieux chiffons dans un sous-sol ?

– Elle était très jeune, seule, terrorisée.

– On était deux.

Le sourire de Paul, emprunté, désarmé, a quelque chose de touchant.

– Vous savez, c'était une artiste. Très talentueuse.

– Ça, je m'en suis toujours doutée. Quand on m'a trouvée, je portais une brassière, brodée de fleurs. Je l'ai conservée, d'ailleurs.

Je reprends deux cuillerées de potage avant de reposer mon couvert et de poursuivre la conversation.

– Maintenant vous allez me raconter comment vous l'avez rencontrée, j'imagine. Que ça m'intéresse ou non.

– C'était à une soirée, commence Paul, ignorant ma remarque. À l'un de ces vernissages dont on est friand à Santa Fe. Tout le monde était sur son trente et un. Les femmes arboraient, comme d'habitude, leurs bijoux, leurs châles frangés, à la mexicaine. Lara est arrivée dans une robe rouge qui lui tombait sur les chevilles, fermée jusqu'au cou, à manches longues. Sans aucune fioriture. Mais elle dessinait si bien sa silhouette… Et puis Lara avait une façon de bouger… On a tous cessé de parler, de boire, de manger, de regarder les tableaux pour l'admirer.

À travers moi, Paul revoit ma mère, dans sa robe rouge, au milieu de la foule. J'ai toujours su que si un jour je découvrais l'identité de ma mère, je n'aurais plus jamais le sentiment de passer inaperçue.

Après avoir pris une gorgée de champagne, Paul poursuit son récit.

– Et ses yeux ! Un tas de gens pensaient que c'était une coquetterie de sa part. Qu'elle portait des lentilles de contact de couleurs différentes.

– Je me demande comment on pourrait avoir ce genre d'envie.

– Elle aimait surprendre. Elle disait qu'elle avait des yeux de chamane.

– De chamane ?

– Oui. Elle venait d'Ortiz. Sa mère était une *curandera*, très connue, je crois. Josephita Colinas.

– Une *curandera* ?

J'en ai la chair de poule tandis que Paul enchaîne :

– En fait, lorsqu'elle est arrivée à Santa Fe, elle a travaillé chez une herboriste, sur Guadalupe. Du côté de la gare. Elle a d'abord été célèbre pour guérir les rhumatismes.

– Et son père ? Que savez-vous de lui ?

– C'était un Anglo-Saxon qui s'appelait Warren Holt. Elle ne l'a pas beaucoup connu. Il est mort ou il est parti — je n'en sais rien. Elle ne parlait pas beaucoup de son enfance. Et quand elle le faisait, elle disait parfois des choses contradictoires.

– J'ai vu l'une de ses créations, ce soir.

– Le gilet Malinche ?

– C'est-à-dire ?

– Malinche fut l'Indienne qui servit d'interprète à Cortez pendant la conquête espagnole. Lara était si satisfaite de ce gilet qu'elle n'hésitait pas à le porter. Plusieurs fois j'ai essayé de l'acheter, mais Elaine refuse de s'en séparer.

Une question m'échappe avant que j'aie le temps de réfléchir :

– Parce qu'elle ne vous aime pas ?

– Pourquoi dites-vous ça ?

– J'ai senti une certaine tension entre vous.

– Je ne dirais pas qu'elle m'est vraiment hostile...

– Moi, si.

– Vous savez ce que c'est.

– Quoi ?

– Ici. À Santa Fe. Les relations entre les gens, les ragots... Ce que les uns font aux autres. On n'en sort pas.

Un jeune serveur vient débarrasser, puis Claudette réapparaît aussitôt, en nous apportant un grand plat de fines tranches de blanc de poulet, nappées d'une sauce verte, entourées d'une couronne de mini-carottes et de lamelles d'aubergines. Comme le potage, le tout est légèrement réfrigéré.

– C'est frais et léger, commente Paul en me regardant couper une tranche de poulet. J'ai pensé qu'avec la chaleur... Mais si vous avez encore une petite faim après ça, ils ont une merveilleuse *tarte Tatin* [1].

Le poulet a été poché dans du vin blanc et des herbes — l'estragon domine, me semble-t-il — et il fond dans la bouche. D'autres herbes agrémentent la sauce : persil, thym. Plus autre chose.

– Il n'y aurait pas un petit goût de noix dans cette sauce ?

– Bravo ! me dit Paul. Il y a effectivement des noix pilées, plus un soupçon d'huile de noix. Vous aimez ?

– C'est délicieux.

L'espace d'un instant, je me demande si la recette intéresserait Kirk et Dale, puis je me ressaisis. Pourquoi leur ferais-je ce cadeau ? Ou alors, ils me laissent cuisiner. Ce qui est très improbable.

– Comment ça s'est passé à l'orphelinat ? me demande Paul à brûle-pourpoint.

– Oh, quand j'y repense, je me dis que j'ai appris à survivre...

– C'était pénible à ce point ?

– Évidemment. Vous croyez qu'il peut en être autrement dans ce genre d'institution ?

La façon, calme et habile, dont Paul coupe ses aliments en petits morceaux qu'il glisse ensuite sur sa fourchette me fascine.

1. En français dans le texte (N.d.T.).

– Avez-vous été… maltraitée ou…

Il paraît surpris de m'entendre rire.

– Non. En tout cas, pas par le personnel. Je ne m'entendais pas avec les autres enfants. Je me battais tout le temps. Je « m'intégrais mal au groupe de mon âge », disait-on de moi.

– Qu'est-ce qui provoquait ces bagarres ?

– Les habituelles histoires de gosses, rien de plus. On se moquait de ma petite taille, de mes yeux. Et on me trouvait bête. Parce que j'étais mauvaise en lecture. Ce qui a changé lorsque mon amie Lee-Ann m'a prise en main.

– Donc, vous aviez au moins une amie.

– Oui. Mais, à treize ans, je l'ai vue partir. Elle a été adoptée. Puis la cuisinière, la seule autre personne que j'aimais, est morte. Non, je n'ai pas été maltraitée. Je mangeais à ma faim, j'ai toujours été habillée convenablement et j'ai été normalement scolarisée. Mais c'était dur d'ignorer qui j'étais et d'où je venais.

– Je vois.

– Je ne cherche pas à être désagréable, mais ça m'étonnerait.

– Désolé. Je suis maladroit.

La gentillesse, l'attention que Paul tient à me manifester me mettent de plus en plus mal à l'aise. Brusquement, il pose ses couverts et se penche vers moi, les coudes sur la table.

– Avery, j'aimerais que nous devenions amis.

– Pourquoi ? Parce que vous avez aimé ma mère ? Mais elle ne me connaissait pas et je ne la connaissais pas. Ça n'a guère de sens.

– Peut-être. En tout cas, pour le moment. J'espère que ça changera.

– J'ai une journée chargée, demain, dis-je en regardant ma montre.

– Vous n'avez pas fini votre poulet.

– Je vais l'emporter.

Paul sort son portefeuille. Dans la fontaine, un pauvre petit insecte noir, pris dans un tourbillon, lutte pour sa vie.

Sur le tableau de bord de sa Mercedes blanche, je constate qu'il est vingt-deux heures vingt-cinq. Je vois de la lumière dans l'appartement que je partage avec Rita, et un rideau bouge. Rita a besoin d'être au courant de tout. Je remarque que DeGraf observe les éléments du décor : une poubelle archipleine que des gamins ont poussée dans la rue, le plâtre effrité au coin de l'escalier, l'enseigne cabossée d'Alma's Casa Blanca.

– Bienvenu dans le quartier ouest de Santa Fe, dis-je.

Paul coupe le contact. Avant de comprendre ce que je fais, je pose une seconde ma main sur son poignet.

– Ne vous inquiétez pas. En un éclair, je serai en haut de l'escalier.

– Avery, je suis heureux d'avoir eu l'occasion de parler avec vous. Pourrais-je vous appeler ?

Je n'ai nullement besoin de me triturer la mémoire pour être certaine que c'est bien la première fois qu'un homme me formule cette demande. Quel âge a Paul ? La quarantaine, j'imagine. Selon Rita, c'est difficile de deviner l'âge des hommes, parce que en se rasant ils se font, chaque jour, un vrai peeling qui rajeunit leur peau. Mais si Paul a la peau lisse, il commence à grisonner sur les tempes, il a des pattes-d'oie et des sillons profonds, de chaque côté de la bouche, qui trahissent pas mal de décennies de rires et de sourires. Quand je me sens l'envie de redessiner ces sillons du bout des doigts, mon estomac est prêt à chavirer.

– Vous m'avez donné votre carte. C'est moi qui vous téléphonerai.

J'ai toujours eu du mal à m'endormir, même dans les périodes plutôt fastes. Ce soir, je n'arrive même pas à trouver une position confortable. J'ai mal à l'épaule. J'ai soif. Il fait trop chaud dans la chambre. Quand, finalement, je m'endors, c'est pour me réveiller par à-coups tout au long de la nuit.

Comme si je redoutais certains rêves.

Le lendemain matin, je sens encore l'ail. Je suis déshydratée parce que j'ai bu trop de vin et pas assez d'eau. L'odeur du café précède le moment où j'entends Rita marcher à pas de loup dans le couloir. Rejetant la couverture, je roule jusqu'au bord du lit et me lève.

Dans la cuisine, Rita dévore un petit pain à la cannelle, l'air maussade. Je sors ma tasse de la machine à laver la vaisselle, et lui demande :

– Qu'est-ce que tu as ?

– Rien de grave. Mais Rick n'est pas venu hier soir, et ça me déprime.

La minuterie du micro-ondes se manifestant, Rita va chercher un second petit pain.

– Il t'a posé un lapin ?

– Eh bien…

Elle soupire, beurre copieusement son petit pain et m'explique :

– Je lui avais dit que je serais à la galerie. Je pensais qu'il viendrait.

– Quand lui en avais-tu parlé ?

J'ajoute à mon café de la crème fraîche, mon péché mignon.

– Vendredi dernier, me dit Rita, la bouche pleine.

– Tu sais comment sont les hommes. Tu aurais dû lui faire un plan pour être sûre qu'il trouve la galerie. De toute façon, je n'ai pas l'impression qu'il soit ton type.

– C'est peut-être la nouveauté qui m'attire, m'explique Rita, après un second soupir. Il me semble différent des autres.

– Ils sont tous les mêmes.

Rita bâille, repousse sa frange.

– Si tu le dis ! Toi qui as tellement d'expérience, me lance-t-elle.

– À propos. À quelle heure tu t'es couchée, hier soir ? fais-je en sortant un yaourt à la vanille du réfrigérateur.

– Je n'en sais rien. J'ai traîné à la galerie jusqu'à vingt heures, et comme il ne s'est pas montré je suis rentrée directement. J'ai bu un dernier verre de vin, j'ai lu un petit moment puis je me suis écroulée. Je ne t'ai même pas entendue. Tu es rentrée à quelle heure ?

– Vers vingt-deux heures trente. Donc je me suis trompée quand j'ai cru que tu me guettais derrière la fenêtre ?

Un silence tombe.

– Qu'est-ce que tu voudrais que je fasse ? finit par répondre Rita. Tu ne me dis jamais rien. Bon sang, j'étouffe. Alors… ? Comment ça s'est passé ? Que t'a dit M. DeGraf ?

– Paul. Nous sommes presque intimes maintenant. Il baisait ma mère.

– Quelle façon délicate de dire les choses !

– D'accord, je reprends : Paul DeGraf a apparemment aimé ma mère. Il m'a dit qu'ils « étaient restés ensemble » pendant quatre ans. Jusqu'à sa mort.

– Seigneur Dieu ! Comment est-elle morte ?

Je remue le yaourt et en avale une cuillerée.

– Il ne me l'a pas dit.

– Et tu ne lui as pas demandé ?

– Non.

– Tu ne veux peut-être pas me le dire…

– Pour l'amour du ciel, Rita ! Je t'assure que je ne lui ai pas demandé.

– Pourquoi ? Tu n'as pas envie de le savoir ?

Quand je commence à être agacée, je sens le sommet de mon crâne s'échauffer.

– Non. Je m'en moque. Quelle différence ça ferait ?

Je remets le couvercle sur le yaourt, lèche la cuillère et, pendant que je la passe sous l'eau, Rita conclut avant d'enfourner le reste de son petit pain et d'aller se doucher :

– Je t'assure que tu es complètement cinglée.

Une seconde tasse de café crème à la main, je m'attable, et redessine du bout du doigt le motif doré du Formica. Oui, je me fiche de la façon dont ma mère est morte, parce que ça ne changerait rien de le savoir. Alors pourquoi je perds mon temps à y penser ? Mon manque de curiosité a intrigué DeGraf, mais qui se préoccupe de ce qu'il pense ?

Je garde sa carte dans une boîte à cigares, posée par terre, à côté de mon lit. J'y mets tout ce que j'ai envie de garder, ce qui se résume à trois photos, un petit médaillon, un vieux mouchoir brodé, une turquoise ronde et sa cordelette de cuir. Et ma brassière.

J'y ai ajouté la carte mais, alors que je la cherche, je tombe sur quelque chose qui me procure un frisson d'émotion. Je sors le petit cœur fait de pépites d'or, attaché à une chaîne d'or, le frotte sur mon tee-shirt, sans résultat. Il a besoin d'un bon nettoyage pour briller. La dernière fois que je l'ai rangé, je me suis juré de ne jamais le remettre mais, ce matin, j'ai envie d'oublier ma promesse. La chaîne a un drôle de fermoir, en forme de point d'interrogation. Il existe un nom pour ce genre de fermoir. Un nom qui m'échappe.

Au lieu de l'ouvrir, je passe la chaîne par-dessus ma tête, et le cœur vient se nicher entre mes seins, ainsi que l'imaginait probablement celui qui me l'a offert. Puis, quand je regarde de nouveau dans la boîte, je découvre la carte de DeGraf et je comprends, en la voyant plaquée contre l'un des côtés, pourquoi je ne l'avais pas vue. Je la laisse, referme la boîte, retourne dans mon lit, frotte doucement le cœur d'or sur mon tee-shirt.

– Avery ? Tu dors ?

– Non.

– Je m'en vais. À plus tard.

La porte d'entrée claque. Allongée, les yeux fermés, j'évite de respirer profondément afin de ne pas me rendormir. Mais alors des noms surgissent, se succèdent comme ces petits cartons à l'aide desquels on nous apprenait à lire : Will Cameron, Jimmie John, Cassie, Florales. Une sensation oppressante me prend à la gorge, j'ai l'impression d'avoir tout le sang au visage, et je me dis que je devrais me lever et m'occuper.

Il est parfaitement inutile pour moi de repenser à Florales. Je n'y retournerai jamais. Cassie et Jimmie John sont morts. Will Cameron l'est peut-être aussi. Les années que j'ai passées là-bas n'existent pas plus, maintenant, qu'une dent arrachée qui laisse un trou, un espace vide. Néanmoins, quand on met la langue dans ce trou, la tendresse de la gencive surprend.

Elle vous rappelle qu'il n'y a pas toujours eu un vide. Mais ce qu'il y avait a disparu. À jamais.

DEUXIÈME PARTIE

Florales

Mai 1988

5

FLORALES — Nouveau-Mexique — n'était pas la destination rêvée pour une auto-stoppeuse, affamée et sans le sou. Vous auriez pu attraper toute la population par les pieds, la secouer, tête en bas, comme un vieux prunier, et récolter, au maximum, deux dollars et quelques cents.

Le fait d'être une fugueuse de treize ans n'arrangeait rien, il faut le dire.

Faire la manche ne m'a pas vraiment réussi. Pas assez mignonne pour inspirer de la pitié, trop petite et trop maigre pour intimider les gens, j'avais, en plus, ce problème avec mes yeux. Un seul regard suffisait à épouvanter les passants et à casser leurs élans charitables, si d'aventure ils en avaient.

Ceux qui résistaient à l'envie de fuir se sentaient en droit de me poser un tas de questions stupides. Même s'ils n'avaient jamais rêvé de rencontrer un handicapé, ils voulaient savoir où j'avais déniché des yeux pareils. Comme si je les avais achetés dans un supermarché.

Je fis les trois rues minables du centre-ville. En fin de matinée, j'eus de quoi m'acheter une sucette et un Coca, mais ce fut très insuffisant pour apaiser ma faim et poursuivre le voyage. J'avais encore l'impression que les parois de mon estomac frottaient l'une contre l'autre.

Assise sur un seau renversé, dans une allée de service, entre une quincaillerie et un magasin d'alimentation, je m'apitoyais sur mon sort quand la délivrance m'apparut de l'autre côté de la rue. Un homme sortait du Mami's Café, un sac entre les mains. Il avait l'air d'un gros coq, aux pattes grêles, avec une bedaine qui faisait penser au ventre d'une femme enceinte de huit mois.

En tenant son sac comme une relique, il se dirigea vers un vieux pick-up vert, garé à l'angle de la rue, puis resta devant sa portière quelques minutes, en regardant autour de lui. Il palpa ensuite une poche de son pantalon, changea le sac de main, palpa l'autre poche, ensuite celle de sa chemise. À l'évidence, il avait oublié quelque chose — clés, lunettes ou portefeuille. Il posa le sac sur le capot et retourna au Mami's Café, la bedaine en avant.

Comme ils le disaient à l'orphelinat avant chaque repas, nous sommes reconnaissants à Dieu pour les bienfaits qu'Il s'apprête à nous accorder. Je m'élançai vers le pick-up, le regard braqué sur le sac tel un radar, le saisis au vol, et j'avais déjà tourné au coin de la rue quand j'entendis hurler :

– Hé, toi ! Reviens ! Que quelqu'un attrape cette gamine !

Personne n'eut besoin de le faire finalement.

Guidée par une odeur que je connaissais, je m'imaginais déjà piochant dans les tacos, avec d'autant plus de facilité que j'avais apparemment semé ce type. Trop gros pour courir vite, il avait dû renoncer à me poursuivre et était peut-être même en train de se réapprovisionner. J'étais déjà assez loin, mais je fonçai quand même de plus belle, en dépit de la faim et du manque de sommeil que je ressentais cruellement. Il fallait que je rejoigne le terrain vague, couvert d'herbes hautes, bordé par des platanes, à l'entrée de la ville, où mon dernier camionneur m'avait laissée. J'avais vu là-bas un tas de vieux camping-cars qui m'offriraient bien une cachette, le temps d'avaler quelques tacos.

Je courais si vite que je me donnais des coups de talons dans les fesses. Mais je jetai tout de même un regard en arrière et, quand je me retournai, quelque chose se dressa sur mon chemin, comme un mur de brique. Je vis des étoiles.

Des sacs volèrent, répandant des canettes, des boîtes de conserve, des paquets. Il y avait de la poussière blanche partout, y compris dans mes narines. Je toussai, éternuai. Assise par terre, je m'essuyai le visage. En touchant mon front, je grimaçai de douleur.

– Cassie ? Tu n'as rien ?

– Non, ça va, Delbert. Mais il faut que je reprenne ma respiration. Regarde si la petite n'est pas blessée.

J'étouffais à moitié, j'avais de la farine — ou autre chose — dans les yeux, mais j'estimai que c'était quand même le moment ou jamais de me sauver. Une grosse main agrippa mon chemisier avant que j'aie pu faire une deuxième enjambée.

Apparemment, j'étais rentrée dans une vieille dame et un Indien des plus costauds.

– Doucement, gamine. Personne ne te fera de mal.

– C'est ce que tu crois, Delbert Begay. Cette petite merde m'a volé mon déjeuner, siffla l'homme qui ressemblait à une femme enceinte.

Il arrivait en boitant. Je me frottai les yeux, ce qui n'arrangea rien, mais je n'avais pas besoin de m'éclaircir la vue pour constater sa fureur.

– Rater un repas ou deux ne peut pas te faire de mal, Harlan, observa la vieille dame, encore assise par terre, des mèches grises pendant sur son visage. Un autre effet de la collision.

– C'est pas le problème, Cassie.

Le bonhomme se pencha pour l'aider à se relever, avec le concours de l'Indien qui, d'une main, me tenait toujours par mon chemisier.

– C'est un miracle si vous êtes encore entière. Elle aurait pu vous casser quelque chose.

– Eh bien, elle ne l'a pas fait !

– Peut-être. Mais elle m'a volé mon déjeuner.

– Elle devait avoir faim. Pas vrai, petite ?

Je me contentai de hocher la tête, les yeux baissés.

Harlan s'avança vers son sac, miraculeusement intact.

– Regardez ça !

– Ce n'est rien, fit l'Indien, tout en continuant à agripper mon chemisier.

L'autre souleva son chapeau de cow-boy, le temps de lisser ses cheveux gras.

– Reconnaissez qu'on devrait appeler Austin. Je l'ai vu patrouiller par ici, y a pas longtemps.

– Pour quoi faire ? demanda la vieille dame, en se frottant la hanche.

– Comment pour quoi faire ? s'énerva Harlan. Elle m'a volé mon repas. Elle vous a fait tomber…, continua-t-il, avec une façon de me regarder du coin de l'œil qui ne me disait rien de bon. Et elle m'a l'air bien jeune pour se balader seule. C'est sûrement une fugueuse.

Tout en ramassant un sac, la femme lui fit remarquer :

– Moi, ce que je vois c'est que tu as récupéré ton déjeuner et que je n'ai rien de cassé. Quant à cette gamine, ajouta-t-elle, en me regardant de la tête aux pieds, qu'elle fasse une fugue ou pas, elle a besoin d'un bon repas.

Elle me sourit, et je vis qu'elle avait un tas de rides mais des joues fermes. Je remarquai aussi qu'elle ne se promenait pas avec une moustache de vieille dame comme Ridley. Très lentement, elle se pencha, commença à ramasser ce qui était tombé pour le mettre dans son sac, regarda un instant le gros.

– Alors, Harlan, qu'est-ce que tu attends pour aller déjeuner ? Je m'occupe du reste avec Delbert.

– Comme vous voulez, Cassie. Mais vous allez regretter de vous encombrer d'une môme comme ça.

Harlan referma soigneusement son sac et s'éloigna, boitant et maugréant :

– … plein les bottes de ces foutus gamins… J'sais pas où on va comme ça…

– Elle a tout d'une criminelle, Kemosabe, lui lança l'Indien en riant.

Harlan se retourna :

– Ouais. C'est ça, Begay. Tu te marreras moins quand elle chapardera dans ton magasin.

Le père Fouettard était content de lui.

– Cassie, qu'est-ce que tu vas faire de cette gosse ? demanda l'Indien dès qu'il fut certain que Harlan ne pouvait plus l'entendre.

Comme s'il ne me retenait pas par le collet !

– L'emmener à la maison et lui donner à manger, pardi.

– Tu ne crois pas qu'on devrait appeler le shérif, essayer de savoir d'où elle vient ?

Je faillis me sectionner la langue. Si le shérif se mettait à téléphoner ou me fichait sur son ordinateur, je serais de retour au Colorado avant le lendemain soir.

– On verra quand elle aura mangé.

– Bon. Alors je te conduis chez toi. Comment va ta hanche ?

– Elle me fait un peu mal, mais j'en ai vu d'autres. On est contente de profiter de ta voiture, pas vrai, petite ?

Je fixai le bout de mes tennis.

– Tu devrais remercier Cassie de t'aider, me fit remarquer l'Indien.

C'était la première fois qu'ils m'adressaient la parole, et ils me dictaient déjà ma conduite.

Assise entre eux dans le vieux pick-up, je regardais les mesas rouges à travers le pare-brise, tout en tirant machinalement sur le rembourrage qui sortait d'une déchirure du siège, comme de la fleur de coton. Delbert maniait son levier de vitesse entre mes genoux pendant qu'il bavardait avec Cassie. Il se demandait si l'été serait très sec parce que son neveu avait été engagé à mi-temps pour surveiller la forêt et repérer les foyers d'incendie. Il dit aussi à Cassie qu'il lui apporterait des œufs si elle faisait un cataplasme — j'ignorais encore ce que c'était — pour le bras de son père.

Je commençai à regarder autour de moi, en cherchant un moyen de m'échapper de là. Quand le pick-up quitta l'autoroute pour s'engager sur un chemin de terre, sans signalisation, et cahoter à travers un marais asséché, je pris peur. Qui pouvait vivre par ici ? La vieille dame était peut-être toquée. Ils pourraient me tuer tous les deux et personne n'en saurait rien. Ou bien ils faisaient peut-être partie de ces gens qui, selon Ridley, vendaient des filles comme esclaves à des dealers noirs.

– Où est-ce qu'on peut bien aller par ici ?

Ils se tournèrent vers moi, comme surpris par ma présence.

– Chez moi, petite.

– Ne m'appelez pas petite.

– Alors dis-nous ton nom.

Je me mordis l'intérieur de la joue. Le pick-up s'arrêta et Delbert retira la clé de contact. À la seconde où il aurait disparu, je prendrais la fuite. La vieille dame ne pourrait jamais me rattraper. Mais quand je sautai à terre, je ne pus me tenir debout. J'eus très chaud à la tête, mes genoux se mirent à trembler, et je ne vis plus que du noir.

*

J'ouvris les yeux, allongée sur un canapé, recouverte d'une couverture qui sentait la poussière, dans une pièce sombre et fraîche. Debout, près d'une fenêtre au rideau de dentelle trouée, la vieille dame me regardait. Je m'assis en faisant tomber un chiffon mouillé qu'elle avait appliqué sur la bosse, de la taille d'un œuf, qui ornait mon crâne.

– Tu as faim maintenant ? me demanda-t-elle en ramassant le chiffon.

Elle avait l'air absolument inoffensif. J'avais sans doute affaire à une vieille dame charitable, mais ça ne m'empêcherait pas de la tenir à l'œil et de surveiller ce qu'elle mettrait dans la nourriture.

Elle me donna un bol de soupe à la viande, épaisse, chaude mais complètement fade. Mon visage se couvrit de sueur et je me rendis compte que je sentais mauvais. Normal après quatre jours de marche, de stop, et quatre nuits à dormir dans des toilettes de stations-service, à proximité des égouts. Elle n'y fit pas attention, apparemment, se contentant de me reverser sans cesse de l'eau et de me resservir un pain de maïs tout sec. La cuisine n'était pas son fort.

– On m'appelle Cassie Robert, finit-elle par me dire. Et toi, comment tu t'appelles, petite ? ajouta-t-elle devant mon silence.

– Avery.

– Tu as un nom de famille ?

J'aurais dû m'inventer un patronyme, mais mon cerveau était aussi fatigué que moi.

– James, dis-je.

– Tu viens d'où ?

– De Montrose.

J'avais sauté sur le premier nom qui me venait à l'esprit.

– Il y a longtemps que tu es partie ?

– Cinq jours.

– Ça fait déjà un bout de temps, remarqua Cassie en me lançant un regard en biais que j'esquivais. Tu n'avais pas mangé depuis combien de temps ?

Ayant attaqué le second bol de soupe, j'avais la bouche pleine, si bien que je levai deux doigts.

– Ta famille doit s'inquiéter, tu ne crois pas ?

– Non.

– Où comptes-tu aller ?

– À Albuquerque.

Quelle vieille fouineuse, quand même !

– Tu as des parents là-bas ? Des amis ?

– Oui.

– Des parents ou des amis ?

Devant mon silence, elle continua :

– Qu'est-ce que tu as l'intention de faire à Albuquerque ?

– Trouver un travail.

– Dans quelle branche ?

– Comme cuisinière.

– Je vois.

Je la surpris en train de me dévisager. Alors je soutins son regard, croisai les bras, attendis qu'elle me dise que j'avais de drôles d'yeux. Mais elle se leva, emporta le bol et la cuillère dans l'évier et les lava, sans commentaire.

– Merci pour le repas, dis-je, mal à l'aise.

Elle eut un mouvement de tête en direction de la fenêtre.

– Il fait nuit maintenant. Il y a moins de circulation. Tu devrais dormir sur le canapé en attendant demain matin.

– Je ferais mieux de partir.

– Comme tu veux.

Cassie essuya mon bol, le remit dans le placard. Puis, sans se retourner, elle observa :

– Personne ne viendra te chercher ici.

J'hésitai. L'estomac plein, je n'avais plus tellement envie de marcher. Sans compter qu'il faisait noir et que je n'avais aucun repère. Cassie poursuivait son petit train-train. Elle enleva les miettes sur la table, déposa la soupière dans l'évier, finalement s'essuya les mains et me dit :

– Je vais me coucher. Si tu t'en vas, fais attention à bien refermer la porte.

Elle disparut dans une petite pièce. Je l'entendis se déshabiller, laisser tomber ses chaussures sur le plancher, puis il y eut un soupir de fatigue et un froissement de drap.

Il aurait fallu que je me lève, je le savais, mais j'avais les jambes et les bras trop lourds pour bouger. Comme dans ces rêves où on court sans avancer d'un pas. Je restais là, le regard rivé sur la flamme de la lampe à pétrole, jusqu'à ce que je puisse à peine garder la tête droite. Quand la vieille dame se mit à ronfler, je me débarrassai de mes tennis, soufflai sur la flamme, me recouchai sur le canapé. Il avait perdu ses ressorts, il était dur comme de la pierre, mais je m'endormis, dès que j'eus fermé les yeux.

Je me réveillai en sursaut, le soleil en plein visage, prise d'une envie de faire pipi tellement urgente que je me sentais au bord de l'explosion. Une odeur de bacon, de café et de biscuits me fit saliver à en baver. En me disant que je partirais, juste après le petit déjeuner, je me levai pour mettre mes tennis.

– Commence par les secouer, m'avertit Cassie. Assure-toi qu'il n'y a dedans ni scorpions, ni veuves noires.

Je pris les tennis par le bout, les secouai énergiquement avant de les enfiler, puis tortillai mes orteils.

– J'ai besoin d'aller aux toilettes.

– Il faut que tu sortes. Prends le sentier, va derrière la maison. Et fais attention aux serpents.

Des piments verts, doux, étaient mélangés aux œufs brouillés, le bacon croustillait, les biscuits étaient un tantinet caoutchouteux, mais je pouvais leur ajouter une sorte de miel épicé. Cassie me donna du café au lait, sucré. Esperanza avait l'habitude de me laisser boire quelques gouttes de son café, de temps en temps. Il nous était interdit d'en consommer à l'orphelinat. On nous disait que c'était un stimulant et qu'il n'y avait rien de plus répréhensible pour de jeunes chrétiens que de prendre des stimulants.

Rassasiée, je me rejetai contre le dossier de ma chaise et regardai la vieille dame, assise en face de moi. Des cheveux gris acier sortaient, comme de petits fils de fer arrondis, du chignon qu'elle portait sur la nuque. Le visage ridé et, je dirais, aussi délavé que son chemisier, les lèvres fines, un nez fort, Cassie avait des yeux qui, tels ceux d'Esperanza, pouvaient être en même temps souriants et sévères.

– Pourquoi m'aidez-vous ?

– Je t'aide, et ensuite c'est toi qui m'aides.

Elle me surprenait. Je m'étais attendue à des balivernes — à l'une de ces histoires de bon Samaritain qui secourt les étrangers, sans rien demander en retour — comme on nous en racontait constamment à l'orphelinat. Mais, de toute façon, comme elle m'avait nourrie deux fois et m'avait permis de dormir chez elle, j'estimais que je lui étais redevable.

– Comment je pourrais vous aider ?

– Le jardin a soif et il y a des herbes à couper. C'est juste un petit lopin de terre, tu sais.

Dans ce cas, je n'aurais pas trop à attendre avant de retrouver l'autoroute et de reprendre le stop pour Albuquerque. Si j'arrivais à trouver où elle mettait son argent, je pourrais même repartir avec deux dollars en poche.

C'était un petit jardin, d'accord, mais avec un nombre incroyable de plantes. Protégée du soleil par un bonnet de grand-mère, Cassie s'assit sur un tabouret de métal bleu, joliment cabossé, et me regarda transporter des seaux que je remplissais dans l'évier de la véranda, à l'arrière de la maison.

Moi qui ne connaissais que le petit tournesol sauvage qu'on trouve le long des routes, je fis avec Cassie un tas de découvertes.

– Là, ce sont des soucis, m'expliqua-t-elle en me montrant des fleurs orange. Tu m'en coupes six. Non, petite, à la base de la tige, pas sous la fleur.

Elle me fit également couper un bouquet d'herbes argentées et soyeuses sous les doigts.

– De l'armoise, me dit-elle. *Agenjo*, pour les Mexicains. C'est bon pour l'arthrite et les rhumatismes. Et là, tu as de la matricaire. *Altamisa.* Parfait pour les maux d'estomac. Ici, c'est du bas…

– De l'*albacar.*

L'odeur de réglisse fit aussitôt revivre Esperanza.

– Comment connais-tu le basilic ? me demanda Cassie avec un drôle d'air.

– L'albacar, répétai-je.

– C'est la même chose. Tu en as déjà mis dans du thé ?

– Non. Dans de la soupe, de la salade…

– Il porte bonheur aussi, m'expliqua-t-elle.

Elle arracha une feuille et la mit dans ma poche.

Le soleil me tapait tellement sur la tête que je me sentais prête à m'évanouir.

– Il va faire très chaud aujourd'hui, remarqua Cassie.

Les yeux plissés, je levai la tête pour la regarder. Au lieu de dégouliner, la sueur s'évaporait sur mon visage dès qu'elle apparaissait. Où est-ce que j'allais comme ça ?

– Tu voudrais peut-être prendre un bain avant de te mettre en route. Ce sera sûrement plus facile de trouver une voiture si tu ne sens pas la chèvre.

Avant que j'aie eu le temps de me tâter, je me retrouvai plongée jusqu'au cou dans une bassine d'eau tiède, la tête couverte de shampooing. Je fermai les yeux et je me serais endormie sans le bruit de casseroles qui venait de la cuisine.

– Ce serait dommage de remettre ces vêtements dégoûtants en sortant du bain, me cria Cassie. Tu pourrais peut-être attendre qu'ils soient lavés et séchés.

Je commençais à m'impatienter sérieusement. Il y avait déjà belle lurette que j'aurais dû repartir d'ici. Hier soir, aussitôt après le repas ou, au moins, ce matin. On devait me rechercher. L'Indien avait peut-être parlé de moi. Quant à ce gros lard de Harlan, il ne pouvait inspirer confiance à personne.

Tapotant sur l'eau du bain, je provoquais de petites vagues qui s'échouaient sur mon ventre. Je pensais à Ridley qui devait croire que j'avais voulu retrouver Lee-Ann à Denver. Ha ! Ha ! ricanai-je, les lèvres au ras de l'eau. Et les grosses bulles que je fis naître m'amusèrent beaucoup plus que d'imaginer la perplexité de Ridley.

Une deuxième nuit ici, un autre repas gratuit ne me feraient pas de mal après tout. Si Cassie avait encore besoin d'aide, je resterais volontiers jusqu'à demain.

Quand je sortis du bain, un souffle de vent sur ma peau encore chaude me donna la chair de poule. Enveloppée dans une serviette rugueuse, je traînai la bassine vers le bord de la véranda, éclaboussant copieusement le plancher.

– Ne fais pas ça, petite !

– Vous ne voulez pas que je vide la bassine ?

– Seigneur, non ! On ne gaspille pas l'eau par ici.

– Elle est sale, dis-je en regardant l'écume brune de mon bain. Qu'est-ce qu'on peut faire avec ?

– Le jardin ne craint pas l'eau sale. Laisse-la dans la bassine pour le moment. Je te montrerai plus tard comment t'en servir. Pour l'instant sèche-toi. Je vais te trouver des vêtements.

Cassie me donna une robe écossaise, toute passée et ramollie, comme si on l'avait lavée un million de fois, et grande comme une tente. Pour le repas, nous avons préparé des haricots et du riz. Les poivrons et les tomates du jardin n'étaient pas encore mûrs. Mais Cassie avait de la masa et je fis des tortillas. Même si elle ne fit aucun commentaire, je devinai qu'elle était impressionnée. Pendant que je prenais la pâte entre mes mains humides, que je la laissais retomber dans la vieille poêle à frire, j'eus le sentiment d'être de retour à l'orphelinat. Je me revis à genoux sur la chaise, à côté d'Esperanza, respirant un parfum de cumin et de poivrons sur sa peau. Elle me racontait comment toute sa famille faisait des *tamales* pour Noël, et me disait qu'elle m'en apprendrait la recette. Mais elle n'avait jamais eu le temps de tenir sa promesse.

Après le repas, Cassie fit bouillir de l'eau dans la cafetière en métal, jeta dedans une poignée de café et attendit. Elle faisait ce qu'elle appelait du café de cowboy. Au bout d'un moment, elle ajouta des morceaux de coquilles d'œufs du petit déjeuner.

– Elles font tomber le marc au fond, m'expliqua-t-elle.

Quand elle souriait, elle ressemblait à une petite fille — toute ridée, c'est vrai. Elle remplit deux tasses, mit du sucre et de ce lait en boîte qui sentait le métal.

Nous passâmes la soirée à confectionner de petits bouquets de plantes à la lumière douce, ambrée de deux lampes à pétrole. Puis, pour les faire sécher, nous les suspendîmes à des clous, plantés dans les poutres du plafond bas. Cassie me donna des ciseaux et me fit tailler, dans une sorte de gaze, de petits sachets pour ses infusions que je fermais ensuite avec de la ficelle de cuisine. Je me demandais comment elle s'en sortait quand elle était seule, avec ses mains noueuses et ses articulations gonflées.

– Où avez-vous appris tout ça, Cassie ?

J'avais voulu l'appeler mademoiselle Robert — pour une fille qui n'avait pas de mère j'avais toujours eu de bonnes manières, et puis je pensais qu'on obtient plus facilement ce qu'on veut quand on est bien élevé — mais elle m'avait demandé de l'appeler simplement Cassie.

Ses yeux brillèrent derrière ses lunettes à la monture d'acier qui tenait grâce à du ruban adhésif.

– J'ai appris avec maman.

– Et elle, comment elle avait appris ?

– Avec son papa. Il était médecin dans le Minnesota.

– C'est là-bas que vous viviez ?

En secouant la tête, Cassie fit glisser ses lunettes sur son nez. Elle les repoussa d'un coup de pouce.

– Non. Maman est venue ici avant que je naisse. Parce que mon père était un Indien chippewa.

– Vraiment ? dis-je en posant les ciseaux.

– Oui, fit Cassie, le menton relevé. Ça a fait scandale dans la petite ville de maman. Une vraie tempête dans un verre d'eau, comme elle disait.

– Parce qu'elle était blanche ?

– Elle était blanche, son père était un homme riche, et elle appartenait à une famille de luthériens bon teint.

– C'est quoi des luthériens ?

– Une sorte de chrétiens. Comme les baptistes ou les catholiques.

Je mis une cuillerée de romarin — qu'Esperanza appelait *romero* — sur un carré de gaze, puis je ficelai les coins.

– C'est comme l'Église de Dieu en Jésus-Christ ?

– Je ne connais pas cette Église-là. Ta famille en fait partie ?

– Oh, merde ! m'écriai-je, en voyant le sachet m'échapper des mains.

– Ça ne fait rien, petite. Laisse-le par terre. Quand on marchera dessus, la maison sentira bon.

– Alors, qu'est-ce qui est arrivé à votre maman ? m'empressai-je de demander.

Cassie soupira.

– Elle a quitté North Prairie avec mon père pour le Colorado. C'était un cow-boy, parce qu'il ne trouvait pas d'autre travail. Maman s'est mise à faire les mêmes remèdes que mon grand-père et les a vendus. Mes parents sont ensuite venus ici à cause du pétrole, à Farmington. Papa y a travaillé jusqu'à ce qu'il soit tué dans l'explosion d'un derrick.

– Pourquoi votre maman n'est pas retournée dans le Minnesota ?

– Mon Dieu, je ne sais pas. J'étais toute petite. Probablement que sa famille ne voulait pas d'une enfant métisse. Elle a continué à vendre ses remèdes et m'a appris à les préparer. Et puis il y a eu une épidémie de grippe. Nous l'avons attrapée toutes les deux, je m'en suis remise mais pas elle. J'avais ton âge quand j'ai perdu ma maman.

Je faillis expliquer à Cassie qu'en ce qui me concernait, c'était ma mère qui m'avait perdue et qu'elle l'avait fait exprès. Mais à quoi bon ?

Reprenant les ciseaux, je me remis au travail.

– Vous n'avez jamais été mariée ?

Surprise par ma question, Cassie finit par me répondre :

– J'ai eu un homme, une fois. Un cheminot. Mais il ne vaut même pas la peine que je parle de lui.

– Il s'appelle comment ?

– Martin, me répondit Cassie, sans me regarder.

Deux jours en devinrent trois et, brusquement, une semaine avait passé et j'étais toujours là. Chaque soir, je me jurais de partir le lendemain mais, tous les matins, Cassie me demandait de lui donner un dernier coup de main avant mon départ. Il y avait du linge à étendre, un remède à livrer, le jardin à arroser. Puis elle me disait qu'il ne fallait pas que je parte le ventre vide. Après le repas, le soleil était si chaud qu'on voyait la chaleur monter du sol. Cassie me recommandait alors d'attendre la fraîcheur du matin.

Finalement, un soir, alors qu'on préparait de la sauge, en séparant les feuilles séchées de leurs tiges, elle leva les yeux de son travail et me dit :

– Puisque tu n'as pas de parents à Albuquerque, tu pourrais aussi bien rester ici pendant un certain temps.

– Vous savez que je ne peux pas payer la pension, remarquai-je, très mini-femme d'affaires.

– Tu m'aideras au jardin et tu livreras les remèdes. Ce sera une façon de payer ta part. En puis je crois que j'aime bien ta compagnie, ajouta Cassie en se baissant pour reprendre de la gaze dans un carton.

6

JAMAIS JE N'AVAIS RENCONTRÉ quelqu'un comme Cassie Robert. Elle passait son temps à préparer ses remèdes, à se marmonner des petits poèmes et des dictons curieux. Quand je lui demandais ce qu'elle racontait, elle me répondait : « Oh, ce sont juste des prières. » Mais des prières comme ça, je n'en n'avais pas entendu une seule à l'orphelinat.

Bizarre comme elle l'était, je l'aimais bien. D'une certaine manière, je me retrouvais en elle. Elle était aussi seule que moi et depuis bien plus longtemps. Pourtant, non seulement elle avait survécu, mais elle s'en sortait bien. À défaut d'avoir beaucoup d'amis, elle était respectée par tous ceux qui lui achetaient ses remèdes et semblait satisfaite ainsi.

Avant d'arriver chez elle, je n'aurais pas imaginé qu'on puisse encore vivre de cette façon. Sa vieille maison, de trois pièces, en rondins, se nichait au bout d'un chemin de terre, à plus de deux cents mètres de la route. Elle disait qu'il n'y avait pas quatre kilomètres de chez elle à Florales, mais quand on faisait le parcours, à pied, sous le soleil de midi, on avait l'impression qu'il y en avait plus de cinquante.

Elle disposait d'un puits d'eau potable — d'où on remontait, de temps à autre, un liquide couleur de rouille. Un réservoir à propane permettait de chauffer l'eau, de faire fonctionner la cuisinière et un petit réfrigérateur. Il n'y avait pas d'électricité, ni de téléphone, ni de chasse d'eau. Je savais avant d'arriver chez elle ce qu'était un cabinet, mais je n'en avais jamais vu avant ce matin où j'utilisai le sien pour la première fois. Et le jour où je dus commencer par déloger un serpent, je fus sérieusement tentée de retourner lever le pouce au bord de l'autoroute.

Bien entendu, Cassie n'avait pas de voiture et ne savait pas conduire, disait-elle. J'étais chez elle depuis près de quinze jours quand, un matin, elle me réveilla de bonne heure pour que je l'accompagne faire des courses à Florales, en traînant derrière nous sa vieille charrette en bois.

L'idée d'aller en ville ne m'enchantait pas. J'avais toujours aussi peu envie qu'on me remarque, mais Cassie insista en me disant qu'elle avait besoin de moi, puisque, dorénavant, il lui faudrait acheter deux fois plus de nourriture. Elle craignait peut-être que je profite de son absence pour lui voler son argent et disparaître.

La vieille autoroute 323 s'étendait devant nous comme un ruban noir, serpentant à travers un océan bleu-vert de buissons d'ansérine, parsemé d'îlots de graminées, gris brunâtre, de *chamisa* argentée, d'amarante aux fleurs semblables à des globes pourpres et ajourés. Des faucons planaient dans le ciel, en quête de chiens de prairie et de musaraignes. La brise apportait, avec une légère odeur de fumée de bois — venant des feux allumés pour faire de la cuisine —, le cri strident d'un geai.

J'appréciai le fait que Cassie ne soit pas du genre à parler pour ne rien dire. Elle ne me faisait entendre que le battement de sa salopette sur ses chevilles, tandis qu'elle marchait en silence, le regard rivé sur la route, prenant garde d'éviter les nids-de-poule ou un éventuel serpent à sonnettes, endormi sur l'asphalte chauffé par le soleil. Un pick-up klaxonna en nous dépassant, puis se fondit dans le globe orangé du soleil.

Quand nous arrivâmes à Florales, on dut entendre les roues de la charrette, d'un bout à l'autre de la ville, et les quelques personnes que nous croisâmes adressèrent un petit signe de reconnaissance à Cassie.

Elle m'envoya au *Begay's* — l'épicerie de son copain — avec une liste des achats à faire pendant qu'elle serait à la quincaillerie. J'enjambai le gros chien affalé devant la porte, pénétrai dans le magasin sombre et regardai autour de moi. Delbert — si c'était bien son nom — n'était nulle part. Une Navajo, de mon âge, assise derrière la caisse, était penchée sur une bande dessinée, ses longs cheveux noirs et raides tombant sur son visage, comme un rideau.

Je pris un chariot — sale des roues à la poignée — sans qu'elle relève la tête, et m'engageai entre deux rayons. J'attrapai un paquet de masa, du sucre, du café et quatre briques de lait en poudre, du riz, un grand sac de haricots pinto, puis j'allai vers le rayon réfrigéré pour prendre une livre de bacon. Des journaux s'empilaient par terre, près des produits laitiers. J'en ramassai un. Ayant perdu la notion du temps, je ne savais même pas quel jour nous étions.

Imprimé à Española, le mardi 27 mai, le journal devait être là depuis quelques jours, si j'en croyais ses pages jaunies et fatiguées. Un article parlait longuement de la sécheresse, un autre d'un braquage de banque à Farmington. Je tournai les pages rapidement avant de remettre le journal avec les autres. Mais, quand je me penchai pour prendre du fromage, mon regard tomba sur un petit titre qui m'avait échappé. Je me figeai.

« Les recherches s'intensifient pour retrouver une enfant du Colorado. »

Je me sentis aussi oppressée que lorsque Ridley me faisait appeler dans son bureau. Si Cassie voyait ça, elle comprendrait tout de suite, trouverait un moyen de s'éclipser pour aller prévenir le shérif, et on me ramènerait à l'orphelinat.

Mais, quand je lus le premier paragraphe, mon soulagement fut tel que mes genoux en tremblèrent.

« Des volontaires se sont joints aujourd'hui aux autorités locales pour essayer de retrouver la petite Connie Morales, qui a quitté sans prévenir la caravane de ses parents, au Bandelier National Monument, hier matin. La température menaçant d'avoisiner ce soir les zéro degré, le shérif Gus Gilmore craint pour la survie de l'enfant... »

– Ne traîne pas, petite, gronda soudain Cassie.

Je fus si surprise que je laissai le journal m'échapper des mains.

– Remets le cheddar en place et prends du Long Horn. C'est moins cher. Tu as tout le reste ?

Tandis que Cassie ramassait le quotidien et le mettait dans le chariot, je lui répondis, d'une voix faible :

– Oui. Enfin, non. Je n'ai pas encore pris le bacon.

Je la regardai se diriger vers le rayon charcuterie. Puis, brusquement, j'entendis chanter ces petites phrases dans ma tête : « Personne ne me recherche... Personne ne m'a jamais recherchée. »

Cassie appréciait peut-être ma compagnie, mais elle avait surtout besoin de moi pour son jardin, où elle-même passait de longues heures. L'été approchait, le soleil était de plus en plus haut dans le ciel et le jardin avait de plus en plus soif. Deux tonneaux étaient censés recueillir l'eau de pluie, mais les orages n'étaient pas souvent au rendez-vous.

Nous utilisions l'eau pour prendre un bain et nous laver les cheveux, puis nous la vidions, seau par seau, dans une cuve remplie de pierres, de sable et de charbon de bois. Quand elle était passée par ce filtre, elle était potable... pour le jardin. Il fallait faire cette gymnastique le soir, ou tôt le matin, de manière à éviter l'évaporation avant que l'eau soit absorbée par la terre.

Cassie m'apprit à nettoyer une lampe à pétrole, à entretenir la mèche pour éviter qu'elle ne fume. Elle m'apprit aussi à couper du bois pour le poêle, à entasser les bûches sur le perron pour l'hiver. Je n'avais pas l'intention d'être encore chez elle à cette saison, mais ça me plaisait de l'aider et, bien que ce travail fût rude, j'aimais soulever la hache, la sentir frapper le bois, entendre le craquement des bûches, d'où jaillissait brusquement l'odeur forte de la résine.

Pour la cuisine, c'était chacune notre tour — bien que, l'une comme l'autre, nous soyons plus satisfaites quand je la remplaçais. De même, nous nous relayions pour la lessive, dans le grand lavabo, sur la véranda. Mais je me chargeais systématiquement d'étendre le linge. Cassie ne pouvait plus atteindre la corde, suspendue entre la maison et un genévrier tordu, sans avoir mal aux épaules.

Beaucoup de plantes médicinales poussaient dans le jardin, mais elles étaient encore plus nombreuses dans les collines qui entouraient la maison. Aller les cueillir devint l'une de mes tâches favorites. Nous ramassions des aiguilles de genévrier et des baies pour la digestion et les infusions destinées aux femmes enceintes, les fleurs d'atriplex qui traitent les piqûres de fourmis et dont Cassie se servait aussi pour faire du savon, les délicats pétales blancs de l'apache plume pour les maux d'estomac, les fleurs de genêt pour les rhumatismes, de la sauge pour purifier le sang.

Cassie m'apprit à distinguer les plantes vénéneuses — la stramoine, aux belles fleurs blanches, et le laiteron, avec ses feuilles étroites. Elle m'expliquait qu'il fallait couper l'amarante et la mélisse, le plus haut possible, de façon que les plantes repoussent. Quand nous emportions des racines de yucca pour faire du shampooing, Cassie enterrait les graines afin de s'assurer qu'il y aurait toujours des yuccas sur les collines.

Lorsque j'apportais les remèdes à ses clients, il fallait que je prenne des repères sur des routes et des chemins de terre qui, la plupart du temps, étaient dépourvus de tout poteau indicateur. Les gens payaient peu avec de l'argent. Le plus souvent, je revenais avec des œufs ou des fruits, un poulet ou un lapin.

Je n'aimais pas tuer des animaux. En fait, la première fois que Rick Chee me donna un lapin, je lui rendis sa liberté. Ses oreilles étaient veloutées et, le tenant contre moi, je sentais son cœur battre à trois cents à l'heure, comme s'il savait qu'il allait finir dans la grande marmite de Cassie. Quand je le posai par terre, il s'assit, me regarda une seconde, trop bête pour courir, ou peut-être trop surpris. Je dus frapper du pied sur le sol pour qu'il détale.

Cassie pliait du linge propre lorsque j'arrivai.

– Qu'est-ce que tu rapportes aujourd'hui ?

J'avalai la poussière que j'avais dans la gorge, puis lui avouai la vérité. Je m'attendais à être privée de dîner, ou quelque chose de ce genre. Mais elle se contenta de remarquer, en secouant la tête, que j'étais « un vrai phénomène » et me laissa là, sans explication, alors que je n'avais rien compris à ce qu'elle voulait dire.

Plus tard, pendant que nous mangions nos haricots et notre riz — pour le troisième soir de suite —, je me sentis brusquement idiote.

– Je pense que je n'aurais pas dû remettre le lapin en liberté.

– Ce n'est pas un péché de tuer pour manger, m'expliqua Cassie, en posant sa cuillère. En fait, ce lapin fait probablement, en ce moment même, le bonheur d'un coyote, tandis que nous, nous mangeons des haricots. Mais il n'y a pas de mal à ça finalement. Les coyotes aussi ont besoin de se nourrir.

Le jour où je revins avec un lapin, je m'obligeai à regarder Cassie le tuer. Sans se poser de questions, elle l'attrapa par les pattes de derrière, lui donna un coup, juste derrière les oreilles, du plat de la hache. Il y eut un bruit mou et le petit corps fut aussitôt ramolli. D'accord, le lapin n'avait pas souffert, mais quand Cassie le mit sur la souche, où on fendait les bûches, pour lui couper la tête, je dus me détourner et aller me réfugier dans la maison. Je n'acceptai de le revoir que dans la marmite, poudré de farine et en train de dorer.

Au fil des semaines, mes courbatures diminuaient, mon corps devenait plus vigoureux. La nourriture, simple, mais abondante, me faisait prendre du poids. Un matin, tandis que j'arrachais des mauvaises herbes dans le jardin, je sentis sur moi le regard de Cassie.

– Ta peau brunit sérieusement, me dit-elle. Tu n'aurais pas du sang mexicain ? Ou indien ?

Jamais Cassie ne m'avait demandé d'où je venais, ni de quelle origine j'étais. Elle ne semblait même pas remarquer mes yeux.

Je m'assis sur mes talons et jouai avec le vieux déplantoir sur la terre sèche.

– Je n'en sais rien, dis-je.

– Tes parents ne t'ont jamais parlé de leurs ancêtres ?

– Je ne connais pas mes parents.

Cassie hocha simplement la tête, puis remarqua :

– Alors tu ne sais pas de qui tu tiens tes yeux.

– Non, dis-je.

Et je repris le désherbage.

Cassie ne se contentait pas de vendre des plantes. De temps en temps, quelqu'un débarquait, à une heure tardive, en quête d'un traitement inhabituel. La première fois que je fus témoin de l'une de ces visites, nous avions fini de dîner et Cassie se trouvait dans le jardin. À la nuit tombée, elle avait l'habitude d'enterrer des cheveux et des rognures d'ongles, afin d'éloigner les rongeurs et de s'assurer qu'aucun corbeau ne tomberait sur un de nos cheveux. Elle disait qu'il suffisait d'un cheveu dans le nid d'un corbeau pour présager une mort précoce. Elle répandait aussi de la racine de *osha* autour de la maison pour tenir les serpents à distance.

Entendant frapper, j'ouvris la porte et découvris sur le perron une femme qui avait perdu sa jeunesse depuis un bon moment, sans avoir pour autant l'âge de Cassie. Ses cheveux bruns sur les épaules, elle portait une blouse écossaise, délavée, et un pantalon en stretch noir. Je lus la surprise sur son visage.

– Cassie est là ? J'ai besoin de la voir immédiatement, expliqua-t-elle.

Je m'écartai pour la laisser entrer. Elle alla directement s'asseoir à la table, comme si elle le faisait chaque jour.

– Je vais la chercher.

Lorsque Cassie vit la femme assise à la table, elle secoua la tête.

– Evelyn, Evelyn. Tu ne vas pas recommencer.

Evelyn se mordit la lèvre, l'air embarrassé.

– Aide-moi une dernière fois, Cassie, fit-elle en posant un billet de cinq dollars sur la table. Si ça ne marche pas, je renoncerai à lui.

Cassie sortit un petit carton d'un placard avant de venir s'asseoir en face d'Evelyn. Je restai en retrait, espérant qu'elle oublierait ma présence pendant que j'écouterais ce qu'elle disait. Elle commença par mettre l'argent dans la poche de sa blouse, puis demanda :

– Que s'est-il passé avec l'oignon ?

– Il n'a jamais poussé, fit Evelyn, visiblement découragée.

– On va essayer autre chose cette fois-ci. Voyons. Quel jour sommes-nous ? Jeudi ? Ce n'est pas bon. Il faudra attendre demain soir. Vendredi et une lune montante, c'est bon. Si ça ne marche pas, Evelyn, c'est qu'il n'y avait vraiment rien à faire.

Evelyn se meurtrissait la lèvre à force de la mordre.

– Il faudra que je revienne demain soir ?

– Non. Je vais te donner tout ce qu'il faut. Tu vas l'emporter chez toi. Surtout souviens-toi que c'est à faire juste quand la lune vient d'apparaître. Si tu l'oubliais, il faudrait attendre le vendredi suivant.

– Je m'en souviendrai, mais je devrais peut-être quand même revenir, Cassie. Je risque de pas bien m'y prendre.

– Non. Ne t'inquiète pas. C'est très simple et ça aura plus de pouvoir si tu le fais toi-même.

Cassie prit dans le carton une petite bougie blanche qu'elle donna à Evelyn, puis deux épingles, l'une avec une tête normale, l'autre avec une tête bleue, et les mit dans une enveloppe marron, comme celles que l'infirmière de l'orphelinat utilisait pour les pilules.

– Demain soir, juste après l'apparition de la lune, tu sors sur ton perron avec la bougie, les épingles et une soucoupe. Tu piques l'épingle bleue dans la bougie, comme ça : sur la gauche. Puis tu piques l'autre, de façon qu'elle se croise avec la première. Ensuite, tu mets la bougie sur la soucoupe, tu l'allumes et tu attends qu'elle se consume entièrement, en pensant très fort à Tommy et en lui demandant de revenir. Pour finir, tu enterres les épingles dans ton jardin.

– D'accord. Je ferai comme tu m'as dit. Merci, Cassie.

Evelyn embrassa Cassie.

– Prie pour moi.

– Je le ferai. Maintenant dépêche-toi de rentrer. Et si jamais il revient avant demain soir, brûle quand même la bougie. Ça ne peut pas faire de mal. Au contraire.

Evelyn partie, je regardai Cassie comme une bête curieuse.

– Je n'arrive pas à croire que vous vous faites payer pour ce genre de bluff.

Cassie ignora mon commentaire. Elle remit le carton dans le placard, en sortit une vieille boîte à biscuits, fouilla dedans à la recherche d'un bouquet de sauge séchée, se dirigea vers le poêle, enflamma l'herbe et resta là, debout, à inhaler la fumée en la ramenant vers ses narines. Elle faisait ainsi presque chaque soir après le dîner. « Pour éloigner la mélancolie », disait-elle. J'ignorais si ça marchait mais, en attendant, j'aimais beaucoup respirer l'odeur de la fumée de sauge.

Après avoir pris une profonde inspiration, elle se tourna vers moi.

– Du bluff, tu m'as dit ?

– Oui. Allumer des bougies, enterrer des épingles dans le jardin au clair de lune, fis-je, avec dédain. C'est de cette manière qu'on fait revenir un homme ?

– Tu peux prétendre le contraire, toi ?

J'avais du mal à suivre son raisonnement et je commençais à perdre mon assurance.

– Comment ça pourrait marcher ? insistai-je.

Cassie haussa les épaules.

– Depuis des siècles, sinon depuis toujours, les gens ont recours à ce genre d'énergie. S'il n'y avait pas de résultats, il y a longtemps qu'ils auraient arrêté.

Cassie respira une nouvelle bouffée de fumée odorante, puis ferma les yeux, un petit sourire heureux aux lèvres.

Quand vint le mois d'août, la terre était dure et craquelée. À Florales, les gens se grattaient la gorge et toussaient dans les rues. Certains, se protégeant le nez et la bouche avec un foulard, ressemblaient aux cow-boys de cinéma qui braquent une banque. Un matin, je me réveillai avec des maux de tête et une langue bizarre — gonflée. Cassie se traîna péniblement jusqu'à la table du petit déjeuner et, au lieu de manger ses flocons d'avoine, se frotta les doigts et la peau entre le pouce et l'index.

– Avery, tu restes à la maison aujourd'hui. Tu ne vas pas vers le lit de la rivière.

– Je croyais qu'on irait chercher des racines de yucca.

– On ne peut pas. Il va pleuvoir.

Je repoussai ma chaise pour me lever et m'approcher de la fenêtre.

– Il n'y a pas de nuages.

– Il pleuvra quand même. Beaucoup, précisa Cassie, le front plissé.

– C'est bien, non ? On a besoin de pluie.

– Il nous faudrait une pluie femelle. Forte mais lente. Celle-ci sera trop violente et le sol ne pourra pas l'absorber. Nous ferions bien d'aller cueillir les tomates, les poivrons et les piments. Prends-en un maximum, sinon la plupart seront abîmés. Ce qui est encore vert, nous le conserverons pour l'hiver.

Nous passâmes la matinée dans le jardin. Le temps était calme et le désert, qui s'étendait jusqu'à l'horizon bleu, semblait totalement silencieux. Agenouillée sur la terre, Cassie ne cessait de lever les yeux. Elle reniflait l'air, regardait autour d'elle, puis recommençait à travailler.

Le premier coup de tonnerre retentit pendant que nous déjeunions.

Je passai le quart d'heure suivant, à regarder par la fenêtre, complètement fascinée. Des orages, j'en avais vu plusieurs au Colorado — et je n'oubliais pas le vieux platane, foudroyé sous mes yeux — mais jamais un comme celui-ci. Peut-être parce qu'il n'y avait rien alentour, rien entre nous et les éléments.

Dans le ciel d'un noir verdâtre, les éclairs devenaient de plus en plus lumineux et fréquents, et les coups de tonnerre presque simultanés.

– Au moins, ici, nous n'avons pas à avoir peur que le courant soit coupé, remarqua Cassie en riant.

Au même moment, une rafale secoua la maison comme un chat jouant avec sa proie.

– Écarte-toi de la fenêtre, ça vaut mieux, me conseilla Cassie.

Mais je ne pouvais pas bouger. Pourtant je ne voyais qu'un mur de pluie et des morceaux de ciel illuminés par les éclairs. Et puis, soudain, l'orage s'arrêta. Des échappées de soleil apparurent, faisant fumer la terre. Je voulus sortir.

– Reste sur le perron, me dit Cassie.

– Pourquoi ?

– Je vais te montrer.

Dehors, de petits torrents couraient sur le sol toujours aussi sec. Cassie, me voyant descendre le perron, m'arrêta.

– Reste ici, Avery.

– Qu'est-ce qu'on…

– Tais-toi et écoute.

– Je n'entends rien.

Un bruit me fit mentir avant que j'aie fini ma phrase : un bourdonnement qui devint très vite un grondement sourd, bizarre, de plus en plus puissant. Effarée, je vis un mur d'eau débouler dans le lit de la rivière. Il devait avoir un mètre de haut et charriait avec lui des roches, de petits arbres, un animal mort, me sembla-t-il, des morceaux de métal.

Lorsque je me tournai vers Cassie, bouche bée, mon effarement la fit rire.

– Souviens-toi, petite. Il faut respecter la force de la nature.

Le lendemain, les traces de l'orage avaient disparu. Je constatai que Cassie avait eu raison de prévoir que la terre n'absorberait pas la pluie, et on aurait pu croire qu'une lance à eau, et non un orage, était passée par là, détruisant, inondant les choses, les déplaçant, les secouant, sur un sol à peine humide et toujours dur comme de la pierre. Et il faisait encore plus chaud qu'avant.

J'entrai dans la maison en courant, le visage en feu, couverte de sueur.

– Cassie, regardez ! La vieille dame au troupeau de chèvres nous donne des pêches. Nous pouvons…

Le reste de ma phrase s'évapora dans l'air sec.

Une inconnue était attablée, comme Cassie, devant une tasse de café, dans des volutes de fumée de sauge qui reliaient en quelque sorte leurs visages. Je soutins son regard jusqu'au moment où j'eus soudain le réflexe de baisser les yeux.

– Avery, voici la señora Sanchez.

J'avais devant moi une grosse femme, apparemment aussi âgée que Cassie, mais dont les cheveux étaient noirs et si brillants que des étincelles bleues semblaient en jaillir.

– Bonjour, Avery, zézaya la señora Sanchez à qui il manquait plusieurs dents.

La façon dont elle me dévisageait me persuada que j'avais interrompu une conversation me concernant. Après s'être essuyé la main sur sa jupe d'un vert passé qui boudinait ses cuisses, elle me prit par le menton, et me fit relever la tête.

– La señora Sanchez est ma *comadre*, m'expliqua Cassie. Mon amie.

Pendant que Cassie buvait ses dernières gorgées de café, son amie commença à faire le signe de croix sur moi. Je me reculai précipitamment.

Cassie se leva pour aller chercher la cafetière en émail bleu, toute cabossée, sur la cuisinière.

– Avery, me dit-elle, il y a du linge dans l'évier qu'il faudrait étendre.

Puis elle me prit le sac de pêches des mains, et plongea le nez dedans.

– Mmmm. Elles sont parfumées.

Je sortis et allai vers l'évier où attendaient les vêtements. Mais, les sentant encore savonneux sous mes mains, je les rinçai une dernière fois, puis les essorai, avant de les mettre un à un dans la bassine de zinc. Pendant tout ce temps, l'oreille tendue, j'essayais de surprendre la conversation des deux femmes, mais ne percevais qu'un murmure. Alors, je mis en bandoulière le sac contenant les pinces à linge, je soulevai la bassine et allai terminer mon travail dehors.

*

À la fin de l'été, par un matin calme et chaud, je me réveillai en sentant quelque chose de poisseux entre mes jambes. Pourtant j'étais bien certaine de ne pas avoir fait pipi, pendant mon sommeil, sur le canapé de Cassie. Je rejetai la couverture et mon cœur faillit s'arrêter quand je vis une tache de sang à demi séché sur le drap. Jésus ! Je la touchai, reniflai mon doigt. C'était bien l'odeur douceâtre, écœurante du sang. J'étais encore assise là, à me demander combien de temps il me restait à vivre, quand Cassie sortit de sa chambre, vêtue de sa salopette de jean baggy et d'une blouse blanche, à col montant : sa tenue de jardinière.

– Qu'est-ce qui se passe, petite ?

Je tenais mon doigt en l'air, de façon à ne rien salir autour de moi.

– Je crois bien que j'ai le cancer.

– Quoi ? s'étonna Cassie.

Elle regarda le drap, puis eut un large sourire.

– Ce n'est pas le cancer, Avery. Personne ne t'a parlé de mens-trua-tion ?

Aussitôt, je me sentis stupide. C'était donc ce qui provoquait les petits rires bêtes, les murmures et les bougonnements des grandes de l'orphelinat ! Je comprenais pourquoi j'avais reconnu l'odeur. Je l'avais respirée plus d'une fois quand je me douchais après elles.

– Tes premières lunes, fit Cassie, ravie.

Quand elle me toucha le front, j'eus un mouvement de recul qu'elle ignora. Fermant les yeux, elle me dit :

– Avery James, respecte ton corps qui est une bénédiction. Honore ton sang qui vient avec la lune. Laisse-le couler sans penser à la douleur. Souviens-toi que tu portes en toi le cycle de la vie.

Puis elle alla dans la cuisine, alluma le four et se mit à couper de grands carrés dans le pain de maïs qui restait pour notre petit déjeuner, en murmurant doucement quelque chose qui m'intrigua.

Je serrai mes genoux sur ma poitrine, les pieds à l'écart de la tache de sang.

– Cassie ? Quel genre de… vous savez… de chose c'était ? demandai-je quand elle se tut.

– De chose ?

– Vous savez bien. C'était une prière ? Je n'ai jamais rien entendu de pareil à l'église. Je veux dire : ça ne me paraît pas très… chrétien.

– Ça ne l'est pas.

Cassie disposa le pain dans un poêlon qu'elle mit au four. J'attendis, mais elle ne me donna pas d'explication. Ce qui m'énervait le plus chez les adultes c'était bien leur manie de vous tirer les vers du nez, alors qu'ils étaient capables de rester muets quand bon leur semblait.

– C'était quoi ? insistai-je.

– Je croyais que Dieu ne t'intéressait pas, me fit remarquer Cassie en sortant le beurre et le lait du réfrigérateur.

– C'est vrai. J'étais simplement curieuse.

– Il n'y a pas que ton Église, ou les luthériens, ou les catholiques qui sachent prier Dieu. Pense à toutes les sortes de chrétiens qui existent sur terre, continua Cassie pendant qu'elle sortait deux tasses du placard. Ensuite, tu as les hindous, les musulmans, fit-elle, en agitant une cuillère comme un chef d'orchestre agite sa baguette. Puis les bouddhistes, et encore tout un tas de religions dans des pays dont toi et moi n'avons jamais entendu parler. Tous sont persuadés que leur religion est la plus juste. Qu'est-ce que tu en déduis ?

– Qu'ils sont tous dingues.

Je me levai pour aller enlever le drap du canapé, tandis que Cassie riait.

– Mais encore ? me demanda-t-elle en remplissant la cafetière d'eau avant de la mettre sur la cuisinière.

– Je ne sais pas.

– Chaque religion a sa petite part de Dieu, mais chacun croit qu'Il lui appartient tout entier. Pendant ce temps, le vrai Dieu fait ce qu'Il a à faire, sans s'occuper le moins du monde de ce que les uns et les autres racontent.

Je dus reconnaître que Cassie arrivait à me convaincre.

– Alors, dans ce cas, on peut croire ce qu'on veut.

– Tu as trouvé la réponse à ce que tu me demandais tout à l'heure, fit Cassie en me souriant.

L'apparition de mes règles eut une conséquence heureuse — Cassie déclara que j'étais désormais une jeune femme, et qu'elle essaierait donc de ne plus m'appeler : « petite » — et une conséquence fâcheuse — elle n'avait pas de « serviettes personnelles », comme elle disait. Je dus porter plusieurs épaisseurs d'un tissu blanc qu'elle sortait de sa collection de boîtes mystérieuses. Mais elle me promit d'acheter ce qu'il fallait la prochaine fois que nous irions en ville. Entre-temps, je marchai avec la sensation d'avoir une selle entre les jambes.

Si je m'étais attendue à un traitement spécial, en l'honneur de mes premières règles, aussitôt le petit déjeuner terminé, je déchantai. Je lavai donc la vaisselle, puis retournai m'asseoir sur le canapé, les genoux contre la poitrine, afin de soulager la douleur étrange que je ressentais dans le ventre.

– Ne te laisse pas aller, me dit Cassie, lorsqu'elle se retourna et me vit. Il y a du travail à faire.

Les cuisses irritées par ma serviette de fortune, j'essayai de changer de position.

– Je ne me sens pas bien.

– Tu dois avoir des crampes.

Cassie mit de l'eau à bouillir, prit une boîte en métal bleu sur l'étagère, versa une cuillerée de son contenu dans une tasse. Puis lorsque la tasse fut remplie d'eau bouillante, elle ajouta du miel, un zeste de citron, remua le tout vigoureusement avant de me le faire boire.

La tasse aux lèvres, je respirai une odeur aigre, et regardai Cassie, avec méfiance.

– Qu'est-ce que c'est ?

– Le goût est meilleur que l'odeur. Prends une gorgée. Mais si tu n'aimes pas, tu laisses.

Retenant mon souffle, je bus quelques petites gorgées. L'aigreur était forte, mais le miel l'adoucissait et, finalement, la potion de Cassie se buvait facilement, en laissant un arrière-goût très frais, vaguement salé.

– Ce n'est pas mauvais, avouai-je.

– C'est encore meilleur quand tu ne retiens pas ta respiration.

– Pourquoi ?

– L'odeur fait ressortir le goût, m'expliqua Cassie dans un éclat de rire.

Je bus le reste, décontractée, en gardant un moment le liquide dans ma bouche. Cassie avait raison, mais je ne me sentais pas obligée de tout lui avouer.

– Et comment s'appelle ce breuvage ?

– L'infusion des femmes.

– Qu'est-ce qu'elle contient ?

– Un tas de choses qui font du bien aux femmes.

– Comme quoi, par exemple ?

– Je te le dirai un jour. Quand tu seras prête.

– Maintenant que j'ai mes règles, je suis peut-être prête.

– N'importe quelle idiote peut avoir ses règles, Avery, me fit remarquer Cassie, les yeux plissés. Tu n'as rien fait pour ça. Alors qu'il faut du temps pour devenir une femme.

– Il faudra que j'aie quel âge ?

– J'attendrai que tu puisses comprendre. Ce n'est pas une question d'âge.

Je sentis le sommet de ma tête s'échauffer.

– Oh, foutaises !

– Non, tu te trompes.

Un quart d'heure plus tard, je retournai du compost avec une fourche, l'arrosai, le retournai de nouveau, pendant que Cassie désherbait et se débarrassait de sauterelles, encore engourdies par le froid de la nuit. J'ignorais ce que contenait l'infusion des femmes mais, en tout cas, elle m'avait remise d'aplomb en un rien de temps.

Tandis que nous cueillions les tomates bien rondes et rouges, les poivrons verts et jaunes, gonflés, comme s'ils allaient éclater, Cassie se tourna vers moi.

– Avery, il faudrait que nous parlions un peu toutes les deux.

– À propos de quoi ?

– Des papillons et des fleurs, comme disent certains. Moi, je dis : le sexe, précisa Cassie, en examinant une feuille jaunie qu'elle venait d'arracher à une rame de haricots.

– Je connais déjà.

– Si tu as cru que tu avais un cancer quand tu as vu le sang de tes lunes, tu as sûrement encore deux ou trois choses à apprendre. Je crois qu'on va ramasser quelques tomates vertes, au cas où il gèlerait de bonne heure…

Cassie me tendit son panier.

– Va le vider sur le perron et rapporte-le-moi. Ensuite tu pourras arroser.

Je pris le vieil arrosoir en zinc pour le remplir au réservoir.

– Ton cycle est de vingt-huit jours, comme celui de la lune, commença à m'expliquer Cassie. Quand tu saignes, ça signifie que tu n'es pas enceinte. Autrement dit, maintenant que tu as tes règles, tu risques d'avoir un enfant…

– Pas sans un homme.

Cassie soupira, et remonta les manches de sa blouse.

– Je vois que tu n'ignores pas tout.

– Non. Et vous n'avez pas à vous faire de souci. Il n'y a pas d'homme qui me tourne autour, il me semble, et il n'y en aura jamais.

J'enlevai le bouchon du réservoir. L'eau sortit en gargouillant et tomba au fond de l'arrosoir dans un bruit métallique. Elle sentait l'égout, mais les plantes s'en moquaient, disait Cassie.

– D'où te vient cette idée ?

– Je n'aime pas les hommes. Et même si c'était le contraire, je ne les intéresserais pas. Je suis bizarre à regarder.

– Pas du tout, pet… Avery. Tu es mignonne.

– Vous croyez que je ne comprends pas le regard des gens ?

Cassie eut un nouveau soupir, plus profond cette fois-ci.

– Tu ne vas sûrement pas me croire, mais je te dis que ça changera. Je peux te le ga-ran-tir. Souvent, quand on est jeune, on s'arrête à l'apparence des gens. Et ceux qu'on trouve bien sont ceux qui nous ressemblent…

– Les adultes ont pour moi le même regard que les enfants.

– Pas tous. Tu vas grandir, et il y aura des hommes pour te trouver jolie. Et c'est là qu'il faudra faire attention.

Les bras croisés, je regardai Cassie, agacée.

– Soyez plus simple. Dites-moi plutôt : « Ne couche pas avec un homme. »

– Non. D'abord tu ne m'écouterais pas. Ensuite je suis passée par là et je sais comment ça arrive. Fais attention à l'eau.

Je remis le bouchon en place, soulevai l'arrosoir qui commençait à déborder.

– Avery, je connais la force du désir. Une force tellement puissante… Elle crée la vie. Personne ne peut l'ignorer.

J'arrosai le sillon qui longeait les plants de tomates, les bras tremblants sous l'effort que je fournissais pour tenir l'arrosoir, m'en servir lentement. En même temps, j'essayai d'imaginer Cassie amoureuse d'un homme.

– Alors, quelle est la conclusion ?

– Il faut que tu sois prudente. Tu penseras à ce que tu fais. Et, quelles que soient les circonstances, tu prendras des précautions. Tu es une fille intelligente. Si tu t'en donnes la peine, tu pourras faire un tas de choses. Mais tout se compliquera si tu tombes enceinte.

– Cassie, ça ne m'arrivera pas.

– Alors, n'en parlons plus.

Cassie acheva de remplir son panier avec deux dernières tomates vertes, puis se dirigea lentement vers la maison.

7

QUAND ARRIVA LE MOIS DE SEPTEMBRE, il devint évident que je resterais chez Cassie, sans que nous ayons eu besoin d'en discuter. Cela se fit naturellement. Seule ma scolarité souleva un problème. J'étais fermement décidée à faire l'impasse, alors que Cassie ne l'entendait pas de cette oreille.

Elle s'assit à côté de moi sur le canapé.

– Il y a des choses que tu dois apprendre et que je ne peux pas t'enseigner, petite. Excuse-moi. Avery.

– Comme quoi ?

– Comme vivre dans le monde des Blancs.

– Je m'en fiche de ce monde-là, fis-je, d'une voix d'enfant geignarde qui me parut horrible. Je reste ici. Je veux devenir une guérisseuse, comme vous.

– Non, Avery. Tu dois suivre ton propre chemin.

– Vous avez dit que je pouvais rester.

– Oui, pour le moment.

Je sentis ma nuque me picoter.

– Vous voulez dire qu'on me ramènera un jour là-bas ?

– Il ne s'agit pas de ça. Tu dois plutôt retrouver ta maman.

Cassie me surprenait. Jamais je ne lui avait dit le moindre mot à ce sujet.

– Si je vais en classe, ils voudront savoir d'où je viens.

– Tu crois que je n'y ai pas pensé ? J'ai un plan, Avery, m'annonça Cassie, visiblement fière d'elle. Je t'emmène à l'école et je leur explique que tu es la fille d'une cousine qui vient de mourir, et que je m'occupe de toi maintenant. Tu n'as pas de livret scolaire parce que ta maman te faisait la classe.

– Ça ne marchera pas. Delbert sait que c'est faux.

– Delbert garde son opinion pour lui, comme la plupart des Navajo. Il ne dira rien à personne.

– Et ce type ? Ce Harlan ?

Je vis Cassie rire sans retenue.

– Harlan s'en fiche du moment que tu ne touches pas à son déjeuner. De toute façon, il est si stupide que personne ne fait attention à lui. Et puis, ici, la plupart des gens sont trop occupés à joindre les deux bouts pour se demander d'où tu sors.

Au lycée de Florales, l'uniforme du moment se résumait à un jean noir, empesé, avec un large revers, plutôt qu'un ourlet. Les filles qui avaient des seins portaient des pulls, ou de jolis chemisiers, si elles en avaient les moyens. Les autres s'habillaient en solde, chez Nina. Quant aux garçons, on leur demandait d'éviter les tee-shirts avec des noms de clubs ou de marques de bière. Mais il y avait tellement de familles pauvres que les professeurs s'estimaient heureux quand chacun avait quelque chose à se mettre, du moment qu'on n'arrivait pas avec « FBI » sur le dos. Ce qui signifiait — chacun le savait : Foutu baiseur d'Indiens.

Pour ma part, aucune tenue ne me permettait d'être comme les autres. D'abord, Cassie étant considérée comme une sorcière, j'étais la fille de la sorcière. Ensuite, sans me vanter, j'étais la plus intelligente. Jamais je ne levais la main en classe, mais les professeurs s'adressaient à moi quand une de leurs questions restait sans réponse. Ou alors, j'étais l'une des rares à avoir fait ses devoirs.

Et puis, bien sûr, il y avait mes yeux.

Je n'avais pas de compagnie, je mangeais seule mon casse-croûte, au bout du terrain de sport. Je regardais droit devant moi, ignorant les ricanements, concentrée sur le fait que je savais maintenant tordre le cou d'un poulet, d'un seul geste, sans le faire souffrir. Bien que petite, j'étais plus costaude que la plupart de ces gros Indiens, plus rapide que les Mexicains paresseux, plus maligne que les Blancs. Ils finiraient tous par m'oublier. Je deviendrais invisible.

Ça a marché pendant quelques semaines.

Le dernier vendredi de septembre fut l'un de ces jours d'automne dans le désert, où l'air est si limpide qu'il vous donne des bourdonnements, tandis que les feuilles du gigantesque platane, qui se dressait devant l'école, flamboyaient comme de l'or en fusion.

Un match de foot avait lieu dans la soirée, contre Rio Arriba. La fébrilité régnait, sans que je comprenne pourquoi. Un sport qui oblige des types à se cogner la tête les uns contre les autres, à se poursuivre à travers une pelouse minable pour s'emparer d'une petite boule marron est vraiment le plus bête du monde.

Je pris mon sac à dos, poussai la lourde porte du lycée et sortis. Il n'y avait plus de bus, mais je m'en moquai. Les fréquents arrêts allongeaient le parcours et je devais supporter les ricanements et les murmures que ma présence suscitait immanquablement. Je préférai rentrer à pied par ce temps frais et clair.

Venant de la rue, un éclat de rire attira mon attention. Devant deux pick-up garés, côte à côte, le long du trottoir, un groupe de garçons s'assemblait. J'en vis deux en tenue de supporter, bien que la parade fût terminée. Tous s'étaient échauffés pour se mettre en condition d'infliger une raclée à Rio Arriba.

L'attroupement grossissait, s'éparpillait çà et là, se modifiant comme les amibes qu'on observait au microscope, dénotant un QI similaire. Quand l'un des garçons écarta les autres pour se dégager, je découvris qu'ils encerclaient quelqu'un.

C'était Jimmie John, un Navajo. Bien que plus âgé que moi, il était dans ma classe, parce qu'on lui reprochait — poliment — sa « lenteur ». Il avait l'air un peu demeuré dans son tee-shirt vert, délavé, et trop petit pour lui. Un bourrelet de chair tombait sur la ceinture de son jean baggy. Autour de lui, les machos, dans leurs pantalons serrés, souriaient comme des singes. Jimmie les regardait, un à un, avec l'air de se demander à quoi ils jouaient.

Assises sur le muret qui bordait la cour du lycée, les filles les plus jolies comparaient leurs vernis à ongles, indifférentes à ce qui se tramait dans la rue. Je passai devant elles, ravie d'être ignorée.

Et puis, sur le trottoir, j'entendis Jimmie John dire :

– J'ai besoin de mon livre.

– Il faut que tu demandes poliment, fit Kevin Gonzalez.

Kevin — le joueur de foot le plus beau et en même temps le plus stupide de l'école — tenait le livre assez haut pour que Jimmie ne puisse pas l'attraper.

– S'il te plaît.

– Je n'ai rien entendu, prétendit Kevin, en passant le livre à Toby Jones.

– J'ai dit s'il te plaît.

– S'il te plaît quoi ?

– S'il te plaît, mon livre, fit docilement Jimmie, avec un sourire qui découvrait une mâchoire où il manquait des dents et m'aurait brisé le cœur, si j'en avais eu un.

Je continuai à marcher, plus lentement néanmoins, tandis que Toby Jones contrefaisait Jimmie, tout en passant le livre à Josh Rainey :

– S'il te plaît, mon livre.

– Donne-moi, fit Jimmie.

Observant la scène, malgré moi, je vis le sourire de Jimmie s'effacer.

– S'il te plaît mon livre donne-moi ? récita Josh. Mon vieux, tu as intérêt à apprendre à parler correctement si tu veux arriver à quelque chose. Et puis tu n'en as pas besoin de ce livre. Tu ne sais pas lire.

Tandis que Josh redonnait le livre à Kevin, Jimmie implora :

– S'il te plaît, donne-moi mon livre.

Je m'arrêtai brusquement, en secouant la tête comme si cela suffisait à chasser ce qui se bousculait dans ma mémoire. Mes livres que les autres cachaient, mes notes qu'elles jetaient dans les toilettes. Boyd Stiles et ses copains qui refusaient de me donner la torche électrique. La colère me submergea, familière et réconfortante, en quelque sorte. Je pivotai sur mes talons.

– Donnez-lui ce livre, bande de nuls !

Le groupe se retourna d'un bloc, me regarda, ahuri et, pendant quelques secondes, resta muet. Puis les crétins éclatèrent de rire.

– Je vous dis de lui rendre son livre, insistai-je en m'approchant, malgré le sentiment que j'avais de m'égarer.

Qu'est-ce que je comptais faire ? Du karaté ?

– Hé, la sorcière, viens me sucer ! me lança Kevin.

Je m'arrêtai à deux pas de lui.

– J'espère que tu en as une plus grosse que ta cervelle.

Les rires repartirent, sauf celui de Kevin, rouge comme une tomate.

– Salope ! fit-il en s'avançant vers moi.

– Laisse tomber, lui conseilla Will Cameron, en le retenant par le bras, la voix posée. Ne gaspille pas ton énergie avec elle. Tu en auras besoin contre Rio Arriba.

Kevin hésita, visiblement influencé par les propos de Will. Puis il se détendit, d'un mouvement sec, se dégagea et jeta le livre à mes pieds.

– Tiens ! Tu le lui donneras toi-même, salope de sorcière.

Il se détourna de moi et, se rengorgeant, se dirigea vers les filles, assises sur le muret. Les autres lui emboîtèrent le pas mais, en passant devant moi, firent de petits bruits de baisers bien dignes d'eux. À l'exception de Will Cameron, qui évita de me regarder.

Je ramassai le livre pour le tendre à Jimmie John qui se mit à me suivre. J'avais les jambes en coton. Quand je commençai à ressentir une douleur dans la poitrine, je m'aperçus que je retenais encore ma respiration.

– Ils ne nous embêteront plus, me dit joyeusement Jimmie, avec ce curieux manque d'intonation des Navajo.

Je hochai la tête. Mais Jimmie m'embarrassait.

– Tu veux un Coca ?

– Non, merci.

– Je te l'offre.

– Je dois rentrer.

– Tu es mon amie maintenant.

– Non. Je ne suis pas ton amie, lui lançai-je en me tournant brusquement vers lui.

– Alors je suis ton ami.

Jimmie resta silencieux un long moment, repoussant de temps à autre une lourde mèche noire sur son front. Arrivés à la hauteur du Begay's, il s'écarta de moi brusquement, comme un avion de combat qui décroche pour se séparer de sa formation, et disparut dans le magasin.

À environ huit cents mètres de la ville, j'entendis derrière moi un énorme bruit qui ressemblait à celui d'un troupeau de bétail en mouvement. Je me retournai, à demi persuadée que Kevin Gonzalez et ses copains m'avaient suivie pour me casser la figure, mais je ne vis que Jimmie John. Il courait aussi rapidement qu'il le pouvait — autant dire qu'il ne battait pas un record. Quand il fut plus proche de moi, je m'aperçus qu'il tenait deux Coca dans les mains. Deux bouteilles ouvertes dont la moitié du contenu s'était répandu sur ses bras et son tee-shirt.

Essoufflé, il m'en tendit une et sourit quand je la pris. Elle était poisseuse et chaude.

– On peut dire que tu marches vite, fit-il.

Assise à la table de la cuisine, Cassie pelait des pommes. Comme à son habitude, elle me demanda :

– Alors, quelle histoire tu me racontes aujourd'hui ?

Je laissai le Coca dans l'évier et allai m'asseoir avec un verre d'eau. Cassie m'écouta raconter « mon histoire », en continuant à détacher d'un fruit une pelure en spirale qui semblait apparaître comme par enchantement.

Quand j'eus terminé, elle secoua la tête et déclara :

– La vérité guérit de l'ignorance. Mais il n'y a pas de remède contre la stupidité.

Une épingle à cheveux, noire et tordue, atterrit tout à coup sur la table. Cassie la ramassa et la replanta dans son chignon.

– Ils m'appellent la sorcière, dis-je. À cause de mes yeux.

– Plutôt parce que tu vis avec moi, il me semble.

– Et maintenant cet Indien croit que je suis sa copine.

Cassie coupa en deux les pommes qu'elle venait de peler, puis les frotta, dans le poêlon, avec une moitié de citron.

– C'est bien de rencontrer des gens comme Jimmie.

– Pourquoi ? m'étonnai-je en m'appuyant au dossier de ma chaise.

Cassie se leva, emporta le poêlon, le mit sur le feu et y ajouta deux cuillerées de sucre.

– Ça t'empêche de pleurer sur ton sort, m'expliqua-t-elle.

À l'aide d'une cuillère en bois, elle remua doucement. Une divine odeur de pommes caramélisées se répandit dans la cuisine. Au bout d'un petit moment, Cassie versa les fruits dans deux assiettes et nous mangeâmes notre goûter, dans la lumière d'un long après-midi ensoleillé. Quand nous eûmes fini, Cassie repoussa sa chaise, se dirigea vers la porte, décrocha quelque chose du mur, revint en me montrant une cordelette de cuir qu'elle me passa autour du cou. Je vis alors pendre une petite pierre ovale, grossièrement taillée, bleue et veinée d'or.

– Qu'est-ce que c'est ?

– Une turquoise. Elle te protégera.

Fermant les yeux, Cassie récita :

– « De cette pierre, devant mes yeux,
Je bénis le pouvoir et le fais apparaître.
Celle qui la porte sera protégée.
Tel est mon vœu.
Puisse-t-il en être ainsi. »

– Vous y croyez vraiment ?

– C'est une turquoise, me répéta Cassie, comme si je n'avais pas entendu la première fois. Toute création part d'un cercle, petite. Un cercle inscrit dans un cercle comme celui-ci..., précisa-t-elle en redessinant le contour de la pierre, est deux fois plus puissant.

Tenant la pierre devant mon visage, je la frottai entre mes doigts. Elle était douce et fraîche.

– Où l'avez-vous trouvée ?

– Dans le désert. Elle m'attendait.

– Vous voulez dire qu'elle était dans un endroit que vous connaissiez ?

– Justement non. Je l'ai trouvée en un lieu nouveau pour moi. Si j'y suis allée, c'est parce que cette pierre m'était destinée. Maintenant c'est toi qui en as besoin. Alors elle te revient.

– Cassie, vous ne croyez pas au hasard ?

– Non. À ton avis : tu m'as rencontrée par hasard ?

– C'est ce qui me semble, en effet. Vous veniez de faire vos courses et moi je fuyais Harlan au même moment.

– Voyons, Avery ! C'était écrit, tu ne le vois pas ? J'avais besoin d'aider quelqu'un. Tu avais besoin d'un foyer. Le fait que je sois sortie du magasin au moment même où tu passais ne peut pas être une simple coïncidence.

Je voulus retirer le collier et lui dire qu'il me faudrait au moins une grenade pour éloigner Kevin Gonzalez s'il décidait de me botter les fesses, mais je me retins en voyant son regard si sérieux, si intense. Et puis, jusque-là, personne n'avait cherché à me protéger de quoi que ce soit.

Le lendemain matin, lorsque j'arrivai au bout du chemin de terre qui menait à la route, je découvris Jimmie John qui m'attendait pour aller au lycée. L'après-midi, à la fin des cours, je le trouvai devant le portail. Le surlendemain, il recommença, les jours suivants aussi et, peu à peu, son obstination fit de nous des amis. Nous n'avions rien en commun, sinon que les autres nous fuyaient — moi, parce que j'étais la sorcière, et lui le demeuré.

Il m'apportait toujours des petits riens. La plupart du temps, une pierre, quelquefois un morceau de verre poli par le vent et le sable, un bout de ferraille tordu. Un jour, il m'offrit une brindille en forme de fourche — à laquelle tenaient encore quelques feuilles desséchées — qu'il avait enlevée à une branche de platane.

Il fut très fier le matin où il me donna le pommeau d'un levier de vitesse, en forme de larme, mais avec une extrémité plate comme un Smartie. Il était d'un joli bleu turquoise et, sur la partie plate, protégées par un plastique transparent, les vitesses, gravées en noir — R, N, 1, 2, 3 — faisaient penser à une carte miniature.

Ces petits cadeaux me touchaient malgré moi, mais je n'avais pas beaucoup de place pour les garder. Je mis les pierres dans le jardin. Pour le reste, Cassie me donna une vieille casserole que je laissai par terre, près du canapé.

Finalement, je ne m'ennuyais pas avec JJ. Parfois, il me demandait de l'aider à faire ses devoirs. Nous nous installions alors à la table de Cassie mais, dès qu'il rencontrait une difficulté, il se figeait, le regard fixé sur son cahier jusqu'à ce que je perde patience et fasse son travail à sa place. En revanche, quand il se mettait à raconter l'une des histoires que sa grand-mère lui transmettait depuis qu'il était tout petit et qu'il connaissait par cœur, il ressuscitait, sans achopper sur le moindre mot, la Femme créatrice qui avait fait naître le Dineh de la poussière de sa propre peau. Ou bien, il se lançait d'une traite dans le récit de la mort du géant Yeitso, tué par les Jumeaux, ou du mariage du Coyote et de la Jeune Fille.

Il me parla aussi de sa mère. À trop aimer le *todihil* — l'eau des ténèbres, comme les Navajo appellent l'alcool —, elle était tombée malade. Si bien qu'il avait passé beaucoup de temps dans le *hogan* de sa grand-mère, non loin de chez Cassie. Il avait son clan, celui de la mesa noire — ses tantes, ses oncles, ses cousins, etc. Les Navajo sont très attachés à leurs clans familiaux.

Évidemment, les crétins, au lycée, prétendaient que je couchais avec Jimmy, ce qui me faisait rire. Gros comme un grizzli, il m'aurait écrasée et puis, de toute façon, le sexe n'existait pas pour lui. À part uriner, il ne savait sans doute que faire de son pénis. Mais cela n'empêchait pas Kevin et ses copains de se répandre en petits bruits de succion quand nous étions à proximité. Ou alors ils se mettaient un doigt dans la bouche, les yeux exorbités.

Dans ces moments-là, je me demandais comment je pourrais rester trois ans de plus à Florales. Puis je me souvenais que j'avais eu la même hâte à quitter l'orphelinat et qu'en définitive tout avait recommencé : les murmures dans mon dos, les ricanements, les regards méprisants.

Octobre.

L'air était résolument plus léger et plus vif. Je dormais, les couvertures remontées jusqu'au menton, un bras rejeté au-dessus de la tête. Dans l'obscurité de l'heure matinale, sentant la main de Cassie sur mon épaule, je me redressai comme un ressort, pleinement éveillée. Je n'ai jamais aimé qu'on me touche quand je dors.

– C'est bientôt l'heure de partir à l'école ?

– Pas aujourd'hui.

– Alors qu'est-ce qui se passe ? demandai-je, en me recroquevillant sur moi-même.

– Habille-toi chaudement. Nous partons faire une cueillette en montagne.

À contrecœur, je me glissai hors des couvertures.

– Une cueillette ?

– Ce n'est pas le moment de discuter, petite. La señora Sanchez va arriver.

– Pourquoi elle vient avec nous ?

– Elle se pose sûrement la même question à ton sujet, remarqua Cassie en riant.

– Je ne suis pas à l'aise avec elle. J'ai l'impression qu'elle m'observe tout le temps.

Tandis que j'enfilais mon vieux jean, avachi, avant de mettre un tee-shirt à manches longues et un pull, Cassie me répondit :

– C'est sans doute le cas.

– Pour quelle raison ? Elle croit que je vais m'envoler ?

Cassie s'assit sur le lit de camp où je dormais maintenant.

– Tu ignores vraiment tout de tes parents ?

– Oui. Je vous l'ai déjà dit. Elle trouve mes yeux bizarres, c'est ça ?

– Pas bizarres. Intéressants, peut-être.

– Pourquoi ?

Je passai la brosse dans mes cheveux avant de les attacher avec un élastique.

– Tu lui poseras la question plus tard. Elle te répondra. Maintenant dépêche-toi d'aller te brosser les dents.

Amalia Sanchez conduisait le gros pick-up comme si elle était née derrière le volant qu'elle tenait d'une main, un coude appuyé sur la portière à la vitre baissée, l'autre main sur le levier de vitesse. Cassie était collée à côté d'elle dans la cabine étroite. Elles bavardaient dans leur pidgin habituel et leurs éclats de rire devaient s'entendre à l'autre bout du désert.

Installée à l'arrière, avec le matériel, j'étais, à intervalles réguliers, projetée contre la lunette, et à demi étouffée par les nuages de poussière que soulevait le véhicule.

Que Cassie me fasse sauter mes cours pour m'emmener en montagne me semblait singulier. Elle devait encore manquer de confiance en moi, imaginer que je pourrais prendre la fuite avec ses économies, si je me retrouvais seule chez elle.

À la hauteur de la Florales — la rivière — nous quittâmes l'autoroute pour aller vers le nord-ouest, en empruntant une petite route, sans signalisation, qui se perdait dans les contreforts des monts San Juan. Appuyée contre le sac de couchage de Cassie, le soleil sur mon visage, je regardais le paysage se transformer. Les buissons d'ansérine et de chamisa cédaient la place à de sombres bouquets de pins pignons et de genévriers, nichés entre les collines. Plus haut, à flanc de montagne, de larges taches jaunes et orange signalaient des bouquets de trembles. Sur la route, d'autres pick-up se dirigeaient vers le même horizon que nous, lourdement chargés de chiens, d'enfants, d'outils, de matériel de camping.

Chaque fois qu'Amalia en dépassait un tandis qu'un autre véhicule arrivait en sens inverse, la circulation semblait se figer. Je ressentais une sorte de paralysie. Les yeux fermés, j'imaginais le choc, les éclats de verre, le métal tordu, le sang sur l'asphalte. Puis le moteur grondait, le pick-up accélérait, Amalia klaxonnait, adressait de grands signes au chauffeur et le tour était joué.

Au bout d'un moment, nous nous engageâmes vers l'ouest, laissant derrière nous la route pavée et les autres véhicules. Quand le pick-up aux pneus lisses finit par s'arrêter au bord d'un petit canyon, j'étais assoiffée, couverte de poussière et j'avais mal à force de m'être cognée contre la lunette. Tout à leur affaire, les deux femmes sautèrent à bas de la camionnette, déchargèrent le matériel et commencèrent à installer le campement.

Cassie me tendit une vieille paire de gants en toile.

– Nous avons besoin d'un bon tas de bois. Tu le mettras près de ces rochers.

Je m'aventurais sous les arbres quand elle ajouta :

– Fais attention où tu mets les pieds et les mains.

Nous passâmes la journée à remplir des sacs de pignons, nous arrêtant brièvement pour manger un fruit et boire de l'eau. Il y avait beaucoup de pignons par terre, mais d'autres restaient accrochés aux branches. Amalia les faisait tomber, les mains graissées afin d'éviter la résine poisseuse. Ceux qui étaient encore fermés, nous les emportions pour les laisser sécher au soleil. Amalia m'apprit à repérer les garde-manger des *ratoneras*, où les petites souris industrieuses entassaient leurs pignons pour l'hiver, à l'abri de feuilles et de brindilles.

Cassie désapprouva ce pillage en disant que « les souris avaient bien gagné leurs *piñones* ». Les deux femmes campèrent sur leurs positions respectives pendant un moment, puis parvinrent à un compromis quand Amalia accepta de ne prendre que la moitié des petits cônes. Le calme qui avait présidé à leur querelle me laissa penser qu'elles devaient avoir la même discussion chaque année.

Quand le soleil fut proche de l'horizon, elles fermèrent les sacs avec de la ficelle et les jetèrent sur le plateau du pick-up. Cassie creusa un trou, alluma un feu avec des coques de pignons vides, mit à chauffer une casserole pleine d'huile. Pendant ce temps, Amalia ouvrit une boîte en plastique, où la farine avait dû remplacer de la margarine. Avec ses doigts, elle prit du Crisco dans une autre boîte et le mélangea à la farine. Lorsqu'elle eut obtenu une pâte friable, elle ajouta lentement de l'eau qui avait chauffé au soleil toute la journée. Je vis de la pâte à pain apparaître entre les doigts bruns et boudinés. Amalia se mit à la pétrir, puis la coupa en six, tout en fredonnant un air dont elle avait dû oublier les paroles.

Elle leva les yeux et me regarda.

– Une baguette serait la bienvenue, niña, me dit-elle en me donnant une idée de la longueur.

Lorsque je revins avec un rameau débarrassé de ses feuilles, Amalia avait troué les pains en leur milieu. Les enfilant deux par deux sur la baguette, elle les fit tomber dans l'huile chaude, puis les retourna jusqu'à ce qu'ils soient entièrement dorés.

Souriante, elle m'invita à m'asseoir en tapotant la couverture, étalée par terre, de sa main dodue. Dès que les pains furent prêts, Cassie les enveloppa dans une écharpe et les posa sur un rocher, près du feu, pendant qu'Amalia réchauffait des haricots. Ensuite, elle coupa des poivrons, des tomates et des morceaux de fromage frais, moulé à la louche. Allongée sur la couverture, les yeux fermés, je m'assoupis à moitié. L'odeur du pain frit se mêlait à celle de la fumée des branches de pin et de genévrier, et les voix des deux femmes ressemblaient à un doux bourdonnement d'insectes. Elles se racontaient des histoires de *brujas* et de magie.

Amalia était la plus bavarde. Cassie avait l'habitude de parler sans cesse de magie, comme de la chose la plus naturelle au monde, mais je ne pense pas qu'elle croyait vraiment aux sorcières qui, transformées en coyotes, étaient capables de vous poursuivre, la nuit, quand vous rouliez à quatre-vingts à l'heure et que la frousse vous interdisait de vous arrêter. Amalia jurait qu'elle en avait vu. Je frissonnai, me souvenant de ce que JJ m'avait dit : les Navajo croyaient qu'il suffisait d'évoquer le mal pour l'attirer.

À l'orphelinat, on nous apprenait à ignorer ce qui n'était que superstition aux yeux des chrétiens. Mais les chrétiens ont aussi leurs histoires tirées par les cheveux, comme celle de Jonas et de la baleine, de l'arche de Noé, de la multiplication des pains, de la pêche miraculeuse. J'étais convaincue qu'il valait mieux ne croire à rien, tout en faisant semblant de croire à tout.

Après le repas, nous bûmes du café. Amalia sortit sa pipe, la bourra et l'alluma avec une brindille enflammée, en tirant fortement. Puis elle la passa à Cassie et toutes les deux savourèrent tellement leur plaisir de fumer qu'elles firent à peine attention à moi quand je disparus derrière un rocher pour faire pipi.

Lorsque je revins, je m'arrêtai brusquement, frappée par le tableau qu'offraient ces deux vieilles dames, enveloppées dans leurs couvertures, la fumée blanche de la pipe entourant la fumée noire du feu, comme une plante grimpante. Des flammes orange pétillaient sur un arrière-fond sylvestre, où les arbres dressaient leurs silhouettes noires contre le ciel bleu nuit.

Amalia, les yeux clos, m'entendit revenir et m'asseoir à côté de Cassie.

– Avery, me dit-elle sans rouvrir les yeux. Que comptes-tu faire après le lycée ?

– Je veux aller à Santa Fe.

Je fus la première surprise par ma déclaration. J'aurais juré que j'avais ces mots au bout de la langue depuis déjà pas mal de temps, sans le savoir.

Amalia ouvrit les yeux et échangea un regard avec Cassie.

– Pourquoi à Santa Fe ? me demanda Cassie.

– Je ne sais pas. C'est seulement une idée, comme ça.

Amalia emprunta la pipe à Cassie, tira lentement une bouffée, puis déclara :

– Il y a de bonnes *curanderas* à Santa Fe. Ma sœur pourrait t'en parler.

– En quoi ça me concerne ? fis-je en regardant Cassie.

– Amalia pense que tu as un don.

– Quel don ?

– Le don de voyance, niña.

– Sûrement pas. J'ai seulement des yeux bizarres.

– Ils sont très bien tes yeux, niña, m'assura Amalia en me souriant. Ils te permettent de voir des choses que personne d'autre…

– Je ne vois rien de spécial ! Je ne veux voir que ce que les autres voient.

Je me retins de crier : « À quoi me servirait ce don, si je ne peux pas voir ce que j'aimerais voir ? Ma mère, par exemple. »

Cassie se tourna vers moi.

– Il ne t'arrive jamais de savoir des choses que tu n'as apprises nulle part ?

– Ça arrive à tout le monde.

– Il y a des rêves, niña.

– Je ne rêve pas.

– Mais tu apparais dans *nos* rêves, Avery.

– Et alors ?

Cassie termina sa tasse de café, la posa sur une petite roche plate.

– Parfois, commença-t-elle, en prenant une longue baguette pour attiser le feu. Parfois, quand une personne refuse ce qui lui est donné de savoir, ce savoir va vers quelqu'un d'autre. Dès que nous nous sommes rencontrées, Avery, j'ai su que tu attirais le savoir.

– C'est un don de Dieu, souligna Amalia.

– Eh bien, Il peut le reprendre !

Amalia fut sur le point de se fâcher, mais Cassie s'empressa de conclure :

– Tu peux accepter ou refuser de te servir de ce don. Mais il est en toi.

La neige fit son apparition le jeudi précédant Thanksgiving. Après le repas, dans la salle de classe à l'atmosphère confinée, j'écoutai les autres tousser, respirai l'odeur de leur sirop à l'eucalyptus, et regardai les premiers gros flocons se dissoudre sur l'asphalte. Quand ce fut l'heure de rentrer, avec JJ, la neige s'accrocha à nos manteaux, transforma le paysage en carte postale de Noël — si on oubliait la gadoue au bord de la route. Puis elle tomba si fort que l'horizon disparut.

Nous nous arrêtâmes à l'entrée du chemin qui menait chez Cassie.

– Tu n'auras pas de mal à trouver la maison de ta grand-mère ?

Pourquoi me faisais-je du souci ? Je n'en sais rien. Jimmie n'était pas une lumière, mais il ne s'égarait jamais sur les chemins qui menaient aux maisons de son clan familial. Je le vis me sourire, tandis que les mèches noires collées sur son front faisaient penser aux barreaux de la fenêtre d'une cellule de prisonnier.

– Où est ton bonnet ?

Il sortit de sa poche le bonnet rouge que Cassie lui avait tricoté.

– Je ne voulais pas qu'il se mouille. Bon, j'y vais. Au revoir.

Jimmie pivota sur ses talons et s'en alla sous la tempête blanche, en m'adressant un signe par-dessus son épaule.

Pour Cassie, Thanksgiving n'avait rien d'exceptionnel. Elle estimait insensé de consacrer un seul jour par an à ce qui aurait dû être quotidien et j'étais de son avis.

À l'orphelinat, on voyait toujours arriver une dame de charité qui se chargeait d'apporter la dinde et de décorer la salle à manger. Parfois, elles étaient plusieurs à venir nous servir, se répandant en sourires et en petites tapes de réconfort. Elles souriaient sans doute en se disant qu'elles allaient rentrer chez elles, retrouver leurs familles et leurs salons, avec la satisfaction d'avoir accompli leur BA annuelle. Nous affichions de l'humilité et de la gratitude, alors que nous mourions d'envie de lancer à ces faces arrogantes une grosse poignée de purée de pommes de terre, bien grasse. Moi, j'en rêvais, en tout cas.

Chez Cassie, le dîner de Thanksgiving consistait en un ragoût de bœuf, accompagné de boulettes de farine de maïs, que je préférais à toutes les dindes que j'avais goûtées jusque-là. Pour le dessert, Cassie servit une tarte aux pignons grillés. Quand nous eûmes terminé, nous fîmes la vaisselle, puis nous nous installâmes près du poêle, gavées et somnolentes.

D'un œil, je lus *Un conte de deux villes*, dont je devais faire un compte rendu avant la fin du semestre, pendant que Cassie raccommodait des chaussettes que sa vue contraignait à tenir à bout de bras. Une fois de plus, elle me fit remarquer que je devrais apprendre à coudre, au moins à raccommoder, ce que j'avais réussi à éviter jusque-là.

Elle posa son travail et me dit :

– Quelle est la date de ton anniversaire, Avery ?

– Le 15 décembre, je crois. Personne n'en est sûr.

– Ce doit être un peu plus tard si tu avais un mois quand on t'a trouvée. Peut-être le 21.

Je fermai le livre, le posai sur mes genoux et regardai Cassie.

– C'était juste une supposition. Mais que ce soit le 15 ou le 21, ce ne sera jamais une fête nationale.

– Le 21 décembre est le jour du solstice d'hiver.

– Je devrais savoir ce que ça veut dire ?

– Solstice veut dire : « soleil immobile ». C'est le jour où, chaque année, le soleil est le plus loin de la terre. Le jour le plus court. Et la nuit la plus longue.

– Quel rapport avec mon anniversaire ?

– Je serais ravie de te l'expliquer si tu cessais de m'interrompre. Remets de l'eau sur le feu, s'il te plaît, petite, ajouta Cassie après avoir pris une gorgée de café en grimaçant. C'est froid.

Pendant que je remplissais une casserole d'eau et la mettais à bouillir, Cassie se lança dans un long récit qui me sembla décousu. Elle me parla d'un ancien peuple qui, craignant de ne plus revoir le soleil, se livrait, la nuit du 21, à toutes sortes de cérémonies destinées à conjurer une nuit éternelle.

De nouveau assise près du poêle, je remontai la couverture sur mes jambes.

– Vous avez trop écouté les histoires de Delbert Begay, remarquai-je.

– Ça n'a rien à voir avec Delbert. Je ne parle pas seulement des Indiens. Partout dans le monde, des gens font depuis toujours la même chose, en même temps. Tu crois que c'est une simple coïncidence ?

– Je n'ai jamais réfléchi à ça.

– C'est un jour qui a de puissantes vibrations.

– Un jour est un jour. Les jours sont tous pareils, affirmai-je en reprenant mon livre.

– Pas du tout. Il y a des forces dans la terre, Avery. Ce sont elles qui font pousser les plantes et naître les animaux. Les saisons passent et changent. Le vent, les nuages, la pluie et le feu…

D'un geste brusque, je refermai mon livre.

– Je ne crois qu'à ce que je vois.

– Tu as déjà vu l'océan ?

– Non, mais…

– Moi non plus. Et pourtant je suis sûre qu'il existe.

Cassie se leva pour mettre du café dans l'eau bouillante. J'entendis l'ouvre-boîte s'enfoncer dans le couvercle d'une nouvelle boîte de lait.

– Une personne qui naît quand les forces de la terre vibrent avec une intensité particulière ne peut pas être tout à fait comme les autres. Tu veux du café frais ?

Après quelques instants de réflexion, je dus admettre que ce que je venais d'entendre pouvait expliquer bien des choses.

– Alors qu'est-ce que je serais censée savoir d'après vous ? Est-ce que ça concerne ma mère ?

– Ça ne marche pas de cette façon, Avery. Tu as un don, mais il te reste à l'accepter, avec les responsabilités qu'il implique. Il faut le respecter. Il ne t'apportera rien si tu ne fais pas d'efforts pour qu'il s'exprime. C'est un vrai travail. Comme quand on veut gagner sa vie. Si tu ne fais rien, tu n'es pas payée.

Je baissai les yeux.

– Je demandais ça juste pour savoir, dis-je.

– Je vois.

Je tendis ma tasse à Cassie sans la regarder. Quand elle m'eut servie, elle se rassit et reprit son raccommodage en silence.

8

Au printemps, Cassie voulut agrandir le jardin et le quadriller, à la façon d'une gaufre, à la manière de ceux qu'elle avait vus, une fois, chez des Zuni. À l'aide de pieux et de ficelle, nous fîmes apparaître six rangées de six carrés chacune. Selon Cassie, les rebords aideraient à conserver l'humidité autour des plantes et éviteraient que la terre ne soit emportée par les fortes pluies mâles.

Je ne vis qu'une chose : la perspective d'une semaine de travail, le dos courbé, les genoux sur le sol compact.

Le soir, je me plongeais dans un bain parfumé au genièvre, et Cassie me frottait le dos et les épaules avec un onguent, obtenu en chauffant du saindoux, piqué de fleurs d'arnica.

Notre travail donna effectivement au jardin l'apparence d'une gaufre. C'était à se demander où les Zuni avaient trouvé leur inspiration, eux qui, j'en suis certaine, n'ont pas de gaufres dans leurs recettes ancestrales. Ensuite, il fallut planter. Cassie respecta ce qu'elle appelait « les signes », c'est-à-dire les moments propices, liés aux signes du Zodiaque et aux phases lunaires.

L'histoire de la lune montante qui favorise la croissance des plantes me paraissait aussi folle que celle du solstice d'hiver. Sauf que cette fois-ci il était question de l'équinoxe de printemps. Mais je savais désormais qu'il était inutile de discuter avec Cassie.

Vêtue de noir, à l'exception de son bonnet blanc, perché sur son crâne, elle avait l'air d'un petit pingouin voûté, tandis qu'elle allait à pas lents d'un carré au suivant, faisait des trous avec sa canne. Jimmie John et moi la suivions, laissions tomber une graine dans chaque trou, puis la recouvrions de terre.

Sur deux rangées, nous plantâmes ce que Cassie appelait les trois sœurs : maïs, haricots et courges, de façon que les tiges rampantes des courges, formant un tapis au pied du maïs, contrarient les mauvaises herbes et préservent l'humidité du sol. Quant aux haricots, plantés à côté du maïs, ils pouvaient ainsi se servir des tiges de leur voisin comme de tuteurs.

– Pourquoi est-ce qu'on laisse tant d'espace libre ? demandai-je.

– Pour les herbes sauvages.

– Comment vont-elles venir ici ?

Mon étonnement fit rire Cassie.

– Comme elles vont n'importe où ailleurs. Portées par le vent. Avec les crottes d'oiseau. Sur les ailes des insectes.

Effectivement, en juin, physalis et amarante, monarde et pourpier, menthe et tournesol sauvage avaient trouvé leur place dans le jardin. Tout cela poussait au coude à coude avec les trois sœurs, les poivrons, les tomates, les oignons et les plantes médicinales de Cassie.

La plupart des adolescents qui voulaient travailler l'été trouvaient un emploi au drugstore. Quelques filles faisaient les serveuses au Mami's ou vendaient de la pacotille indienne aux touristes qui venaient visiter les villages. Parmi les garçons, ceux qui étaient déjà un peu qualifiés travaillaient dans le bâtiment, ou comme chauffeurs-livreurs. Quand j'appris qu'ils gagnaient entre quatre et cinq dollars de l'heure, j'aurais bien voulu être à leur place.

Chez Cassie, je m'occupais essentiellement du jardin. Je désherbais, arrosais, taillais, attachais, récoltais. En dehors de cela, j'aidais Cassie à préparer ses remèdes et à les livrer, si bien que j'avais à peine le temps de respirer. C'était sans doute ce qu'elle voulait. Mais, finalement, ça me convenait aussi. Je me sentais à l'aise dans le jardin — chez moi. J'aimais travailler pieds nus le matin, sentir la terre fraîche s'agglutiner à ma peau.

Le quatrième été — celui qui précéda ma dernière année de lycée — fut différent. J'étais en proie à une vague mais quotidienne agitation. Dès que j'avais arraché une mauvaise herbe, ou taillé une fleur de tomate jaune, je repoussais les mèches collées par la sueur sur mon visage. Je relevais la tête comme si quelque chose attirait mon regard en permanence du côté des mesas rouges. Alors, assise sur mes talons, respirant l'odeur de verdure humide des plants de tomates, je me demandais si j'attendais quelque chose, ou si quelque chose m'attendait.

La quincaillerie de Florales appartenait à Floyd Chamaco. Grand, maigre, les mains noueuses, les lèvres fines et droites, le menton toujours mal rasé, il sentait le bouc. La façon dont il me regardait — comme toutes les filles d'ailleurs — me donnait envie de me purifier en prenant un bain.

C'était déjà une épreuve d'aller chez lui avec Cassie, mais quand elle m'y envoyait pendant qu'elle faisait d'autres courses, je me dépêchais de trouver ce que je cherchais sans rien demander, sinon il se débrouillait toujours pour s'approcher de trop près et me frôler — sans le vouloir, bien entendu. Quand j'en parlai à Cassie, elle prit un air désabusé.

– Le monde est plein de gens de toutes sortes, Avery. Il faut que tu apprennes à te débrouiller avec les uns et les autres. En ayant une seule idée en tête : ne laisser personne te faire du mal.

Un jour, vers la fin de l'été, en poussant la porte du magasin, je découvris une autre raison de ne pas m'attarder. Accroupi entre deux rayons, Will Cameron fouillait dans une boîte pleine de boulons.

C'était lui qui avait empêché Kevin de me pulvériser le fameux jour où j'étais venue au secours de Jimmie John et, à l'école, il était le seul — en dehors de Jimmie — à me dire bonjour quand je le croisais dans le hall ou à la cafétéria. Depuis que j'étais à Florales, nous suivions les mêmes cours. Parfois, je sentais qu'il me regardait et, si je levais la tête, il me souriait, puis détournait le regard. Ce devait être une sorte de jeu pour lui.

À défaut d'être beau, il avait des yeux de la couleur d'un ciel d'orage. Ne croyez pas que je passais mon temps à les regarder, ces yeux. En fait, je n'avais remarqué leur couleur qu'une seule fois.

Il ne faisait partie d'aucune équipe sportive, ni de ces jeunes qui suivaient des cours pour apprendre — disait-on — à mieux s'insérer dans la vie rurale, ni de ceux qui jouaient aux échecs après la classe. Sa famille possédait un ranch, célèbre pour ses chevaux de cow-boys, si bien que la plupart du temps il quittait le lycée à quinze heures quinze pour aller donner un coup de main.

Souvent, j'avais tendance à somnoler l'après-midi et à regarder dehors, en rêvant de chevaux. J'imaginais aussi Will Cameron, en selle, séparant le bétail qui devait être marqué au fer du reste du troupeau. Emportée par mon imagination, j'éprouvais un tel sentiment de réalité que je ne me serais pas étonnée, en sortant, de voir par terre des empreintes de sabots et des crottes de cheval.

Je passais devant l'allée où il se trouvait, persuadée qu'il ne m'avait pas vue, quand j'entendis :

– Salut, Avery !

Je lui répondis sans m'arrêter, fonçant vers les tournevis, les clés à écrous, les marteaux, les couteaux de tout genre et les scies, revenant sur mes pas pour trouver les ficelles et les cordes, soigneusement rangées à l'extrémité d'un rayon. Je mesurai les trois mètres de fil de Nylon que Cassie m'avait demandé d'acheter et allai à la caisse, où Floyd était perché sur son tabouret.

– C'est tout ce que tu veux ? me demanda-t-il.

Je lui jetai pratiquement les pièces sous le nez, attrapai le sac, me précipitai vers la sortie.

– Et ta facture ?

– Non. Merci, je n'en ai pas besoin.

Ma main se crispa sur le sac quand j'entendis des pas derrière moi.

– Tu en auras besoin si tu dois rapporter quelque chose.

Ce n'était pas la voix de Floyd, mais celle de Will.

Il sortit, lui aussi, parfaitement détendu, alors que j'éprouvai soudain du mal à respirer. Me prenant le sac des mains, il y glissa la facture avant de me le rendre.

– Merci.

– De rien.

Ses bottes résonnèrent sourdement sur des planches qui recouvraient un trou.

– Les cours reprennent la semaine prochaine, me dit-il.

– Oui, fis-je, la bouche sèche.

– Alors on se reverra à ce moment-là.

– Sûrement.

Je ne pus le regarder que du coin de l'œil, mais je remarquai qu'il avait un nez un peu busqué, comme s'il avait été cassé. Aussitôt, je l'imaginai se battant avec l'un de ses frères. Il se tourna vers moi, sourit — son visage bronzé faisait ressortir la blancheur de ses dents —, puis il pivota sur ses talons et rentra dans la quincaillerie.

Sur le seuil du Mami's Café, Cassie bavardait avec Anna Marion, en faisant semblant de n'avoir rien vu.

Le serpent me mordit parce que j'avais négligé de respecter les règles que m'avait enseignées Cassie : « Fais attention où tu mets tes mains et tes pieds. » « Ne ramasse pas du bois dans l'obscurité. »

Mais il faisait froid, les bûches se trouvaient sur la véranda, à l'arrière de la maison, et j'étais pressée de rentrer. J'eus une seconde d'hésitation, sachant que je prenais un risque, puis j'oubliai qu'il suffit d'une fois pour se faire piéger. Au même instant, se déclencha une série de trois bruits de claquette, espacés, comme lorsqu'un danseur espagnol s'échauffe, puis le bruit devint continu. Au lieu de me figer — selon le conseil de Cassie —, je retirai ma main brusquement, mais je fus cent fois moins rapide que le serpent.

D'abord, je ne sentis rien, puis la face interne de mon bras, à environ quinze centimètres du poignet devint brûlante et commença à picoter.

– Merde !

Je m'écartai en vitesse du tas de bois, et regardai, navrée par ma propre idiotie, les deux perles de sang sur ma peau. Puis je me précipitai à l'intérieur de la maison. Cassie remuait les haricots qui mijotaient dans une casserole avec du jarret de veau. Elle éteignit le brûleur.

– Nom de Dieu !

Ce fut la seule fois où j'entendis Cassie jurer.

Elle courut dans sa chambre, revint avec un petit carton blanc.

– J'imagine que tu n'as même pas vu à quoi il ressemblait, me dit-elle.

Je secouai la tête. Elle m'entraîna vers l'évier, laissa couler le sang, puis me lava le bras au savon.

– Vous êtes obligée de me faire une entaille ?

Je me souvenais d'avoir vu, au cinéma, quelqu'un faire un X avec la pointe d'un couteau sur les empreintes des crocs, puis sucer le venin.

– Bien sûr que non.

Cassie leva mon bras vers la lampe, examina la peau rouge qui commençait à enfler. Elle me désigna une chaise près de la table.

– Assieds-toi et laisse retomber ton bras.

La terreur me serrait la gorge. Ou bien c'était le poison qui était déjà monté jusque-là. De la boîte, Cassie sortit un tube blanc, armé d'une petite pompe qu'elle appliqua sur la morsure. La succion fut à peine perceptible. En revanche, la plaie m'élançait fortement.

– Cassie, est-ce que… je vais mourir ?

– Seigneur, non, petite ! Tu es trop têtue pour ça. C'est plutôt le serpent qui est en danger.

Cassie essayait de me faire rire, mais la brusquerie avec laquelle elle attrapa sa veste et sa façon d'éviter mon regard trahirent sa préoccupation.

– Où allons-nous ?

– Toi, tu ne vas nulle part. Tu restes assise sur cette chaise.

– Je devrais peut-être m'allonger.

– Sûrement pas. Garde la morsure plus bas que ton cœur. Et ne…

Cassie enleva la bande Velpeau qu'elle portait parfois au poignet droit, pour faire un garrot, à quelques centimètres au-dessus de la morsure.

– Garde bien ça. Ne marche surtout pas. Je vais chercher Amalia, m'expliqua-t-elle.

Puis elle sortit dans la nuit.

Si j'avais vraiment réfléchi, mon angoisse aurait redoublé. Voilà que Cassie, une vieille dame, courait dans l'obscurité chez Amalia qui habitait à trois kilomètres de là, au risque de tomber et de se casser une jambe. Elle pouvait aussi avoir une crise cardiaque, être renversée par une voiture dans le désert, rester étendue toute la nuit, sans que personne s'en aperçoive. Même si on la découvrait, qui m'imaginerait assise pendant ce temps-là, toute raide, sur ma chaise, avec un bras gonflé par le venin d'un serpent ?

À défaut de penser à tout cela, je me demandais combien de temps il lui faudrait pour arriver chez Amalia. Et combien de temps il me restait avant que le poison ait achevé son œuvre ? J'en aurais pleuré, mais à quoi bon ? Et puis j'aurais eu honte. Pour la première fois de ma vie, mon destin était étroitement lié à un autre. C'était un sentiment étrange et désagréable.

Les morsures de serpent étaient assez fréquentes à Florales pour que j'en aie entendu parler. La plupart du temps, les victimes survivaient, mais je savais aussi que les serpents ne dosent pas leur venin en fonction de la taille des gens et moi, j'étais petite. Mais on disait qu'il fallait éviter de s'affoler, car plus le cœur bat vite et plus le poison se répand rapidement dans le corps.

Je baissai les yeux sur la blessure. Elle était maintenant violacée et boursouflée. J'avais des fourmis dans le bras, peut-être parce qu'il était immobile depuis que Cassie était partie. Mais ça faisait combien de temps ?

J'entendis finalement le pick-up d'Amalia brinquebaler dans le lit de la rivière asséchée. Puis elle entra précipitamment, suivie de Cassie et d'un homme qui se rua vers moi, me souleva le bras et le palpa autour de la morsure, les doigts étonnamment légers. Il scruta mon visage, remonta mes paupières, examina mes yeux à l'aide d'une minuscule torche électrique.

– Comment ça va, Avery ?

Il n'attendait pas de réponse. Les sourcils broussailleux, des dents brunâtres, il avait une haleine qui empestait le tabac. Sans un mot de plus, il me souleva dans ses bras et me porta jusqu'à une voiture, aussi sale qu'elle aurait pu être blanche. Il m'installa sur le siège avant, tandis que Cassie et Amalia grimpaient derrière, et nous démarrâmes dans des giclées de gravier et des nuages de poussière.

Quand nous arrivâmes à l'autoroute, je lui demandai où nous allions.

– À Darby.

Le regard rivé sur le bitume, le pied sur l'accélérateur, il filait à quatre-vingt-dix à l'heure.

– Pourquoi ?

J'ignorais à quelle distance exacte se trouvait Darby, mais il me semblait que ce n'était pas à côté.

– Parce qu'il n'y a pas de centre antivenin plus près. Comment te sens-tu ?

– J'ai mal au cœur.

– Amalia, donnez-lui un de ces trucs bleus.

Il s'agissait en fait d'une poche de glace.

– Applique ça sur ton front.

J'aurais préféré mettre la glace sur mon bras aussi brûlant qu'un hot-dog sur un gril.

À l'arrière, Cassie et Amalia parlaient à voix basse, si bien que j'entendais seulement un murmure incompréhensible. Orange et rouges, des petites formes — comme les pièces d'un puzzle — dansaient devant mes yeux et quand je battais des paupières elles disparaissaient pour être remplacées par d'autres. Les phares n'illuminaient qu'un tunnel noir qui semblait sans fin. Je perdis la notion du temps, la voiture cessa d'exister, j'eus l'impression que nous volions et je m'attendis à être emportée par l'une de ces sorcières-coyotes qu'évoquait volontiers Amalia.

Je ne dormais pas vraiment quand la voiture s'arrêta enfin sous un éclairage jaune et violent, mais je me souviens à peine de ce qui se passa. Je me retrouvai dans un lit. Des blouses blanches d'infirmières bruissaient, provoquant une sensation de fraîcheur dans l'air. Je ne sentis même pas la douleur quand on me fit une piqûre dans le bras. Le visage de Cassie, penchée sur moi, la main sur mon front, flottait dans un nuage bleu. Je voyais ses lèvres remuer.

Une autre infirmière s'approcha avec une seringue. Au lieu de me la planter dans le bras, elle injecta le liquide dans un tube marron qui pendait à côté de moi. Je craignais de m'endormir pour ne plus me réveiller, mais mes paupières s'alourdissant de plus en plus, je finis par les laisser se fermer, sans plus me soucier de mourir ou de survivre.

Je fis des rêves. Pas mes cauchemars habituels — où, tantôt je tombais dans un escalier qui débouchait sur un trou noir, tantôt je fuyais en courant quelque chose dans l'obscurité — mais des nouveaux, encore plus effrayants que les autres. J'étais plongée dans de l'eau. Il faisait noir, froid et je ne pouvais pas respirer. Je voyais au-dessus de moi une chose blanche que j'essayais vainement d'attraper dans l'espoir de me hisser hors de l'eau, malgré la douleur qui me déchirait le bras. Il y avait quelque chose sur ma bouche et ma poitrine était en feu.

Ouvrant les yeux, je découvris mes cheveux éparpillés sur mon visage. Je ne risquais pas de suffoquer, mais j'aurais quand même aimé les repousser et j'en étais incapable, avec mon bras douloureux et gonflé. Quant à l'autre, il était scotché à une tablette et une aiguille était plantée dedans. Je secouais alors la tête d'avant en arrière, quand une main fraîche intervint. Mais lorsque mes yeux furent dégagés, je ne vis personne : ni Cassie, ni Amalia et pas la moindre infirmière.

Comme il faisait encore nuit, je me demandai quelle heure il pouvait être. Je voulus appeler une infirmière, mais aucun son ne sortit de ma bouche. Une femme se tenait au seuil de la chambre, vêtue d'une robe noire avec des manches blanches. Une robe noire mais couverte de perles multicolores qui accrochaient la faible lumière du couloir. De longs cheveux obscurcissaient son visage. Je pris cette femme pour un ange — ce qui annonçait sûrement ma mort. Et n'ayant jamais imaginé un ange en noir, je me dis que celui-là devait conduire en enfer ceux qui n'avaient pas cru en Dieu tous les jours. Je cherchai, mais en vain, à voir son visage, tandis que j'éprouvais le sentiment d'être veillée.

Soudain mes cheveux se dressèrent sur ma tête : cette femme était ma mère !

Cherchant à m'asseoir, je dus fermer les yeux une seconde, sous l'effet de la douleur. Quand je les rouvris, elle avait disparu.

Deux jours plus tard, j'étais de retour chez Cassie. Mais elle me condamna à rester au lit avec un livre, et Amalia, tout en s'assurant sans cesse que je n'avais ni plaques rouges, ni urticaire — réactions allergiques habituelles au sérum — entreprit, penchée sur moi, de psalmodier à intervalles réguliers :

« Poison, sors du sang, passe dans la chair,
Sors de la chair, viens sur la peau,
Quitte la peau pour les cheveux,
Laisse les cheveux pour te répandre dans l'air,
Plonge de l'air dans le sable sec.
Disparais dans la terre. »

Au bout de deux jours de ce régime, je commençai à devenir folle, mais les deux femmes menacèrent de me renvoyer à l'hôpital si je ne restais pas tranquille. Alors je fis de mon mieux pour les ignorer et me concentrer sur ma lecture. Puis, entreprenant de lire à haute voix, je constatai que mon livre leur plaisait. J'avais trouvé un moyen de ne plus les entendre, au moins jusqu'à la fin d'*Anna Karina*. Nous devions lire ce roman pour la rentrée, ce que je faisais, finalement, contrainte et forcée.

Elles sanglotèrent comme des bébés quand l'héroïne se jeta sous le train. Personnellement, je trouvai qu'une femme qui avait abandonné son enfant pour s'enfuir avec son amant ne méritait pas un autre sort.

Quand arriva le jour de la rentrée, ma plaie, suffisamment résorbée, me permit de sortir avec une simple compresse que j'arborai aussi fièrement qu'une médaille d'honneur.

Une fois, j'ai lu que les cannibales mangeaient leurs ennemis, moins par goût de la chair humaine que par désir de s'approprier leur bravoure, leur habileté, leur ruse. Or, si je me sentais différente depuis ma rencontre avec le serpent, ce devait être grâce à un phénomène approchant. J'étais devenue plus forte, beaucoup moins dépendante du regard des autres. J'acceptais mieux ce que j'étais, d'où je venais, ce que l'avenir pourrait me réserver. Sans me qualifier d'« optimiste » — ce n'était pas dans ma nature — je me laissais tout de même aller à un certain espoir.

Cependant, j'avais beau me sentir différente, rien, en réalité, n'avait changé. À l'exception de Jimmie John, qui me demanda si le serpent m'avait parlé, on fit référence à une légende, selon laquelle une sorcière avait embrassé un serpent — qui n'était autre que Satan lui-même — et on me soupçonna d'en être passée par là. De toute façon, le fait que j'aie survécu prouvait que j'étais, bel et bien, une sorcière.

Quand M. Horton me fit appeler dans son bureau, je fus à peine surprise. Je n'avais eu d'accrochage avec personne ces derniers temps, mais je soupçonnais quelqu'un d'être tombé malade et de m'en avoir rendue responsable. J'avais dû suggérer à mon serpent de lui faire du mal. On m'avait déjà accusée d'avoir jeté un sort à une élève mais, cette fois-là, j'avais été convoquée chez M. Meyer, le principal, et non chez M. Horton, simple conseiller pédagogique.

La porte de son bureau était ouverte. Il téléphonait, mais il me fit signe d'entrer et de m'asseoir sur la chaise, devant son bureau. Puis il raccrocha et me sourit.

– Bonjour, Avery. Comment allez-vous ? Ça marche bien ce semestre ?

– Oui. Très bien, dis-je en croisant les bras.

Je reconnus mon dossier dans celui que M. Horton ouvrit devant moi. Il lui avait été remis par le secrétariat central et il contenait les résultats du test d'aptitude que nous avions passé au printemps.

– Les cours vous plaisent ?

Qu'on puisse trouver du plaisir dans une obligation ne m'était jamais venu à l'esprit, sinon, peut-être, à propos des cours de littérature.

– Oui, bien sûr, affirmai-je néanmoins.

M. Horton sourit. Il avait de belles dents, bien plantées, et des yeux d'un bleu pâle. À deux mains, il lissa ses cheveux bruns — simple habitude étant donné le peu de cheveux qui lui restait — puis il mit à part quelques feuilles dans mon dossier.

– Avery, avez-vous déjà pensé à ce que vous allez faire après vos études ?

– Je veux quitter Florales.

– Et où aimeriez-vous aller ?

– Je ne sais pas encore. Peut-être à Santa Fe. Ou à Albuquerque, ajoutai-je, voyant que Santa Fe n'avait pas l'air de lui plaire.

Il préféra effectivement la seconde option et me demanda :

– Vous vous êtes inscrite au test d'aptitude à l'enseignement supérieur ?

– Non.

– Vous devriez le faire. Si vous voulez être admise en septembre, on vous demandera vos résultats à ce test dès janvier.

– Admise où ?

– À l'université.

– Je n'ai pas l'intention d'y aller. Je veux trouver du travail.

M. Horton s'éclaircit la gorge, puis se pencha légèrement en avant.

– Vous devriez réfléchir. Ou si l'université vous impressionne trop — ce qui peut se comprendre —, vous pourriez songer à un autre genre d'établissement. Il existe de nombreuses écoles d'enseignement supérieur…

– Je n'ai pas d'argent pour continuer mes études.

– Vos notes ne vous permettraient sans doute pas d'obtenir une bourse. Mais un prêt, certainement.

– Je ne veux pas devoir des milliers de dollars avant même d'avoir commencé à travailler.

– Beaucoup de jeunes empruntent et remboursent ensuite, sans difficulté.

M. Horton jouait avec sa montre pendant qu'il me jaugeait.

– Ce serait vraiment pour vous l'occasion de faire quelque chose de vous-même, précisa-t-il.

– Ça me fait drôle d'apprendre que je ne suis rien.

J'en avais assez d'entendre les uns et les autres me dire ce que je devrais faire. Cassie et Amalia voulaient que je sois une *curandera* et maintenant M. Horton me racontait qu'un diplôme universitaire me ferait exister, me permettrait de devenir quelque chose, parce que, pour l'instant, je n'existais pas.

Il rougit, recommença à se gratter la gorge et n'osa même plus me regarder.

– Mais non, mais non, me dit-il. Vous êtes une très… charmante et intelligente jeune fille. Mais des études supérieures vous permettraient de développer plus facilement votre potentiel. Et de faire une carrière épanouissante.

– Ma carrière, elle est toute trouvée. Je suis une *bruja*. Vous le savez bien.

M. Horton essaya de rire.

– Écoutez, Avery. Par ici, il y a encore des gens qui croient aveuglément à ce genre de chose. Il n'est peut-être pas très conseillé de plaisanter…

– Je ne plaisante pas.

Pris de court, M. Horton fit pivoter son fauteuil et attrapa un livret bleu sur l'étagère, derrière lui, en manquant de faire tomber un lierre en pot.

– Avery, il est de notre devoir ici de vous assurer un maximum de chances de réussite, m'expliqua-t-il. Et rien ne vaut de bonnes études.

Il posa le livret sur le bureau en le tournant de mon côté. Je lus son titre : *Cent carrières de haut niveau pour les diplômés de l'enseignement supérieur.*

– Quand vous aurez pris connaissance des possibilités qui vous sont offertes, la décision vous appartiendra.

Du bout de l'index, M. Horton poussa le livret vers moi. Une brochure, dépassant de la couverture, annonçait un : *Annuaire de cours pratiques en entreprise.*

– Bon, fis-je.

– J'ai une collègue à l'université. Fran Talbert. Vous trouverez sa carte à l'intérieur. Mais, si vous le préférez, je lui parlerai d'abord.

Quand je pris le document, M. Horton, apparemment soulagé, ajouta :

– Vous me direz, n'est-ce pas ? Bien. Maintenant vous pouvez retourner en classe.

9

LORSQUE AMALIA nous invita à aller à la *posada* avec sa famille, j'éprouvai des sentiments mitigés. D'une façon générale, j'étais plus heureuse seule qu'avec les autres. J'aurais même pu me passer de Cassie, si nous n'avions été habituées l'une à l'autre.

D'un autre côté, il m'arrivait de me trouver dans un état d'esprit bien différent quand, au long de la Quatrième Rue, j'apercevais, en hiver, par les fenêtres éclairées, des posters sur les murs, des mères préparant le dîner, des enfants, le visage éclairé par la lumière tressautante de la télévision. De temps en temps, je me disais que si je vivais dans une maison comme celle-là, avec ma propre famille, je n'aurais plus à supporter ma différence.

Certes, j'aurais déjà pu en douter à l'époque. Néanmoins, quand il fut question de cette réunion familiale à la *posada*, une part de moi-même céda à l'envie d'y participer. Dès l'instant où Cassie m'annonça que nous étions invitées, je m'assis sur la balustrade de la véranda et lui répondis :

– Ça ne me dit pas grand-chose. Mais si vous y tenez, on y va.

Je ne pensais pas vraiment qu'elle voudrait y aller, les bondieuseries n'étant pas son affaire.

– Alors on y va ! On y mange toujours bien, précisa Cassie avec l'un de ces regards espiègles.

Esperanza m'avait beaucoup parlé de la *posada* de son village natal, proche de la frontière. Selon une très ancienne tradition, les fidèles se réunissaient, un soir de l'avent, pour faire revivre les pérégrinations de Marie et de Joseph, en quête d'un refuge.

Amalia vint nous chercher à dix-huit heures. La nuit était déjà tombée et un vent d'ouest soufflait, sec et mordant. Cassie et elle ne cessèrent de bavarder tout le long du chemin qui conduisait à la vallée. Il y avait déjà tant de voitures que nous dûmes nous garer à l'entrée du village, puis emprunter un sentier tortueux pour atteindre la petite église rose de San Seferino. La fille d'Amalia, Juanita, et sa famille — Rafael, son mari, et leurs cinq enfants — nous attendaient devant le porche, parmi une foule d'écoliers qui me surprit.

En entrant dans l'église, Juanita maugréa à cause des trop nombreux touristes, et des gens du village qui ne venaient que pour le repas gratuit. Je lançai un regard de contrition à Cassie quand Amalia fit taire sa fille.

– Peu importe ce qui motive les gens, *hija mia*. L'essentiel c'est qu'ils soient présents.

La messe terminée, les paniers d'offrandes circulèrent, chacun prononça ses *Demos gracias a Dios*, puis tout le monde ressortit en file indienne. Dehors, deux nouveaux guitaristes rejoignirent ceux qui avaient joué à l'église et on fit cercle autour d'eux pour chanter. Ces chants de Noël m'étant inconnus, je me dis qu'ils devaient être mexicains. Des gens formèrent de petits groupes qui allèrent saluer d'autres groupes. Les enfants coururent en riant, dans tous les sens, jusqu'à ce que leurs parents leur demandent de rester tranquilles.

Puis, de nulle part, surgit un âne, monté par une adolescente d'environ treize ans. En jean et lourd manteau, elle portait une longue écharpe blanche sur la tête. Le barbu qui conduisait l'âne semblait sortir d'un relais de motards, à Española. Un châle mexicain sur les épaules, les cheveux longs, il avait le front ceint d'une écharpe torsadée.

Marie et Joseph en tête, les musiciens derrière eux, un cortège chantant se mit en marche. Dans la nuit claire, mais sans lune, nous étions sous le regard de milliers d'étoiles scintillantes. Portée par le rythme des accords de guitare et des chants religieux, j'en oubliais de sentir le froid et la faim.

Nous nous arrêtâmes devant quatre ou cinq maisons. Chaque fois, les musiciens jouèrent et chantèrent sur le perron la chanson de la *posada*, qui commençait ainsi : « *En nombre del cielo, os pido posada.* » — « Au nom du ciel, nous vous demandons refuge. » La porte s'entrebâillait et, de l'intérieur, des voix répondaient : « *Aquí no es mesón. Sigan adelante.* » — « Ce n'est pas une auberge ici. Poursuivez votre chemin. » Nous repartions, mais au moins une personne sortait de la maison pour se joindre au cortège.

Finalement, nous arrivâmes devant la salle communale et, cette fois-ci, les portes s'ouvrirent toutes grandes sur des gens qui répondirent en chantant, eux aussi : « *¡ Entren santos peregrinos !* » — « Entrez, saints pèlerins ! »

Tandis que j'attendais, entre Cassie et Amalia, d'entrer dans la salle, je me retournai en entendant un ricanement.

Stacey Lord secoua ses longs cheveux blonds et murmura :

– Hé, regardez qui est là ! La fille de la sorcière !

– J'ignorais qu'on laissait entrer les sorcières à l'église, fit Randi Klein, provoquant de petits rires bêtes autour d'elle.

– Attention, Randi. Elle va te rendre chauve.

Bien qu'elle fût en pleine conversation avec Amalia, Cassie pivota brusquement sur ses talons, un pan de son long châle volant au-dessus de son épaule, le regard des plus noir. Nulle parole ne fut nécessaire pour que ces idiots sortent du cortège et filent comme des rats, pendant que je me mordais la langue pour ne pas hurler de rire.

Il n'y avait vraiment rien d'étonnant à ce qu'ils prennent Cassie pour une sorcière.

Des branches de conifères, au parfum suave, piquées de rubans rouges, décoraient entièrement la salle immense. Au fond, un feu brûlait dans une haute cheminée, où un homme aurait pu se tenir debout. Des tables croulaient sous le poids des victuailles préparées par les paroissiennes : marmites de *posole* et de poivrons verts, énormes salades, casseroles de *tamales*, d'*enchiladas* — adoucies par du fromage blanc —, de bœuf aux piments rouges, plats de jambon et de poulets rôtis, paniers de tortillas et de pain. Une table entière offrait toute une variété de desserts, mexicains ou bien américains : *capirotada* et *bizcochitos*, *bunuelos* flottant sur un épais sirop brun, gâteaux au chocolat, tartes aux noix et aux raisins secs, cookies couverts de sucre glace coloré.

Le prêtre fut le premier servi. Derrière lui, chacun attendit son tour, puis se chercha une place, sur un banc ou une chaise pliante, entre les rangées de longues tables. Comme nous étions dix — Cassie et moi,

Amalia, Juanita, Rafael et les cinq enfants — nous occupâmes toute une table. Je fus soulagée de ne pas être assise à côté d'une personne inconnue.

Tandis qu'ils se réchauffaient, retiraient leurs manteaux et se remplissaient l'estomac, les gens devinrent de plus en plus expansifs et bruyants. Bientôt, il eût été impossible dans cette salle d'entendre un coup de feu. Les enfants jouaient à chat, hurlant et riant, bourrés de sucreries et complètement surexcités par l'atmosphère des fêtes de Noël. J'avais vaguement conscience que les musiciens avaient repris leurs guitares et que des gens dansaient.

Amalia, Juanita et Cassie jouaient les pipelettes. Rafael était sorti pour fumer — et sans doute pour boire — avec ses copains. Les enfants s'amusaient avec leurs camarades. Soudain, le bruit, la chaleur et la solitude me devinrent intolérables. Je me levai, me frayai un chemin dans la foule et me plongeai dans le froid de la nuit.

Dès que la porte claqua derrière moi, tout ce brouhaha disparut comme si un énorme aspirateur était passé par là. Je n'entendais plus que les voix graves d'hommes réunis près de leurs voitures. J'aspirai longuement l'air vif, son odeur de fumée de bois, puis je me serrai dans mon manteau. Au coin du bâtiment qui abritait la salle communale, je vis une vieille voiture à brancards et hautes roues, au milieu d'un cercle de pierres blanches et, par terre, une plaque de métal sur laquelle était écrit quelque chose que l'obscurité rendait indéchiffrable. Sans doute était-il interdit de monter sur cette charrette. Mais je m'installai sur la banquette de bois.

Je vivais mon dernier Noël à Florales. Me séparer de Cassie serait une épreuve, mais c'était indispensable si je voulais faire quelque chose de ma vie. Dans une ville de la taille d'Albuquerque, on se moquerait de savoir si je connaissais ou non ma mère et les gens, trop préoccupés par leurs propres problèmes, oublieraient de se demander pourquoi mes yeux n'étaient pas de la même couleur.

À Albuquerque, je chercherais un travail. En même temps, je tenterais de retrouver ma mère. Si je n'y arrivais pas, je paierais un détective privé, spécialisé dans la recherche des personnes disparues, bien que ma mère n'en fît pas vraiment partie. Bien sûr, il resterait à trouver la bonne piste.

– Salut, Avery !

Je me retournai, ayant déjà reconnu la voix de Will Cameron.

– Qu'est-ce que tu fais ici ? me demanda-t-il.

– J'ai suivi Cassie.

Will me tendit une main pleine de *bizcochitos*. J'en pris un, chaud et humide dans sa paume.

– Tu veux un jus de fruits, ou autre chose ?

– Non, merci.

– Où est JJ ?

– Tu crois qu'un Navajo viendrait à une *posada* ?

– J'ai tellement l'habitude de le voir avec toi…

Je ne sus que répondre et, devant mon silence, Will ajouta :

– Il t'aime beaucoup, il me semble.

– Je suis la seule au lycée à le traiter comme un être humain.

Will s'essuya les mains, les enfonça dans les poches de son jean et se balança sur ses talons.

– Tu avais déjà participé à ce genre de fête ? me demanda-t-il.

– Non.

L'ombre de son stetson sur le visage, il devenait séduisant et un rien mystérieux.

– Moi, j'y suis habitué depuis toujours. Je venais déjà avec mes grands-parents quand j'étais un petit con. Ma… ma grand-mère était d'origine espagnole.

N'ayant aucune histoire de famille à lui raconter, je me tus, pendant qu'il restait là, à côté de la voiture, sans plus savoir que dire ou que faire.

– Tu as froid ? me demanda-t-il finalement.

– Non.

– Tu es drôle.

– Ah ? Alors je devrais te faire rire.

– Je ne le disais pas dans ce sens-là. Parce qu'en fait tu n'as rien d'amusant.

Will monta sur le marchepied et vint s'asseoir à côté de moi.

– Tu es différente, c'est tout, précisa-t-il.

– Je suis une sorcière.

– Pourquoi as-tu si peur des autres ?

Il parlait d'une voix calme. Je regardai les étoiles brillant d'un éclat froid comme de la glace.

– Les autres ne me font pas peur. Simplement, je ne les aime pas.

– Tu n'aimes personne ? me demanda Will qui fit craquer la banquette en bougeant légèrement.

– Personne.

– Même pas moi ?

Je me tournai vers lui, en colère.

– Arrête de te moquer de moi, tu veux ? Laisse-moi tranquille, ou je te jette un sort.

Son regard, plongé dans le mien, me coupa le souffle.

– C'est déjà fait, dit-il. Si tu veux que je m'en aille, je m'en vais.

Bien que j'aie détourné les yeux, il ajouta :

– Je préférerais rester et parler avec toi.

– Parler de quoi ?

– Je ne sais pas, fit-il en riant. De tout et de rien. J'aime ta compagnie.

– Pourquoi ?

– Je te trouve intelligente. Forte. Courageuse.

Will se tourna plus résolument vers moi, alors que je continuais à regarder ailleurs.

– La première fois que je t'ai vue, tu défendais Jimmie John contre Kevin. Tu avais l'air si petite à côté de lui et des autres.

– Il fallait bien que quelqu'un intervienne, remarquai-je, en posant un regard sombre sur un Will souriant. Toi, par exemple, tu ne bougeais pas.

– J'étais dans l'un des pick-up.

– Mais tu voyais ce qui se passait.

Après un silence, Will expliqua :

– Je n'approuvais pas. Je ne faisais pas partie de la bande. Mais je ne voyais pas comment les arrêter.

– Tu n'as même pas essayé.

– C'est vrai, soupira Will. Tu as fait ce que j'aurais dû faire. Je ne l'oublierai jamais. Mais reconnais tout de même que je t'ai sauvé la peau, ajouta-t-il, visiblement satisfait de lui-même.

– Oui. Je ne peux pas dire le contraire, admis-je, avec un pâle sourire.

– Tu es très jolie quand tu souris.

Brusquement, je me mis à claquer des dents.

– Tu as froid ?

Je secouai la tête. Mon cœur avait tellement gonflé que j'avais du mal à respirer. Will lissa une mèche derrière mon oreille, puis je sentis sa main sur mon cou. Ma voix ne fut plus qu'un murmure.

– Qu'est-ce que tu fais ?

– Si tu ne m'arrêtes pas tout de suite, je vais t'embrasser.

Me prenant le menton, Will se pencha sur mes lèvres, le bord de son chapeau contre mon front. Un éclair courut le long de mon dos. Il enleva son stetson et posa de nouveau ses lèvres sur les miennes. Je savais très bien que je perdais la tête, mais j'avais envie que cela dure une éternité.

– Will, qu'est-ce que... ?

Je sursautai comme un lapin. La silhouette d'une grande femme, couronnée d'un halo de cheveux blonds, se dessinait dans le flot de lumière qui sortait, par la porte ouverte, de la salle communale. Nora Cameron était très belle.

Elle continua de s'adresser à son fils, comme si elle ne me voyait pas.

– Les Klein ont dû partir. La mère de Randi est malade. Je leur ai dit que ce serait tout de même dommage que Randi rate la soirée, que tu pourrais la raccompagner si elle restait. Tu n'as pas froid dehors sans...

Will descendit de la voiture.

– Maman, je te présente Avery James. Avery, ma mère.

– Je suis ravie de vous rencontrer, bredouillai-je.

Bouche fermée, Nora Cameron s'arracha un petit sourire, douloureux, qui laissa ses pattes-d'oie tranquilles.

– Moi aussi. Vous vous appelez Avery, c'est ça ? Voilà un nom... intéressant. C'est votre nom de famille ?

J'avais tellement rougi que mes joues devaient luire dans la pénombre.

– Non. Non, ce n'est pas mon nom de famille.

Il y eut un silence, puis Nora Cameron revint à son fils.

– Ne t'attarde pas dehors, Will. L'air est glacé.

– D'accord.

Je me levai, descendis à mon tour de la voiture et enlevai les miettes de biscuit sur ma veste.

– À plus tard, Will.

– Avery, attends une seconde, me dit-il.

Sa main, touchant ma cicatrice sur le bras, me fit mal.

– Qu'est-ce que tu veux ?

– Te dire que je t'aime bien. Je crois que c'est réciproque, même si tu préférerais marcher pieds nus sur des cactus, plutôt que de l'admettre.

– Et alors ? Ça ne change rien.

– Comment peux-tu en être sûre ?

– Je suis une sorcière, n'oublie pas. Je peux prédire l'avenir.

– Avery, arrête ces conneries. Juste une minute.

La porte de la salle se rouvrit à ce moment-là.

– Will !

– Ah, merde…, fit Will entre ses dents.

Asa Cameron apparut, grand, les hanches étroites, et referma la porte derrière lui, sur la lumière, la musique et le bruit des conversations.

– Bonsoir, mademoiselle James, me dit-il, le visage fermé. Je suis désolé, mais il faut que je parle à mon fils. Will, ta mère t'a demandé de rentrer, enchaîna-t-il aussitôt. Elle a besoin de toi.

Je m'étais déjà éloignée quand Will suivit son père docilement.

Au lendemain de Noël, Jimmie John tomba malade. S'il avait l'habitude d'être enrhumé et de tousser, cette fois-ci ce fut plus sérieux. Sa grand-mère fit venir un guérisseur. Mais ni lui, ni les prières qu'il préconisa ne réussirent à améliorer l'état de Jimmie. Finalement, on l'emmena à la clinique indienne de Florales où un médecin blanc, diagnostiquant une pneumonie, l'envoya aussitôt à l'hôpital de Darby.

Je me retrouvai donc seule à la cafétéria où je m'installai au fond, près de la cuisine. C'était l'endroit le plus chaud, mais aussi celui où tout le monde passait pour rapporter son plateau après le repas. Le nez dans un livre, réduisant les autres à des ombres passagères dont je ne me souciais absolument pas, je ne remarquai pas immédiatement celle qui se figea à quelques pas de ma table.

– Salut !

Je relevai prudemment la tête.

– Tu es occupée ?

Will me souriait. Nous nous étions simplement croisés, depuis la *posada*.

– Non. Pas vraiment, fis-je, en refermant mon livre, avec un doigt en guise de marqueur, afin de ne pas perdre la page que j'avais commencée. Je lisais, comme ça…

Je lui cachai que je préparais le cours de littérature, uniquement parce que je n'avais rien d'autre à faire.

– Je peux m'asseoir ?

– Si tu veux.

Will prit une chaise, la retourna et la chevaucha.

– Pourquoi est-ce que les garçons s'assoient toujours de cette manière ? On dirait que vous êtes à cheval.

– Je ne sais pas, avoua Will, en souriant. J'ai toujours fait ça.

Des élèves nous regardaient en passant, d'autant plus surpris de voir quelqu'un parler à la sorcière qu'il s'agissait de Will Cameron.

– Comment va ton bras ?

– Ça va. Je n'y pense même plus.

– Tu as passé un bon Noël ?

– Plutôt calme. Les fêtes chrétiennes ne concernent pas Cassie.

Du regard, je fis le tour de la salle. À une table, Stacey Lord, Randi Klein et leur petite bande avaient les yeux rivés sur nous. Je rouvris mon livre.

– Il faut que je termine ma lecture.

Will voulut prendre le livre mais je l'en empêchai.

– Will, je ne peux pas être ton amie. Ça ferait trop de problèmes. Pour tous les deux.

Il se tourna sur sa chaise, braqua son regard sur la table des filles, sourit, leur fit un signe, déclenchant de petits rires bêtes. J'aurais préféré disparaître sous terre.

– Arrête, s'il te plaît.

– Tu as tort de t'occuper de ce que pensent ces baleines boréales.

– Pourquoi les appelles-tu comme ça ?

– Je te le dirai si tu viens au Mami's demain, après la classe.

– Impossible, répondis-je automatiquement.

– Pourquoi ?

– Je ne sors pas avec les garçons.

– Je ne te demande pas de sortir avec moi, remarqua Will, en se passant la main dans ses courts cheveux bruns. On n'a pas besoin d'y aller ensemble. Je te retrouverai là-bas. Tu te commandes un café avant que j'arrive, et puis je viendrai à ta table t'embêter. Je te laisserai même le payer ton café, ajouta Will, les yeux rieurs. Si ça te rassure.

– Will…

Il retrouva un air sérieux.

– S'il te plaît. Je voudrais simplement qu'on se parle. Pas plus. Où est le mal ?

Ce fut ainsi que tout commença et, un après-midi de janvier, au Mami's, nous nous retrouvâmes assis sur des banquettes rouges, près d'une fenêtre embuée, à l'heure où tombait la nuit d'hiver. Nos cafés eurent le temps de refroidir dans leurs grosses tasses blanches. Si nous parlâmes lentement au début, les mots se bousculèrent ensuite, tant nous avions envie de tout nous dire.

Quand je constatai, soudain, à l'horloge, au-dessus du passe-plat, qu'il était déjà dix-sept heures trente, j'attrapai ma veste et mon écharpe.

– Mon Dieu ! Il est tard, il faut que je parte. Cassie va croire que j'ai eu un accident.

– Je te ramène en voiture.

– Non. Ce n'est pas la peine. Je vais…

– Avery, arrête. Il fait plus froid que dans l'antre d'une sorcière…

Nous eûmes le même éclat de rire, puis Will insista encore :

– Laisse-moi te raccompagner. Je ne serais pas tranquille si tu rentrais à pied, dans le noir.

Et me voilà, attachée à côté du volant, dans la Bronco blanche de Will, en train de me demander comment j'en suis arrivée là, combien coûte une voiture de ce genre, si je n'avais pas trop parlé, s'il m'arriverait une autre fois d'en dire autant à quelqu'un. Et puis je craignais que Will ne se moque de moi avec ses copains, sans même attendre le lendemain.

Le silence régna dans la voiture, tout au long du chemin, sauf quand je lui indiquais la direction à prendre et qu'il me répondait par un « OK » ou un « Donc, je tourne ici ? » Puis nous arrivâmes au lit de la rivière.

– Tu peux me laisser maintenant, dis-je.

– Non. Je t'emmène jusque devant ta porte. Je veux que Cassie sache que tu étais avec moi.

Will s'arrêta à quelque distance de la maison, selon l'étiquette en vigueur à la campagne, et coupa le contact. Je détachai ma ceinture de sécurité, pris mes livres, m'apprêtai à ouvrir la portière.

– Avery !

Dès que je me retournai, il m'embrassa. Ce fut un baiser maladroit, raté, je dirais, à cause des sièges, du tableau de bord, du volant. Néanmoins, malgré mon inexpérience, je sentis qu'un courant chargé de promesses passait entre nous.

– Je veux qu'on se parle encore. OK ?

– OK.

La lumière ambrée de la lampe à pétrole éclairait les fenêtres de la petite maison, tandis que de la cheminée s'échappait joyeusement la fumée du feu de bois.

Cassie était assise à la table de la cuisine où attendaient deux bols, deux cuillères et deux verres. Le potage qu'elle tenait au chaud faisait flotter dans la pièce une odeur d'ail et de piment.

Elle n'eut aucune réaction particulière lorsqu'elle découvrit Will à côté de moi.

– Je commençais à me faire du souci, petite.

– Pardon, Cassie. Mais nous avons préparé un test et quand j'ai vu l'heure, Will m'a proposé de me raccompagner en voiture. Je suis désolée…

– Bonsoir, Will Cameron.

Je vis les yeux de Cassie bouger sous des paupières presque transparentes et j'eus soudain conscience de son grand âge.

– Bonsoir, mam'zelle Robert. Excusez-moi de vous ramener Avery si tard.

– Ce n'est pas grave. Tu veux rester dîner ?

– Non, merci, mam'zelle. Une autre fois. Il faut que je rentre, moi aussi. Bonsoir.

Et Will s'éclipsa.

10

NOUS PRÎMES l'habitude de nous retrouver au même endroit, chaque mercredi, Will étant dispensé ce jour-là de travailler au ranch. Je me félicitais de ne le rencontrer qu'une fois par semaine. Ma routine n'en était que légèrement bouleversée. Déjà, j'essayais de me préserver, de freiner ma tendance à anticiper ces mercredis où, assise sur la banquette rouge, j'attendais que la nuit tombe pour le voir arriver.

Au troisième rendez-vous, il me demanda de l'accompagner à une soirée, le samedi suivant. Je m'efforçai de lui faire comprendre que c'était impossible. Les autres adolescents de notre âge ne m'aimaient pas et leur hostilité me mettrait mal à l'aise. J'expliquai aussi que Cassie serait contrariée, ce qui était faux.

Je ne pouvais pas avouer que je préférais être seule avec lui. Je craignais qu'en société il ne se démarque de moi et que tout ne soit gâché entre nous. Allait-il emmener une autre fille ? Je me le demandai, sans avoir très envie de connaître la réponse.

Les rencontres au Mami's me suffisaient. Elles étaient même plus que suffisantes, puisque jamais je n'aurais osé en rêver.

Will me racontait son enfance au ranch. Il était fou de ses chevaux, adorait les éduquer, les monter, les soigner et même nettoyer leurs boxes. Ses favoris se nommaient Lady — une gentille jument —, Driver, et Tombstone — un étalon bai.

– Il est magnifique, mais exubérant.

– Et Driver ?

– Lui est plus calme. C'est un hongre.

– Ce qui signifie ?

– Eh bien… on l'a coupé.

Le grand-père de Will, Charles Cameron, descendu du Colorado avec quelques têtes de bétail, avait acheté un hectare de terre dans la vallée de la Florales. Puis il avait épousé Estrella Cortez, issue d'une riche famille mexicaine, et avait agrandi son domaine et son troupeau, avant de s'apercevoir qu'il s'intéressait plus à ses chevaux qu'à ses bovins.

Charles et Estrella avaient eu cinq enfants, mais seul, Asa, le père de Will, avait survécu au-delà de l'enfance. Sans cesse privé de l'estime paternelle, Asa avait pris sa revanche en devenant un meilleur expert en chevaux que son père et plus astucieux que lui en affaires.

– Ce n'était pas fait pour arranger leurs rapports. Mais grand-père a encore plus mal pris le mariage de papa.

Il me semblait bien qu'Asa Cameron n'était pas vraiment un cadeau, mais je préférai m'étonner en souriant :

– Pourquoi ?

– D'abord, maman n'était pas d'ici. C'était une hôtesse de l'air qui avait rencontré papa au cours d'une soirée à Santa Fe, un week-end, et il l'avait épousée sans prévenir. Mes grands-parents en ont été malades. Mon père est devenu la risée des cow-boys du ranch qui engageaient des paris sur la durée de son mariage. Ils disaient que maman n'attendrait pas longtemps avant de retrouver ses chers nuages. Mais, tu vois, elle leur a prouvé le contraire. Elle a appris à monter à cheval, à nettoyer les boxes. Deux ans plus tard, elle aidait une jument à mettre bas.

Bien que Nora Cameron se soit montrée clairement hostile à mon égard, je dus reconnaître que l'audace qu'elle avait manifestée m'inspirait un certain respect. Néanmoins, j'imaginais difficilement qu'on puisse renoncer à tout pour suivre un cow-boy, sans doute convaincant au lit, mais qui aurait pu mentir, s'inventer un ranch familial.

Nora mit au monde trois garçons. Chuck, l'aîné, était le chouchou de son père. Braden, le cadet, celui de sa mère. Will n'eut pas besoin d'être précis à son propre sujet. Mais si je comprenais l'inconfort de sa situation, je compatissais difficilement au sort d'un enfant qui avait tout de même une vraie famille, de l'argent et un travail tout trouvé, lequel, de surcroît, le passionnait déjà.

Je n'avais jamais vu Braden. Il venait d'avoir dix ans, possédait un don artistique — Will disait qu'il était toujours en train de dessiner quelque chose. Un don que leur mère favorisait en évitant à son cadet de participer aux travaux qui lui auraient abîmé les mains.

Chuck, je le connaissais, du moins je l'avais vu au lycée. Beau, intelligent, sérieux, il était parti pour Austin, nanti d'une bourse de footballeur. Employée de banque, Amanda Albert attendait son retour pour l'épouser et faire de beaux bébés blonds.

– C'est Chuck qui t'a cassé le nez ? demandai-je, un jour.

Aussitôt, je fis semblant de m'intéresser aux gamins qui pataugeaient dans une flaque de neige fondue, au milieu de la rue. Qu'est-ce qui m'avait prise de poser cette question ? D'où me venait cette idée stupide ? Will n'avait peut-être jamais eu le nez cassé.

Surpris, il lui fallut une minute avant de me répondre.

– Comment le sais-tu ?

J'essayai de rire, en haussant les épaules.

– Il me semble que c'est juste une question de logique, non ? Les frères se battent tout le temps. Et Chuck est plus grand que toi… En fait, j'ai mis dans le mille par hasard.

– Nous étions encore des gosses quand c'est arrivé. Il m'a fait tomber de mon cheval et j'ai atterri le nez sur son coude, m'expliqua Will en riant. Maman voulait m'envoyer chez le toubib, mais papa s'y est opposé, en disant qu'avec un nez comme ça j'aurais l'air d'un homme. Alors j'ai pensé que c'était bien.

Pour ma part, je racontai à Will l'histoire inventée par Cassie, selon laquelle j'étais la fille de sa cousine. Quand il me demanda si je n'avais plus ni mère, ni père, je hochai la tête. Où était la différence ? Will dut en déduire que j'étais trop triste pour parler de mes premières années au Colorado et je ne cherchai pas à le détromper. Il se montra discret.

En revanche, je lui parlai de ma vie avec Cassie. Il la connaissait de réputation — comme la plupart des gens, à Florales —, mais il ne l'avait vue qu'une fois, le soir où il m'avait raccompagnée à la maison.

– Certains employés de mon père lui ont acheté ses remèdes. Ce sont surtout des Mexicains. Ils croient à ces histoires de *curandera*.

– Ils l'appellent comme ça ?

– Oui. Ça veut dire : guérisseuse.

– Je le sais bien. Mais en parlant d'elle-même, elle ne dit jamais : *curandera.* Mais plutôt *bruja*, précisai-je, en observant Will du coin de l'œil. Ça l'amuse.

Je le vis rire.

– Ma grand-mère disait que les *brujas* utilisent leur pouvoir pour faire le mal. Tandis que les *curanderas* utilisent le leur pour guérir. Alors il me semble qu'on peut exclure Cassie de la première catégorie, non ?

– Oui. D'ailleurs…

Je marquai une pause, jouant avec ma tasse.

– Cassie ne fait pas que des remèdes. Elle a des trucs pour attirer la chance, faire revenir une personne, bénir une maison. Des choses de ce genre.

– Tu y crois ? me demanda Will en me regardant avec insistance.

Il me vint à l'esprit que la plupart des gens, et spécialement les garçons, auraient formulé la question de cette façon — ou presque : « Tu ne crois tout de même pas à ces conneries ? »

– Je ne sais pas très bien. Quand je suis arrivée chez elle, elle m'a paru un peu… braque.

– Et maintenant ? fit Will en portant sa tasse à ses lèvres.

– Maintenant je sais qu'elle n'est pas folle du tout. Mais je me demande jusqu'où il faut croire à cette… magie.

J'en serais restée là, si Will ne m'avait posé une nouvelle question à ce sujet.

– Elle t'apprend ses trucs ?

– Si tu parles des remèdes, oui. Parce que ça me plaît. J'aime les plantes, j'aime préparer des infusions. C'est un peu comme faire la cuisine.

– Tu cuisines bien ?

– Beaucoup mieux que Cassie, affirmai-je en riant.

Intrigué par les potions de Cassie, Will me donna envie de lui en expliquer la préparation. En d'autres occasions, je lui parlai de mes lectures. À défaut d'être un grand lecteur, il se découvrit de l'intérêt pour les histoires que j'avais lues et cela me rappela les après-midi que je passais, à l'orphelinat, en compagnie de Lee-Ann, avec un livre et des cookies. Une fois, je lui annonçai que j'irais peut-être à l'université. À peine avais-je proféré ce gros mensonge que je redoutai les foudres divines.

Jamais un garçon ne m'avait adressé une carte pour la Saint-Valentin, sauf en classe primaire, à l'orphelinat, ce qui ne comptait pas, parce que ce n'était qu'un exercice scolaire. Et puis ces cartes portaient des messages religieux. Par exemple : « Je t'aime. Nous sommes tous des enfants du Christ. » Pour le romantisme, on pouvait repasser. De plus, malgré les consignes du professeur et son œil vigilant, j'étais toujours la cible d'admirateurs anonymes qui se lançaient dans des compliments de ce genre : « Les roses sont rouges, les violettes sont bleues. Ton œil gauche est de la merde. Le droit est de la glu. »

Par conséquent, lorsqu'en ouvrant mon casier, le 14 février, je fis tomber une enveloppe rose, je fus d'abord surprise, puis embarrassée et ensuite méfiante. Je glissai discrètement l'enveloppe dans mon agenda, en attendant de l'ouvrir plus tard. Entre deux cours, je me barricadai dans les toilettes et la décachetai, les mains tremblantes.

Des petits cœurs, d'un rose soutenu, ressortaient sur un fond rose pâle, à l'abri d'un fin papier parcheminé qui frémissait en bougeant. Le message était bref : « Sois mon amie. Will. »

Je tins la carte du bout des doigts, comme par crainte de me brûler. J'imaginai Will dans le magasin, indécis et mâchant le bout de son stylo, ainsi qu'il le faisait en classe quand il hésitait avant d'écrire.

Puis un frisson me monta à la nuque telle une araignée. Cette carte ne venait pas de Will. Il avait été absent, la veille, et je ne l'avais pas vu de toute la matinée. Il lui arrivait souvent de rester au ranch pour une raison ou pour une autre : une jument qui mettait bas, un poulain malade, la visite de quelqu'un qui souhaitait acheter ou vendre un cheval, ou encore faire saillir une jument. Donc, il n'avait pas pu mettre la carte dans mon casier.

La fureur me saisit. J'étais victime d'une plaisanterie. On avait voulu que la sorcière s'imagine bêtement que Will Cameron avait pensé à elle, le jour de la Saint-Valentin, et j'étais tombée, tête la première, dans le piège. Je déchirai la carte en mille morceaux qui firent une sombre couronne dans la cuvette des w.-c.

Quand je retournai en cours, j'observai les regards qui se dirigèrent vers moi, puis se détournèrent aussitôt. L'un de ces abrutis était le coupable, mais il n'aurait pas la satisfaction de penser, une seule seconde, que j'avais cru à sa farce.

Le ciel virait déjà au pourpre cendré lorsqu'en sortant je cherchais vainement JJ du regard. Il avait dû déjà se mettre en route, mais j'aurais vite fait de rattraper cette vraie tortue, me dis-je. Puis je vis la Bronco blanche, garée le long du trottoir, et Will, appuyé contre le capot. Il me sourit. Il avait le visage rougi par la bise et semblait fatigué.

– Où étais-tu passé ?

– Il a fallu emmener une jument passer une radio, hier, m'expliqua-t-il, en me prenant par la main. Je suis revenu dans la soirée. Puis ce matin Bubba a refusé sa nourriture, et comme mon père devait aller à Kerrville, je suis resté au ranch pour attendre le vétérinaire. Je saute tellement de cours que j'aurais de la chance si je passe mon examen. Je vais à Darby, mais je peux t'emmener chez toi.

– Non. Ça va. J'ai besoin de marcher. J'ai failli m'endormir tout à l'heure.

– Tu es sûre ?

– Oui. Merci quand même.

– On se voit demain ?

Je hochai la tête.

– Qu'est-ce que tu as ? me demanda Will.

– Rien. Je me sens simplement un peu groggy. Il faisait tellement chaud tout à l'heure, pendant le cours de Villaraigosa.

– Bon. D'accord.

Will se tourna vers sa voiture, puis revint vers moi, le sourcil interrogateur, comme s'il attendait que j'ajoute quelque chose.

– À demain, dis-je, en lui souriant.

Il hésita, resta planté devant moi quelques instants, puis me demanda :

– Tu as trouvé la carte pour la Saint-Valentin ?

– Elle venait de toi ? m'étonnai-je, livide.

Will éclata de rire.

– Ça alors ! Tu connais combien de garçons qui s'appellent Will et qui sont fous de toi ?

De la confusion, je passai à la colère.

– De quel droit… ? Comment…

– Qu'est-ce qui te prend ?

– Tu n'étais même pas ici hier.

– En rentrant dans la soirée, je suis passé et j'ai mis la carte dans ton casier. Pour que tu l'aies aujourd'hui.

– Va te faire voir !

Les larmes, je les sentais toutes proches, mais il n'était pas question de les laisser couler.

– Qu'est-ce qui ne va pas, Avery ?

En veste et pantalon de jean noir, le stetson à la main, Will avait tout du cow-boy de cinéma qui fait fuir les truands par la seule force de sa bonté.

Merde ! Il aurait pu se douter que je croirais à une plaisanterie en voyant cette carte. J'avais laissé s'installer trop d'intimité entre nous pour rester à l'abri d'une blessure. Lui aussi en payait le prix. Brusquement, je m'enfuis, crachant de la vapeur dans ma course désespérée. Will m'appela, sans succès.

J'arrivai chez Cassie, beaucoup moins oppressée, mais les cheveux en bataille, avec un point de côté et des ampoules aux pieds pour avoir couru sur la route goudronnée. Cassie ne fit aucun commentaire, ne me demanda rien, alors que j'entrai dans sa cuisine comme une tornade. De toute façon, je n'aurais rien dit. Pendant que j'enlevai ma veste et l'accrochai au portemanteau, je m'appliquai à respirer calmement. Puis je pris un verre d'eau et m'assis à la table, bien décidée à noyer toutes ces émotions en me plongeant dans mes devoirs.

– J'ai fait des spaghettis, m'annonça Cassie.

Elle était visiblement fière d'avoir essayé un plat nouveau, mais je ne me sentais pas d'humeur à la complimenter.

– Bien, dis-je.

– Ç'a été à l'école ?

– Oui.

– Si tu as des ennuis…

– Je n'en ai pas.

– Tu ne te sens pas dans ton assiette ?

– Mais si ! Tout va bien !

Le regard que Cassie laissa peser sur moi me donna honte de lui avoir répondu sur ce ton et je marmonnai, bêtement :

– J'ai simplement besoin de faire mes devoirs.

Ma colère me donna assez d'énergie pour terminer mon travail en un temps record. Je fus prête pour le dîner, mais je mangeai en silence. Quand j'eus fini, je repoussai ma chaise en déclarant d'un ton sec :

– C'était bon. Merci. Je m'occupe de la vaisselle.

Cassie attisa le feu dans le poêle, ajouta une bûche. La vaisselle terminée, je m'attardai devant l'évier, les mains dans l'eau savonneuse, les doigts comme des raisins secs. Finalement, je vidai l'évier, m'essuyai les mains et suspendis le torchon à son crochet, avec un soin exagéré.

J'avais emprunté un roman policier à la bibliothèque du lycée, je le pris et m'assis à côté de Cassie qui tricotait. Comme on ne percevait d'autres bruits que le craquement des bûches et le léger cliquetis des aiguilles, j'entendis venir de loin la Bronco de Will. Je ne fus sans doute pas la seule, mais Cassie ne laissa rien paraître.

Puis le calme retomba et persista si longtemps que je me demandais si Will n'avait pas fait demi-tour lorsque je fus surprise par le bruit de ses pas. Au moment où il frappa à la porte, Cassie me regarda.

– Dites-lui que je suis occupée, fis-je. Dites-lui que je ne suis pas…

– Non ! siffla Cassie. Si tu refuses de lui parler, aie au moins la courtoisie de le lui expliquer toi-même.

Elle se leva et alla ouvrir.

– Bonsoir, Will.

– Bonsoir, mam'zelle Robert. Est-ce qu'Avery est ici ?

Il lui aurait suffi d'avancer d'un pas pour me voir, comme en plein jour, assise sur le canapé.

– Elle est ici. Entre et referme la porte. La chaleur s'en va vite. Donne-moi ton manteau, ajouta Cassie, après un bref silence. Et ton cache-col aussi. Autrement tu attraperas la crève en ressortant.

Tandis que Will s'exécutait, Cassie alla s'enfermer dans sa chambre.

Will vint s'asseoir à côté de moi. Le froid avait rougi son nez et ses oreilles et on voyait la marque du stetson à la racine de ses cheveux. Il défit les poignets de sa chemise de laine grise, remonta les manches, méthodiquement, comme s'il s'apprêtait à couper du bois. Je le regardai du coin de l'œil.

– Maman est allée rejoindre papa à Kerrville, m'expliqua-t-il. Je peux donc rester ici toute la nuit s'il le faut. J'ai besoin de savoir ce qui t'a tellement contrariée.

Déterminé, mais calme, il me donnait vraiment l'impression d'être capable d'attendre une explication jusqu'au bout de la nuit.

Le regard rivé sur le poêle, j'observais la façon dont la chaleur ondulait au-dessus de la fonte, comme elle le fait, en été, au-dessus du macadam, créant, sur l'horizon, le mirage d'une couche d'eau bleue. Mais Will me prit le livre des mains, le posa par terre, s'appuya contre les vieux coussins du canapé et croisa les bras.

– Tu devrais savoir que je n'ai jamais cherché à te faire du mal, commença-t-il, les yeux posés sur moi — je le sentais. Mais j'ai dû quand même commettre une erreur. Il faut que tu me dises laquelle pour que je puisse la réparer.

À l'instant où il mit la main sur mes cheveux, toutes les larmes que j'avais réussi à refouler jusque-là me montèrent aux yeux, en entraînant leurs petites cousines. Il me fut impossible de les empêcher de jaillir. Dire qu'à l'orphelinat j'étais la fille qui ne pleurait jamais !

Au lieu de me demander de sécher mes larmes, d'essayer de me persuader que tout allait bien, Will attendit que je me calme, puis insista pour que je m'explique.

– C'est une histoire idiote, avouai-je.

– Peut-être. Mais elle te tracasse encore.

– La carte. Je l'ai déchirée et jetée dans les toilettes.

– Pourquoi ?

J'eus l'impression que mon geste pouvait avoir un sens, à condition de l'expliquer.

– J'étais persuadée qu'elle ne venait pas de toi.

– Pourquoi ?

Je secouai la tête, mais Will s'obstina.

– Parce que j'étais absent ? me demanda-t-il.

– Oui.

– Et qui d'autre aurait pu te laisser cette carte, à ton avis ?

– Quelqu'un qui voulait se moquer de moi. Me faire croire qu'elle était de toi… et alors…

– D'accord. Je vois, maintenant.

Comment pouvait-il comprendre ce qui échappait à mon entendement ?

– Je veux que tu me fasses une promesse, Avery. Jure-moi de toujours me dire ce qui te fâche. Même si tu penses que c'est stupide, il faut que tu m'en parles. Ne me fuis plus comme ça. Promis ?

Je respirai à fond, tirai sur un fil, à l'ourlet de mon pull. Puis, regardant Will au fond des yeux, je lui fis une promesse que je me savais incapable de tenir.

Fin février, la température chuta considérablement. Nous calfeutrâmes les fenêtres à l'aide de vieux chiffons, mais on entendait encore le vent siffler aux angles de la maison et, si on laissait de l'eau dans le lavabo de la véranda, ou dans la bassine, elle se recouvrait d'une pellicule de glace. Le poêle marchait toute la nuit. À deux reprises, Cassie dut même allumer le four en se levant, le laisser ouvert et rester devant, le temps de réveiller complètement ses doigts noueux.

Pendant plusieurs jours, Will manqua les cours. Était-il malade, ou y avait-il un problème avec les chevaux ? Je l'ignorais et je faillis aller au Mami's pour téléphoner au ranch, mais j'y renonçai en me disant que j'avais de fortes chances de tomber sur sa mère. Depuis une semaine, JJ était également absent, sans doute parce que sa grand-mère ne voulait pas qu'il prenne froid.

Le mercredi matin, je commençai à « ne pas me sentir dans mon assiette », comme disait Cassie. Tout au long de la journée, j'eus l'impression d'avoir mangé quelque chose sans le mâcher. J'essayai, en salle d'étude, de m'intéresser à l'histoire du Nouveau-Mexique que nous devions lire avant le cours, mais le sens des mots m'échappait.

Dès que la cloche sonna, à quinze heures quinze, je me précipitai dehors. Le temps était glacial, et j'enroulais mon écharpe autour de mon cou quand M. Hanover s'avança vers moi, les bras chargés de livres. Il était l'un des deux seuls professeurs que j'aimais bien, probablement parce qu'il me prêtait toujours de quoi lire.

Petit, poupon, il avait une masse de cheveux blonds et un penchant pour les chemises en polyester, de style western.

– Avery. Est-ce que tu as vu Jimmie John ?

– Non. Je pense que sa grand-mère ne veut pas le laisser sortir par ce temps.

– Sans doute. Mais il prend beaucoup de retard dans ses cours. Ça m'ennuierait de le voir redoubler encore une fois. Il devient trop vieux pour le lycée. Écoute, est-ce que tu pourrais lui apporter ces livres ? Je lui indique ce qu'il a à faire comme devoirs. Mme Ortega a fait la même chose. Je sais que ce n'est pas sur ton chemin…

– J'irai quand même, dis-je.

Je me retournai afin que M. Hanover puisse mettre les trois gros livres dans mon sac à dos. Les courroies me scièrent les épaules dès l'instant où les volumes furent déposés à l'intérieur.

– Ça va aller ? Ce n'est pas trop lourd ?

Comme M. Hanover ne retenait que ce qu'il voulait entendre — à l'image de la plupart des adultes —, je lui répondis que ça allait très bien.

Ne m'étant rendue qu'une seule fois chez la grand-mère de JJ, je craignais de ne pas savoir retrouver seule le hogan de rondins et de pisé. Je décidai de rentrer et d'y aller le lendemain, quand Cassie m'aurait indiqué la bonne direction, en me chargeant probablement d'apporter aussi un cataplasme pour Jimmie. Au moins, il aurait encore une soirée tranquille, sans devoirs à faire.

Je marchai d'un pas rapide jusqu'à la sortie de la ville. Au-delà, il n'y avait plus de trottoir, la neige fondue avait gelé, les nids-de-poule et les empreintes de pneus étaient dures comme du ciment, et, en bordure du talus, brindilles et touffes d'herbe, enrobées de glace, craquaient sous mes semelles, tandis que je trébuchais et glissais sur les plaques de verglas.

À cette heure, le soleil était pâle et froid. Des ombres bleu-noir s'insinuaient dans les plis des mesas rouges, puis s'allongeaient dans la vallée. Mon écharpe sur le visage, je serrais les poings dans mes gants afin de me réchauffer les mains.

Rencontrant Jimmie régulièrement, je ne l'avais pas vu changer. Pour moi, il restait tel que je l'avais découvert, trois ans plus tôt, malmené au milieu de la rue par ces joueurs de foot. Son visage était toujours enfantin et lisse, son corps rond, trop enrobé.

D'une certaine façon, il évoquait à mes yeux un animal — en ce sens qu'il était lui-même, ne cherchait pas à paraître, ne se souciait nullement d'obtenir un diplôme, ou de trouver un travail, en sortant du lycée. Les moqueries dont il était l'objet lui passaient au-dessus de la tête. Il ne pensait jamais à l'argent, ne se préoccupait pas de ce qu'il allait manger, était capable de vivre n'importe où, portait ce qu'il avait, prenait ce qu'on lui donnait, avec son sourire de benêt. En vérité, il était peut-être plus intelligent, dans sa manière d'être et de vivre, que les gens qui le traitaient de retardé.

À mi-chemin de chez moi, quelque chose m'arrêta. Le soleil venait de disparaître derrière l'horizon et la Silver Butte se dessinait sur un ciel rouge. Toute la vallée était silencieuse, en attente, comme les enfants avant le passage du Père Noël ou d'un défilé. Puis, soudain, un concert de bruits éclata. Il y eut des cris, des claquements de becs, des appels. Levant les yeux, je découvris une nuée d'oiseaux dans le ciel crépusculaire, un grand nuage d'ailes blanc et argent.

La tête rejetée en arrière pour les regarder passer, je fis tomber mon écharpe. La vapeur de mon haleine sécha sur mes lèvres. Je ne sentais plus mes joues et les larmes qui baignaient mes yeux étaient froides. Mais, en une seule expiration, de poussière et de fumée, je me sentis plus détendue. J'eus, du moins, cette impression pendant qu'au même instant deux certitudes s'imposaient.

Jimmie John était mort. Ce fut pour moi aussi évident que si je l'avais vu allongé, muet, figé.

Je compris aussi qu'Amalia et Cassie avaient raison. Je possédais bien une aptitude singulière. Un don de voyance. Mais je n'en voulais pas de ce don qui échappait à mon contrôle. Je n'avais aucune envie d'être surprise, de temps à autre, par des visions qui me tomberaient dessus sans crier gare, même si des questions devaient rester sans réponses.

Quand j'annonçai à Cassie que je comptais assister à l'enterrement de JJ, elle m'expliqua que c'était impossible.

– Il n'y aura pas d'enterrement, petite. Les Navajo fuient les morts. Même Delbert — qui n'est pourtant pas le Navajo type — ne s'approcherait jamais de la maison d'un mort. Les Navajo ont l'habitude de creuser un trou dans le mur nord de leur hogan pour laisser s'en aller l'esprit du défunt, et plus personne n'entre dans la maison. Aujourd'hui encore, la plupart d'entre eux ne prononcent jamais le nom du défunt, de crainte que son esprit ne s'attarde dans les parages.

– Mais comment l'esprit de JJ pourrait-il effrayer quelqu'un ? Il était si…

J'avais la gorge tellement nouée que les mots m'échappaient.

– Il… n'a jamais fait de mal à personne. Il était comme un chiot. Il… cherchait simplement à être… près des gens. Il voulait… avoir des amis.

Je ne pus retenir mes larmes plus longtemps. Pour la première fois depuis que je vivais avec elle, Cassie me prit dans ses bras. Et je la laissai faire.

Le mercredi, au Mami's, lorsque Will se glissa sur la banquette, je remarquai qu'il avait les traits tirés et le teint plus pâle qu'à l'ordinaire.

– La disparition de Jimmie m'attriste, me dit-il.

Bien que toute la ville fût au courant, les réactions à la mort de Jimmie se résumaient à la parution d'un avis mortuaire dans le *Florales County Sentinel* et à une brève information dans le journal du lycée.

– Tu as encore l'air malade, fis-je, touchant son front. Mais tu n'as pas de fièvre.

– Je me sens mieux.

Will sourit, prit ma main, la retint entre les siennes.

– Qu'est-ce que tu as eu exactement ?

– Une sorte de grippe. Je me suis contenté de... Je ne crois pas que ça t'intéresse.

Lia, la serveuse, nous apporta deux cafés et du lait.

– Salut, les enfants.

Elle ne prenait même plus la peine de nous présenter le menu, sachant que nous resterions des heures sans rien commander de plus, contents de bénéficier du supplément gratuit de café. Dès qu'elle s'éloigna, Will me demanda :

– Comment vas-tu ?

Il me posait rarement la question, mais quand cela arrivait, il attendait une vraie réponse.

– Ça irait mieux si je ne pensais pas tout le temps à JJ.

– C'est dur. Je le sais.

– C'est pire que ça. Personne n'a l'air de le regretter. Je suis furieuse.

– Tu étais la seule à bien le connaître, m'expliqua Will en me caressant la main. Je ne crois que les gens…

– Tu te trompes ! rétorquai-je, les larmes aux yeux. Ils se moquent de sa disparition, surtout au lycée, où on le montrait du doigt. Tu n'as jamais connu ça, toi. Moi, si.

– De quoi parles-tu ? Tu n'es pas considérée comme un drôle d'oiseau.

– Plus maintenant. Mais c'est grâce à toi qu'on me laisse tranquille. Personne n'a envie de t'affronter.

– Avery, écoute-moi. Jimmie était… Il n'était pas normal.

– Tu crois que je le suis ? fis-je, en retirant ma main. En fait, je ressemble plus à JJ qu'à toi.

– C'est faux.

– Non. Sans toi, on me prendrait mes livres, mes cahiers passeraient par le trou des toilettes, je trouverais de la bouse de vache dans mon casier…

– Avery…

– Attends. C'est déjà arrivé. Ce n'est pas nécessaire d'être anormal. Il suffit de ne pas ressembler aux autres. Ouvre les yeux, Will.

– Quand ?

– Quand quoi ?

– Quand ces choses dont tu parles te sont arrivées ?

Je détournai le regard.

– Il y a longtemps.

Reprenant ma main, Will m'avoua :

– Tu sais, je crois que j'étais jaloux de lui.

– De JJ ? Oh, je t'en prie ! Qu'est-ce que tu pouvais lui envier ?

– Le temps qu'il passait avec toi.

Je me sentis rougir.

– Tu paraissais tellement à l'aise avec lui. Alors qu'il suffisait que je t'approche pour que tu me donnes l'impression de vouloir fuir.

– Eh bien, observai-je, les yeux baissés, on dirait que ça a changé.

Parfois, entre deux personnes, s'installe un silence vide. Parfois, au contraire, le silence est si plein de mots qu'on refuse de le briser pour tout dire, de crainte de ne pas y parvenir.

Je décidai que JJ aurait sa tombe. Il fallait qu'il ait un endroit à lui, même en l'absence de son corps. Sur le chemin qu'il parcourait lorsqu'il rendait visite aux membres de son clan, je choisis, avec Will, un petit bosquet, dans le lit d'un ruisseau, composé d'un platane et de deux saules pleureurs, rabougris, qui résistaient toujours à la sécheresse et s'accrochaient pour survivre quand les pluies sévissaient.

En mars, bien qu'il n'y ait pas d'eau, le fond du lit était humide. Will m'aida, conduisant la Bronco le plus loin possible, puis remorquant la vieille charrette de Cassie, chargée des matériaux nécessaires pour construire un monticule, comme les cairns qui servent de repères aux explorateurs, ainsi que nous l'avait expliqué M. Hanover. Je mis dessus tous les petits présents de Jimmie : pierres, morceaux de métal ou de verre, brindilles, nids d'oiseaux, vieille basket sans lacet qu'il avait trouvée sur la route. Au sommet, je disposai le pommeau du levier de vitesse, sa tige de métal coincée entre deux pierres. Pour finir, j'entourai la base du tertre d'une couronne que Cassie avait confectionnée avec de la tanaisie, de la sauge et du romarin, pour la vie, le bien-être et le souvenir.

11

Un samedi d'avril, par un temps magnifique, je travaillais dans le jardin, arrachant les premières mauvaises herbes et retournant la terre, avant d'épandre le fumier qui venait du poulailler de Jaime Rodriguez, en échange d'un grigri destiné à tenir à distance un cousin pique-assiette. De la fiente de poulet contre une merde : le troc était équitable.

Il n'était pas plus de dix heures quand j'entendis la Bronco cahoter sur le chemin. Puis un claquement de porte résonna faiblement mais, comme Will tardait à apparaître à l'angle de la maison, je pensai qu'il avait dû rencontrer Cassie. À l'instant où je le vis, en jean délavé et tee-shirt blanc, portant les initiales du ranch Cameron sur la poche, je manquai défaillir.

– On dirait la déesse de la Terre, me dit-il.

Je me ressaisis et lui souris.

– Tu veux dire : la reine de la fiente de poulet. Qu'est-ce que tu fais par ici, chez les pauvres ?

– Je viens t'enlever. Tu te nettoies un peu, et en route !

– Où va-t-on ?

– Je t'emmène pique-niquer dans un endroit que j'aime beaucoup.

– Will. Je ne peux pas tout laisser tomber comme ça. Il y a encore beaucoup de travail…

– Mais si, viens.

Will me prit la binette des mains pour la brandir comme une lance.

– Tu es fou.

– Nous avons la permission de Cassie. Allez. Va te nettoyer, et on part.

Empruntant l'autoroute 84, nous filâmes vers le sud, entre hautes et basses mesas, sculptées massivement dans des grès rouges, pourpres et jaunes. Sur les pentes les plus escarpées, s'accrochaient des genévriers noueux. Au bout d'un moment, Will bifurqua vers l'ouest, sur une route de gravier, puis reprit la direction du sud, à l'entrée d'un chemin de terre, où un panneau indiquait : Rim Vista Trail.

Le chemin débouchait sur un petit parking. Will s'y arrêta et me demanda :

– On commence par la balade ou par le déjeuner ?

– Le déjeuner. Je meurs de faim.

Nous nous installâmes sur le hayon. Will ouvrit un panier d'osier qui contenait un festin sur lequel nous nous jetâmes tels des coyotes affamés. Il y avait du *guacamole*, des tortillas, encore tièdes, enveloppées dans un papier d'aluminium, un poêlon rempli de poulet émincé, cuit dans une sauce aigre-douce, à la tomate, et des mini-*empanaditas* aux pommes, aux raisins et à la cannelle.

– Qui a préparé tout ça ? demandai-je, la bouche pleine.

– Sofia, notre cuisinière. Elle est douée, non ?

Je ne pus qu'acquiescer.

Quand nous fûmes amplement rassasiés, Will rangea ce qui restait dans le panier, puis me prit par la main et, en dépit de mes protestations, m'entraîna sur un sentier qui ne descendait vers le lit asséché d'un cours d'eau que pour remonter aussitôt sur une autre pente. Je découvris les multiples couleurs de toute une floraison sauvage que je n'avais pas remarquée de la voiture, et qui était d'autant plus spectaculaire qu'elle tranchait sur la terre aride : le rouge des mufliers, le pourpre de la monarde, les fleurs blanches de la stramoine, l'or des fleurs d'achillée. L'air était imprégné du parfum de la sauge.

– J'avais l'habitude de venir ici avec mon grand-père, m'expliqua Will. C'est un endroit qui fut à l'origine une grande île marine. Il regorge de fossiles.

Je hochai simplement la tête. Parfois, quand Will me parlait de sa famille comme si tout le monde en avait une, je devais refouler un sombre sentiment de jalousie.

Suivant un parcours fléché à travers pins et genévriers, nous escaladâmes une roche, en contournant une petite corniche. La piste traversait ensuite une plate-forme couverte de sauge avant de serpenter, vers le nord, le long d'une haute falaise de grès. Des hirondelles plongeaient en piqué dans le vide, pendant que résonnaient les cris aigus des martinets, nichés dans la falaise.

Il faisait frais, malgré l'absence d'ombre, et nous parcourûmes encore plus de un kilomètre, sans beaucoup parler, séduits par la beauté du panorama qui s'élargissait de plus en plus. J'enlevai mon pull et le nouai autour de mes hanches.

Lorsque nous débouchâmes brusquement au sommet de la mesa, je découvris un immense horizon à mes pieds. Le lac Abiquiu, les rochers de Ghost Ranch, les montagnes de Jemez et de la Sangre de Cristo s'étendaient devant nous comme un grand tableau. Je restai bouche bée.

– Surprenant, hein ? fit Will, sur le ton d'un propriétaire qui m'aurait fait visiter son domaine.

Je ne pouvais pas en douter.

Nous nous assîmes sur nos pulls, étalés sur le sol. Sans le petit vent qui soufflait, tout aurait paru parfaitement calme et immobile, et nous pouvions vraiment nous croire seuls au monde.

Pendant que je restais assise, les jambes repliées contre la poitrine, Will était étendu au soleil, les yeux fermés. Quand il posa sa main sur mon dos, j'eus un petit sursaut. Mais, oubliant de s'étonner, il se mit à me caresser, doucement, en frôlant mes reins. Le visage sur les genoux, les yeux clos, j'écoutai mon cœur battre et mon sang s'engouffrer dans mes veines, comme le vent dans un canyon.

– À quoi tu penses ? me demanda-t-il finalement.

Je tournai la tête vers lui.

– Je pensais à la façon dont notre corps fonctionne. Tout est lié. La respiration, les battements du cœur, le cerveau. Si tu t'assois et te concentres sur ce grand mécanisme, tu risques d'être pris de panique en pensant à un éventuel court-circuit.

Will sourit, puis me demanda, à brûle-pourpoint :

– Qui es-tu ?

Mon estomac, archiplein, se contracta, provoquant une légère nausée.

– Je ne suis personne.

– Arrête. Comment veux-tu qu'on te découvre si tu dis des choses comme ça ?

– Qui a envie de me découvrir ?

– Moi. Je veux tout savoir de toi. D'où tu viens. Ce qui est arrivé à ta famille. Comment tu as atterri ici.

Will ne souriait plus. Il avait réellement envie de savoir. Alors, je lui confiai ce que je n'avais raconté qu'à Lee-Ann, jusque-là. Je sentis, peu à peu, mon histoire tisser ses fils autour de moi, me rappelant la manière dont je m'empêtrais dans les écheveaux de laine que Cassie me demandait de démêler avant d'en faire des pelotes. J'eus l'impression que si je tournais la tête j'apercevrais la natte d'Esperanza, ou les dents horribles de Ridley, les lunettes de Charlie, ou le visage poupin d'Annette. Il fallait que j'arrête avant que tout devienne trop réel.

Sans un mot, Will me prit par le coude et m'attira, avec autant de douceur que de fermeté, à côté de lui, sur la roche lisse. Une main dans mes cheveux, il approcha mon visage du sien et m'embrassa, comme j'avais toujours attendu qu'il le fasse. Sans qu'on soit gêné par un volant, une ceinture de sécurité, un tableau de bord. Cette fois-ci, aucune entrave ne nous séparait et le corps plaqué contre celui de Will, j'avais l'impression d'être en feu.

Si j'avais pu le prévoir, ça ne serait pas arrivé. J'aurais réussi à me convaincre que c'était impossible et j'aurais emporté toutes mes défenses avec moi.

Mais je n'avais rien suspecté et, pour ma part, encore moins planifié. Will était apparu, m'avait transportée dans ce lieu magique, tandis que je laissais mes défenses derrière moi, dans le jardin de Cassie. Je me demandais encore s'il avait tout manigancé quand je l'entendis déchirer l'emballage d'un préservatif. Il n'improvisait pas, c'est sûr. Mais je ne lui en voulais pas. Ce qu'il me faisait, je l'attendais depuis des semaines, je l'avais désiré et je me découvrais insatiable.

Après, il voulut me tenir enlacée, mais je m'écartai, prise de frayeur et dégoûtée par la force d'un désir qui m'avait fait oublier tout le reste : qui j'étais, d'où je venais, ce que je voulais, ce que deviendrait ma vie si je commettais une bêtise.

Je remontai simplement mon jean, sans me soucier de le fermer, laissant par terre soutien-gorge et chemisier, et m'assis. La tête sur mes genoux repliés, je restai là, muette. Tandis que le soleil et la main de Will me chauffaient le dos, mon estomac gargouilla dans le silence.

– Avery, dit-il en s'asseyant à son tour, avant de balayer des mèches sur ma joue et de poser un baiser sur mon épaule. Tu ne regrettes pas, j'espère ?

Se reculant, il chercha mon regard, comme peu de gens osaient le faire. Je mentis :

– Pour l'instant, je ne sais pas.

*

J'avais hâte de rentrer, de prendre un bain, de me laver de son odeur afin d'oublier. Je voulais pouvoir me dire, lovée sur le canapé avec un livre et une tasse de thé, qu'il ne s'était rien passé. Mais il en fut tout autrement.

Lorsque nous arrivâmes devant la maison, Cassie était dehors, en train d'affûter et de nettoyer ses outils de jardinage. Will insista pour l'aider, puis Cassie lui proposa un thé et, à ma grande surprise, il accepta. Attablés côte à côte, ils bavardèrent pendant une heure, comme de vieux copains. Grâce à Dieu, lorsqu'elle lui offrit de rester dîner, il estima qu'il était temps pour lui de rentrer.

– C'est un bon garçon, commenta Cassie quand il fut parti. Il n'a pas ta force, mais il a un grand cœur, et il l'écoutera peut-être toute sa vie.

Sans répondre, j'allai porter les tasses dans l'évier. Au moment où je fis couler l'eau, j'entendis Cassie me dire :

– Il a utilisé un préservatif, j'espère.

Une tasse m'échappa des mains et se cassa en trois morceaux.

– J'ai l'impression qu'il faudra que j'achète une nouvelle tasse, fit Cassie.

Le mercredi, Will ne vint pas au lycée. Les dix jours suivants, nous nous vîmes seulement en cours ou à la cafétéria, à l'heure du déjeuner. Nous évitions de parler de ce qui était arrivé, mais il suffisait qu'il me regarde dans les yeux pour que mes genoux tremblent. Le soir, je m'endormais en imaginant que je caressais ses bras, allongée à côté de lui. Ses doigts se glissaient entre mes cuisses, exploraient mon corps. J'en avais le souffle coupé.

Le dimanche, il m'emmena au ranch.

Il m'avait déjà, plusieurs fois, proposé d'y aller. Au début, j'avais inventé des excuses. Quand je m'étais sentie plus à l'aise avec lui, j'avais tout simplement décliné l'invitation. Finalement, il m'avait dit que si je ne voulais pas l'accompagner dans une soirée, ou à un match de basket, il fallait au moins que je voie ses chevaux. Si bien que, lorsqu'il m'annonça que ses parents étaient chez des amis à Santa Fe, je ne pus refuser plus longtemps.

Ce dimanche-là, l'âpreté du temps prouvait qu'avril est le mois le plus cruel de l'année. En dépit de l'absence de ses parents, je me sentais trop nerveuse pour parler, pendant que nous cahotions sur le chemin de gravier. Le paysage gris défilait sans que je le voie, tant je me souciais d'essuyer mes paumes moites sur mon jean. Qu'arriverait-il si ses parents rentraient à l'improviste ? Si l'un de leurs employés racontait qu'il m'avait vue au ranch ?

Nous franchîmes soudain l'arche de bois, couronnée de la plaque qui annonçait le ranch Cameron et ses chevaux de selle. Je voyais, au bout de l'allée, la grande maison blanche aux volets noirs. La Bronco s'arrêta sur une aire de gravier, délimitée par des rondins, où deux pick-up étaient déjà garés. L'un avait une balle de foin pour cargaison.

Will laissa les clés sur le volant, et sauta à bas de la Bronco. Comme je ne bougeais pas, il se retourna et me lança, d'un ton impatient :

– Allez, viens !

Tandis qu'il se dirigeait vers les écuries, je pris une profonde inspiration, débouclai ma ceinture et le suivis.

Les écuries étaient plus jolies que la plupart des maisons de Florales. L'intérieur sentait à la fois la poussière et la forte odeur des chevaux et de leur litière. Will attendit que mes yeux s'habituent à la pénombre, puis se mit à rire quand nous avançâmes entre les boxes.

– Tu n'as pas besoin de marcher sur la pointe des pieds. On ne dérange personne ici.

Pendant quelques instants, je ne vis pas grand-chose, mais j'entendais les bêtes respirer, des planches craquer, des sabots racler le sol. Will m'expliqua que les chevaux étaient en train de manger. Puis une énorme tête noire me coupa le souffle en sortant brusquement d'un box.

– Salut, Driver !

Le cheval nous accueillit avec un petit hennissement plaintif puis, allongeant le cou, toucha de ses lèvres la poche de Will.

– Il cherche des carottes, m'expliqua Will.

D'un seau, accroché au mur, il en sortit une, me la tendit.

– Vas-y. Tu ne risques rien. Non, pas comme ça. Tiens-la au creux de ta main ouverte.

Je tendis le bras, mais en restant à bonne distance. Driver baissa la tête et, délicatement, prit la carotte, les lèvres douces sur ma peau.

– Tu vois, il t'aime bien, observa Will. Approche-toi. Parle-lui. Appelle-le par son nom et souffle légèrement sur ses naseaux.

– Quoi ?

– C'est une façon de lui dire bonjour qui lui permet en même temps de sentir ton odeur.

Will passa un licou autour de la gorge du cheval, décrocha une corde qu'il glissa à travers l'anneau du licou, fit deux pas en arrière.

– Qu'est-ce que tu fabriques ?

– Je le sors pour que tu le voies.

Tandis que Will ouvrait le box, je reculai prudemment.

– Ce n'est pas la peine. Je le vois très bien comme ça.

Will me laissa dire et, soudain, le gigantesque animal se dressa devant moi. Je crus qu'il allait me piétiner.

– Hé ! Pas si près, remarquai-je, avec un petit rire forcé. Il est tellement plus grand que moi.

– Mets-toi sur sa gauche.

Nerveuse, je commençai par confondre la droite et la gauche, puis rectifiai mon erreur.

– Très bien. Maintenant il peut te voir. Caresse son cou.

– Pourquoi dis-tu qu'il me voit maintenant ? J'étais juste devant lui.

– Les chevaux ont les yeux sur les côtés. Ils n'ont pas de vision frontale. En revanche, leur vision latérale est de cent quatre-vingts degrés. Ce sont des proies, ajouta Will en constatant ma perplexité. Ils ont besoin de repérer les prédateurs qui cherchent à les surprendre.

Will prit ma main, afin que je tienne la corde avec lui, et nous conduisîmes Driver entre deux poteaux auxquels Will l'attacha à l'aide de cordes croisées.

J'avais bien du mal à considérer cet énorme animal, tout en muscles, comme une proie, mais je fis taire mes appréhensions, pendant que Will sortait une brosse d'une sorte de boîte à outils.

– Tiens. Tu le brosses dans le sens du poil, en commençant par le cou. Voilà. Relève sa crinière et ensuite continue vers le bas.

La chaleur de ce grand corps me donnait envie de frissonner de peur. J'étais bien trop près, à mon goût, de cette bête de cinq cents kilos.

– Si je lui fais mal, il me donnera un coup de pied ? Et s'il décide de se coucher ?

– C'est impossible. Les cordes l'en empêcheraient. Et puis tu ne lui feras pas mal, si tu le brosses doucement. Il aime ça.

De petits nuages de poussière s'élevèrent de la robe de Driver qui gardait le plus grand calme. Quand j'eus brossé le flanc gauche, je m'attaquai au poitrail, prudemment. Puis je passai à droite et, là, à un moment donné, sans que je sache pourquoi, toutes mes inquiétudes s'envolèrent. Cessant de me dire que cet animal pouvait m'écraser comme un insecte, je commençai à apprécier la sensation de puissance qui se dégageait de lui. Une puissance que je sentais presque vibrer. Je m'émerveillais de la chaleur de son corps. Je me surpris même à appuyer ma joue sur son cou, en m'imprégnant de son odeur brute de cuir chaud.

– Bon sang, fit Will d'une voix douce. Tu l'as envoûté lui aussi.

Il me montra comment détacher Driver, après avoir passé de nouveau la corde dans l'anneau du licou, puis me laissa le reconduire à son box.

– Tu le fais entrer et se retourner avant de lui enlever la corde.

Lorsque nous ressortîmes des écuries, main dans la main, j'étais sur un petit nuage. Will me montra le manège, les équipements des cow-boys, d'autres écuries, puis la maison. Mais, quand il voulut me faire entrer, je lâchai sa main.

– Viens. Il n'y a personne.

– Je me sens quand même mal à l'aise. Quelqu'un peut nous voir, remarquai-je, en regardant le pick-up, garé avec son van près de l'enclos. Tes parents ne seraient pas contents du tout.

Will soupira.

– Je trouve que tu fais des histoires pour rien. Ils ne te détestent pas, tu sais.

– Peut-être. Mais ils ne m'aiment pas non plus, ça c'est sûr. Et ils ne veulent pas te voir traîner avec moi.

Dans un éclat de rire, Will me souleva et me fit tournoyer jusqu'à ce qu'il m'entende rire, moi aussi.

– On traîne ensemble ? Tu crois ?

– Bien sûr. Qu'est-ce qu'on fait d'autre ?

Il s'immobilisa, soudain sérieux, et posa sa main sur la mienne, alors que je cherchais à enlever l'un des petits brins de paille accrochés à sa chemise.

– Avery, je t'aime.

L'espace d'une seconde, je le crus et entrevis un avenir radieux, pendant que le reste du monde cessait d'exister.

Puis la réalité passa sur mes rêves, comme un nuage sur la lune.

– Tu m'aimes aussi ? me demanda Will, intrigué par mon silence.

– Je crois que je ne le peux pas.

– Pourquoi ?

– Je ne sais pas comment on aime. J'ignore même ce que ça veut dire.

– Tu aimes Cassie, non ?

Je regardai droit devant moi. Est-ce que j'aimais Cassie ? Je ne m'étais jamais posé la question. Elle m'avait recueillie quand j'errais. Elle m'apprenait à survivre. Elle m'acceptait telle que j'étais, ne me demandait jamais plus que ce que je pouvais donner. Mais m'aimait-elle ? L'aimais-je ? On n'en parlait jamais. Il aurait peut-être fallu que je la rencontre plus tôt. C'est au cours de l'enfance que des liens étroits — les liens de l'amour — peuvent se tisser. Après, le cœur est fossilisé, comme ces petits poissons qu'on découvre incrustés dans la roche.

Devant mon mutisme, Will soupira de nouveau, puis m'attira contre lui.

– Ne t'en fais pas. Tu n'as pas besoin de me le dire, m'affirma-t-il.

Mais sa voix était lourde de déception.

– Il n'y en a plus. C'était le dernier, constata Will, penaud.

Allongés sur la couverture, qu'il transportait en permanence dans la Bronco, nous avions les yeux levés vers un ciel d'un bleu éblouissant. Que le stock de préservatifs soit épuisé ne m'étonnait pas. Nous en avions utilisé à un rythme effarant.

Dès que, roulant sur l'herbe, je m'écartai de lui, Will se rapprocha et me tortura en faisant courir ses lèvres sur mon bras.

– Will, arrête !

– De quand datent tes dernières règles ?

– J'ai dit non et je ne plaisantais pas. Je n'ai aucune envie d'être enceinte.

Will se laissa retomber sur le dos, souffla longuement.

– Ce serait si terrible ?

– Peut-être pas pour toi.

Je me levai d'un bond, m'enveloppai dans sa chemise, le regardai d'un œil sévère.

– Avery, je t'aime. Je te l'ai dit.

Toujours en érection, Will se leva à son tour et me prit par le bras.

– S'il le faut, on se marie.

Je fis un pas en arrière.

– Will Cameron, tu as perdu la tête ? Ou tu ne t'en sers que pour ton stetson ? On ne peut pas se marier.

– Pourquoi donc ?

– Pense à tes parents. Si leur précieux Will épousait une petite merde qui ne sait même pas d'où elle sort…

– Ça suffit ! me cria-t-il, en m'attrapant par le bras sans ménagement. Ne dis pas de conneries.

– Je dis la vérité, tu le sais. Ils te renieraient si vite que tu en aurais le tournis, ajoutai-je, après avoir enlevé le cheveu que j'avais dans la bouche. De plus, je n'ai jamais eu envie d'avoir des enfants.

– Bien. Dans ce cas, nous vivrons heureux, tous les deux, toi et moi.

– Arrête ! m'écriai-je, les mains sur les oreilles. Ça n'arrivera jamais. Laisse tomber.

M'obligeant à écarter les mains, Will m'expliqua :

– Tu es très intelligente, mais tu ne sais pas tout. J'ai parlé à mon père, hier soir.

– À quel sujet ?

– Je lui ai parlé de nous.

– Seigneur ! Qu'est-ce qui t'a pris ? À quoi tu pensais ?

– À toi. Je te dis que je t'aime, Avery, insista Will, avant de poser un instant ses lèvres sur mes mains. Contrairement à toi, mon père m'a pris au sérieux.

– Tu lui as dit que tu m'aimais ?

Les yeux dans les miens, Will hocha la tête.

– Il était en colère ?

– Au début, oui, mais je ne me suis pas découragé. Je lui ai longuement parlé et je lui ai dit, clairement, que tu étais indispensable à mon bonheur. Ce qui lui a rappelé, poursuivit Will, en riant, la réaction de ses parents quand il leur a présenté maman.

– Qu'a-t-il répondu ?

– Rien. Mais ça l'a fait réfléchir un moment.

Me serrant contre lui, Will ajouta d'une voix rauque :

– Il m'a finalement annoncé qu'il en parlerait à ma mère. Il compte lui dire qu'il est peut-être temps pour eux de faire ta connaissance.

À la façon dont Will m'enlaçait, je fus convaincue de son optimisme que je ne demandai qu'à partager.

– Dis-moi que tu m'aimes, Avery.

Je me mordis la lèvre avant de lui répondre.

– C'est vrai, Will.

M'écartant de lui, il chercha mon regard.

– Pas comme ça. Dis : « Je t'aime, Will. »

Je respirai à fond, puis retins mon souffle, comme j'aurais serré les poings.

– Je t'aime, Will.

Son sourire faisait parfois penser à l'aurore dans le désert, quand la lumière solaire apparaît sur l'horizon, bien avant que le soleil lui-même soit visible.

Il faisait presque nuit lorsqu'il arrêta la voiture devant chez Cassie. La maison était plongée dans l'obscurité, mais je ne m'inquiétai pas, me disant que Cassie devait être encore dans le jardin, sinon avec Amalia. Ou bien elle était partie soigner quelqu'un, ou se livrer une nouvelle fois à l'une de ses séances de magie. Je dis au revoir à Will sur le perron, puis entrai, en essayant de deviner ce qu'il y avait pour le dîner.

Je fus frappée par l'odeur qui régnait dans la maison. En accompagnant Cassie lorsqu'elle allait voir ses clients, j'avais appris à reconnaître les émanations d'un corps malade. Aussitôt oppressée, je me demandai si Cassie s'était vraiment remise du refroidissement contre lequel elle avait lutté pendant deux jours. Avais-je voulu me cacher la vérité, uniquement pour ne pas me priver de cette sortie avec Will ?

J'allumai la lampe à pétrole et l'emportai à l'entrée de sa chambre.

Elle était allongée sur le lit, les couvertures remontées sous le menton. Peut-être dormait-elle et, voulant éviter de la réveiller, je restais là, immobile, lorsqu'elle bougea légèrement la tête, comme si elle avait senti ma présence. La lumière ambrée de la lampe éclairait un visage plus lisse et doux qu'à l'ordinaire. Mais son regard interrogateur me fit un drôle d'effet.

– Maman ? fit-elle d'une voix plaintive qui me donna la chair de poule.

– Cassie, c'est moi.

– Qui êtes-vous ?

Je m'approchai du lit.

– Où est ma maman ?

– Elle… elle n'est pas ici.

– Où est-elle ? me demanda Cassie, le front plissé, des larmes dans la voix.

Elle a de la fièvre, une forte fièvre, pensai-je.

– Elle est allée cueillir des plantes, Cassie. Pour vous soigner.

– Alors elle va revenir ?

– Bien sûr, affirmai-je, la gorge serrée. Elle va revenir bientôt. Si je vous faisais une infusion en attendant ?

– Je veux bien.

Je regardai Cassie se tourner sur le côté, le dos à la porte, puis j'allai à la cuisine remplir la bouilloire, les mains tremblantes. Ne sachant que faire, je serais allée chercher Amalia si j'avais osé laisser Cassie seule. Pour la toute première fois, je regrettai que nous n'ayons pas le téléphone.

Je pensai aux soins dont Cassie m'avait entourée lorsque le serpent m'avait mordue. Maintenant, elle n'était même plus capable de s'occuper d'elle-même. Elle était devenue une enfant dans un corps de vieille femme. Il fallait que je l'aide, mais j'ignorais comment m'y prendre.

Si je préparais tous les remèdes, sans exception, qu'elle m'avait enseignés, j'arriverais peut-être à tomber sur le bon. Mais, quand j'eus rempli la bouilloire et allumé le fourneau, l'indécision me paralysa. Que devais-je lui donner ? La plupart de ces remèdes étaient à usages multiples, mais quelques-uns provoquaient des effets secondaires. Certains, pris en trop grande quantité, devenaient même des poisons.

J'essayai de réfléchir, passant en revue les différentes plantes recommandées contre un refroidissement. Je ne voulais pas de celles qui faisaient beaucoup transpirer — donc sortir les toxines — mais en augmentant la fièvre. Dans un placard, il y avait de la quinine pour la faire tomber mais, si j'avais la main un peu trop lourde, des vertiges, de la diarrhée et un tas d'autres problèmes apparaîtraient.

Inoffensive, la *borraja*, n'était que modérément efficace. Comme le tilleul. Oh, mon Dieu ! Pourquoi n'avais-je pas écouté plus attentivement Cassie quand elle me parlait de ses plantes ? Lorsque la bouilloire siffla, j'avais opté pour l'*álamo sauco*, la feuille du platane régional. Cassie disait toujours que c'était bon pour un tas de choses et sans aucun risque d'intoxication. J'ajoutai un peu de miel dans la tasse et laissai refroidir l'infusion quelques instants avant de l'apporter dans la chambre.

Cassie la but presque entièrement, silencieuse, mais en regardant sans cesse autour d'elle, comme si elle cherchait quelqu'un. Sa mère, sans doute. Je tentai de me souvenir d'un chant, destiné à éloigner la maladie. Celui que j'avais entendu dans la bouche de Cassie et d'Amalia, lorsque le serpent m'avait mordue, me revint à la mémoire. Seulement, le mal était différent, cette fois-ci.

Puis je me rappelai ce qu'elle avait fait pour une petite fille atteinte de varicelle. Je me rappelais, plus ou moins, les paroles qu'elle avait prononcées. Il me suffisait maintenant de trouver une cordelette bleue parmi toutes celles qu'elle gardait dans l'une de ses nombreuses boîtes. Je dus fouiller dans trois d'entre elles avant de tomber sur ce que je cherchais. J'en coupai trois morceaux, de longueur égale, puis m'assis par terre, en tailleur. Cassie avait l'habitude de pratiquer une certaine purification des lieux avant de se mettre au travail mais, ignorant comment m'y prendre, je comptai sur mes bonnes intentions pour m'attirer le concours des esprits bienveillants.

Après avoir noué ensemble les trois bouts de cordelette, je commençai à les natter, en récitant : « Ces cordelettes nous apportent leur pouvoir de guérison. Laissons-le grandir d'heure en heure. » J'égrenai ma litanie jusqu'au dernier geste, l'esprit muet. Mon scepticisme naturel risquait de tout gâcher, et ce n'était vraiment pas le moment.

Quand j'eus terminé, je réunis les deux extrémités de la natte, les nouai et retournai dans la chambre, sur la pointe des pieds.

Cassie dormait, la bouche ouverte, le souffle bruyant. Ses bronches étaient tellement encombrées que je pris peur. Doucement, j'entourai son visage du collier de cordelette bleue, en le posant simplement sur l'oreiller, afin de ne pas la réveiller et en espérant qu'elle ne s'étranglerait pas.

Assise sur une chaise, près du lit, à l'écoute de sa respiration, je la regardai dormir. Pour elle, je voulus prier. Au pire, ça pouvait aider, comme elle-même l'aurait dit. Mais, ayant la mémoire courte en matière de prière, je ne sus que dire : « S'il Vous plaît, ne la laissez pas mourir. » Une phrase que je répétai inlassablement jusqu'à ce que je m'endorme.

Lorsque je rouvris les yeux, aussi tordue sur ma chaise qu'une cosse de *Prosopis pubescens*, le jour s'était levé. Me rappelant brusquement que j'étais censée veiller Cassie, je la regardai. Clairs et grands ouverts, ses yeux étaient posés sur moi.

– Je t'ai fait peur, hein ? me dit-elle, la voix faible.

– Plutôt !

Je n'aurais pas ressenti moins de soulagement si un cheval était enfin allé paître, après avoir passé la nuit couché sur ma poitrine.

– Qui va s'occuper des remèdes ?

– Moi. Si vous me dites ce que je dois faire.

– Non. Tu vas à l'école.

– On n'a pas classe. C'est le jour de travail des professeurs, mentis-je.

Cassie me regarda, l'œil sceptique.

– Ils travaillent tous les jours, il me semble.

– Pas comme ça. Aujourd'hui, ils se réunissent pour parler des programmes.

La facilité avec laquelle Cassie accepta mon explication me laissa penser qu'elle devait être plus mal en point qu'elle n'en avait l'air.

12

LE LENDEMAIN, à la mi-journée, j'annonçai à Will que je devais étudier. Je pris mon sandwich, mon lait, mes notes d'histoire, et allai m'installer de l'autre côté du terrain de foot, où j'avais l'habitude de déjeuner avec Jimmie John. Jamais je n'aurais imaginé que je penserais autant à lui, qu'il me manquerait à ce point. Deux mois après sa mort, je m'attendais encore, parfois, à le voir posté au bout du chemin quand je sortais de chez Cassie.

Le soleil de ces premiers jours de mai était déjà haut et chaud dans un ciel sans nuages, telle une énorme étoile qui se serait trompée d'heure. Deux jeunes platanes, plantés derrière les gradins, faisaient une petite flaque d'ombre. JJ et moi étions toujours les seuls à venir dans ce coin, si bien que je fus très surprise d'entendre des voix lorsque je passai près des gradins. Et ce ne fut pas une conversation que je surpris, mais des gémissements et des rires — de ces rires crispés qui accompagnent généralement la peur ou l'excitation.

Étendus sur le gazon, Kevin Gonzalez et Randi Klein se tripotaient. Je m'immobilisai, stupéfaite, à l'ombre des arbres, comme si je n'avais encore jamais vu ce genre de spectacle. Kevin se mit brusquement à genoux et commença à se battre avec la boucle de sa ceinture.

– Pas ici, idiot ! fit Randi en gloussant. Tu as pris quelque chose avec toi ?

– Merde ! Non. Écoute, Randi…

À cet instant, Kevin leva les yeux et découvrit ma présence.

– Nom de Dieu ! Qu'est-ce que tu fous ici, toi ?

Prise de court, je restai muette. Randi se renversa sur le ventre, me regarda.

– La sorcière, fit-elle.

Puis elle rabattit sa jupe et se mit à genoux, elle aussi. Tous les deux avaient l'air parfaitement stupide, dans cette position. Ils semblaient attendre la communion, devant l'autel.

Je n'avais aucune envie de me battre avec Kevin, beaucoup plus grand que moi et infiniment plus mauvais. Que devais-je faire ? Prendre mes jambes à mon cou, en espérant qu'il ne me rattraperait pas, ou appeler à l'aide ? Mais qui oserait me défendre contre Kevin ? J'hésitais encore quand Randi jura, puis fondit en larmes.

– Tu ne diras rien, Avery ? S'il te plaît.

Le visage maintenant barbouillé de rimmel, de la morve sur la lèvre, des brins d'herbe dans ses cheveux noirs, elle m'implora de nouveau :

– Promets-le, Avery. Ne dis rien à Stacey. C'est ma meilleure amie.

Je la regardai, sans pouvoir cacher mon dégoût.

– Je n'aurai besoin de rien dire. Elle l'apprendra toute seule.

Kevin se leva d'un bond, bien décidé à me faire peur et y réussissant parfaitement, bien qu'il eût l'air d'un crétin avec son érection, visible sous son jean.

– Écoute-moi, petite garce. Personne n'apprendra quoi que ce soit. Tu la fermes. Si j'entends dire quelque chose, je saurai d'où ça vient et tu t'en mordras les doigts. Compris ?

Je me retournai et, les genoux flageolants, m'éloignai en diagonale de façon à me retrouver au milieu du terrain, où l'on pourrait me voir, si jamais quelqu'un regardait par ici.

Kevin ne prit pas la peine de me poursuivre.

Le vendredi matin, je sortis arroser le jardin de bonne heure. Quand je revins, Cassie était morte. Je le sus avant même d'ouvrir la porte.

Recroquevillée sur le sofa, dans la lumière rosée du matin, elle avait l'air d'une enfant endormie, un bras pendant, les doigts légèrement recourbés. Le panier, qu'elle avait l'habitude d'emporter au jardin, était renversé. Ses vieux gants de toile et la binette rouillée gisaient sur le sol. La scène était digne de l'une de ces anciennes photos, en noir et blanc, que Mlle Paz aimait nous montrer en classe de dessin. Celle-ci aurait pu s'intituler : « La femme au panier, surprise par la mort, sur son canapé. »

Je restai paralysée un moment, le regard fixé sur la danse des grains de poussière dans le rayon de soleil qui s'infiltrait entre le rideau et l'encadrement de la fenêtre. Les bouquets de plantes, suspendus aux poutres, répandaient dans l'air leur agréable parfum d'herbes sèches. Il y avait aussi une autre senteur, familière, fleurie.

Je finis par m'agenouiller près du canapé, faisant craquer mes articulations dans le silence. Cassie avait son visage habituel, mais ses yeux étaient à demi fermés.

Je frottai ses petits doigts arthritiques, les grosses veines bleues, les taches brunes. La peau, douce, parcheminée, ressemblait à celle que les serpents laissent derrière eux quand ils muent. Une peau qu'un rien effrite et que le vent sec du printemps emporte avec lui.

– Avery.

Tournant la tête brusquement, je vis Amalia sur le seuil, les épaules enveloppées dans un affreux châle pourpre.

– Je suis aussi triste que toi, *pobrecita.*

Je me relevai, mais ignorai ses paroles.

– Comment avez-vous su ?

Amalia se retourna, le temps de fermer la porte.

– Tu ne te souviens pas ?

– De quoi ?

– Tu es venue dans mes rêves, Avery.

– Pardon ?

– Tu es venue dans mes rêves, cette nuit. Tu m'as dit que Cassie serait morte demain.

– Ça va ! Vous me donnez la chair de poule.

Je lui montrai mon bras à la peau hérissée, mais elle se contenta de s'essuyer les yeux avec son châle.

Nous allongeâmes Cassie sur le canapé, les yeux clos, les mains croisées sur la poitrine. Je fis brûler de la sauge, en répandant la fumée tout autour de la pièce afin de la purifier, comme Cassie me l'avait appris. Pleurant doucement, Amalia assurait la musique d'ambiance.

Je déposai finalement le bouquet de sauge sur une assiette et le laissai se consumer pendant que je préparais du café.

Nous nous assîmes à la table, devant nos tasses ébréchées, avec Cassie étendue sur le canapé. Amalia avait l'air tellement triste que je regrettais d'avoir les yeux secs. Pourtant je me sentais très mal. Mais, d'une certaine façon, je m'étais attendue à la mort de Cassie depuis le soir où elle ne m'avait pas reconnue.

– Je vais faire venir Juanita et Rafael, me dit Amalia. Ils la prépareront pour…

– Elle n'aurait pas voulu de messe, de ces trucs habituels. Je vais l'enterrer dans le jardin.

– Bien sûr, niña. On va l'enterrer ici. Proprement. Avec de grosses pierres sur sa tombe pour que les coyotes ne puissent pas creuser.

– Oh…

– Viens à la maison, Avery. Viens vivre chez moi.

À l'idée de vivre avec Amalia, sa fille, son gendre, ses petits-enfants, je me sentais déjà dans la peau d'un chaton enfermé dans un sac de jute et destiné à la noyade.

– Merci. Mais je veux rester ici.

Une larme roula sur la joue d'Amalia, puis s'écrasa sur la table.

– Elle veut que tu obtiennes ton diplôme. Elle est très fière de toi.

– Je l'obtiendrai et elle le saura, affirmai-je, pas très convaincue, mais certaine de faire plaisir à Amalia.

– Et après, où tu iras ?

– Je n'en sais rien. À Santa Fe, peut-être. Ou à Albuquerque.

– C'est trop grand Albuquerque, nota Amalia, l'air dégoûté. Et dangereux pour les niñas. Reste donc ici et trouve-toi un bon mari.

Je me sentis rougir jusqu'à la racine des cheveux sous le regard soudain plus aigu d'Amalia.

– Si tu ne veux pas te marier, très bien. Alors tu iras voir la señora Jamarilla. Elle t'apprendra…

– Amalia, je ne peux pas devenir une *curandera*, rétorquai-je, en détachant bien chaque mot dans l'espoir d'être enfin entendue.

Je la vis poser ses mains, brunes, calleuses, sur les miennes.

– Tu es venue dans mes rêves…

– Non. Vous avez rêvé que Cassie mourait, sans avoir besoin de moi. C'est vous qui possédez le don.

– *Si*. Bien sûr, fit Amalia en levant les mains en l'air. Je suis née avec un voile sur mon visage. C'est un signe. Comme *sus ojos*. Écoute-moi, niña. Tu as le don. Le jour où tu en auras besoin, il se manifestera.

Je me penchai vers Amalia, par-dessus la table.

– Il ne faut pas dire que Cassie est morte. Sinon on viendra me chercher et on m'emmènera dans une institution, parce que je n'ai pas dix-huit ans.

– Je ne dirai rien. Juanita et Rafael, non plus. Ne t'inquiète pas, niña.

Amalia porta sa tasse à ses lèvres, but les dernières gorgées de café, repoussa sa chaise. Elle fit le signe de la croix au-dessus du corps de Cassie, embrassa son front, puis s'en alla.

Vers midi, Juanita et Rafael arrivèrent, enveloppèrent Cassie dans une couverture puis, pendant que Juanita récitait son rosaire, assise près du canapé, j'entrepris avec Rafael de creuser un trou dans le jardin à coups de pioche. La terre était déjà si dure que nous n'aurions pas eu assez de force pour enterrer une géante. Grâce à Dieu, Cassie était petite.

Depuis quatre ans que j'étais ici, nous nous étions, elle et moi, nourries presque exclusivement des produits de son potager. Mais il y avait déjà bien des années que Cassie travaillait dans ce jardin. Soudain, je me dis qu'avec l'aide de Rafael j'étais en train de planter Cassie, comme des tomates ou des haricots, et un rire bizarre me chatouilla la gorge. Je dus me mordre la langue pour le retenir. Rafael n'aurait pas compris.

Jusque-là, je n'étais entrée dans la chambre qu'à de rares occasions, les jours où je venais déposer sur le lit le linge propre de Cassie, ou bien lorsque je lui apportais une infusion pour combattre l'arthrose qui la faisait souffrir, au point de l'empêcher de se lever. Tout à coup, je songeai que j'avais toujours ignoré son âge. Une fois, je le lui avais demandé, mais elle avait esquivé la réponse, ainsi qu'elle le faisait chaque fois qu'une question l'embarrassait. Sur ce plan, nous étions très semblables, et nous avions vécu ensemble pendant plus de quatre ans, avec notre part de mystère respective, dont nous nous accommodions fort bien.

Sur son lit, la courtepointe en patchwork était tellement fanée que ses couleurs s'étaient fondues en un bleu pâle uniforme. La commode, haute, sur pieds, en bois rare, pleine de tiroirs aux poignées de cuivre, avait dû appartenir à sa chère maman.

Je me fis l'effet d'une voleuse en ouvrant ces tiroirs, mais il fallait bien que quelqu'un le fasse. Le premier, à la hauteur de mes hanches, sentait le vieux papier et la osha que Cassie utilisait comme antimites. J'y découvris ses sous-vêtements — cinq paires de ces caleçons blancs, comme ceux des hommes, la braguette en moins — qu'elle avait achetés sur catalogue — et trois tee-shirts sans manches. Cassie détestait porter un soutien-gorge. De toute façon, il y avait déjà un moment qu'elle ne pouvait plus se tordre les bras dans le dos pour en agrafer un.

Le tiroir d'en dessous contenait deux jeans baggy, un pull noir, tricoté au crochet, des pantoufles avachies et trouées. Je me dis que je devrais donner les vêtements à Amalia.

Quand j'ouvris le tiroir du bas, je sentis le parfum fleuri — ténu mais reconnaissable — que j'avais respiré dans l'autre pièce. Le papier qui tapissait le bois était orné de fleurs en bouquets, presque en grappes. J'ouvris le seul objet présent : une boîte à cigares.

Sur le dessus, il y avait un ruban en satin bleu, soigneusement noué. Ensuite, un mouchoir jauni par le temps, brodé, dans un coin, d'un bouquet de fleurs, accompagné de ces mots :

« Quand tu verras cela,
Souviens-toi de moi. »

Au fond de la boîte, je trouvai trois photos sépia, fendillées, écornées. Je les pris avec précaution. La première était une photo de mariage — du moins, je le pensai, sans savoir pourquoi, le couple n'étant pas habillé pour la circonstance. La femme, petite, délicate, romantique, avait sa chevelure blonde tirée en arrière, mais plein de petites boucles sur le front et près des oreilles. Elle portait une robe d'un ton pâle, brodée sur le devant. L'homme, qui avait tout d'un Indien avec sa peau brune et ses nattes d'un noir de jais, était vêtu d'une tunique blanche, à col rond. Je découvrais les parents de Cassie. Je dois dire que ces nouveaux mariés ne semblaient pas au comble de la joie. Peut-être savaient-ils déjà ce que la vie leur réservait ?

Sur la deuxième photo, on voyait une enfant d'environ cinq ans, brune et toute bouclée, dans une robe blanche très sale. Probablement Cassie, bien que tous les enfants se ressemblent. Au dos des clichés, il n'y avait ni noms, ni dates.

La dernière photo était celle d'un homme, séduisant dans son genre, en tenue de cow-boy, avec cuissardes et chemise noires, un bandana noué autour du cou, un sourire suffisant. Ce devait être Martin. Martin qui ne valait pas la peine qu'on parle de lui, mais dont Cassie avait tout de même conservé la photo jusqu'à sa mort. Qu'il ait été, ou non, son mari, il lui avait bel et bien brisé le cœur, ce serpent.

J'allais tout remettre en place, lorsque je m'aperçus qu'une petite chose, tassée dans un coin, avait échappé à mon regard. C'était un minuscule disque d'or — pas plus gros que l'ongle de mon auriculaire — attaché à une chaîne, ternie jusqu'à la noirceur. Une fleur, à peine visible, était gravée sur une face. Je pris le médaillon entre le pouce et l'index et le frottai légèrement.

Un son, une sorte d'écho lointain, à peine perceptible dans le vent, me parvint tout à coup. Une femme pleurait.

Je laissai tomber le collier, comme si j'avais reçu une secousse électrique. Puis je le remis dans le tiroir, que je refermai d'un coup sec, et me précipitai dehors.

Il faisait plus de trente degrés à l'ombre et je restai là, à transpirer, avec la chair de poule.

Le lundi matin, sur le chemin du lycée, je m'exerçai à retrouver mon air habituel. J'allai expliquer que j'étais restée à la maison pour soigner Cassie, victime d'une petite grippe. Étant donné que je signais toujours tout à sa place — y compris ses chèques de la Sécurité sociale — à cause de son arthrose, je pensais que personne n'exigerait un mot de sa part.

Sans attendre qu'on me convoque, j'allai voir la secrétaire, Mlle Huerfano. Elle me sourit, comme elle souriait à tout le monde, même à moi.

– Bonjour, Avery. Nous nous sommes fait du souci vendredi. Tu étais malade ?

– Non, m'dame. C'est Cassie qui avait une petite grippe, ou quelque chose comme ça, expliquai-je, sans même bégayer. Je suis restée à la maison pour m'occuper d'elle.

– Elle t'a fait un mot d'excuse ?

– Non, m'dame. Vous savez, elle a du mal à se servir de ses mains maintenant, et moi je n'allais pas m'écrire un mot d'excuse.

– Oh ! C'est très ennuyeux, annonça Mlle Huerfano, en redessinant ses lèvres du bout du doigt. M. Meyer attend ce mot.

– Bon. Je vous l'apporterai demain.

– Parfait. Tu le rédigeras, et Cassie apposera ses initiales.

Le sourire de Mlle Huerfano me détendit.

– Tu lui diras que je lui souhaite un prompt rétablissement. La grippe est à prendre au sérieux, surtout à son âge.

– Oui, m'dame. Je le lui dirai.

Que Will ait deux jours d'absence, sans doute à cause d'un supplément de travail au ranch, cela n'avait rien de nouveau. Mais, ces derniers temps, à l'approche des examens et en période de tests presque quotidiens, il s'était tout de même efforcé d'être présent le plus souvent possible.

Le mercredi, en fin d'après-midi, il me fit la surprise de m'attendre dans sa camionnette. Il resta derrière le volant lorsque je m'approchai mais, quand je m'installai à côté de lui, il se tourna vers moi. Sous son éternel bronzage, il avait le teint gris, les yeux rougis et les paupières gonflées.

– Mon père… a eu une attaque, m'annonça-t-il, d'une voix brisée.

Je sus alors que, si Dieu existait, j'étais vouée à l'enfer pour l'éternité, car, sur le moment, je ne pensai qu'à moi et à la fin de notre histoire. Asa Cameron était devenu un légume, sa femme me haïssait, plus personne ne serait de mon côté, à part Will. Et il était incapable de tenir tête à sa mère.

– Oh ! Will. Je suis navrée, affirmai-je, en prenant sa main dans les miennes. Oh, mon Dieu ! S'il est… je veux dire, est-ce qu'il… ?

– Les médecins ne peuvent pas se prononcer pour le moment. Papa est encore à l'hôpital, à Darby.

– C'est arrivé quand ?

– Dimanche soir. Il est sorti après le dîner pour voir comment allait la jambe de Juniper, et on était tous devant la télé quand Corey est venue en courant nous dire que papa était tombé. Nous ne… nous ne savons même pas, poursuivit Will, la gorge nouée, combien de temps il est resté comme ça avant que Corey le trouve.

Deux gamins passèrent en adressant un signe à Will. Puis ils s'approchèrent quand il oublia de réagir. Alors, brusquement, il démarra en marche arrière.

– Il faut que je m'éloigne d'ici. Je ne veux parler à personne.

À la sortie de Florales, Will emprunta l'une de ces routes de campagne, au bord desquelles se succédaient les panneaux mettant en garde contre le passage de bétail. Ici et là, une croix blanche se dressait au-dessus d'une masse de fleurs artificielles, en mémoire d'un conducteur qui avait terminé sa soirée du samedi contre un poteau, ou au fond du fossé. Quand nous passâmes devant le petit village de San Seferino, je me souvins de la nuit de la *posada*, six mois plus tôt. Depuis, bien des bouleversements s'étaient produits. Cassie était morte — ce que je n'avais révélé à personne, pas même à Will. Maintenant, moins d'une semaine plus tard, Asa Cameron était quelque part entre la vie et la mort : dans les limbes, comme disent les catholiques.

En cours de science, nous avions appris que toute action entraîne une réaction. À l'orphelinat, on nous enseignait qu'il y a un châtiment pour chaque péché. À mes yeux, il en allait à peu près ainsi : une bonne chose est toujours suivie d'une mauvaise. On ne vous donne rien, sans vous prendre quelque chose.

Will s'arrêta brusquement à l'ombre d'un vieux platane tordu par le vent et l'âge. Sur ses joues, d'infimes traces argentées prouvaient qu'il venait de sécher ses larmes. Pendant un moment, nous regardâmes la poussière, balayée par le vent à travers champs. Je pensai à Cassie qui aimait dire que le Nouveau-Mexique était simplement né du souffle de l'Arizona, en route pour le Texas.

– J'avais le sentiment, commença Will sans préambule, qu'il allait me laisser dompter un cheval à ma façon. En premier lieu, je l'aurais monté à cru, au lieu de le seller. Tu sais, je pense qu'il faut d'abord gagner la confiance d'un cheval, si on veut lui faire accepter facilement la selle et la bride. Chuck m'a traité de fou. Il m'a dit qu'on doit montrer au cheval qui est le patron. Lui imposer tout de suite la selle et la bride pour qu'il accepte la monte et…

Will attendait une parole, une question, un geste, et rien ne me venait à l'esprit. J'avais dix-sept ans, mais c'était la première fois que quelqu'un voulait que je le réconforte.

– J'ai expliqué ça à mon père dernièrement. Il m'écoutait toujours. Il essayait toujours de me comprendre. Maintenant personne ne peut dire s'il pourra de nouveau écouter, parler, penser… ou remarcher. Ou même si…

Je finis par caresser doucement la joue de Will.

– Excuse-moi, Will. Je ne sais pas quoi dire.

D'un seul mouvement, il détacha nos ceintures de sécurité, m'attira vers lui et m'embrassa, la bouche chaude et sèche. Puis il tira sur les boutons de mon chemisier, comme un fou prêt à me violer.

– Arrête, Will ! m'écriai-je, en m'arrachant à son étreinte. Qu'est-ce que tu fais ?

– Je suis désolé, avoua-t-il.

Il n'en continua pas moins à s'acharner, les mains glissant sur mon cou, sur mes seins. D'un geste impulsif, j'ouvris la portière et sautai à terre.

– Avery, attends ! cria Will, en venant me rejoindre. Ne me regarde pas comme ça. Jamais je ne te forcerai à quoi que ce soit. Tu le sais, non ?

Je restai muette.

– Allez, Avery. Excuse-moi si je t'ai fait peur.

Will me plaqua contre la voiture, les mains sur mes épaules.

– Tu me fais mal.

– Je t'en prie, excuse-moi. Je suis simplement…

Le voyant au bord des larmes, je me reprochai ma réaction idiote. Je me trouvai minable. Will était là, accablé de douleur, et moi, qu'est-ce que je faisais ? Je me sauvais.

Je glissai mes bras autour de sa taille, posai ma tête sur son torse. Il eut un soupir tremblotant, puis se détendit. Tout en écoutant les battements de son cœur, je contemplai par-dessus son épaule le long crépuscule bleu. Will pleurait comme un petit garçon, le visage enfoui dans mes cheveux.

Amalia remplaça Cassie, le jour de la remise des diplômes, bien que je lui aie dit de ne pas venir. Je repérai son châle pourpre parmi l'assemblée des parents, alors que, dans l'allée centrale, nous avancions en file indienne vers l'estrade solennelle. Brusquement, je me souvins que JJ s'était promis de venir m'applaudir. Ce n'était pas plus mal qu'il ne soit pas là, lui qui avait tant de mal à soutenir son attention.

Le soleil de fin d'après-midi filtrait à travers les hautes fenêtres du gymnase. Si on restait figé sur sa chaise, on pouvait sentir passer un souffle d'air dans ce four. Pourquoi leur cérémonie ne se déroulait-elle jamais à la fraîcheur du soir ?

Je détestais les robes noires, raides, et ces couvre-chefs ridicules — ces mortiers qui ne volaient pas leur nom — et leurs glands, encore plus stupides, avec lesquels tout le monde jouait. Nous étions censés porter le gland d'un côté, avant la cérémonie, puis de l'autre, dès qu'on avait le diplôme en main. Moi, je ne voyais qu'une chose : il aurait été beaucoup plus simple de nous envoyer ce fichu bout de papier par la poste.

Stacey ayant découvert la trahison de Kevin et Randi, les deux filles s'étaient crêpé le chignon, dans les toilettes, le lundi. Depuis elles évitaient de se regarder et chacune avait son clan. Kevin me faisait porter le chapeau, si bien que j'avais passé ces derniers jours à l'éviter.

Garçons et filles, nous étions maintenant séparés. Les filles murmuraient et riaient comme des dindes en parlant de Stacey et Randi, pendant que les garçons donnaient des coups de pied dans la chaise du voisin, lui mettaient son mortier de travers. Tout le monde baignait dans la sueur. Pendant la prière, on entendit les programmes battre l'air, en guise d'éventails. Une femme enceinte faillit se trouver mal.

De ma place, je pouvais voir Will de dos. Il était raide comme un piquet. À un moment donné, il se tourna vers moi, rencontra mon regard et sourit, puis regarda sa mère, assise à côté de Chuck qui était accompagné d'Amanda Albert, toute droite sur sa chaise, la main glissée sous le bras de son promis.

À ma droite, Linda Jaramillo se servait de son programme pour chasser les mouches qui atterrissaient sur les chaises. Derrière, Randi et ses copines s'agitaient bruyamment, mais je réussis à faire abstraction de tout, y compris des discours fumeux sur le monde qui n'attendait que nous — futurs fermiers, ou camionneurs, serveuses, jeunes femmes enceintes le jour de leur mariage.

Finalement, le moment arriva de recevoir nos diplômes. Nous devions nous lever, par rangées successives, et avancer vers l'estrade. Je m'ennuyais tellement que j'avais dû m'assoupir quand Linda me donna un coup de coude.

– Ça va être notre tour, me siffla-t-elle.

Mlle Huerfano, radieuse, hochait la tête, les parents étaient tout sourires, mais quand il me fallut bouger, je ne pus me lever. J'étais paralysée. Ma robe semblait coincée dans ma chaise. Je me balançai d'avant en arrière, puis parvins à me redresser comme un ressort, en entraînant la chaise, collée à mon dos telle une carapace de tortue. En entendant toute la rangée, derrière moi, éclater de rire, je compris ce qui s'était passé. Randi et ses copines avaient réussi à scotcher mes manches à mon siège.

Devant le brouhaha qui s'installait, deux professeurs arrivèrent en courant mais, ayant réussi à ouvrir ma fermeture Éclair, je laissai retomber robe et chaise, dans un grand claquement métallique.

Si l'assistance se pinçait les lèvres, on entendait quand même pouffer à travers la salle. Le rire se répandait comme un feu de broussaille, et je m'en moquais. Ça ne me faisait ni chaud ni froid d'apparaître en jean et tee-shirt entre les robes noires de Tammy Irwin et de Linda Jaramillo.

Quand Mlle Huerfano prononça mon nom, j'avançai vers M. Meyer, faisant résonner mes vieilles bottes sur l'estrade en bois. Dès qu'il m'eut félicitée et dit que je pouvais maintenant changer le gland de côté, je saisis mon mortier et le jetai sur l'assistance comme un frisbee.

Les professeurs eurent un sursaut, quelques élèves se mirent à applaudir et à siffler, sans doute parce qu'ils n'avaient pas compris ce que mon geste signifiait. Redescendant de l'estrade, le poing serré sur mon diplôme — enfin, je pouvais m'extraire de ce trou à rats ! — je fonçai vers la sortie pour prendre immédiatement le chemin de chez Cassie.

Je trouvai la maison plongée dans le silence et la pénombre. Ça me fit un drôle d'effet. Je n'étais peut-être pas habituée aux longues conversations mais, au moins, il y avait toujours eu les bruits d'une autre présence. J'entendais Cassie traîner les pieds sur le plancher, remuer ses casseroles, faire couler de l'eau, reposer sa tasse de café sur la table, sans trop de délicatesse. Et puis je respirais son odeur de vieille dame. Une odeur poudrée, d'herbe sèche, qui flottait encore légèrement dans l'air.

Je sortis des haricots du réfrigérateur et les mis sur le poêle, de façon qu'ils soient déjà à demi réchauffés quand je commencerai à avoir faim. En attendant, j'avais envie de jeter un coup d'œil aux livres qui se trouvaient dans la chambre, où je n'étais pas retournée depuis que j'avais découvert le collier. Je me demandais si l'idée que les Navajo se faisaient de la mort n'était pas la bonne.

J'avais néanmoins très envie de voir ces livres, et en même temps aucune intention de pénétrer dans la chambre à la nuit tombée. Je parlais toute seule, à l'entrée de la pièce, quand j'entendis la Bronco s'approcher lentement, le moteur s'arrêter, la portière claquer. Je ressortis, la main en visière, contre le soleil.

Will vint vers moi et m'enlaça.

– Je suis désolé. Ce sont encore ces garces de baleines boréales !

Me souvenant qu'il ne m'avait finalement jamais expliqué cette histoire de baleines, je souris.

– Ne t'inquiète pas. C'est sans importance, dis-je.

Puis je m'assis sur le perron et regardai la poussière retomber sur le capot de la camionnette.

– On ne peut pas entrer. Cassie dort. Elle est vraiment mal en point.

– Je me suis étonné de ne pas la voir au lycée. C'est franchement dommage qu'elle n'ait pas assisté à la remise de ton diplôme. Qu'est-ce qu'elle a au juste ?

– Elle a dû attraper un virus. Mais elle s'en remettra. Ce n'est qu'une question de temps.

Will s'assit à côté de moi, et je remarquai alors qu'il tenait à la main une petite boîte blanche. Il lissa le ruban bleu qui l'entourait, puis me la tendit.

– C'est pour fêter ton diplôme.

– Will, j'aurais préféré que tu ne fasses pas ça.

– Tu ne peux pas dire simplement merci ? observa-t-il, visiblement exaspéré. Être contente, pour une fois, de recevoir un cadeau ?

– Mais moi je n'en ai pas pour toi, et ça me gêne.

– Tu as tort. Je n'attendais rien, tu sais. J'ai vu ça, et j'ai pensé que ça t'irait très bien.

Recevoir un cadeau de sa part me donnait le sentiment qu'il me payait — avec l'argent de sa famille, en plus. Mais, si j'avais voulu le lui expliquer, il n'aurait pas compris.

Je détachai le ruban, ouvris la boîte et dépliai le papier de soie.

– Oh !…

Ce fut tout ce que je trouvai à dire devant ce petit cœur fait de pépites d'or d'une forme étrange. Les maillons plats de la chaîne dessinaient des *s*. Au creux de ma paume, je sentis sa fraîcheur et son poids.

– Ce bijou m'a fait penser à toi, m'avoua Will, très content de lui. Il est joli et en même temps il suggère la force.

– C'est très beau. Vraiment très beau.

Je craignais de pleurer si j'en disais plus. Pour je ne sais quelle raison, j'avais facilement la larme à l'œil ces derniers temps. Will prit la chaîne et me l'accrocha autour du cou.

Puis il sortit un papier, plié en quatre.

– Il faut aussi que je te donne ça.

Je dépliai le papier sur lequel était inscrit un numéro de téléphone, précédé du code du Colorado : 303. J'eus un frisson.

– Qu'est-ce que c'est ?

– C'est là que tu pourras me joindre cet été…

– Comment ? Je croyais qu'à cause de ton père, tu…

– C'est seulement pour l'été, me précisa Will, en me prenant la main.

– Qui va s'occuper du ranch ?

Will détourna le regard, mal à l'aise.

– Chuck.

Évidemment. Chuck et Nora prétextaient les vacances pour envoyer Will ailleurs. Chuck ne demandait pas mieux que de prendre en charge le ranch, et Nora devait se réjouir de me séparer de Will. Loin des yeux, loin du cœur, Will retrouverait ses esprits et aurait le temps de réfléchir aux conséquences d'un mariage avec une quelconque petite…

– Je vais travailler avec Darryl Hutt, était en train de m'expliquer Will. Hutt est dresseur de chevaux et maréchal-ferrant, et il fait parler de lui avec sa méthode de dressage. Il a l'habitude des chevaux sauvages, il les marque et leur fait des analyses de sang. D'après lui, ils descendent des chevaux que les Espagnols ont amenés ici.

Nora avait su appâter Will avec ce dresseur de chevaux. Je ressentais tant d'admiration pour son habileté que la tête me tournait ! Évidemment qu'il n'avait pas pu résister ! Oh, Will… Mon cher, mon stupide Will.

– Il a entrepris de créer une réserve pour sauvegarder la race. C'est une aubaine de travailler avec quelqu'un comme ça, conclut Will.

Puis il me regarda un long moment dans les yeux.

– Tu vas beaucoup me manquer, mais je serai de retour en août.

Bien sûr qu'il reviendrait : il vit ici. Mais, sans son père, ça ne serait plus pareil. Il aurait trop peur de faire des vagues, peur de la colère de sa mère, de l'opinion de Chuck. Il me dirait qu'il m'aime, mais qu'il faut attendre, que ce n'est pas encore le moment d'affronter sa famille.

Faudra-t-il qu'il renonce au ranch Cameron pour une certaine Avery James, qui devait son nom à un collier ?

– Tu pourras me téléphoner en PCV autant que tu le voudras. Dès que je suis là-bas, je m'arrange. On se met d'accord sur un nom, je saurai que c'est toi qui m'as appelé, et je rappellerai.

– Quand pars-tu ?

Je vis rougir ses oreilles.

– Un type est venu chercher Tombstone pour une radio, je pars avec lui…

– Quand ? répétai-je, d'une voix plus forte.

– Demain, marmonna Will. Avery, je sais ce que tu penses, ajouta-t-il, en me prenant les mains. Mais il faut que tu me fasses confiance. C'est une bonne chose pour nous deux. Grâce à ce que je vais apprendre, je deviendrai vraiment précieux pour le ranch. Chuck devra compter avec moi. Dès que tu as dix-huit ans, on se marie. Bon sang, Avery, regarde-moi !

Je le regardai mais, comme si ma vue se troublait, il me sembla flou et très lointain. Il était déjà à mi-chemin du Colorado.

13

Le lendemain, j'allai au Begay's avec le dernier chèque de Cassie et tombai sur Delbert. Afin d'éloigner ses soupçons, il fallait que j'achète pour deux, mais je n'aimais gaspiller ni l'argent, ni la nourriture.

– Bonjour, Avery, fit-il, en me souriant. Comment va Cassie ?

– Pas trop mal. Elle a simplement eu un refroidissement.

– Elle n'est pas encore remise ? Ça fait une semaine ou deux qu'elle est malade, non ? On devrait peut-être lui envoyer le Dr Parsons.

– Je le lui ai proposé, mais vous la connaissez. Elle ne croit pas à sa médecine.

– Oui. Seulement, ça traîne cette histoire. À son âge, elle risque d'attraper une pneumonie. Tu m'avertis si elle ne va pas mieux la semaine prochaine. Le toubib passera quand même, au moins pour lui parler.

– C'est d'accord, Delbert.

Deux jours plus tard, je me levai de bonne heure, enfilai un jean et un tee-shirt, puis fourrai le reste de mes affaires dans un sac de toile. Le plancher, dans la chambre, craqua sous mes pas, tandis que je contournai le grand carton dans lequel j'avais entassé les vêtements qu'Amalia devait venir prendre.

J'ouvris le tiroir où se trouvait la boîte à cigares. Après l'avoir entourée d'un élastique, je la jetai sur mes affaires. Puis je me tournai vers les livres. Quand je soulevai le vieil herbier, à la couverture en tissu, des papiers s'en échappèrent, s'éparpillèrent sur le plancher, mais je les ramassai soigneusement.

Ils étaient couverts d'écriture — tantôt celle de Cassie, si difficile à déchiffrer, tantôt celle d'une autre personne, ou de Cassie elle-même s'ils dataient de l'époque lointaine où elle n'avait pas d'arthrose. Je remis les feuillets à l'intérieur du livre que je coinçai prudemment entre mes vêtements et l'intérieur du sac. Le reste, je l'abandonnai.

Dans la cuisine, je me coupai deux tranches de pain et un morceau de fromage, les enveloppai dans un mouchoir humide. Je lavai le couteau, l'essuyai, le remis en place. Je fis mon lit et sortis pour arroser le jardin. Puis je me rendis compte que je traînais bêtement. Je pourrais inonder le jardin avant de partir, il retournerait quand même au désert. Cassie était morte, Will était parti. Je n'avais plus rien à faire ici. Quant à Amalia, je regrettais de m'en aller sans la prévenir, mais au fond c'était inutile : elle avait le don, après tout.

Il ne devait même pas être huit heures quand je me dirigeai tranquillement vers la station-service. Seule une camionnette Ford Ranger bleue, couverte de boue, stationnait devant la pompe. Son conducteur, un type avec un chapeau de cow-boy poussiéreux, faisait le plein. Comme je ne vis rien d'autre à l'horizon, je dus admettre que je n'avais pas le choix.

Je fis disparaître le cœur d'or sous mon tee-shirt avant de m'avancer vers lui.

– Dans quelle direction allez-vous ?

Grand, les jambes arquées, il portait un jean délavé et ces bottes à talons bas et bouts ronds des vrais cow-boys qui ne connaissent pas les santiags. Il me donnait l'impression d'être l'un de ces types dont le chapeau est en permanence vissé sur le crâne, et qui ont une drôle de tête, s'ils s'avisent de se découvrir.

Son cure-dents changea de côté.

– Je vais sur Gallup.

La pompe cliqua et s'arrêta. Le cow-boy imprima deux petites secousses au bec, histoire de ne pas perdre une goutte d'essence.

– Vous m'emmèneriez à Albuquerque ?

J'eus beau m'abriter sous mes cils pour le regarder, le déclic se produisit : il s'assura qu'il n'avait pas la berlue en découvrant mes yeux. C'était toujours la même chose.

– Je peux vous payer une partie de l'essence.

Son sourire creusa ses pattes-d'oie, non qu'il fût franchement vieux, mais, comme l'aurait dit Cassie, il avait quelque chose de chiffonné.

– Une petite ou une grande partie ?

Je sortis mes billets et lui en tendis deux de dix dollars.

– OK, petite sœur. Tu peux monter.

La camionnette transportait tout un bazar : une valise, une boîte à outils, une vieille selle râpée, une glacière en plastique, des cartons remplis de conserves et de céréales pour le petit déjeuner. Tandis qu'il se dirigeait vers la caisse, je lui criai :

– Prenez-moi des Marlboro lights, OK ?

La cabine de la camionnette était au moins aussi sale que le plateau. Ça sentait la poussière, le vieux cuir et la bière éventée. De l'impact d'une pierre au milieu du pare-brise partait une fêlure qui traversait tout le verre, côté passager. Une médaille religieuse pendait au rétroviseur, ce que je trouvai plutôt inattendu dans la voiture d'un type comme celui-là. J'espérai qu'il n'était pas un de ces illuminés qui se prennent pour la réincarnation du Christ, et qu'il ne penserait pas à sauver mon âme avant d'arriver à Albuquerque.

Je déteste les cigarettes, mais quand on est coincé dans un pick-up, au milieu de nulle part, avec un inconnu, je trouve qu'il vaut mieux fumer que rester à ne rien faire. La radio, bien que par moments inaudible, m'évita aussi d'entreprendre la conversation et, pour en revenir à la cigarette, il ne faut jamais oublier qu'il peut être utile d'en avoir une entre les doigts. Certains hommes ne se tiennent pas tranquilles tant que vous n'avez pas planté de la braise sur une main baladeuse.

Mon chauffeur n'avait pas l'air de faire partie de cette engeance, bien qu'on ne puisse jamais savoir avant que ça vous arrive. Il m'apprit qu'il s'appelait Ed Farrell et qu'il domptait des chevaux sauvages. Je dus lui paraître incrédule, parce qu'il marmonna :

– C'est plus tellement le cas, mais j'ai été… vraiment bon.

Je regardai, droit devant moi, le paysage divisé par la craquelure du pare-brise : collines broussailleuses, quelques champs d'herbe sèche, où un maigre bétail essayait de brouter, falaises de grès rouge, de chaque côté de la vallée, telles des parenthèses.

– Qu'est-ce que vous avez gagné ? demandai-je.

Je l'entendis rire grassement.

– Un dos et un genou esquintés, un pied qui m'annonce la pluie. Des boucles de ceinture que j'ai perdues au poker… Qu'est-ce qu'il y a à Albuquerque ? Tu connais des gens là-bas ?

La radio grésillait.

– Je vais étudier.

– Bonne idée. Tu ne le regretteras jamais.

Ed Farrell chercha à changer de station de radio, mais on ne pouvait entendre nettement que des chants navajo, interrompus toutes les minutes par de la publicité.

– Tu aimes Willie Nelson ?

– Oui. Bien sûr.

En se penchant vers la boîte à gants, Ed Farrell me frôla le genou. Aussitôt, je sursautai.

– Du calme, petite. J'suis pas comme ça.

– C'est ce qu'on dit toujours.

– Je peux te voler une Marlboro ?

Je tapai le paquet sur ma main pour en faire sortir une cigarette, puis je pris mon briquet, mais Ed préféra ses allumettes. Il ouvrit la pochette, courba une allumette, puis, à l'aide de son pouce — je remarquai l'ongle sale et ébréché —, il la frotta sur le papier de verre jusqu'à ce que la flamme jaillisse.

– Pas mal comme truc, non ? me dit-il, avec un sourire très satisfait.

Je croisai les bras.

– Vous avez gagné quelques boucles de ceinture avec ça ?

– Tu es aussi chaleureuse, p'tite dame, qu'un serpent à sonnettes, observa Ed Farrell, en soupirant.

– Je ne cherche pas un ami. Je fais du stop, c'est tout.

– OK, OK.

Ed mit la cassette et Willie Nelson s'arracha, de sa voix râpeuse, un « Rivière de whiskey, submerge mon esprit ».

Sensible à cette idée, Ed Farrell prit une flasque d'Old Crow, en but deux petites gorgées, puis me regarda, le sourcil interrogateur.

– Je ne bois pas. Et vous, vous n'allez pas vous soûler. J'ai envie d'arriver entière à Albuquerque.

– Bien, m'dame.

Il me salua, le flacon à la main, avant de le reboucher et de le poser sur le siège entre nous. Puis il se mit à chanter avec Willie, et je dus reconnaître que c'était réussi.

– Tu as déjà assisté à un rodéo ? me demanda-t-il, quand la cassette s'arrêta.

Des souvenirs oubliés remontèrent à ma mémoire. Gradins de bois, durs sous les fesses, soleil se couchant derrière de gros nuages couleur de plomb, odeur de bouse de vache et de pop-corn, l'approche de l'orage.

– Une fois. Au Colorado.

– Où, exactement ?

– Je ne sais plus. C'était il y a longtemps.

– Ça t'a plu ?

– Je ne me rappelle pas.

– Tu ne te souviens de rien ? s'étonna Ed.

– Si. Je me suis dit que si la réincarnation existe, je ne voudrais pas me retrouver dans la peau d'un taureau.

Ed éclata de rire, les yeux fermés, la tête contre le dossier de son siège et le stetson au ras des sourcils.

– Regardez la route, Farrell.

Il se mit à rire de plus belle.

– T'es un vrai bonnet de nuit ! D'où peut venir une fille comme toi ?

– D'Alamitos.

– Sans blague. Je suis de Durango.

Voyant arriver les confidences, j'attrapai mes cigarettes.

– Je n'y suis jamais allée.

– Moi, ça fait un moment que je n'y suis pas retourné. On m'a dit que c'est devenu une foire à touristes, avec boutiques de tee-shirts, barbe à papa, lunettes de soleil à quarante dollars. C'était autre chose quand j'étais petit, ajouta Ed, après avoir redressé son chapeau et s'être frotté la nuque, tannée comme du cuir.

Là-dessus, il entama, d'une voix monotone, le récit d'une enfance à Durango, dans les années cinquante. Son père travaillait à la poste, sa mère restait à la maison pour faire la cuisine et s'occuper de ses garçons. Dan, le cadet, avait fait des études à Fort Collins et travaillait comme géologue dans une compagnie pétrolière de Houston.

J'eus droit aux histoires habituelles : les deux frères montant leurs poneys, participant aux matchs de foot de leur lycée, la drague, avec le pick-up du papa, le vol de la vache en métal — qui surmontait l'enseigne de la boucherie — pour décorer leur chambre, la raclée à laquelle ils avaient eu droit. Je tirais sur ma cigarette, regardais la fumée se faire happer par le vent et, pendant tout ce temps-là, j'avais l'impression d'avoir un énorme poids sur l'estomac, quelque chose comme un paquet de vomi, bien que je n'aie rien mangé depuis un bout de temps.

Si jamais j'avais eu envie de connaître la vie d'Ed Farrell à Durango, je me serais contentée du dixième de ce qu'il me raconta. Quand il eut fini, il tapa d'un grand coup de paume sur le volant.

– Maintenant que tu m'as laissé jacasser un bon moment, tu pourrais peut-être me parler un peu de ta famille et d'Alamitos. Il y a de la pomme de terre, par là, pas vrai ? Comment tu as fait pour atterrir à Florales ?

Je ne sais pas ce qui m'arriva brusquement. Était-ce la faim, le souvenir de Cassie, allongée, morte, sur le canapé, l'idée que je ne reverrais plus les yeux couleur d'un ciel d'orage de Will Cameron ? Était-ce parce que plus ce con s'appliquait à être gentil, plus je me sentais mal ? En tout cas, une vanne s'ouvrit et je me mis à sangloter, comme une petite morveuse qui braille pour rien.

Grâce à Dieu, Ed Farrell fit mine de ne pas entendre.

Quand j'eus fini de hoqueter, il tira un bandana rouge, coincé sous la flasque d'Old Crow et me le tendit. Je m'essuyai le visage, me mouchai le nez, essayai de ne pas imaginer ce que faisait ce foulard sur le siège. Puis je cherchai mes cigarettes.

– Ça va ? me demanda Ed.

– Oui.

– C'est la première fois que tu quittes ta famille ?

Je faillis rire.

– Non. Mais ma grand-mère est morte. C'est tout.

– Je comprends et je te plains vraiment. Je n'ai jamais connu mes grands-mères. Elles sont mortes jeunes.

Alors que je redoutais qu'il rallonge le récit de son enfance, je l'entendis ajouter :

– Je vais essayer de la boucler pendant un moment.

La tête appuyée au dossier du siège, je fermai les yeux. Quand je me réveillai en sursautant, le soleil était haut dans le ciel et j'éprouvai la désagréable sensation que nous n'étions pas sur la bonne route. En tout cas pas sur la 125.

– T'as fait un bon petit somme.

– Où est-ce qu'on est, bon sang ? Pourquoi on n'est pas sur la 125 ?

Je penchai la tête d'un côté, de l'autre, essayant de me décontracter la nuque.

– Détends-toi, petite. Nous sommes sur la 14, qui va au Nouveau-Mexique. La Turquoise Trail.

– Je ne veux pas faire une balade. Je dois aller à Albuquerque.

– Oui. Mais ce n'est pas toi qui conduis. J'aimerais bien casser la croûte et je connais un boui-boui pas mal, de l'autre côté de Cerillos. La proprio est une copine.

Je calculai ce qui me resterait s'il fallait que je paie mon déjeuner.

– Je t'invite, fit Ed, comme s'il avait lu dans mes pensées.

Sur le point de sortir une cigarette, je me ravisai et remis le paquet dans ma poche.

– J'ai un sandwich. Ça me suffira. Je prendrai juste un Coca.

– Tu changeras de refrain quand tu renifleras l'odeur des *sopaipillas* et des *enchiladas* de ma copine. Tu verras, ça décoiffe ! Ah ! Je peux t'assurer que c'est bon là-bas !

J'eus l'impression que mon estomac gémissait, mais je restai ferme :

– Je prendrai seulement un Coca.

Si ce péquenaud m'offrait à déjeuner, il penserait aussitôt que je lui devais plus qu'une partie de l'essence.

Ed siffla mollement entre ses dents.

– Bon, bon, d'accord. D'accord.

*

Le parking du *Rio Bravo* ressemblait à celui d'un concessionnaire de pick-up d'occasion. Il était à peine midi et toutes les camionnettes du comté de Santa Fe étaient déjà là, devant le petit bâtiment de bois. Je me dis que ce devait être super de travailler dans un restaurant, de préparer les plats qu'on aime et de voir débarquer une foule de gens.

Je renonçai à mon intention de ne pas bouger de mon siège. Finalement, la curiosité me poussait à suivre Ed Farrell, mais je ne m'attablerais pas. Je regarderais autour de moi, j'achèterais un Coca et je reviendrais m'asseoir dans le pick-up pour le boire en mangeant mon sandwich.

Les marches craquèrent, Ed Farrell ouvrit la porte, entra le premier, l'air très sûr de lui, comme si l'endroit lui appartenait. L'auberge était plus grande qu'elle ne le paraissait de l'extérieur. Il y avait des lumières tamisées, beaucoup de bruit et de fumée de poivrons grillés. Au plafond, deux ventilateurs tournaient laborieusement, comme à court d'énergie. Les tables étaient recouvertes de toiles cirées, jaunes, rouges, à pois bleus ou à rayures vertes.

Serrés les uns contre les autres, les clients auraient pu facilement piquer leurs fourchettes dans l'assiette du voisin. Toutes les places étaient occupées par des cowboys, le chapeau sur la table, des familles avec des enfants dans leurs couches, debout sur des chaises, des marchands de bétail, en cravate tricotée, comme leurs vestes tendues sur leurs ventres. Au comptoir, les tabourets étaient également pris et, appuyés aux murs, des gens guettaient le moment où ils pourraient fondre sur les chaises à peine libérées. Nous prîmes notre place au bout de la queue mais, à ce régime, nous avions toutes les chances de soutenir encore le mur à quatorze heures.

La porte saloon de la cuisine s'ouvrit toute grande pour laisser passer une femme, chargée de plats jusqu'aux coudes. Les effluves qu'ils dégageaient me firent presque planer. Je reconnus des *enchiladas* au piment rouge, nappées de fromage qui ressemblait à la neige sur le mont Blanca, des *chiles rellenos*, bien gonflés et dorés, à la sauce tomate, des haricots frits, agrémentés de *queso fresco* et de feuilles de coriandre hachées, du riz rouge à la tomate.

Grande, des cheveux noirs retenus sur les côtés par deux grosses barrettes d'argent et de turquoise, la femme était quelconque, mais tout le monde — et elle en premier — agissait comme si elle était une beauté. J'appréciai la façon dont elle se faufilait dans la foule, souriante, saluant les uns et les autres, la jupe bleue dansante. Elle retournait à la cuisine quand elle aperçut Ed, et son sourire s'élargit encore.

– Ed ! *¡ Corazon !*

Elle vint vers lui et l'embrassa sur la bouche, ce qu'il accepta le plus naturellement du monde.

Puis elle remarqua ma présence et arqua un sourcil à la perfection. Je n'eus pas à me creuser la tête pour savoir ce qu'elle pensait, mais Ed parut l'ignorer, ou alors c'était un bon comédien. Il la gratifia d'un grand sourire béat.

– Je te présente Avery James.

J'attendis en vain l'instant où elle verrait mes yeux : elle était trop polie pour me regarder avec insistance.

– Je suis Bettina Jacinto, me dit-elle, la main tendue. *Bienvenidos*.

Il était près de treize heures quand nous pûmes nous asseoir, et l'idée de me contenter d'un Coca avec mon sandwich s'était effacée comme un mauvais rêve.

J'aurais mangé tout ce qui était proposé sur la carte si Bettina ne nous avait annoncé son intention de nous servir une spécialité à part.

Dans les toilettes minuscules, je sortis mon argent : deux cent trente-sept dollars et treize cents. J'ignorais ce que coûterait le repas, mais en aucun cas je ne laisserais Ed m'inviter. Je me lavai les mains et le visage, me lissai les cheveux devant la glace, craquelée et embuée.

En retournant à la table, j'eus le sentiment d'interrompre une conversation personnelle entre Bettina et Ed. Il s'était déjà attaqué à une bière, tandis qu'un verre d'eau m'attendait.

– Tu veux boire autre chose, Avery ?

– Du lait, s'il vous plaît.

Un serveur apporta une corbeille de tortillas et une assiette de mini-boulettes de viande, dans une sauce brune.

– Des *albondigas*, fit Ed.

J'en avais déjà mangé avec Esperanza, mais elle les servait dans le potage du dimanche. Les tortillas étaient bonnes, presque autant que les miennes. Je les trempai dans la sauce, puis y ajoutai du miel, en me poissant les doigts sur l'anse du pot mis à la disposition des clients.

– C'est toi qui me racontais que tu n'avais pas faim ? remarqua Ed, en riant.

Bettina ressortit de la cuisine et vint vers nous avec nos assiettes de *chiles rellenos*, de poivrons frits, fourrés au fromage et au raisin, accompagnés d'une sauce pimentée encore fumante. Constatant qu'une bouchée suffisait à me dégager les sinus avec autant d'efficacité qu'un furet s'attaquant à un lavabo, je me félicitai d'avoir demandé du lait.

Bettina s'assit à côté d'Ed, une main possessive accrochée à son bras.

– Avery…, commença-t-elle en faisant rouler mon nom dans sa bouche. Où vas-tu avec ce mauvais garçon ?

– Nulle part. Je fais simplement du stop pour me rendre à Albuquerque.

Je soutins son regard jusqu'à ce que je la sente plus détendue.

– Tu vas rejoindre ta *familia ?*

– Non, je vais faire des études. À propos, vos *rellenos* sont excellents.

– Je le dirai à Miguel.

– C'est votre mari ? demandai-je innocemment.

Ed sembla près de recracher ce qu'il avait dans la bouche.

– Mon frère, rectifia Bettina, dans un éclat de rire. Je ne suis pas mariée.

Pendant quelques secondes, elle souleva ses cheveux afin de se rafraîchir la nuque sous le ventilateur.

– Je n'avais jamais mangé d'*albondigas* comme ceux-là, remarquai-je.

– C'est de l'agneau, pas du bœuf, m'expliqua Bettina. Et de la masa au maïs. Tu veux reprendre du lait ?

– Non, merci, répondis-je.

Puis je m'épongeai le front avec ma serviette.

La salle avait eu le temps de se vider pendant que nous mangions, et je me disais que je ne pourrais plus rien avaler, même si on me mettait un revolver sur la tempe, quand Bettina apporta un dessert qu'Esperanza m'avait fait découvrir : une sorte de pudding, caramélisé, appelé *capirotada*, et un petit pichet de crème fraîche épaisse.

J'eus droit à l'entame, ce que je préfère, parce que sur deux côtés les filaments de caramel sont bien croustillants.

Tandis que je plantais ma cuillère dans le pudding, Bettina observa :

– C'est un peu tard pour reprendre la route. Il y a beaucoup de circulation vers Albuquerque à cette heure. Vous devriez passer la nuit ici et repartir demain matin.

Je commençai à expliquer que j'étais pressée d'arriver, que, de toute façon, même s'il y avait un motel dans le coin — ce dont je doutais —, je ne pourrais pas me payer une chambre, puis je surpris le regard qu'échangeaient Bettina et Ed. Le genre de regard que je ne connaissais que trop bien. Et, là, je compris que je comptais pour du beurre. Si je n'avais pas envie de me trouver un autre chauffeur, il ne me restait plus qu'à passer la nuit ici. Albuquerque, ce serait pour demain.

Bettina Jacinto était amoureuse de ce dresseur de chevaux sauvages qui n'avait même plus la cote. J'eus de la peine pour elle.

14

ALBUQUERQUE RESSEMBLAIT, vu de haut, à un cake poussiéreux, en train de cuire au soleil. Ed avait insisté pour prendre le tram du pic Sandia avant de me laisser devant l'université.

Les coudes appuyés à la rambarde de la plate-forme d'observation, il me laissa découvrir le panorama à travers les télescopes maigrelets, pointés sur les principaux sites.

– Te voilà arrivée, petite. Qu'est-ce que t'en penses ?

– C'est grand.

– Ça, c'est sûr.

Il devait y avoir dix degrés de moins, à cette hauteur, mais comme il faisait quarante degrés, en bas, ce n'était pas vraiment la fraîcheur. Un vent sec rabattait mes cheveux en arrière.

– On pourrait boire un Coca ? Ensuite on se sépare.

– Tu m'as assez vu, hein ?

J'appelai Fran Talbert, la conseillère pédagogique dont M. Horton m'avait donné la carte en même temps que le guide des carrières. Je perdis deux heures avec elle à remplir des formulaires d'aide financière, à parler des cours et des matières principales mais, au moins, elle me donna une longue liste de locations pour étudiants, approuvées par l'université.

J'optai pour une adresse à proximité du campus. Dans cette maison au stuc jaunâtre, on me proposa une chambre, d'un beige déprimant, où je me sentis aussitôt à l'étroit, mais qui convenait à ma bourse. Il y avait des lits jumeaux, une petite commode, une chaise et une table. La propriétaire m'expliqua qu'on servait une cuisine familiale dans la salle à manger, mais que c'était trop tard pour ce soir. Alors je mis en marche la climatisation bourdonnante, installée en haut de la fenêtre, défis mon sac, m'étendis sur mon lit et m'endormis au bout de quelques minutes. Quand je me réveillai, les ombres s'étaient allongées. J'avais le nez bouché par la clim, la bouche sèche et une mauvaise haleine.

Il était un peu plus de dix heures, et chaque rue, chaque trottoir, chaque bâtiment avait tellement accumulé de chaleur pendant la journée que tout semblait grésiller. Les voitures soufflaient leurs gaz d'échappement dans un air desséché. Le reflet du soleil rendait aveuglantes les vitrines des magasins et des cafés. Des feuilles poussiéreuses pendaient mollement aux branches de plantes assoiffées.

Je m'arrêtai devant le premier snack climatisé et apparemment abordable. Le néon du Sneaky Pete's Diner représentait un Indien de bandes dessinées, montrant le nez, au coin d'un cactus. À l'évidence, son appendice busqué et ses yeux bridés trahissaient la ruse, mais j'étais trop accablée de chaleur pour m'énerver. De plus, la carte affichée sur la vitrine proposait *posole*, tourtes aux poivrons verts, pain de maïs et *sopaipillas* farcies. Il ne m'en fallut pas plus pour que je pousse la porte.

Un seul client était assis au comptoir, son chapeau de cow-boy à portée de la main. Mon cœur fit un bond lorsque, l'espace d'un quart de seconde, j'eus l'impression folle de voir Will Cameron. Je me glissai sur la première banquette près de la porte.

Soudain, le cow-boy, qui s'était retourné, brailla :

– Rita ! T'as de la compagnie !

Une petite blonde sortit de la cuisine comme une tornade et vint déposer une carte et un verre d'eau sur ma table.

– Bonjour. Je m'appelle Rita. Pas évident, hein ? Ce soir, on a du *puerco asado* avec des haricots noirs et une salade de maïs pour cinq dollars quatre-vingt-quinze. Je reviens tout de suite chercher la commande.

Elle me faisait penser à un jouet mécanique, remonté à l'excès.

Quelques minutes plus tard, elle revenait avec un panier de tortillas chaudes, enroulées dans une serviette rose. Je commandai le plat du jour, un thé glacé, et demandai :

– Il y a longtemps que vous travaillez ici ?

– Deux mois.

Elle se balança d'un pied sur l'autre, comme si elle s'apprêtait à danser.

– Ça vous plaît ?

– Oui, je n'ai pas à me plaindre. Le patron est humain, ce qui change du précédent. Une sorte d'extraterrestre.

Sorti tout droit de Roswell, si vous voyez ce que je veux dire.

– Il est ici ? Je parle de celui qui est humain.

– Forcément, fit Rita, en riant. C'est le cuisinier.

– Je pourrais lui parler ?

– Sans doute.

Dès que je déroulai la serviette de papier, la bonne odeur de la pâte croustillante me caressa les narines. Je pris un morceau, le trempai dans la sauce, et je l'enfournai lorsqu'un cuisinier, grand et blond, apparut. La peau claire, rosie par un coup de soleil, les yeux d'un bleu pâle, il tranchait sur l'exotisme de ses plats épicés.

Sa grande main happa la mienne.

– Pete Dimon. Qu'est-ce que je peux faire pour vous ?

– Je m'appelle Avery James. Je suis inscrite à l'université, mais je cherche un job.

– Je peux m'asseoir ? me demanda-t-il, en me montrant la banquette de l'autre côté de la table.

La bouche pleine, je secouai la tête.

– Qu'est-ce que vous voudriez faire ?

– Je pourrais être serveuse. Ou faire la cuisine. Je travaillais à la cafétéria de mon lycée. À propos, elles sont réussies, ces tortillas. Elles sont faites maison ?

– Non. C'est un produit industriel, mais la fabrique est très appréciée ici.

Pete Dimon me regarda attentivement.

– Tout d'abord, quel âge avez-vous ? Vous m'avez l'air bien jeune pour aller à l'université.

Il venait de remarquer mes yeux quand je lui répondis :

– Je suis peut-être petite, mais j'ai dix-huit ans, fis-je, en affichant de l'assurance. J'ai passé mon diplôme, le mois dernier, au lycée de Florales.

– Si je comprends bien, vous cherchez un travail à mi-temps ? observa Pete Dimon, le dos appuyé au dossier de la banquette.

– Non. À plein temps. Et à durée indéterminée.

Ses sourcils se levèrent si haut qu'ils me donnèrent l'impression de vouloir tâter son début de calvitie.

– Comment comptez-vous travailler et étudier en même temps ?

– J'ai besoin de gagner ma vie. Je suis seule. Je m'arrangerai pour les cours.

– Je vois.

– Il faudrait que je commence le plus tôt possible.

– Eh bien, une autre serveuse ne serait sûrement pas de trop ici, mais je ne peux engager personne avant l'automne. L'été, c'est la basse saison. Les affaires marchent au ralenti.

Je me tournai vers la fenêtre et regardai, à travers mon reflet, la brume de chaleur jaunâtre.

– Rita, s'il vous plaît, apportez-moi un formulaire d'embauche. Et un Coca, fit le patron.

Pete Dimon but son Coca pendant que je remplissais le formulaire.

– Vous oubliez votre numéro de Sécurité sociale.

– C'est que… je n'en ai pas pour l'instant.

– Alors, de toute façon, je n'aurais jamais pu vous embaucher sur-le-champ. On ne travaille pas pour moi sans un numéro de Sécu.

– Même pas votre plongeur ?

Le coup de soleil de Pete Dimon s'accentua.

– Je… je le paie en liquide, m'expliqua-t-il.

Je le regardai bien en face, sans répliquer.

– En tout cas, c'est ce que je faisais avec le dernier, précisa-t-il. Comme je ne l'ai pas vu aujourd'hui, je pense que c'est déjà de l'histoire ancienne.

– Je le remplace. Dès demain, si vous voulez.

– Non, non ! C'est un travail affreux. Allez vous chercher une carte de Sécurité sociale. Ce n'est pas si difficile que ça à obtenir.

– Il me faudrait d'abord une fiche d'état civil. En attendant, laissez-moi faire la plonge. Payez-moi en liquide. À la fin de l'été, je serai en règle, et devenir serveuse sera une promotion.

– Vous avez déjà fait la vaisselle ?

– Je la fais tous les jours.

– Pas dans un restaurant.

– Où est la différence ? Ce n'est qu'une question de quantité.

Le front plissé, Pete Dimon secoua la tête.

– Vous aurez chaud, les mains dans l'eau sale tout le temps. Et mal au dos.

Je lui montrai mes mains, brunes, fortes, avec des cicatrices.

– Vous voyez, je suis aguerrie.

– Franchement, vous le feriez ?

– Oui. J'en suis sûre.

Mes deux premières années à Albuquerque m'apprirent à vivre, et je peux dire que l'enseignement fut intensif. Avec Rita comme colocataire, je crus plus d'une fois perdre la tête, mais je dois admettre que, sans elle, je ne serais pas devenue ce que je suis aujourd'hui.

Elle me permit de m'y retrouver dans le cauchemar des démarches administratives que je dus subir pour obtenir une fiche d'état civil, alors que j'ignorais tout de ma mère et n'avais qu'une vague idée du lieu de ma naissance. Elle m'accompagna quand j'allai demander une carte de Sécurité sociale et m'aida à remplir ma première déclaration d'impôts. Six mois plus tard, lorsque deux agents fédéraux frappèrent à notre porte, désireux de me parler des chèques de Sécurité sociale de Cassie que j'avais indûment signés, ce fut Rita qui alerta Pete, lequel appela son avocat qui s'occupa de tout. Je n'eus finalement à rembourser que le dernier chèque, celui que j'avais utilisé après la mort de Cassie.

En contrepartie, je laissais Rita s'immiscer dans ma vie. Je tolérais ses questions, son amitié débordante, sa sentimentalité sirupeuse. Autant de remarques qui dénotent que j'étais une très mauvaise amie, je le sais, mais c'était comme ça. Toutefois, je me sentais tellement redevable à son égard que je m'en voulais. En même temps, le fait de dépendre d'elle m'agaçait. Et puis, bien sûr, j'étais jalouse. Un peu parce qu'elle était jolie — sans rien de spécial, toutefois. Beaucoup parce que je lui enviais sa bonne humeur, ses points de repère, en particulier sa famille — elle trouvait si naturel d'en avoir une — et la vie qu'elle avait eue, d'une façon générale.

Dès le premier jour, l'université me plut. Sans doute parce que, en ne suivant qu'un cours ou deux par session, j'étais convaincue de leur intérêt. À la fin de chaque trimestre, je passais des heures avec Rita à étudier le programme des trois prochains mois et à débattre des options offertes. Nous plaignions les étudiants qui se consacraient entièrement à leurs études, puis qui, en général, au bout de quatre ans, tournaient le dos à l'université. J'aimais bien la comparaison que faisait Rita avec les cow-boys et leur manuel de sexologie :

« Entrer. Sortir. Répéter, si nécessaire. »

Je m'abstenais toujours de la contredire sur ce point, mon expérience se limitant à un seul cow-boy.

Rita et Jennifer, l'autre serveuse du Pete's Diner, m'incitaient pourtant à enrichir mon expérience en la matière. Sans cesse, elles essayaient de me pousser dans les bras d'un copain, mais ça ne marchait jamais. L'éventail des « possibles » — selon l'expression de Rita — allait de quelque intellectuel ébouriffé, en tee-shirt noir, au cow-boy à cheveux courts et jean serré, en passant par l'occasionnel yuppie, sorti d'une école de commerce.

J'appris très vite à deviner les idées politiques de ces garçons et leurs préférences musicales, en l'espace de dix minutes. Et tous étaient animés de l'envie de faire l'amour immédiatement. Certains essayaient de me faire craquer avec l'alcool ou un joint. D'autres par leurs discours, ce qui était pire, ou presque. En tout cas, le but recherché était toujours le même, et il fallait d'abord entendre un tas de conneries avant d'y arriver.

En général, je me sentais plus heureuse seule. Je savais maintenant que Cassie avait eu raison : je n'étais pas vilaine. Ni stupide, à défaut d'être brillante. Peut-être étais-je trop sérieuse. Je ne riais pas assez.

Les magazines, que Rita me mettait sous le nez, expliquaient comment attirer l'attention d'un garçon. Comment flirter. Comment pressentir une relation réussie. Par conséquent, je connaissais le mode d'emploi. Mais arborer un décolleté plongeant, feindre la fascination quand j'avais déjà envie de dormir, afficher de l'intérêt pour le foot, la Bourse ou la politique, ce n'était pas dans mes cordes. Si bien que je passais souvent le samedi soir au lit, mais avec de la lecture. Et quand Rita rentrait — soit dans la nuit, soit le dimanche matin — avide de tout me raconter en détail, j'avais mon lot de frissons, sans être sortie de chez moi.

Au Pete's Diner, je me sentais à l'aise. La nourriture était assez correcte pour que je n'aie pas honte de la servir aux clients. Rita, Jennifer et moi travaillions en harmonie, et Pete jouait plus ou moins, auprès de ses trois serveuses, un rôle paternel.

J'aurais pu être mieux rémunérée ailleurs, par exemple dans une supérette, ouverte toute la nuit. Mais dans ce genre de commerce il fallait toujours s'attendre à ce qu'un drôle de client vous plaque contre le mur et vous tire dans le dos.

Deux femmes, rencontrées dans la maison au stuc jaunâtre, se faisaient pas mal d'argent dans une société de télémarketing. Mais comment peut-on appeler des inconnus qui n'ont pas envie de vous parler, juste pour leur vendre quelque chose dont ils n'ont pas besoin ? Non, merci.

La vie se déroulait gentiment et l'idée du grand bonheur — quelle qu'en soit l'apparence — ne me préoccupait pas beaucoup.

De même, la décision de quitter Albuquerque ne fut pas la conclusion d'une longue réflexion. Cinq ans au Pete's Diner représentaient déjà un bail. Rita était entre deux petits amis et, moi, je n'avais pas eu le moindre rendez-vous depuis un bon moment. Notre immeuble se détériorait sérieusement et, comme le propriétaire n'assurait qu'un minimum d'entretien, nous commencions à chercher autre chose, mais les prix avaient considérablement grimpé. Et puis, suivre un cours par semestre à l'université n'était plus que de la routine.

Alors, un soir où nous descendions un pack de bières, devant l'écran noir d'une télévision HS, nous avons commencé à parler changement. Déménagement. Ville nouvelle. Endroit intéressant. Quelque chose d'un peu excitant. Et romantique.

Assises sur le canapé, nous nous sommes regardées et, en chœur, nous avons dit :

– Santa Fe.

Tout simplement.

TROISIÈME PARTIE

Santa Fe

Mai 2000

15

FRAIS ET ENSOLEILLÉ, ce mercredi matin a néanmoins très mal commencé. D'abord, quand j'ai voulu allumer la lampe, au-dessus de l'évier, l'ampoule a grésillé quelques secondes, puis est morte. Ensuite, au moment où je la dévissais, le verre s'est détaché du culot. Il a fallu que je coupe le courant, et que je m'arme d'une petite pince pour déloger le métal. Enfin, tandis que je pestais, l'ampoule neuve est tombée dans l'évier, se brisant en mille morceaux qui ont volé dans toute la cuisine, avec la brusquerie d'un orage d'été.

Rita est arrivée, m'a regardée et a marmonné quelque chose au sujet de biorythmes, avant de m'aider à ramasser les plus gros morceaux de verre. Je balayais le reste quand elle m'a rappelé que je ne devais pas marcher pieds nus. Sa grand-mère lui disait toujours qu'un éclat de verre « risque de passer dans le sang, de monter directement au cerveau et de vous tuer ». « Juste comme ça ! » a ajouté Rita, en claquant des doigts.

Parfois, ce genre d'explication n'est qu'à moitié alarmant.

Il est déjà sept heures trente quand j'en ai fini avec cette histoire d'ampoule et je suis censée travailler dans une heure. Je peux encore y arriver, à condition de me secouer. Dès que je sors de la douche, je saute dans mes vêtements, descends l'escalier quatre à quatre et traverse Guadalupe, sans me soucier des passages protégés, pour me diriger vers la rivière. Quelques sans-abri commencent à remuer dans leurs sacs de couchage tandis que je coupe à travers DeVargas Park, passe devant l'aire réservée au skate-board, vide à cette heure, et le panneau interdisant les graffiti que les tagueurs ont recouvert d'un échantillon de leur art.

Je jette un coup d'œil vers les petits groupes d'hommes qui, assis à des tables de pique-nique, boivent du café dans des gobelets en plastique, en mangeant des Twinkies et des *burritos*. La plupart sont en jean et tee-shirt, bottes de caoutchouc, ou chaussures de jogging, et casquette de base-ball. Le tatouage est de rigueur. Eux ne sont pas des sans-abri, mais ils n'ont pas de travail, pas de but, par choix ou à cause des circonstances. Ils occupent ces tables presque chaque jour, parfois en s'agitant quand une femme passe, parfois très occupés à expliquer à leurs copains que la vie serait parfaite si la consommation de la marijuana était légale, ou si on pouvait acheter de la bière avec des tickets d'alimentation. Je m'efforce d'ignorer ceux que je surnomme les Garçons des bancs, de crainte qu'ils ne m'interpellent.

Après avoir traversé à Don Gaspar, je tourne sur la gauche, au pas de charge, puis je prends sur la droite, à l'ombre, le long de la rivière. Quelque chose attire mon regard — peut-être la longue chevelure noire qui se balance dans le dos de cette femme qui s'éloigne vers la Plaza. Puis je la vois disparaître à l'angle de West San Francisco.

Spontanément, je descends du trottoir, déchaînant un Klaxon et un coup de frein, dans un crissement de pneus sur l'asphalte. Par-dessus mon épaule, je lance :

– Désolée !

J'aperçois à peine la voiture et son chauffeur, et je me soucie peu des regards contrariés des touristes affamés, quand je coupe la file d'attente devant Pasqual's. Comme il est encore tôt et que la plupart des magasins sont fermés, il n'y a dans la rue, à part les touristes, que des gens qui se rendent à leur travail. La femme a disparu, mais voyant se refermer lentement la porte de la Plaza Galeria, je me précipite pour la retenir.

Aucune boutique n'est ouverte et la galerie marchande serait complètement vide sans un couple — habillé de façon identique, à la manière de jumeaux, en l'occurrence bermuda kaki, chemise écossaise et pull marin noué sur les épaules — qui regarde la vitrine de la bijouterie Santa Fe Goldworks. Je cours vers le fond de la galerie, m'arrête près de l'escalier, regarde, écoute. Rien.

Quand je reviens sur mes pas, le couple contemple maintenant l'artisanat du Shalako Indian. La femme lève la tête, paraît vaguement surprise de rencontrer mon regard, puis retourne à l'argent et aux turquoises.

Dehors, à l'ombre des bâtiments, j'emprunte West San Francisco jusqu'à l'angle de la Plaza, tourne ensuite à gauche, dans Lincoln, pour me rendre au siège de Dos Hombres, sur Marcy Street.

« Isabel est morte. Point. »

Seulement, je vis depuis assez longtemps au Nouveau-Mexique pour me dire qu'une morte peut très bien se mêler aux passants ordinaires.

Dale est au téléphone lorsque j'arrive.

– Bien entendu, madame Renaldi, murmure-t-il.

S'il jette un coup d'œil à sa montre, il doit tout de même se contenter de me lancer un regard noir. Dès que j'ai accroché ma veste au portemanteau, je m'assois et essaie de déchiffrer les notes que Kirk a laissées dans mon casier.

Dale raccroche et vient se planter devant mon bureau.

– Tu as dix minutes de retard, Avery.

– Je suis désolée.

– Comme toujours. Qu'est-ce qui t'est arrivé cette fois-ci ? Ton réveil a oublié de sonner ?

Le voyant se mordre l'intérieur de la joue, je me dis qu'il a tout d'une fouine. Et c'est exactement ce qu'il est.

– J'ai poursuivi le fantôme de ma mère.

Mais Dale n'est pas d'humeur à sourire.

– Cette fois-ci, ce sera inscrit dans ton dossier.

Pendant qu'il s'éloigne, je marmonne :

– Si tu as un problème d'orthographe, tu me le dis.

Quelques minutes plus tard, il revient et me met un papier sous le nez.

– Signe, s'il te plaît.

Il dépose son stylo devant moi, avant que j'aie le temps d'ouvrir un tiroir. Je jette un coup d'œil au feuillet.

– Ah ! Tu veux que je valide ta mise en garde contre mes retards à répétition.

Dans l'unique but de l'agacer, je prends le temps de lire. Il tambourine sur le plancher, soupire, danse d'un pied sur l'autre.

– Qu'est-ce que tu attends pour signer ce truc ?

Quand je balaie un grain de poussière imaginaire, je sens que Dale me tuerait volontiers. Mais il ne le peut pas, et c'est ce qui donne sa saveur à cet instant.

– Tu es sur quoi en ce moment ? me demande-t-il, en attrapant son document.

– Je m'occupe du ravitaillement pour la semaine prochaine.

Préférant éviter son regard, je farfouille dans mon tiroir, quand il m'annonce :

– Horacio vient à dix heures. Il aura besoin d'aide pour préparer la soirée chez les Hilburn. Tu seras disponible ?

– Sans problème.

– Tu te souviens que tu devras aussi assurer le service ?

Je relève lentement la tête et plonge mon regard dans ses petits yeux ronds comme des boutons de guêtre.

– Est-ce qu'il m'est déjà arrivé de te faire faux bond ?

Négligeant de me répondre, Dale fait atterrir un dossier à côté de l'ordinateur.

– Tâche d'être à l'heure, d'accord ? Ça, c'est pour la visite chez Chris DeMarco, demain après-midi… Encore une fois, pas de retard, insiste Dale, grinçant. Et que ça ne te prenne pas tout l'après-midi.

Au bout de Canyon Road, les magasins et les galeries cèdent la place à un quartier résidentiel, où je trouverais mon bonheur si j'en avais les moyens. La plupart sont de vieilles demeures aux murs de pisé, entourées d'une longue enceinte brune. On trouve aussi dans le quartier la Buena Vista Gallery — appartenant à DeGraf — installée dans une ancienne écurie. Un mesquite ombrage une partie de la cour de gravier où sont encore visibles les anneaux auxquels on attachait les chevaux.

Puisqu'on m'envoie chez les DeMarco, un peu plus loin, après Acequia Madre, je peux aussi bien passer devant la galerie. Oh, c'est tout bêtement la curiosité qui me pousse à vouloir jeter un coup d'œil à la vitrine… Ce ne sera même pas la peine d'entrer. DeGraf ne doit pas souvent venir dans cette partie de Canyon Road qui n'a rien d'un quartier branché.

Ce que présente la vitrine me surprend. Je ne vois que *santos* et *retablos*, croix milagro, cœurs sacrés, kachina hopi, fétiches zuni, tissages navajo, statues primitives de femmes aux ventres enflés et d'hommes généreusement dotés par la nature. Sans parler des masques, des objets perlés, des poteries et de la vannerie. Pas du tout le genre de choses que j'aurais associées à DeGraf. Je pousse la porte, comme on se jette à l'eau, les lunettes de soleil sur le nez.

Les cheveux roux, frisottés, un diamant dans le nez, une femme, assise derrière un petit bureau richement sculpté, mange un beignet, tout en consignant des notes dans un agenda. Elle me jette un rapide regard, me classe dans la catégorie des fauchés, retourne à son agenda.

– Il y a deux autres salles, au fond, me dit-elle machinalement. Si vous avez des questions, n'hésitez pas.

– Vous auriez quelque chose d'Isabelle Colinas ?

– Euh… Oui.

J'ai capté l'attention de la femme rousse qui se lève, en enlevant des miettes sur sa robe en tricot noir.

– Je veux simplement regarder. C'est au fond ?

– Oui. Dans la deuxième salle. Si vous souhaitez que j'ouvre la vitrine, appelez-moi.

Malgré les diffuseurs d'huiles aromatiques, la galerie conserve les odeurs de son passé. Elle sent le bois patiné par l'âge, les herbes desséchées depuis longtemps et l'éternelle poussière. Il me semble entendre des selles de cuir craquer, des chevaux hennir et ruer dans leurs boxes. Soudain, un immense cheval noir, surgissant dans un rayon de soleil, me surprend au point que je dois me retenir à une vitrine horizontale.

Une pile de brochures tombe, faisant accourir la femme rousse.

– Excusez-moi, dis-je, accroupie pour ramasser les brochures. J'ai… perdu l'équilibre.

– Ne touchez pas aux vitrines, s'il vous plaît, me demande-t-elle.

Puis elle disparaît, le front plissé.

Je glisse l'un des documents dans mon agenda, remets le reste en place et me dirige vers la dernière salle, en pensant à Driver, le cheval de Will Cameron. Je viens d'être victime d'une hallucination, due à un faisceau de lumière. Un souvenir a jailli. Après tout, Driver reste le seul cheval que j'aie jamais vu. Mon regard s'attarde sur le long rayon de soleil dans lequel j'ai cru le revoir. Je passe devant sur la pointe des pieds.

Tout au fond de la dernière salle, une vitrine, de la longueur du mur, renferme ce que je cherche : la collection Lara Collins.

Je retire mes lunettes.

La première œuvre est un collage intitulé *Coins de ciel*. Il comporte des bandes de couleurs variées, correspondant à des cieux différents. On va d'un lever de soleil rose à un ciel nocturne, clouté d'étoiles autour d'un quartier de lune, en passant par des nuages chargés de neige, des cumulus d'orage, le bleu cobalt d'un ciel d'été au-dessus du désert, un crépuscule lavande.

Vient ensuite *Un kilomètre dans mes baskets*, illustré par une paire de baskets noires, montantes, sous des arcs-en-ciel perlés. Puis une courtepointe se présente comme un *Hommage à M. C. Escher*, avec sa broderie complexe représentant des poissons sortant de l'eau pour devenir des oiseaux qui prennent aussitôt leur envol. À côté, un tout petit gilet a pour nom *Superpositions de couleurs*. De grands cercles de différents bleus et quelques nuages blancs servent de toile de fond à d'extraordinaires oiseaux multicolores.

La dernière œuvre est un carré de tissu noir dont les bords mal taillés suggèrent une création inachevée. Au centre, un colibri a été brodé à grands points d'inégales longueurs qui restituent parfaitement la texture des ailes. Les fils de coton de la tête verte et de la gorge rubis brillent d'un éclat métallique qui reproduit à merveille le chatoiement de l'oiseau au soleil couchant. Amalia avait l'habitude de dire que les *chuparosas* — les colibris — sont des messagers du monde spirituel.

Je sors la brochure et regarde, au dos, les six photos d'artistes. Trois ont voulu séduire, la peau parfaite et le sourire dents blanches, dans un éclairage étudié. Deux ont opté pour l'image de l'artiste au travail, le cheveu en bataille, le front plissé, des taches de peinture en évidence. Quant à Isabel — je trouve que son pseudonyme ne lui va pas du tout —, à quoi pensait-elle ? Sa photo est inclassable. Elle a offert son profil au photographe, mais le visage est légèrement tourné vers l'objectif. Elle semble étudier quelque chose, au loin, comme si elle avait oublié qu'elle posait.

La femme rousse se tient soudain à mes côtés.

– Si vous avez des questions à me poser…

– Quelle heure est-il ?

Elle regarde sa montre.

– Quatorze heures dix.

– Oh là là !

– Qu'y a-t-il ?

– J'ai un rendez-vous, et je risque d'être en retard.

Me tournant vers mon interlocutrice, je la vois sourciller à l'instant où elle remarque mes yeux. Un sourire aux lèvres, je fais demi-tour.

Isabel avait raison. C'est amusant de surprendre les gens.

En général, le samedi matin, Rita travaille et, pendant ce temps, je vais à la campagne faire le marché pour la semaine. Je pourrais m'y rendre en voiture, mais je n'aime pas conduire dans les rues étroites de Santa Fe. Les touristes, tout comme les gens d'ici, semblent penser que l'observation de la loi est réservée aux autres. En définitive, le pick-up Toyota qui devait m'être indispensable, selon Rita, reste la plupart du temps garé à l'arrière de la maison.

À la gare, je coupe par le parking. Une Mercedes décapotable passe avec fracas, en soulevant des nuages de poussière. Derrière le petit dépôt, un homme, à la longue barbe grise, en salopette de jean baggy, lave à grands jets un gros diesel rouge et jaune. Poursuivant mon chemin, je longe les vieux wagons qui sont venus, de New Jersey Central et de Santa Fe Southern, échouer sur une voie de garage, la peinture écaillée, les fenêtres condamnées, et affligés d'un curieux avertissement : « Ne pas emporter. »

Tout au bout du parking, sous la fraîcheur des arbres et des ombrelles, une foule se presse devant les étals du marché de produits frais. Comme chaque samedi matin, tout le monde vient se ravitailler de bonne heure, afin d'échapper à la grosse chaleur et à la poussière qui sera suspendue dans l'air comme un rideau. Je commence par acheter du café et une pâtisserie aux graines de pavot qui craquent doucement sous la dent. Tout en mangeant, j'écoute une femme, en jupe longue, chanter et jouer sur sa guitare du folklore mexicain.

Je suis le mouvement de la foule jusqu'aux produits bio où je prends de petites asperges, des radis, et des carottes au goût sucré. Un peu plus loin, je goûte un fromage de chèvre, enrobé de cendre, me retrouve avec une bouche comme un petit galet gris mais, conquise par la saveur proche de celle du parmesan, j'achète un morceau pour la maison.

– *Buenos días, señorita.* Vous allez bien ?

La señora Castillo m'accueille avec solennité à sa petite table couverte de boîtes de poudres, de bouteilles de sirops et de teintures, de paquets de thé et de pots d'onguents. Au-dessus de sa tête, une planche supporte une grande variété de bouquets de plantes séchées.

– *Buenos días, señora.* Oui, ça va. Et vous-même ?

– Bien, me répond la señora Castillo, en frottant son grain de beauté sur la joue.

– Votre sœur va bien également ?

Les deux sœurs — la seconde s'appelle la señora Garcia — ont une maison familiale et un jardin à Galisteo et vendent leurs produits saisonniers sur le marché. La señora Garcia a tout d'une femme âgée, avec ses cheveux blancs et son dos si voûté qu'elle lève les yeux pour vous regarder — moi, y compris — et ne vous voit que du coin de l'œil. La señora Castillo n'est pas sensiblement plus jeune, mais le temps a moins de prise sur elle. Toutes les deux portent un lourd châle noir sur leur robe sombre, quelle que soit la température et, avec l'une comme avec l'autre, la conversation est identique.

– Oui, elle va bien, elle aussi. Voulez-vous du thé ?

Je me vois offrir un gobelet blanc, semblable à ceux dans lesquels on vous demande d'uriner à l'hôpital.

– Aujourd'hui, c'est de l'*amolillo.* Le meilleur. Très doux. Mon frère, il arrache les racines au Colorado, *el Día de los muertos.*

Ce que j'apprécie le plus dans ce rituel c'est qu'il me permet d'apprendre les noms espagnols des plantes. Une gorgée de ce thé nouveau me confirme qu'il s'agit bien d'*amolillo*, le *palo dulce* d'Amalia, ou encore la racine de réglisse de Cassie.

– Contre la toux, vous ajoutez du miel, m'explique ma marchande. Mâchez les racines pour arrêter de fumer.

– Très bien. Je me souviendrai que je dois prendre quelque chose contre la toux. Mais aujourd'hui j'ai besoin de *manzanilla*, de *cenizo* et de *toronjil*.

La señora Castillo me tend un grand sachet de camomille, et un autre sachet, plus petit, de sauge pourpre. Puis elle ouvre une vieille boîte de thé et prend juste ce qu'il faut pour remplir un autre petit sachet de mélisse. Enfin, elle m'aide à déposer mes achats dans mon panier, prend l'argent, et souhaite que Dieu m'accompagne.

J'en suis à me demander, devant l'étal de la boulangerie Cloud Cliff, si j'ai encore les moyens de m'offrir un pain aux noix, quand on me marche sur le pied.

– Oh, zut ! Je suis désolée, fait la voix rauque, mais agréable et vaguement familière, d'une femme qui pose sa main sur mon bras. Ça va, ou je vais avoir des nouvelles de votre avocat ?

C'est cette même personne que j'ai vue avec Paul DeGraf, chez lui. Elle renifle bruyamment.

– Je crois malheureusement que je vais survivre.

À l'instant où je me retourne, elle me reconnaît.

– Tiens. Bonjour. Vous êtes Avery, n'est-ce pas ?

– Avery James. C'est exact.

– Lindsey Hemmings. Comment va la vie ?

– Bien. Et pour vous ?

Lindsey rit, les yeux fermés, les lèvres retroussées, comme celles d'un chien qui gronde.

– Je ne peux pas me plaindre. Enfin, je pourrais, mais ça ne changerait rien. Écoutez, je voulais vous appeler, enchaîne Lindsey, en parlant de plus en plus vite. Ou plutôt votre employeur. Je donne une soirée en septembre, et comme j'ai beaucoup aimé votre buffet et votre service, chez Paul, j'espère que vous n'êtes pas trop débordés. Vous pourriez vous en assurer pour moi ?

Lindsey renifle de nouveau.

– Je suis terriblement allergique à cette poussière.

– Il faudrait téléphoner au bureau. Je travaille cet après-midi mais je pourrais vous contacter après, si vous voulez.

Lindsey est déjà en train de fouiller dans sa grande sacoche de cuir, d'où elle sort des papiers, un brosse pleine de cheveux blonds, un chéquier dans un étui tissé, rouge et noir, un portefeuille qui a perdu sa languette de cuir, un paquet de Virginia Slims, un briquet Bic. Finalement, elle brandit son portable et me le met dans les mains.

– Tenez. Appelez-les maintenant.

Sur l'appareil qui tient au creux de ma paume, je tâtonne avant de pouvoir composer le numéro du bureau. Juana me répond et, après quelques allées et venues, m'annonce que Lindsey Hemmings peut compter sur nous le troisième vendredi soir de septembre.

Hans et Eva Klein sont suédois ou danois, enfin quelque chose de ce genre. Comme tous les Européens du Nord, ils adorent le Sud-Ouest américain, en été. Las des longs hivers rigoureux, ils n'ont jamais trop chaud et n'hésitent pas à recevoir entre quatorze et dix-huit heures, en jean, tee-shirt à manches longues et gilets de cuir. Ils ont l'air aussi heureux que des cochons dans leur porcherie et s'étonnent que les autres soient au bord de la crise cardiaque, en particulier ceux, comme nous, qui cuisinent et assurent le service. J'ai l'impression d'avoir perdu cinq kilos en transpirant.

Il est près de vingt heures lorsque, les derniers chauffe-plats et les bonbonnes chargés dans la fourgonnette, je peux enfin grimper dans mon pick-up et reprendre le chemin de Santa Fe. En voyant le soleil se coucher dans une explosion d'orange, de bleu et d'or, je pense soudain à Cassie. Le soir, nous avions l'habitude, assises sur le perron, de contempler le flot de couleurs qui semblaient sourdre de la terre pour se répandre dans le ciel, tout en buvant notre café de cow-boy, avec une montagne de sucre et ce détestable lait en boîte.

Découvrant sur le parking, derrière la maison, une coccinelle noire, garée à côté de la Plymouth de Rita, je me dis que je vais sûrement faire la connaissance de Rick Soler.

L'appartement est plongé dans le noir. J'allume dans l'entrée, regarde autour de moi. Une veste d'homme en velours côtelé, jetée sur un bras du canapé, une cravate étroite et noire, soigneusement pliée, et des mocassins sous la table à café ne me laissent plus aucun doute.

Je jette mon sac sur mon lit, puis me dirige vers la salle de bains. La porte de la chambre de Rita ne ferme jamais complètement. On peut la tirer tant qu'on veut, rien n'y fait et, par l'entrebâillement, s'échappent des bruits caractéristiques. J'entends Rita gémir et le lit craquer au rythme de mouvements dont il est facile d'imaginer la nature.

Je me replie dans le séjour, où la bande sonore des ébats est plus discrète. J'allume le lampadaire, m'assois avec un magazine, le feuillette bruyamment, mais voilà que je me surprends à tendre l'oreille. Pitoyable, non ?

Alors je prends, sur une pile de linge propre, un tee-shirt, acheté dans une foire locale, l'enfile, me verse un verre de vin et sors sur le balcon.

Des barreaux de fer forgé manquent à la balustrade, consolidée à l'aide d'une chaîne. J'évite de m'y appuyer. Bruissant dans le vent, les feuilles du platane font un bruit de pluie.

En dessous, la porte du salon de beauté est ouverte et j'entends Linda et Alma rire tout en nettoyant leur local. Je les imagine faire de petits tas de cheveux avec leurs balais. Cheveux fins, noirs, raides. Cheveux teintés au henné. Cheveux blonds, fourchus. Cheveux bleus comme de la fausse fourrure. Leur radio diffuse une mélodie qui monte jusqu'à mon balcon. Les paroles m'échappent, à l'exception de *« mi corazon »* : mon cœur.

Quand, soudain, derrière moi, le séjour se rallume, je me retourne, à demi aveuglée par la lumière.

Rick Soler. Oh, là ! De taille moyenne, mais joliment musclé, sportif, il a ce quelque chose de l'aristocrate espagnol que tous ceux qui ont, ici, les cheveux noirs et un nom ibérique voudraient posséder. Tandis qu'il roule ses manches, il regarde autour de lui et me découvre sur le balcon.

Un Anglo-Saxon, à sa place, m'aurait déjà adressé un sourire stupide, un petit geste, aurait tendu la main. Rick Soler m'observe, sans bouger, attendant que j'entre dans le séjour.

– Bonsoir. Vous devez être Rick.

– Et vous, Avery, me répond-il, la voix chaude, sans le moindre accent, en me tendant la main.

Rita surgit, impeccable, comme si elle ne s'était allongée que pour faire un petit somme. Elle me sourit.

– Comment s'est passé le barbecue ?

– Dans la fumée et la sueur habituelles.

– Il fait froid ici, non ? remarque-t-elle, les bras serrés sur la poitrine.

– Excuse-moi. J'ai bu un verre sur le balcon, en laissant ouvert.

Pendant quelques instants, nous échangeons des regards gênés.

– Vous devez avoir faim, tous les deux, dis-je finalement.

Tout en gardant une expression d'une dignité solennelle, Rick a un petit sourire timide qui me fait penser à l'apparition d'un bref rayon de soleil dans un ciel nuageux.

– Nous avions l'intention de sortir, annonce Rita. Tu veux nous accompagner ?

Quelle surprise ! D'ordinaire, Rita n'expose pas ses hommes à la moindre distraction quand elle est avec eux. Il est vrai que, pour elle, je n'entre pas dans cette catégorie.

– Je te remercie, mais je ne suis pas très en forme. Je crois que je vais me faire un peu de cuisine, ici.

– Ça ne t'ennuie pas si on reste ?

Nous buvons nos bières au goulot, pendant que Rick, assis à la table de la cuisine, sirote un verre de notre scotch bon marché. Rita met le couvert, moi, je fais fondre une cuillerée de gras de bacon dans une marmite en fonte, avant d'éplucher un oignon, de le couper en deux, puis en fines lamelles qui font grésiller la matière grasse quand je les jette dedans.

– Vous êtes d'ici, Rick ?

– De Socorro. Et vous ? me demande-t-il.

– De Florales. Rita, tu peux mettre des tortillas au four ?

Du placard sous l'évier, je sors le grand bocal de piment rouge en poudre et les deux plus petits d'origan et de cumin. Rita prend dans le réfrigérateur le Tupperware de cinq litres qui contient du potage à la viande et le pose sur le comptoir, à côté de la cuisinière. Chaque fois que je me retourne, je constate que Rick m'observe, sous le regard de Rita.

Quand les oignons sont devenus transparents, je les saupoudre de piment, de cumin, et ajoute une pointe d'origan. Puis j'ouvre le Tupperware et verse assez de potage pour trois sur le fond d'oignons, d'épices et de matière grasse, provoquant un concert de grésillements.

Rick aspire une grande goulée d'air parfumé.

– Je me croirais dans la cuisine de ma mère, commente-t-il.

– C'est un avantage d'avoir une cuisinière pour colocataire, déclare Rita, en me souriant, avant de se tourner vers Rick.

– Vous venez d'une famille nombreuse ?

Ma question a l'air d'amuser Rick.

– Je n'ai qu'un frère et une sœur.

– Où sont-ils ?

– Mon frère est en Californie. Ma sœur vit toujours chez nos parents, à Socorro. Rita m'a dit que vous étiez allées toutes les deux à l'université. Probablement quelques années avant de venir ici, j'imagine.

Dès que le potage commence à frémir, je remplis nos bols, Rita enveloppe les tortillas dans un torchon de cuisine propre, et nous nous attablons à notre tour. Les yeux fermés, Rick hume une cuillerée de potage. Puis il porte la cuillère à sa bouche, goûte le mouton, les haricots, mâche lentement, avec une grande concentration.

– Qui vous a appris à cuisiner comme ça ? Votre mère ? me demande-t-il.

J'avale une longue gorgée de bière, repose la bouteille.

– Jusqu'à treize ans, j'ai grandi dans un orphelinat du Colorado et je me débrouillais pour passer pas mal de temps auprès de la cuisinière mexicaine.

– Et à treize ans, qu'avez-vous fait ?

– Je me suis enfuie.

Rick se balance sur sa chaise, le dos collé au dossier.

– Pourquoi ?

– La cuisinière venait de mourir.

Brusquement nous partons tous les trois d'un grand éclat de rire, absurde, suivi d'un silence embarrassé. Rick boit une gorgée d'eau avant de me demander :

– Ils n'en ont pas trouvé une autre ?

– Esperanza était irremplaçable.

– Vous vous sentiez proche d'elle ?

– C'était…

À la recherche de l'explication la plus facile, je m'interromps un instant. Puis je poursuis :

– C'était une institution religieuse. Nous nagions dans des concepts d'amour : charité chrétienne, fraternité, amour, sous toutes ses formes, mis à part la sexualité. Mais de toutes les personnes qui travaillaient là, Esperanza était la seule à aimer les enfants. Et nous le savions.

– Pourquoi n'avez-vous pas été adoptée ? Les enfants blancs, en bonne santé, le sont facilement.

– J'étais souffreteuse. On ignorait tout de mes parents. Et puis mes yeux faisaient peur, je crois…

– Qu'est-ce qu'ils ont vos yeux ? s'étonna Rick, en étudiant mon visage.

– Ils ne sont pas de la même couleur. Même avec les lentilles marron que je porte, le droit a des reflets dorés, et pas l'autre.

– Ce n'est qu'un détail.

– On devait craindre d'autres anomalies, dis-je précipitamment. De plus, je n'ai jamais été très docile.

À travers le sourire de Rick, je perçois une certaine compréhension.

– Comment êtes-vous arrivée à Florales ?

– En stop, intervient Rita.

Elle me regarde, le visage illuminé, comme une mère qui ne peut résister à l'envie de raconter l'histoire de son enfant.

– Avery n'avait pas l'intention de s'arrêter là, mais elle mourait de faim, et elle est tombée sur une vieille dame qui l'a emmenée chez elle et…

– Rita… Je ne crois pas que Rick ait envie d'entendre tout ça.

– Au contraire ! avoue Rick. J'adore les histoires. D'où je viens, chaque famille a ses *cuentos*, ses propres récits qu'elle se raconte autour du feu. C'est probablement ce qui m'a conduit au journalisme.

Quand Rick a prononcé « cuentos », avec un s proche du *z*, j'ai perçu pour la première fois son ascendance espagnole.

– Est-ce que tu penses écrire un jour autre chose que des articles ? lui demande Rita, le menton dans la main. Un livre ou un scénario ?

– Ce n'est pas exclu. Mais ce n'est pas pour demain, lui répond-il.

Il leur faut un moment pour se souhaiter bonne nuit. L'appartement étant trop exigu pour qu'ils oublient ma présence, je m'attaque à la vaisselle pendant qu'ils prennent leur temps sur le palier. Rita lui propose de le raccompagner à sa voiture, mais Rick refuse. Quand je passe devant la porte, je les vois prolonger leur étreinte.

J'entends un dernier gros soupir, la porte qui se referme, le bruit du verrou, puis Rita entre dans la cuisine, le teint rosi, comme si elle venait de prendre le soleil.

– Alors ? Que penses-tu de lui ? me demande-t-elle en sortant de nouvelles bières du réfrigérateur.

– Il a un sourire ravageur.

Rita ouvre les bouteilles, m'en tend une. Nous nous asseyons à la table.

– Ce doit être sérieux, non ? fais-je. Tu n'as pas l'habitude de les amener ici pour que je te donne mon avis.

Un pied sur la chaise, la jambe pliée, le menton appuyé sur le genou, je ferme les yeux. Le constat de ma solitude me donne envie de frissonner.

– Je n'en sais rien, me dit Rita. Mais il est vraiment différent de tous ceux que j'ai connus jusqu'à présent.

– Écoute. Je le trouve intelligent, sexy. Et il est visiblement fou de toi.

– Tu insinues que les autres étaient nuls ?

– Non, je te le dis carrément !

Nous éclatons de rire. Puis un silence s'installe.

– Il y a quelque chose dans l'air, finit par remarquer Rita.

– C'est-à-dire ?

– À toi de m'expliquer. Je te trouve bizarre. Qu'est-ce qu'il y a ?

La nuit semble pousser contre la fenêtre, au-dessus de l'évier.

– Rien de particulier ?

Je me lève et jette le reste de ma bière.

– Je suis simplement fatiguée. Je vais me coucher.

16

Ce dimanche d'été est l'une des rares journées où nous sommes toutes les deux libres, Rita et moi, et nous avons tellement envie de bouger que nous nous levons de bonne heure, avalons une tasse de café et partons à pied, avant qu'il fasse trop chaud, pour l'église de Cristo Rey. Ensuite, nous déjeunerons sur la terrasse d'El Farol.

Longer le bord ombragé de la rivière serait un plaisir absolu si un vent chaud ne s'était déjà levé. Nous transpirons comme les fameux trois petits cochons quand nous quittons le paseo de Peralta pour nous engager dans Canyon Road. Il y a déjà une foule de touristes, habillés pour le safari artistique — les hommes, en short et polo, les femmes déguisées en coquelicots géants, dans leurs robes vaporeuses. Certains, voulant à tout prix s'engager en voiture dans les rues étroites, tombent sur l'inévitable visiteur qui manœuvre sa Cadillac en sens interdit.

Le vague intérêt que peut susciter cette animation ne vaut tout de même pas la peine de se tordre une cheville et, préférant concentrer mon attention sur le trottoir étroit, mal nivelé, je me laisse bercer par le bruit monotone de mes pas.

À un moment donné, Rita s'arrête brusquement.

– Avery, est-ce que ce ne serait pas… ?

Elle fixe, de l'autre côté de la rue, une galerie que quelqu'un est en train d'ouvrir. Ce n'est autre que la Pinnacle et, dans la vitrine, je vois le portrait d'Isabel, ainsi qu'un petit écriteau qui signale : « Tableau de Thomas Hemmings ».

Le choc se renouvelant, j'en oublie presque que j'ai déjà vu ce tableau.

– Oui, c'est elle.

Nous traversons précipitamment pour nous planter devant la vitrine.

– Qu'est-ce qu'elle est belle !

– Était.

– Je peux vous aider ? nous demande l'homme qui déverrouille la porte.

– Quel est le prix de ce tableau ? fait Rita.

– Je suis désolé. Il n'est pas à vendre, nous indique l'homme, en souriant, des mèches blondes sur le front. Il appartient à M. DeGraf, le propriétaire de la galerie.

– Alors, pourquoi est-il en vitrine ? s'étonne Rita.

Le sourire devient très professionnel.

– C'est une œuvre si remarquable qu'elle incite à entrer. Nous avons d'autres œuvres de Tom.

– Ah ! Je vois. Elle sert d'appât.

Cette fois-ci, l'homme blond a un éclat de rire qui offre une vue panoramique sur ses trente-deux dents.

– En quelque sorte, dit-il.

Rita me donne un coup de coude pour me signaler qu'une femme derrière nous attend pour pénétrer dans la galerie. Nous nous reculons, et l'homme blond se détourne pour la suivre lorsque son regard se pose sur moi. Déjà à ses affaires, il a néanmoins un infime sursaut, puis jette un coup d'œil au tableau avant de revenir à moi un instant.

Pour une fois, Rita s'abstient de tout commentaire. Silencieuses, nous continuons notre chemin, en balançant les bras mécaniquement, inondées de sueur, tandis que la rue devient très escarpée.

Le temps d'arriver à l'église, puis de redescendre vers El Farol, nous sommes exténuées par la chaleur, sèche et pesante.

Installées à une table, sur la terrasse ombragée, nous commandons des cheeseburgers au poivron vert. Bien que je sache parfaitement que si je bois de la bière je tomberai de sommeil dans l'après-midi, je ne résiste pas à l'envie d'en commander une, lorsque Rita me promet d'en prendre la moitié.

La lenteur du service est, pour nous, l'un des attraits de ce restaurant, en ce sens que nous n'avons jamais le sentiment d'être poussées dehors. Tandis que le vent ébouriffe nos cheveux humides, nous observons le défilé des touristes et des gens du cru qui font leurs courses.

Rita joue avec la carte publicitaire qui invite à goûter la tequila El Tesoro.

– Ça va ? me demande-t-elle.

– Je n'en sais rien. Je suis aussi tendue que si je patinais sur la lame d'un couteau.

Rita prend un morceau du bon pain campagnard qu'elle trempe dans de l'huile d'olive.

– Tu ne crois pas que c'est normal, étant donné ce qui t'arrive en ce moment ? Je veux dire… Tu découvres enfin qui est ta mère. Qui elle était… Et ces œuvres. Et son dernier ami…, martèle Rita, en tendant la main vers ma bière.

– Mercredi matin, j'ai cru la voir. Je me suis lancée à la poursuite d'une femme sur West San Francisco.

– Et ?

– Elle avait déjà disparu.

– Dans un magasin, sûrement.

– Rien n'était encore ouvert.

– Elle était peut-être dans la Plaza Galeria.

– J'y suis allée.

– Tu as pensé aux toilettes ?

– Non.

Je pince les lèvres. Puis quelque chose me pousse à avouer :

– Je regrette presque d'être tombée sur son portrait. Tu comprends ?

Le front plissé, Rita n'a pas du tout l'air de comprendre.

– Je ne te dis pas que cette histoire est complètement folle, Avery. Mais, tu sais, quand tu as une nouvelle voiture, tout à coup tu as l'impression de voir la même partout.

Prise de court, je suis sauvée par la serveuse qui arrive au même moment avec nos plats.

Camino del Monte Sol est l'une des adresses les plus convoitées de Santa Fe. Entre les galeries de Canyon Road et la Old Santa Fe Trail, très passagère, la rue arborée possède sur un kilomètre et demi quelques-unes des plus belles maisons de la ville.

C'est là que vit Lindsey Hemmings. Très exactement, tout au bout de la rue, sur la gauche, comme elle me l'a expliqué au téléphone, en ajoutant que si j'arrive au carrefour qui précède le lycée St John, je serai allée trop loin. En d'autres termes, il est facile de rater l'adresse, donc je fais très attention, et je suis récompensée. J'aperçois le mur extérieur bordé de *chamisa*, de *cholla*, de plantes du désert, assez tôt pour m'éviter d'aller jusqu'au carrefour. On ne voit pas la maison, seulement l'allée de gravier qui dessine une courbe à partir de la rue.

Lorsque j'arrive à la hauteur d'un bouquet d'oliviers de Bohème, la maison aux murs bruns, de style pueblo, se dresse si brusquement devant moi que je freine de peur de rentrer dans la façade. Une Mercedes jaune, convertie en taxi, avec l'une de ces plaques très personnelles — sur celle-là je peux lire : ARTLVR — est garée à l'ombre, la capote baissée.

Lindsey se tient à côté de la voiture, en short, et tee-shirt ample, les manches relevées. Quel que soit son âge, elle est en grande forme. Je crois qu'elle m'attend, puis je vois le chien — l'un de ces minuscules yorkshires qui ont tout de gros rats pleins de poils. Et le voilà qui se met à courir autour de la camionnette, avant même que j'aie eu le temps d'en descendre, en aboyant comme un fou. On croirait voir un gnome indien encerclant un train.

– Oh, Barnes, tais-toi, soupire Lindsey.

Puis elle se tamponne le nez avec un mouchoir en papier rose.

Je prends mon sac et mon dossier sur le siège du passager, et j'ouvre la portière.

Lindsey m'accueille, tout sourires.

– Bonjour, Avery. Entrez, je vous en prie.

Je la suis dans le hall carrelé qui ouvre sur un séjour semi-circulaire où des portes-fenêtres, de la longueur d'un mur, offrent une vue panoramique de la Sangre de Cristo. De chaque côté de la pièce part un *zaguan*, ou large couloir, dont les murs blancs servent de support à toute une variété de tableaux.

– Vous avez une maison magnifique, dis-je en sortant un stylo de mon sac.

Puis j'ouvre mon dossier de devis sur une feuille vierge.

– Quel genre de réception souhaitez-vous ?

Lindsey m'arrête d'un geste de la main.

– Discutons en buvant un verre de vin.

– Merci. Je ne prends rien. J'ai trop de travail cet après-midi.

D'un mini-réfrigérateur encastré dans un meuble, mon hôtesse sort une bouteille de vin blanc et se sert un verre.

– Je travaille toujours mieux quand j'ai bu deux verres de vin.

Plus curieuse que polie, je l'interroge :

– Que faites-vous ?

– Je jongle, fait Lindsey, en riant. Dans les investissements financiers.

– Donc, vous voulez que je vous organise un cocktail ? Un dîner ? Combien serez-vous ?

– Je pense plutôt à un cocktail. Informel. J'ai un ami, dont vous avez peut-être entendu parler : Andrew Halvorsen. Il tourne des documentaires. Il va projeter son film sur le Kosovo au Lensic. Il récolte des fonds pour des organisations caritatives. Je tiens surtout à un buffet de grande qualité mais avec des choses faciles à manger. Sans sauce. Je ne peux pas rédiger des chèques avec les doigts gras. Il y aura environ cent cinquante invités.

– Ce n'est pas un peu petit ici pour tout ce monde ?

– Oui, mais laissez-moi vous montrer…

Lindsey s'approche des portes-fenêtres, presse un bouton qui déclenche le glissement d'un panneau. Je la suis à l'extérieur, dans un grand patio pavé, meublé de tables, de chaises, de canapés d'osier. Un petit fossé sablonneux borde le patio et, sur l'autre bord, commencent les collines en pente douce couvertes de pins pignons.

– De ce côté, il y a la cuisine, me fait observer Lindsey.

Elle me conduit vers la droite, jusqu'à la cuisine où on pénètre par d'autres portes-fenêtres. Une cuisine comme celle-là, avec ses placards en pin vernis et ses céramiques orange et vertes de Talavera, n'importe quel chef cuisinier en ferait bien son domaine.

– D'accord, dis-je. Ça devrait aller.

Sur ma feuille, je dessine grossièrement un plan des lieux, avant que Lindsey me raccompagne dans le hall. Les tableaux, accrochés dans le couloir, ont un air vaguement familier. Un cow-boy de rodéo, assis sur la barrière d'une arène, a été reproduit sur une affiche publicitaire, l'année dernière. Je regarde la signature : Thomas Hemmings. Bien sûr. Normal que ces tableaux me disent quelque chose.

Tournée vers Lindsey, je lui demande :

– Êtes-vous la femme de Thomas Hemmings ?

– Plus maintenant, me répond-elle, un petit rire déplaisant à l'appui. Tous ces tableaux ont fait partie de nos accords financiers au moment du divorce.

– Oh, je…

– En fait…, annonce Lindsey, les yeux plissés, j'avais aussi le portrait de votre mère, mais Paul m'a suppliée de le lui vendre… J'imagine qu'il ne vous a pas raconté ce qui s'est passé avec ce tableau.

– Eh bien…

– Non, il ne pouvait pas le faire. Mais vous le saurez, quand les gens apprendront que vous êtes la fille de Lara.

– Que vais-je découvrir ?

– Ce qui est arrivé entre votre mère et mon mari, m'explique Lindsey, le sourire crispé. J'espère que vous ne serez pas choquée.

– Je ne le suis pas facilement.

– Tant mieux. Vous êtes sûre de ne pas vouloir un verre de vin ?

– Je suis sûre. Merci.

– Alors, au moins, asseyez-vous, me dit mon hôtesse en me montrant l'un des *bancos*, riches en coussins.

Pour m'installer, je dois en repousser trois — confectionnés dans du cuir — qui ont dû coûter plus cher que notre canapé entier. Lindsey s'assoit par terre, en tailleur.

– Il y a des années que je connais Paul. Nous nous sommes rencontrés à Paris. Nous vivions tous les deux dans le quartier du Marais. J'étais séparée de mon premier mari, Jay — il avait trouvé le moyen de partir avec une fille au pair de dix-neuf ans. J'ai failli en mourir. Vous comprenez, c'est très difficile de tomber sur une fille au pair qui travaille correctement.

Quelques secondes s'écoulent avant que je comprenne que j'étais censée rire.

– Donc, je vivais là-bas avec ma petite fille dans un vieil immeuble, horrible, qui sentait l'urine et le chou. J'attendais que le divorce soit prononcé, je subsistais grâce aux chèques que m'envoyait Jay quand il se souvenait de moi, et en faisant un peu de journalisme pour les publications en anglais de Paris. Paul, lui, possédait un magnifique appartement, à deux pas de mon horrible immeuble. C'est ainsi à Paris. Nous nous sommes rencontrés, un jour, à la boulangerie. J'essayais d'expliquer à la garce qui tenait le magasin que je voulais du pain de la veille — parce qu'il était moins cher — et elle faisait semblant de ne pas comprendre. Paul m'a entendue, il s'est rendu compte que j'étais américaine, et il est intervenu. J'ignore ce qu'il a dit à cette femme, mais elle est devenue rouge comme une tomate et m'a enfin donné ce que je lui demandais.

» Paul était très gentil. Il connaissait un tas d'expatriés anglais et américains. Il m'a présentée à Tom — qui apprenait la restauration des œuvres d'art — et à plusieurs personnes qui ont acheté mes articles et m'ont donné d'autres travaux d'écriture...

– Donc, vous étiez journaliste.

– Oh, j'ai fait des piges, pas plus. Beaucoup d'articles sur des gens qui sortaient de l'ordinaire, sur de nouveaux restaurants, des lieux à visiter, hors des sentiers battus... Toujours est-il que Paul a dû venir ici pour s'occuper de la succession de sa mère, qu'il a décidé de rester. Nous nous sommes alors perdus de vue. Jusqu'à ce que je vienne à mon tour à Santa Fe avec Tom. Un jour, nous sommes entrés à la Pinnacle Gallery et Paul était là. C'est lui qui nous a convaincus de nous installer ici. Il a fait connaître Tom, et nous sommes devenus amis, Paul et Lara, Tom et moi.

Lindsey boit une longue gorgée de vin avant de poursuivre :

– Tout se serait bien passé si Paul et Lara n'avaient cessé de s'accrocher puis de se raccommoder. Jusqu'au moment où Tom a décidé de faire le portrait de Lara. Mais dès la première séance de pose, elle a couché avec lui. Un jour Paul est venu à l'atelier — moi, j'étais partie pour Albuquerque faire du shopping — et les a surpris dans ce genre de situation généralement qualifiée de compromettante.

– Et vous avez demandé le divorce.

Lindsey sourit, les yeux comme du verre bleu.

– Sur-le-champ ! souligne-t-elle. Mais... c'est à croire que je ne sais pas choisir mes hommes !

– Je suis navrée pour vous.

– Ne le soyez pas. C'est de l'histoire ancienne.

– Mais Paul et Is... Lara sont restés ensemble ?

– Que croyez-vous ? ironise Lindsey. Lara avait les pieds sur terre.

– Paul a pardonné ?

– Il était allé trop loin. Il ne pouvait plus se passer d'elle longtemps. Quoi qu'elle fasse.

– Vous avez reparlé à Lara après ça ?

– Oui. Parce que je voulais rester amie avec Paul.

– Qu'est-il arrivé à la petite fille ?

L'espace d'une seconde, Lindsey est décontenancée.

– Vous parlez de ma fille ? me demande-t-elle. Sophie est devenue une originale, comme vous pouvez l'imaginer. Elle donne dans la peinture. Elle vit entre Paris, la Grèce et… le Maroc, il me semble.

– Vous êtes en contact avec elle ?

– L'expression est juste. En tout cas, elle ne me retourne pas mes chèques.

Ne sachant que dire, je reviens au but de ma visite.

– Avez-vous une idée du genre de buffet que vous voulez, ou souhaitez-vous que Kirk vous fasse des suggestions ?

Au lieu de me répondre, Lindsey m'observe quelques instants.

– Vous savez, la ressemblance est incroyable. Et Lara était très belle. Vous pourriez l'être aussi, avec un peu de maquillage, une autre coiffure, d'autres vêtements. Une allure différente… Oui, enchaîne Lindsey, après une pause, je pense que Kirk devrait me suggérer un thème. Ou deux, pour que j'aie le choix. Ce qui stimulerait mon imagination.

– La projection du film est prévue à quelle heure ?

Lindsey prend son verre et achève de le vider avant de me répondre :

– Dix-neuf heures. Il y en a pour une heure. Disons que nous pourrions commencer ici à vingt heures.

– Vous avez l'intention de limiter la durée du cocktail ?

– Certainement ! Je sais que mes invités sont des gens capables de vider toutes les caves de Santa Fe. Je n'ai pas les moyens de faire face. J'indiquerai sur les cartons : vingt heures-vingt-trois heures. Je dois sans doute me charger des invitations.

– Non. Mais nous avons besoin de connaître la formulation exacte. J'ajoute que nous demandons quinze pour cent de frais supplémentaires pour ce genre de prestation.

– Humm. Merci de m'avertir. Je crois, dans ce cas, que je vais prendre mon stylo.

Lindsey se lève, va chercher une bouteille de vin dans le réfrigérateur, me la tend.

– Il n'est pas trop tard.

– Merci. Je dois partir. Je vous ferai parvenir deux menus, avec les prix, d'ici la fin de la semaine.

Bien que je n'aie nulle envie de m'enliser dans une quête éperdue, et probablement vaine, d'Isabel/Lara, je ne peux rester indifférente à ce que je viens d'apprendre. Je me surprends à me demander comment Paul DeGraf réagirait si je l'interrogeais au sujet d'Isabel et de Hemmings, ce que je m'imagine mal faire, de toute façon. Le connaissant à peine, je devine néanmoins sous le lustre un fond de tristesse qui ne m'incite pas à déterrer un vieux chagrin, simplement pour satisfaire ma curiosité. J'aurais l'impression de ressembler à ces gens qui se tordent le cou pour apercevoir un corps, quand ils passent sur le lieu d'un accident.

Mais je connais quelqu'un qui n'hésiterait probablement pas à m'informer.

Il est plus de midi quand me vient l'audace de téléphoner à cette personne. Malheureusement, au son de sa voix, je comprends que je l'ai réveillée.

– Thomas Hemmings ?

– Évidemment. Qui d'autre pourrait décrocher mon téléphone ?

– Pardon de vous importuner…

– Bon. Vous m'importunez, c'est vrai, et vous êtes navrée. Maintenant, que voulez-vous ?

– Euh… vous ne me connaissez pas…

– Mais vous m'appelez quand même…

– J'aimerais vous demander quelque chose au sujet de ma mère.

– Si je ne vous connais pas, comment pourrais-je connaître votre mère ?

– Elle a été l'un de vos modèles. Il y a longtemps. Je veux parler de Lara Collins.

Le silence s'installe jusqu'à ce que je reprenne :

– Elle s'appelait Lar…

– J'ai entendu, observe Thomas Hemmings.

Il marque une pause avant d'avouer :

– J'ignorais qu'elle avait des enfants.

– Une fille unique.

Redoutant que l'audace m'abandonne, je m'empresse d'ajouter :

– Je me demandais si je pourrais venir vous voir un jour prochain.

– Attendez une minute, attendez une minute. Si vous vous imaginez que je suis votre père, vous faites fausse route. J'ai subi une vasectomie il y a des années. Bien avant que je rencontre… Ça fait des années.

– Je sais très bien que vous n'êtes pas mon père, dis-je en refrénant une envie de rire.

– Ah, bien… Mais alors qu'attendez-vous de moi ?

– Des informations.

– À quel propos ?

– Au sujet d'Isabel. Lara…

– Je peux vous répondre immédiatement. Ce ne sera pas la peine de venir jusqu'ici.

– Laissez-moi vous expliquer quelque chose, s'il vous plaît. Je ne l'ai jamais connue. Il y a seulement quelques semaines que je sais qui elle était. Je cherche des renseignements la concernant…

– Je ne la connaissais que comme modèle, en réalité.

– Ce n'est pas ce que j'ai entendu dire.

Je viens de commettre une énorme erreur tactique, et si Thomas Hemmings était sur la défensive, il frôle maintenant la paranoïa.

– Écoutez, j'ignore qui vous êtes et ce que vous cherchez…

– Monsieur Hemmings, je vous en prie. Je vous ai dit qui je suis et ce que je veux. Je vous promets de ne pas vous retenir longtemps. Simplement, je…

– Vous n'allez pas me retenir du tout. Vous êtes vraiment maladroite. J'ai fait le portrait de Lara Collins. Elle a posé pour moi, je l'ai payée, point. Maintenant laissez-moi tranquille.

Et Hemmings raccroche.

Lorsque à neuf heures trente, mercredi matin, j'entre dans la Dream Weavers Gallery, Elaine Cumming est en train de vider deux énormes cartons. Elle me sourit dès qu'elle lève les yeux.

– Bonjour. Puis-je vous aider ?

– J'étais l'autre soir au vernissage. Avery James…

– Oui. Bien sûr, je me souviens de vous. Dois-je comprendre que vous avez fait un héritage et que vous venez nous acheter la galerie ?

Les lunettes de soleil sur le nez, les mains au fond des poches de mon jean, je fais de mon mieux pour dissimuler ma nervosité.

– Eh bien, oui, j'ai en quelque sorte fait un héritage. Mais ce n'est pas de l'argent, et je ne cherche qu'une petite information.

Elaine sort un kimono en patchwork, savamment travaillé, le secoue légèrement puis l'étale sur une chaise où il y en a déjà une pile.

– Si je peux vous la fournir, ce sera avec plaisir.

– Ce gilet… de Lara Collins…

– Oui ?

– Je viens de… d'apprendre, ou plutôt de m'entendre confirmer que Lara est… était ma mère.

Elaine scrute mon visage un instant, croise les bras.

– Vraiment ? Quelle… surprise ! Je veux dire que j'ignorais qu'elle était mariée.

– Elle ne l'était pas.

– Oh, désolée ! fait Elaine, en se tapant le front. Vous savez, je me disais bien que vous lui ressembliez. Comment avez-vous appris… ?

– J'ai vu le portrait. Une œuvre de Tom Hemmings, dis-je.

Tandis que j'enlève mes lunettes de soleil, j'entends Elaine s'exclamer :

– Oh, mon Dieu ! Vous êtes vraiment… mais l'autre soir…

– J'ai l'habitude de porter des lentilles marron. Voyez-vous, si je suis revenue c'est parce que je n'ai jamais connu ma mère. J'ignorais jusqu'à son nom. L'autre soir vous m'avez dit qu'elle avait travaillé pour vous pendant quelque temps, et j'aimerais que vous me parliez d'elle.

– Je ne sais que vous dire.

– Tous vos souvenirs d'elle seront les bienvenus. Par exemple, en me disant qu'elle était une femme charmante, vous m'avez déjà beaucoup appris.

Elaine regarde les cartons comme s'ils pouvaient contenir une information, puis m'explique :

– Nous n'avons pas eu une relation véritablement personnelle. Nous avons vu son travail, il nous a plu, et nous avons pris contact avec... Paul, parce qu'il était son agent. Suzanne et moi avions beaucoup de respect pour l'artiste qu'elle était, mais nous... Vous connaissez bien Paul DeGraf ?

– Non. Pas vraiment. Je l'ai rencontré chez lui, parce qu'il avait fait appel à Dos Hombres, mon employeur, pour organiser une soirée. C'est à cette occasion que j'ai vu le portrait de ma mère.

– Il était son agent et... je ne sais quoi d'autre, ajoute Elaine, visiblement déconcertée. Il intervenait beaucoup dans ses rapports avec les autres, il me semble. Mais il serait mieux placé que moi pour vous parler d'elle.

– Sans doute, mais j'aimerais réunir le plus d'informations possible.

C'est là un aveu que je fais pour la première fois.

– Je comprends, me dit Elaine. Seulement, mes souvenirs datent de dix ans. Écoutez, poursuit-elle, en regardant sa montre. Drew va arriver dans quelques minutes. Si vous voulez je vous retrouve au Starbucks dans une heure environ. Je vous dirai ce dont je me souviens.

Elaine est arrivée avant moi. Elle me fait signe, puis prend sa tasse et souffle sur le café pour le refroidir, envoyant sur la table un spray de mousse laiteuse qu'elle se met à essuyer nerveusement.

– C'est bouillant, explique-t-elle.

Je prends un café et un petit pain, m'assois en face d'elle.

– Merci d'être venue.

– Je vous en prie. Regardez, je vous ai apporté ça.

Elle pousse vers moi une brochure marron et vert, avec un soleil en son centre. En dessous, on peut lire : « Katalysis et associés. Soutien aux entreprises familiales ».

– Qu'est-ce que c'est ?

– L'organisation caritative dont Lara s'occupait. Suzanne m'a rappelé les démarches que faisait Lara auprès des galeries. Vous pouvez garder cette brochure. Nous sommes sur leur liste. Il s'agit avant tout d'une organisation sans but lucratif qui prête à de petites entreprises familiales, en Amérique centrale.

– Merci.

Je jette un regard sur la brochure avant de la plier et de la mettre dans mon sac.

– Je voulais vous la donner, m'explique Elaine, parce que c'est peut-être la seule façon dont je puisse vous être utile. Nous venons, Suzanne et moi, de fouiller dans nos souvenirs, mais, en fait, nous ne connaissions pas beaucoup Lara. Nous ne fréquentions pas les mêmes personnes. On admirait son travail, nous avions de bonnes relations d'affaires, mais à part ça…

Laissant sa phrase en suspens, Elaine ajoute du sucre dans son café, avant de préciser :

– Nous avons rencontré Lara une seule fois hors de la galerie, et à cette époque-là elle était séparée de Paul.

– Savez-vous à qui je pourrais m'adresser ?

– Oui… Je connais plusieurs personnes… Mais la plupart sont des artistes.

– Et c'est un problème ?

– Pas vraiment… Comment dire… Quand une artiste a autant de succès que Lara…

– Elle avait tant de succès que ça ? Je l'ignorais.

– Eh bien, je dirais que dans sa spécialité, elle était au top, si on considère les galeries où elle exposait, ses clients, et les prix qu'elle pratiquait. Quand vous avez un tel succès, poursuit Elaine en regardant ses ongles rongés, vous suscitez des jalousies professionnelles. Beaucoup d'artistes sont de grands enfants, vous savez. Et les enfants sont capables de beaucoup de méchanceté.

– Par exemple ?

– On l'a accusée de plagiat. « Tu m'as copié. » Ou : « Tu m'as volé mon idée. » Ce genre de chose. En réalité, même si un artiste copie la technique d'un autre, c'est ce qu'il en fait qui importe, m'explique Elaine, le menton appuyé sur sa main.

– Lara avait « emprunté » des idées à quelqu'un ?

Elaine éclate de rire.

– Elle le faisait constamment. Avec tous les artistes qu'elle rencontrait. Mais le résultat n'appartenait qu'à elle. Elle trouvait des couleurs extraordinaires. Les artistes qui croient qu'on s'approprie leurs idées sont ridicules. Il n'y a rien de nouveau sous le soleil. Simplement des variations sur un nombre de thèmes limité. Vous comprenez ?

– Il me semble. Oui.

– Je crois que je ne peux guère vous en dire plus.

Mais, tout à coup, Elaine s'anime.

– Je pourrais peut-être vous indiquer les noms des personnes ou des galeries qui possèdent des œuvres de Lara. Vous irez les voir. Et puis si vous avez des questions à me poser, j'aurai peut-être quelques réponses.

Elaine déchire une feuille de son agenda et note : Buena Vista, Full Moon (Cate Mosley), Liza Gardner (The Good Hearth), Lindsey Hemmings.

– Lindsey Hemmings a l'une de ses œuvres ?

– Un poncho, je crois. Vous la connaissez ?

– Un peu. En fait, je suis chargée de lui organiser un cocktail. Mais elle… son mari…

Le rire d'Elaine, si contagieux, éclate de nouveau.

– Je vois. Vous avez entendu parler de la romance de Lara et de Tom. Mais vous ignorez que Lindsey Hemmings n'est pas le genre de personne à se séparer d'une œuvre d'art simplement parce qu'elle n'aime pas l'artiste…

Elaine réfléchit un instant, le regard sur ses notes.

– Si vous avez envie, poursuit-elle, d'aller également voir Tom Hemmings, son atelier se trouve à Taos.

– Je l'ai appelé.

– Et il a refusé de vous parler ?

– Il m'a raccroché au nez. Je crois que je l'ai réveillé. Pourtant il était midi.

– Il est lunatique. Essayez une autre fois. Si vous tombez sur un bon jour, il peut être charmant. Que pourrais-je encore vous dire ? me demande Elaine en me souriant.

– Qu'y a-t-il entre Paul DeGraf et vous ? fais-je, presque aussi surprise qu'elle par ma question.

Son sourire ne s'efface pas, mais se fige.

– Que voulez-vous dire ?

– Il suffit que son nom soit prononcé pour que je sente chez vous une sorte d'animosité.

– Ce n'est même pas ça, m'explique Elaine en me dérobant son regard. Nous avons simplement des personnalités très différentes.

– L'autre soir, à la galerie, vous lui avez parlé d'achats au Mexique. Y avait-il un sous-entendu ?

– Oh, ce n'était qu'un peu de provocation.

Elaine se met à mâcher le bout de sa cuillère de plastique. Elle est décidément une mâcheuse invétérée.

– Tout à l'heure, vous m'avez demandé si je le connaissais bien. Que vouliez-vous savoir ?

– Ce qu'il vous avait raconté au sujet de Lara.

Je finis ma tasse de café, la repose sur la soucoupe, puis avoue :

– Je trouve qu'on a bien du mal à me parler d'elle. Je ne sais pourquoi, mais j'ai l'impression que personne ne me dit la vérité.

– À moins que chacun ne se fasse sa propre idée de la vérité.

– Quelle est la vôtre, Elaine ?

– Je n'ai jamais été impliquée dans la vie de Lara. Je ne peux vous rapporter que ce que j'ai vu et entendu. Mais j'ignore où est la vérité.

Les bras sur la table, je me penche vers Elaine.

– Voulez-vous que je vous dise ce que je pense ? Chacun sait deux ou trois choses, pas plus. Si j'obtenais des témoignages honnêtes, j'arriverais à la vérité en les regroupant.

Je sens qu'Elaine hésite, se parle mentalement, puis je la vois soupirer.

– Bien, dit-elle finalement. Comme je vous l'ai déjà dit, Paul et Lara évoluaient dans un milieu que Suzanne et moi n'avons jamais fréquenté. Paul tirait déjà les ficelles dans le monde de l'art quand nous sommes arrivées ici. Le jour où nous avons acheté la galerie, la précédente propriétaire nous a fait part de son opinion sur les différents agents artistiques. Elle n'aimait pas DeGraf parce qu'il imposait ses prix sur les œuvres de Lara.

– Ce n'était pas avec son accord ?

– Écoutez. Je vous dis simplement ce que j'ai entendu. Un tas de gens — pour la plupart des amis de Lara, je crois, et surtout des femmes — estimaient qu'elle était sous la coupe de DeGraf. Ils étaient les amants terribles de Santa Fe depuis des années. On savait tout de leurs ruptures et de leurs retrouvailles. Après l'histoire avec Tom Hemmings, tout le monde a cru que c'était fini entre eux. Et puis, peu de temps après, ils ont annoncé leurs fiançailles, et Lara s'est installée chez Paul. Les paris ont couru sur le temps qui s'écoulerait avant qu'ils s'entre-tuent.

Sentant qu'elle s'échauffait, Elaine s'interrompit soudain.

– Pardonnez-moi. C'était une image.

– Je le sais. Ne vous inquiétez pas. Mais que savez-vous encore ? Qu'est-ce que Paul achète au Mexique ?

– Je regrette vraiment d'avoir parlé de ça. Je me serais tue si j'avais su que vous étiez la fille de Lara. Et puis, en ce qui me concerne, j'ai eu mes problèmes à ce sujet…

– Ça restera entre nous.

– Je ne vous demande pas de le jurer sur la Bible.

Elaine eut un nouveau soupir, plus long, plus fort que les autres.

– La rumeur disait que DeGraf était un trafiquant d'art. Il se procurait, disait-on, des objets volés dans des églises du Mexique et de toute l'Amérique centrale. Comme Lara faisait partie de Katalysis, on supposait que leurs querelles venaient de là. Pas seulement du fait que Paul fût extrêmement possessif.

– Et alors, que s'est-il passé ? Il ne s'agissait que de rumeurs ? Y a-t-il eu une enquête ?

– Je ne le crois pas. Ce n'était peut-être que des rumeurs, effectivement. Toutefois, il se peut que DeGraf se soit servi de ses relations. Il en a beaucoup. En tout cas, on l'a soudain vu dans le journal, aux côtés du consul mexicain qui le félicitait d'avoir permis au Mexique de rapatrier une statue — un *Santo Niño*, il me semble — qui avait disparu d'une église de Guadalajara, ou d'ailleurs, je ne sais plus. Mais tout ça…

Elaine porte son regard vers la rue.

– … c'est de l'histoire ancienne.

17

HORACIO ÉMINCE des oignons, les joues baignées de larmes. Avec Juana, je retire la peau des poivrons grillés quand le téléphone sonne. Marmonnant un juron, je prends un torchon pour essuyer en vitesse mes mains poisseuses avant de décrocher.

– Dos Hombres, à votre service.

Le téléphone coincé contre l'épaule, j'entends :

– Pourrais-je parler à Avery James, s'il vous plaît ?

L'appareil glisse et m'oblige à jongler une seconde, pendant que je sens mon cœur tambouriner.

– C'est moi.

– Paul DeGraf.

– Je vous avais reconnu.

– Comment allez-vous ?

Que mes mains tremblent ne m'empêche pas de répondre :

– Très bien.

– J'aimerais vous parler.

– En ce moment, je suis occupée.

– Vous travaillez ce week-end ?

– Oui.

– Quand êtes-vous libre ?

– Mardi.

– Ne prévoyez rien. Je passerai vous prendre à dix heures. D'accord ?

– C'est mon seul jour de congé et j'ai un tas de…

– Je vous en prie. C'est important.

– Bon.

Je donne un coup de torchon au téléphone, raccroche, vais me rincer les mains, et les sèche, avant de retourner à mes poivrons grillés, sous le regard interrogateur de Juana que je feins d'ignorer.

Petite maison en brique, dans une vie antérieure, l'herboristerie de Guadalupe est une relique des temps anciens. Sur l'enseigne, au-dessus de la porte, on peut encore lire : The Good Earth. Suspendue à la poignée, une clochette tinte, mélodieuse, quand j'ouvre la porte, et une jolie jeune femme, au teint olivâtre et coiffée avec des dreadlocks, couleur chocolat, me sourit derrière un comptoir démodé, chargé de pots d'apothicaire. Dans son dos, des étagères croulent sous les flacons, les pots, les boîtes de métal. Suspendus à des planches, des bouquets d'herbes séchées répandent dans l'air des senteurs agréables qui me font penser à Cassie.

– Je suis Avery James. Je vous ai téléphoné en demandant si je pourrais parler à Liza Gardner.

– Oui. Je suis Cookie, sa nièce, me dit la jeune femme d'un ton à la fois sec et chantant, comme une Anglaise. Je dois vous avertir que ma tante prend des remèdes qui jouent parfois sur sa mémoire. Je ne suis pas sûre qu'elle puisse vous aider. Elle a des hauts et des bas.

– Je ferai en sorte de ne pas m'attarder.

– Tatie ?… Tu as une visite.

Quelques minutes passent sans aucun écho, puis une porte s'ouvre derrière le comptoir, et une femme apparaît, vêtue d'une sorte de kimono, vert et brun. Une vaporeuse crinière de cheveux gris fait ressortir la couleur café de sa peau. Bien qu'elle ne semble pas être d'un âge très avancé, elle se déplace avec une lenteur pesante, comme si chaque pas lui coûtait. Remarquant le regard éteint de ses yeux noirs, je sens le découragement m'envahir.

– Tatie, voici mademoiselle James, dont je t'ai annoncé la visite. Est-ce que je te fais une infusion ?

Liza Gardner regarde autour d'elle, sans me voir.

– Oh, oui ! J'en boirai avec plaisir.

– Si je suis tombée sur un mauvais jour, dis-je, maladroitement, je peux revenir une autre fois.

Réagissant au son de ma voix, Liza Gardner me découvre enfin. Une ombre frémit dans ses yeux. Elle m'observe, silencieuse, puis fronce les sourcils.

– Isabel ? demande-t-elle, avec un accent semblable à celui de sa nièce, bien que moins prononcé.

– Ce n'est pas Isabel, tatie, mais mademoiselle James. La fille d'Isabel.

« La fille d'Isabel ». J'ai l'impression d'avoir entendu une locution étrangère. Peut-être parce que c'est la première fois que quelqu'un parle d'Isabel, et non de Lara.

Je fais un pas vers Liza qui, à son tour, s'avance vers moi, puis se fige, le souffle coupé. Aussitôt, Cookie vient la soutenir.

– Ça ne va pas ? Tu veux ton médicament ?

– Non, non, pas maintenant, répond Liza.

Elle me regarde puis se tourne vers sa nièce, un petit soupir aux lèvres.

– Les jeunes ne peuvent pas même imaginer toutes les souffrances que la vie réserve, dit-elle.

Mais la douleur semble aiguiser son esprit. De nouveau, elle pose son regard sur moi.

– Ainsi, vous êtes sa fille.

Je retiens mon souffle. J'ai un million de questions au bout de la langue, mais je m'abstiens de contrarier l'enchaînement délicat des pensées de Liza Gardner.

– Venez par ici, me dit-elle.

Et nous voilà assises dans des fauteuils clubs, devant la fenêtre, tandis qu'on peut entendre Cookie préparer l'infusion dans l'arrière-boutique. Une bouilloire heurte un comptoir de céramique, de l'eau coule, des tasses s'entrechoquent.

Bien que la température ambiante doive dépasser les trente degrés, Liza se tasse dans un coin du fauteuil, comme si elle avait froid. Je me penche à demi vers elle.

– J'essaie de rencontrer des personnes qui ont connu Isabel pour qu'elles me parlent d'elle. J'aimerais connaître les souvenirs qu'elle vous a laissés, madame Gardner.

La tête appuyée au fauteuil, elle ferme les yeux. Je crains qu'elle ne se soit endormie quand, brusquement, elle retrouve la parole.

– Isabel aurait pu être une herboriste exceptionnelle, mais elle a préféré devenir une artiste. Elle rassemblait sans cesse des petites choses, des bouts de tissu, des boutons, des rubans pour ses compositions. Elles étaient magnifiques, mais j'ai toujours pensé…

Liza rouvre les yeux en entendant des pas approcher. Cookie me tend une grande tasse de camomille fumante, et en pose une autre, sur une petite table, à côté de sa tante.

– Attends que ça refroidisse, tatie.

Liza semble hypnotisée par les gestes de sa nièce qui ajoute dans l'infusion une cuillerée de miel et un zeste de citron. Mais je m'empresse de relancer la conversation.

– Vous disiez ?

– J'ai toujours été persuadée qu'elle aurait été plus heureuse parmi les plantes.

– Pendant combien de temps a-t-elle travaillé pour vous ?

– Je ne sais plus. Quatre ans. Peut-être cinq. Par intermittence en tout cas.

Le carillon tinte, et Cookie va accueillir un homme, grand, mince, les cheveux blonds et raides. À l'instant où elle a tourné le dos, Liza a glissé une main déformée sous son fauteuil. Je la vois en sortir une flasque et verser une bonne rasade de je ne sais quel alcool dans sa tasse. Puis, le regard fixé sur sa nièce, elle rebouche le flacon et le remet dans sa cachette.

– On n'a pas trouvé mieux pour calmer la douleur, dit-elle quand Cookie se tourne vers nous. Non, il n'y a pas mieux que la camomille.

– À propos d'Isabel…

Liza cesse de siroter son infusion, l'air pensif, pour me répondre :

– Elle était impatiente, et vous êtes bien comme elle. Ce doit être la maladie des jeunes. Mais pour quelqu'un qui connaissait si bien les plantes, et ce qui se passe à chaque nouvelle saison… elle manquait vraiment de patience. Elle voulait brûler les étapes, faire très vite parler de ses œuvres. Le magasin à peine fermé, elle retournait à son art. Elle s'acharnait comme une folle… Peut-être savait-elle que le temps lui était compté.

– Elaine Cumming m'a dit que vous aviez peut-être une ou deux de ses créations à me montrer.

Tandis que Cookie dépose les achats de l'homme blond dans un sac et les débite sur sa carte de crédit, Liza ferme les yeux. La bouche entrouverte, elle respire laborieusement. Elle m'inquiète.

– Ça va ?

– Mais oui.

Elle essuie de la salive sur son menton, essaie de se redresser. Au lieu de partir, de la laisser se reposer, j'attends.

– J'ai une tapisserie d'elle. Intitulée *Souvenir en jaune*, ou quelque chose de ce genre. Cookie, tu vas me chercher cette tapisserie, ma chérie ? Elle est au-dessus du bureau.

Le client est ressorti dans un tintement de clochette.

– J'y vais, tatie.

– Est-ce qu'elle vous a dit d'où elle venait ?

– D'Ortiz, dans le Colorado. C'est au bord d'un fleuve, il me semble. Sa mère s'appelait Josephita. Elle disait toujours qu'elle irait la chercher un jour, mais elle ne l'a jamais fait.

– Savez-vous pourquoi ?

– Elle devait avoir honte de la façon dont elle la traitait. J'ai tenté de… de lui expliquer, enchaîne Liza, après quelques respirations courtes et précipitées, qu'une mère pardonne presque tout à son enfant, si elle peut le revoir, mais…

Je bouge sur mon fauteuil, impatiente, tandis que la conversation de Liza dévie.

– C'était quand même une fille bien. Pas du tout comme on la présentait.

– Que disait-on d'elle ?

– Elle était trop jolie pour ne pas faire parler les gens.

À trop refréner une envie de hurler, j'en viens à murmurer.

– Qu'est-ce qu'ils racontaient ?

– Ils parlaient de ses aventures amoureuses, évidemment. Mais, en vérité, c'étaient les hommes qui couraient après elle, et non l'inverse. Elle faisait à peine attention à eux. Peut-être parce qu'elle en avait assez.

Liza tend une main fragile vers sa tasse mais ne parvient pas à la saisir.

– Aidez-moi à attraper cette tasse, voulez-vous… Quel est votre nom, déjà ? me demande-t-elle.

– Avery, dis-je en lui tendant l'infusion qu'elle boit lentement, les yeux mi-clos.

– Merci, Avery. Oui. Les hommes se décourageaient d'ailleurs. Sauf un. Celui-là s'est acharné.

Cookie réapparaît avec, pliée en deux sur le bras, une pièce de tissu qu'elle vient déposer sur mes genoux. Le tissu est poussiéreux, comme tout le reste au Nouveau-Mexique.

Je le déplie, et c'est toute la splendeur automnale du Nouveau-Mexique septentrional qui se déploie sous mes yeux. De loin, on doit croire qu'il s'agit d'un tableau. De près, on est saisi par la somme de travail que représente cette composition. La variété de jaunes et d'ors est incroyable. Timidement, Cookie me fait remarquer les différentes techniques employées : photo transfert, perlage, broderie réalisée avec des rubans de soie, points jetés, petits points de tapisserie, extrêmement fins, qui créent une illusion de tissage. Tant de patience, derrière ce travail, me stupéfie.

– C'est quelque chose, n'est-ce pas ? commente Cookie.

– Vous êtes vous-même une artiste ?

– Non, pas du tout.

– Je ne suis pas de cet avis, remarque Liza. Ma nièce coud merveilleusement.

– D'accord, je couds. Mais je ne fais que des vêtements.

– Tu les crées de toutes pièces.

– Si tu préfères, tatie, concède Cookie, en échangeant un sourire avec sa tante. Avant de venir ici, je n'avais jamais entendu parler d'« art texture ». Mais les œuvres d'Isabel ont vite fait mon admiration. Elles étaient éblouissantes.

– Comment connaissez-vous toutes ces techniques ?

– Tatie m'en a appris quelques-unes. Et puis j'ai lu, j'ai visité des expositions, j'ai discuté avec des artistes.

Je fais glisser ma main sur la forêt de fils soyeux, en observant la façon dont ils génèrent un jeu d'ombre et de lumière.

– Il s'acharnait, reprend brusquement Liza, comme si elle se trouvait dans deux univers à la fois.

Nous parlions, en effet, d'Isabel et d'un homme, avant que Cookie vienne me montrer la tapisserie.

– Qui était-il ? Comment s'appelle-t-il ?

– Dieu que c'est bizarre, soupire Liza. J'ai oublié. Mais peu importe. Il l'a tuée, n'est-ce pas ?

Je sens la brûlure de l'infusion se propager le long de ma gorge.

– *Qui* l'a tuée ?

Le regard éteint de Liza rencontre le mien et soudain s'anime.

– Celui qui l'aimait, bien sûr.

Voulant éviter que Paul ne monte à l'appartement, je guette sa Mercedes mais, à dix heures cinq, il arrive dans une Toyota Land Cruiser.

Avant qu'il ait eu le temps de s'engager dans l'escalier, Linda sort du salon de beauté et le prie de libérer le parking favori de ses clientes. Descendant quatre à quatre, je viens à la rescousse, ce qui me vaut de la part de Linda un sourire éloquent, tandis que la voiture s'éloigne du trottoir.

– Je m'attendais à voir la Mercedes, dis-je.

– Elle aurait été moins pratique aujourd'hui.

– Vous savez, j'ai beaucoup de choses à faire. Il faut que je revienne tôt. C'est mon unique jour de congé, et je dois faire des courses, de la lessive et…

Paul prend la direction du sud, en silence, le regard fixé droit devant lui. Il porte un jean, et un tee-shirt qui a été repassé et suspendu dans la penderie.

– Où allons-nous ?

– À Bluebird Canyon.

– Où est-ce que ça se trouve ?

– Avez-vous peur de moi ? me demande Paul, comme il m'aurait posé une question quelconque.

– Je devrais ?

– Non.

– Alors, pourquoi cette question ?

– Vous me semblez un peu tendue, c'est tout, observe-t-il, tandis qu'il met son clignotant pour tourner dans Cerrillos.

– Ce n'est qu'une impression.

Je pose calmement les mains sur mes genoux et regarde par la portière, à côté de nous, la moto décorée d'une image de la Virgen de Guadalupe, entièrement composée de capsules de bouteilles.

– Voilà une œuvre d'art !

Paul sourit.

– Vous vouliez me parler. À quel sujet ?

– Au sujet de Lara. J'aimerais que vous me posiez les questions qui vous trottent dans la tête. J'ignore ce que vous avez entendu dire, mais je peux vous assurer que je la connaissais mieux que personne. Certainement mieux que Tom Hemmings.

Je me tais.

– Santa Fe n'est qu'un gros village, Avery. Tout se sait très vite. En particulier dans la communauté artistique.

Dès que nous sommes à un feu rouge, Paul ouvre la boîte à gants et me tend un porte-clés, auquel deux clés sont suspendues. L'une est petite, comme une clé de cadenas, l'autre, beaucoup plus grande et grosse, a quelque chose d'une clé ancienne.

– Gardez ça pour l'instant.

Nous passons devant la villa Linda Mall et les sorties d'usine, puis nous quittons l'autoroute principale pour nous engager sur la 14, autrement dit la Turquoise Trail. Je n'ai pas emprunté cette route depuis que j'ai quitté Florales pour faire de l'auto-stop en direction d'Albuquerque. Paul met un CD de musique classique, sans me demander mon avis, mais qu'importe puisque je n'écoute pas. Je me sers de l'appui-tête, et regarde le paysage.

Il fait déjà chaud. Le ciel offre une toile de fond d'un bleu profond et uniforme aux pics sombres des Ortiz Mountains et aux rondeurs des Sandias. La route s'insinue comme un crotale entre les collines brunes, tachetées du vert des genévriers, des pins pignons et du *chamiso*. De hauts platanes révèlent les rives d'un cours d'eau, invisible de la route.

Tandis que nous franchissons une colline, je reconnais, sur notre droite, le petit bâtiment en planches qui ressemble à un îlot au milieu d'une mer de pick-up. Je n'ai jamais oublié le Rio Bravo.

Paul arrête la musique.

– Vous êtes déjà allée dans ce restaurant ?

– Une fois. Il y a longtemps.

– Je suis toujours surpris par la qualité de la cuisine.

– Pourquoi ? Parce qu'on n'est pas à Santa Fe, et qu'on n'a pas besoin d'un emprunt bancaire pour payer l'addition ?

Paul donne un coup de volant brusque pour s'engager sur le parking, où il va se garer au bout d'une longue rangée de véhicules. Il ne tient pas à ce qu'un cow-boy négligent raye la précieuse carrosserie de sa Land Cruiser.

– Comment se fait-il que je dise toujours ce qu'il ne faut pas avec vous ? remarque-t-il.

Mais il n'attend pas ma réponse pour sortir de la voiture.

Quelques fils d'argent dans sa longue chevelure noire, quelques petites rides au coin des yeux : Bettina Jacinto n'a qu'imperceptiblement changé. Elle nous sourit, apporte deux cartes, puis soudain se retourne pour me regarder de nouveau, les lèvres à peine entrouvertes sous l'effet de la surprise.

– Avery, dit-elle, en souriant de plus belle. J'ai oublié votre nom de famille.

– James. Mais je m'étonne que vous m'ayez reconnue.

En riant, Bettina me prend par les épaules et presse sa joue contre la mienne.

– Ce n'est pas tous les jours que je vois quelqu'un avec des yeux comme les vôtres. *Dios mio*, ça fait un bout de temps, ajoute-t-elle, après avoir fait un pas en arrière pour mieux me regarder. Venez, asseyez-vous tous les deux.

La salle est pleine, exactement comme la première fois où je suis venue ici, et certains clients sont probablement les mêmes. Paul lit la carte pendant que Bettina et moi discutons un peu.

– Vous avez passé votre diplôme universitaire ?

– Non. Mais j'ai quand même appris deux ou trois choses, et je me suis bien amusée.

Bettina veut savoir où je vis et ce que je fais. Quand je lui demande des nouvelles d'Ed Farrell, elle sourit, mais il y a de la tristesse dans ses yeux.

– Oh, il ne change pas. Il se croit invulnérable… Alors, qu'est-ce que je vous sers ? demande-t-elle, le stylo à la main.

Paul commande des *enchiladas verdes* tandis que je parcours rapidement la carte.

– Je ne pense pas qu'il vous reste du *capirotada*…

– Il n'y a jamais de reste ici, souligne Bettina, l'œil amusé. Mais on pourrait bien en avoir tout juste sorti du four.

Elle se souvient aussi que du *capirotada* j'aime particulièrement les coins, bien caramélisés.

– Je suis allée chez Lindsey Hemmings.

Paul s'arrête de manger, la fourchette en l'air.

– Et… ?

– Nous lui organisons un cocktail. Je lui ai fait un devis et… elle s'est mise à me parler. Elle m'a raconté que vous vous êtes rencontrés à Paris, que vous l'avez présentée à Tom et…

Paul, muet, me regarde mélanger de la crème à mon café glacé.

– Je suis au courant de l'histoire entre Tom et Lara. C'est pour cette raison que j'ai appelé Tom. Je ne sais pas ce qui m'a pris, fais-je, en détournant le regard. Et j'ignore ce qui a poussé Lindsey à me parler de ça.

Prenant sa serviette, Paul s'essuie la bouche, puis se rejette contre le dossier de sa chaise.

– Il faut que vous compreniez que Lindsey a été dévastée. D'autant qu'elle avait déjà vécu une mésaventure de ce genre. Son premier mari l'avait abandonnée, à

Paris, pour une jeune fille. Elle était déjà jalouse de Lara, alors après elle a tout simplement…

– Et si on parlait de vous ?

– De moi ?

– Oui. Elle m'a dit que c'était vous qui aviez surpris Lara et Tom ensemble. Au lieu de me parler de Lindsey, dites-moi ce que vous, vous avez ressenti.

Paul soupire.

– J'étais… très contrarié, bien sûr. En colère.

– Mais vous avez accepté qu'elle revienne.

– Oui.

– Pourquoi ?

– D'abord et avant tout parce que je l'aimais. Et puis aussi…, continue-t-il, en posant ses bras sur la table, parce que nous n'étions pas vraiment ensemble quand c'est arrivé. Nous nous étions disputés, et Lara était retournée chez Liza.

– Vous vous disputiez fréquemment, m'a dit Lindsey.

– Exact. Et c'était souvent ma faute. Je me disais que je savais ce qui lui convenait parce que je l'aimais. Mais ce qui me paraissait évident l'était rarement pour elle. J'ai voulu la guider sur le plan artistique, social, financier… Elle le supportait mal. L'histoire avec Tom a montré combien elle m'en voulait.

Je finis mon café pour m'éviter de regarder Paul, mais il continue sur sa lancée.

– Je n'étais pas uniquement amoureux. J'étais fasciné par son talent, la façon dont elle exprimait ce qu'elle était, et pas seulement à travers son art. Je n'avais jamais rencontré quelqu'un comme elle, et encore aujourd'hui elle reste unique à mes yeux. Elle était à la fois sophistiquée et naïve. Forte par certains côtés, terriblement vulnérable par d'autres. Quand elle croyait à quelque chose, c'était avec passion, et elle travaillait énormément en dépit de ses douleurs…

– Quelles douleurs ?

– Celles qu'engendrait son travail intensif. Par exemple, la compression d'un nerf au niveau du poignet. Elle avait mal aux mains, au dos, à la nuque. J'avais pris l'habitude de lui masser le dos et les bras chaque soir…

Paul s'interrompt brusquement, envahi par le souvenir tangible de ces soirées.

– Désolé, dit-il finalement.

Il sort son portefeuille et fait signe à Bettina.

– Je parle trop. Peu de gens sont capables de m'écouter sans se rappeler tout à coup qu'ils ont rendez-vous avec leur dentiste, ou qu'ils doivent rapporter d'urgence un livre à la bibliothèque.

En apportant l'addition, Bettina s'aperçoit que l'assiette de Paul est à moitié pleine.

– Ça a été ?

– C'était encore meilleur que la dernière fois, dis-je.

– Vous pouvez payer à la caisse, nous informe Bettina.

Puis elle pose un instant sa main sur la mienne.

– N'attendez plus si longtemps pour revenir.

Lorsque nous ressortons de la pénombre du restaurant, il est midi et la chaleur nous frappe au visage. Paul met ses lunettes noires avant de se diriger vers la voiture.

Quelques kilomètres plus loin, il s'engage de nouveau sur la droite, mais ici la route, non goudronnée, est criblée de nids-de-poule. Au bout se dresse un portail fermé devant lequel Paul s'arrête.

– C'est Bluebird Canyon ?

– Oui. La petite clé, me dit-il.

Je descends de la voiture et insère la clé dans le cadenas qui bloque une chaîne rouillée et s'ouvre dans un grincement sec. J'ai du mal à pousser le portail dont les ventaux raclent la terre durcie.

Profondes, les ornières nous obligent à rouler très lentement.

– Depuis quelques années, les hivers sont très humides, remarque Paul.

Entrecoupée çà et là de petits fossés, la route monte et descend, serpente à travers de hautes herbes, des cactus, des chollas aux énormes piquants. Nous passons devant une maison en ruine, les murs de pisé retournant à la terre, les poutres se dressant comme des os blanchis. Le terrain devient escarpé et, de chaque côté de la route, des amas de rochers, semblables à des échines de dinosaures, surgissent. Au loin, ils se rejoignent pour former une haute plateforme, au pied d'une chaîne de collines.

– Voici les Cerrillos, m'annonce Paul. Il y avait autrefois des mines de turquoise.

J'ai l'impression d'être au bout du monde. Pourtant l'odomètre indique que avons simplement parcouru trois kilomètres lorsque Paul s'arrête en sortant d'un virage et coupe le contact. Surprise, je distingue bientôt, dans la brume de chaleur, un petit chalet, niché sous une corniche. Mélange de bois, de pisé et de pierre, il se fond parfaitement dans le paysage. Quand j'éclate de rire, Paul me lance un regard interrogateur.

– Qu'est-ce qui est si drôle ?

– Je me disais que pour une fois je comprends ce que signifient ces histoires d'art « qui habite l'espace », d'« interaction avec l'environnement ».

Paul hoche la tête et déclare :

– Bienvenue à Querencia.

Une véranda ombrage la façade du chalet. La serrure de la porte d'entrée est tellement rouillée et poussiéreuse que je peux à peine y introduire la clé. Paul intervient et, progressant par à-coups, réussit finalement à ouvrir le lourd vantail de bois. Je sens un air frais et sec, exempt de toute odeur de renfermé, comme si le chalet avait été aéré la veille. Pourtant, il est visible que personne n'est venu ici depuis longtemps.

Paul entre en baissant la tête. Je le suis et découvre l'étonnante clarté qui tombe d'une verrière, aménagée au milieu d'un plafond, en planches grossièrement sciées, et supporté par d'antiques poutres. Le sol a l'aspect de la terre battue, mais la fermeté du ciment. Les murs sont en partie lambrissés, en partie enduits d'un plâtre granuleux. À l'exception de celui du fond, entièrement en pierre, où une cheminée est encastrée. Un poêle, d'apparence moderne, y est installé, son tuyau disparaissant dans le conduit de la cheminée.

Trois meubles occupent des angles : une petite table, un tabouret de bois, un lit de fer, rouillé, au matelas très sale. Le sol est encombré de nids et de crottes de rongeurs, et jonché de morceaux de verre sous une fenêtre condamnée à l'aide de planches. Quelques coulées de boue maculent les murs, révélant des fuites dans le toit.

Peu à peu, je redeviens consciente de la présence de Paul qui se déplace dans la pièce et me parle :

– ... un cabanon de mineur, à l'origine. Elle voulait pouvoir s'échapper de la ville pour se consacrer à son travail. Regardez, les planches tiennent les unes aux autres par des encoches. Il n'y a rien de plus solide. Le toit est en zinc. Elle aimait entendre le bruit de la pluie.

– Comment l'avez-vous appelé ?

– Comment ai-je appelé quoi ? s'étonne Paul qui semble sortir d'un rêve.

– Cet endroit.

– Querencia. L'idée n'est pas de moi. Vous savez ce que ça signifie ?

– Non.

– Il n'existe pas de traduction exacte. C'est un mot qui appartient au vocabulaire des corridas. Il décrit l'arène, là où le taureau se croit en sécurité. La traduction la plus proche serait quelque chose comme havre de sécurité.

Paul prend ma main — si fermée, si crispée que les ongles s'enfoncent dans ma chair —, ouvre mes doigts et me met le porte-clés au creux de la paume.

– C'est à vous maintenant.

– Mais je ne peux pas… Il y aura des impôts à payer…

– Vous aurez l'argent nécessaire.

– Je le prendrai où ?

– Il vous viendra de son domaine. Ce ne sera pas la fortune, mais ses revenus vous permettront largement de payer les impôts et les réparations.

– Je ne sais que dire. Vous comprenez…

– Ça me fait tout drôle à moi aussi. Huit ans après sa disparition, vous surgissez de nulle part. Je m'attendais si peu à vous rencontrer.

À force d'afficher une expression neutre, j'ai le visage figé.

Paul se détourne brusquement et sort.

Sortant à mon tour, je le vois vérifier la solidité des montants de la véranda, ou faire semblant pour se donner une contenance. À l'abri du soleil, je reste là, à imaginer un jardin qui me donnerait des herbes pour la cuisine, mais aussi des plantes médicinales, comme celles de Cassie. Et peut-être quelques légumes et des fleurs. Du jardin de Cassie, j'appréciais avant tout le désordre apparent, la façon dont les plantes sauvages venaient occuper l'espace qu'elle leur aménageait. Elle laissait même pousser des pissenlits, des lampourdes glouterons, des ansérines et du hastata de Phacelia que la plupart des gens prennent pour des mauvaises herbes.

Je me délecte de mes visions, bien que j'aie présent à l'esprit qu'on ne possède rien sans contraintes en retour.

Paul quitte la véranda pour s'engager dans un sentier envahi par les herbes folles. Par-dessus son épaule, il me lance :

– Regardez où vous mettez les pieds. À cette heure, les serpents sont censés dormir, mais ils ne le savent pas toujours.

Un frisson me parcourt l'échine. Je m'efforce de ne pas penser au serpent qui se ramasse sur lui-même juste avant de mordre, au bruit de castagnettes de ses anneaux.

Brûlant, le soleil me tombe sur la nuque. L'air est blanchi par la luminosité intense et la poussière. Dans le canyon, où tout semble figé, nous avançons lentement, accompagnés par le bruit du gravier et des brindilles sèches qui craquent sous nos pas. De minuscules sauterelles s'éloignent, un lapin court se cacher sous un genévrier où un oiseau s'est perché — un oiseau d'un bleu comme je n'en ai jamais vu.

La tombe, je la vois avant que Paul me la désigne et, sans plus me soucier de ce qui peut être à l'affût sous les herbes, je me précipite vers elle.

À l'ombre d'un pin pignon, la petite pierre est à demi cachée par les ombelles des angéliques qui s'inclinent doucement sous la brise brûlante. Accroupie, je balaie des branches et des herbes desséchées, effarouchant un petit lézard gris qui se prélassait, et je découvre une fleur — une ancolie, me semble-t-il — gravée au-dessus de l'inscription :

« Isabel Colinas.

El tiempo cura y nos mata. »

« Le temps guérit puis tue. »

Un peu en retrait, Paul attend, les mains dans les poches. Je remarque :

– Il y avait combien de temps que vous n'étiez pas venu ici ?

Paul se détourne à demi, laissant le vent m'apporter sa réponse.

– Ça faisait longtemps.

Nous regagnons la route, sans un mot. Quand nous atteignons le portail, je sors de la voiture, remets la chaîne, verrouille le cadenas.

– Parlez-moi de sa mort, dis-je en rejoignant Paul.

Je vois ses muscles se crisper tandis qu'il agrippe le volant.

– Elle s'est noyée.

– Où ?

– Dans la piscine.

– La vôtre ? Mais elle n'est pas profonde !

– Ce fut un accident. Qui n'aurait jamais dû arriver.

Paul se détend, puis ses mains recommencent à se crisper sur le volant à l'approche d'un pick-up qui vient du sud. Préoccupé, hésitant, il déboîte à la dernière minute, déclenchant un Klaxon frénétique dont il semble écouter la résonance, le regard vague.

– C'était un samedi soir. Le 7 septembre 1991. Chaque année nous organisions une réception après la fiesta. Une façon de clore la saison touristique en compagnie d'amis de longue date. Nous buvions toujours à l'excès. Le dernier invité parti, nous avons eu une nouvelle dispute.

– À propos de quoi ?

Paul secoue la tête, les yeux rivés sur la route.

– J'ai oublié. Sans doute au sujet d'une broutille. C'était fréquent à l'époque. Mais ce soir-là elle a voulu me jeter un vase à la tête, et le vase a cassé une vitre. Et tout ça était tellement bête, tellement inutile… Je lui ai dit qu'il valait mieux aller se coucher. Mais elle était si en colère qu'elle a refusé de dormir avec moi. D'où une nouvelle querelle. Elle m'a annoncé qu'elle resterait dans la villa d'amis. Elle y laissait certaines affaires personnelles.

» Elle a couru dans la cuisine prendre les clés de la villa. J'ai essayé de les lui arracher. Elle s'est sauvée. J'étais furieux. Je ne supportais pas la façon dont elle me regardait — comme si elle me haïssait. J'ai claqué la porte et je suis allé faire une promenade dans la nuit.

La route est soudain déserte au point que j'ai l'impression de rêver. Le pick-up a depuis longtemps disparu à l'horizon.

– Si je l'avais suivie…

Paul freine soudain, tout en donnant un brusque coup de volant qui nous déporte sur le bas-côté de la route. Le moteur au point mort, la climatisation cède la place à un air chaud qui sent la poussière.

– … j'aurais pu la sauver, continue Paul, d'une voix blanche.

Incapable de le regarder, je fixe une rangée de vieilles boîtes aux lettres, malmenées par les intempéries, de l'autre côté de la route.

– Qu'est-ce qui s'est passé ? Quand vous êtes revenu…

– Je ne suis revenu qu'au bout d'une heure, peut-être plus même. Je suis monté dans la chambre, je me suis couché. Dans le jardin toutes les lumières étaient éteintes. Vous comprenez ? me demande Paul, les yeux dans les miens. Il faisait noir. Elle était sous l'emprise de l'alcool et de la colère, et elle est tombée dans la piscine. Sa tête a heurté…

Paul détourne le regard avant d'ajouter :

– Et moi, je suis allé me coucher sans me douter de rien.

Je devrais dire quelque chose. Le réconforter ? Le blâmer ? Le silence devient le troisième passager de cette voiture. La sueur perle sur mon front, sur mon nez.

J'imagine Isabel, son corps flottant sur la piscine, sa longue jupe noir et or collée à ses jambes, tandis que l'eau emplit ses poumons et que Paul se tourne et se retourne dans son lit, à la recherche du sommeil.

Je sens la voiture redémarrer, retrouver l'asphalte, accélérer progressivement. Paul s'est repris.

Lorsqu'il s'arrête devant la maison, j'ouvre la portière et je descends. Paul n'attend même pas que je sois au bas de l'escalier pour redémarrer. Quand je cherche mes clés dans mon sac, je tombe sur la petite clé du cadenas du portail unie à la grande du chalet. Pendant quelques secondes, je les garde au creux de ma paume.

Qui m'a dit qu'Isabel portait une longue jupe noir et or ?

18

Rita manifestant le désir de voir le chalet, je cherche à la décourager.

– Il est dans un triste état.

– Je m'en fiche. Il est à toi. C'est ça qui est excitant, non ?

– Il n'y a rien d'excitant. Et puis il ne m'appartient pas officiellement. DeGraf peut encore changer d'avis.

– Oh, quelle idée !

– En tout cas, moi, je ne suis pas sûre d'accepter.

Rita prend ses grands airs et me lance :

– Si tu ne veux pas que je le voie, d'accord. Mais dis-le franchement au lieu d'inventer des excuses.

– Pour quelle raison refuserais-je de te le montrer ?

– Je suis habituée aux cachotteries avec toi. Tu ne me dis jamais rien, tu ne me montres jamais rien…

– Arrête. Ça va. Je vais t'emmener là-bas. Demain matin. Mais à condition d'y aller de bonne heure, avant qu'il fasse trop chaud.

Quand je la pousse à mettre des bottes, au cas où nous tomberions sur un serpent à sonnettes, Rita me parle de son fusil. Je me souviens vaguement qu'elle m'avait dit en posséder un quand je m'étais installée chez elle, à Albuquerque, mais jusqu'ici je ne l'ai jamais vu.

– Chérie, là où j'ai grandi, m'avait-elle dit, aucune femme bien habillée ne sort de chez elle sans emporter son arme dans sa camionnette. C'est un peu comme aller à un rendez-vous, avec un peigne et un rouge à lèvres dans son sac.

Je pense qu'elle ne plaisantait qu'à moitié.

Et la voilà qui nettoie cette chose, à grand renfort de solvant, de lubrifiant, de paille de fer, avec un plaisir pervers.

– J'avais treize ans quand mon père me l'a acheté, m'explique-t-elle. J'ai commencé par tuer un écureuil. Ensuite j'ai pleuré pendant trois jours.

– Je comprends. Un jour, j'ai voulu regarder Cassie tuer un lapin pour le dîner. Jamais je n'ai réussi à l'imiter. Par contre j'ai tué des poulets.

– Comment ?

– En leur tordant le cou. Comme ça, dis-je, en attrapant un torchon de cuisine que je tords de toutes mes forces.

– Mon Dieu, chérie ! Évite-moi de te contrarier.

– Hé ! C'est toi qui as le fusil.

– L'écureuil a été ma seule victime. Depuis je n'ai troué que des boîtes de conserve. Mais… Avec un serpent je crois que je ne me gênerais pas.

Qu'elle ait ou non l'instinct meurtrier, Rita sait en tout cas ce qu'elle fait avec un fusil, et lorsque nous nous mettons en route, ce jeudi, à sept heures, son calibre 20 — qui n'est pas à répétition, il faut le dire — fait partie du voyage, soigneusement enroulé dans un drap de bain, à l'arrière de mon pick-up.

Dès que nous avons franchi le portail, nous abandonnons la camionnette et nous marchons jusqu'au chalet, dans l'air frais du matin. Je devrais faire attention où je mets les pieds, mais j'oublie cette élémentaire prudence pour observer le faucon qui tourne au-dessus de nos têtes dans le ciel sans nuages. Le soleil est déjà éclatant.

– Quel calme ici ! remarque Rita.

Comme pour la contredire, un bruissement se fait entendre dans un fourré, derrière nous. Je retiens mon souffle. Nous nous retournons toutes les deux. Rita lève son fusil, mais je pose ma main sur son bras.

– Attends une minute ! Attends !

Un museau noir apparaît, puis du brun, furtivement, et c'est tout.

– Qu'est-ce que ça pouvait bien être ? fait Rita.

– Je n'en sais rien. Mais je peux te dire que ce n'était pas un serpent. Peut-être un coyote.

Reprenant notre respiration, nous poursuivons notre chemin. Je montre à Rita le vieux sentier des mineurs qui conduit aux collines.

– J'aimerais aller par là un de ces jours.

– Oui. Quand il fera dix degrés, chérie.

– Ça pourrait être très mignon, me dit Rita en examinant la pièce principale du chalet. Il faudra faire vérifier l'état du poêle et ramoner la cheminée. Tout ce vieux bois risquerait de prendre feu comme des brindilles.

– Je n'ai encore rien décidé.

Du bout du pied, je rassemble les débris de verre sous la fenêtre.

– C'est-à-dire ?

– Je pourrais vendre. J'ai plus besoin d'argent que d'une cabane perdue dans la nature.

– Avery, tu peux pas faire ça ! C'est l'héritage de ta mère. C'est votre lien.

– Oui. Je le sais. Mais est-ce que j'en ai envie de ce lien ?

– Réfléchis bien. Sinon tu risques de regretter dans quelque temps. À propos, il y a des toilettes ?

– Il me semble que j'ai vu une sorte de dépotoir, plus loin, sur la gauche, dis-je, en souriant. N'oublie pas ton fusil.

Lorsque Rita réapparaît, j'ai découvert, entre-temps, une petite remise, à l'arrière de la maison. On ne peut y accéder que de l'extérieur. Elle n'a ni serrure à sa porte, ni cadenas, et j'ai constaté qu'elle était vide.

– Où est sa tombe ?

– Parmi les herbes. Au bout d'un sentier. Ce n'est pas le Taj Mahal, tu sais.

– Je peux la voir ? me demande Rita en glissant son bras sous le mien.

Nous marchons en silence et, autour de nous, seul le cri d'un geai se fait entendre. L'oreille tendue, je ne perçois aucun bruit annonçant un serpent à sonnettes. Le vent souffle à peine par ici, et le soleil est écrasant.

– Voilà, dis-je en montrant la pierre. Près du pin.

Des fourmis rouges courent dans tous les sens sur leur monticule.

– Pourquoi avait-elle changé de nom ? murmure Rita.

– C'est l'une de ces questions sans réponses qui me rendent dingue. Et dire que j'avais presque cessé de m'en poser…

– Je ne crois pas que tu y arriveras un jour.

– Écoute, j'étais moins obsédée quand même. Et puis il a fallu que je tombe sur ce portrait.

– Il t'a dit comment elle était morte ?

J'avale ma salive, mais j'ai une boule dans la gorge qui refuse de bouger.

– Elle s'est noyée.

Rita a une question au bout de la langue. Je peux presque l'entendre se demander, incrédule : « Où peut-on bien se noyer à Santa Fe ? »

– Dans sa piscine, dis-je.

– Seigneur Jésus !

Tandis que je me prépare à un déluge de questions, à des exclamations plus ou moins étouffées, à des formules de sympathie, le mutisme de Rita me surprend. Elle prend simplement ma main, la serre dans la sienne une seconde et rebrousse chemin.

Nous trouvons Rick Soler, assis en haut de l'escalier, devant notre porte, en train de manger un sandwich. J'observe le sourire de complicité qu'il échange avec Rita dès que leurs regards se croisent.

– D'où venez-vous toutes les deux ? Vous êtes allées chasser les rats sur la décharge municipale ?

– Nous sommes allées voir le chalet d'Avery. Du côté de Madrid.

J'ouvre la porte pendant qu'ils s'embrassent. La fraîcheur règne dans la pénombre de l'appartement.

– Qui veut un Coca ?

– Pas moi, me répond Rita. Il faut que je me prépare pour aller travailler.

Tandis que Rita se dirige vers la salle de bains, Rick va et vient dans la cuisine. Il a la grâce d'un danseur ou d'un escrimeur.

– J'en veux bien un. Merci, dit-il.

Je lui tends une canette, j'en ouvre une pour moi, et nous nous asseyons à la table. Puis, dans un soupir, il desserre sa cravate, déjà presque dénouée.

– Ce chalet appartenait à votre mère ?

– Oui. Elle lui avait donné un nom : Querencia.

– Le refuge, traduit Rick d'une voix douce. Comment avez-vous appris son existence ?

– Par DeGraf, dis-je, tout en observant que Rick a de très longs cils pour un homme. Il me l'a fait découvrir en même temps que la tombe de ma mère.

– Paul DeGraf, le propriétaire de la Pinnacle Gallery ?

– Oui. Ils étaient amants.

– Vous ignoriez tout de votre mère ?

– Jusqu'à ces dernières semaines, oui. Je sais maintenant qu'elle était une artiste et qu'elle avait cette relation intime avec lui.

Croisant haut les jambes, Rick prend une nouvelle gorgée de Coca, puis revient à moi.

– Vous devriez aller à la bibliothèque faire des recherches dans les archives du *New Mexican*. Elles remontent, il me semble, aux années quatre-vingt. Vous trouverez peut-être des articles sur les œuvres de votre mère. Et sur DeGraf aussi…, précise Rick avec un certain embarras. Bien sûr, si ça vous intéresse.

– Je suis prête, annonce Rita sur le seuil de la cuisine.

Moins maquillée qu'à l'ordinaire, elle a un visage plus doux, un air plus naturel.

– Alors on y va !

Ils sortent, la main de Rick sur l'épaule de Rita.

Dans la cuisine de Dos Hombres, Juana m'attend, un thé glacé à portée de la main, tout en sortant le matériel : piles de boîtes de plastique et de serviettes, salières et poivriers, flacons de sauce au piment rouge préparée par la maison — rien de plus que de la sauce ordinaire, à laquelle on a ajouté quelques ingrédients, selon une recette « jalousement gardée ».

Ensemble, nous empaquetons le buffet que Mme Donovan offre à un orchestre : fromages, saumon poché à la groseille, crackers au poivre de Cayenne, blanc de poulet farci au fromage de chèvre, aux pignons et aux tomates, filet de bœuf mariné, salade de pommes de terre roses, de haricots blancs et d'asperges, sans oublier l'houmous à l'ail grillé et le gâteau à l'huile d'olive, accompagné de sa sauce à l'orange et à la fraise.

– Ça va directement chez elle ? me demande Juana quand nous avons tout vérifié, y compris les couverts et les verres.

– Non. Je dois la retrouver sur le parking de l'Opéra.

– Tu veux que je le fasse à ta place ? Je vais chez ma cousine à Española. Je peux déposer tout ça en chemin.

– Bonne idée. Pendant ce temps-là, je nettoie ici. Tiens, voilà le bon de commande. Tu cherches une Mercedes décapotable, blanche, avec des plaques du Texas. Mme Donovan est grande, blonde, très bronzée et couverte de diamants.

– Tu crois que je ne la raterai pas ? Il doit y avoir cinq mille *gringas* du même genre.

– Tu as le numéro d'immatriculation de la voiture sur le bon. Merci, *chica*. Je te revaudrai ça.

– C'est moi qui ai une dette envers toi !

– Ah ? Pourquoi ?

– L'infusion que tu m'as donnée pour ma mère.

– Elle lui a fait du bien ?

– Et comment ! Les bouffées de chaleur se sont espacées, et elle fait moins de rétention d'eau. En plus, elle la prend sans grimacer. Il paraît que sa tia Lupe faisait la même infusion. Elle était une *curandera*. À El Paso. C'était une personne bizarre. Elle savait aussi lire dans les rêves.

J'ai droit à un regard pénétrant, puis j'entends Juana me demander :

– Ça t'arrive ce genre de chose ?

– Non, dis-je fermement, en mettant les ustensiles à laver sous le robinet. Encore merci de te charger du transport.

À seize heures, la chaleur est accablante mais, dans un moment, quand le soleil disparaîtra derrière les Jemez

Mountains et que le vent de la nuit se lèvera, il fera « juste la bonne température » à Tesuque, comme aime l'expliquer Mme Donovan. J'ai déjà fait des livraisons là-bas et, chaque fois, je me suis dit que si l'opéra ne me tente guère, en revanche j'apprécierais sûrement les soirées qui suivent les représentations.

On y voit de tout, du costume de cow-boy au caftan, le champagne fait concurrence aux margaritas et à la bière mexicaine, la nourriture est excellente et chacun va d'une villa à l'autre embrasser des amis. Chaque année, un quelconque Yankee — le portefeuille plus gros que la cervelle — décide qu'il ne peut se passer de caviar. Alors on s'acharne à lui expliquer que Santa Fe et le caviar ne font pas bon ménage, parce que le temps qu'on porte le canapé à la bouche le caviar s'est déjà desséché.

Je rentre à pied à la maison en rêvant d'une bière glacée. Peut-être avec des chips et du guacamole. Rita est assise sur le canapé avec un magazine sur les genoux qu'elle ne lit pas.

– Tu rentres tôt.

– Juana livre un buffet à ma place. Qu'est-ce que tu fais ici ?

Depuis quelques semaines, Rita passe tellement de temps avec Rick que parfois je l'entends entrer et ressortir, sans même l'apercevoir.

– J'avais envie de rester un peu avec toi pour changer, m'explique-t-elle, l'œil brillant.

– Tu veux une bière ?

– Non, merci. Je bois un Coca.

Je sors une Tecate du réfrigérateur, l'ouvre, puis me laisse tomber sur le canapé, me débarrasse de mes baskets et remue mes orteils. La baie vitrée est ouverte et, du salon de beauté, monte la mélodie d'un cœur brisé.

– Où est donc Rick ?

– On lui offre d'entrer à l'*Albuquerque Sun*, m'explique aussitôt Rita. Il veut que je parte avec lui.

Je la regarde, muette, rouler le magazine puis ouvrir les mains et le laisser reprendre sa forme initiale.

– Tu veux dire que tu retournerais à Albuquerque ?

– Tu peux venir avec nous, m'annonce-t-elle, avec un sourire d'espoir. Toi et moi, ça nous rappellerait le bon vieux temps.

Je bois quelques gorgées de bière pendant que j'essaie de réaliser que ma vie est en train de prendre un virage à quatre-vingt-dix degrés.

– Rita, ce ne serait plus la même chose.

– On pourrait habiter tout près l'une de l'autre, et se voir très souvent. Rick t'aime bien.

– C'est réciproque, mais nous n'en sommes pas pour autant une grande et heureuse famille. Et puis, qu'est-ce que je ferais à Albuquerque ?

– Eh bien…

Le vent a dû emporter le reste de la phrase. Je me lève et vais à la cuisine.

– Quand pars-tu ?

– Dans quinze jours.

– Quoi ?

– Je pourrais attendre la fin septembre…

– Non.

Machinalement, j'ouvre le robinet, j'écoute l'eau gicler sur l'émail.

– Avery, ne te fâche pas.

– Je ne suis pas fâchée.

Je mens, c'est évident. Je viens de proférer un énorme mensonge, un mensonge monstrueux comme une bête sortie d'un film d'épouvante. Je *suis* fâchée. Furieuse même. Au bout de sept ans, j'ai droit à deux semaines de préavis.

– Je te sens bouillir de rage, commente Rita, juste derrière moi.

– N'essaie pas de me dire ce que je ressens.

– Et toi, ne commence pas à me culpabiliser, à me gâcher mon bonheur. Tout ce que j'ai toujours…

Je me retourne, m'appuie contre l'évier.

– Si tu te sens coupable, tu devrais peut-être en chercher la raison. Tu sais ce que tu fais ? Tu me laisses tomber comme un vieux chiffon, avec deux semaines devant moi pour déménager.

– Oh, bla-bla-bla ! Avery, tu as vingt-cinq ans. Tu peux vivre seule. Ou alors tu viens à Albuquerque avec… nous.

– Tu le connais à peine ! Depuis… quoi… quatre mois ?

– Presque cinq. Et ça me suffit. Je le connais. Et je sais ce que je ressens.

Je croise les bras. Le bord de l'évier s'enfonce dans mon dos. Je me concentre sur cette vague douleur qui tient à distance celle qui se profile à l'horizon et sera pesante. Rita innove. Certes, ce n'est pas la première fois qu'elle est amoureuse — elle l'a été plus souvent qu'à son tour —, mais jamais jusqu'ici elle n'avait eu l'idée de vivre avec un homme, et encore moins celle de partir avec lui.

– Je paierai ma part du loyer pour tout le mois de septembre, m'offre-t-elle.

– Non. Merci.

– Ne sois pas comme ça, Avery. Tu as besoin de cet argent pour rester ici jusqu'à ce que…

– Je ne veux pas de ton argent.

Son expression s'adoucit. Elle essaie de poser sa main sur mon bras, mais je m'écarte d'elle.

– Avery, je te considérerai toujours comme ma meilleure amie.

– Sûrement.

– Tu sais, plus d'une fois, au cours de toutes ces années, j'ai eu le sentiment que tu ne me rendais pas vraiment mon amitié…

– Rita, arrête. On dirait que tu récites le texte d'une carte Hallmark.

– Il t'arrive d'agir comme si tu me supportais difficilement. Mais, au fond, je crois que tu as toujours eu peur.

Rita me suit quand je retourne dans le séjour et me dit :

– Écoute-moi. C'est la vie. Les gens bougent. Ils sont là, et puis ils s'en vont. Ça ne veut pas dire qu'ils ne se soucient pas des autres. Ils restent en contact. Tout ça est normal.

– Sûrement.

Soudain incapable de regarder plus longtemps Rita, avec son menton qui tremble, les larmes qui s'accumulent au bord de ses yeux, je vais m'enfermer dans ma chambre.

Elle m'appelle pendant que je m'allonge sur mon lit.

– Avery… Il faut qu'on discute.

– Plus tard.

À travers la porte, j'entends un long soupir résigné.

C'est normal ce qu'elle me fait, alors pourquoi je ressens le contraire ? Pourquoi ai-je l'impression qu'un grand trou noir m'aspire et me vide ?

Quand je rentre du travail, jeudi après-midi, le voyant rouge du répondeur clignote. Ou c'est Rick qui cherche à joindre Rita, ou c'est elle qui m'appelle. De toute façon, je n'ai pas envie de décrocher pour le moment. J'ouvre la porte vitrée du balcon, puis me dirige vers ma chambre, tout en retirant mon chemisier.

Il y a un message sur l'oreiller : « Avery. Rick vient me chercher à dix-sept heures. On va voir si on peut louer un camion. Puis on ira dîner au Cowgirl's. Tu devrais venir nous rejoindre vers dix-neuf heures. Je t'embrasse. Rita. »

« C'est ça ! » Je froisse le papier, le laisse tomber par terre, puis je me ravise, le ramasse et le lance de toutes mes forces contre la fenêtre, imaginant avec plaisir un bruit de vitre brisée. « Attention où tu marches. Si un éclat de verre pénètre dans tes veines, il pourrait monter tout droit à ton cerveau… » Pour la seconde fois je ramasse la boule de papier et la jette contre le mur.

En cours d'anthropologie, nous avions étudié les diverses façons dont les peuples expriment la douleur d'un deuil. Certains déchirent leurs vêtements, d'autres se coupent les cheveux, d'autres encore se frappent la poitrine. Ce qui n'avait jamais eu beaucoup de sens pour moi devient brusquement d'une logique absolue. Je ressens comme ces peuples un besoin de détruire. Et que détruire sinon ce qu'on a sous la main ? Je pourrais fracasser le mobilier.

Je ne connais pas encore Taos. Ce qui pourrait paraître bizarre — étant donné que je vis ici depuis des années — s'explique par le fait que je n'ai jamais eu aucune raison de m'y rendre jusqu'à présent.

Si la route de montagne qui passe par des villages comme Chimayo et Truchas offre, paraît-il, un panorama exceptionnel, moi, je suis incapable de conduire et d'admirer le paysage en même temps. De plus, la route des collines est plus rapide. Par conséquent, jeudi matin, après avoir consulté le guide des ateliers d'artistes du Nouveau-Mexique que je viens d'acheter, le pied sur l'accélérateur, je file vers le nord de Santa Fe.

L'autoroute serpente au pied des collines des Sangre où la broussaille dissimule à moitié des maisons neuves, en faux pisé. Je laisse derrière moi l'Opéra de Santa Fe, le marché aux puces, le Camel Rock et le casino du même nom. Des caravanes, des petites maisons, des réservoirs de propane, des fermes et leurs enclos sont disséminés autour de Pojoaque. À l'ouest, la Black Mesa se dresse, comme une ombre.

Une heure plus tard, les collines, les mesas et le cours sinueux du Rio Grande cèdent la place à des panneaux publicitaires — McDonald's, KFC, 5 000 tee-shirts sur la Plaza — jusqu'à l'entrée de Taos. Je trouve facilement Juan Largo Street, rue piétonnière qui part de la Plaza. L'atelier de Tom Hemmings doit être à droite, au bout de la rue, après la J. D. Challenger Gallery.

Bien entendu, il n'y a pas de nom. J'hésite entre trois portails, finalement, je pousse celui qui est ouvert et me retrouve dans une petite cour en brique.

Le modeste bâtiment de pisé a deux portes, l'une au rez-de-chaussée, l'autre en haut d'un vieil escalier aux marches bleues. Je me dirige vers la première quand je remarque une baie vitrée, en avant du toit. Bon éclairage pour un atelier. Sur la dernière marche de l'escalier, j'entends de la musique, une sorte de jazz. Respirant à fond, j'ouvre la porte.

L'odeur de la térébenthine me saute au visage en même temps que la musique. Je regarde autour de moi et pense à Española qui, dit-on, doit à une tornade plusieurs millions de dollars d'améliorations. Il y a de la peinture partout — sur les murs, sur le sol, sur un tas de chiffons — des bouquets de pinceaux, de vieux cartons de pizzas, des cendriers pleins, des bouteilles de bière vides et des tableaux, à divers stades de leur création, posés partout.

Le mur, face à la baie vitrée, est recouvert d'un miroir qui permet de ne pas perdre des yeux la vue fabuleuse sur la montagne. Mais, au centre de la pièce, l'homme qui peint au couteau ne voit que sa toile et pourrait aussi bien travailler dans un placard.

À l'instant où la musique s'arrête, il lève les yeux et m'aperçoit dans le miroir.

– Bon Dieu…

Il s'interrompt, se redresse, se retourne. Grand, svelte, les cheveux gris, coupés court, les yeux d'un bleu extraordinaire, il me dévisage, bouche bée.

– Incroyable, finit-il par marmonner.

Machinalement, il s'essuie les mains sur son pantalon blanc, ample, ajoutant une traînée d'orange à une collection multicolore. Il vient vers moi, à pas lents, m'étudiant sous différents angles.

– Elle était plus grande.

– Navrée de débarquer comme ça…

– Oh, pas de conneries ! Vous auriez pu éviter d'être navrée en restant chez vous. Je suis en plein travail et je devrais vous flanquer dehors.

Il a la charpente et les muscles fuselés d'un coureur, des clavicules qui se dessinent nettement sous son tee-shirt gris, au décolleté en V.

– Je voudrais simplement que vous me parliez d'elle. S'il vous plaît. Je peux revenir un autre jour, mais il faut que je vous voie.

– Écoutez, je vous l'ai dit. Elle n'était que l'un de mes modèles.

– Mais je ne vous crois pas, et vous le savez déjà.

– Qui avez-vous rencontré ? me demande-t-il, en croisant les bras.

– Lindsey.

Le rire de Hemmings, bref et aigu, résonne comme un aboiement.

– Elle a l'habitude de raconter n'importe quoi à mon sujet. Normal. C'est mon ex-femme.

– J'ai aussi parlé avec Paul DeGraf.

Le regard bleu, perçant, se détourne un instant.

– C'est un ami à vous ?

– En quelque sorte.

– Ça peut se comprendre, remarque Hemmings avant de souffler bruyamment, en regardant autour de lui. Essayons de trouver de quoi nous asseoir.

Il faut déplacer des choses, donner un coup de chiffon sur des chaises, mais quelques minutes plus tard, nous sommes assis. Hemmings tâte ses poches, trouve enfin un paquet de Marlboro mentholées, en prend une, l'allume avec un briquet jetable.

– Je sens que vous n'êtes pas pour la cigarette, observe-t-il.

Il sourit, me souffle la fumée au visage, m'obligeant à la dissiper d'un geste de la main.

– Si vous voulez vous tuer, c'est votre affaire.

– La seule question pour moi est de savoir si ce sera rapide ou lent… Alors, que cherchez-vous à savoir à propos de Lara Collins ?

– Parlez-moi de son apparence, de sa façon d'agir, de tous les souvenirs qu'elle vous a laissés.

– Pour l'apparence, regardez-vous dans le miroir. La ressemblance est stupéfiante… À part ça, ajoute Hemmings en faisant tomber ses cendres par terre, eh bien, elle était sûre d'elle-même et de son talent. Elle savait ce qu'elle voulait et faisait en sorte d'y arriver.

– Que voulait-elle ?

– Ce que veulent tous les artistes : l'argent, la reconnaissance, le respect.

– L'amour ?

Hemmings me regarde avec insistance.

– Ce n'était pas une priorité, à mon avis. Le sexe, oui, assurément. La sécurité, peut-être. L'amour implique un certain abandon de soi qui mettait Lara mal à l'aise. Elle aimait dominer, précise Hemmings, le sourire sarcastique.

– Vous étiez amoureux d'elle ?

Il recommence à m'enfumer avant de me répondre :

– Oh, elle était fascinante ! Sans nul doute.

Appuyée au dossier de la chaise, je remarque tout à coup que les tableaux entassés dans cet atelier sont de styles variés. Les différences ne peuvent même pas échapper à une novice comme moi. Il y a des paysages — aux vertes collines, aux arbres hauts et maigres — qui n'ont rien à voir avec ceux du Nouveau-Mexique. Une nature morte représente des roses posées sur une table, à côté d'un compotier rempli d'oranges. Je vois aussi des portraits de saints, la tête coupée, des madones aux yeux en amande, des enfants Jésus rondouillards. Je ne sais pourquoi, mais j'imagine mal Tom Hemmings inspiré par la religion.

Sa voix interrompt mes pensées.

– DeGraf était très… protecteur avec elle. C'était quelque chose qu'elle supportait à peine. Par moments, elle étouffait littéralement, se souvient Hemmings avec un petit rire. Pendant les séances de pose elle devenait nerveuse. Elle avait besoin de se lever, de faire quelques pas, ou de jouer avec ses cheveux.

– Pourquoi restait-elle avec lui ?

– Je n'ai jamais cherché à le savoir. Mais c'était sans doute parce qu'il s'occupait de sa carrière. Quand elle est arrivée ici, elle n'avait que ses ambitions pour la distinguer du lot. Oh ! elle avait du talent, mais pas de métier, et elle ne savait pas comment s'y prendre. Elle venait tout droit d'un trou perdu du Colorado. DeGraf l'a dégrossie. Il lui a fait faire des rencontres utiles. Il l'a lancée, l'a conseillée habilement, sur le plan artistique et financier.

– Vous la trouviez intelligente ?

– Plutôt, oui, reconnaît Hemmings.

Il met un pied sur sa chaise et passe son bras autour de sa jambe.

– Mais elle était aussi naïve.

– C'est-à-dire ?

– Elle était capable de piétiner les gens, puis de s'étonner de provoquer leur colère. Elle agissait sans penser aux conséquences de ses actes, ajoute Hemmings avant de tirer longuement sur sa cigarette. Mais les artistes sont souvent comme ça, poursuit-il. Nous sommes nombrilistes.

– Que pensiez-vous de son travail ?

– Il n'y a rien de plus inutile que cet « art texture », déclare mon interlocuteur, sarcastique. Rien de plus incongru que cette étiquette.

– Donc, vous n'estimiez pas beaucoup son travail.

– Je viens de vous dire que je lui reconnaissais du talent. Elle avait un sens exceptionnel de la couleur. Elle aurait dû continuer à peindre. Mais pas ces aquarelles de bonne femme. Quelle horreur ! J'ai essayé de la pousser vers la peinture à l'huile, l'acrylique. Quelque chose de plus dense, de plus consistant. Mais elle était têtue, d'une façon générale.

– Pourquoi l'avez-vous représentée avec le gilet de Malinche ?

– L'idée venait d'elle, m'explique Hemmings qui se met à sourire. Malinche la fascinait. Putain ? Traîtresse ? Sorcière ? Guérisseuse ? Amante ? Survivante ? Il y a plusieurs versions. En ce qui concerne sa mort, également. Certains disent qu'elle est morte de vieillesse, d'autres d'une fièvre. Ou bien on raconte que Cortez l'a étranglée.

– Et Lara. Comment est-elle morte ?

Mon hôte termine sa cigarette, en aspirant si fort que la fumée ressort par ses narines comme le souffle d'un dragon.

– Elle s'est noyée. Mais c'est Paul qui peut vous en parler en détail, conclut Hemmings, avant de se lever et de retourner à son chevalet. Merde ! fait-il.

Puis il prend le couteau sur la palette, gratte un pâté sur la toile et le jette par terre.

À l'évidence, la discussion est terminée.

– Merci pour toutes ces informations, dis-je, en attrapant mon sac.

Sur une étagère, juste à côté de la porte, une peinture attire mon attention. Ce *santo* — représentation, dans un style naïf, d'un saint, ou d'une sainte, comme on en trouve partout au Nouveau-Mexique — a la particularité de montrer une femme au visage d'enfant, entouré d'un fin halo d'or. Les joues roses, elle a des paupières délicatement ombrées, sous d'épais sourcils noirs, mais des yeux d'un marron lumineux, immenses comme ceux d'une biche, et tellement faits pour émouvoir qu'on pourrait en rire. Et pourtant, je n'en ai pas envie. Le portrait est peint sur un bloc de bois rond, qui retient encore un peu de sa couleur naturelle et dont la résine continue à suinter. Une goutte, sur le visage de la sainte, donne l'impression qu'elle pleure de vraies larmes.

La voix de Hemmings me surprend en pleine contemplation. Je me retourne.

– Si vous voulez poser pour moi un jour, je ne demanderai pas mieux.

19

JUANA EST DÉJÀ à son bureau. Elle passe en revue ses bons de commande, tout en se balançant au rythme de Los Lobos. Je souris. Dale est absent — sinon il n'y aurait pas de musique — et je vais pouvoir faire tranquillement mon travail, sans chamailleries, puis rentrer chez moi. La saison touche à sa fin. Dans quelques semaines j'aurai enfin le temps de chercher un logement plus petit, moins cher, et de réfléchir à l'avenir.

– Qu'est-ce qui se passe, *muchacha* ? me demande Juana, le sourire absent, le nez sur une pile de messages téléphoniques.

Je m'installe et ouvre mon classeur.

– Rien de particulier. Les jours passent et c'est toujours la même merde... Où sont mes bons de commande ?

Juana avance le cou vers le tas de feuillets posés devant elle.

– Peut-être là-dedans. Tout ça n'est pas à moi, du moins je l'espère. Ortega — non, c'est pour moi. Harkness, Swann, Prejean, Luther, Orlando. Ça te dit quelque chose ?

– Oui. Sauf Luther. Qu'est-ce que c'est que ce mélange ?

– *No se, señorita.* Dale a dû se tromper.

– Il n'avait pas à y toucher. Toutes ces commandes étaient déjà signées. À l'exception de celle de Swann. Et elles se trouvaient dans mon classeur.

Juana joue à la pauvre petite Mexicaine, qui ne comprend rien.

– *No se nada*, m'dame, me dit-elle.

Puis elle dépose les bons de commande sur mon bureau.

– Si j'en trouve d'autres qui m'ennuient, je te les passerai avec plaisir.

– C'est gentil ! Kirk est dans les murs ?

Quand on parle du loup… La porte du bureau de Kirk s'ouvre avant que Juana ait pu me répondre.

– Avery, il faut que je te voie, m'annonce-t-il sans préambule.

– Je prends mon agenda ?

– Non.

Je regarde Juana, mais elle est penchée sur ses papiers. Kirk referme la porte derrière moi, me pousse vers l'une des chaises, en face de son bureau, s'installe, passe quelques minutes à mettre un peu d'ordre devant lui, dans l'espace encombré par des dossiers, des stylos, une carafe d'eau et un verre, qui entoure un ordinateur portable.

Toute la véritable séduction de Kirk est dans son sourire. Un sourire renversant qui doit sortir d'un cabinet dentaire. À deux reprises, je l'ai surpris, seul dans son bureau, les dents recouvertes de bandes adhésives blanchissantes. Son éternel bronzage évite l'excès, ses cheveux bruns ont toujours une coupe impeccable, et je parierais qu'il dépense plus pour sa garde-robe que pour la nourriture et le loyer réunis. L'effet global me donne une impression de plastique extrudé, mais il y a des gens qui ne se voient pas autrement.

Lorsqu'il a enfin terminé son rangement, il se lance :

– Comme tu le sais…

Il a déjà besoin de se gratter la gorge avant de poursuivre :

– Avery, chaque année, à la fin de la haute saison, nous… euh… nous nous séparons de notre personnel temporaire. Mais nous sommes généralement en mesure de le réembaucher. Du moins en partie. Pour Thanksgiving, Noël, le nouvel an. Pas avant le printemps suivant, pour certains.

Il fait une longue pause. Je commence à me sentir mal, bien que je ne sois pas une saisonnière. J'ai un contrat à durée indéterminée et en plus je travaille à plein temps.

– Cette année, reprend-il, la situation économique générale et… la nôtre nous obligent… malheureusement à… licencier plus de personnel que d'habitude.

Kirk n'a même pas le courage de me regarder. Je m'écroulerais si je ne m'acharnais pas à me répéter : « Non, non, non. » Comme pour le faire changer d'avis, en télépathe confirmée.

– … toi et Juana, est-il en train de me dire. Elle a plus d'ancienneté que toi… et… par conséquent — et je le regrette — nous sommes contraints de… nous séparer de toi.

La mauvaise nouvelle se répercute dans le silence subit, pénètre finalement mon esprit. Je croise les chevilles, en me souvenant des conseils de Ridley, à l'orphelinat. « Il faut croiser ses jambes au niveau des chevilles, pas à la hauteur des genoux, Avery. De cette façon, les gens ne voient pas sous la jupe. » Je l'ai tellement entendue cette ritournelle que je croise encore mes chevilles bien que je porte rarement une jupe.

– Je suis sincèrement désolé, Avery.

– Kirk…

Quand il me voit me redresser sur ma chaise, il a l'air fort déçu que je ne sois pas déjà partie en claquant la porte.

– Ce n'est vraiment pas le moment. Ma colocataire s'en va à Albuquerque, j'ai besoin de temps pour me trouver un autre appartement. Et puis comment je vais faire si je suis sans travail ? Je n'aurai rien de décent.

– Je ne manquerai pas de te donner une lettre de recommandation…

– Ce qui impressionne les propriétaires, c'est bien connu.

– Navré. Mais je n'ai pas le choix. Sinon te donner, bien sûr, quinze jours de paie comme indemnité de licenciement.

J'ai droit à un sourire destiné à m'encourager, je suppose.

– Tu pourras toujours nous recontacter en novembre ou…

– Kirk, dis-je, après avoir laissé échapper un rire qui avait tout d'un grognement. Tu sais bien que Dale sera trop heureux d'être débarrassé de moi pour me reprendre.

Soudain muet, Kirk fouille dans un tiroir à la recherche de l'enveloppe qui contient mon chèque. Il me la tend, mais je ne bouge pas.

– Je ne peux pas croire que tu me jettes dehors.

– Arrête de jouer les tragédiennes. Personne ne te jette dehors. Tu n'as jamais entendu parlé du chômage ?

– Je refuse de me contenter du chômage. D'autant que je ne toucherai pas assez pour vivre ici. J'ai besoin de travailler. Je veux travailler.

– Je t'encourage à le faire, m'annonce Kirk, d'une voix étrangement douce. Mais pas à Dos Hombres. Il y a d'autres traiteurs, et il y en aura au moins un pour t'embaucher.

– Maintenant ? À la fin de la saison ? Sûrement ! Est-ce que je ne pourrais pas simplement…

– Non. Avery, je peux être direct ? ajoute Kirk dans un soupir douloureux.

Je le regarde, incrédule.

– Tu viens de me mettre à la porte. On ne peut pas être plus direct, non ? Qu'est-ce que j'ai ? Des pellicules ? Une mauvaise haleine ?

– Tu as une mauvaise attitude.

– Vis-à-vis de ?

– De ton travail, tout simplement.

– Je le fais mal ? Je n'ai jamais caché que je préférerais être en cuisine. Ça fait deux ans, et…

– Et nous ne t'avons jamais rien promis. Et puis, n'oublie pas ta façon de coopérer avec Dale. Ou plus exactement ton manque de coopération.

– Qu'il se regarde !

– J'admets que tu n'as pas tout à fait tort. Reste que Dale est… était ton patron. Lui et moi dirigeons cette affaire. C'était à toi de t'adapter.

– Qui s'accommoderait d'être traité comme une merde ?

– Tu pouvais partir.

– J'avais besoin de ce travail, Kirk. Écoute, je te jure — croix de bois, croix de fer — qu'il pourra désormais me dire ce qu'il voudra, sans que je perde mon sourire. Je lui donnerai même raison.

Kirk se cale au fond de son fauteuil et ferme les yeux.

– Désolé, Avery. Désolé, fait-il.

Puis il se redresse, me tend l'enveloppe de nouveau. Cette fois-ci, je la prends.

Débarrasser mon bureau me demande peu de temps. Je n'ai pas à me soucier de photos de famille, ni d'adorables petites cartes, ou encore de dessins humoristiques, découpés dans un journal et scotchés au mur.

Juana m'ignore. Finalement, je lui demande :

– Tu étais au courant ?

Elle secoue la tête, se lève et va aux toilettes. Mais, une fois dehors, je n'ai pas encore atteint le coin de la rue quand j'entends quelqu'un courir derrière moi.

– *Hermana*, attends !

Juana me rattrape, essoufflée.

– Je suis désolée. Je n'arrive pas à croire qu'ils t'aient fait ça. Comment tu vas te débrouiller ?

– Je vais prospecter. On verra bien.

– Si j'entends parler de quelque chose, je te le dirai. Tiens, prends ça, me dit Juana en me mettant un bout de papier dans la main. C'est mon numéro de téléphone. Appelle-moi si tu…

– Merci. Cours reprendre ton travail maintenant, sinon tu vas aussi te faire virer.

La première poubelle que je rencontre hérite du numéro de téléphone de Juana.

Des essaims de touristes, parés de couleurs vives, comme des oiseaux exotiques, sont groupés autour de la Plaza. Le marché indien n'est déjà plus qu'un souvenir, mais nous allons vers les fiestas de Santa Fe, commémorant le retour des Espagnols après la révolte des Pueblo.

Pour moi, on ne fête pas autre chose que le retour des pillards. Le programme des festivités devrait s'intituler : « L'Empire frappe de nouveau ». Le marché des arts et de l'artisanat, les buffets, les dégustations de vin, l'exhibition des animaux domestiques, les messes, les cérémonies en tout genre vont attirer encore plus de touristes. Sans parler du soir où on brûle l'effigie de Zozobra — le vieux taciturne — au Ft. Marcy Park, sous les applaudissements déchaînés de milliers de gens ivres.

Certes, on voit les choses différemment si on vibre aux manifestations de masse. Mais il faut dire qu'à Santa Fe tout est prétexte à faire la fête. Si je fais la tournée des traiteurs, je pourrai peut-être décrocher deux soirées de travail. Ce qui ne paiera pas le loyer, bien sûr, et je ne peux même plus compter sur le mois de septembre pour me permettre de trouver quelque chose de moins cher.

Mes fidèles serviteurs — je parle de mes pieds — m'ont reconduite à la maison mais, au bas de l'escalier, je recule. Je refuse de voir les cartons entassés dans l'entrée. Je n'ai pas envie de me réfugier dans ma chambre — presque mon ex-chambre. Parler à Rita, je n'y tiens pas. Si elle découvre que je suis au chômage, elle va me répéter cent fois qu'elle est désolée pour moi, qu'elle se sent coupable de partir maintenant. Elle se proposera de m'aider et il n'en faudra pas plus pour qu'elle me rende folle.

Mon pick-up est garé derrière la maison. Je pourrais embarquer mes affaires et prendre la route, conduire jusqu'à ce que je sois fatiguée, m'arrêter, dormir, repartir. Essayer de trouver un travail dans une ville inconnue, changer de nom, me dénicher une fausse carte d'identité. C'est, paraît-il, monnaie courante. Il y a sûrement à Santa Fe un tas de gens qui se cachent sous un nom qui n'est pas le leur, et je ne pense pas uniquement à ceux qui ont quelque chose à se reprocher. J'ai entendu parler de livres qui vous indiquent la marche à suivre.

M. Hanover, le professeur de Carson, me donnait fréquemment des livres — de vieux bouquins destinés à la poubelle. L'un d'eux s'intitulait *Le Grand Imposteur*. C'était l'histoire d'un certain Ferdinand Waldo DeMara qui avait réussi à se faire passer, entre autres, pour un professeur d'université, un chirurgien, un moine, un gardien de prison, en changeant de nom chaque fois.

Pendant les semaines qui ont suivi cette lecture, avant de m'endormir, je restais longtemps les yeux ouverts, sous le souffle des vents coulis, en rêvant de vies nouvelles, inventées à mon gré, suivant l'exemple de Ferdinand Waldo DeMara.

Au bout d'un certain nombre d'expériences, se souvenir de sa véritable identité devenait sans doute superflu.

Je vais vers mon pick-up, déverrouille la portière et m'installe au volant. Il fait une chaleur étouffante et j'ai du mal à faire démarrer le moteur. Dès que j'y parviens, je claque la portière et descends la vitre. La radio ne marche pas, mais je m'en moque. La brise apporte un peu de fraîcheur. Je tourne dans St. Francis pour me diriger vers la Turquoise Trail, au sud de la ville.

Bettina semble heureuse de me voir, sans être surprise outre mesure. Pour le déjeuner, je suis un peu en avance.

– C'est votre jour de congé ? me demande-t-elle tandis que je m'installe dans un coin.

– Si on veut.

– Je sens qu'il s'est passé quelque chose.

– Je peux avoir une bière ?

– Ah ! C'est bien ce que je pensais. Que voulez-vous ? Une Dos Equis, une Tecate, une Modelo Negro…

– Une Tecate avec du citron vert. S'il vous plaît.

Une jeune fille vient m'apporter, quelques minutes plus tard, une canette de Tecate et une chope réfrigérées.

– Bettina dit que vous pouvez prendre ce que voulez. Ce sera offert par la maison.

– Ah ? Donnez-moi simplement un ragoût au piment vert et des *sopaipillas*.

Je presse le petit citron avant de verser l'alcool doré en penchant mon verre. L'estomac aussi vide que l'était le réfrigérateur ce matin, je commence à planer dès que j'ai bu la moitié de la chope. La salle s'est brusquement remplie, Bettina a disparu et la petite serveuse court dans tous les sens comme une écervelée, en se trompant dans les commandes. Inexpérimentée et sans aide, elle est au bord des larmes.

Quand elle passe en coup de vent près de ma table, je l'attrape par le bras. Elle se retourne et me regarde, effarée comme une biche prise dans les phares d'une voiture.

– Oh ! Désolée. Désolée. Je vous apporte le ragoût tout de suite.

– Ce n'est pas grave. Où est Bettina ?

La petite essuie son front, humide de sueur.

– À la cuisine.

Dans le milieu de la restauration, parler d'une personne absente c'est parler d'une personne congédiée.

– Ne vous occupez pas de moi. Je mangerai plus tard.

– Vous ne voulez pas… ?

– Pas maintenant.

– D'accord, me dit-elle.

Puis elle reprend sa course, l'air soulagé.

Dans la cuisine, un grand costaud, en jean neuf et tee-shirt blanc sous un long tablier de même couleur, essaie de mener trois choses de front : surveiller la cuisson du porc haché, aux oignons et aux poivrons, rouler des *enchiladas*, faire frire des *sopaipillas*. Bettina coupe des tomates à la vitesse de la lumière, un panier plein à côté d'elle.

Elle sourcille quand elle me voit.

– On ne vous a pas encore servie ?

– Je peux aider la jeune fille. Je suis qualifiée.

– Si vous tenez à transpirer, remarque Bettina en riant. Les tabliers sont là-bas. Partagez-vous la salle avec Felicia. Merci, Avery. Miguel !

L'homme, qui s'affaire devant le fourneau, se retourne.

– Je te présente Avery. Mon frère, Miguel.

Ce que Bettina ajoute en espagnol m'est incompréhensible.

– *Mucho gusto*, fait Miguel.

Les cheveux noirs, courts, lissés en arrière, le sourire timide, Miguel a l'air d'un gros nounours mexicain qui se distingue des autres peluches par une fine moustache.

Pendant trois heures, je sers au pas de course, des plats fumants — *enchiladas*, *tamales*, *tacos*, *sopaipillas* farcies, poivrons rouges et verts, comme autrefois au Pete's. J'esquive les gestes lestes de cow-boys et de représentants de commerce esseulés, chatouille des bébés sous le menton en espérant un bon pourboire des parents, éponge du Coca, essuie des verres dès qu'ils sont rincés, apporte des petits suppléments de crème aigre, de sauce rouge, de sauce verte, ressers du thé glacé ou de l'eau, fais patienter ceux qui attendent une place à coups de chips et de salsa.

Pendant un petit moment, j'arrive à oublier que j'ai perdu mon travail et ma colocataire, que je dois me mettre en quête d'un nouveau logement, que je suis attirée par un homme qui a probablement l'âge d'être mon père. Sans compter que l'ex-amant de ma mère ne me dit peut-être pas tout au sujet de sa mort.

– Alors, Avery. Racontez-moi ce qui vous arrive.

Bettina pose sur la table des piments verts, deux verres d'eau, et s'assoit en face de moi.

Je commence par prendre une cuillerée de ragoût que je laisse me brûler la bouche et la gorge, et me fait pleurer aussi sûrement qu'un oignon. C'est presque un rituel de purification, comme celui auquel se livrait Cassie avec sa fumée de sauge.

– Ce serait trop long et déprimant.

Tandis que je prends une deuxième cuillerée, je sens une douce transpiration sourdre sur mon visage.

Bettina se penche vers moi.

– Si vous ne me dites rien, comment je vous aiderais ?

– Vous ne pouvez rien faire de toute façon. Et puis je ne suis venue ici que pour prendre l'air.

– Je peux vous aider ! rétorque Bettina, indignée. Comme vous l'avez fait tout à l'heure pour moi. C'est ça l'amitié, non ? Mais vous devez d'abord m'expliquer ce qui se passe.

Je continue à manger, à transpirer, et je pense à l'expression d'Ed Farrell lorsqu'il m'avait parlé des piments de Bettina : « Tu verras, ça décoiffe ! » C'était plutôt bien vu.

– En fait, je n'ai pas un seul et unique problème, mais plusieurs. Des nouveaux, des anciens…

– Commencez par le plus ancien, me répond Bettina qui, visiblement, n'a pas l'intention de lâcher prise.

– OK.

Je prends quand même le temps de soupirer, puis de boire de l'eau, ce qui exacerbe la brûlure du piment dans ma bouche.

– D'abord, je n'ai jamais connu ma mère. Elle m'a abandonnée à ma naissance… Depuis peu, je sais au moins qui elle était.

– Était ?

– Elle est morte.

– Oh, Avery. Je suis désolée.

– Ensuite il y a cet homme…

Bettina lève les yeux au plafond et regarde le ventilateur tourner poussivement.

– Il y a toujours un *tipo*. Toujours.

– Il… il était avec ma mère…

– *¡ Madre de Dios !* Et maintenant avec vous ?

– Non, non, pas encore.

– C'est l'homme qui est venu avec vous l'autre jour ?

Je hoche la tête.

– Et puis ?

– Ça ne vous suffit pas ? fais-je en riant.

– S'il y a autre chose, non.

– Ma colocataire part pour Albuquerque.

– Et puis ?

– J'ai perdu mon travail.

– *¡ Que chinga !* jure Bettina.

Elle en rougit. Des boucles humides sur son front, les yeux noirs jetant des étincelles, les joues roses, elle ressemble à l'un des posters vidéo du magasin, près de chez moi. Si Farrell n'était pas un con, il y a longtemps qu'il l'aurait embarquée avec lui.

– À quoi ils ont pensé ces *pendejos* pour vous virer ?

– C'est toujours la même chanson. La haute saison est terminée, les temps sont durs.

– Nous aurons peut-être besoin d'aide de temps en temps, me confie Bettina, sa main sur la mienne, le front soucieux.

– Merci. Ce serait sympa de travailler pour vous. Mais il y a de la route pour venir jusqu'ici, et je me ruinerais en essence.

– Eh bien, vous pourriez vivre ici.

Pendant quelques instants, je pense à Querencia. Je rêve. Mais il faudrait que je travaille beaucoup pour entretenir… mon chalet.

– J'y penserai, dis-je.

Je n'ai toujours rien dit à Rita. Les jours où elle travaille, il n'y a pas de problème, mais quand elle est de repos je dois trouver un endroit où aller. Aujourd'hui, j'ai un itinéraire bien déterminé.

D'abord, je passe par l'agence pour l'emploi, située de l'autre côté de DeVargas Park, le lieu de rendez-vous des chômeurs, plus ou moins patentés, que j'avais l'habitude de regarder de haut lorsque j'allais travailler. Salut les garçons ! Je fais partie du club maintenant. Je devrais peut-être songer à me faire tatouer.

La bibliothèque municipale — bâtiment dans le style des vieilles maisons d'ici — est située sur Washington Street, à quelques mètres de la Plaza. Depuis que j'ai cessé de fréquenter l'université, j'ai rarement utilisé le Net dont le processus d'accès a changé entre-temps. La bibliothécaire en chef m'adresse à un assistant qui a l'air de penser que je sors à peine de la petite enfance, mais qui arrive quand même à me faire comprendre comment accéder aux archives du *New Mexican*.

– Vous n'avez qu'une demi-heure si quelqu'un attend son tour, m'informe-t-il d'un ton guindé.

Dès qu'il est retourné à son bureau, je me branche sur la rubrique « recherche avancée », tape « Isabel Colinas », et vois apparaître trente-deux entrées, par ordre chronologique, la première datant du 20 août 1980. Je rate presque ce que je cherche, parce que Paul m'a parlé du 7 septembre, et non du 9 que je découvre sur l'écran. Mais, si elle est morte un samedi soir, il est bien évident que l'information n'a été publiée que le lundi.

*« **Isabel Colinas, spécialiste de l'art texture, meurt à trente-quatre ans.***

« Avec la mort d'Isabel Colinas, Santa Fe a perdu, non seulement une artiste de premier plan, mais aussi une citoyenne du monde et un membre de notre communauté particulièrement dynamique.

« Son corps a été découvert aux environs de sept heures trente, dimanche, dans la piscine de la villa du 505 San Tomas, propriété de son fiancé, Paul DeGraf. Les causes de la mort ne sont pas encore déterminées.

« Colinas avait quitté Durango, Colorado, pour Santa Fe, en 1977. Elle avait travaillé à The Good Earth, dans Guadalupe Street, en attendant de vivre de sa peinture. En 1980, elle était passée de la peinture à l'art texture, rencontrant rapidement une notoriété certaine, et le succès qui l'avait boudée en tant que peintre. En quelques années, elle avait réalisé de multiples œuvres dont les prix n'avaient cessé d'augmenter.

« DeGraf, bien introduit dans le commerce de l'art et propriétaire de la Buena Vista Gallery et de la Pinnacle Gallery, où les œuvres de Colinas ont souvent été exposées, n'était pas étranger à cette réussite. Entretenant discrètement une relation sentimentale, ils avaient finalement, l'année dernière, annoncé leurs fiançailles, au moment où Colinas s'installait chez DeGraf. La date du mariage n'était pas encore fixée.

« Depuis quatre ans, Colinas récoltait activement des fonds pour Katalysis, organisation à but non lucratif qui accorde des prêts à de petites entreprises d'Amérique centrale. L'année dernière, elle avait été élue membre du conseil d'administration.

« Elle ne laisse aucune famille dont l'existence soit connue. Un service religieux sera annoncé quand le permis d'inhumer aura été accordé par les autorités médico-légales du Nouveau-Mexique. »

L'article est suivi du modèle réduit de la photo qui illustre le catalogue de la Buena Vista Gallery.

Je laisse les mots se perdre dans le brouillard tandis que je m'interroge. Où étais-je le soir du 7 septembre 1991 — en ce dernier automne au lycée ? Sans doute chez Cassie, à faire une chose ou une autre, peut-être des devoirs. Non. Les cours n'avaient pas encore repris.

Penchée sur la photo, je la regarde fixement, sans savoir ce que je cherche. Elle finit par se brouiller et le visage d'Isabel devient une mosaïque d'ombre et de lumière qui se superpose à une image logée au fond de ma mémoire depuis des années. Brusquement, je me redresse sur ma chaise. Qu'est-ce que j'attendais pour me souvenir ? La clinique à Darby. Le soir où le serpent m'a mordue. Le soir où j'ai vu Isabel.

Ce soir même où elle est morte.

J'avais laissé ma fenêtre ouverte la nuit dernière et je me réveille, enveloppée dans les couvertures, mais les pieds à l'air et comme des blocs de glace. Dans l'entrée, on murmure, on marche sur la pointe des pieds. Une légère odeur de café me chatouille les narines. Je paresse, somnolente, en écoutant le chant du loriot, dont le nid pend à la plus haute branche de notre *álamo*, jusqu'à ce que je me souvienne que Rita part aujourd'hui.

Je ressens brusquement un froid intérieur, mais je me raisonne. La belle affaire ! J'ai déjà été seule. Je pourrais même dire que je l'ai toujours été. Les quelques personnes qui sont entrées dans ma vie, à un moment ou à un autre, n'ont été que des sortes de mannequins en Celluloïd qui, meublant temporairement mon existence, m'ont donné l'illusion de vivre normalement pendant un certain temps.

La question est de savoir si je m'habille et les regarde partir en me mentant à moi-même. Ou si je reste au lit, à me morfondre, ce que je préférerais de beaucoup. Songeant aux sept années que je viens de passer avec Rita, je m'extirpe finalement de mon lit en frissonnant, passe un jean et un pull. Soudain, j'ai honte. Rita a le droit de partir avec Rick, non ? Elle a le droit de vivre sans moi.

– J'espère qu'on ne t'a pas réveillée, me dit-elle en essayant de sourire.

Ses yeux sont rougis. J'en suis à la fois touchée et dégoûtée.

– Je me lève parce qu'il fait froid dans la chambre.

Je vais dans la cuisine et me verse une tasse de café.

Au fond, je n'en finis pas de constater que tout le monde part un jour ou l'autre et, généralement, quand on est mûr pour les regrets. Pour l'instant, Rita est la dernière d'une longue liste de gens qui m'ont laissée tomber.

L'arôme noisette, suave, du café de pignons flotte au-dessus de la tasse. Je bois à petites gorgées, en écoutant les bruits du déménagement. Des grognements, des pas dans l'escalier, des questions murmurées à propos de l'heure qui tourne et de la contenance du camion. Rita s'est finalement débarrassée de sa Plymouth. Rick conduira le camion et elle le suivra dans sa Volkswagen. C'est ce qu'elle m'a expliqué, mais quand, je l'ai oublié.

Comme il ne restait plus que des cartons ce matin, ils ont terminé lorsque je bois ma dernière goutte de café.

Rick entre dans la cuisine, Rita sur les talons, et me gratifie de l'un de ses sourires solennels.

– N'oublie pas : tu seras toujours la bienvenue, me dit-il.

Puis il ressort, nous laissant seules Rita et moi. Les larmes coulent sur son visage sans maquillage. Je ressens une même tristesse, mais je suis incapable de la manifester.

– Avery, tu vas… beaucoup me manquer, me déclare-t-elle d'une voix étranglée.

– Toi aussi.

– Promets-moi de venir nous voir bientôt.

Je hoche la tête.

– Fais attention sur la route, dis-je, sincèrement préoccupée, et pourtant d'une voix aussi chaleureuse qu'une voix anonyme qui souhaite une bonne journée dans un haut-parleur.

Quand Rita me serre dans ses bras, l'épaule mouillée par ses larmes, je m'efforce de lui rendre son étreinte.

– Voici notre adresse, me dit-elle en posant un papier sur le comptoir. Je t'appelle dès que j'ai le téléphone.

– Rita…

Franchement, j'ai l'impression d'avoir la langue collée au palais. J'ai bien du mal à articuler :

– Prends soin de toi.

Elle me serre de nouveau dans ses bras quelques instants, puis me laisse pour descendre l'escalier en courant. Je sors sur le balcon juste au moment où ils démarrent derrière le paravent ajouré que forment les branches du peuplier. Le camion s'engage, avec tout son chargement, dans la circulation, la Volkswagen suit, petite et légère. J'imagine Rita, le siège avancé au maximum, les deux mains agrippées au volant, le visage baigné de larmes.

20

L'APPARTEMENT SENT la poussière et, vidé des meubles de Rita, résonne comme une chambre d'écho. Dans le séjour, il ne reste plus que la commode de pin que je me promets toujours de peindre, le vieux porte-chapeaux sorti d'une brocante — un cadeau d'anniversaire de Rita, la première année de notre vie commune — et le rocking-chair qu'elle a laissé en me disant que le camion était plein.

Elle mentait, c'est certain. Elle a abandonné ce fauteuil par pitié pour moi qui ne possède pas un seul meuble digne de ce nom. Ou alors, elle voulait soulager sa conscience. Quand je marche, j'ai l'impression de faire des claquettes. J'aurais volontiers mis un CD, histoire de noyer le bruit que j'entends dans ma tête, mais je n'ai plus d'enceintes acoustiques : elles appartenaient à Rita. Ce bruit dans ma tête est bien étrange. J'ai l'impression qu'une bande de singes s'excite sur des instruments de musique. Le sang bat dans mes sinus.

Je m'assois sur le fauteuil, commence à me balancer d'arrière en avant, me laisse bercer. Peu à peu, le tintamarre s'estompe, toutes ces notes se confondent en une seule, qui se répète, se répète, puis devient un bourdonnement étouffé. Quand enfin c'est le silence, je remarque qu'il fait noir dehors. Dans la pièce aussi puisque les lampes sont éteintes. Mais je n'ose pas les allumer, de crainte que le vacarme ne recommence.

Je me lève, je vais dans la cuisine, ouvre le réfrigérateur, éclairant un vide glacial. Il ne reste qu'un carton de lait. Son odeur n'ayant rien de suspect, je le goûte. Puis je regarde les placards comme si je pouvais voir à travers leurs portes ce qu'ils contiennent. Pas grand-chose, évidemment. Je n'ai pas fait de courses ces derniers jours.

Depuis que je suis tombée sur le portrait d'Isabel, je me sens comme une mouche prise dans une toile d'araignée. Non, c'est pire : engluée dans tous ces fils presque invisibles, je fais partie de la toile. Un jour, Cassie m'a expliqué comment les tisserands navajo laissent une « piste spirituelle » dans leurs œuvres, à l'aide d'un fil qui, conduisant à la bordure du tapis, évite à leur esprit de rester prisonnier du tissage. J'ai oublié de le faire pour moi.

Je remets le lait en place et referme le réfrigérateur, replongeant ainsi la cuisine dans l'obscurité.

Le lendemain matin, quelqu'un me réveille en tambourinant sur la porte. Un goût de lait séché, douceâtre sur mes lèvres, je sors de mon lit avec l'intention d'enfiler un peignoir. Intention qui se révèle superflue puisque j'ai dormi tout habillée.

Linda s'appuie au chambranle de la porte, tire sur sa cigarette, sourit, souffle la fumée en l'air.

– *¡ Mana ! ¿ Que onda ?* fait-elle en regardant mes vêtements froissés. Tu as eu une nuit agitée ?

– En quelque sorte.

– Alma a quelqu'un en vue pour l'appartement. Elle voudrait le faire visiter demain. Ça ira ?

Personne n'a l'intention de me faire oublier ma misère…

– Oui. Pas de problème. Je serai sûrement sortie.

– Tout va bien ?

– Ne t'inquiète pas. Je suis simplement rentrée tard.

Linda étudie les traces vermillon de son rouge à lèvres sur le bout de sa cigarette.

– Je peux encore te faire une coupe aux conditions habituelles. Ça ne me dérange pas.

– *Gracias.*

– *Hasta luego.*

À plus tard.

J'attrape ma montre et la fixe à mon poignet. Il est neuf heures cinq, le ciel est dégagé, mais je sens venir les changements de temps — comme Cassie — et je peux dire qu'un orage se prépare. Je réchauffe une tortilla, tartinée de beurre de cacahuètes, puis je la roule, l'avale, finis le lait qui fera gonfler le reste. Au moins, j'aurai l'estomac calé.

Après ce petit déjeuner de gourmet, je prends une douche puis, les cheveux encore mouillés, je m'installe dans le rocking-chair avec mon dossier de chômage. Accablant. Les questions, imprimées en petits caractères, sont très espacées, de façon à récolter des réponses exhaustives. Il faut tout dire, tout révéler. Seul votre groupe sanguin échappe à cette inquisition.

Un barème détaillé permet de calculer vos indemnités et un joli petit carnet vous est offert pour consigner vos recherches. Le but n'est pas de vous faire des souvenirs, mais de prouver que vous tenez à vous recaser au plus vite.

Je commence par le commencement : nom, adresse, numéro de Sécurité sociale, âge, sexe, origine ethnique. Puis je consulte le livret d'informations générales avant de répondre aux questions concernant mes emplois successifs, mes salaires et la raison de mon licenciement. C'est alors que je découvre que si on laisse passer plus de quinze jours après la date du licenciement, il faut remplir un questionnaire complémentaire. De plus, en cas de déménagement, on repart de zéro. Je ne vois donc pas pourquoi je prendrais la peine, aujourd'hui, de me soumettre à cette corvée. De toute façon, pendant une semaine, dite « d'attente », on ne touche rien. Et ce système se renouvellera quand j'aurai déménagé.

La paralysie est de retour. J'entasse soigneusement mes formulaires et les pose sur la commode de pin, avec le livret et mon stylo.

L'après-midi commence à peine quand je traîne le fauteuil sur le balcon, m'assois et me balance, en regardant les gros cumulus blancs, en forme de chou-fleur, s'élever au-dessus de l'enclume des cumulo-nimbus, annonciateurs d'orage, argentée au sommet, bleu-noir — couleur d'hématome — à la base. Bientôt, des langues de feu s'insinuent entre les deux masses nuageuses tandis que, sur l'horizon, la pluie tombe en hallebardes et que le tonnerre gronde comme le moteur d'une vieille voiture qui démarre.

Un vent brusque soulève mes cheveux quelques secondes avant que de grosses gouttes s'écrasent sur le balcon et sur moi. Mais il faut que l'alarme d'une voiture se déclenche pour que j'aie la force de me lever et de rentrer le fauteuil, juste au moment où une lourde pluie s'abat en diagonale sur le parking.

Tout en m'essuyant le visage avec mon tee-shirt, je vais dans la chambre. Coincé entre le lit et le dessous de la fenêtre, un classeur sur lequel j'ai écrit « Isabel » contient les photocopies d'articles de journaux que j'ai faites à la bibliothèque. Je m'assois sur le lit, le dos calé contre l'oreiller, et j'ouvre le classeur.

Sur la première page, il n'y a qu'une photo, datée du 20 août 1980. Elle montre Isabel, une femme plus âgée et un très jeune homme, debout devant des tableaux. La légende est la suivante :

« Isabel Colinas, Elena Chavez et Abelardo Gonzalez comptent parmi les artistes dont les œuvres seront exposées le week-end prochain au Spanish Market. »

La deuxième page reproduit l'annonce d'un vernissage dans *Pasatiempo*, le 3 mai, 1981 :

« *Elliot-Newnan Southwest Arts* — 242 Canyon Road

« Aquarelles d'Isabel Colinas, Acryliques de Les Rafferty

« Vernissage de dix-sept à dix-neuf heures. »

Il y a également une photo, plus grande celle-ci, datée du 20 avril 1982. Isabel est seule et se tient devant un grand paysage, difficile à décrire, en raison de la mauvaise qualité du cliché.

« *Nuages rouges*, par Lara Collins (Isabel Colinas), dit la légende. Tableau exposé à la Brier Fine Arts, 125 Grant Avenue, jusqu'au 15 mai. »

En septembre 1985, a paru un article dans le *Santa Fe Scene Magazine*, accompagné d'une photo, pleine page, d'Isabel, tout en noire, posant à côté du *Souvenir en jaune* que j'ai vu à The Good Earth.

« L'art texture, par Maxine Engels

« Mystère et magie, souvenirs et rêves — la texture de l'automne. De l'or entre les mains de Lara Collins qui, depuis deux ans, a "tourné la page", abandonnant l'aquarelle pour s'engager dans l'art texture. Si on en croit la première exposition qui lui est entièrement consacrée, à la Moon Dancer Gallery, elle a pris la bonne direction.

« Conjuguant une savante technique et une spiritualité vibrante, son travail suscite une émotion instantanée. Composée de plusieurs strates et faisant appel à diverses techniques, chaque œuvre sollicite cette perspicacité qui consiste à chercher la vérité sous la surface des choses.

« On remarque tout particulièrement cet hymne à l'automne dans le Sud-Ouest, ingénieusement intitulé *Souvenir en jaune*. Composition très élaborée qui mêle broderie, photo transfert, points jetés, collage, rubans de soie, elle permet de plonger au cœur du monde de la créatrice et de comprendre le Sud-Ouest dans son essence. Le plus étonnant c'est que Collins ne s'appuie sur aucun canevas, et nous donne ainsi des œuvres d'une inspiration spontanée.

« "J'aurais l'impression de tricher si je commençais par dessiner, explique-t-elle avec un sourire mystérieux. Sans doute suis-je attirée par le danger. En tout cas j'aime entreprendre et suivre mon inspiration sans préjuger du résultat."

« L'exposition : *Souvenirs et Rêves* est visible à la Moon Dancer Gallery, pendant Halloween. »

Sous la photo, on peut lire : « *Souvenir en jaune* — Dans le désert, en automne, le jour semble se rétrécir et, si le soleil brille, il évoque les braises d'un feu qui se meurt. Le vent est chargé de mélancolie, comme s'il pleurait une disparition, triste mais inévitable. On sent aussi l'approche de l'hiver, cette mort qui précède le renouveau. »

Il y a également un article sur The Good Earth dans lequel Liza explique avec fierté que Lara Collins a travaillé chez elle, et quelques lignes à propos de Katalysis, mentionnant que Lara Collins fait désormais partie du conseil d'administration. J'ai eu aussi le temps d'imprimer — avant d'être éjectée sans ménagement par un chercheur patenté — une petite rubrique, genre potins de la commère, parlant d'une association d'artistes féminines, fondée par Yrena Castellano et Cate Mosley. Il est dit que Lara Collins appelle Cate Mosley son mentor et on voit la photo d'une réunion de femmes dans un restaurant. L'une d'elles, blonde aux cheveux longs, se tient un peu en retrait derrière Lara, les mains sur ses épaules, comme si elle offrait Lara à quelqu'un.

Le classeur refermé, je le pose sur mon ventre. Puis je reste là, à écouter la pluie, à imaginer les empreintes fugitives des gouttes sur les tuiles du toit. Je devrais me secouer, je le sais, me mettre en quête d'un travail, d'un logement, remplir ces questionnaires, stupides, mais qui représentent au moins un filet de protection. Dans l'immédiat, il faut que je fasse des courses si je veux me nourrir. Mais le passage de la réflexion à l'acte ne se fait pas. J'ignore mon estomac qui gronde.

Il est seulement dix-sept heures trente. Si la nuit est encore loin, en revanche il est déjà trop tard pour chercher un travail ou un logement. Je verrai demain. Peut-être.

Je ferme les yeux.

C'est un jeune couple qui vient visiter l'appartement. Elle — comme lui — est à peine sortie de l'adolescence, mais doit en être à son septième mois de grossesse. Ils examinent l'installation électrique, les branchements dans la cuisine, l'état du balcon, scrutent l'intérieur des placards. Lui a l'air de croire qu'il a une femme en porcelaine. Il la guide, la main sur son coude, lisse ses cheveux, lui ouvre les portes et la laisse passer la première. Merde ! Combien de temps ça va durer ?

Ils verront quand ils auront deux ou trois mômes qui courront dans tous les sens en hurlant. J'en connais un qui sera pressé d'aller jouer au billard avec ses *manos* ou qui passera des heures à bricoler sur sa voiture.

Bien que mon espagnol soit limité, je comprends le jeune homme lorsqu'il demande à Alma à partir de quelle date l'appartement serait libre.

– Le 30 septembre, hein ? répond Alma en me regardant.

Elle me tapote le bras avant de redescendre.

Pendant les trois semaines suivantes, Isabel est de plus en plus présente. Je me sens possédée et je hante la bibliothèque, pillant les archives du *New Mexican*, déterrant des articles sur Google et Yahoo. J'appelle les gens de Katalysis, à Stockton, en Californie, où une femme me suggère amicalement d'entrer en contact avec Nancy Wethersby, responsable du programme de développement, à son retour du Honduras, dans quinze jours.

Elaine m'aide à retrouver la trace de Cate Mosley qui me donne rendez-vous à son atelier, lorsqu'elle aura achevé l'importante commande sur laquelle elle travaille en ce moment.

Puis je téléphone à l'herboristerie et demande à Cookie si je peux parler de nouveau à sa tante.

– Je suis vraiment heureuse que vous appeliez maintenant, m'annonce Cookie. Ma tante est beaucoup mieux. La dernière fois que nous sommes allées voir son médecin à Albuquerque, il a constaté que le nouveau médicament a réduit sa tumeur. Et les effets secondaires ont disparu, si bien qu'elle est magnifique. Vous pourriez venir aujourd'hui ? Je voudrais que vous la voyiez pendant qu'elle est redevenue elle-même. Vous comprenez, le médecin ignore combien de temps durera cette amélioration.

Si Liza a toujours l'air d'une brindille aux cheveux gris, en revanche son visage est transformé. Elle a une expression alerte, détendue, et sa robe, longue et ample, en velours rouge — absolument royale — donne de l'éclat à sa peau.

– Bonjour, Avery, me dit-elle en prenant ma main dans les siennes.

J'ai l'impression d'échanger une poignée de main avec un oiseau.

– J'aime votre robe.

Le regard de Liza s'illumine.

– C'est Cookie qui me l'a faite. Elle est ravissante, c'est vrai.

Cookie installe sa tante dans le fauteuil, près de la fenêtre, puis va mettre la bouilloire sur le feu, pendant que je prends l'autre fauteuil et que Liza ordonne discrètement les plis de sa robe sur ses genoux.

– Par quoi dois-je commencer ? me demande-t-elle.

– Racontez-moi comment vous vous êtes rencontrées. Comment elle était. Vous a-t-elle jamais parlé de moi ?

– C'est ici que j'ai vu Isabel pour la première fois. Elle venait acheter une crème pour ses mains. À l'époque, elle travaillait dans une famille, en échange de sa pension, et ces gens la traitaient en esclave. Elle était très jeune — elle avait dix-huit ans. Sa santé était défaillante. Elle venait de vous mettre au monde dans des conditions difficiles. Beaucoup plus tard, quand nous sommes devenues proches, elle m'a dit qu'elle avait failli mourir pendant l'accouchement.

Je me penche en avant, avec le sentiment d'être, en quelque sorte, reconnue.

– Nous avons parlé de plantes. Elle m'a expliqué que sa mère, Josephita Colinas était guérisseuse, à Ortiz, qu'elle était morte, mais là, je pense qu'elle mentait. Elle est revenue ici régulièrement et comme elle n'avait pas beaucoup d'argent je lui donnais des échantillons. Nous bavardions. Elle parlait encore de sa famille à ce moment-là. Plus tard, elle a cessé de le faire. Son père, ingénieur dans une compagnie minière, avait quitté

Ortiz quand elle avait trois ans. Elle était très proche de sa grand-mère, doña Maria Ebell, qui était une chamane…

– Une chamane ?

– Elle avait, paraît-il, le don de double vue. En touchant des objets, elle apprenait des choses sur les personnes qui les possédaient. Je crois qu'elle est morte quand Isabel avait environ douze ans.

» Un matin Isabel est arrivée en courant, bouleversée, avec une vilaine brûlure sur le bras. Apparemment, le mari, dans la famille où elle travaillait, essayait sans cesse de la coincer dans la cuisine, et ce jour-là, lorsqu'elle lui avait crié de la laisser tranquille, il l'avait giflée si fort qu'elle s'était heurtée au fourneau.

» J'étais furieuse, continue Liza, encore indignée. Je lui ai dit qu'elle ne devait pas retourner chez ces gens. Je l'ai installée dans l'arrière-boutique et je lui ai demandé de m'aider avec les clients qui ne parlaient qu'espagnol. Un ami est allé chercher ses affaires. Elle n'est jamais retournée là-bas.

Liza soupire, puis ajoute :

– Et c'est comme ça que j'ai découvert qu'elle était une artiste.

Je sors de mon classeur, les premiers articles consacrés à Isabel et les montre à Liza.

– C'est ça. Elle a commencé par faire des aquarelles. Avec talent. Mais il lui fallait plus. Elle a d'abord décidé de prendre un pseudonyme qu'elle trouvait plus séduisant que son vrai nom…

– Pourquoi « Lara » ?

– À cause d'un film qu'elle avait vu à la télévision. Je lui ai fait remarquer que « Lara » convenait mal à une brune, mais elle était très têtue. Et je me suis dit qu'elle avait honte de sa famille.

Cookie revient avec le thé et des crackers sur un plat en céramique.

– Où en étais-je ? se demande Liza en trempant un morceau de cracker dans son thé. Ah ! Oui. Elle a commencé par changer de nom, et ensuite elle a rencontré cette femme qui faisait des choses en tissu. Des courtepointes, me semble-t-il…

– Cate Mosley ?

– C'est ça. Elle a introduit Isabel dans son petit cercle d'amies, et Isabel — ou Lara — s'est intéressée aussitôt à l'art texture auquel elles se consacraient. Cate lui a enseigné ses techniques, mais l'élève a vite dépassé le maître et, à partir de là, Isabel a été totalement… possédée, je dirais, par son activité artistique. Plus rien d'autre ne comptait. Elle me rabrouait, rabrouait les clients, enfin tout le monde. Elle voulait uniquement se plonger dans des livres d'art, dessiner des motifs, travailler le textile. Plusieurs fois j'ai trouvé des clients dans le magasin qui attendaient d'être servis, pendant qu'elle était dans l'arrière-boutique, tout à son art.

– Pourquoi ne l'avez-vous pas renvoyée ?

– Tatie n'aurait jamais renvoyé quelqu'un, intervient Cookie, avec un petit rire. Elle a si bon cœur.

Prenant un autre cracker, Liza le casse en deux.

– Je ne sais pas ce qui lui serait arrivé si je l'avais mise à la porte. Elle ne faisait pas exprès de se comporter ainsi. Il m'est arrivé de la trouver, le matin, quand je venais ouvrir le magasin, endormie dans le fauteuil, son travail sur les genoux. Elle ne se couchait plus. Souvent elle oubliait de manger. Elle était maigre comme un clou. Finalement j'ai pensé qu'elle avait besoin d'un peu de surveillance et je l'ai installée chez moi.

Je repose ma tasse et ma soucoupe, et m'enfonce dans le fauteuil.

– Est-ce qu'elle parlait de moi ?

Le visage de Liza s'adoucit.

– Oh, oui ! De temps en temps. Un soir, à cause d'un violent orage qui nous a privées de courant, elle n'a pas pu travailler. Nous nous sommes assises à la table de la salle à manger, nous avons bu du vin à la lueur des bougies et elle m'a raconté comment elle était tombée enceinte. Votre père avait dix ans de plus qu'elle. Il était marié et appartenait à une famille anglo-saxonne fortunée. Il était, paraît-il, très beau.

– Vous a-t-elle expliqué…

Je laisse ma question en suspens. J'hésite, ne sachant si je tiens vraiment à connaître la réponse. Mais l'occasion ne se renouvellera peut-être jamais.

– Vous a-t-elle dit pourquoi elle m'avait abandonnée dans le sous-sol d'un orphelinat ?

Cookie se tourne vers sa tante qui fronce les sourcils.

– Dans le sous-sol ? Je ne comprends pas.

– C'est là qu'on m'a trouvée. Près de la chaudière de l'orphelinat Carson à Alamitos.

– Doux Jésus…, fait Liza, calmement, mais les paupières agitées.

– J'ai toujours pensé qu'elle devait me haïr. Et je me suis toujours demandé pourquoi elle n'avait pas préféré avorter.

– Pauvre petite, me dit Liza en prenant ma main dans les siennes. Soyez rassurée. Votre père — qui s'appelait Michael, je crois — voulait qu'elle avorte. Il lui a même donné de l'argent pour aller à Denver dans ce but. Mais Isabel a refusé.

– Pourquoi ? Tout aurait été plus simple. Et pour elle et pour moi.

– Souvenez-vous que votre mère était une *curandera* et qu'elle avait été élevée dans une famille très catholique.

À dix-huit ans, elle n'allait plus à l'église, mais elle avait gardé un grand respect pour la vie. Avorter, elle n'y a même jamais pensé. Elle a pris l'argent et elle est partie pour Durango où elle est devenue bonne ou cuisinière, je ne sais plus, chez une femme à qui elle a donné l'argent en échange de la promesse de vous faire adopter. Dieu du ciel… Cette personne n'a pas tenu sa parole.

Je laisse mon regard se perdre, au-delà de la fenêtre, dans la luminosité du soleil automnal. Ma tête est emplie de questions sans réponses. Qui était cette femme ? Pourquoi n'a-t-elle pas honoré son engagement ? Isabel le savait-elle ? Ou bien aurait-elle inventé toute cette histoire afin de se disculper ?

Le carillon du magasin rompt le silence. Cookie se lève pour s'occuper des deux clientes qui s'intéressent aux huiles essentielles.

– Avery, je ne voulais pas vous bouleverser, me dit Liza, un tremblement dans la voix.

Je la regarde. Elle m'observe, anxieuse, l'air exténué aussi.

– Je ne le suis pas. Mais c'est quand même un choc. J'imaginais depuis toujours bien autre chose. Ça me fait drôle.

– Je devine ce que vous devez penser. Mais je connaissais suffisamment Isabel pour vous assurer qu'elle n'aurait jamais fait une chose pareille. Et je suis convaincue qu'elle ignorait ce qui s'était passé.

Les yeux me piquent. Je les sens devenir humides et me défends en battant des paupières.

– Comment expliquer ce que je sentais en elle ? poursuit Liza. Par bien des côtés, c'était une petite fille. Vous connaissez l'histoire de l'apprenti sorcier submergé par ses pouvoirs magiques ? Le talent d'Isabel avait quelque chose de magique qu'elle ne pouvait contrôler. Elle a été dépassée. Elle a commis des erreurs, comme tout un chacun, mais elle était foncièrement bonne. Si vous l'aviez vue…

Liza reprend un cracker et le brise en petits morceaux qu'elle grignote lentement.

– Un hiver, elle s'est occupée de moi parce que j'avais une sérieuse bronchite qui m'obligeait à garder le lit. Respirer me faisait mal à la poitrine et je craignais que cette bronchite ne dégénère en pneumonie et ne me conduise finalement à l'hôpital. Elle m'a fait des infusions, des cataplasmes, elle m'a préparé des inhalations. Elle m'a veillée, m'a épongé le visage pendant des heures quand la fièvre est montée.

Congestionnée, la respiration presque haletante, Liza ajoute :

– Ma chère enfant, je peux vous certifier qu'elle aurait été incapable d'abandonner un bébé dans un sous-sol.

Le carillon tinte de nouveau tandis que les deux clientes ressortent. Cookie revient vers nous, observe sa tante.

– Tu as l'air fatiguée, tatie. Je crois que c'est le moment de faire un petit somme.

– Non. Ça va très bien. Je veux qu'Avery me pose les questions qu'elle a en tête maintenant, au cas où…

Liza s'interrompt, préférant taire ce qui nous paraît évident à toutes les trois.

– Non. Pour aujourd'hui c'est terminé, dis-je en m'efforçant de sourire comme si de rien n'était. Cookie a raison. Et puis j'ai déjà pas mal de choses à digérer. Je reviendrai quand ça sera fait.

Cookie aide Liza à se lever, la prend par la taille et la

conduit dans l'arrière-boutique. Leurs silhouettes penchées l'une vers l'autre, la façon dont leurs têtes se touchent irradient une tendresse qui me serre le cœur.

Septembre s'effile plus vite qu'un vieux pull.

Trois jours avant la date fixée pour mon déménagement, je réussis enfin à me secouer. Je passe une bonne fois en revue ce que je possède : quelques meubles, un petit carton de souvenirs, ma panoplie de jeans et de tee-shirts, un carton de livres, le dossier du chômage partiellement rempli, une poignée de linge et un peu de vaisselle. Ma brassière. Et la carte de visite de Paul DeGraf.

Il est temps de prendre des mesures drastiques.

À la première sonnerie, Paul me répond.

– Paul DeGraf, dit-il d'une voix avenante.

Je me demande ce qu'on ressent quand on peut répondre sans appréhension au téléphone.

– C'est Avery.

– Comment allez-vous ? J'ai appris que vous ne travailliez plus pour Dos Hombres.

Comment peut-il le savoir ? Ah ! Oui. Par Lindsey, puisque finalement quelqu'un d'autre s'est occupé de sa soirée. Et on peut compter sur elle pour répandre les nouvelles.

– J'ai démissionné. Je ne supportais plus cet imbécile de Dale.

– Vous travaillez pour un autre traiteur ?

– Non. Je ne sais pas encore si je vais continuer dans la même branche. Euh… Écoutez. Je me demandais si vous auriez envie de voir la… brassière qu'Isabel avait faite pour moi. Quand je suis née. Vous savez, je vous ai dit qu'on…

– Bien sûr. Oui, j'aimerais beaucoup la voir. Quand ?

– Comme vous voudrez. Je suis très disponible. C'est l'avantage de ne pas travailler.

« Pour l'amour du ciel, tais-toi, Avery ! »

– Je suis malheureusement pris jusqu'à ce soir. Nous pourrions peut-être dîner ensemble ? Si vous êtes libre.

J'ai un rire trop aigu, mais ma réponse fuse :

– Je le suis ! Nous nous voyons à quelle heure ?

– Je peux venir vous chercher à…

– Non. Je sors cet après-midi. On peut se retrouver ailleurs.

– Si vous préférez. Disons au Rancho. À dix-neuf heures ?

– D'accord.

Avant de raccrocher, je fais disparaître sur le téléphone l'empreinte de ma paume moite.

Je repère la Mercedes blanche, garée à l'extrémité du parking, un peu à l'écart des autres voitures puis, avant de sortir du pick-up, je scrute mon visage dans le rétroviseur. Une étrangère me regarde. Une étrangère avec un nœud dans les cheveux et maquillée jusqu'au bout des cils.

J'essaie un sourire désinvolte, j'ajuste le catogan sur ma nuque. J'ai mis une robe noire — l'unique robe que je possède depuis cinq ans. Elle vient d'Albuquerque où je l'avais achetée pour rencontrer le professeur. Autrement dit, je ne l'ai portée qu'une dizaine de fois, elle paraît neuve et n'a rien de démodé. Comme disait le professeur « elle est très classique », et dans le domaine vestimentaire, je pouvais lui faire confiance. Le petit cœur d'or, bien lustré, se balance au bout de sa chaîne et me leste, en dépit de sa légèreté, chaque fois qu'il rebondit sur ma poitrine.

J'ouvre la portière, je descends du pick-up. L'air, après la pluie, sent la pierre mouillée. J'efface les plis sur ma robe, essaie d'enlever des petites peluches. Puis, serrant contre moi, d'un côté mon sac de cuir, de l'autre une poche en plastique, je me dirige vers l'entrée d'El Rancho, chaussée des vieilles ballerines noires de Rita, d'une demi-pointure trop petites pour moi.

El Rancho est un vieux restaurant de Santa Fe qui propose de bons steaks et du vin rouge, quoique les clients consomment plus volontiers des Martini, du scotch *on the rocks*, des manhattans et de la bière. Le décor doit dater des années cinquante : lambris de pin patinés, boxes aux banquettes de cuir, photos de cow-boys sortis de films hollywoodiens, fers à marquer, pendus au plafond.

Paul s'est installé au bar, devant un verre de vin. Inévitablement surpris de me voir dans cette petite robe noire, il ne laisse rien paraître de son étonnement.

– Avery… Vous êtes… magnifique, commente-t-il en me souriant.

– J'ai vraiment la sensation d'avoir emprunté la robe de ma grande sœur, mais merci quand même.

– Vous voulez boire quelque chose ?

L'arôme d'une viande grillée de premier choix me rappelant que je n'ai pas fait de vrai repas depuis un bout de temps, je me sens brusquement prête à dévorer un bœuf entier.

– Oui, mais en mangeant, si possible.

Sur un signe de tête, la serveuse nous conduit dans un coin discret. Paul ouvre la carte des vins.

– Vous avez une préférence ?

– J'aime le vin rouge. Mais je vous laisse choisir.

Paul opte pour un cabernet chilien, nous commandons des filets — bleus — puis je plonge la main dans la poche de plastique et en sors la brassière.

– Voilà.

Entre les mains de Paul, la brassière prend autant d'importance que le suaire de Turin. Il l'examine, tendue vers la lumière, posée sur la table, redessine les fleurs du bout de ses doigts longs et fins. Puis il me regarde.

– À quoi pensez-vous ?

La question me surprend. Je m'attendais évidemment à ce qu'il me parle de la brassière.

– Heu… Je… me disais que c'est la première fois que je côtoie un homme qui fréquente les manucures.

– Vous êtes toujours d'une franchise aussi brutale ? remarque Paul en riant.

– Non.

Il lève de nouveau la brassière vers la lumière.

– Vous savez, c'est une pièce merveilleuse. D'un primitif charmant. Regardez ces points minuscules. Ils sont d'une extrême délicatesse et, en même temps, ils ont la maladresse attendrissante d'un travail de novice.

J'ai pris mon élan, je me suis appliquée à considérer l'unique souvenir que m'a laissé ma mère comme une pièce de collection et je lance :

– À combien l'estimez-vous ?

Le regard de Paul est un mélange de surprise, de curiosité et d'une bonne dose de pitié.

– Vous ne pensez tout de même pas la vendre…

– Je ne sais pas encore ce que je vais en faire, dis-je avec un haussement d'épaules que j'espère nonchalant. Je me demandais si je ne pourrais pas la mettre en gage.

Paul replie soigneusement la brassière et me la rend.

– C'est une possibilité, m'explique-t-il prudemment. Je vous donnerais très volontiers une estimation écrite. Si jamais vous en avez besoin.

La serveuse surgit brusquement, pose les salades devant nous.

– Je vous apporte le moulin à poivre ?

Dès qu'elle s'est éloignée, je prends ma fourchette et j'ai déjà la bouche pleine quand j'entends Paul me dire :

– Bien entendu, cela suppose que vous pouvez prouver qu'on peut vous faire confiance.

Je m'étonne, j'avale précipitamment ma feuille de salade.

– Que voulez-vous dire ?

– Un prêteur officiel — une banque, par exemple — cherchera à savoir si vous avez déjà bénéficié de crédits et si vous vous en êtes acquittée sans incidents.

– On me demanderait si j'ai une carte bancaire ?

– Oui.

– Je n'ai jamais eu ce genre de chose. L'argent rentre et sort. Il n'a pas le temps de dormir.

– Vous avez déjà fait un emprunt ?

– J'ai bénéficié d'un prêt étudiant…

– Ce qui ne représente aucun problème.

– Mais je suis encore en train de le rembourser.

– Vous avez gardé la trace de vos paiements ?

– De la plupart, oui, dis-je, en piquant ma fourchette dans une rondelle de concombre.

Paul prend un morceau de baguette, le beurre très légèrement, le pose sur son assiette.

– J'ai entendu dire que vous aviez été licenciée, fait-il d'une voix douce.

Reposant ma fourchette, j'attrape mon verre, bois une longue gorgée, puis regarde Paul, muette. Si j'ouvre la bouche, je vais pleurer, c'est sûr.

– Je vous l'avais dit : tout se sait très vite à Santa Fe. Ce n'est qu'un gros village.

Je reprends du vin. L'appétit, en revanche, s'est envolé.

– Avery, je vous en prie, ne faites pas semblant avec moi. Je ne peux pas vous laisser vous débattre sans rien faire. Et cela pour un tas de raisons.

J'essuie précipitamment la larme traîtresse qui vient de couler sur ma joue et fais descendre la boule que j'ai dans la gorge avec un supplément de cabernet chilien.

– Votre colocataire ne pourrait pas assurer le loyer pendant un mois ou deux ?

Si je réussis à répondre, c'est avec l'impression embarrassante de glapir.

– Elle est partie.

– Votre amie est partie ?

– Elle est retournée à Albuquerque. Elle a suivi son copain.

– Quand devez-vous déménager ?

– Vendredi.

Paul mâche une feuille de salade, rêveur, s'essuie la bouche.

– Bien, dit-il finalement. Vous allez commencer par vous installer chez moi, dans la villa d'amis, jusqu'à ce que vous ayez retrouvé du travail et un appartement.

– C'est impossible.

– Pour quelle raison ?

– Je ne pourrai pas payer le loyer.

– Ailleurs non plus, remarque Paul d'un ton impatient. Ce que je vous propose n'est qu'une solution temporaire qui vous permettra d'attendre l'occasion de retomber sur vos pieds. Maintenant, rien ne nous empêche de passer un accord financier. J'ai toujours eu envie d'avoir un chef de cuisine. Vous occuperez cette position jusqu'à ce que vous ayez le choix. Marché conclu ?

J'ignore la main que Paul me tend pour prendre d'abord mon verre et boire une gorgée de vin.

– C'est équitable, non ? insiste-t-il. Vous faites la cuisine en échange du toit et du couvert. Alors ?

Ma main est froide, la sienne est chaude.

– OK.

Regardant derrière moi, il sourit.

– Voici nos steaks. Maintenant détendez-vous et savourez cette viande.

Il ne me faut pas plus d'une heure et demie pour embarquer mes affaires et effectuer le trajet de Columbia Street à San Tomás, ce jeudi après-midi. J'ai l'impression d'entrer dans un monde parallèle.

Le rocking-chair, le porte-chapeaux, la commode et le lit se retrouvent entreposés avec des tableaux privés d'exposition pour une raison ou une autre. Le reste : vêtements, chaussures, livres, linge, vaisselle, tient dans quelques cartons dont le supermarché se débarrassait.

La villa d'amis est faite pour rendre les gens heureux. Elle est petite — peut-être même plus exiguë que l'appartement d'Alma — mais tout a été conçu pour le confort et le plaisir des invités.

Les céramiques de Saltillo, fraîches et lisses sous les pieds pendant l'après-midi, irradient de la chaleur le matin, quand il fait froid dehors. Il y a de magnifiques tapis. Certains sont si moelleux que vos orteils s'y enfoncent, d'autres ont le tissage des tapis navajo. Les murs, d'une matière indéfinissable — plâtre blanc ou stuc, ou peut-être autre chose —, imitent le pisé, mais respectent l'absence traditionnelle, ici, de lignes et d'angles droits. Adaptés au corps humain, ils l'invitent à se nicher contre eux.

Dans le séjour, des *bancos* remplacent l'éternel canapé. Ils sont installés de part et d'autre d'un kiva, aménagé face à la porte, et leurs coussins servent de dossier. La cuisine a une petite table pour les repas et un grand fauteuil devant un poêle en faïence. La salle de bains — dont la grande baignoire permet de s'allonger — n'est que céramiques de Talavera, vertes, bleues, ocre. En bois sculpté, le lit au duvet aussi épais que léger trône sous une grande verrière qui permet, confortablement allongé sur le dos, de contempler les étoiles.

Mais il y a deux choses qui, à mes yeux, dépassent le simple confort pour atteindre à un inimaginable luxe. D'abord, la bibliothèque qui couvre un mur entier de toutes sortes de volumes, allant des romans à suspense, en livres de poche, aux ouvrages sur l'art européen, pesant des kilos. Ensuite, la machine à laver et son séchoir, astucieusement dissimulés dans le placard mural de l'entrée.

Après que Paul m'a laissé les clés et le temps de « m'installer », je passe une heure à aller d'une pièce à l'autre, tout en me disant que je n'ai pas intérêt à m'endormir, à me croire chez moi. Je ne suis ici que de passage et il est urgent que je cherche un travail rémunérateur.

N'est-ce pas ici, après tout, qu'Isabel est morte ?

21

QUAND VIENT LA MI-OCTOBRE, j'ai quatre rendez-vous en vue.

Paul tient à m'avancer de l'argent pour que je m'achète un pantalon noir, une veste légère, de confortables chaussures à petits talons. Je mets la turquoise de Cassie en guise de porte-bonheur. Les personnes que j'ai rencontrées m'ont promis de me rappeler et tiennent finalement parole.

Deux me remercient d'être venue, mais me déclarent qu'elles renoncent à engager du personnel supplémentaire pour l'instant. On me demande de rappeler au printemps. La troisième m'annonce que la place est déjà prise. Point. La quatrième me retéléphone en me proposant une nouvelle entrevue avec le propriétaire du restaurant qui est en même temps le chef de cuisine. J'en ai les mains moites et l'estomac serré — comme certaines femmes quand elles vont à un premier rendez-vous.

Andy Ross, patron de la Casa Rosada, grand, blond, le teint rougeaud, me rappelle un peu Pete Dimon. J'y vois un signe de bon augure et je m'imagine déjà appelant Rita pour lui dire : « Tu sais, je travaille pour un second Pete Dimon. »

Nous nous asseyons au bar. Le tabouret est si haut que mes jambes pendent dans le vide, comme celles d'une gamine — ce qui contrarie l'image que j'ai envie de donner.

Sur le CV que j'ai rédigé et imprimé à la bibliothèque, Andy Ross dessine à l'encre bleue une petite voiture de course, avec ses gaz d'échappement.

– Dos Hombres ? remarque-t-il d'un ton dédaigneux. Entre un traiteur et un restaurateur, il y a une sacrée différence.

– Je le sais. J'aurais préféré travailler dans un restaurant, mais quand je suis arrivée à Santa Fe, je n'ai pas eu le choix.

Un coude sur le bar, le sosie de Pete sirote un verre d'eau minérale, avec une rondelle de citron, sans glace.

– Quel préavis devriez-vous leur donner ?

J'oublie de me demander où Ross veut en venir.

– Aucun. J'ai démissionné il y a quinze jours.

– Pourquoi ?

– Ce travail ne m'a jamais plu.

– Je ne vous crois pas.

– Pardon ?

– Dans cette ville, personne ne démissionne avant d'avoir une proposition. Si ce n'est deux. Au cas où.

Ross saute à bas de son tabouret et passe derrière le bar. Je pense tellement à ce qu'il vient de me dire que je n'ai pas le temps d'être surprise.

– En réalité, j'avais un problème de communication avec quelqu'un au Dos Hombres et…

– Avec l'un des *hombres*, je parie. Je crois même que je pourrais vous dire lequel, précise Ross avec un rire gras. Et vous avez finalement dû partir.

Me tournant le dos, Ross prend une bouteille de vin sur le porte-bouteilles, puis l'un de ces tire-bouchons qui s'ouvrent comme un couteau de poche et me présente le tandem.

– Ça arrive à tout le monde, un jour ou l'autre, commente-t-il. Tenez, ouvrez-moi ça.

Un filet de sueur coule entre mes omoplates. J'ai vu des gens se servir de ce genre de tire-bouchon, mais je n'en ai jamais utilisé moi-même. Chez Pete, le vin arrivait en packs et au Dos Hombres, nous avions ce que Kirk appelait des « tire-bouchons de nanas » : des sortes de petits bonshommes en chrome avec deux bras qui se rabattent et qu'on relève pour faire remonter le bouchon.

Ce que j'ai dans les mains tient de l'instrument chirurgical. Je me casse un ongle en ouvrant la partie qui fait fonction de petit couteau. Puis, si je réussis à enlever la capsule sans trop de mal, en revanche je plante la spirale de travers dans le bouchon. Ross me regarde, sans mot dire, rater trois tentatives. Quand finalement je l'extirpe, le bouchon s'est émietté et des débris de liège flottent sur le vin.

– Je vois que c'est une première ! remarque Ross. De quel côté du client remplissez-vous les verres ?

– À sa droite.

– Vous savez mettre le couvert ?

– Oui.

Ross me montre une table où attendent des nappes, des serviettes, des assiettes et des verres à vin et à eau.

– Faites-moi une démonstration.

J'essaie de dissimuler ma surprise.

– Ce n'est pas le travail des serveurs ?

– Habituellement, oui. Mais en cas d'affluence, il faudrait vous y mettre.

Je me laisse glisser à bas du tabouret et vais enlever les assiettes pour mettre les nappes, l'une par-dessus l'autre, mais en faisant en sorte que les coins ne se superposent pas. Puis j'empile trois assiettes : une pour la présentation, la deuxième pour le plat principal et la plus petite pour la salade. Ce sont de belles assiettes, blanches, avec un motif différent sur le pourtour pour chaque catégorie, l'ensemble produisant un effet surprenant. Les assiettes pour le pain doivent être à gauche, les verres à droite. Mais que dois-je faire de ces autres petites assiettes et de ces couteaux dont j'ignore la fonction — peut-être des couteaux à beurre, quoique je les trouve un peu longs. Est-ce un piège ? Disons un test.

Quand j'ai fini, je me tourne vers Ross et comprends aussitôt que j'ai tout fait de travers.

– Pour commencer, les nappes sont inversées. La plus fine doit être sur le dessus. On la distingue au toucher. Ensuite, on ne met que deux assiettes : celle de la salade sur l'assiette du service, et on les enlève toutes les deux avant d'apporter le plat principal. Le couteau à poisson n'est pas fait pour l'assiette à beurre. Il se dispose à droite du couteau réservé aux entrées. J'imagine qu'au Pete's Diner, on ne s'embarrassait pas de tout ça.

J'ai le rouge au front. J'aimerais dire à ce monsieur où il pourrait se mettre son couteau à poisson, mais c'est risqué…

– Ce n'est pas la mer à boire. Je peux apprendre.

– Vous êtes complètement disponible ? Pas d'heures spécifiques ?

– Non.

Après avoir consigné quelques notes sur mon CV et pris une longue gorgée d'eau minérale, Ross me dit :

– Bien. Merci d'être venue. Je garde votre CV sous le coude.

J'ai froid, puis j'ai chaud. Je me persuade que j'ai mal entendu.

– Quand prendrez-vous votre décision ?

– Je l'ai déjà prise. Hier. Quelqu'un a été engagé. Mais je garde votre CV, au cas où. Et puis vous pouvez toujours nous recontacter.

Il faudrait d'abord que je puisse bouger, alors que j'ai l'impression d'avoir les pieds dans la glu, pendant qu'un tas de mauvais souvenirs s'entrechoquent comme des voitures prises dans une réaction en chaîne. Il y a les regards désapprobateurs devant mes petits pulls démodés et pelucheux, les remarques insidieuses concernant mon âge ou ma taille, les insinuations à propos de mes lentilles de contact que je porte sûrement pour que mes yeux aient l'air normaux, les propos impliquant que j'aurais mieux fait de ne jamais travailler au Pete's Diner.

– Si vous aviez déjà quelqu'un pourquoi m'avez-vous convoquée ? Pour vous moquer de mes erreurs ?

Les yeux dans les yeux, nous nous regardons, puis Ross me déclare :

– Je tiens à me protéger contre les déboires. Où est le problème ?

– J'ai ma vie et elle n'est pas faite pour votre liste d'attente.

– Comme vous voulez, me dit Ross en haussant les épaules.

Il prend mon CV et le déchire en deux, en quatre, mais je n'attends pas qu'il l'ait déchiré en huit pour attraper la poignée de la porte et sortir dans un claquement qui secoue la vitre et la brise. J'entends Ross me crier je ne sais quoi, tandis que je m'éloigne résolument.

À The Good Earth le calme règne. Je n'entends même pas le carillon tinter. Cookie, assise derrière le comptoir, des plantes en vrac sur les genoux, me sourit dès que j'entre.

– Bonjour, Avery. Comment ça va ? me demande-t-elle.

Je commence par bluffer, puis je me ravise devant son regard attentif.

– Je suis au chômage, ma colocataire m'a laissée tomber, et je sors d'un entretien complètement négatif. À part ça, tout va bien.

Le rire de Cookie jaillit comme le jet d'une fontaine.

– Ce n'est pas plus brillant ici. Tatie a passé une nuit blanche, si bien qu'elle se repose en ce moment. J'ai bloqué le carillon pour ne pas la réveiller. J'espère que vous ne veniez pas pour parler avec elle, ajoute Cookie, le front soucieux. Elle ne vous serait d'aucune aide aujourd'hui.

– Non, je ne suis pas venue dans cette intention. Je ne sais même pas pourquoi je suis ici. Je passais et… voilà, je suis entrée.

– J'en suis ravie. Je n'aime pas être seule. Allons nous installer dans les fauteuils.

Près de la fenêtre, les cernes de Cookie sont plus apparents.

– Vous avez eu une mauvaise nuit vous aussi, dis-je.

Ses longues boucles serpentines se soulèvent lorsqu'elle secoue la tête.

– Je me suis habituée à dormir peu. C'est Liza qui a connu une nuit agitée, la pauvre. Je crois qu'on ne peut plus faire grand-chose pour elle.

Que dire quand on vous annonce ce genre de nouvelle ? J'ai toujours le sentiment d'être maladroite.

– Je suis navrée. Mais, en tout cas, elle a de la chance de vous avoir.

– Et vice versa. Liza est ma plus jeune tante maternelle. Elle a toujours été une seconde mère pour moi.

– Depuis combien de temps êtes-vous ici ?

Dans un soupir, Cookie pose sa tête sur le dossier du fauteuil au motif fleuri passé.

– Cinq ans.

– Vous venez aussi des îles ?

– Je suis née à St Kitts, mais ensuite ma famille a pas mal bougé.

– Que faisaient vos parents ?

– C'étaient des agitateurs professionnels. Des activistes politiques, précise aussitôt Cookie en voyant mon air étonné. Ils allaient de ville en ville pour organiser des partis d'opposition, des syndicats, pousser les gens à voter. Ils restaient généralement assez longtemps sur place pour provoquer la colère des politiques locaux. Finalement, quelqu'un a placé une bombe dans leur voiture. C'était en Jamaïque. J'avais dix-sept ans.

– Ils ont été tués ?

– Mon père, oui, sur le coup. Ma mère a passé le reste de ses jours dans un fauteuil roulant. J'ai pris soin d'elle jusqu'à sa mort.

– Ce qui a dû être dur pour vous.

– J'aurais bien supporté de m'occuper d'elle si elle n'était pas devenue de plus en plus amère… Vous savez, Avery, dans les îles, on trouve de petits lacs d'eau salée qui datent de l'époque où le niveau de la mer était plus élevé qu'aujourd'hui. Ils sont là, à l'intérieur des terres, coupés de la mer. Rien ne les alimente, l'eau ne se renouvelle jamais. Petit à petit elle s'évapore et ce qui reste est de plus en plus saumâtre. La douleur de ma mère a suivi la même évolution. À trop longtemps stagner, elle s'est envenimée. À la fin, elle brûlait tout ce qui l'approchait. Moi y compris.

– Et après vous êtes venue ici aider Liza.

Cookie me décoche un regard interrogateur.

– Prendre soin des autres, n'est-ce pas le rôle des femmes ? Mais avec Liza, ce n'était pas comparable. J'ai beaucoup ri avec elle. Dès le début. Quand elle est venue me chercher à l'aéroport, elle m'a dit : « Cookie, ma chérie, il va falloir t'habituer aux curieuses idées que les gens d'ici entretiennent sur les races humaines. » J'étais plutôt effarée, parce que j'avais toujours entendu dire qu'on pratiquait la tolérance au Nouveau-Mexique.

Alors, j'ai répondu : « Je ne comprends pas, tatie. » Et Liza m'a expliqué qu'ici on considère que seules trois races existent. Vous êtes ou espagnol ou indien ou anglo-saxon. Elle m'a dit : « Ça signifie que toi et moi, nous sommes aussi anglo-saxonnes que peut l'être la Chinoise qui tient la laverie automatique. »

Un bruit de chute, dans l'arrière-boutique, nous tétanise brusquement.

– Tatie.

Cookie se lève d'un bond et franchit la porte, derrière le comptoir. Je m'approche et tends l'oreille, mais si je perçois la voix de Liza — faible, fluette, une sorte de miaulement de chaton — et celle de Cookie — plus profonde, apaisante, tantôt forte, tantôt sourde, comme portée par des vagues qui gonflent puis se creusent, je ne saisis aucun mot.

Au bout de quelques minutes, Cookie réapparaît, secouant la tête, un sourire piteux aux lèvres.

– Elle me fera vieillir prématurément.

– Elle va bien ?

– Pour le moment. En voulant prendre son verre d'eau, elle a fait tomber le plateau. Je lui avais dit de m'appeler si elle avait besoin de quelque chose ou d'agiter la clochette qu'elle a à portée de la main, mais c'est la femme la plus têtue que je connaisse.

Je jette un coup d'œil à ma montre.

– Il faut que je parte.

– J'espère que vous reviendrez, Avery. Je ne suis pas toujours aussi dispersée. La situation devient…

– Elle souffre ?

– Pas vraiment. Ses médicaments sont efficaces contre la douleur. Mais elle est un peu groggy. Et puis elle n'aime pas rester inactive. Je ne sais plus ce que je dois faire d'elle pendant la journée. Je n'ose pas la laisser seule à la maison. Je ne peux pas fermer le magasin. La plupart du temps elle reste là, dans l'arrière-boutique où Isabel avait son lit. Mais je dois toujours m'assurer qu'elle ne s'est pas mis en tête de frotter le plancher, ou quelque chose de ce genre.

Cookie a un petit rire sans chaleur. J'hésite, mais seulement l'espace d'une seconde, avant d'annoncer :

– J'ai quelque chose qui pourrait l'aider. Pas un médicament, une simple infusion. La vieille dame qui m'a recueillie disait que cette infusion était efficace contre tous les maux. Au pire, elle n'aura aucun effet, mais au moins elle est agréable à boire. Elle pourrait avoir un effet apaisant sur Liza. Et vous pourriez en profiter aussi.

– De quoi est faite cette infusion ?

– D'un mélange de plantes : mélisse, gingembre, anis, fenugrec. Plus une ou deux autres dont j'ai oublié le nom. Je ne m'en suis pas servie depuis un moment, mais je dois en avoir encore pour trois ou quatre tasses. Je pourrais vous l'apporter demain.

– Je n'aurais pas demandé mieux. Malheureusement, je dois conduire Liza chez son médecin à Albuquerque.

– Je mets les plantes dans une enveloppe et je la glisse dans votre boîte aux lettres.

– C'est une bonne idée. Oui. Liza aura bien besoin d'être requinquée. Elle est toujours un peu à plat après une visite chez son médecin.

À l'heure où je me gare dans San Tomás, un croissant de lune argenté monte dans le ciel d'un bleu profond, pendant que les grillons craquettent avec entrain. J'ouvre la lourde porte extérieure avec la clé que Paul m'a remise. Mes pas crissent sur le gravier de l'allée qui conduit à la villa d'amis où je m'étonne de voir de la lumière puisque, certaine de revenir plus tôt, je n'avais laissé aucune lampe allumée.

Paul est assis dans le fauteuil devant la cheminée, un verre à la main. Il a un sourire hésitant tandis que je jette mon sac sur la table.

– L'entretien a dû être exhaustif…, remarque-t-il.

– Je suis passée à l'herboristerie et j'ai bavardé un moment.

– Avec Liza Gardner ?

– Non. Avec sa nièce. Cookie.

– Andy Ross m'a téléphoné, m'annonce Paul, en posant son verre par terre.

Mon humeur change en un clin d'œil.

– Ce salaud vous a appelé ? Pourquoi ?

– Pour m'informer que vous aviez cassé sa porte, à ce que j'ai cru comprendre.

– Il a mon numéro. Il pouvait m'en parler directement.

– C'est un ami à moi. Et il avait remarqué que je faisais partie de vos références.

– Alors il a voulu vous prévenir que vous cautionniez une psychopathe.

Pour la première fois j'entendis le rire de Paul — un rire rauque, agréable.

– À mon avis, il voulait simplement qu'on paie la casse.

– Vous êtes d'accord avec ça ?

– Je lui ai fait remarquer qu'il devait être assuré. Mais que je réglerai le devis. Il a raccroché satisfait.

– Franchement, qu'il soit satisfait ou pas, je m'en balance. Et c'est moi qui paierai le devis.

Paul se lève, disparaît dans la cuisine, revient une minute plus tard avec une bouteille de vin et un autre verre qu'il remplit et me tend.

– Vous paierez quand vous aurez trouvé un travail, pas avant. Maintenant, si vous continuez à casser les vitrines des restaurants, vous resterez sur le carreau… Asseyez-vous.

– Les portes, pas les vitrines ! Et je n'ai aucune envie de m'asseoir.

– Eh bien, restez debout, mais racontez-moi ce qui s'est passé.

– Il a dû vous le dire.

– Je sais simplement que vous étiez furieuse parce que la place était déjà prise, et que vous avez claqué la porte avec tant de violence que la vitre s'est cassée.

– Il n'y a pas grand-chose à ajouter.

– Je comprends votre colère, mais je la trouve quand même excessive, si je m'en tiens aux faits. Parlez-moi du reste.

Je fixe machinalement mon verre. Du vin sur du thé, c'est vraiment la dernière chose dont j'ai besoin.

– D'abord, dis-je, en m'efforçant de regarder Paul, il m'a fait venir inutilement. Ensuite, j'en ai par-dessus la tête de l'attitude de certaines personnes. J'en ai marre qu'on me fasse remarquer que je suis mal habillée, que j'ignore où se met le couteau à poisson — sur le rince-doigts ou en dessous, dans l'oreille du client ou dans ses fesses. Et puis on trouve mes yeux bizarres, je suis toujours trop petite ou trop jeune. Je n'en peux plus d'être traitée comme une merde de chien parce que j'ai travaillé au Pete's Diner — grand Dieu ! Ou bien parce que je ne sais pas me servir d'un tire-bouchon aussi facile à utiliser qu'un instrument chirurgical.

» De plus, il a attendu que j'aie fait une démonstration de mon incompétence pour m'annoncer que, de toute façon, il avait déjà quelqu'un. Moralité, je me suis habillée pour la circonstance, je me suis préparée mentalement, je suis arrivée là-bas en avance, j'ai payé une place de parking, et tout ça pour rien. Le parking m'a coûté trois dollars. Une peccadille, bien sûr ! À condition de gagner deux cent mille dollars par an.

» Il voulait garder mon CV, au cas où… ! Merci bien, monsieur Ross ! Sans compter qu'il s'est délecté de me voir me débattre avec son tire-bouchon, de mettre le couvert de travers, et il devait aussi trouver réjouissant que je sois là, suspendue à sa décision, en train de saliver à l'idée que si je m'appliquais j'avais une chance de travailler dans son merveilleux restaurant. Merde, alors !

Accompagnant ma conclusion d'un grand geste, je fais gicler du vin jusqu'au mur blanc au-dessus de la cheminée.

– C'est terminé ?

Tandis que Paul essaie d'oublier la petite rigole qui coule le long du mur, je ferme les yeux un instant et prends une longue inspiration.

– Désolée, dis-je enfin. Emménager ici n'était peut-être pas ce qu'il y avait de mieux à faire.

Je sors un Kleenex de ma poche, l'humecte sur ma langue, frotte la tache de vin mais, au lieu de la faire disparaître, je l'étale et l'aide à pénétrer un peu plus dans la peinture.

– Je ferai repeindre, m'annonce Paul. Ce n'est pas grave.

Je m'apprête à lui rétorquer que rien n'est grave quand on a les moyens mais, pour une fois, le bon sens me retient. Qu'ai-je besoin de me disputer avec la seule personne qui m'ait évité de me retrouver à la rue avec mes trois meubles ? J'affiche alors une imitation de sourire et demande :

– Qu'est-ce que je vous prépare pour le dîner ?

Devant sa surprise, je rappelle à Paul que je suis censée être son chef de cuisine.

– Je vous accorde votre soirée. Nous devrions sortir.

– Ah, non ! Nous avons passé un accord. Vous ne m'hébergez pas sans contrepartie. Vous n'avez pas encore dîné, n'est-ce pas ?

– Non. Mais j'ignore ce qu'il y a dans le garde-manger.

– Allons voir.

– D'accord. Mais à la condition que vous dîniez avec moi.

Le garde-manger est à peu près vide. Le réfrigérateur ne contient que des tortillas, dans un sac en plastique, et quelques restes de fromage que je réussis à râper pour faire des *enchiladas*. Je mélange ensuite le contenu d'une boîte de pulpe de tomate, une copieuse dose de piment rouge moulu et un doigt de crème fraîche. Enfin, je trouve suffisamment de champignons et de laitue dans le compartiment à légumes pour présenter une salade composée — ou presque.

– J'irai chercher des produits frais au Farmer's Market, samedi. Comment pouvez-vous apprécier ce genre de nourriture ?

Nous sommes assis sur le canapé du bureau de Paul, devant le feu qui pétille dans la cheminée.

– En fait, je prends presque tous mes repas à l'extérieur. Et le lundi, Mme Martinez prépare mon dîner avant de partir. C'est si copieux que j'en ai au moins pour deux repas. Vous savez, c'est bon ce que vous avez réussi à faire avec trois fois rien.

– Ce n'est pas terrible. C'est même horrible, fais-je en riant. Heureusement que nous étions affamés, vous et moi.

M'enfonçant dans les coussins moelleux, je parcours la pièce du regard. Jamais je n'ai vu un bureau aussi imposant, d'un très beau bois, rouge orangé, qui semble d'une incroyable épaisseur. Sur le devant et les côtés, se succèdent des scènes de style oriental dont les personnages semblent sculptés dans de la pierre colorée. Dans un angle, à côté du bureau, Paul a installé son ordinateur sur une table de bois très sobre.

Au-dessus de la cheminée en pierre, un tableau de Tom Hemmings représente de vieux fermiers regardant une acequia asséchée. On a presque l'impression de sentir leur sueur rance, la poussière dans l'air, l'intense chaleur d'un soleil noyé dans une brume jaunâtre.

– Tom est un peintre étonnant, commente Paul.

– C'est vrai. Quel réalisme ! Comment fait-il ?

– Il a une technique très complexe. Un pinceau aussi habile que délicat. Comme les grands maîtres d'autrefois.

– Tout cela m'échappe un peu.

– Quand vous étudiez les tableaux de ces maîtres, vous vous apercevez qu'ils ont une densité particulière, une grande richesse de couleur, de texture et en même temps une transparence. Ce qui ne peut s'obtenir que grâce à plusieurs couches de peinture. Des artistes comme Titien ou Léonard de Vinci passaient parfois quarante à cinquante couches successives. Peu de peintres contemporains ont envie de faire un tel travail. Tom n'a pas seulement appris à peindre. Il a restauré des tableaux et a ainsi découvert les anciennes techniques, ce qu'elles permettent de réaliser, le genre de profondeur…

Paul s'interrompt, l'air penaud, conscient de l'absence de dialogue.

– Quelles sont vos préférences en matière d'art ? me demande-t-il, par politesse, mais avec un regard intense qui me donne l'impression que mes goûts lui importent.

– J'aime plutôt l'artisanat. Les choses qui peuvent servir. Les paniers, les poteries, les tapis.

– J'aime aussi. Il y a de très beaux objets, mais avant de venir au Nouveau-Mexique, je ne jurais que par l'Art — avec un grand A. J'ai étudié la peinture en France, en Angleterre…

– Vous peignez vous-même ?

– J'ai arrêté, avoue Paul, avec un demi-sourire désenchanté.

– Pourquoi ?

– Je n'étais pas assez bon.

– Bon pour… ?

– Je veux dire, comme peintre.

Je m'apprête à adopter l'une de mes positions préférées : les jambes repliées contre la poitrine, le menton sur les genoux, quand je me dis que Paul n'apprécierait certainement pas que je mette mes pieds sur son canapé. Je les repose par terre.

– Qui vous l'a dit ?

– Mes professeurs. L'un d'eux a été particulièrement clair. Il m'a déclaré que si je voulais gagner ma vie dans le domaine artistique, il fallait que je me tourne vers l'histoire de l'art.

– Et vous avez laissé ce vieux chnoque prétentieux décider de ce que vous alliez faire de votre vie ?

Paul soupire.

– La vie d'un homme ne se réduit pas à sa profession. Mais il avait raison. De toute façon, je voulais être un artiste surtout pour faire plaisir à ma mère.

– Elle-même était une artiste ?

– Non. Comme moi, elle aimait l'art, mais n'avait pas de talent. Elle a travaillé dans des galeries, à Londres, après avoir quitté mon père. Elle vivait pour l'art. Et les artistes. Il y avait toujours une multitude de gens bizarres à la maison. Combien de fois je me suis réveillé le matin avec un inconnu ronflant par terre, à côté de mon lit.

– Donc elle voulait que vous deveniez un artiste...

– Elle ne me l'a jamais dit ouvertement. Mais j'étais convaincu que si je devenais un artiste célèbre, je la retrouverais.

– Vous l'aviez perdue ?

– En quelque sorte. Elle était tellement fascinée par cet univers artistique.

– Vous ne viviez pas avec elle ?

Paul plonge son regard dans l'âtre.

– Nous vivions dans le même appartement. Pas dans le même monde.

Brusquement je me lève, prends nos assiettes vides.

– Je vais mettre ça dans la machine.

Tandis que je file vers la cuisine, Paul me dit :

– Nous pourrions finir cette bouteille, il me semble.

Quand je reviens, le feu menace de s'éteindre. Paul se lève, ajoute une bûche dans la cheminée, verse le reste de vin dans nos verres, retourne vers l'âtre, attise les braises jusqu'à ce que la bûche s'enflamme. Puis il se rassoit sur le canapé, si près de moi que j'en ressens un coupable frisson de plaisir.

– Parlez-moi de ces petits tableaux, là, au-dessus de l'ordinateur.

– Vous n'êtes pas obligée de me distraire de mes souvenirs moroses. Ce n'est pas dans notre contrat.

– Non, vraiment, ces peintures m'intéressent. J'en ai vu une du même genre dans l'atelier de Tom.

Pendant un huitième de seconde, le regard de Paul s'assombrit. Ou bien l'ombre vient d'une flamme vacillante dans la cheminée.

– Plus vous vous familiarisez avec une forme d'art, plus il est facile de l'apprécier, commence-t-il. Par exemple, ces trois petits tableaux procèdent du même style et de la même inspiration, mais ils sont néanmoins très différents. Ce *retablo* — le premier sur la gauche — représente saint Christophe…

– Vous me surprenez. J'ai toujours cru qu'on appelait ces peintures des *santos*.

– Le terme s'applique généralement à une sculpture sur bois. En tout cas, ce tableau-ci a une valeur exceptionnelle. Il est de Rafael Aragon qui fut l'un des premiers *santeros* à signer ses œuvres.

Paul se tournant vers moi, j'essaie de paraître fascinée.

– Au milieu, reprend-il, vous avez un ex-voto. Il raconte l'histoire d'un miracle accompli par un saint particulièrement vénéré. Quand un miracle avait lieu, les fidèles commandaient un ex-voto à un artiste et l'offraient à leur église afin de commémorer l'événement, jusqu'à la fin des temps. Comme vous pouvez le voir, celui-ci représente une famille qui a échappé à l'incendie de sa maison.

– Et le troisième tableau ?

Un sourire apparaît lentement sur le visage de Paul.

– Celui-là est très spécial. Et très rare. Allez le regarder de près, et dites-moi ce que vous observez.

Je me lève et m'approche du tableau sur lequel on voit une femme, en robe blanche — une montagne verte à l'arrière-plan. Le grand halo qui entoure la tête de la femme semble fait d'authentiques feuilles d'or.

– C'est une œuvre plus… dépouillée que les autres.

– Oui. Et puis ?

J'étudie le personnage, je compare cette peinture aux deux autres, je reviens à la femme.

– Cette sainte est différente. Sa peau est plus foncée.

– Exactement. Les deux premiers tableaux sont essentiellement d'inspiration ibérique. Ici vous avez une Indienne maya, avec ses pommettes hautes, son nez proéminent, une bouche pleine, une peau sombre. C'est Malinche.

– Pourquoi cette œuvre a-t-elle tant de valeur ?

– Pour trois raisons. D'abord parce qu'elle aurait pu ne jamais exister. Pendant des centaines d'années, on a considéré que Malinche avait livré son peuple à Cortez. Deuxièmement, Malinche est représentée comme une sainte. Et vous noterez qu'on ne voit ni croix, ni aucun autre symbole chrétien, hormis le halo. Quant au volcan, il s'appelle le Malinche.

– Quelqu'un devait beaucoup l'aimer.

– Cette peinture vient probablement de Tlaxcala. Les tribus de cette région, par haine des Aztèques, se sont alliées à Cortez et vénéraient Malinche.

– Quelle est la troisième raison ?

Paul détourne son regard du tableau, visiblement à contrecœur.

– C'est un cadeau de votre mère.

Cate Mosley a dû être belle. De loin, elle le reste, mais quand on s'approche, on découvre qu'elle a cette peau très fine et pâle de certains Anglo-Saxons, qui se plisse, tel du vieux cuir, dans l'air sec et à l'altitude où nous sommes, et se relâche sous le menton. Ses yeux sont restés d'un vert clair magnifique : deux gemmes dont le regard est d'ailleurs aussi froid que la pierre quand il se pose sur moi.

– À l'évidence, vous êtes sa fille, me dit-elle.

Elle me fait entrer dans son atelier où s'amoncellent des rouleaux de tissus, des paniers de rubans et de pelotes de coton. Les peluches moutonnent dans les coins, recouvrent tout, flottent dans l'air. C'est bien l'atelier d'une artiste qui s'adonne à l'art texture.

Si les murs, blancs et lisses, semblent attendre ses œuvres, on ne voit en fait que quelques collages.

– Je me consacre depuis quelque temps à la sculpture molle, m'explique mon hôtesse, en suivant mon regard.

Elle me désigne sur un piédestal une chose d'environ soixante-dix centimètres de hauteur, noir et gris, en matière effectivement molle, avec des sortes de brindilles sortant d'un pli de côté.

– Je trouve ce genre de réalisation plus vivante, plus captivante, plus dynamique qu'une sculpture figée dans une matière lourde.

– C'est très intéressant, dis-je, alors que ma perplexité est aussi visible que le nez au milieu de la figure.

Cate Mosley éclate de rire, puis se rappelle soudain qui je suis.

– Elaine m'a appris que vous étiez à la recherche d'informations, fait-elle, en posant une fesse sur un tabouret, sans m'inviter à m'asseoir. Que voulez-vous savoir ?

– J'aimerais que vous me parliez de ma mère. Je ne l'ai jamais connue…

– Ça ne m'étonne pas, me déclare Cate Mosley, d'un ton neutre.

Elle croise les bras sur son chemisier vert de jade, faisant tinter bruyamment une multitude de bracelets d'argent qui renvoient la lumière dans toutes les directions.

– Pourquoi dites-vous ça ?

C'est clair, je n'aime pas cette femme, seulement je dois le cacher.

– Pardonnez-moi, mais il ne faut pas attendre autre chose de ce genre de femme.

– C'est-à-dire ?

– Je parle de ces femmes tout à fait capables d'abandonner un enfant jugé encombrant. Sans vouloir vous choquer.

Lasse, je soupire.

– Je ne suis pas choquée. Je cherche simplement des réponses à des questions. Je suis sûre que vous me comprenez, fais-je, en espérant trouver une ouverture. Pourriez-vous préciser votre pensée ?

– Elle n'était qu'une effroyable égoïste, déclare Mosley, le regard brillant de colère. Dans la vie, il y a ceux qui prennent et ceux qui donnent. Votre mère appartenait à la première catégorie.

Silence. J'ai lu quelque part que si on se contente de fixer quelqu'un pendant un bon moment, cette personne finira par vous en dire plus que ce que vous vouliez savoir.

– Je lui ai tout appris. Elle ne connaissait rien aux textiles, au collage, au patchwork. Jusque-là, elle n'avait fait que de petites aquarelles médiocres. Mais elle apprenait vite.

– Pourquoi l'avez-vous prise comme élève ?

– Elle avait un certain sens des couleurs, observe Mosley, un semblant de sourire aux lèvres. Et puis elle savait me flatter et elle était attendrissante, parfois absolument charmante. Quand elle sentait qu'il y allait de son intérêt… J'ai découvert trop tard qu'elle se servait de moi, poursuit Mosley, en perdant son vague sourire. Elle a fait en sorte que je lui apprenne un maximum de choses, puis elle m'a laissée tomber comme une pestiférée. Mais…

Mon interlocutrice lève les sourcils, faisant apparaître de profonds sillons sur son front, et achève sa phrase :

– … pas sans avoir d'abord séduit mon mari.

Dans la bouche de Mosley, l'expression prend une tournure mélodramatique. J'ai le sentiment d'être dans l'un de ces théâtres où le public acclame la gentille héroïne et jette des cacahuètes au scélérat.

– Il croyait compter pour elle — les hommes sont tellement idiots ! — mais dès que Paul DeGraf est apparu à l'horizon, Dave s'est fait remercier. Il est revenu vers moi, la queue entre les jambes. Bien entendu, elle a vite compris que vivre avec DeGraf comportait des inconvénients.

– C'est-à-dire ?

– Adressez-vous directement à lui. Vous l'avez sans doute rencontré, ajoute Mosley, les yeux plissés.

Sans aucune raison précise, je me sens soudain démasquée. Je me souviens que Paul m'a dit que dans cette ville tout se sait. A-t-elle entendu dire que je vis chez lui ? Je m'empresse de demander :

– Et son travail, qu'en pensiez-vous ?

Mosley a un petit air dédaigneux.

– Il n'y en avait pas deux comme elle pour s'approprier les idées des autres et les accommoder à sa sauce personnelle. Pardonnez-moi de ne pouvoir être plus élogieuse.

– Vous savez, je me demande si Dos Hombres avait le droit de vous licencier…

Je viens d'apporter à Paul, dans son bureau, le plateau de son dîner. Il se penche sur la soupe aux oignons, les narines frémissantes.

– Que ça sent bon !

– Ils font ce qu'ils veulent, dis-je. Ils peuvent employer qui bon leur semble.

– Ce n'est pas certain. Il faut un motif de licenciement.

– Ils en avaient un : la fin de la saison, une compression de personnel. Et ils ne me comptaient pas parmi leurs plus anciens employés.

Prenant la serviette blanche, je la déplie, la pose à côté du plateau, puis je mets d'autorité la cuillère à soupe dans la main de Paul.

– Mangez, sans penser à Dos Hombres. C'est déjà de l'histoire ancienne.

– Nous pourrions au moins demander l'avis d'un avocat. J'en connais quelques-uns…

– Je n'ai pas les moyens de payer un avocat.

– Quand ils pensent que la partie est gagnée d'avance, ils ne demandent pas d'acompte.

– Je refuse d'utiliser cette méthode, dis-je, le regard déterminé.

Dans la cheminée, une bûche craque dans une gerbe d'étincelles.

– Bien. Je ne peux pas décider à votre place.

*

Je fais griller des poivrons quand Paul vient poser son plateau sur le comptoir. Puis il prend le dossier coincé sous son bras, l'ouvre, sort des papiers réunis par un trombone.

– Il faut que vous signiez ça. C'est pour le chalet.

Je m'essuie les mains et prends les documents qu'il me tend. L'affaire est d'une grande simplicité : Paul Julien DeGraf renonce à tous ses droits sur la propriété de Bluebird Canyon au profit d'Avery James. La passation prendra effet le 1er octobre 2000, en contrepartie de la somme symbolique d'un dollar.

– C'est légal ?

Je déteste avoir l'air de débarquer de ma campagne, mais je n'arrive pas à croire qu'il soit si simple d'acquérir une propriété.

– Ce le sera dès que mon avocat aura enregistré ce document portant nos deux signatures.

Le stylo que m'a prêté Paul reste coincé entre mes doigts.

– Vous en êtes sûr ?

– Que ce sera légal ?

– Non. Que vous ne regretterez pas votre décision ?

Le sérieux de Paul — alors que je m'attendais à le voir rire — me surprend.

– J'en suis sûr. Et vous ?

– Vous connaissez le dicton : « On n'a rien sans rien » ?

– Je le connais. Mais je me demande pourquoi vous le citez maintenant. Vous croyez vraiment qu'il y a une contrepartie ?

– Il y en a toujours une.

Paul baisse les yeux sur le dossier puis me regarde de nouveau.

– Je suis navré que vous n'ayez pas confiance en moi.

– Ce n'est pas ça. Je pense simplement que tout a un prix. Comme me le disait Cassie.

– Qui est Cassie ?

– La vieille dame qui m'a recueillie, adolescente. À Florales. Elle connaissait la vie et elle disait aussi que même le savoir se paie. On devient dépendant de ce qu'on apprend. De tout acquis, d'une manière générale.

– Où sera la dépendance avec le chalet ?

– Il faudra que je m'en occupe. S'il est à moi, je ne vais pas le laisser tomber en ruine. Je ne parle même pas d'argent. Mais du temps, de l'attention qu'il me demandera. Sans compter les éventuelles surprises. C'est un peu angoissant. Je n'ai jamais rien possédé jusqu'à présent, sauf mon pick-up, et une voiture on peut facilement s'en débarrasser.

– D'un chalet aussi.

– Et la terre ? Et la tombe ?

– Êtes-vous en train de m'expliquer que vous renoncez ?

– Non. Mais le jour où vous m'avez emmenée là-bas, j'ai imaginé un jardin. Un jardin ne pousse pas tout seul. Si vous me donnez cette propriété, si je l'accepte, je devrai en prendre soin. Ce sera un sérieux engagement.

La chaleur m'est montée au visage. Mais, pendant que je me tais, Paul me tend une enveloppe.

– Ceci vous aidera peut-être à voir les choses d'une façon plus concrète.

– Qu'est-ce que c'est ?

– Voyez vous-même.

J'ouvre l'enveloppe avec un doigt et en retire un chèque. Un chèque de vingt-cinq mille dollars et des poussières.

– Vous m'expliquez ?

– Ce sont les derniers revenus du domaine de Lara.

– Je ne peux pas…

– S'il vous plaît. Je sais qu'elle aurait voulu que ça vous revienne.

– Mais alors… pourquoi ne pas me l'avoir donné pour louer un appartement ?

– Non. Cet argent doit être investi pour la propriété. Je peux vous mettre en contact avec… Enfin, si vous le désirez, rectifie Paul, je peux vous présenter un conseiller financier des plus sérieux.

– Me retrouver en tête à tête avec ce genre de personnage n'a jamais fait partie de mes rêves.

– En tout cas, cet argent vous appartient et j'espère que vous en ferez bon usage.

– Merci, Paul. C'est inutile.

J'ouvre les yeux dès que le jour se lève, m'allonge sur le dos et regarde le ciel passer du gris au bleu. C'est l'un de ces moments qu'on voudrait éternels. Je suis au chaud, dans un lit confortable. Je n'ai pas besoin de me lever, d'aller travailler pour quelqu'un qui me déteste. Sur ma table de nuit, il y a un chèque de vingt-cinq mille dollars. Je suis la reine du monde.

22

MA NOUVELLE VIE demande quelques ajustements. Elle est si différente de tout ce que j'avais pu imaginer qu'il m'arrive de sursauter, de regarder autour de moi, de vérifier ce que je suis en train de faire tant j'ai le sentiment de rêver. Et ce que je fais, avant tout, c'est de la cuisine pour Paul.

Quatre matins par semaine, je lui prépare son petit déjeuner qui n'a rien d'un casse-tête : café au lait, jus d'orange, œuf à la coque, tartines de beurre et de confiture, avec de la baguette croustillante. La plupart du temps, je m'occupe aussi du dîner. Paul prend ses repas, seul, dans la salle à manger où la table chromée et son dessus de verre me paraissent bien froids. Il ne rechigne sur aucun plat. Je dispose d'un budget illimité pour acheter les meilleurs produits et de toute une étagère de livres de recettes pour l'inspiration. Je suis au paradis des cuisiniers.

De temps en temps, Paul va au restaurant ou chez des amis. Le lendemain, il ne manque jamais de me dire qu'il préfère ma cuisine et regrette d'être sorti. Environ tous les quinze jours, Lindsey vient dîner. Sa présence réchauffe l'atmosphère, rend l'éclairage plus lumineux et, à lui seul, son rire met de l'ambiance. Elle est l'unique personne que j'aie jamais vue allumer une cigarette dans cette maison. Tant qu'elle est là, Paul se contente de sourire en écartant la fumée, mais, dès qu'elle est partie, il court vider les cendriers dans la poubelle et ouvre toutes les fenêtres.

En fait, je suis beaucoup moins son « chef de cuisine » qu'une demoiselle de compagnie, puisque lui-même reconnaît que je suis la seule à lui prêter une oreille attentive. Le soir où je lui ai raconté ma visite à Cate Mosley, il a été particulièrement ouvert et direct.

Le voyant s'empourprer, j'ai compris qu'il était en colère. Je dirais que son visage a, plus exactement, pris une couleur sombre, comme celle d'une poterie en terre avant de passer au four. Il a visiblement cherché ses mots pour exprimer le mépris que lui inspire cette femme.

– Elle est hystérique et angoissée, a-t-il fini par déclarer. Et je ne parle pas de son talent plus que douteux.

Jamais il ne s'était exprimé avec tant de dureté. Non qu'il ait tendance à trop arrondir les angles. Il se refuse plutôt à parler de ce qu'il méprise.

– L'élève a dépassé le maître. Une situation classique, m'a-t-il expliqué. Et Cate n'a jamais pardonné à votre mère d'avoir plus de talent qu'elle.

Quand j'en suis venue à l'histoire du mari séduit, il a ri.

– David Mosley s'est fait des idées. Je suis certain qu'il n'a jamais intéressé Lara. En revanche, elle le subjuguait. Quoi de plus compréhensible, surtout pour un homme marié à la Méduse. Mais elle n'a jamais encouragé sa passion.

– Comment pouvez-vous en être si sûr ?

Je regrettais cette question qui m'avait échappé. Paul a vite levé le bouclier, non sans une légère hésitation qui laissa planer l'ombre d'un soupçon.

– Bien sûr, ça s'est passé avant que Lara et moi soyons très intimes, mais je la connaissais. Elle n'avait strictement rien à faire d'un homme comme David.

Il n'y a aucune circulation sur la 14. Le soleil embrase les platanes dont les sommets ressemblent à des flammes d'or montant de la terre aride. Ce matin, une neige légère a blanchi les Sangres, et les longs cirrus qui voilent l'horizon, à l'ouest, annoncent d'autres intempéries bien que le ciel du Nouveau-Mexique garde, pour le moment, ce bleu profond dont il se pare en octobre.

À cette heure, le Rio Bravo est encore fermé, mais je vois sur le parking une Chevrolet marron qui doit appartenir à Bettina. Je me gare et me dirige vers la porte de la cuisine, à l'arrière du restaurant. Un camion de la fabrique de tortillas vient de faire une livraison. Bettina est en train d'apposer sa signature sur le bon, mais elle m'adresse un signe dès qu'elle me voit.

– Salut ! Vous êtes en avance aujourd'hui. Vous voulez un café ?

Bettina m'ouvre la porte. Miguel lève les yeux du bol de guacamole qu'il prépare et m'adresse un sourire, pendant que Bettina s'avance vers l'étagère, au-dessus de l'évier, et prend une grande tasse en céramique brune, maintes fois lavée, apparemment dans une eau bouillante.

– Vous avez faim ?

– Un café me suffira, merci.

– Avec un peu de *capirotada* ?

– Je reviendrai pour déjeuner.

– Il y a du lait et du sucre. J'ai fait des *enchiladas*. Venez. On va parler.

Bettina me désigne un immense plan de travail en bois. Les pieds sont verts mais, sur le dessus, toute la peinture a disparu. Elle approche un tabouret.

– Asseyez-vous, me dit-elle tout en se frottant les mains sous le robinet.

Je m'assois avec ma tasse de café. Bettina se met à dépiauter des morceaux de poulet cuit qui remplissent un grand saladier, déchiquette la chair avec ses doigts avant de la jeter dans un autre récipient, jette les os et la peau dans la poubelle, posée à côté d'elle.

– *¿ Que pasa amiga ?* Vous n'êtes sûrement pas venue jusqu'ici pour me regarder faire des *enchiladas*.

Je souris.

– Je suis à la recherche de quelques informations. Je viens d'hériter de ma mère…

– Ah ! Alors la situation s'arrange ? Mais si vous voulez mon avis je vous déconseille de mettre votre argent dans un restaurant.

– Il n'en est pas question. Non, je pense à des travaux à faire dans un petit chalet pas loin d'ici. Du côté de Madrid. Le toit, par exemple, a besoin d'être réparé. Il faut changer des fenêtres… Je me demandais si vous pourriez me recommander quelqu'un.

– Bien sûr. Je connais plusieurs personnes. Voyons qui serait le mieux pour vous…

Tout en poursuivant son travail au même rythme, Bettina réfléchit un moment.

– Alonzo Lopez, finit-elle par me dire. Oui, c'est lui qu'il vous faut. Il s'y connaît en toits, en fenêtres, en vieilles poutres. Et Maria, sa sœur, est une de nos dernières *enjarradoras*.

– C'est-à-dire ?

– Autrefois, c'étaient les femmes qui faisaient les plâtres. À la manière traditionnelle. Elles étaient *enjarradoras* de mère en fille. Croyez-moi, vous ne pourriez pas trouver mieux qu'Alonzo et Maria.

– Ils ne sont peut-être pas libres.

Bettina me lance un regard vaguement offensé.

– Si c'est moi qui leur demande de travailler pour vous, ils le feront. Je pourrai même vous obtenir un prix intéressant. Faites-moi la liste des travaux.

– Je ne suis pas encore tout à fait décidée, dis-je, en essuyant mes paumes moites sur mon jean. Je me renseigne pour l'instant. Ne les appelez pas avant que je vous donne le feu vert.

– Vous voulez dire que vous êtes venue uniquement pour me demander si je connais quelqu'un qui pourrait réparer votre chalet, au cas où vous vous décideriez à entreprendre des travaux ? Un jour. Peut-être…

Devant la façon dont elle lève ses sourcils, je ris. Nerveusement.

C'est la première fois que je viens seule au chalet. J'ai l'impression d'effectuer un pèlerinage et m'approche de la maison comme un pénitent va vers l'autel. Je marche à pas prudents sur le sentier quand je vois apparaître dans mon champ de vision une forme gris-brun. Je me fige. Amalia disait toujours qu'il ne faut jamais laisser un coyote traverser votre chemin. Mais en l'occurrence il ne s'agit pas tout à fait d'un coyote.

Le museau pointu, la queue longue et touffue, l'animal a de grands yeux sombres, et non petits et jaunes, un pelage maculé d'un mélange de terre et d'herbes. Il est si maigre qu'on pourrait compter ses côtes. À trois mètres l'un de l'autre, nous nous jaugeons. Je n'arrive pas à savoir si je représente pour lui une présence amicale ou un petit déjeuner potentiel. Il fait deux pas vers moi, remue brièvement la queue. Il paraît inoffensif mais je préfère taper du pied et lui crier :

– Va-t'en !

La façon dont il me regarde, la tête relevée, les oreilles en mouvement, me laisse penser qu'il est habitué à la voix humaine et connaît la résonance de ces mots. Il s'approche encore, en dessinant un grand cercle. Je reste immobile mais, lorsque je sens son museau froid renifler ma main, je cache prudemment mes doigts dans mon poing. Puis, me tournant doucement vers lui, je le vois reculer, tête basse.

– Ça va. Je te connais déjà. Tu es mignon, timide, tu viens me renifler, tu agites la queue. Tu me séduis, je te donne à manger, tu as vite fait de te coucher à mes pieds, en levant vers moi des yeux de merlan frit. Et puis un matin tu sors pour pisser et tu ne reviens jamais. Alors fiche le camp, tout de suite ! Pas la peine de se compliquer la vie.

Je recommence à taper du pied. Il me regarde, l'air penaud, mais reste immobile.

– Va donc mordre un chien de prairie. Allez. Sauve-toi !

Je ramasse quelques cailloux, les jette dans sa direction. Il n'en fallait pas plus pour qu'il décampe. Si vite qu'il me laisse l'impression d'avoir rêvé. Le petit con !

Le calme du canyon amplifie le bruit de mes pas sur le plancher de la véranda, celui de la clé dans la serrure, le grincement de la porte quand je la pousse. J'ai un petit sursaut lorsque quelque chose bouge dans les ombres, près de la cheminée. Sans doute un rat.

J'ai du mal à imaginer ce que sera ce chalet après avoir été nettoyé, restauré, aménagé. En fait, je n'ai jamais eu beaucoup d'imagination. La cabane initiale, découverte par Isabel, devait être encore plus délabrée. Mais elle, elle a su concevoir tout autre chose que ce qu'elle avait sous les yeux. C'est elle qui a fait installer la verrière, le poêle en faïence, les rideaux qui sont maintenant dans un piteux état.

Elle avait compris qu'elle avait trouvé sa *querencia*, son refuge, son havre de sécurité. Maintenant j'en suis la propriétaire. Si je retiens ma respiration et ferme les yeux, je serai peut-être capable de me croire chez moi. C'est drôle comme les choses se sont enchaînées depuis que je suis tombée sur le portrait de ma mère, chez Paul. Je n'ai même pas eu à lever le petit doigt.

Je me souviens que Cassie disait toujours que les coïncidences n'existent pas. Mais dois-je pour autant être persuadée que j'ai quelque chose à faire ici ? Dois-je croire en moi, pour commencer ? Si je me lance dans cette entreprise, est-ce que ce sera par conviction profonde ? Je ne demanderais pas mieux, en vérité. J'en ai la gorge nouée.

J'ouvre mon vieux sac pour y chercher un stylo.

Ce n'est pas encore la cohue au Rio Bravo lorsque j'y reviens, un peu après treize heures trente. Quelques tables sont occupées, une poignée de cow-boys est installée au bar. Je m'attable au fond de la salle et commande du *posole*. Bettina me l'apporte elle-même, avec des tranches de radis, d'avocat et du citron vert. Le plat fumant, parfumé à l'ail et au piment, me pique les yeux.

– J'ai cru que vous vous étiez mise au travail toute seule, me dit Bettina en riant.

– Non. J'ai fait une promenade. C'est tellement paisible là-bas.

Bettina s'assoit en face de moi, souffle sur la mèche de cheveux humides qui tombe sur son front.

– Vous avez la liste ?

Je sors de mon sac un morceau de papier et le pousse vers elle. Elle le lit pendant que je mange.

– Quand voulez-vous que ce soit fait ?

– Je n'en sais rien. C'est à eux de voir.

– J'appelle Alonzo ce soir. Comme il ne pleut pas, ils pourraient s'y mettre tout de suite. Et peut-être finir pour Noël.

Que les choses puissent se faire si vite m'angoisse un peu. Je pense aux décisions que je devrai prendre dès que les travaux seront terminés.

– Il n'y a rien d'urgent, dis-je, la bouche pleine.

Bettina retrouve son regard amusé.

– Comment l'avez-vous trouvé ce chalet ?

– Il appartenait à Isabel… ma mère. Paul — avec qui je suis venue ici — m'a emmenée le voir. Il m'a aussi montré la tombe.

– J'ai également perdu ma mère. J'avais sept ans quand elle est morte.

Je refrène l'envie de faire observer à Bettina qu'au moins elle a passé sept ans avec sa mère.

– C'est ma tante qui m'a élevée. C'était dur. Toutes mes tantes m'ont parlé de maman, continue Bettina, en se rejetant contre le dossier de la chaise, les bras croisés. Mais j'aurais préféré avoir le temps de la connaître mieux plutôt que d'entendre parler d'elle. Ce n'est pas pareil.

Tout en trempant la moitié d'une tortilla dans le potage, j'observe :

– Ne pas connaître sa mère est une chose, être ignorée par elle en est une autre. Plus pénible encore. La mienne n'a rien voulu savoir de moi.

Bettina secoue la tête.

– Vous vous trompez, amiga. Elle a dû passer sa vie à vous chercher parmi toutes les petites filles qu'elle a croisées.

Devant mon silence, Bettina claque dans ses mains.

– Alors ? Vous avez encore de la place pour du *capirotada ?*

– J'en ai et j'en aurai tant qu'il ne gèlera pas en enfer.

– Je vous en apporte dès que je me suis occupée de ce cow-boy.

L'allure du cow-boy — qui passe à la caisse —, sa façon de se balancer sur ses talons et de tenir son chapeau me rappellent quelqu'un. Oui, je le reconnais et mon cœur a déjà fait un bond du tonnerre lorsque, sentant mon regard posé sur lui, le cow-boy se retourne.

Ses yeux se plantent dans les miens, me faisant l'effet d'une aiguille qui rencontre un nerf.

Des secondes, des minutes, peut-être des heures passent. Puis il vient vers moi et, quand il pose son stetson sur la table, je vois une alliance briller à sa main gauche.

– Avery.

– Salut, Will. Comment vas-tu ?

– Très bien. Et toi ?

– Ça va.

Est-il possible que nous n'ayons rien de plus à nous dire ? Mais Will s'éclaircit la gorge.

– Je te croyais à LA, ou à New York. Ou je ne sais où.

– Je constate que tu me connaissais mal.

Les yeux gris de Will sont devenus ternes. Ils n'évoquent plus du tout un ciel d'orage.

– Je m'en suis déjà aperçu. Quand je suis revenu à Florales et que j'ai appris que tu avais disparu.

– Je pensais que ça valait mieux.

– Pour qui ?

– Pour tout le monde.

De fines rides blanches autour de ses yeux ressortent sur son visage bronzé. Je l'imagine face au soleil. Je me souviens de ce que Cassie disait de lui : « Il a un grand cœur, et il l'écoutera peut-être toute sa vie. » Avait-elle raison ? Ou est-ce le contraire qui s'est produit ?

– Où vis-tu en ce moment ? me demande-t-il.

– À Santa Fe.

La main crispée sur le verre comme sur une bouée de sauvetage, je bois une gorgée de thé glacé avant de laisser ma curiosité s'exprimer.

– Qu'est-ce qui t'amène par ici ?

– Les affaires. Je travaille avec Darryl Hutt maintenant.

– Je n'aurais jamais pensé que tu quitterais le ranch.

– C'est une longue histoire.

Une longue histoire qu'à l'évidence il n'a pas envie de me raconter.

– Mais ça a l'air de marcher pour toi. Je suis contente. Et qui est l'heureuse élue ?

J'ai compris avant d'entendre la réponse. Je revois un visage en pleurs, des cheveux pleins de brins d'herbe : une photo sortie d'un album.

– Tu as épousé Randi Klein.

– Qu'est-ce que ça peut te faire ? me lance Will, avec un regard de granit.

– Je…

Il faut que je fixe mon regard sur quelque chose, par exemple sur le cœur et les initiales gravés dans le Formica de la table par quelque cow-boy et sa copine.

– Quand je suis revenu et que tu étais…, essaie de m'expliquer Will d'une voix retenue comme un cheval auquel on ne laisse pas la bride sur le cou. J'ai attendu. Je me disais que tu écrirais ou téléphonerais. On aurait pu se parler, discuter, tout arranger.

– Tu n'aurais jamais pu…

– Jamais je n'aurais pensé que tu partirais, comme ça, m'interrompt Will. Sans explication. Sans même un au revoir. Il m'a fallu du temps pour me rendre à l'évidence… Ensuite, pendant des semaines, j'ai cru devenir fou. Alors, maintenant, garde tes commentaires sur mon mariage pour toi.

– Je suis sûre que ta mère a été ravie.

Penché vers moi, Will m'attrape le poignet.

– Tu ne sais rien de ce qui s'est passé.

– Tu n'arriveras pas à me persuader que ta famille aurait accepté que tu m'épouses.

Tandis que j'essaie vainement de me soustraire à sa poigne, Will rétorque :

– Je me serais passé de leur permission.

– Mon Dieu ! Imagine ! Un Cameron se serait insurgé contre sa famille pour moi ! Si tu avais commis cette erreur, j'aurais été condamnée à te vouer une reconnaissance éternelle.

Will relâche mon poignet à l'instant précis où je crois enfin me libérer moi-même. Sous l'effet de cette malencontreuse dynamique, mon coude renverse le verre d'eau qui tombe et se brise. Une petite cascade arrose les débris répandus sur le plancher.

Pendant quelques secondes, Will regarde les morceaux de verre. Tel que je le connais, il va les ramasser, c'est sûr. Je le sens. Mais non, il se ravise.

– Désolé, dit-il.

Il prend son chapeau, le bord trempé enfoui au creux de sa paume, puis, sans un autre mot, il se détourne et se dirige vers la porte dans le bruit creux de ses bottes sur le plancher. Il tourne à l'angle du comptoir où se trouve la caisse, disparaît, laisse la porte se refermer derrière lui. Les deux clients juchés sur des tabourets replongent leur regard dans leur assiette.

Les mains froides sur mon visage brûlant, je fixe la table mouillée. Bettina arrive avec une serpillière.

– Un ami à vous ?

Elle jette la serpillière sur la mare d'eau. Puis elle s'accroupit pour ramasser les plus gros morceaux de verre.

– Je suis navrée.

– Bah ! Les hommes… Raúl ! appelle Bettina à l'instant où elle s'assoit à côté de moi. Prends un balai et enlève ce qui reste.

Et Bettina conclut, ses yeux sombres et tristes plongés dans les miens :

– On paie encore pour le péché d'Ève. Vous voulez toujours votre *capirotada* ?

– Non. Merci.

Les mains serrées sur le volant, je regarde les véhicules qui arrivent en sens inverse tout en me récitant la litanie que j'ai adoptée depuis longtemps. Ça n'aurait jamais marché avec Will.

Il est revenu du Colorado, d'accord. Mais sa famille aurait trouvé le moyen de nous séparer. Il se serait laissé influencer. Il aurait hésité à contrarier sa mère ou son frère, ou les deux en même temps. Différer le mariage pour les meilleures raisons du monde serait devenu une rengaine.

J'ai eu raison de partir.

Jésus ! Comment a-t-il pu épouser Randi Klein ? Celle qui se faisait culbuter joyeusement par tous les garçons du lycée de Florales ? Je ne saurai jamais ce qui peut se passer entre Will et elle. Mais je peux toujours l'imaginer.

23

NOVEMBRE COMMENCE dans un froid sec mais âpre. Quand je sors mes vêtements du séchoir, je dois les décoller les uns des autres, tant ils sont chargés de cette électricité statique qui provoque des étincelles chaque fois que je touche la poignée d'une porte. La villa de Paul est si froide le matin que je vois mon souffle se transformer en buée.

Un matin, il arrive dans la cuisine, en chaussettes, au moment où je m'apprête à moudre le café.

– Attendez !

Comme je ne l'ai pas entendu entrer, je sursaute, me retourne et m'étonne :

– Qu'est-ce qu'il y a ?

– Rien, me répond-il en souriant.

Les cheveux flous, mais lissés derrière les oreilles, il porte un jean et un pull à grosses mailles, couleur mie de pain.

– Tout va bien, insiste-t-il. Je pensais simplement que nous pourrions prendre le petit déjeuner ailleurs. J'ai une liste de réjouissances en tête dont j'aimerais vous parler.

– Vous ne pouvez pas le faire ici ?

– Je voudrais que vous m'accordiez toute votre attention. De plus, poursuit Paul avec un irrésistible sourire d'adolescent, ce serait amusant de sortir à cette heure-ci. Je le sais, vous ne cherchez pas à vous amuser. Mais laissez-vous faire pour une fois. Allez prendre votre manteau.

Nous faisons un drôle de couple, me semble-t-il, tandis que nous descendons Canyon Road, nos haleines en panache derrière nous — Paul tout en noir, du manteau de cow-boy en peau de mouton aux gants de cuir, sans oublier le stetson et l'écharpe de cachemire, moi avec mon jogging gris, un pull rouge à col montant qui me gratte le cou, mon caban bleu marine sorti d'une solderie, l'écharpe, autrefois blanche, que Rita m'a donnée cinq ans plus tôt, des gants bleu marine avec un pouce troué. Paul n'a pas l'air de remarquer le tableau.

À l'aise dans son originale tenue, il s'arrête systématiquement devant toutes les galeries, en commentant ce qui est exposé en vitrine.

– Regardez ce Paul Signac, Avery. Quelle intéressante palette de couleurs ! On se croirait au Nouveau-Mexique.

– Je vois un ciel bleu au-dessus d'une terre brune. Effectivement, ça ressemble au Nouveau-Mexique.

Les mains sur mes épaules, Paul me fait reculer de quelques pas.

– Voilà. Regardez. *Le Quai de Clichy.* C'est sûr qu'à cette distance, dans la multitude de petits points de couleurs, se dessinent une jetée, des arbres, le mât d'un grand bateau, à l'arrière-plan. Un bel exemple de pointillisme, m'explique Paul. Les peintres de cette école se servaient de minuscules points de couleurs primaires pour créer des formes, mais également pour faire apparaître les couleurs complémentaires. C'est une technique qui découle de l'impressionnisme.

Tandis que j'essaie de me concentrer sur la toile, je suis distraite par le visage de Paul qui regarde par-dessus mon épaule.

– Il fait froid, Paul. Je gèle. On bouge, s'il vous plaît ?

Au Downtown Subscription, il y a un monde fou et un bruit infernal. Nous prenons nos verres de lait végétal et nos petits pains et allons nous attabler. Les chaises sont horribles : toutes droites et dures. Dans la restauration, on les appelle les « chaises demi-heure ». Les clients ne s'attardent pas longtemps sur ce genre de sièges, ce qui permet de libérer les tables rapidement.

Paul semble indifférent au bruit, à la foule, à l'inconfort. Il enlève son manteau, le pose avec précaution sur le dos de sa chaise, plie soigneusement son écharpe avant de la mettre sur la table, ses gants par-dessus. Quand il boit sa première gorgée de café, j'ai déjà avalé la moitié d'un petit pain. Je le regarde tremper l'index dans la mousse de lait, saupoudrée de chocolat et de cannelle, et lécher son doigt. Un geste si enfantin, si peu conforme à son élégance habituelle que je ris.

– J'aime vous entendre rire, me dit-il, avec un sourire réconfortant.

Aussitôt, j'ai honte de mon jugement critique.

– Alors de quoi devons-nous parler, Paul ? Si toutefois on peut s'entendre dans ce vacarme.

– Moi, je vous entends parfaitement. Voilà, j'ai des projets de distraction.

– Mais je n'ai pas apporté mon agenda !

Se retournant à demi, Paul fouille dans la poche intérieure de son manteau, en sort un petit calepin et un fin stylo d'or qu'il me tend.

– J'aimerais d'abord organiser un dîner pour vendredi. Ou peut-être samedi. Il faut que je voie. Ce sera un dîner intime. Pour deux couples.

Quelque chose tressaute dans ma poitrine. Rapidement, je pose mon regard sur les présentoirs de magazines, aux couvertures de papier glacé, qui sont alignés contre le mur du fond.

– Des clients ?

Perdu dans son plan, Paul hoche simplement la tête.

– Vous pourriez faire un repas français ?

– Bien sûr. Mais de quel genre ?

– Je pense à une cuisine de bistrot parisien. Un bœuf en daube, par exemple. Quelque chose qui réchauffe.

Je réfléchis au galop. Qu'est-ce qu'un bœuf en daube ? Je n'en ai pas la plus petite idée. J'affiche néanmoins mon assurance :

– Il n'y a pas de problème. Et ensuite ?

– J'aimerais inviter des amis pour le réveillon de Noël. Pour dix personnes. Ou douze, m'annonce Paul après avoir fermé les yeux un instant, comme pour visualiser la liste des invités.

Il marque une pause en me lançant un regard interrogateur.

– Nous devrions peut-être faire appel à un traiteur. Ce qui vous permettrait de participer au dîner.

– Je n'y tiens pas absolument.

– Nous pourrions au moins engager des serveurs. Vous n'allez pas rester confinée dans la cuisine toute la soirée.

J'ai envie de faire remarquer à Paul que je préfère rester « confinée » dans la cuisine plutôt que de papoter avec de riches inconnus. Mais j'évite de lui assener cette marque d'ingratitude imméritée.

– Et pour Thanksgiving ?

– Je serai absent. Ça ne vous dérangera pas de rester seule ?

– Pas du tout, fais-je, le regard hautain. Où allez-vous ?

– En montagne. Skier.

Je ris.

– S'il y a de la neige !

– Je serai en Colombie-Britannique où il y en a déjà beaucoup. Je pars avec Tom et quelques autres personnes.

Femmes ? Hommes ? Paul me laisse à mes interrogations.

Pendant quelques minutes, nous mangeons en silence. Puis, brusquement, il me demande :

– Que ferez-vous pour Thanksgiving ?

– Je n'en sais rien. Je ferai la grasse matinée. Je lirai. J'irai me promener. Je prendrai peut-être un bain moussant. Le projet le plus ambitieux serait de louer une cassette vidéo.

– Et votre amie ? La patronne du Rio Bravo.

– Bettina ? Pourquoi me parlez-vous d'elle ?

– Je me disais que vous iriez peut-être passer un après-midi là-bas.

– Nous ne sommes pas si liées que ça.

– Que devient votre ancienne colocataire ? Rita, je crois ?

– Je n'ai pas de nouvelles.

– Je n'aime pas penser que vous serez seule.

– Pourquoi ? Ça ne me dérange pas. La plupart du temps, c'est même la situation que je préfère.

– Tout de même… c'est un peu triste, non ?

Je repose mon verre de lait et riposte :

– Quand nous nous sommes rencontrés, je vous ai expliqué que je me contentais tout à fait d'une vie ordinaire. Il n'y a aucune raison de s'apitoyer sur mon sort et je ne veux surtout pas de vos remarques condescendantes.

Paul regarde autour de lui comme s'il craignait qu'on ne nous entende. Pourtant, la conversation aurait bien du mal à traverser un tel boucan pour arriver dans l'oreille de quelqu'un.

– Je ne manifeste aucune condescendance envers vous…

– Mais si ! Vous avez l'air de penser que si je le pouvais j'irais bien skier moi aussi, ou bien je ferais un grand dîner avec des amis. Vous me prenez pour la pauvre petite fille aux allumettes qui regarde les gens dîner, le nez contre la vitrine du restaurant et les pieds dans la neige.

Me levant, je prends mon assiette, et j'ajoute :

– Je vous assure que vous vous trompez.

– Avery.

– Quoi ?

– Je suis désolé.

Dans un grand soupir, je me rassois. Bon, d'accord : mes sautes d'humeur gâchent bêtement l'atmosphère de notre petite sortie « amusante ».

– Je regrette presque de partir, avoue Paul.

Voilà que je me sens maintenant déterminée à réparer les dégâts.

– Vous avez besoin de changer d'air. Je suis sûre qu'une fois là-bas, vous ne songerez plus qu'à vous distraire. Et ça vous fera du bien.

– J'aime skier, c'est vrai, m'explique Paul en jouant avec son petit pain du bout de sa fourchette. Dommage que Hemmings ait toujours un esprit de compétition. Et puis on mangera trop, on boira trop et Hemmings — toujours lui — parlera de football et de ses dernières parties finies…

– Essayez-vous de me dire que vous n'aimez pas le foot ?

Quand Paul rit, des plis étoilent le contour de ses yeux.

Nous nous levons, enfilons nos manteaux. Comme d'habitude, il s'arrête pour parler à quelqu'un. Je le devance et je suis déjà près de la sortie quand j'entends quelqu'un m'appeler.

– Avery ! Par ici !

Je parcours la foule du regard jusqu'à ce que je tombe sur une main brune qui s'agite, à l'autre bout de la salle, du côté du patio.

– Cookie !

Nous marchons l'une vers l'autre, nous frayant un chemin entre les tables, les chaises, les clients. L'étreinte de Cookie me surprend.

– J'ai de la chance de tomber sur vous, comme ça, me dit-elle. J'arrive à peine à le croire. J'ai essayé de vous joindre mais le numéro que vous m'aviez donné n'est plus en service. Vous avez déménagé ?

– Oui.

– Mais vous n'avez pas quitté Santa Fe ?

– Non. Il faut que je vous donne mon nouveau numéro, mais je ne le connais pas par cœur. C'est idiot. Je vous appellerai au magasin.

– D'accord. Si je suis absente, demandez à Annette de me le laisser sur mon bureau. Elle me donne un coup de main pendant quelques jours.

– Comment va Liza ?

– Elle nous a quittés, murmure Cookie.

– Oh, non ! C'est arrivé quand ?

– Samedi dernier. Dans l'après-midi.

– Mon Dieu…

J'ai le visage en feu et je le soupçonne de s'être couvert brusquement de taches rouges sous l'effet de la gêne.

– Je suis navrée. Je voulais repasser chez vous. Bon sang…

Atterrée, je ne trouve qu'une chose à me dire : pourquoi n'ai-je pas été alertée ? Pourquoi ? J'aurais dû l'être.

– C'est une grande perte pour moi, déclare Cookie calmement. Mais elle souffrait de plus en plus. Les médicaments ne faisaient plus aucun effet. Elle refusait d'aller à l'hôpital. Elle tenait à rester chez elle. Ah, oui, c'est vrai… J'allais oublier. En rangeant sa chambre, je suis tombée sur quelque chose qui a appartenu à Isabel. Vous aimeriez peut-être que je vous le remette ?

– Oui. Sûrement. Je passerai… Je suis… navrée. Je me sens tellement…

– Elle vous aimait beaucoup, ajoute Cookie, en me serrant le bras.

Incapable de répéter encore une fois que je suis navrée sans me sentir d'une maladresse idiote, je hoche simplement la tête.

– On se verra très bientôt, me dit Cookie. Prévenez-moi avant de venir pour que je vous apporte ce qui a appartenu à Isabel.

Il fait gris et le froid est vif en ce jour de Thanksgiving. Par habitude, je me réveille tôt puis, me souvenant que Paul est parti, je reste sous la couette, prête à me rendormir. Je le revois sur le départ, la veille au soir, dans l'entrée, hésitant à sortir, le regard tourné vers moi. On pouvait entendre Tom Hemmings lui crier de la rue :

– Pour l'amour du ciel, DeGraf, remue-toi ! Il y a déjà une circulation d'enfer.

Avec un bref sourire d'excuse, Paul a finalement ouvert la porte et a disparu.

Quand je me réveille de nouveau, il est près de dix heures. Je contemple le ciel, à travers la verrière, comme si le temps était responsable du vague malaise que j'ai déjà ressenti la première fois que j'ai ouvert les yeux.

Où en est ma vie, à propos ? Depuis que je suis ici, j'ai cessé de chercher un travail. Pourtant, je ne peux pas me considérer comme l'employée de Paul. J'ai si peu de chose à faire, finalement. Mais je me dis que c'est la basse saison et que je me remettrai en quête d'un travail au printemps. En attendant, je ne paie pas de loyer, je fais quelques courses, un peu de cuisine, je lis des matinées entières, j'écoute mon hôte me parler de ma mère.

Il a pris l'habitude de venir de temps en temps dans la cuisine, en fin d'après-midi, avant que je commence à faire le dîner. Moi, je suis là, en train de parcourir un livre de recettes, ou de préparer des légumes, ou de faire griller des poivrons. Le genre de choses qui me plaisent parce qu'elles laissent mon esprit vagabonder à sa guise.

Paul arrive, décontracté, un verre de vin à la main, parfois il s'installe sur un tabouret et me dit : « J'espère que je ne vous dérange pas » ou encore : « Quel miracle culinaire allez-vous accomplir, ce soir ? » À ma connaissance, il est la seule personne capable de dire des trucs pareils sans que ça sonne faux.

Nous discutons un petit moment à propos du dernier livre que j'ai emprunté à la bibliothèque, ou du nouvel artiste qu'il vient de découvrir, mais, d'une manière ou d'une autre, il se débrouille toujours pour amener la conversation sur Isabel. Il me parle d'elle comme si elle habitait pour quelque temps dans une autre ville. Il me donne le sentiment qu'elle pourrait appeler un soir et annoncer qu'elle revient à Santa Fe.

Je devine ses expressions, ses sourires dans mon dos quand il imagine la tête d'Isabel s'il pouvait lui annoncer : « Si je te disais qui est dans la cuisine, tu ne me croirais pas. »

Je regrette qu'il appelle Lara celle qui est pour moi Isabel. Mais je n'en suis pas moins très attentive au récit de ses souvenirs. Après m'avoir raconté leur première rencontre, il m'a expliqué un autre jour comment il avait découvert, grâce à l'une de ses amies, où elle travaillait. Aussitôt il avait téléphoné à l'herboristerie pour l'inviter à dîner.

– Elle a commencé par refuser. Une fois, deux fois, trois fois. Je me suis mis à appeler ou bien à passer au magasin tous les jours.

– C'était du harcèlement, non ? ai-je remarqué en riant.

– Certainement pas. Je n'arrivais jamais les mains vides, je ne m'attardais pas. Elle me disait non et je repartais. Mais je crois que Liza Gardner en a eu assez de me voir.

Le couteau que je tenais à la main m'a échappé, éraflant mon pouce.

– Oh ! Vous vous êtes coupée.

Paul a voulu se lever, mais je l'ai arrêté.

– Ce n'est rien.

D'un coup de langue, j'ai fait disparaître la petite goutte de sang, chaud, salé, sur ma peau parfumée à l'oignon.

– Je vous apporte de l'alcool et du sparadrap ?

– Et ça sentira bon dans la cuisine ! ai-je rétorqué.

Puis je me suis reprise.

– Pardonnez-moi. Je pensais à Liza.

Ce n'était pas tout à fait un mensonge. Seulement, je n'avais pas songé à sa mort, mais plutôt à ce qu'elle m'avait dit de sa voix crispée par la douleur : « Il l'a tuée, n'est-ce pas ? Celui qui l'aimait. »

Presque noirs en temps ordinaire, les yeux de Paul se sont éclaircis, comme pour permettre de sonder le tréfonds de son âme. Comme s'il n'avait rien à cacher.

– Vous avez dû attendre combien de temps finalement ? ai-je demandé avec un petit sourire.

– Trois semaines, quatre jours, onze heures et quinze minutes.

Je suis restée, quelques instants, bouche bée.

– Vous plaisantez, ai-je fini par dire.

– Elle a accepté mon invitation trois semaines et quatre jours plus tard, à onze heures quinze.

S'installant de nouveau sur le tabouret, Paul a bu une gorgée de vin avant de poursuivre.

– J'ai passé le reste de la semaine à me préparer. J'ai choisi le menu avec le chef. J'ai consulté la météo afin de savoir si on dînerait à l'intérieur ou dans le patio. J'ai choisi le vin, j'ai engagé un guitariste, j'ai acheté des fleurs.

– Doux Jésus… Il vous faut toujours tout orchestrer ?

– C'est la seule façon de s'assurer du résultat. Ce premier soir devait être absolument réussi. J'ai envoyé une limousine la chercher. Une demi-heure plus tard — je vivais à ce moment-là du côté d'Artist Road —, la voiture est revenue sans elle. Le chauffeur était fou. Il avait un message à me transmettre. « Si M. DeGraf veut que je dîne avec lui qu'il vienne me chercher lui-même. »

Malgré moi, j'ai ressenti une seconde de jubilation complice. Si Isabel avait été présente, j'aurais tapé dans sa main en lui disant : « Bien joué ! »

– Et vous êtes allé la chercher ?

– Oui. En me sentant comme un adolescent qui drague une fille pour la première fois.

– Ce qui prouve que vous pouvez tout orchestrer en vain.

– Cette preuve-là, elle n'a jamais cessé de me l'administrer, m'a avoué Paul, avec un sourire rêveur.

Je sors du lit et secoue l'édredon à la manière de la señora Martinez, la femme de ménage. Puis je le pose, plié, au pied du lit, rassemble des vêtements, vais prendre une douche chaude. Séchée, habillée, je sors et me dirige vers la villa.

C'est un drôle de jour qui me donne le sentiment d'être dans un univers paisible, à part. Le reste du monde semble divisé en deux camps : d'un côté, il y a les gens qui vont fêter Thanksgiving ailleurs et, de l'autre, ceux qui reçoivent chez eux. Assise au comptoir de granit, tandis que je mange mes céréales dans un silence uniquement troublé par le bruit mat de la cuillère contre le bol, j'imagine des femmes s'affairant dans la chaleur et le brouhaha de leurs cuisines. Elles rient, bavardent, goûtent les sauces, comparent des recettes. Les hommes suivent certainement un match de foot à la télévision, échangent des plaisanteries obscènes, hurlent quand un joueur rate le ballon, se donnent des bourrades. Quant aux enfants, ils rient pour un rien, se battent, volent de la nourriture dans le dos des adultes.

Du moins c'est ainsi que je vois les choses, bien que je n'aie pas l'habitude des grandes réunions festives. À Albuquerque, Pete invitait parfois tout son personnel. Mais, plus tard, quand il a eu une petite amie et qu'il a été reçu dans sa famille, Rita et moi nous avons fondé la Société des dîners d'orphelins. Nous invitions tous ceux qui ne savaient pas où aller autour d'une dinde, à condition qu'ils apportent les légumes. Une année, nous nous sommes retrouvés avec quatre plats de patates douces — tout de même préparés différemment — mais au moins il y avait de quoi rire.

Il est près de midi quand le ciel commence à se couvrir. Je me secoue, mets mon tablier et commence à préparer mon repas de fête. Du *posole*. Ou ce que Pete Dimon appelait du « maïs au porc ».

Il existe autant de variétés de *posole* que de barbecue et chacune a ses adeptes. Le mien, j'ai appris à le faire en observant Esperanza, assise sur la chaise bancale, dans la cuisine de l'orphelinat. C'est simplement un ragoût de porc avec du maïs et du piment vert. Contrairement à Bettina, Esperanza le servait sans raviers d'avocats, de citrons verts et de radis, simplement accompagné de belles tortillas faites avec une farine de maïs douce et légère. C'est ainsi que je le préfère, et aujourd'hui ce sera plus que jamais un vrai cadeau.

Le ciel de ce vendredi matin est chargé de nuages gris, et le vent du nord souffle si fort que mon pick-up tangue sur la route. Il ne fait pas assez froid pour qu'il neige, mais on aura sûrement de la pluie.

La camionnette d'Alonzo, sur laquelle il a réussi à fixer un réservoir d'eau, est garée devant le chalet. Les travaux ont commencé depuis près de trois semaines. Le toit est terminé, mais ni Alonzo, ni Maria ne m'ont encore parlé d'argent et je n'ai pas réussi à voir Bettina. J'en deviens un peu nerveuse.

– Alors où en est Maria ?

– Elle aura bientôt fini, me répond Alonzo, comme chaque fois que je lui pose la question.

Maria m'a persuadée de refaire tout l'intérieur du chalet, maintenant que le toit est étanche. En mélangeant le plâtre à du sable qu'elle prend dans le lit de la rivière, elle obtient des murs d'une chaude couleur dorée. J'ai aussi accepté de changer les trois fenêtres, au lieu d'une, quand Alonzo m'a expliqué que les deux autres seraient à remplacer dans quelques mois, et qu'en attendant, si l'hiver était pluvieux, il risquerait d'y avoir des fuites qui abîmeraient mes jolis murs.

Entreprenant plusieurs chantiers à la fois, ils progressent lentement, soucieux de traiter tout le monde à égalité. Pas question pour eux de négliger l'un ou l'autre, sans faire preuve d'irrespect.

Cela dit, ils ne parviennent pas toujours à se procurer les matériaux nécessaires au moment voulu. Le jour où les fenêtres devaient être remplacées, on ne les a pas vues arriver.

J'ai alors suggéré à Alonzo d'aller travailler sur un autre chantier afin d'éviter de perdre son temps.

– Mais c'est votre jour, m'a-t-il répondu, avec un gentil sourire. Je dois rester.

Je l'ai vu aller et venir, vérifier que le toit était bien terminé, mesurer de nouveau les fenêtres, s'assurer que nous n'oubliions rien, en passant au crible tout l'intérieur du chalet. Quand je suis revenue, dans l'après-midi, il m'a annoncé que la pompe à eau de l'évier devait être remplacée.

– Eh bien, nous allons nous occuper de ça tout de suite.

Alonzo a secoué la tête.

– J'ai déjà commandé la pompe.

– Nous l'aurons dans combien de temps ?

– Deux ou trois jours, me répond Alonzo, en frottant sa barbe naissante, poivre et sel.

– Bon. Alors on pourra l'installer jeudi.

– Non, *señorita*. Jeudi ce n'est pas votre jour.

Ce matin, j'arrive au moment où il attache sa ceinture à outils.

– Ah, *buenos días, señorita*.

Il touche le bord de son chapeau d'où pendent plusieurs bouchons au bout de courtes ficelles. À mon avis, c'est sa façon d'écarter les mouches de son visage, bien que ce matin, en raison du froid, il n'y en ait pas une seule à l'horizon.

– Qu'allez-vous faire aujourd'hui ?

– Je fixe les pierres.

– Quelles pierres ?

– Celles qui sont derrière le fourneau. Le mortier n'est pas bon. J'arrange tout.

Pendant que je parle à Alonzo, Maria descend le sentier des collines, son éternelle bouteille d'eau au creux d'un bras, les manches relevées, comme si elle avait trop chaud. Je ne saurais lui donner un âge. Elle a un beau visage, bien que trop souvent exposé au soleil et au vent, et un corps aussi mince et musclé que celui d'un adolescent.

Contrairement à son frère, elle est peu bavarde. Sa conversation se limite à un poli *buenos días*, à moins qu'elle n'ait besoin de parler des travaux. Elle m'adresse un sourire timide, puis offre de l'eau à son frère. Alonzo prend la bouteille mais, au lieu de boire, croise les bras et me regarde, l'œil intéressé.

– Bettina dit que vous voulez une… *cruz*.

– Une cru… non, non, pas une croix. Juste une pierre, toute simple.

– Mon *primo*, José, il fait une belle pierre pour vous.

– Combien je lui devrai ?

– Ce n'est pas cher, m'indique Alonzo en souriant. C'est très bon. J'ai dit que vous, vous êtes une amie de Bettina. Vous me dites ce que vous voulez…

Alonzo fait le geste d'écrire. Puis il prend le seau, se dirige vers la maison, soudain il se retourne, avec un sourire qui révèle un trou dans sa dentition.

– Bettina dit que vous voulez peut-être un jardin. Je nettoie du terrain ?

– On verra, dis-je en soupirant. Finissons d'abord le reste.

Parmi les rares voitures, garées sur le parking du Rio Bravo, je ne vois pas celle de Bettina, mais elle est peut-être venue avec Miguel. Le vent sent la pluie et, fouettant les pans de ma veste, m'oblige à la serrer autour de moi.

La cuisine, chaude et embuée, embaume le poivron grillé, la *sopaipilla* frite. Miguel et Raúl, le frère de Felicia, travaillent en musique et le son est si fort qu'ils ne m'entendent pas entrer.

– Miguel !

Il me fait un signe de la main.

– *¿ Dónde está Bettina ?*

– *No se*, me répond-il, sans son habituel sourire jovial.

– Quand vient-elle ? *¿ Cuándo ?*

– *No se*, fait-il, les yeux sur la pâte qu'il est en train de pétrir.

– Miguel, elle est malade ? Elle va bien ?

Il s'immobilise, plonge son regard dans le mien, cherche visiblement les mots qui lui permettront de se faire comprendre clairement de l'enquiquineuse que je suis.

– Elle *es* pas ici.

– D'accord. *¿ Dónde está ?*

Pendant quelques instants, Miguel recommence à réfléchir.

– Elle est partie avec le cow-boy, dit-il finalement.

– Ed Farrell ? fais-je, ahurie.

Miguel hoche la tête, reprend son travail alors que je veux savoir depuis combien de temps elle est partie et quand elle reviendra. S'agit-il d'une simple escapade ou de quelque chose de plus sérieux ? Mais Miguel ne comprendra pas mes questions, ou bien je ne comprendrai pas ses réponses. De plus, l'absence de Bettina a l'air de le contrarier.

– Miguel, je peux avoir du potage ?

Il lève les yeux. Je lui montre la grosse marmite fumante sur le fourneau.

– *Sí. Por supuesto.*

À l'aide d'une louche, je remplis de soupe aux haricots noirs le plus grand bol que j'aie trouvé. J'ajoute une bonne cuillerée de crème aigre, une pincée de coriandre, du poivre vert, puis j'attrape deux tortillas et passe dans le restaurant en écartant les battants de la porte d'un coup d'épaule.

Seules quelques tables sont occupées. Les gens sont certainement restés chez eux pour finir la dinde de Thanksgiving. À la caisse, Felicia me sourit tandis que je retrouve ma table préférée, dans un coin, au fond de la salle. J'ouvre le journal d'Albuquerque qu'un gringo a laissé sur la chaise et le feuillette à la recherche d'un article de Rick, mais ne trouve rien.

La publicité pour les cadeaux de Noël commence déjà à pleuvoir. Pour la première fois depuis huit ans, je ne serai pas avec Rita. Comme Cassie ne fêtait jamais Noël — en revanche, nous célébrions le solstice d'hiver, jour de mon anniversaire —, j'avais été surprise par les habitudes très américaines de Rita. Elle surchargeait l'appartement de décorations, dessinait des flocons de neige sur les vitres, accrochait des rubans et des branches de sapin partout. Nous n'avons peut-être jamais eu un grand sapin — trop cher pour nos bourses —, mais les petits, à la silhouette un peu bancale, que nous achetions à bon prix dans les derniers jours précédant Noël, ont toujours scintillé de la première à la dernière branche. Rita collectionnait guirlandes, boules, étoiles, et autres décorations, depuis longtemps.

La première année, je lui ai dit que je ne voulais pas entendre parler de cadeaux, mais pour elle la tradition devait être respectée. Il fallait au moins que j'accepte ce qu'elle aurait envie de m'offrir. Comme elle était plus attachée à la quantité qu'à la qualité, la pile de cadeaux a souvent dépassé la hauteur de nos petits sapins.

Bien entendu, je me suis sentie obligée de lui rendre la pareille et, finalement, j'ai dû reconnaître que c'était amusant d'ouvrir les paquets, le matin de Noël, tout en buvant notre chocolat et en grignotant nos muffins. En général, il y avait un beau cadeau — une écharpe, un chemisier, des gants. Le reste n'était que de petites choses, que nous faisions nous-mêmes, ou de la pacotille rigolote. Telle cette plaque d'immatriculation pour mon pick-up, sur laquelle on pouvait lire : « Il faut savoir m'attendre ».

Je suis là, le regard fixé sur une série de CD et d'ordinateurs portables, enrubannés et présentés par de jolies filles, coiffées de bonnets de père Noël, en me disant que je comprends pourquoi le taux de suicides atteint des sommets pendant les fêtes de fin d'année, quand j'entends :

– Je peux m'asseoir ?

Je connais si bien cette voix masculine, qui me fait sursauter dans le calme du restaurant, que je pourrais la discerner entre mille.

Le chapeau à la main, sérieux, Will Cameron me semble beaucoup moins fringant que la dernière fois. Ses cheveux, plus longs, balaient le col de sa chemise écossaise et portent l'empreinte du stetson, comme chez tous les vrais cow-boys, juste au-dessus des oreilles. Me souvenant de ces cheveux sous mes caresses, je sens la chaleur me monter au visage.

– Bien sûr, dis-je.

Tandis que Will s'assoit en face de moi, j'ai une impression de déjà-vu.

Au Mami's. Le café tiède dans les grandes tasses blanches. Lui et moi bavardant à cœur ouvert — comme jamais je ne l'avais fait jusque-là —, vaguement conscients du reste du monde, tandis que la nuit et le froid se collaient contre la vitre.

Aujourd'hui, il semble que nous soyons, tous deux, brusquement incapables de prononcer un mot.

– Il y a trop de choses à dire, finit-il par déclarer. Je ne sais pas par où commencer.

– Qu'est-ce que tu fais ici ?

– Je suis venu déjeuner, m'explique-t-il, en posant son stetson sur la table. Et toi ?

– Je voulais voir Bettina, mais elle n'est pas là.

– J'ai été idiot la dernière fois… Je ne t'ai même pas demandé comment se sont passées toutes ces années.

Avant que j'aie le temps de répondre, Felicia s'approche de notre table. Will a le visage rougi par le froid et l'embarras.

– Je prendrai de ce potage, dit-il en montrant mon bol. Et des tortillas, et du thé glacé.

Je demande de l'eau.

– Raconte-moi, me dit Will quand Felicia s'est éloignée.

– C'est une longue histoire.

Bien que je marque une pause pour l'inciter à reporter cette conversation — en prétextant un rendez-vous, ou qu'il comprenne que je n'ai pas beaucoup de temps —, je sais pertinemment qu'il ne réagira pas.

– Eh bien, ma mère n'est plus une inconnue pour moi.

– Tu l'as rencontrée ?

– Elle est morte.

J'éprouve un plaisir pervers à surprendre les gens de cette façon.

– C'est vraiment triste, Avery.

– Au moins maintenant je suis fixée. Elle s'appelait Isabel Colinas. Elle avait grandi au Colorado, puis elle était descendue à Santa Fe pour s'épanouir en tant qu'artiste.

– Et elle a réussi ?

– Oui. Dans l'art texture. Elle faisait des tableaux sur des tissus. J'ai vu certaines de ses œuvres. Elle a eu pas mal de succès.

Felicia revient avec le potage de Will et des tortillas enveloppées dans une serviette. Je le regarde lire les étiquettes sur les différents flacons de sauce pimentée, jusqu'à ce qu'il trouve la « Fusion nucléaire » dont, aussitôt, il additionne copieusement son potage.

Il goûte, rajoute un peu de sauce, puis me demande :

– Comment as-tu découvert tout ça ?

– Grâce à notre ressemblance.

Brusquement je me penche vers lui, jetant ma réserve aux orties.

– J'ai même ses yeux, Will.

Le fait de prononcer son nom à haute voix m'électrise. Alors, très vite, j'enchaîne :

– Elle possédait un petit chalet, pas loin d'ici. Dans un coin qu'on appelle Bluebird Canyon. Il avait besoin d'être retapé et Bettina m'a trouvé quelqu'un. Je voulais faire le point avec elle aujourd'hui. Et toi, qu'est-ce qui t'amène ?

– J'espérais te voir, me déclare Will.

J'en ai le souffle coupé.

– Chaque fois que je passe par ici, je m'arrête, continue-t-il, tout en sucrant son thé. Et c'est toujours dans l'espoir de tomber sur toi.

– Où veux-tu en venir ?

Will pose sa petite cuillère et me regarde.

– Beaucoup d'eau a coulé sous les ponts, Avery. Il nous est arrivé pas mal de choses. Mais je continue à croire que nous avons encore des choses à nous dire.

Étant donné les circonstances, j'ai du mal à le gratifier d'un regard glacial.

– Je ne sais pas ce que tu as à me dire, mais il vaudrait mieux que ce soit quelque chose que ta femme pourrait entendre.

– Ma femme ?

– Celle que j'ai connue sous le nom de Randi Klein. Tu te souviens ?

– Pas très bien. Nous sommes divorcés depuis trois ans.

Ma botte glisse du barreau de la chaise.

– Et tu continues à porter ton alliance ?

– Oui. Pour me rappeler qu'une bêtise de ce genre me suffit.

Tandis que Will commence à manger, j'observe ses gestes prudents, sa façon polie de se tenir à table. Les épices font apparaître des perles de sueur sur son front.

– Qu'est-ce qui s'est passé ?

Il s'adosse à sa chaise.

– Rien de spécial. J'étais… malheureux. Elle aussi.

– Pourquoi était-elle malheureuse ?

– Elle détestait Florales, depuis toujours.

– Alors pourquoi t'a-t-elle épousé ? Tu n'avais jamais manifesté l'intention d'aller vivre ailleurs.

– Kevin l'avait laissée tomber pour Stacey… On s'est fait des confidences, on a partagé nos déceptions, et on s'est retrouvés mariés sans trop savoir comment.

– Ensuite ?

– C'était un mariage voué à l'échec dès le début, de toute façon. Il vaut mieux être malheureux seul qu'à deux… Toujours est-il qu'elle s'est mise à boire pour oublier. Moi, j'ai préféré la compagnie de mes chevaux. Un jour, elle est partie, et quelque temps après j'ai reçu des papiers d'un avocat de Denver.

– Pour quelle raison as-tu finalement quitté le ranch ?

– Je n'ai pas eu le choix. Il a fallu que je vende mes parts à Chuck pour répondre aux exigences de Randi. Mais je pense qu'il ne pouvait rien m'arriver de mieux. Avec mon frère, j'étouffais. Je suis l'associé de Darryl depuis deux ans maintenant. Nous avons un ranch du côté du Pecos Monument.

– Tu es heureux là-bas ?

– Au fond, c'est ce que j'avais toujours souhaité.

Felicia réapparaît pour reverser du thé à Will. Dès qu'elle est repartie, il ajoute :

– En tout cas, ça me convient.

L'estomac noué, je détourne les yeux quand il cherche mon regard.

– Les choses ont bien changé, Avery. Pour moi, comme pour toi. Le gosse de riches est devenu un cow-boy pauvre, souligne Will en essayant de rire. En ce qui te concerne, j'ignore où tu en es, mais…

Devinant les risques d'une telle conversation, je me dis que je dois m'en aller, tout de suite.

– Will…

– Une minute, Avery. Une minute. Laisse-moi finir ma phrase. Je voudrais qu'on se revoie un de ces jours.

– Je ne suis pas tout à fait seule…

– Il ne s'agit pas de faire comme si on ne s'était jamais séparés, poursuit Will, soudain frappé de surdité. Mais maintenant que je sais où te trouver, je ne peux plus simplement passer mon chemin.

Will sort de la poche de sa chemise des bouts de papier parmi lesquels se trouve une carte professionnelle, tachée de terre, qu'il me tend.

Je lis : « Stony River Ranch, Darryl Hutt, Will Cameron (505) 435-1227. »

– Réfléchis. Et puis appelle-moi. D'ici Noël. Autrement je saurai ce que ça veut dire.

– J'ai été heureuse de te revoir, Will, dis-je, en me levant et en mettant sa carte dans ma poche.

En arrivant à mon pick-up, je regarde le ciel et le découvre chargé de nuages lourds comme le ventre d'une femme enceinte.

Puis je cherche mes clés, quand j'entends la porte du restaurant se refermer de nouveau.

– Avery.

Des pas se précipitent sur le gravier du parking. Une main m'empêche d'ouvrir la portière. Will est si près de moi que son odeur m'enveloppe. Je discerne sa barbe claire. Sur ma nuque, je sens le souffle froid du vent.

– Je sais pourquoi tu t'en vas.

Tandis que je ravale ce que je pourrais lui rétorquer trop facilement, il glisse un doigt calleux sous l'encolure de mon tee-shirt, soulève la chaîne aux maillons en forme de S, fait émerger le petit cœur d'or.

– Tu as manqué de confiance en moi, m'affirme-t-il.

L'espace d'un instant, le cœur se balance au bout de son doigt. Puis Will le laisse retomber sur ma poitrine.

– Et ça continue, ajoute-t-il.

Il s'éloigne déjà lorsque je sens les premières gouttes de pluie.

24

À PEINE AI-JE TROUVÉ le sommeil qu'un bruit me réveille. Un bruit faible mais continu comme un grésillement de radio. Je me retourne sur le dos et, dans l'obscurité et le froid, je regarde les reflets lumineux, aux formes étranges, que la verrière dessine au plafond.

Ce que j'entends est un bruit d'eau.

Je m'assois sur le lit, sortant de ma torpeur comme on retire un manteau puis, rejetant l'édredon, je m'apprête à me lever quand mes pieds rencontrent un tapis imbibé d'eau. Je cours vers la salle de bains, au risque de tomber sur le carrelage du couloir, je tâtonne pour trouver l'interrupteur. Le sol est mouillé, mais je ne vois pas d'eau couler.

Au pas de course, je traverse le séjour inondé. Dans la cuisine, l'eau m'arrive presque aux chevilles. La lampe, au-dessus de la cuisinière, est allumée et le carrelage brille d'un éclat sombre sous l'eau qui se répand par vagues successives. J'ouvre le placard sous l'évier : l'eau gicle d'un petit tuyau blanc.

Agenouillée dans cette marée froide, j'écarte précipitamment le panier en plastique contenant les produits d'entretien, tourne la valve métallique d'un côté — sans résultat —, puis de l'autre. Le flot s'amenuise, n'est bientôt plus qu'un filet qui s'arrête de couler en quelques secondes.

Tremblante de froid, je retourne dans la chambre, passe un pull et un jean. Réveillée, certes, mais l'esprit confus, les idées vacillantes comme une femme ivre dans une chambre obscure, je n'imagine rien de mieux que d'aller sortir un balai, puis d'ouvrir la porte d'entrée et de repousser l'eau à l'extérieur. Et rien n'est plus vain puisque le balai chasse l'eau dans toutes les directions, sauf dehors.

Découragée, j'abandonne, me chausse et file vers la villa. J'ai du mal à croire qu'il n'est que minuit trente. Il faut que je fasse quelque chose, mais quoi, je n'en sais rien.

Je réchauffe du lait dans le micro-ondes pour me faire une tasse de chocolat à la cannelle. Appuyée contre le comptoir, je bois avec délice, me sentant revivre. Mes tremblements cessent. Mon esprit retrouve sa clarté.

Paul doit être assuré, mais j'ignore où et je n'ose chercher le dossier dans les tiroirs de son bureau. Mais, me souvenant qu'il a inscrit le numéro de téléphone de son hôtel sur un bloc de Post-it, près de l'entrée de la cuisine, je me résous à l'appeler à cette heure indécente afin de pouvoir prévenir l'assurance dès l'ouverture des bureaux. La standardiste de l'hôtel me passe la chambre de Paul. Au bout de quatre sonneries, une voix féminine répond.

– Allô ?

Que dire ? Est-ce une erreur ? Je perçois d'autres voix, des rires, de la musique.

– Je n'entends rien, fait la femme.

Ce n'est pas à moi qu'elle s'adresse, mais à la personne qui prend l'appareil.

– Allô ?

– Paul, c'est Avery.

– Avery ? Que se passe-t-il ? Ça va ? Attendez une seconde.

Paul met la main sur le micro. Quand il revient en ligne, le silence s'est fait derrière lui.

– Qu'y a-t-il ? Il est arrivé quelque chose ?

– Un petit accident. Une fuite sous l'évier. Dans la villa d'amis. Tout est inondé. Je suis navrée. Je dormais et…

– Ce n'est pas grave. J'ai eu peur. Et vous, vous n'avez rien ?

– Non. Ça va. Mais je voudrais appeler votre assureur demain matin et je ne connais pas son numéro.

– Regardez dans le répertoire, sur mon bureau. Sous le nom de Travis. Eugene Travis. Il y a deux ou trois numéros. Vous essaierez de le joindre sur son portable.

– D'accord. Je venais de m'endormir. Ça s'est produit brusquement. Il y a pas mal de dégâts.

– Ne vous en faites pas. Eugene prendra les choses en main.

J'imagine facilement Paul, le front soucieux, les yeux reflétant cette constante préoccupation que je lui inspire, qui ne me surprend plus, dont je ne pourrais même plus me passer bien que je m'efforce de l'ignorer.

– Vous êtes sûre que tout va bien ?

– Oui. J'ai simplement sommeil. Et froid.

– Dormez dans ma chambre. Il y a des draps propres dans l'armoire.

– OK. Désolée de vous avoir dérangé.

J'entends un soupir.

– Avery, vous ne me dérangez jamais.

– À dimanche.

Mes pas résonnent dans l'escalier, puis dans le couloir qui mène à la seule porte qui soit ouverte. Autrement, le silence règne dans la maison. Je suis habituée au silence, mais dans de petits espaces. Ici, dans cette villa, il devient impressionnant. Comment Paul le supporte-t-il ? Est-ce qu'il le pousse à chanter sous la douche ? À se parler à haute voix ? À mettre la télévision ? La stéréo ?

Sa chambre me surprend. Petite, sobrement meublée, elle a quelque chose d'une cellule de moine, en dépit des couleurs qui l'agrémentent : l'ocre des murs, le bleu de l'édredon, le rouge de l'antique table de chevet, le jaune vif de la bibliothèque artisanale, sous la fenêtre à l'encadrement bleu.

La penderie n'a pas de porte. Sans doute est-ce une ancienne salle de bains transformée en alcôve, remplie de vêtements, noirs et gris, soigneusement suspendus à des cintres. Sur l'une de ses étagères, il y a trois paires de serviettes noires et, derrière elles, trois paires de draps blancs.

Je fais le lit en vitesse mais, toujours transie de froid, je reste habillée et m'allonge sur le dos, rigide comme un cadavre, le duvet sous le menton. Mes yeux s'habituant peu à peu à l'obscurité, je suis du regard les poutres sombres qui traversent tout le plafond, surmontées de petites *latillas* croisées. Puis je songe à la fête que j'ai interrompue, à la femme qui a décroché le téléphone.

Quand j'étais petite, à l'orphelinat Carson, il m'arrivait, la nuit, de ressentir de curieuses sensations dans les jambes. J'avais le sentiment qu'elles marchaient toutes seules. Plus tard, alors que j'étais étudiante à Albuquerque, une infirmière m'a appris qu'il s'agissait d'impatiences, connues sous le nom de syndrome d'Ekbom. J'en ai finalement été débarrassée, mais cette impression de mouvement incontrôlable me le rappelle. Je me lève, m'approche de la fenêtre, ouvre les volets bleus, scrute le jardin plongé dans le silence et les ombres. D'ici, je peux voir les lampes solaires éclairer faiblement l'allée, mais la piscine m'est cachée.

Je décroche ma veste, enfile mes bottes et sors.

Dans Canyon Road, déserte, toutes les galeries sont à l'abri de leurs stores métalliques, à l'exception de quelques-unes dont les vitrines sont restées éclairées. Sous le vent, les arbres se plient en deux comme des acteurs obséquieux, pendant que les nuages laissés par l'orage filent à travers le ciel, avec la lune en toile de fond.

Dans une cour, des mobiles représentant de curieux oiseaux de métal tournent dans le vent, battent l'air tels des fantômes, mais des fantômes craintifs — silhouettes fuyantes, souvenirs de choses passées ou évocations de ce qui existe mais m'échappe… Quand je ne sens plus mes pieds, je rebrousse chemin pour regagner San Tomás en espérant me réchauffer cette fois-ci.

*

Le samedi matin, à neuf heures, Cookie m'appelle en me disant que le magasin est fermé pour cause d'inventaire, mais que je peux quand même passer prendre les affaires d'Isabel si je le désire.

Quand j'arrive, vers treize heures, elle m'accueille, un bloc-notes dans une main et la moitié d'un sandwich au thon dans l'autre. Un foulard de coton d'un vert lumineux cache complètement ses cheveux.

– Bonjour, me dit-elle, en se penchant vers moi pour m'embrasser. J'espère que vous avez faim. J'avais commandé un seul sandwich, mais celui qu'ils m'ont apporté a la taille d'une barque.

– Je ne me ferais pas prier pour en prendre un morceau.

– Parfait. Essayez de trouver un coin pour vous asseoir. Ne faites pas attention à tout ce bazar.

Je vois des cartons, des boîtes métalliques, des pots, des sacs en papier. Les étagères, poussiéreuses, ont toutes été vidées. Les tiroirs laissent apparaître leurs fonds tapissés de vieux papiers fanés. Deux grandes poubelles menacent de déborder.

– C'est comme ça que vous faites un inventaire ?

– Il fallait aussi un bon nettoyage.

Sa moitié coupée en deux, le sandwich a enfin une taille normale.

– Tenez. Et si vous avez encore un petit creux après ça, vous pourrez finir le reste. Vous voulez boire quelque chose ?

– De l'eau. Merci. On dirait que vous avez du pain sur la planche.

– Pauvre Liza. Elle n'avait sans doute fait aucun rangement depuis des années. Quand je suis arrivée ici, je n'ai pas cherché à prendre les choses en main. Puis à partir du moment où Liza est tombée malade je n'ai jamais eu le temps de mettre de l'ordre.

– Voulez-vous que je vous aide ?

– Oh, non ! Vous savez, c'est un sale boulot.

– Ça ne me dérange pas. Paul est absent jusqu'à demain soir, et je n'ai rien de particulier à faire.

– Paul ?

– Paul DeGraf.

– Le… fiancé d'Isabel ?

Je ris.

– Oui. Je vis dans sa villa d'amis en ce moment. Et elle a été inondée cette nuit. Un problème de valve disjointe sous l'évier.

– Où dormez-vous alors ?

– Dans sa… dans la villa principale.

Cookie lève un sourcil, mais se tait.

– Je sais. Ça peut paraître curieux. Mais j'ai perdu mon travail au Dos Hombres et ma colocataire est partie pour Albuquerque avec son petit ami. J'étais dans un tel pétrin que Paul m'a proposé la villa d'amis, en échange d'un peu de cuisine. Et en attendant de retrouver du travail, bien sûr.

– Dans quel domaine ?

– La restauration. Comme serveuse. C'est à peu près tout ce que je sais faire.

– Il me semble que vous connaissez bien les plantes.

– Je ne connais que ce que j'ai appris de Cassie, la vieille dame chez qui j'ai vécu pendant quelques années. Elle avait ses remèdes maison. À moitié à base de plantes. Le reste tenait du vaudou, ou quelque chose de ce genre.

– Pourquoi pas ? remarque Cookie, en souriant. C'est elle qui vous a donné la recette de votre infusion ?

– Oui.

– Eh bien, elle est très efficace. Vous savez, je pourrais en vendre.

J'avale la dernière bouchée du sandwich.

– En faire commerce ne m'est jamais venu à l'esprit. Vous croyez vraiment que ça aurait un sens ?

– C'est-à-dire ?

– Cassie avait un jardin, faisait sa récolte et ensuite du troc. Si je devais vous acheter les plantes, avant de vous vendre mes infusions, les clients n'y trouveraient pas leur compte.

Cookie éclate de rire.

– Il est bien évident que je ne vous ferais pas payer la matière première, voyons ! Réfléchissez à ma proposition. Je suis sûre qu'on pourrait faire quelque chose, et j'en serais très heureuse. En attendant, si vous avez toujours envie de m'aider, nous pouvons commencer par vider ces boîtes. J'ai l'impression qu'elles sont ici depuis l'époque des conquistadores.

L'après-midi passe si lentement qu'il semble s'écailler comme la peinture d'une vieille porte. L'air est chargé d'odeurs variées émanant des plantes séchées, de l'alcool médicinal, du vinaigre, d'huiles essentielles de romarin, de menthe verte, d'eucalyptus. Il y a aussi la vapeur qui monte de la bouilloire que Cookie laisse constamment chauffer, beaucoup plus pour humidifier l'atmosphère que pour le thé, et le tout crée une ambiance étrangement douillette.

À dix-sept heures, nous faisons une pause et observons, satisfaites, le résultat de nos efforts. Nous nous sommes débarrassées des plantes, des infusions, des onguents trop vieux. Les étagères sont propres et recouvertes d'un nouveau papier, les boîtes en fer, les bocaux, les flacons sont lavés et sèchent sur l'évier, dans l'arrière-boutique, cette petite pièce où Isabel a vécu pendant un certain temps, où Liza a dormi en attendant la mort.

– Nous nous sommes franchement défoncées, dis-je, faisant rire Cookie.

– On peut voir les choses comme ça.

La gorge desséchée par l'air poussiéreux, je bois avidement l'eau glacée que Cookie vient de sortir du petit réfrigérateur comme s'il n'y avait rien de meilleur au monde.

Prenant l'un des bocaux d'apothicaire collectionnés par sa tante, elle le fait tourner entre ses mains, regarde la lumière traverser le verre cathédrale, bleuté, épais. Puis elle plisse le front.

– Les étiquettes ont été mouillées au lavage et vont s'effriter maintenant. Je n'ai plus qu'à toutes les refaire. La plupart étaient illisibles de toute façon.

– Vous devriez peut-être les rédiger en espagnol, fais-je spontanément, comme on pense tout haut.

Mais Cookie prend ma remarque très au sérieux.

– Vous avez raison. Elles étaient en anglais et en latin, et peu de gens aujourd'hui ont en tête les noms latins des plantes. Ils connaissent plutôt les noms espagnols. Je pourrais me débrouiller en gardant la traduction latine à portée de la main. Quelle bonne idée vous avez eue, Avery ! Je connais déjà quelques noms : *ruda* signifie rue, *romero*, romarin. *Yerba buena*, c'est la menthe…

– *Albacar*, le basilic, dis-je en revoyant le visage de Cassie. *Ajenjibre*, gingembre. *Canela*, cannelle.

Nous nous renvoyons les mots, comme des balles de tennis : *Mananzilla*, *álamo*, *toronjil*… J'aime les sons qui tournent dans ma tête. On dirait une chanson porteuse d'un sens secret.

Cookie exécute quelques pas de flamenco.

– *Sabino macho*. Oh, que c'est excitant ! Il faut que j'achète un livre.

Puis elle se tapote l'estomac.

– Mais d'abord, une pizza. C'est moi qui offre. Avec ou sans anchois ?

– Avec.

– Vous me plaisez, Avery.

J'ignore à quoi je m'attendais. Peut-être à un sac à provisions, à un carton de livres, de magazines, de vieux vêtements, sinon à des photos — enfin, à des bricoles qu'Isabel aurait laissées derrière elle lorsqu'elle s'était installée chez Paul. Ce que Cookie sort de sa voiture est en fait une valise, de belle taille et qui paraîtrait toute neuve si elle n'était couverte de poussière. À l'évidence, elle n'a jamais servi. Ses serrures sont fermées et, comme elle pèse une tonne, Cookie m'aide à la transporter dans mon pick-up.

– Vous êtes sûre qu'elle appartenait à Isabel ?

– Regardez l'étiquette suspendue à la poignée. Elle porte l'adresse de ma tante mais le nom d'Isabel. Vous savez, il y a longtemps qu'elle m'intrigue. Si elle avait été ouverte, je connaîtrais déjà son contenu.

Cookie s'interrompt un instant, légèrement embarrassée.

– Il y a peut-être là-dedans une œuvre que personne n'a encore vue.

– Merci d'avoir transporté cette valise jusqu'ici. Dès que j'aurai trouvé un moyen de l'ouvrir, je vous dirai ce que j'ai découvert, Cookie.

Les valises me semblent si faciles à forcer que je me demande pourquoi les gens prennent la peine de les fermer. Je fais tourner le pic à glace d'un côté, de l'autre, et les serrures cèdent. Alors, je rabats le dessus de la valise contre le canapé du bureau de Paul.

Le feu allumé dans la cheminée fait briller un tissu rouge, éclatant que je prends entre mes mains et secoue.

C'est une robe. Plus exactement : *la* robe, à manches longues, l'encolure haute, fluide comme de l'eau. La manche gauche est brodée, au poignet, de fleurs serrées qui s'éparpillent de plus en plus vers le haut, tout en s'enroulant autour du bras comme une plante grimpante. Sur l'épaule, il n'en reste qu'une : l'ancolie bleue, réplique de celle de ma brassière.

Sans une seconde d'hésitation, je me débarrasse de mes baskets et de mes vêtements. Puis j'enfile la robe. L'odeur de renfermé m'emplit les narines, provoquant un éternuement tonitruant.

À défaut de me voir, je ressens l'impression magique d'une étreinte soyeuse. J'ai envie de me laisser entraîner par une mélodie qui me donnerait des ailes et je me surprends à rire en imaginant que je m'envole. Comme autrefois, à l'orphelinat, lorsque je sautais de la balançoire sans penser à l'atterrissage sur le sol aussi dur que du béton.

En chaussettes, je me dirige silencieusement vers la salle de bains, baignée de lumière, où je rencontre mon image dans le miroir à trois faces de la coiffeuse.

Jésus ! Je suis Isabel.

Je me tourne à moitié, regarde par-dessus mon épaule, tire mes cheveux en arrière, virevolte jusqu'au vertige. Bien que la robe soit un peu trop large, un peu trop longue, j'ai le sentiment qu'elle a été faite pour moi. Je m'y sens attachée comme à aucun autre vêtement. Dressée sur la pointe des pieds, je m'imagine en escarpins. Ou en bottes de daim. Ou encore pieds nus, courant à travers le jardin, une nuit de lune laiteuse, telle l'héroïne d'un roman sentimental.

Soudain, je me souviens de ce qui est arrivé à Isabel le soir où elle a couru dans le jardin.

Enlevant la robe, je constate qu'elle est trouée à la hauteur du coude. Cookie pourrait peut-être arranger ça. Recoudre ou rentrer un peu de tissu. Je me vois déjà dans cette robe le soir de Noël.

La valise contient un tas d'autres vêtements. J'en soulève un bord délicatement, afin de ne pas tout mettre sens dessus dessous et je compte : sept slips noirs, deux soutiens-gorge blancs, deux rouges, deux noirs. Une combinaison. Des jeans. Un pantalon en tricot et une jupe en soie noirs. Des ballerines noires, une paire d'espadrilles. Quelques tee-shirts, une blouse en coton blanc, agrémentée de volants à l'encolure et aux poignets. Un gilet de toréador rouge, brodé de fleurs et de longues tiges vertes entrelacées — la marque d'Isabel. Un pull en soie bleu-vert, avec un drapé sur la poitrine. Une chemise de nuit en coton, très sage, qui tranche sur le reste.

Je trouve aussi des foulards et, dans une boîte en plastique vert, comme celles que Rita utilisait pour ranger ses pulls, du courrier qui n'a jamais été ouvert. Il y a une enveloppe de Katalysis, une autre provenant d'un atelier de confection de bijoux en perles, deux magazines. Je soulève la boîte doucement, mais le couvercle me reste entre les mains tandis que le reste tombe sur le carrelage et se fend, me donnant l'impression d'assister à l'explosion d'un feu d'artifice quand son contenu gicle dans tous les sens.

C'est une marée de pelotes de fils variés : épais, bruts, fins, soyeux, pelucheux, irisés qui s'étale à côté d'une boîte pleine de petites perles, de paillettes, de boutons, de *milagros* — ces breloques d'argent qui symbolisent des prières. C'est un flot de rubans, de galons, de franges qui se déroulent comme des serpentins, de tissus — laine, coton, soie, lin, satin, polyester, velours, toile, dentelle, denim, tricot à grosses mailles, organza —, de morceaux de feutre, de cuir, de daim. Certains sont de la taille d'un mouchoir. Il y a de l'uni, des rayures, de l'écossais, des imprimés. Et tout cela jonche le carrelage du bureau de Paul.

Pièce par pièce, je remets les tissus dans la boîte, en commençant par les lainages et le velours. Par-dessus, je pose la toile, le coton, le denim, puis le tricot et les tissus synthétiques qui glissent entre mes doigts comme du mercure, enfin les dentelles, l'organza, les soies. Je rembobine la passementerie, les fils, range dans des compartiments séparés les perles et les boutons. Il y en avait de minuscules que je ne peux pas retrouver. Ils ont dû disparaître sous le canapé, sous le bureau, ou se sont incrustés dans le tapis oriental. Chaque fois que quelqu'un entrera dans cette pièce, un peu de l'héritage d'Isabel crissera sous ses talons.

Au moment où je soulève la boîte pour la replacer dans la valise, je vois un dossier posé sur le fond. Cassé, le fermoir métallique m'égratigne le doigt, mais qu'importe. Je sors une masse de feuilles de papier dont certaines sont vierges. Les autres portent des croquis, des notes concernant les matériaux à utiliser et les techniques à employer. Entre mes mains tremblantes, j'ai des œuvres d'Isabel à l'état de projets.

Il y a des croquis si sommaires que seule l'artiste pouvait imaginer ce qu'ils donneraient. Parmi les plus détaillés, je reconnais une sorte de long tablier qui se noue sur les côtés. Un *pinafore*, comme l'a noté Isabel, et le dessin en est incroyablement élaboré. On dirait un kaléidoscope. Sur une autre feuille, je découvre un kimono réversible : dessins géométriques sur un côté, luxuriant paysage tropical, tout en courbes sensuelles et gracieux contours de fleurs, sur l'autre face.

Je retiens quelques instants ma respiration devant le croquis d'une femme, en jupe longue et cape avec capuchon, et qui est intitulé : *La Llorona*. Tous les enfants du Nouveau-Mexique connaissent *La Femme qui pleure*. Un jour, Juana m'a raconté que ses parents la menaçaient, lorsqu'elle faisait des bêtises, de la laisser dehors pour que *La Llorona* vienne la prendre. En revanche, Esperanza me disait toujours que la femme qui marchait, en pleurant, la nuit, le long de la rivière, cherchait les enfants qu'elle avait perdus. Elle n'avait rien d'effrayant. Elle était simplement triste.

Je remets tout dans la valise, méticuleusement, à la manière d'Isabel, en espérant pouvoir la refermer. Puis, au dernier moment, je remarque une pochette élastique. J'y glisse ma main et en retire deux choses qui me procurent une nouvelle émotion.

Un passeport bleu. Un billet d'avion.

J'ouvre le passeport. Isabel Marieta Colinas me regarde. La photo d'identité n'altère en rien sa beauté. Elle s'est appliquée à paraître sérieuse, digne, mais ses yeux reflètent une envie de rire, comme si elle se racontait une blague. L'adresse — 2501 Rivera Street — est celle de Liza.

Le billet d'avion devait la conduire d'Albuquerque à Madrid, *via* New York, le 15 septembre 1991. Le retour porte la mention : « Open ».

Assise sur mes talons, le regard fixé sur ces papiers, je me demande pour quelle raison Isabel allait à Madrid. Serait-elle partie seule ? À la rencontre d'un ami ? D'un amant ? En vacances ? Pour affaires ? Avait-elle vraiment l'intention de revenir ?

En tout cas, je parierais volontiers que quel qu'ait été son projet, il excluait Paul DeGraf.

Dimanche soir, juste avant vingt heures, j'entends des voix dans le hall. La porte se ferme et, une minute plus tard, Paul entre dans la cuisine où je suis assise au comptoir, devant des livres de cuisine, un bloc-notes, des listes froissées, un paquet de marque-pages. Paul a le bronzage des skieurs, rehaussé par la typique marque pâle des lunettes.

– Avery.

Il vient vers moi en me donnant l'impression qu'il va me prendre dans ses bras. Mais il pose ses mains sur mes épaules et me donne un chaste baiser sur le front.

– Vous allez bien ?

– On ne peut mieux. J'achève le menu du réveillon de Noël. Votre assureur est venu hier et a laissé une enveloppe pour vous. Je l'ai mise sur votre bureau. Il a dit que vous devriez changer de purificateur d'eau.

– C'est déjà fait. Le problème doit venir de la pression.

– Alors comment s'est passé votre séjour ?

Nous sommes confortablement installés dans le canapé de cuir, un grand ballon de vin rouge à la main.

– Sans surprise, répond Paul, avec un sourire rêveur. Les pistes étaient parfaites, mais Hemmings n'a cessé de faire le malin, de descendre les pentes à une vitesse folle, de se servir de la moindre bosse comme d'un tremplin. Et il nous criait que nous n'avions pas de cou...

Paul s'interrompt en rougissant, de façon charmante, jusqu'à la racine des cheveux.

– Chaque soir nous sommes restés trois heures à table…

– Ça devait vous rappeler la France, non ?

– Les Français ne dînent pas pendant trois heures tous les jours. Surtout quand il faut être au remonte-pente à huit heures.

Je lance à Paul un regard en biais.

– C'était impératif ? Vous aviez un revolver sur la tempe ?

– Nous n'avions que quatre jours. Il fallait en profiter au maximum.

– Au fond, DeGraf, vous n'êtes qu'un jouisseur forcené et méprisable, fais-je en riant.

Son rire répond au mien, puis il appuie sa tête contre le dossier du sofa, soupire.

– Vous êtes si bonne avec moi, Avery.

Prise de court, je regarde la cheminée, les flammes couleur safran. Le bois du dernier automne crépite et chuinte dans le silence.

– Alors qu'allez-vous préparer pour le réveillon ?

– Un dîner français. Dans une ambiance française.

– Vraiment ? Mais vous savez qu'ici on commence la soirée en descendant Canyon Road. On est en plein Nouveau-Mexique. Les gens s'attendent à des plats du pays. Ou carrément mexicains.

– Je ne suis pas pour donner aux gens ce qu'ils attendent.

– Ah… Dans ce cas, expliquez-moi comment vous voyez la soirée.

– D'abord, il faut enlever ses chaussures pour les mettre sous le sapin. Chacun aura ses chaussons.

Les yeux brillants, Paul sourit à ses souvenirs.

– J'avais oublié cette coutume. Je vois que vous vous êtes documentée. Et ensuite ?

– On s'assoit. On mange des canapés au saumon avec de l'aneth. On débouche le champagne. Du Pol Roger, peut-être ?

– Après ?

– On passe aux huîtres. Toujours avec du champagne. D'accord ?

– D'accord, répète Paul, en riant cette fois-ci.

– Ensuite, il y aura du gibier, garni de champignons, d'épinards, de purée de marrons, et servi avec un château-margaux.

– Avery…

– Puis une salade verte. Et enfin la bûche de Noël. Du café. Ou du déca.

– On s'arrête là ?

– Pour le dîner, oui. Mais il restera à ouvrir les petits cadeaux du père Noël.

Paul soupire.

– Que prévoyez-vous ?

– Des meringues, des truffes au chocolat, des marrons glacés.

– Et le 26, je me déclare en faillite !

– Allons, de la générosité ! Nous parlons de Noël.

– Je croyais que vous ne vous sentiez pas concernée.

– C'est vrai. Mais j'ai trouvé que c'était l'occasion de faire de la bonne cuisine. Maintenant si vous souhaitez quelque chose de plus simple…

– Non. Votre idée me plaît. Ce sera un retour à mes racines.

– Comment étaient les repas au Whistler ?

– Très médiocres. Surtout comparés à ce dont j'ai pris l'habitude, précise Paul en souriant. Et je n'avais jamais bu d'aussi mauvais cognacs. C'est ce qui m'a poussé, ajoute-t-il après une brève hésitation, à acheter de l'armagnac et à inviter tout le monde dans ma chambre, samedi soir.

Je m'abstiens du moindre commentaire, bien que je sois très curieuse de connaître le nom de ses invités. Par ailleurs, pourquoi s'est-il senti obligé de me donner une explication ?

C'est fou ce que l'argent rend efficace... En l'espace d'une semaine, la villa d'amis est remise en état, nettoyée, de nouveau habitable. Il reste tout de même une humidité ambiante qui, la nuit, me pénètre jusqu'aux os, si bien que je me réveille gelée et engourdie. L'atmosphère n'est plus la même.

Un matin, pendant que Paul est à la Pinnacle Gallery, je traîne la valise d'Isabel jusqu'à ma chambre, la glisse sous le lit. Je ne veux pas qu'il la voie. Je ne veux pas non plus chercher à savoir pourquoi.

Je m'aperçois que je passe beaucoup plus de temps dans la cuisine de Paul que dans la villa d'amis, où je ne retourne finalement que le soir, quand j'ai fini de ranger. Si j'ai besoin de téléphoner, j'y fais un saut dans la journée.

Le premier vendredi de décembre, je réussis à joindre Nancy Wethersby, à Katalysis, mais mon nom ne lui dit rien.

– J'ai parlé à quelqu'un pendant que vous étiez au Honduras. Cette personne m'a dit que je devrais rappeler à votre retour.

– C'est à propos du prêt pour les tricoteuses, au Salvador ?

– Pas du tout. C'est au sujet de ma mère. Isabel Colinas.

– Oh, mon Dieu ! Avery James, oui. Pardonnez-moi. Effectivement, Alice m'a dit que vous aviez appelé. Je suis vraiment distraite. Je suis en plein bilan et je ne sais plus où j'ai la tête. Je suis ravie de vous entendre. Mais Alice ne m'a pas précisé ce que vous désiriez…

Je m'assois sur le bord de mon lit.

– Vous allez certainement être étonnée, mais je cherche des renseignements sur ma mère.

– Quel genre de renseignements ?

– Tout ce que vous voudrez bien me dire. Je ne l'ai jamais connue.

– Oh… Eh bien…

– Elle était très jeune quand elle m'a mise au monde. Elle sortait du lycée et elle m'a fait adopter.

Je n'en crois pas mes oreilles à m'entendre raconter l'événement qui a conditionné toute ma vie comme si je parlais de la pluie et du beau temps.

– Je n'ai découvert son identité que récemment, et c'est la propriétaire d'une galerie de Santa Fe qui m'a donné votre brochure.

– Je suis triste d'apprendre que vous n'avez jamais connu votre mère, déclare Nancy Wethersby, maintenant remise de sa surprise. C'était une femme merveilleuse. Nous avons travaillé ensemble pendant plusieurs années. Elle était très chaleureuse, très ouverte, et extrêmement généreuse. Elle était aussi — mais je pense que vous le savez si vous vivez à Santa Fe — une artiste de grand talent.

– Oui. Je l'ai appris. J'ai vu des photos d'elle. Je me demandais si… Bien sûr, je peux imaginer que vous ne l'avez pas forcément très bien connue, mais…

– Encore aujourd'hui, elle me manque. Nous avons fait plus d'un voyage ensemble. Au Guatemala. Au Honduras, m'explique Nancy, d'une voix qui perd son ton professionnel. Nous allions voir nos clients et c'étaient des moments exceptionnels. Vous connaissez notre activité ?

– J'ai lu la brochure.

– Tous les petits artisans que nous rencontrions appréciaient beaucoup Isabel. Elle était très belle et elle parlait espagnol couramment. Quand elle disparaissait, nous la retrouvions dans une cuisine, en train de jouer avec les enfants de la maison. Les enfants l'adoraient…

Nancy s'interrompt brusquement, puis reprend :

– Avez-vous vu ses œuvres ?

– Probablement la plupart.

– J'essaierai de retrouver nos lettres d'information de l'époque, et je vous en enverrai des copies. Il y a certainement des photos d'Isabel et des articles sur ses créations.

– Ce serait très gentil, à condition que ça ne vous dérange pas.

– Ça ne me dérange pas. Mais il faut me laisser quelques semaines.

– Bien sûr. Est-ce que… vous aviez des conversations personnelles ? Croyez-vous qu'elle était heureuse ?

Nancy marque une hésitation avant de m'expliquer :

– Eh bien, elle m'a dit un jour qu'elle était amoureuse. Elle semblait heureuse. Enfin… vous savez… autant qu'on peut l'être.

– Écoutez, madame Wethersby. Si vous estimez que je n'ai pas à fouiller dans la vie de ma mère, je le concevrai très bien.

– Loin de moi cette idée ! Mais si vous êtes sa fille, il n'en reste pas moins que je ne vous connais pas. Et puis ça me fait drôle de parler d'elle après toutes ces années.

– Je peux vous fournir des preuves de notre filiation. En tout cas, merci. Et si vous m'envoyez vos documents au 505 San Tomás, à Santa Fe, j'en serai ravie.

– Avery, attendez. Je suis désolée. Je ne voudrais pas être paranoïaque, mais par les temps qui courent, on ne sait jamais... Écoutez, je ne connaissais pas intimement Isabel, mais les voyages rapprochent et le genre de travail que nous faisons également. Pour certaines personnes — comme Isabel — l'implication émotionnelle est forte et fait tomber les défenses. Elle me donnait une impression de tristesse au fond d'elle-même. Comme s'il y avait un grand vide dans sa vie. J'ignorais totalement qu'elle avait eu une enfant, mais maintenant je dirais que ceci expliquait cela.

Nancy soupire avant de conclure :

– J'espère que j'ai pu vous être utile.

– Oui. Merci d'avoir pris le temps de me répondre.

Je me renverse sur le lit. Oh, merde, Isabel... Tu étais chaleureuse, généreuse. Tu aimais donner, n'est-ce pas ? Mais pas à moi.

Il y avait cette grande tristesse en toi, d'accord. Tu te souvenais de moi, chaque 21 décembre, c'est cela ? Moi, je pensais à toi quotidiennement. Je me demandais qui tu étais, où tu vivais, et pour quelle raison tu ne venais pas me rechercher.

Jamais il ne m'est venu à l'esprit que tu avais pu mourir. J'aurais voulu que tu m'expliques ce qui s'était passé. Aujourd'hui, je ne peux toujours pas me faire à l'idée que je m'appelle Avery James — à cause d'un collier — alors que ma mère a été une artiste célèbre.

J'aurais certainement aimé te voir pleurer.

Après avoir fait disparaître la brochure de Katalysis dans le dossier, je jette le tout dans un coin de la pièce, à côté de la cheminée. J'aurais pu viser le feu, mais il me semble que je n'en suis pas encore là.

*

Le soleil inonde l'arrière-boutique de The Good Earth. La poussière suspendue dans l'air brille comme de l'or, m'entoure d'un halo pendant que je me tiens devant le miroir en pied, dans la robe rouge d'Isabel. Agenouillée à côté de moi, des épingles entre les lèvres — comme des canines sortant de la bouche d'un vampire —, Cookie essaie de modifier la longueur de la jupe. Elle l'étudie sous divers angles, puis finit par cracher les épingles dans un petit carton.

– Je ne sais pas comment m'y prendre. Il y a quelque chose qui ne colle pas dans le bas de cette jupe.

Fascinée par mon image, je n'en finis pas de me regarder, mais jusqu'à la taille pour l'instant. Cookie a opéré un véritable tour de magie. Quand elle a vu qu'elle ne pourrait pas arranger la manche trouée, elle l'a tout simplement supprimée. Maintenant, le décolleté commence sous le bras droit, puis dessine une gracieuse diagonale jusqu'à l'épaule gauche. On ne pourrait pas penser qu'il ait pu être taillé autrement.

Lorsque mon regard descend jusqu'au bas de la jupe, Cookie se frotte les mains, en murmurant à part elle quelque chose au sujet d'un mouchoir.

– Vous avez besoin de vous moucher, Cookie ?

Elle éclate de rire.

– Non. Je pense à un ourlet de mouchoir.

– C'est-à-dire ?

L'index levé, elle trace dans l'air une ligne qui ondule.

– Un ourlet festonné ! Voilà ce qu'il faut à cette robe. Ce sera très joli avec ce genre de tissu.

Cookie savoure quelques instants sa satisfaction, puis me demande d'un ton nonchalant :

– À part la robe, que contenait la valise ?

– Un tas d'autres vêtements. Assez pour une quinzaine de jours. Plus une grande boîte en plastique pleine de croquis, une multitude de fils, de tissus, toutes sortes de boutons, de perles et de la passementerie.

– Ainsi Isabel se préparait à faire une escapade. Je me demande où, s'interroge Cookie.

Évitant son regard, je hausse les épaules et m'entends prier de rester immobile.

– Peut-être, tout bêtement, au Bluebird Canyon. Pour travailler dans le calme.

Cookie ne répond pas. Elle pique une dernière épingle. J'enlève la robe à contrecœur, sortant d'un rêve pour retrouver le jean de ma vie quotidienne.

– Où comptez-vous porter cette robe ? me demande Cookie, tout en cherchant la vieille théière en faïence, la tête dans le placard.

– Chez Paul. Le soir du réveillon de Noël.

– Il invite la cuisinière ?

Connaissant l'humour de Cookie, je ne me froisse pas.

– Non. Mais rien n'interdit à la cuisinière de se faire belle.

– Attention, Avery ! Pas de tache de graisse sur une si jolie robe.

– Je ne la mettrai que lorsque j'aurai presque fini mon travail.

Le sifflement de la bouilloire nous interrompt. Cookie verse l'eau dans la théière, pendant que je dispose des petits sablés sur une assiette rose. Puis nous emportons thé et biscuits dans le magasin, et nous installons dans les fauteuils, près de la fenêtre.

– J'adore les petits sablés, avoue Cookie. C'est l'un des meilleurs apports de la civilisation anglo-saxonne... Alors, ajoute-t-elle, après avoir grignoté délicatement un coin de son biscuit, qu'est-il prévu d'autre chez le fiancé récurrent ?

– N'avez-vous jamais pensé à faire un one woman show ?

– Et répondre à une question par une autre, c'est votre façon de vous défiler ?

– Parfois.

– Avez-vous pris une décision ?

Pendant que Cookie se renverse au fond de son fauteuil, j'inhale la vapeur qui monte de ma tasse de thé.

– À quel sujet ?

– Au sujet de vos infusions… vaudou.

– Mais c'est du harcèlement ! Pourtant les gens des îles ont la réputation de ne jamais s'affoler.

– Nous parlons affaires, chère amie, me fait remarquer Cookie en prenant son accent jamaïcain.

Mais quand je souris, elle devient très sérieuse.

– Quand on veut arriver à quelque chose, il faut s'organiser.

– Vous parlez d'une manière générale ?

– Oui. Mais vous êtes la première concernée. Vous avez beaucoup de qualités, vous êtes intelligente, mais j'ai l'impression que vous perdez votre temps dans les quartiers branchés.

– J'apprends des choses.

– Par exemple ?

– Des choses concernant ma mère. Ça peut paraître bizarre, mais je suis parfois jalouse de Paul qui l'a connue comme je ne la connaîtrai jamais, et ne se souvient même pas de tout.

– Je comprends votre envie de savoir…

– Cookie, tout le monde me dit la même chose. Tout le monde comprend. Mais croyez-moi, c'est impossible. Quand on a une famille, on ne peut pas se rendre compte de ce que vit quelqu'un qui n'en a jamais eu.

– Que faites-vous de votre arrière-grand-mère, chamane, doña Maria Ebell ? De votre grand-mère, Josephita Colinas, qui était une *curandera* ? De votre mère, Isabel, et de sa renommée artistique ? Pensez un peu au sang qui circule dans vos veines.

Je repose ma tasse de thé.

– Mais nous ne nous sommes jamais connues, elles et moi.

– C'est quand même votre famille et vous pouvez apprendre à les connaître en étant attentive à vous-même, en écoutant votre cœur. Elles vivent en vous. Elles n'attendent que l'occasion de vous guider. Il vous suffit de savoir écouter.

25

LE MATIN DU 21 DÉCEMBRE, lorsque j'ouvre la porte de la cuisine, l'odeur du café flotte déjà dans l'air. Assis au comptoir, devant un petit pain piqué d'une bougie, Paul a l'air satisfait de lui. Dès qu'il me voit, il actionne l'allume-gaz qu'il avait à portée de la main, faisant jaillir une grande flamme.

– Oooh !

Il effectue un réglage, recommence et enflamme la bougie.

– Joyeux anniversaire ! Je vous l'aurais chanté si c'était dans mes cordes.

– Paul… C'est si… Comment saviez-vous ?

Il regarde sa montre de randonneur transcontinental qui vous donne l'heure de quatre fuseaux horaires, la température, la pression barométrique, et peut-être une recette de biscuit si vous en avez besoin.

– 21 décembre. Jour du solstice d'hiver, non ?

Une ombre de tendresse sur le visage, il ajoute :

– Isabel m'a dit un jour que sa fille était née au solstice d'hiver.

C'est la première fois que j'entends « Isabel » dans la bouche de Paul. La main plongée dans le réfrigérateur, je cherche le jus d'orange, mais il m'oblige à me retourner en me disant :

– C'est pour vous.

Il me tend un petit paquet enveloppé dans du papier d'argent, entouré d'un bolduc vert.

– Prenez. Ça ne mord pas. Et je n'ai pas dépensé une fortune, rassurez-vous. Vous pourrez l'ouvrir plus tard. Voilà. Je n'ai rien à ajouter.

– Merci, dis-je, rouge jusqu'aux oreilles. Mais j'aurais préféré que vous ne m'achetiez rien.

– Trop tard, remarque Paul en souriant. Et puis il y a autre chose qui est arrivé pour vous à la Pinnacle Gallery, où je suis allé faire un tour de bonne heure.

Il me donne une grande enveloppe verte, entièrement couverte de dessins représentant des scènes de vacances. Je n'ai pas besoin de regarder le nom de l'expéditeur au dos pour savoir que ce courrier m'a été envoyé par Rita.

– Je dois faire un saut à Taos ce matin, mais je serai de retour à midi, m'annonce Paul, en descendant du tabouret.

– Vous ne prenez pas de petit déjeuner ?

– Non. J'ai bu un café, ça suffira. Profitez de votre journée. Nous nous verrons plus tard. Ah ! La bougie. Vous devriez la souffler.

La cire coulant sur le petit pain, je n'attends pas une seconde de plus.

– Vous avez fait un vœu ?

– Je n'aime pas tenter le destin.

Paul secoue la tête, puis s'en va.

Je m'assois sur un tabouret avec ma tasse de café, le morceau du petit pain épargné par la cire, l'enveloppe verte et le cadeau de Paul.

« Pour ton Noël-anniversaire, par-delà les kilomètres qui nous séparent » : tel est le texte imprimé de la carte, signé d'un « Rita et Rick qui t'aiment ». Quand je l'ouvre, une feuille de papier, pliée en quatre, tombe sur le comptoir. Je la déplie et lis :

« Chère Avery,

« Où es-tu donc passée ??? J'ai envoyé cette carte à Columbia Street et elle m'est revenue avec la mention : "Partie sans laisser d'adresse". J'ai appelé, mais le numéro n'était plus en service. Ensuite j'ai téléphoné au Dos Hombres. Juana m'a dit que tu étais partie et qu'elle ignorait où tu étais. Ça je peux le comprendre. J'espère que tu as dit à M. Dale d'aller se faire voir avant de partir. Comme je te connais, tu l'as sûrement fait.

« Comment vas-tu ? C'est la dernière fois que j'essaie de t'envoyer cette carte. Après j'appellerai DeGraf, et s'il ne peut rien me dire, je viendrai sur place, je remuerai ciel et terre pour te retrouver. Qu'est-ce qui se passe ?

« Je ne t'ai pas donné de nouvelles plus tôt parce qu'on venait juste d'arriver ici quand mon père est mort, et j'ai dû aller voir ma famille. Rick m'a accompagnée. Si tu avais vu la tête de Rhonda et de Ricki quand ils l'ont vu. En d'autres circonstances je me serais étranglée de rire. Bien entendu maman était tellement sens dessus dessous qu'elle a à peine remarqué la présence de Rick. Il a été vraiment bien. Il n'a pas du tout prêté attention à tous les racistes qui sont venus à l'enterrement.

« Mon autre grande nouvelle c'est que nous nous sommes mariés !!! Le 10 novembre. Incroyable, non ? Je voulais que tu sois ma demoiselle d'honneur, mais je n'ai pas réussi à te joindre et en plus on a choisi de se marier dans l'intimité, à cause de la mort de papa. Et puis Rick n'avait pas le temps de partir en voyage de noces. De toute façon nous nous serions ruinés.

« J'ai trouvé un travail de réceptionniste dans un cabinet d'avocats, très bien, mais c'est beaucoup moins drôle que ce que je faisais à Santa Fe. Enfin, j'entends un tas de potins intéressants que je communique à Rick. Je me rends utile — ha ! Rick aime vraiment son travail. À propos, il te transmet ses amitiés.

« Avery, je n'arrive pas à croire à mon bonheur ! J'aimerais que tu puisses me voir. Tu me manques beaucoup plus que tu ne peux l'imaginer. Rick et moi on tient vraiment à ce que tu viennes nous rendre visite. S'IL TE PLAÎT, fais-moi savoir où tu es. Dis-moi que tu vas bien. Je me fais vraiment beaucoup de souci. Écris. Téléphone. Notre numéro est le 505 866-0271.

« Nous t'aimons,

« Rita et Rick. »

« Rita et Rick » : sur la carte, sur la lettre. Pourquoi ne souderaient-ils pas leurs deux prénoms : « RitaetRick ». Je penserais à eux comme à un monstre bicéphale — horrible mais bienveillant — sorti d'un conte de fées. Je souris quand même, sans savoir pourquoi.

Maintenant, c'est au tour du paquet. Je dénoue le ruban, déplie le papier extérieur, enlève celui qui enveloppe l'objet et découvre une plaque de céramique comme celles qui indiquent votre nom à côté d'un portail, ou le numéro de la rue. Ou encore le nom de votre villa.

Ovale, recouverte d'un émail ivoire craquelé, bordée de petits coquelicots, la plaque porte un seul mot, en lettres noires : Querencia, au-dessus d'une ancolie bleue.

À Santa Fe, lorsque Noël approche, tout le monde attend fermement que tombe la neige, très souvent comme s'il s'agissait d'un dû. Jusqu'à aujourd'hui, le froid vif et sec de novembre a perduré, mais en cette veille de Noël, le ciel matinal est couvert, à l'est, et les nuages deviennent de plus en plus lourds et sombres en approchant de la ville.

En début d'après-midi, alors que je fais la ganache pour la bûche de Noël, je lève soudain les yeux et constate que le ciel bas semble envelopper la maison comme un édredon gris. Une dentelle blanche flotte dans l'air puis, emportée dans un tourbillon de vent, elle vient se défaire contre les fenêtres et les murs.

– Hé, il neige ! me crie Juana.

Elle arrive en courant de la salle à manger où elle met la table pour dix personnes. Paul lui a confié la porcelaine de Limoges de sa mère, le cristal de Baccarat, les couverts de chez Christofle. À seize heures, elle ira préparer ailleurs un cocktail, puis elle reviendra pour m'aider à servir, en entraînant avec elle son petit ami, Jesús, qui fera le barman, et Patricia.

Paul s'est étonné qu'on puisse faire une double journée de travail une veille de Noël. J'ai dû lui expliquer que les revenus de certaines personnes varient beaucoup en fonction de la saison et que pour ces gens toutes les occasions sont bonnes d'engranger de quoi vivre correctement, en attendant que les touristes reviennent au printemps avec les hirondelles.

– Ça ne tiendra pas, dis-je, à propos de la neige. Les flocons sont trop légers et puis c'est passager.

– Ne sois pas rabat-joie. J'ai encore quelque chose à faire ? Il ne me reste plus qu'une demi-heure, si je ne veux pas être en retard.

– Tu peux découper la pâte pour les entrées ? Tu la mets dans ces moules et ensuite au réfrigérateur.

J'avais raison au sujet de la neige. Elle a déjà cessé de tomber quand Juana sort. Toutefois, la ligne de crête des Sangre est toujours dans les nuages.

Je vérifie la liste de mes préparations pour la énième fois. Le poissonnier, de Whole Foods, a bien voulu couper le saumon en fines tranches, si bien que je n'ai plus qu'à le disposer sur des plats, avec une sauce à la moutarde et des champignons. Les huîtres sont déjà ouvertes. Je les présenterai sur un lit de rameaux de cèdre, puisque je n'ai trouvé d'algues nulle part.

Le gibier attend au réfrigérateur avec la farce aux champignons, émincés et sautés. Pour la croustade, j'utilise de la pâte que j'ai achetée toute faite. C'est de la tricherie, mais j'aurais été débordée si j'avais dû la préparer moi-même. Les bûches sont aussi au réfrigérateur. Il ne leur manque plus que leurs petits champignons de meringue et le sucre en poudre.

Les laitues sont lavées, la vinaigrette est prête, le café moulu. Le champagne refroidit dehors et le château-margaux est dans la buanderie.

Je sors les œufs, le beurre, la crème, jette une pincée de safran dans une demi-tasse de vin blanc. Si j'en crois l'un des livres de cuisine de Paul, je peux faire la sauce maintenant et la mettre dans une Thermos pour la conserver chaude.

Quand j'ai fini — la poêle est dans l'évier, pleine d'eau savonneuse — je me sens à la fois exténuée et affamée.

Je me rends compte que je suis debout depuis sept heures et que je n'ai rien mangé depuis le petit déjeuner.

Dans un coin du réfrigérateur, où j'ai relégué ce qui m'encombrait, il y a un petit morceau de poulet et une tête de brocoli encore ferme. J'avale ces restes, sans même les réchauffer, debout devant l'évier, étourdie de fatigue. J'ignore depuis combien de temps je suis là, mon assiette vide à la main, lorsque je me rends compte qu'il recommence à neiger.

Surpris et déconcertés de lire en entrant : « Veuillez vous déchausser, s'il vous plaît », nos invités retrouvent vite leur entrain lorsque Juana et Patricia leur proposent des chaussons, tout en leur murmurant que le père Noël mettra des cadeaux dans leurs souliers s'ils sont sages.

Une bonne coupe de cheveux permet à Jesús, le petit ami de Juana, d'être un barman impeccable, à condition qu'il s'abstienne d'ouvrir la bouche, son pidgin espagnol étant toujours un étalage d'obscénités, hautes en couleur.

Quand la plupart des invités sont arrivés, Juana laisse Patricia seule au vestiaire pour passer les plats de canapés, à grignoter pendant l'apéritif.

Satisfaite de constater que tout semble tourner rond, je me précipite à la villa d'amis et me change. J'enfile la robe rouge, en m'interrogeant de nouveau sur le pouvoir qu'elle exerce sur moi. Quand je la porte, je me sens belle. J'ai le sentiment que tout m'est permis, que plus rien ne peut m'atteindre. Je repousse mes cheveux en arrière, les plaque derrière les oreilles à l'aide des deux peignes, ornés de petits brillants, que j'ai empruntés à Juana. Je retouche mon maquillage rapidement, mets mes nouvelles bottes de daim noires, puis retourne à la cuisine, avec la sensation de retraverser le jardin sur un nuage.

En entrant, que vois-je ? Pendant que Juana remplit de nouveau un plateau de canapés, Jesús l'embrasse dans le cou.

– Hé ! Ce n'est pas le moment, dis-je, en plaisantant à demi.

Tous les deux s'immobilisent. Puis les yeux de Juana s'arrondissent.

– *¡ Ay, chica !* Quelle robe !

– *¡ Hola, mamacita !* renchérit Jesús.

Il secoue sa main, comme s'il venait de laisser tomber une pomme de terre brûlante.

– *¡ Muy prendido !* ajoute-t-il.

Juana le frappe derrière la tête avec sa serviette.

– Retourne travailler, *baboso*.

Elle rit en le voyant disparaître dans le couloir.

– Tout va bien ?

– Oui. Ça marche. Patricia a fini d'envelopper les cadeaux. Je lui dis de les mettre dans les chaussures ?

– On devrait attendre le dernier moment. Moins les friandises passeront de temps dans les chaussures et mieux ça vaudra, je crois.

– OK.

– Avery, vous portez la…

L'expression de Lindsey, sur le seuil de la cuisine, est impossible à décrire. Le souffle coupé, elle finit par s'exclamer :

– Dieu du ciel ! Où avez-vous trouvé cette robe ?

– Dans une…

– Oh, Seigneur, Avery…, continue Lindsey qui me regarde comme si j'étais une gargouille. Vous n'avez rien d'autre à mettre ?

– Mais si, voyons ! Ma garde-robe est pleine de robes de cocktail. J'ai pris la première qui me tombait sous la main.

– Pardonnez-moi. Je me suis mal exprimée. Vous me connaissez. Je suis née avec une cuillère d'argent dans la bouche.

– Qu'est-ce que vous avez contre cette robe ?

Voyant que je suis en passe de devenir aussi rouge que la robe, Lindsey s'adoucit.

– Rien. Elle est superbe. Et elle vous embellit. C'est une robe d'Isabel, n'est-ce pas ?

– Non. Elle m'appartient.

– Paul vous a vue comme ça ?

– Non.

– Sait-il que vous avez cette robe ?

– Sans doute pas.

Lindsey a un vague haussement d'épaules. Un geste d'impuissance.

– J'espère que vous ne vous sentirez pas mal à l'aise s'il…

– Lindsey. Paul DeGraf est un grand garçon. Il sait s'exprimer tout seul. S'il a quelque chose à me reprocher, ou une remarque à faire sur mes vêtements, je suis sûre qu'il ne s'en privera pas.

– Bien. Je vais voir à la salle à manger si tout est en ordre.

– Je n'ai jamais vu un plus bel exemple d'*envidia*, observe Juana dès que Lindsey a disparu.

– Tu veux leur apporter un de ces trucs ? me demande Patricia.

– Hé ! Ce ne sont pas des trucs, bécasse, rectifie Juana en me faisant un clin d'œil. Ce sont des bouches.

– Des bûches. Des bûches de Noël. Et vous allez les servir toutes les deux. Vous allumerez les bâtonnets à étincelles, puis vous laisserez à nos convives le temps d'être impressionnés avant de couper les parts.

– Je ne comprends pas, avoue Juana. Pourquoi tu t'es mise sur ton trente et un si c'est pour rester dans la cuisine ? Tu es magnifique comme ça.

Tenant la porte, je souris lorsque j'entends les exclamations admiratives qui accueillent mes bûches.

Patricia revient quelques minutes plus tard.

– M. DeGraf requiert ta présence dans la salle à manger. Dis-moi, il est plutôt mignon pour un vieux. Et riche, aussi. Tu ferais bien d'être gentille avec lui, sinon je lui glisse mon numéro de téléphone.

– Tu te trompes, ma vieille. Je ne suis que son employée.

– C'est ça. Et moi je suis la mère Noël.

Juana ouvre la porte, en lançant :

– Avery, sors d'ici. Je ne peux pas couper les bûches avant que tu sois dans la salle à manger. Patricia, apporte-moi une serviette chaude et un deuxième couteau à gâteau.

Brusquement, je me sens réticente. Lindsey avait raison. J'aurais dû porter autre chose. Je me tamponne le visage avec une serviette, relève mes cheveux sur ma nuque humide.

– Tu es splendide, m'affirme Patricia. Allez, bouge maintenant !

Après l'éclairage cru de la cuisine, la douce lumière de la salle à manger semble tamisée.

– La voici, annonce Paul, radieux. Venez, Avery. Je crois que vous connaissez déjà quelques-uns de ces gourmands. Voici donc Avery James, fée culinaire et fille de…

J'avance dans la pièce. Ma robe attire la lumière des bougies, des bâtonnets à étincelles, irradie son propre feu intérieur. Le visage de Paul se fige, l'espace d'une seconde.

– … de la regrettée Isabel Colinas, comme vous pouvez tous le constater, achève-t-il doucement.

Sourires et applaudissements. Quelqu'un fait une remarque à propos du réveillon du nouvel an, une autre voix, désincarnée, demande une carte professionnelle. Tous les regards sont tournés vers moi, à l'exception de celui de Lindsey. Elle ne voit que Paul, et elle a pour lui les yeux de l'amour.

Pourquoi ne m'en suis-je pas aperçue plus tôt ? Lindsey aime Paul. Elle l'aime depuis toujours, depuis leur rencontre à Paris, et son mariage avec Tom n'y a rien changé. Maintenant, pour lui, elle joue l'amie, la confidente, l'hôtesse occasionnelle, lui adresse des clients, prête une oreille complaisante à ses radotages, tout en espérant qu'il sera à elle un jour.

– Merci, dis-je dans le brusque silence qui s'installe. Je suis heureuse que le dîner vous ait plu. J'espère que le dessert ne vous décevra pas. Et puisque vous avez tous été très sages, le père Noël a déposé dans vos chaussures un petit souvenir de cette soirée que vous emporterez chez vous, et qui vous fera faire de jolis rêves. Joyeux Noël.

Je retourne à la cuisine, en sentant le regard de Paul me suivre jusqu'au bout du couloir.

Après le café, tout le monde se retrouve dans le séjour pour le cognac. Juana, Patricia et moi débarrassons la table, éteignons les bougies, mettons la vaisselle dans la machine, à l'exception du cristal et de l'argenterie que nous lavons sous le robinet.

Puis vient le moment où je sors les chèques. Patricia embrasse le sien.

– Oh ! Je crois que je vais quitter le Dos Hombres et venir travailler pour toi.

– Je ne crois pas qu'une seule soirée par an te permettrait de vivre.

– Non. Mais je suis sûre qu'il y en aura d'autres, me rétorque Patricia, avec un air entendu. Ils étaient tous emballés. Ils vont faire appel à toi, c'est sûr. Tu devrais créer ta propre entreprise.

– Je vois déjà les deux vieux *hombres* s'en mordre la queue, remarque Juana en riant. Oooh ! J'ai trouvé un nom pour toi. Qu'est-ce que tu dirais de : Nacho Mama's Cookin'?

Patricia hurle de rire.

– Génial ! Je veux travailler pour Nacho Mama !

– Il n'y a pas de place dans cette ville pour un autre traiteur.

– Mais, ma chérie, tu les mettrais tous sur la paille, affirme Patricia, tandis qu'elle s'essuie les yeux avec un torchon.

– Regarde-toi, gronde Juana. Tu as été élevée dans une porcherie, ou quoi ? Tu as taché ce beau torchon blanc avec ton mascara.

Je me retiens de rire afin de ne pas encourager leur effervescence.

– Allez. Vous avez vos chèques. Maintenant sauvez-vous.

– Et les casseroles, les poêles ? demande Juana.

– Je les laisse tremper dans l'eau savonneuse toute la nuit. Elles sont trop grasses pour être lavées maintenant.

– OK, chica. Tu n'as pas besoin de me le dire deux fois.

Prenant Jesús à témoin de sa bonne volonté, Juana disparaît. Patricia lui emboîte mollement le pas.

– Bonne nuit, Nacho Mama.

Il est près de deux heures.

J'ai l'impression qu'on m'a fouetté les jambes avec un tuyau d'arrosage. Sous une omoplate, j'ai des spasmes musculaires depuis une heure. J'éteins le néon, ne laissant que la lampe au-dessus de l'évier.

Une coupe de champagne à la main, je m'affale sur une chaise, étends les jambes, gémis malgré moi. À vingt-cinq ans — non, vingt-six —, je ressemble à Cassie. Prenant une gorgée de champagne, je la savoure longuement avant de l'avaler. C'est fou ce que j'aime ce vin.

Sans doute devrais-je me sentir satisfaite d'avoir réussi ma mission. Si seulement on pouvait me voir en ce moment. On ? Qui ? Rita ? Oui, elle me dirait probablement que j'ai vécu une soirée formidable. Cassie ? Je ne suis pas certaine qu'elle aurait été impressionnée.

Et puis il y a tous ces crétins de Florales. Comme Kevin — pour qui le champagne ne sert qu'à s'asperger, à l'issue d'un match de foot victorieux. « Ah, ça se boit ? » Randi et Stacey trouveraient le moyen d'être jalouses — même si elles auraient préféré se mettre à table sans avoir eu à faire la cuisine. Will Cameron… Non, ne regardons pas de ce côté-là.

Je me sens plus détendue si j'imagine Andy Ross me poursuivant autour de la Plaza, pas du tout pour me rappeler que j'ai cassé sa porte, mais pour me supplier de devenir son chef.

Et Isabel ?

Soudain, la voix de Paul rompt le charme.

– Avery ? Qu'est-ce que vous faites, assise dans le noir ? Oh ! Pardon. Je ne voulais pas vous faire peur.

– Tout le monde est parti ?

– Oui. Rassasié et heureux.

Paul désigne mon verre d'un mouvement de tête.

– Nous finissons ce champagne, ou vous êtes trop fatiguée ?

– Vous n'allez pas encore m'offrir un cadeau, j'espère ?

– Non. C'est promis, m'assure Paul en riant. Mais je voudrais vous parler de quelque chose.

– Ah ? Du réveillon du nouvel an ?

Je n'obtiens pas de réponse, mais je le suis dans le séjour où les braises rougeoyantes, dans la cheminée, répandent une chaleur délicieusement enveloppante. L'odeur du sapin de Noël se mêle à celle de la fumée des pignons. Paul remplit nos coupes. Je prends une meringue sur le petit plateau, posé sur la table à café. Elle croque délicatement sous mes dents — bruit léger et bref dans le silence — puis fond dans ma bouche.

– Le dîner était très réussi. Nos convives ont été très impressionnés. Ils vous feraient de la publicité si vous décidiez de vous lancer. Est-ce toujours quelque chose qui vous tente ?

J'ai envie d'être à l'aise. J'enlève mes bottes, pose mes pieds sur le bord du canapé, tirant ma jupe sur mes genoux.

– Comment peut-on être sûr de ses désirs ?

Paul s'avance vers la cheminée, met du petit bois sur les braises. Les flammes jaillissent en quelques secondes et Paul reste là, tourné vers elles.

– Il s'agit peut-être de savoir d'abord ce qu'on ne veut pas faire, me dit-il.

Son regard ne cesse maintenant de voguer entre le feu, le sapin de Noël, les trois paysages miniatures, dans leurs cadres dorés, près de la porte. Finalement, il se pose sur moi.

– Cette robe vous va à merveille. J'aime beaucoup l'effet produit par l'épaule dénudée. L'ourlet aussi est ravissant.

– C'est une idée de Cookie.

Dans le calme du séjour, j'ai l'impression d'entendre les bulles monter du fond de la coupe.

Plus d'une fois je me suis trouvée seule avec Paul dans cette maison, mais jamais je n'en avais eu conscience à ce point. Soudain, l'atmosphère s'alourdit, je me sens à l'étroit dans ma robe. Paul s'assoit à côté de moi, assez près pour que l'air qu'il déplace, en appuyant son dos au canapé, caresse mon épaule.

Je me souviens de sa main sur mon coude, ou dans mon dos, lorsque nous descendions ensemble d'un trottoir. Une fois, nous nous sommes serré la main. Un autre jour, il a posé des lèvres douces sur mon front. Mais, ce soir, c'est différent. La charge sexuelle est nettement perceptible entre nous.

Elle ne peut pas lui échapper, c'est sûr. Mes yeux, la façon dont mon corps se penche vers lui la reflètent. Je me retiens difficilement de fermer les paupières, de redessiner son profil du bout du doigt, de m'attarder sur sa lèvre, d'en découvrir le goût aussi.

Une curieuse sensation m'envahit. J'ai l'impression de voguer sur la mer — comme je l'ai souvent imaginé, sans l'avoir jamais fait —, poussée par le vent. Je ne saurais nier que je tendais déjà la main vers lui lorsqu'il m'a annoncé :

– Je projette de partir pendant un certain temps.

Tout paraît se figer dans la pièce : le feu, notre souffle. Le regard plongé dans le sien, je ne trouve qu'une chose à dire :

– Où ?

Comme si cela avait une quelconque importance.

Paul étend ses jambes, les pose doucement sur la table à café. Le lustre discret de ses mocassins noirs est sûrement son œuvre, et non celle d'un valet de chambre. Il met ses mains sur sa nuque, sans me regarder.

– Peut-être irai-je d'abord au Mexique. Puis en Nouvelle-Zélande. J'ai un ami à Auckland, collectionneur d'art maori. Un art très intéressant. J'apprécierais ce changement d'air…

Je n'écoute pas. Je respire à peine. Je veux lui demander quand il part, mais c'est une autre question qui m'échappe.

– Pourquoi ? fais-je d'une voix chevrotante.

J'en suis mortifiée.

– Vous pouvez continuer à occuper la villa d'amis, m'explique Paul, le regard fixé sur les flammes. Je dirais même que je vous y invite. Savoir qu'il y a quelqu'un ici quand je m'absente longtemps me rassure toujours.

– Quelqu'un ?

Le visage en feu, je me lève d'un bond, comme une automate.

– C'est comme ça que vous me voyez ? Comme la gardienne de votre villa, en votre absence ?

Au moment où je me penche pour ramasser mes bottes, Paul pose sa main sur mon bras. Je me dégage d'un mouvement brusque mais, obligée de contourner la table basse pour sortir, je n'ai pas le temps de m'échapper sans un autre mot. Paul me barre le chemin.

– Avery, je suis confus. Laissez-moi…

– Écartez-vous.

Je le bouscule, sors dans le couloir, file vers la cuisine. Mais il me rattrape.

– Laissez-moi m'expliquer.

Je siffle entre mes dents :

– C'est inutile.

Puis, lorsqu'il touche mon épaule, je me mets à courir.

– Fichez-moi la paix !

Paul a de longues jambes qui lui permettent aisément de combler la distance qui nous sépare.

– Ne réagissez pas comme ça. Permettez-moi simplement…

– Je ne veux rien savoir. Ça ne m'intéresse pas.

Dans la cuisine, je me précipite vers la porte, l'ouvre et la franchis à l'instant où Paul, le bras tendu vers moi, met le pied sur le petit tapis, devant l'évier, le fait glisser et tombe sur le carrelage. Mais ni son grognement, ni le bruit de sa chute ne m'arrêtent.

En revanche, je me fige, un pied sur le gravier froid, les cheveux dressés sur la tête, lorsque j'entends crier :

– Isabel !

Un cri dont le désespoir rauque reste en suspens dans l'air, palpable comme une présence physique.

Je ne sais combien de minutes s'écoulent avant que je retourne dans la cuisine, en refermant la porte derrière moi. Allongé sur le carrelage, inerte, Paul a le teint blafard sous son bronzage. La panique me saisit, je crains qu'il ne se soit heurté la tête, mais brusquement il ouvre les yeux, me regarde, la joue contre les céramiques de Saltillo.

Je m'agenouille à côté de lui. Ma voix tremble.

– Ça va ?

– Oui, me répond-il dans un soupir, soucieux, vaincu.

Je l'aide à se relever. Il vérifie qu'il n'a rien de cassé, fait quelques pas, grimaçant un peu.

– Vous vous êtes peut-être foulé la cheville. Je vous mettrai un cataplasme demain.

Encore un peu sonné, Paul sourit.

– Auriez-vous un nombre infini de talents ?

– Je ne crois pas, dis-je en souriant.

– Avery… Je suis navré. Je me suis conduit comme…

– Chut ! Nous parlerons demain. Il est tard. Je vais fermer la maison. Voulez-vous que je vous aide à monter l'escalier ?

– Non. Ça ira, affirme Paul.

Puis, décoiffé, il dégage son front et me dit :

– Je vais attendre que le feu meure. Allez vous coucher. La journée a été longue. Vous devez être épuisée. Bonne nuit, Avery, dit-il, ses lèvres effleurant mon front.

Je respire un air glacial qui me procure la sensation d'un coup de poignard dans les poumons. Le jardin, silencieux et sombre, n'est plus qu'un patchwork d'ombres noires. Sur la piscine flotte la bâche isolante. Les quelques volutes de vapeur qui s'en échappent donnent l'impression que, sous le plastique blanc, bouillonne une nappe de goudron.

Dans la villa d'amis, mon souffle se condense encore. Enlevant la robe, j'entends une couture craquer. Je la roule en boule, la jette par terre, me glisse sous l'édredon, bouge pour réchauffer le drap. Puis j'éteins la lampe et me laisse retomber au fond du lit.

Je voudrais dormir. Pendant deux jours, si je ne craignais pas le réveil, le retour brutal à la réalité, alors que je serais trop groggy pour ne pas me faire prendre de vitesse.

Il est trois heures deux minutes à mon réveil électronique. Les doubles rideaux mal fermés laissent voir la rangée d'*electrolitos* qui continuent à briller sur le toit de la villa.

Qu'est-ce qui m'arrive ? À partir de quel moment ai-je cessé d'en vouloir à Isabel pour m'identifier à elle ?

Brusquement, je me rappelle, avec une intense émotion, un autre Noël. La *posada*. Cassie et Amalia. La longue procession nocturne dans le froid, la musique des guitares, les chants, les cierges dégoulinant de cire contre les fenêtres de l'église, la simplicité du repas partagé par les pèlerins. Le premier baiser de Will Cameron, ce soir-là.

Le simple fait de penser à lui provoque une marée de souvenirs. Le Mami's, l'odeur du café, de la viande grillée, le contact de la banquette de Skaï sur mes jambes, la carte de la Saint-Valentin que j'ai jetée dans les toilettes, l'odeur de la sauge, celle de la veste de Will, la sensation que provoquait sa peau contre la mienne, le soleil sur mon dos, les appels des martinets résonnant dans le canyon. Je ferme les paupières pour ne plus penser à tout cela.

« Tu ne m'as pas fait confiance, m'avait-il dit. Et ça continue. »

La vérité sur un plateau, les excuses mises à part.

Will m'avait donné un tas d'occasions, un tas de raisons de croire en lui. Je n'ai même pas tenté de le faire. J'ai choisi de m'enfuir. D'abord à Albuquerque, ensuite ici où j'ai rejoint le monde glauque présidé par Paul DeGraf. Paul me fait penser à une ombre — à un mort vivant qui se nourrit de l'art des autres, de sa culpabilité et de ses souvenirs.

C'est tout à coup la révélation : je ne suis ici que parce que je me complais dans son univers. À son image, je ne suis ni morte, ni vraiment vivante. Je n'ai aucun lien profond avec les autres. Je les tiens à distance, et à distance, justement, je donne sans doute l'impression d'être pleinement vivante. Will n'a pas échappé à la règle.

Rita, non plus. Elle et ses cartes Hallmark, ses petits cadeaux de Noël ridicules. Et si je dépendais d'elle, je lui en voulais tellement que je la laissais entretenir seule notre amitié, en trouvant le moyen de me moquer d'elle.

Même avec Cassie je n'ai pas su changer. Ni avec Jimmie John. Ni avec Lee-Ann.

Il arrive toujours un moment où je mets une barrière entre les autres et moi. J'arrête la musique avant la fin de la chanson.

Des villes, des atmosphères se succèdent. Santa Fe. Albuquerque. Florales. Je remonte le temps. Une année laisse la place à la précédente, disparaît comme une poupée russe qui s'emboîte dans une autre. Je serre mes bras sur ma poitrine, frissonnante, nauséeuse brusquement. Je rejette les couvertures, me précipite vers la salle de bains, m'accroupis devant les toilettes, en tirant mes cheveux en arrière.

Un long spasme me traverse le corps mais, au lieu de vomir, j'éclate en sanglots. De gros sanglots sans larmes au début. Leur résonance est telle sur les céramiques, que, effrayée, j'attrape une serviette et la plaque contre ma bouche. Puis vient un flot de larmes.

Accroupie contre la cuvette, je laisse se vider un réservoir sans fond.

26

QUAND, ENFIN, je m'endors, c'est d'un sommeil noir, sans rêves. Du moins, je ne me souviens de rien. Il est neuf heures passées, je me réveille en pleine lumière, avec une forte migraine. J'enfile mon jogging gris, un long tee-shirt, ma veste de jean et je traverse le jardin pour aller à la villa.

On y respire une odeur déplaisante de cendres refroidies, de bouteilles de vin vides, de plats qui trempent dans de l'eau grasse. J'en ai l'estomac soulevé.

Paul dort, en chien de fusil sur le canapé, sans couverture, dans une température glaciale. Les guirlandes électriques du sapin continuent à clignoter joyeusement. À l'instant où je me penche pour les éteindre, Paul bouge, puis s'assoit brusquement, comme s'il était éveillé depuis longtemps. Nous nous regardons.

Ni « Bonjour », ni « Joyeux Noël » ne me semblant appropriés, je me contente d'annoncer :

– Je vais préparer le café.

– Merci.

Pendant que je fais la vaisselle qui attendait dans l'évier, l'essuie et la range, Paul se douche et s'habille. Quand il réapparaît en boitillant, vêtu d'un jean et d'un pull rouge, le café est prêt, le lait est chaud.

– Comment va votre cheville ?

Il prend une gorgée de café au lait avant de me répondre :

– Pas trop mal. Vous avez bien dormi ?

– Incroyablement bien, étant donné les circonstances. Je ne vais pas vous poser la même question.

– Je suis également surpris d'avoir réussi à m'endormir.

Je lui prépare son petit déjeuner habituel : tartine, œuf à la coque, jus d'orange — et, pour moi, un bol de céréales. Assis côte à côte, sur des tabourets, nous mangeons en silence. Puis Paul me regarde faire la vaisselle, en buvant son café, l'air maussade.

Cherchant à détendre l'atmosphère, je lui demande :

– Que voulez-vous pour le déjeuner ?

– Je n'en sais rien. Je vais peut-être sortir.

– Bon. Alors on verra.

Je m'essuie les mains, enlève mon petit tablier blanc, le suspends à son crochet. Puisque Paul paraît renfermé, je préfère m'éclipser.

– Avery.

Je me retourne.

– Est-ce que je pourrais vous parler ?

Je suis Paul dans le séjour où il commence par remettre des bûches dans la cheminée.

– J'ai une impression de déjà-vu, dis-je, sans obtenir de réaction.

Quand le feu a pris, il vient s'installer à côté de moi, puis prend sa tasse de café.

– La robe, où l'avez-vous trouvée ?

– Elle était dans une valise que Cookie a apportée de chez elle, le samedi après Thanksgiving.

– Je me suis toujours demandé ce qu'elle était devenue.

– Elle allait partir, n'est-ce pas ?

Paul hoche la tête, le regard fixé sur le feu.

– C'était la raison de votre dispute, le soir où elle est morte ?

J'ai l'impression qu'il va se lever quand il se glisse au bord du canapé, mais je me trompe. Il pose ses coudes sur ses genoux et se tourne vers moi. L'éclat des flammes fait briller l'anneau d'argent qu'il porte à l'annulaire.

– À Paris, j'ai travaillé chez Christie's et je faisais souvent appel à Tom pour restaurer des tableaux et des objets avant de les mettre en vente. Il le faisait très bien. Il le *fait* toujours très bien. Il a tant d'habileté et de talent dans ce domaine que même nos experts s'y trompaient.

– C'est de là que l'idée vous est venue.

– Quelle idée ?

– Celle de lui faire faire des copies, dis-je en croisant les bras.

Paul passe un doigt entre son cou et le col de sa chemise.

– Vous êtes au courant ?

– J'ai entendu des rumeurs. Et quand je suis allée dans son atelier j'ai remarqué des choses bien différentes des tableaux que je connais de lui. Un retable…

– Tout a débuté comme une plaisanterie, ou presque.

– Une plaisanterie ?

– Je possédais un masque de cérémonie maya, que Tom admirait. Il m'a demandé de le lui prêter pour en faire une copie. Il me l'a rapporté en double exemplaire, si je puis dire, et il était pratiquement impossible de distinguer l'original de la copie. D'abord j'ai été furieux — moins contre lui que contre moi, parce que je n'arrivais pas à faire la différence. J'ai repris mon masque et je l'ai accroché dans l'entrée, juste à côté de la porte.

» Et puis un jour — je crois que c'est le jour où on a livré un nouveau réfrigérateur qui ne passait pas par la porte de la cuisine —, le masque est tombé, un coin a perdu sa peinture, et j'ai alors constaté que le bois était neuf. J'ai appelé Tom. Il a ri en m'expliquant qu'il s'était demandé combien de temps il me faudrait pour découvrir la supercherie. Il m'a rendu l'original, mais il a aussi réparé la copie que j'ai exposée à Buena Vista. Deux semaines plus tard, un médecin de Boston l'achetait.

– Il savait que ce n'était qu'une copie ?

– Je le lui ai dit. Mais il l'a quand même emportée, en me disant qu'elle était si parfaite que personne ne s'en apercevrait. À moins de lui donner un coup de hache. Ce qu'on fait rarement avec une œuvre d'art.

– Et ensuite ?

– Ensuite, les choses se sont enchaînées naturellement. Je n'ai même plus de souvenirs précis. Un ami, au Mexique, nous a fourni des objets cultuels, trouvés dans des églises, des sanctuaires. Des choses qu'on ne connaissait pas ici. Tom s'est remis à l'ouvrage. J'ai tout vendu… C'était d'une simplicité enfantine.

– Mais le retable que j'ai vu n'a rien d'une antiquité. Comment Tom s'y prend-il pour donner de la patine aux objets ?

– Il existe des produits chimiques, des outils, des techniques. Ce n'est pas difficile.

– Que devenaient les originaux dont vous me parlez ?

– Je les confiais à un intermédiaire qui les rapatriait. Du moins, je le croyais.

– Paul…

– N'oubliez pas que c'est de l'histoire ancienne, s'empresse-t-il de me faire remarquer. Tom était inconnu, je venais juste d'ouvrir Pinnacle. Nous courions l'un comme l'autre après l'argent. Tom en avait besoin pour se consacrer à la peinture. Il faut être artiste pour comprendre ce que représente la possibilité de se nourrir, de payer ses factures, tout en se consacrant à sa passion. Quand ses toiles ont commencé à se vendre, notre situation financière a sensiblement changé.

– Par conséquent, vous avez cessé de vendre des faux…

– Non.

Sous mon regard interrogateur, Paul se frotte les mains comme s'il se les lavait.

– Mais, continue-t-il, les acheteurs étaient, d'une certaine façon, des gens peu scrupuleux. Personne ne s'est jamais inquiété de connaître la provenance de ces objets. Comment je les avais acquis. Les gens voyaient de belles choses dont ils avaient envie. Point.

– Autrement dit, ils méritaient d'être trompés sur la marchandise.

Dehors, une rafale de vent fait taper un volet contre le mur. Je cache mes mains sous mes bras.

– Vous avez froid ?

Paul se lève, mais au lieu de raviver le feu, il reste immobile devant la cheminée, me tournant le dos.

– Le jour de la réception, Lara est sortie dans l'après-midi. Pour faire des courses, m'a-t-elle dit. Je… je ne l'ai pas crue. Je pensais qu'elle allait rejoindre Tom dans son atelier. En fait, elle est bien allée à l'atelier, mais pour une autre raison. Elle savait qu'il serait absent et elle voulait en profiter pour subtiliser quelque chose. Un nu d'elle qu'il venait d'entreprendre.

Paul allume du petit bois, le dépose entre les bûches à demi consumées. En quelques secondes, le feu reprend, mais Paul s'attarde devant la cheminée.

– Ce jour-là, elle a certainement découvert le second atelier où Tom cachait son matériel et les copies. Elle a compris ce qui se passait. Or elle était très impliquée dans une organisation caritative qui soutenait les petits artisans d'Amérique centrale. Évidemment, elle était furieuse. À la fin de la soirée, après le départ du dernier invité, elle m'a dit qu'elle voulait me parler. J'aurais dû me douter de ce qui m'attendait. Elle m'a accusé avec véhémence de piller des églises qui étaient la dernière richesse des gens. Elle m'a lancé toutes les injures qu'elle connaissait. Y compris en espagnol. C'était…

– Comment savait-elle que vous étiez impliqué dans ce trafic ?

– Il lui a paru évident que Tom ne pouvait pas à lui seul obtenir les originaux et vendre les faux. J'ai tenté de lui expliquer comment tout avait commencé. Je lui ai assuré que les objets étaient rapatriés dès que Tom en avait fait la copie, mais elle n'a rien voulu entendre. Elle m'a déclaré qu'elle me quitterait dès le lendemain. Et qu'en attendant elle allait dormir dans la villa d'amis… Avery.

Paul se tourne vers moi, me regarde droit dans les yeux.

– Depuis sa mort, je n'ai plus rien à voir avec tout ça. J'ai, personnellement, rapatrié les objets que je détenais… Je connais encore des moments très difficiles. Hier soir, dès que je vous ai vue dans cette robe, le souvenir de sa disparition est revenu me hanter. Une fois de plus, je me suis dit que j'en portais la responsabilité.

– Non. Non, Paul !

Surprise par ma propre véhémence, je le vois hausser lentement les épaules.

– Elle est morte à cause de ma vénalité, de ma bêtise. C'est la même chose.

Je m'assois en tailleur sur le canapé.

– Paul. Vous ne cessiez de vous disputer, de rompre, de vous raccommoder. Vous n'avez jamais pensé que ces relations tumultueuses n'étaient pas bon signe ? Que vous n'étiez peut-être pas faits l'un…

– Jamais. Je l'aimais — le mot est insipide comparé à ce que je ressentais — et cet amour était partagé. Simplement nous avions des tempéraments différents. D'où nos disputes, de temps à autre.

– Pourtant, elle allait vous quitter. Elle en avait peut-être assez de ces remous.

– Elle serait encore une fois retournée chez Liza, m'explique Paul, le sourire indulgent. C'était presque un jeu. Elle restait là-bas quelques semaines puis j'allais la rechercher et elle revenait… Une fois, nous nous sommes trouvés dans le même restaurant, et nous sommes repartis ensemble. Nous savions que nous ne pourrions jamais… Je sais, je sais, ajoute Paul, en secouant la tête, exaspéré. Vous ne pouvez pas comprendre. Nous défiions toute logique.

Il me regarde, les yeux arrondis par une certaine innocence.

– Je l'aime encore. Je l'aimerai toujours.

Une part de moi-même a envie de lui jeter de l'eau froide au visage, de lui crier qu'il se trompe. Cette fois, Isabel n'avait pas l'intention de se réfugier auprès de Liza. Elle partait pour l'Espagne, soit seule, soit avec quelqu'un d'autre. C'était fini, Paul. Je pourrais aller chercher le passeport, le billet d'avion et les lui mettre sous le nez.

Pourtant, je ne le fais pas. Pourquoi ? La vérité ne lui apporterait-elle pas sa libération ? Il aurait devant lui des preuves qui l'obligeraient à me croire. Ensuite, il ne lui resterait plus qu'à aller de l'avant, au lieu de s'accrocher au passé.

Peut-être. Mais il y a huit ans qu'Isabel est morte, huit ans pendant lesquels Paul s'est raconté leur histoire à sa manière. Qui sait s'il ne réussirait pas à intégrer ce que je lui apprendrais dans la version qu'il s'est construite ?

Et s'il n'y parvenait pas ? Je n'ai aucune envie de voir s'écrouler un univers personnel, que ce que je dise soit vrai ou faux. La différence est énorme entre perdre un être aimé, à cause de ses erreurs, ou parce que le destin en a décidé ainsi, et le perdre parce qu'il vous laisse tomber.

Moi qui ai été abandonnée par Isabel, aujourd'hui, rétrospectivement, j'empêche Paul de l'être à son tour. Étrange, non ?

Sa tasse de café à la main, il me déclare :

– J'ai du retard à rattraper dans mon travail avant la fin de l'année. Je serai dans mon bureau.

– Et Tom ?

Paul semble avoir oublié notre conversation.

– Il continue à faire des copies ?

– Bien sûr, me répond Paul, un léger sourire ironique aux lèvres. Mais maintenant il les signe et elles valent presque autant que les originaux.

La veille du nouvel an, je décide d'emporter au chalet quelques affaires que je pourrai laisser dans la remise : la boîte verte d'Isabel dans laquelle j'ai ajouté le passeport et le billet d'avion ; la plaque de céramique où est inscrit Querencia ; deux lampes à pétrole que je viens d'acheter. J'ai failli prendre une lampe sur batterie, mais je n'aimais ni son étrange lumière bleutée, ni le bourdonnement qu'elle faisait — bien que le vendeur m'ait juré qu'il n'entendait rien. Et puis les lampes à pétrole ont une douce lumière dorée qui me rappelle Cassie.

En chemin, je m'arrête à The Good Earth. La veille, Cookie m'a laissé un message, pendant que je dînais à la villa, en me disant qu'elle avait quelque chose pour moi. Sans doute les plantes pour l'infusion que j'ai finalement accepté de commercialiser.

Trois clientes attendant d'être servies, je patiente. Je lève des cristaux vers la lumière, lis des brochures sur des méthodes antistress, le développement de l'intuition, feuillette un herbier.

Dès que nous nous retrouvons seules, Cookie vient m'embrasser. Je lui demande comment s'est passé Noël.

– Je me sentais un peu seule, mais une amie de longue date est venue pendant quelques jours. Ce qui m'a empêchée de m'apitoyer sur mon sort trop longtemps. Et de votre côté ? Le dîner était réussi ? Tout le monde a admiré la robe ?

– Oui. On m'a décerné trois étoiles, et j'ai joué la belle de la soirée. J'étais comblée.

– Alors, comment s'annonce cette nouvelle année ?

– Je ne sais pas exactement. J'attends de voir.

– Vous êtes bien vague, ce matin, remarque Cookie, en croisant les bras, l'air contrarié. Où allez-vous ?

– À Bluebird Canyon.

– Je vois. Au chalet. Les travaux avancent ?

– Ils sont presque terminés. J'emporte deux, trois choses là-bas.

– Quand comptez-vous vous y installer ?

Je remets l'herbier sur le présentoir.

– Je n'en sais rien. J'attends peut-être un signe.

– Ah… J'ai vos plantes. Je vous donne des sachets en plastique. Et…

Cookie fouille sous le comptoir, prend une pile de sachets, l'entoure d'un élastique, la met dans un sac en papier brun avec le fenugrec, le cohosh noir, la mélisse, le gingembre et l'anis.

– Et, ajoute-t-elle, j'ai pris la liberté de commander ça.

Elle sort une pile de petits cartons plats mais épais, rectangulaires et bruns, prend le premier, le presse dans sa main. Il s'ouvre en devenant une boîte.

– C'est pour l'infusion. C'est du carton recyclé. Tenez. Regardez.

Je prends la petite boîte, l'examine, mais il me faut une bonne minute pour comprendre ce que je découvre sur l'un des côtés. Un cercle de feuillage, aux délicates vrilles et de minuscules fleurs blanches entoure un buste de femme, vu de profil. Elle a une robe rouge et une chevelure noire qui coule dans son dos. Le long de la partie supérieure du feuillage, on lit : « La fille » et, en dessous : « d'Isabel ».

Levant les yeux, je rencontre le regard anxieux de Cookie.

– J'espère que je ne suis pas allée trop loin.

– Je ne sais que dire.

– Ça vous plaît ? J'ai dû en commander deux cent cinquante d'un coup pour obtenir un prix raisonnable…

La tête renversée en arrière, les yeux fermés, je succombe à l'éclat de rire qui me saisit.

– Deux cent cinquante ? Mon Dieu, Cookie ! C'est beau. Très beau. Mais une telle quantité !

Le sourire de Cookie s'élargit.

– En fait, il y en a le double. Mais comme je n'étais pas sûre de votre réaction…

Une fois les lampes lavées et séchées, je les remplis de pétrole, taille leurs mèches, puis les range dans la remise avec le reste de combustible et la boîte verte d'Isabel avant de me rendre sur sa tombe. Le calme hivernal règne dans le canyon, mais la température y est étonnamment douce. Nous n'avons pas encore eu de neige et la pluie s'est faite rare.

La pierre verticale que José, le cousin d'Alonzo, a taillée pour moi, et installée lui-même, a l'air d'être là depuis le premier jour. Dans le granit brut, une ancolie est gravée au-dessus du nom : Isabel Colinas. En dessous, il y a cette épitaphe :

« La beauté est l'impossible devenu réalité. »

Assise par terre, je débarrasse la tombe de quelques mauvaises herbes. Les plantes sauvages de l'été — achillée et panais — se balancent au gré du vent, leurs fleurs, droites, mais desséchées.

Une brusque sensation de froid m'envahit la poitrine. Les yeux fermés, je laisse couler mes larmes. Ces derniers temps, cela m'arrive souvent, mais je m'y suis habituée depuis que j'ai constaté que si je me retiens de pleurer, je déprime des journées entières.

Je pourrais rapidement devenir folle si je voulais à tout prix deviner qui était réellement Isabel. Une artiste talentueuse, passionnée, inspirée ? Une séductrice, belle et égoïste ? Une femme d'une extrême générosité ? Une amante sans foi ni loi ? Une amie dévouée ? Aimait-elle Paul ? Ou n'était-elle — comme le prétend Cate Mosley — qu'une manipulatrice qui se serait servie de lui pour assurer sa carrière ? Le voyage en Espagne devait-il être une dernière tentative pour se soustraire à l'emprise de Paul ? Ou n'aurait-il été qu'un caprice dont elle se serait lassée pour revenir à San Tomás ?

Bien que Paul ait vécu avec elle, il n'en sait pas plus que moi. J'en conclus que si elle était encore vivante, sa personnalité m'échapperait tout autant. Peut-être même serait-elle restée un mystère si elle m'avait élevée.

Je n'ai qu'une certitude : elle était ma mère. Je suis la fille d'Isabel et il faudra que je m'en tienne là.

Je me relève, essuie mon jean poussiéreux et retourne au chalet.

Il y a encore à faire avant que je puisse m'installer ici. Alonzo viendra brûler les herbes autour du chalet, ce qui dégagera de l'espace pour le jardin et limitera le risque de tomber sur un serpent à sonnettes. Puis, avec sa femme, il m'aidera à retourner la terre et à la préparer aux semences. L'engrais sortira du poulailler de l'un de ses *primos*.

Vivre sans réfrigérateur promet d'être une expérience intéressante. Même Cassie en avait un. Je ne veux pas d'un générateur, à cause de l'odeur et du bruit. Ni d'un réservoir de propane, comme la plupart des gens en ont ici. Ça ressemble trop à un ovni tubulaire qui aurait atterri dans le jardin. Quant à l'eau, ce n'est pas un problème : j'ai un puits. Pour la chauffer, je peux faire installer un capteur solaire. Seulement, en hiver, il ne me donnera pas d'eau chaude pour prendre une douche. Je risque de devenir comme ces vieilles dames de Florales, que je rencontrais chez Begay's, de temps en temps. Tout le monde évitait de se trouver dans leur sillage et on ne leur parlait qu'en respirant par la bouche.

Après avoir jeté un dernier coup d'œil aux affaires que j'y laisse, je ferme la remise avec un cadenas neuf et reprends la route de Santa Fe. En passant devant le Rio Bravo, je remarque la Chevrolet de Bettina sur le parking. D'un coup de volant, je bifurque dans sa direction, sans prévenir, déclenchant la réaction bruyante d'un conducteur qui me gratifie en plus d'un doigt d'honneur.

Felicia me fait signe quand j'entre dans la salle qui se remplit pour le déjeuner.

– Elle est dans la cuisine, me dit-elle.

Bettina, que je vois de dos, semble engagée dans une dispute familiale avec Miguel. Je m'apprête à ressortir quand elle se retourne.

– *Chica* ! Comment ça va ? me demande-t-elle.

Elle m'embrasse en riant, puis me montre qu'elle porte une alliance. Miguel nous lance un regard dégoûté avant de retourner à ses fourneaux.

– Je suis une femme mariée maintenant.

– Oh ! Félicitations ! Qui est l'heureux élu ? Ed Farrell ?

Bettina hoche la tête. J'observe toute la désapprobation que traduit la raideur de Miguel. Suivant mon regard, Bettina grimace dans le dos de son frère, puis glisse son bras sous le mien et m'entraîne dehors. Nous passons devant Raúl, installé sur un baril de bière, une cigarette aux lèvres. Bettina s'assoit sur la petite table, qui trône au milieu d'un carré d'herbes folles, les pieds sur le banc de bois, en ramenant sa jupe sur ses jambes.

– Vous avez vu Miguel. Il n'est pas content.

– Il finira par s'habituer, dis-je en m'asseyant à côté de Bettina. Mais racontez-moi ce qui s'est passé.

– J'ai simplement fait ce que j'aurais dû faire il y a longtemps. Quand Ed est revenu, j'ai refusé de le voir. Felicia est allée lui porter un message. Je lui disais que j'avais passé l'âge de jouer à son jeu. Je voulais être aimée. Pas seulement m'envoyer en l'air quand il lui arrivait de passer par ici.

– Et alors ? Il s'est mis à genoux et vous a suppliée de l'épouser ?

– Pas tout de suite. Ce jour-là il est reparti comme il était venu. Puis, deux semaines plus tard environ, je nettoyais les tables après le déjeuner quand il est entré avec un air penaud. Il m'a annoncé qu'il avait quelque chose à me dire… Et voilà, il a fait sa demande en mariage, précise Bettina en rougissant comme une collégienne.

– Où est-il en ce moment ?

– Il s'est trouvé un vrai travail. Il est contremaître dans un ranch, près de Cimarron.

Je marque un silence, le temps d'assimiler cette information, avant de demander :

– Vous allez rester ici ?

– Non. Je suis revenue juste pour prendre mes affaires. Sinon Miguel aurait été capable de les brûler.

– Pourquoi est-il si contrarié ?

– Oh… Parce que j'ai épousé un Anglo, et un cow-boy par-dessus le marché. Mais surtout parce que je m'en vais. Dites-moi. Est-ce que par hasard vous chercheriez toujours un travail ?

Je souris.

– Un petit revenu régulier ne me ferait pas de mal. À condition que je sois à la cuisine.

– ¡ *Venga !* On va voir ce qu'en pense Miguel. Ça peut se faire.

27

J'OUVRE GRAND LES YEUX dans l'obscurité. Immobile, pendant que mon cœur galope, je m'efforce de me souvenir de l'endroit où je me trouve. De ce qui m'a brutalement réveillée. Était-ce un rêve ? Un bruit ? Je me retourne dans mon lit pour voir mon réveil électronique. Il marque cinq heures vingt et une. Le contour de la pièce, les meubles se glissent à leur place habituelle. Je suis dans la villa d'amis de Paul, mais quelque chose cloche. La sueur plaque mes cheveux sur mon front.

Mon Dieu ! J'ai laissé le poêle allumé. Aussitôt, je me redresse sur mon lit, rejette l'édredon, attrape mes clés, cours vers le hall, les pieds encore à moitié hors de mes sandales.

Silencieusement, j'entre dans la villa par la porte de la cuisine. Tout y est sombre, silencieux et froid. Je vérifie que les six brûleurs de la cuisinière sont éteints. Je pose la main sur les portes des deux fours. Le verre est glacial. Je cherche une odeur de gaz, puis me penche pour tâter le carrelage sous lequel passe le chauffage central. Il est tiède, sans plus.

Gelée, je me frotte les bras. Tout paraît en ordre. Mais ce n'est qu'une illusion et cette certitude me tire par la manche comme le ferait un enfant. Sur la pointe des pieds, j'entre dans la salle à manger, puis dans le séjour, ensuite dans le bureau de Paul. Je retourne dans la cuisine et ressors dans le jardin en fermant la porte à clé derrière moi. Bien que je n'aie rien trouvé d'anormal, mon malaise ne cesse de grandir. Il vire à la frayeur sur l'allée de gravier. Je vois passer un jet de lumière. Une flamme.

Je me mets à courir, déboule dans la villa d'amis, saute dans mon jean, remonte la fermeture Éclair tout en glissant mes pieds dans mes baskets, arrache ma chemise de flanelle à la poignée de la porte, l'enfile pendant que je saisis mon sac, mes clés et, au risque de glisser sur un lacet défait, je me précipite à l'extérieur vers le portail, puis vers mon pick-up. Dans Canyon Road, je m'aperçois enfin que je n'ai pas encore allumé les phares.

Au moment où je quitte l'autoroute, le soleil s'annonce à l'horizon. Un vent chaud balaie la route. Je conduis le pied au plancher, prie pour ne pas tomber sur la police. Je me souviens qu'on fait toujours rire les gens quand on leur raconte qu'on a été arrêté pour excès de vitesse en s'entendant demander : « Alors ? Il y a le feu au lac ? »

Aujourd'hui, ça n'a rien de drôle. Il y a bien le feu, et je sais où : à Bluebird Canyon.

Je m'abstiens pour l'instant d'essayer de comprendre comment je le sais. Je ne cherche même pas à savoir si j'arriverai trop tard, ou si je ne serai pas complètement impuissante dans le cas contraire. Tout ce que je possède, tout ce que je suis se trouve dans le chalet : ça je le sais. J'entends Amalia me dire, comme si elle était assise à côté de moi :

« Tu as le don, niña. Et le jour où tu en auras besoin, il se manifestera. »

Juste au-dessus du Rio Bravo, sur la ligne de crête des collines, j'aperçois un petit panache de fumée, et l'endroit d'où il monte me semble correspondre à l'emplacement du chalet.

Le cœur de plus en plus serré, je fonce, mais j'ai à peine dépassé le restaurant que je dois freiner pour ne pas rentrer dans une voiture de la police routière du Nouveau-Mexique qui barre la route. Un costaud, grisonnant, s'approche d'un pas placide de mon pick-up. Alors que je m'attends à ce qu'il me demande si j'ai conscience de la vitesse à laquelle je roulais, il me déclare :

– Désolé, mais il faut que vous fassiez demi-tour, mademoiselle. On a un feu de broussailles dans les collines.

– Un feu de broussailles ? En février ?

– Je comprends. C'est difficile à croire. Faut dire qu'on n'a pas eu beaucoup de pluie. Mais un pipeline a explosé ce matin près de Perdido. En plus le vent est de la partie.

– Mais il faut absolument que je retourne chez moi…

– Vous vivez où ?

– À Bluebird Canyon, juste là, au bout de la route, à moins de deux kilomètres.

J'ai droit à un regard assuré.

– Je connais. C'est un bon coin pour les incendies.

– Je vous en prie. Laissez-moi passer. Il faut vraiment… Tout ce que j'ai, l'argent et le reste… tout est…

Je me moque des deux larmes qui roulent sur mes joues. Je vais supplier encore. Je vais pleurer. Je suis prête à faire n'importe quoi pour passer.

– Attendez une seconde.

Mon interlocuteur repart, sans se presser, comme s'il n'y avait pas urgence, puis se penche à l'intérieur de son véhicule et prend sa radio. Je serre les poings, j'ai une jambe qui tressaute telle l'aiguille d'une machine à coudre. S'il vous plaît. S'il vous plaît. Des options insensées me viennent à l'esprit. Je pourrais forcer le barrage, sauf que je ne suis pas sûre d'avoir la place de passer. Ou alors j'abandonne le pick-up et me mets à courir. Cet homme me paraît assez gras pour être incapable de me rattraper. Mais il y a tout de même plus de un kilomètre avant le tournant et encore un bout de chemin jusqu'au…

Soudain, il réapparaît à côté de ma portière.

– Le feu progresse lentement pour l'instant. Ils envoient des hommes là-bas, mais ils ne vous emmèneront pas chez vous parce qu'ils doivent suivre la ligne de feu. Je peux vous laisser aller prendre vos affaires…

– Merci. Merci beaucoup.

Je pourrais l'embrasser ce flic.

– Ne vous attardez surtout pas. Le vent peut tourner. Vous mettrez un mouchoir mouillé sur votre visage. Et gardez les oreilles et les yeux ouverts. Si vous voyez le feu, si vous l'entendez, vous filez aussitôt. C'est clair ?

– À quoi ressemble le bruit du feu ?

– Vous le saurez quand vous l'entendrez. Je déplace la voiture. N'oubliez pas. Il ne faut pas traîner. Vous avez dix minutes, conclut mon interlocuteur, le regard sévère.

Je passe en trombe à côté de sa voiture, à la seconde où il l'écarte de la ligne blanche.

Le portail étant ouvert, je le franchis comme une flèche et, à cette vitesse, je rebondis sur les ornières au point que je me demande si mes dents vont tenir le coup. Je m'arrête à cinquante mètres du pied des collines, saute à terre et me précipite vers le chalet. L'odeur de la fumée imprègne le vent, mais je ne la vois pas. Ce que j'ai aperçu, de la route, devait être plus éloigné que je le pensais.

Je suis ici. Tout va bien se passer. Je récupère ce que j'avais déposé et je file. Ne voyant que le chalet, le reste m'échappe pendant quelques instants. Puis, soudain, je sors de mon obsession et me fige. Tout autour du chalet la terre est nue et calcinée. Je ne comprends pas. Serais-je arrivée trop tard ? Mais comment la maison a-t-elle pu rester debout, si le canyon a brûlé ?

Remarquant qu'elle se tient au milieu d'un petit carré de terrain charbonneux, aux angles droits, nets, je comprends tout à coup. Alonzo ne m'avait-il pas dit qu'il ferait de la place pour le jardin ? Je me dirige d'un pas précipité vers la véranda, ouvre la porte et entre.

Comme je n'ai pas de mouchoir, je prends un morceau de tissu dans la boîte d'Isabel, le mouille à la pompe, dans la cuisine, et le noue autour de mon visage — façon bandit. Je dépose la boîte sur le lit, puis le coffret à cigares renfermant mes trésors. Je retire du mur la plaque portant le nom du chalet, la mets avec mes autres affaires, ainsi que deux livres que j'avais apportés, la carte que j'ai reçue de Rita le jour de la Saint-Valentin et sa dernière lettre.

J'ai l'impression d'avoir devant moi l'un de ces bûchers sur lesquels les hindous font brûler les morts avec leurs affaires personnelles. En vingt-six ans d'existence, voilà le peu de choses que j'ai accumulées. Quant au chalet, il partira probablement en fumée dans les heures qui viennent. Je regrette d'abandonner les meubles. Je pourrais transporter le fauteuil et le porte-chapeaux jusqu'au pick-up, mais pas le lit, ni la table.

Il ne me reste plus qu'à me faire un baluchon en nouant les quatre coins du couvre-lit et à repartir. Mais pour aller où ? Vais-je retourner à Santa Fe, chez Paul ? Et descendre travailler au Rio Bravo, trois fois par semaine ?

J'ai si peu envie de partir, malgré le danger, que je m'assois sur le lit. Ici, pour la première fois de ma vie, je pouvais me dire que j'étais chez moi, cesser de me sentir constamment de passage. Peut-être parce que ce chalet appartenait à Isabel et qu'elle s'y sentait en sécurité. Si je ne me trompe pas. Qui peut savoir ? En tout cas, j'ai le cœur gros de partir.

Dans un long soupir, je me lève, fais mon baluchon, ouvre la porte et manque de me rompre le cou en heurtant une masse brune sur la véranda. J'entends couiner et je sens des côtes saillantes au bout de ma basket. C'est le chien du désert.

– Qu'est-ce que tu fabriques ici ? Tu veux finir en grillade ?

Pas de réponse. Mais le regard est accusateur.

– Eh bien, oui, moi, je m'en vais avant de griller.

Je contourne l'animal et me dirige vers le pick-up. La fumée est beaucoup plus visible maintenant. Dans des bouffées de vent chaud dansent des flocons minuscules qui ne sont pas de neige mais de cendre. Cet imbécile de chien va vraiment rôtir si je le laisse ici.

Pourtant, les chiens sauvages, à moitié coyotes, ont un instinct de survie bien développé. Ils savent que faire en cas d'incendie, non ? Mais eux ne brisent pas une vitre, ne déclenchent pas une alarme. Non, ils se sauvent. À condition qu'ils sachent où aller quand ils se retrouvent dans un canyon en feu. Autrement dit, cet idiot risque réellement d'être pris au piège. Je me retourne et le vois affalé sur la véranda, avec des airs de paillasson. Le menton sur les pattes, il me regarde. Seigneur !

Je le siffle.

– Allez, viens. On s'en va.

Quand je tape sur ma cuisse, il s'assoit sur son derrière, les oreilles en mouvement, mais s'obstine à rester sur la véranda.

– Dépêche-toi ! On part.

Je fais de petits bruits de baisers. Il se redresse, comme s'il était décidé à me rejoindre, puis se ravise et s'affale de nouveau devant la porte, la tête sur les pattes.

– Crétin ! Reste donc ici. Passe au gril. Je m'en fiche.

À mi-chemin du pick-up, je me dis que je vais lui donner une dernière chance de se rendre à la raison. Mais quand je me retourne, je reste bouche bée. De la fumée noire s'élève au-dessus de la colline, juste derrière la maison et, pour comble de bonheur, me laisse entrevoir une crête couronnée par des langues de feu.

Tandis que je cours vers le chalet, en un éclair, ma décision est prise. Ce n'est pas un choix conscient, mais une réaction viscérale. Ou une option du cœur. Peu importe. Je vais passer à l'action.

Au moment où j'atteins la porte, deux pensées se télescopent. Le toit est en métal, et c'est une bonne chose. En revanche, il y a du pétrole dans la remise.

D'un coup de pied dans le derrière, je fais entrer le chien dans la maison, jette mon baluchon sur le lit, ressors en courant, me bats, les mains tremblantes, avec le cadenas de la remise, attrape le bidon de pétrole, l'emporte à l'intérieur du chalet et y ajoute le pétrole des deux lampes. Le chien se met à gémir.

– Tais-toi !

Il m'écoute.

Je rebouche le bidon et repars vers le pick-up ventre à terre.

Un jour, un livre d'histoire m'a appris comment les pionniers réagissaient face à un feu de prairie. Ils allumaient de petits foyers qui brûlaient autour d'eux tout ce qui était combustible, délimitant ainsi une zone de sécurité. Quand l'incendie sauvage l'atteignait, il ne lui restait plus qu'à refluer comme la mer Rouge devant Moïse.

L'idée me redonne le moral. Je veux croire que Querencia est un véritable refuge, bien que, retournant au chalet, je ne voie devant moi qu'une piètre zone de sécurité.

À peine ai-je atteint la véranda que des paquets d'herbes desséchées, chargés de braises, commencent à s'abattre tout autour de la maison. J'en vois un s'enflammer brusquement et, prise de panique comme si une bombe venait d'exploser, je me précipite à l'intérieur du chalet en claquant la porte derrière moi.

Le chien gémit doucement.

– Je t'ai secouru. Alors, maintenant, allonge-toi par terre et tais-toi.

Pour la seconde fois, il m'écoute. En un tournemain je défais mon baluchon, jette le couvre-lit dans l'évier et, actionnant la pompe à eau, l'asperge méthodiquement jusqu'à ce qu'il soit entièrement trempé. Puis je l'étale sur mes trésors empilés au milieu du plancher, enlève ensuite les taies des deux oreillers et les mouille à leur tour.

Lorsque je rouvre la porte, j'ai l'impression de me trouver en pleine guerre. Des flammes orange fleurissent partout. Poussées par le vent qui souffle par rafales, elles se répandent des buissons aux cactus, des cactus aux herbes. Une braise atterrit sur la véranda, crépite quand j'entreprends de l'étouffer à grands coups de taie d'oreiller.

Que faire maintenant ? Je me sens impuissante, idiote. Je vais mourir et tout le monde dira : « Mais pourquoi est-ce qu'elle n'a pas fui avec son pick-up ? » Un nuage de fumée noire, rabattu par le vent, s'engouffre dans la véranda. À travers mon foulard mouillé, je m'efforce de prendre de petites inspirations, mais je tousse quand même. Mes yeux coulent et me brûlent.

Les yeux plissés, je constate, à travers la fumée, qu'Alonzo n'a dégagé le terrain que devant le chalet et sur les côtés. Derrière, il reste une étroite bande de terre piquée d'herbes, plus ou moins sèches. Mes taies imbibées d'eau ne seront certainement pas d'une grande efficacité, mais peuvent au moins me protéger les épaules. Sous cette armure de fortune, je cours vers la remise, le désespoir au cœur.

La chaleur de fournaise qui descend de la crête des collines est suffocante. J'ai du mal à tenir debout. À moins de quarante-cinq mètres au-dessus de moi, de grandes flammes sautillent d'un buisson à un autre.

Surchauffée, la poignée de la porte de la remise me brûle la main, m'arrache un cri. J'ouvre d'un coup de pied et fouille frénétiquement dans la pénombre, jusqu'à ce que je trouve ma grande pelle. En ressortant, je tire la porte derrière moi, la bloque avec une binette, puis me précipite vers des herbes sèches qui ont pris feu. Au premier coup de pelle, je m'aperçois que je me suis sérieusement brûlé les mains. J'ai l'impression de sentir la peau glisser sur les muscles. Je me fais un bandage avec l'une des taies et recommence à jeter de la terre sur les herbes. Les flammes s'éteignent tout d'un coup dans un nuage de fumée. J'ai marqué un point et c'est un peu de baume pour mon cœur.

Mais un buisson de sauge s'embrase soudain, par combustion spontanée apparemment. Le feu saute à deux doigts de mes joues. Dans une odeur de cheveux brûlés, je m'acharne à combattre les flammes à coups de pelletées de terre. Mes bras sont si douloureux qu'ils me semblent engourdis, le foulard qui masque mon visage est maintenant complètement sec.

La chaleur ambiante est telle que je ne me rends plus compte de la proximité d'un foyer. En reculant, je tombe presque sur des herbes enflammées. Braises et cendres pleuvent, me brûlant la peau comme de minuscules aiguilles chauffées à blanc, mais je m'en débarrasse et m'obstine à étouffer les flammes qui jaillissent autour de moi.

Lorsque je retourne dans le chalet, il me faut repousser des braises sur la véranda et me servir d'une taie pour tourner la poignée de la porte. J'arrache mon masque, le mouille de nouveau, effarée par la couche de cendre qui s'y est accrochée. Il me suffit de penser à ce que j'ai respiré pour que mes poumons se contractent. Je passe les taies sous l'eau, en enroule une autour de ma tête, comme un turban de cheik, et mets l'autre sur mes épaules. Ensuite j'enlève les draps du lit et les mouille à leur tour. Est-ce que je deviens paranoïaque, ou est-ce que le débit de l'eau diminue vraiment ? Je jette un drap sur le dos du chien. Il a l'air aussi idiot que s'il était affublé d'une traîne de mariée, le pauvre. Je plie le second drap de façon à m'en servir pour taper sur les flammes et me précipite une nouvelle fois dehors. En oubliant mon masque.

L'un des montants de la véranda est en feu. Jurant comme un charretier, je m'attaque aux flammes, armée de ma fureur inutile et du drap imbibé d'eau. Mes yeux coulent tellement que tout se brouille. Une poussière brûlante me remplit la bouche et la gorge. Respirer est une torture. Je retourne à l'intérieur chercher mon masque. Prêt à se sauver, le chien reçoit un coup de pied et, penaud, se faufile derrière le fauteuil.

La fatigue commence à peser sérieusement. Mes mouvements se ralentissent et je me demande combien de temps je vais encore tenir avant de m'effondrer. Je me sens lourde comme un éléphant. Les jambes me brûlent de fatigue. J'ai l'esprit de plus en plus vague tandis que je fais des allers et retours entre l'évier — je n'ai pas rêvé, il n'y a plus qu'un filet d'eau — et les buissons en flammes à l'arrière du chalet, étouffant au passage, à coups de drap, les braises qui tombent sur la véranda. Un nouveau buisson prend feu en faisant un bruit d'os rompus. Je me déplace dans un environnement cauchemardesque de flammes orange, de fumée noire et grasse. Je trébuche, tombe sur les genoux, me redresse en m'appuyant sur des mains qui me semblent inertes.

Pendant que mes lèvres se fendillent, dans mon esprit brumeux s'impose une drôle de pensée : Will Cameron n'aurait certainement pas envie de m'embrasser aujourd'hui…

À un moment donné, je retourne, titubante, dans le chalet où je vois des ombres me regarder dans les coins sombres. Je cherche un visage familier, mais ne distingue que des yeux et des lèvres qui remuent. Je tombe sur les genoux et, le visage enfoui dans un drap, je sens son humidité pénétrer dans ma gorge sèche. Je ne peux plus me relever, je le sens. Je m'allonge sur le côté, tire le drap sur ma tête. Si je dois mourir, ça m'est égal maintenant.

Les yeux clos, je gémis doucement.

Soudain, j'entends des bruits — le sifflet d'un train, des pas, de la pluie sur un toit de zinc, la voix d'un chanteur d'opéra. Une explosion résonne dans ma tête. Est-ce le pick-up qui vient de sauter ? Je me mets sur le dos, ouvre un œil. Seigneur ! Un extraterrestre, en costume vert, se tient dans l'encadrement de la porte.

– Dieu tout-puissant ! s'écrie-t-il. Ray ! Dépêche-toi ! Nous avons deux survivants.

Je referme les yeux et m'endors.

Épilogue

UN AN A PASSÉ depuis le soir où j'ai découvert le portrait d'Isabel chez Paul. Querencia demeure mon havre de sécurité, mais l'atmosphère est à la désolation au milieu de ce carré de terre calcinée. Toutefois, de petites pousses commencent à sortir des cendres et, la semaine prochaine, Alonzo viendra m'aider à préparer le terrain pour le jardin.

J'ai failli me transformer en frite et j'en ai retiré une bonne leçon d'humilité…

J'ai passé quelques jours à l'hôpital — deux ? trois ? Je ne sais plus. Je souffrais de brûlures aux bras et aux jambes, d'une intoxication due à la fumée et de diverses coupures et égratignures. Je m'étais aussi esquinté le dos.

Du premier jour, je n'ai que des souvenirs vagues, en partie à cause du traumatisme, en partie à cause des calmants. Il paraît que je n'ai cessé d'appeler Cassie, en lui demandant si j'allais mourir. Ce qui se comprend. Jusque-là, mon seul et unique séjour dans un hôpital, je le devais à un serpent venimeux !

Je ne sais plus quand j'ai commencé à avoir des visites. En tout cas, je trouvais toujours quelqu'un à mon chevet lorsque je me réveillais. Les visites étant réservées à la famille, Paul s'est fait passer pour mon beau-père, Cookie pour ma tante, Miguel et Bettina pour mes cousins. Miguel m'a apporté en cachette de la dinde à la sauce pimentée, des *tamales* aux raisins, aux pignons et à la cannelle. Un vrai dîner de fête. Mais j'avais la gorge tellement irritée que je pouvais à peine avaler. Restait la bière, et elle passait très bien !

Ce soir-là, après le départ de mes visiteurs, il y a eu du remue-ménage dans le couloir. Des bruits de talons hauts, de voix nerveuses qui trahissaient une envie de crier mal contenue. Puis j'ai entendu :

– Je suis une parente ! Je suis sa demi-sœur et j'ai fait le trajet depuis Albuquerque pour venir la voir.

C'était Rita et je l'ai vue entrer dans la chambre comme une tornade, l'infirmière sur les talons. Je n'ai pu contenir mes larmes.

– Oh, Avery, regarde-toi ! On dirait la mort en train de manger un cracker.

Rita s'est avancée vers le lit, a sorti un Kleenex de la boîte posée sur la table de nuit, a essuyé mes larmes et posé une petite main fraîche sur mon front.

– Je vous donne dix minutes, m'a dit l'infirmière. Et vous vous abstenez de parler.

Rita s'est tournée vers la porte, son plus doux sourire aux lèvres.

– Ne vous en faites pas. C'est moi qui parlerai.

Bien entendu, ça s'est passé autrement.

Elle a approché une chaise du lit et m'a enveloppée d'un regard soucieux. J'ai remarqué que ses cheveux, autrefois filasse, avaient maintenant des reflets dorés et qu'ils étaient plus bouclés que dans mon souvenir.

– Ma petite chérie, tu es vraiment cinglée. Qu'est-ce que tu as voulu prouver ?

– J'ai cherché à préserver le chalet, c'est tout, ai-je expliqué d'une voix râpeuse. Comment sais-tu ce qui est arrivé ?

– N'oublie pas que je partage le lit du plus grand reporter de tout l'État. Seigneur Jésus, quand il m'a parlé de cette histoire, j'ai eu peur que tu…

Rita détourne les yeux un instant, avale sa salive, ajoute :

– Tu vois ce que je veux dire.

– Rita, merci.

– Je t'en prie. Je serais venue plus tôt s'il n'y avait pas eu la pagaille au bureau.

– Je ne te remercie pas seulement d'être venue, dis-je, les yeux clos. Je te remercie pour tout.

J'allais sombrer de nouveau dans la somnolence quand l'infirmière a réapparu, priant Rita de me laisser.

– Je reviendrai, m'a dit Rita avant de sortir. Et dès que tu es rétablie je t'emmène à Albuquerque, et tu y resteras un moment.

Après avoir reconduit Rita à la porte, l'infirmière m'a fait prendre un somnifère. Pendant que je l'avalais, elle m'a lancé un regard curieux.

– Vous avez une famille intéressante.

J'ai vaguement souri, les paupières à demi fermées.

– Et encore, vous n'avez pas vu ma mère ! ai-je murmuré. Elle aussi est venue me voir.

Une fois sortie de l'hôpital, je me suis vite sentie mieux. Paul, s'obstinant à reporter son voyage en Nouvelle-Zélande, je suis allée prendre pension chez Cookie. Dès que j'ai su qu'il était enfin parti, je suis retournée chez lui, mais Cookie est venue chaque jour m'apporter du pain fait maison, quand ce n'était pas des muffins ou des sablés, et appliquer du gel d'aloès sur mes brûlures. Quant à Bettina, elle est descendue de Cimarron avec assez de plats pour une semaine.

Un après-midi, Lindsey est arrivée avec deux bouteilles de vin que nous avons bues en deux heures. Elle a voulu me convaincre de faire concurrence au Dos Hombres, en se proposant d'investir dans l'affaire. Je lui ai expliqué gentiment que c'était vraiment généreux de sa part, mais que j'avais un autre projet.

Je suis débarrassée de mes pansements. Mes paumes ont un aspect étrange. Elles sont couvertes d'ondulations roses, blanches et rouges qui me rappellent les grandes dunes de sable, du côté d'Alamitos, mais la peau est douce comme celle d'un bébé.

J'ai tellement avalé de fumée que je tousse encore un peu, surtout quand je dors sur le dos. Une odeur de feu de camp refroidi s'attarde dans le chalet, mais finira bien par se dissiper. Je suis définitivement installée à Querencia depuis la semaine dernière.

Suis-je seule ? Non, j'ai de la compagnie, bien que j'ignore pour combien de temps. Bien sûr, je parle du chien-coyote. On m'a dit que lorsque l'ambulance est venue me chercher, on pouvait l'entendre hurler à des kilomètres à la ronde.

Je l'ai baptisé le Chien, tout simplement. Si je lui donnais un nom et commençais à le traiter comme un ami, il se sauverait aussitôt. Nous restons chacun à notre place, mais il sait que je ne risque plus de lui lancer des pierres. Je lui parle, ce qui revient pratiquement à monologuer. Il se contente d'aller et venir, me regarde souvent, parfois s'approche de moi, pose la tête sur mes genoux et me laisse le gratter derrière les oreilles.

Le vendredi soir, je découvre une lune montante et lorsque je la vois rester en suspens au-dessus des collines, comme une apostrophe argentée dans le crépuscule bleu pâle, je sais aussitôt ce qu'il me reste à faire. J'ouvre la boîte verte d'Isabel, fouille jusqu'à ce que je trouve des épingles, en cherche une à tête bleue, une autre, ordinaire, puis les emporte avec une bougie et une soucoupe sur la véranda. De gauche à droite, je plante la première épingle dans la cire, l'autre en sens inverse, en m'assurant qu'elles se croisent en leur milieu.

Au milieu de la cire que je viens de faire couler dans la soucoupe, je fixe la bougie. Ensuite, je m'assois en tailleur, les yeux fixés sur la flamme dansante jusqu'au moment où je suis sûre qu'elle ne risque pas de s'éteindre. Je commence alors à penser à lui, revoyant simplement la douce solennité de son visage, son regard gris-bleu, ses cheveux d'un brun clair effleurant le col de sa veste de jean, l'empreinte du stetson au-dessus de ses oreilles.

En l'espace de quelques minutes, je sens dans le vent l'odeur de sa peau, comparable à celle du désert après la pluie. Peu à peu une image se forme, quelque chose qui ressemble à l'écran d'une vieille télévision qui s'éclaire lentement. Et, sur cet écran, je le vois dans sa camionnette, les mains, fortes mais détendues sur le volant, l'ombre de nuages sur son visage.

Mentalement, je lui parle. « Will Cameron, c'est moi. » Il secoue la tête, comme s'il craignait de s'endormir. « Will, c'est Avery. S'il te plaît, écoute-moi. » Ses yeux bougent vers la gauche, puis vers la droite. Il se penche un peu en avant, regarde le ciel à travers le pare-brise.

« Will, je sais que j'aurais dû t'appeler avant Noël. Mais j'ai eu certaines choses à faire. »

Il fronce les sourcils, interroge le rétroviseur, devant lui, sur le côté de la voiture, cherchant à discerner ce que pourrait lui cacher l'angle mort.

« J'ai besoin de te parler. Je t'en prie, viens. »

De nouveau, il secoue la tête, si fort cette fois-ci que je le perds.

Mais j'ai un flash : un souvenir du futur. C'est un dimanche matin, Will et moi sommes au lit, pelotonnés l'un contre l'autre, peau contre peau. Le soleil tombe sur des draps blancs, un rideau frémit sous une brise tiède. Sa main est posée, délicate, sur mon ventre légèrement gonflé.

« Seigneur Jésus ! » comme dirait Rita.

Je pleure de gratitude brusquement. Mais ce n'est pas le genre de gratitude qui vous écrase sous le poids des obligations. C'est plutôt une reconnaissance spontanée, fluide qui procure une sorte d'état de grâce.

Essuyant mes larmes, j'ouvre les yeux. La flamme s'est éteinte, la bougie est réduite à une flaque de cire fondue dans laquelle baignent les deux épingles.

Je ramasse ma binette.

Le lendemain, de gros nuages voguent dans le ciel d'un bleu délavé. Le vent est tombé. Je suis en route pour Santa Fe avec un carton plein de sachets d'infusion pour Cookie. En un mois, elle en a déjà vendu un carton entier et elle se dit submergée de commandes. Un homme est même venu au magasin, en expliquant que l'infusion rend sa femme beaucoup plus agréable.

J'arrive à dix heures. Cookie vient de mettre la bouilloire sur le feu et rouvre sa caisse. Elle prend le carton, puis m'embrasse chaleureusement.

– Pourquoi n'êtes-vous pas venue me chercher ? J'aurais pu le porter ce carton.

– Ça va, dis-je en montrant mes mains. Elles sont comme neuves.

– Vous êtes insensée. Maintenant que vous êtes guérie et bien installée là-bas, j'espère que vous ne courrez pas après le danger à la première occasion.

Je prends un sourire mystérieux.

– Vivons dangereusement, Cookie.

– Mais tout de même pas avec les loups. Ne devenez pas non plus…

– Chamane. Ça, je l'ai dans le sang. Je n'y peux rien. Et c'est vous qui m'avez conseillé d'être à l'écoute de ce que je suis.

– J'ai créé un monstre ! déclare Cookie en riant.

Le carillon tinte et une femme, la cinquantaine, en jogging, entre et regarde autour d'elle.

– Est-ce que vous auriez de cette infusion pour les femmes ? J'ai une amie qui m'en a dit tellement de bien.

– Nous venons juste d'en recevoir. Elle va partir très vite. En voulez-vous deux boîtes ? Et une troisième pour votre amie ?

Au bord du fou rire, je disparais dans l'arrière-boutique. La cliente lit attentivement la composition du produit.

– Je ne vois aucun ingrédient mystérieux, remarque-t-elle.

– Non. C'est parfaitement naturel et bio. Tout est dans le dosage.

– Eh bien, je pense que je vais suivre votre conseil et en prendre trois boîtes. L'emballage est joli. Cette personne existe vraiment ou ce n'est que du marketing ?

Cookie rit.

– Non seulement elle existe, mais elle est présente aujourd'hui. Avery, venez saluer l'une de vos clientes.

La femme se tourne vers moi, la main tendue.

– Betsy Crane. Ravie de vous rencontrer.

Je lance à Cookie un regard déconcerté. Ses yeux me font de petits signes qui m'incitent à m'approcher. « Allez ! Venez vous présenter. »

Avançant d'un pas, j'ai l'impression de chuter du haut d'une falaise. Mais le parquet qui grince sous mes bottes me rassure.

– Avery James, dis-je en tendant la main à mon tour. Je suis la fille d'Isabel.

REMERCIEMENTS

La Fille de personne est une œuvre de fiction. Les personnages, les événements et même certains lieux sont le fruit de mon imagination. J'ai pris quelques libertés sur le plan chronologique et géographique en ce qui concerne l'État du Nouveau-Mexique et la ville de Santa Fe. Cela restant dans le cadre du roman, je pense que personne ne s'en offusquera.

J'adresse d'infinis remerciements à Donna Meador Mifflin, qui m'a permis de découvrir Santa Fe, m'a présentée à ses ami(e)s, a corrigé ma prononciation, m'a nourrie d'informations aussi bien que de plats régionaux, et qui ne doit plus se souvenir du nombre de fois où elle m'a hébergée dans sa magnifique villa.

Mes remerciements vont aussi à :

Mon agent irremplaçable, Deborah Schneider, dont je loue la sagesse, l'ouverture d'esprit et l'amitié.

Mon éditrice, Claire Watchel, qui est la preuve vivante que Dieu a eu raison de créer les éditeurs.

Jan Pooley, pour son amour inégalé des livres et les mille choses qu'il accomplit.

Honi Werner qui a su si bien résumer mon texte en une seule illustration.

Sally Boyd, Amy Terrill et Grace Marcus, mes amies très chères, qui sont aussi de précieuses lectrices.

Ron Greenspun pour sa perspicacité et son écoute.

Kate Berry pour la bibliographie très utile qu'elle m'a fournie.

Jill, Barbara, Barbara (2) et Alice de la Santa Fe Weaving Gallery dont j'ai apprécié l'enthousiasme, le soutien et l'amitié.

Le centre d'artisanat Avery-James où j'ai puisé une grande partie de mon inspiration.

Jo-Ann Mapson, ma turbulente mais très chère amie.

Geoff qui répond toujours présent.

Et aux autochtones du Nouveau-Mexique qui tiennent tête à l'aveuglement et à l'uniformisation de la culture en ce XXIe siècle.

Impression réalisée sur CAMERON par

BRODARD & TAUPIN

GROUPE CPI

La Flèche

pour le compte des Éditions France Loisirs
en mai 2004

Imprimé en France
Dépôt légal : mai 2004
N° d'édition : 40036
N° d'impression : 24437